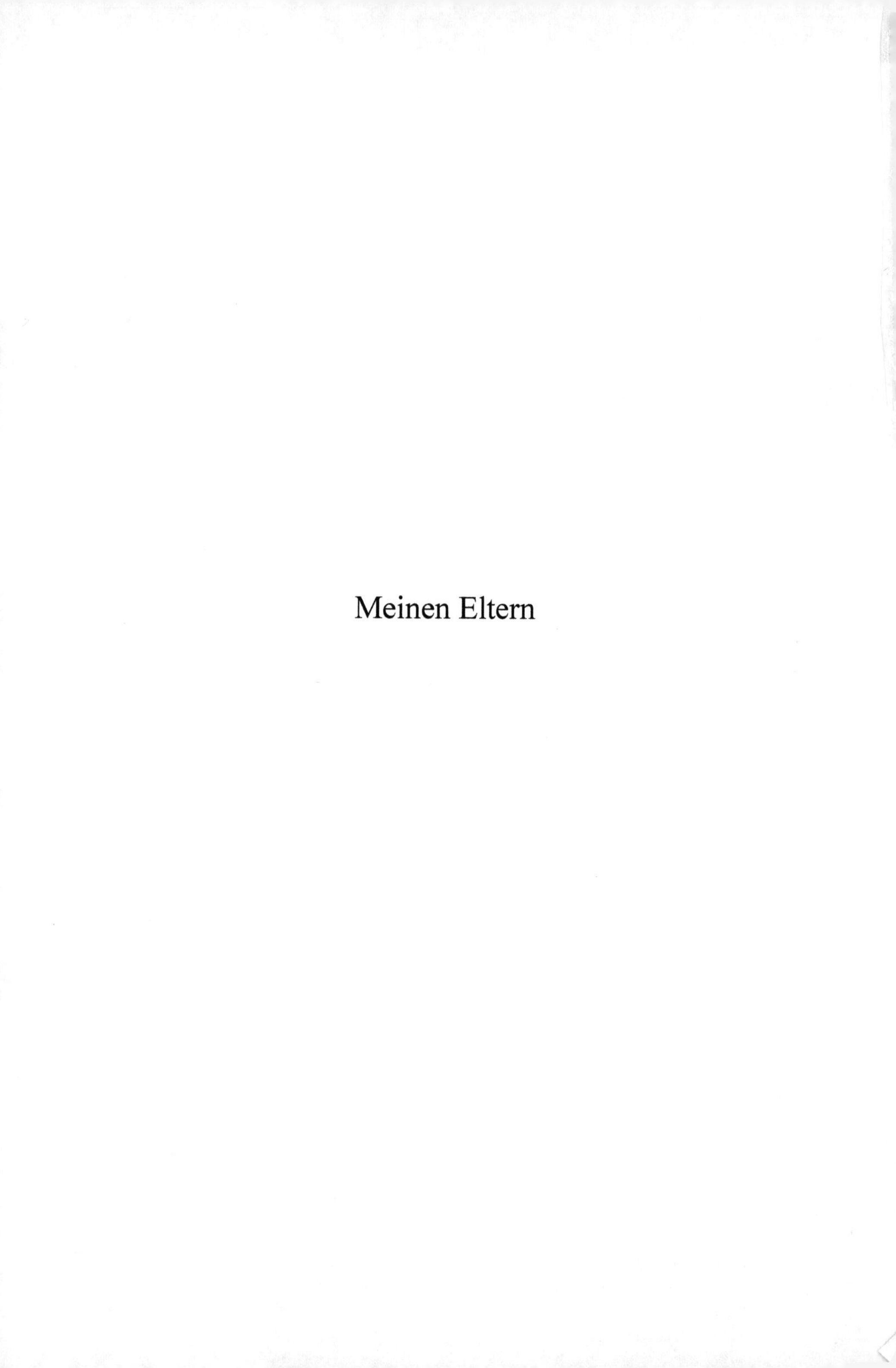

Meinen Eltern

Ulrich Hielscher

Das Kaninchen

Schicksal einer schlesischen Familie

Roman

Bibliografische Information der Deutschen
Nationalbibliothek: Die Deutsche Nationalbibliothek
verzeichnet diese Publikation in der Deutschen
Nationalbibliografie; detaillierte bibliografische
Daten sind im Internet über dnb.d-nb.de abrufbar.

TWENTYSIX – der Self-Publishing-Verlag
Eine Kooperation zwischen der Verlagsgruppe
Random House und BoD – Books on Demand

© 2018 Ulrich Hielscher

Herstellung und Verlag:
BoD – Books on Demand, Norderstedt

ISBN: 9783740745141

Die *kursiv* gedruckten Auszüge aus Protokollen und Briefen in den Kapiteln 24 bis 30 sind wörtlich der aus dem Polnischen übersetzten Strafakte IPN WR 102/137 entnommen, welche weiterhin (1991 zur Vernichtung vorgesehen) vom „Institut für Nationales Gedächtnis" in Breslau/Polen aufbewahrt wird.
Ebenso die Zusammenfassungen der Verhöre, die hier in ihren ständigen Wiederholungen nicht wiederzugeben waren wie die Fakten und Daten der Urteile, Revisionsanträge und Gesuche.
Im Kapitel 29 sind die Auszüge aus den Original-Briefen gleichfalls *kursiv* hervorgehoben.
Weitere *kursiv* gesetzte Zitate sind im Internet nachlesbar.

Übersetzungen: Polnisch: Martyna Lukaszka,
                Russisch: Peter Paul Heinen,
Umschlagbild: Ralf Hielscher

Inhalt:

1. Sentiment

Er stand am Grab seines Vaters.

Hinter ihm, seiner unendlich trauernden Mutter, seinen drei älteren Geschwistern und dem Großvater suchten einige aus der Trauergemeinde einen möglichst günstigen Platz zu bekommen, indem sie sich zwischen den Gräberreihen zunächst seitlich und dann mehr und mehr vor dem Geschehen postierten, um den Blick auf das offene Grab, die so zahlreich Anteilnehmenden und die trauernde Familie freizuhaben.

Sie waren erst vor gut zwei Jahren nach Düsseldorf gezogen. Flüchtlinge aus der SBZ, der sowjetisch besetzten Zone, wie es zu der Zeit noch hieß. Im Dezember 1955 hatten sie nach diversen mehrmonatigen Lageraufenthalten, die für Flüchtlinge aus dem östlichen Teil Deutschlands nötig waren, um diese in die Bundesrepublik einzugliedern, eine schöne, große Wohnung in einer weniger verkehrsreichen Nebenstraße im Arbeiterstadtteil Oberbilk bezogen. In der katholischen Pfarrei St. Josef hatten sie, wie selbstverständlich, gleich Anschluss und Bekanntschaften gefunden, er bei den Messdienern, seine drei Schwestern bei der Frohschar und der weiblichen Jugend. Regelmäßig an den Sonntagen waren die Eltern und die vier Kinder bei der heiligen Messe zu sehen, und so war die Familie in der Pfarrei bald bekannt, als die mit den drei hübschen Töchtern und dem noch etwas zurückhaltend schüchternen Sohn.

Die ersten Apriltage zeigten sich freundlich; ringsum und in dem Gräberfeld standen alte, hohe Kiefern, deren Stämme durch die immer wieder durchscheinenden Sonnenstrahlen, von der leichten Bewölkung kaum gehindert, in hellem Braun erglühend, wie Stelen aufragten. Einige der Gräber waren noch mit frischen oder schon leicht verwelkenden Kränzen und Blumen bedeckt. Andere, gerade mit einfachen, neu gefertigten

Holzkreuzen versehen, verrieten bereits die Namen der erst kürzlich Verstorbenen.

Er hatte schon oft als Messdiener auf diesem Friedhof bei Beerdigungen gedient. Der Schmerz, das verzweifelte Weinen der Angehörigen, wenn der Sarg in die mit frischen Tannenzweigen ausgekleidete Grube gesenkt wurde, hatte in ihm immer ein Mitgefühl geweckt. Trotzdem malte seine Fantasie stets das gleiche Bild, das ihm dann die nächsten Tage blieb und ihn sogar bis in seine Träume verfolgte:

Einen vermeintlich Toten, in die weichen Kissen des schmalen Sarges gebettet. Über ihm der mit weißem, glänzendem Taft ausgeschlagene Deckel, die beklemmende Enge erzwingend, fest zugeschraubt, dessen Holz die Erschütterung der zunächst darauf fallenden Blumen in das Innere weitergibt. Dann das Knirschen von aufschlagendem Sand. Betende und singende Stimmen, Weinen und Schluchzen, langsam abnehmend, durchdringen Bretter und Ritzen. Nach einem Augenblick der Ruhe wieder Stimmen, diesmal nicht betend, sondern geschäftig und gelöst. Erde, die mit großer Wucht den Deckel beult, von allen Seiten einschlagend, alles zu erdrücken drohend, doch mit jedem Schlag an Wucht abnehmend, bis die kühlende Erde alles in eine unausweichliche Stille taucht und dem wie gefesselt Bedrängten keinerlei Entrinnen lässt.

Er konnte die Vorstellung nicht verdrängen, selbst in der Enge dieses Sarges zu liegen, unfähig sich zu bewegen, sich bemerkbar zu machen oder sich gar zu befreien.

Nun stand er hier, nicht als Messdiener, sondern als der Sohn dessen, der da im Sarg lag. Wieder holte ihn dieses Bild ein, und es schnürte ihm den Hals zu. Jetzt lag sein Vater in dem Sarg, in den Kissen, so wie er ihn im Krankenbett hatte liegen sehen, schon verstorben; er war nur wenige Minuten zu spät gekommen.

Die Mutter drohte an seinem Arm zusammenzusinken.

Er musste sie stützen und halten. Seine älteste Schwester, auf deren bleichen Wangen Tränen ihre Bahnen zogen, fasste sie von der anderen Seite fester unter. Der Vater des Vaters stand neben ihm, versteinert vor dem offenen Grab seines Sohnes.

Vor fünf Tagen war der Vater verstorben, und die Mutter hatte immer wieder den gleichen Satz gestammelt:

„Warum nur musste mein Rudl so sterben?"

Sie war kaum fähig gewesen, die Vorbereitungen für das Begräbnis in Angriff zu nehmen. Er versuchte zu helfen, wo er nur konnte, und seine Schwestern ebenso; den Termin festzulegen, Anzeigen zu entwerfen und drucken zu lassen, Adressen zu schreiben und Verwandte einzuladen. So auch den Großvater, der am Tag vorher angekommen war. Er sollte ihn mit der jüngsten der Schwestern vom Bahnhof abholen. Beide kannten ihn nicht, nur von Bildern. Einmal nur hatte er ihm eine Postkarte geschrieben, vor drei Jahren. Sie waren gerade in Wipperfürth in die Baracken des Flüchtlingslagers einquartiert worden. In der nahen Pfarrei hatte er sich, wie in den anderen Lagern auch, den Messdienern angeschlossen, so durfte er im Sommer mit ihnen ein dreiwöchiges Zeltlager erleben. Hoch über Assmannshausen. Die Mutter gab ihm die Adresse mit der Mahnung: „Du musst unbedingt dem Opa schreiben."

Bei einem Schiffsausflug auf dem Rhein hatte er eine Postkarte gekauft, auf welcher das Schiff abgebildet war, das Achterdeck mit einem dicken Kreuz verziert: »Hier bin ich oben«, dazu geschrieben, doch dann einen fatalen Fehler gemacht. Statt in der Anschrift an August zu schreiben, schrieb er an Adolf. Stolz auf sein Werk schob er die Karte in den Bordbriefkasten. Doch wie war sein Stolz gekränkt, als er, wieder zu Hause, von seiner Mutter mit ungerechten Vorwürfen, wie er meinte, empfangen wurde: „Maaz, nein, wie konntest du nur Adolf auf die Karte schreiben? Das wird dir der Opa nie verzeihen."

War das denn so schlimm, ob August oder Adolf?

Der Name Adolf sagte ihm ja nichts.

Jetzt sollte er seinen Opa zum ersten Mal sehen.

Aus dem Zug stieg ein stattlicher Herr mit weißem, schütterem Haar, einer dunklen, dicken Hornbrille, den kleinen, ergrauten Schnauzer an den ausgedünnten Enden leicht gezwirbelt. Sie erkannten ihn sofort. Allerdings hatten die Bilder ihn immer mit dunkelblondem, korrekt gescheiteltem Haar, und mit einem kräftigen, die Spitzen voll nach oben reckenden Schnauzbart gezeigt. Er trug einen hellen Kaschmirmantel, an dessen linkem Ärmel ein handbreites, schwarzes Trauerband geheftet war. In der rechten Hand einen leichten Lederkoffer schwenkend, wirkte er trotz seiner 80 Jahre fast jugendlich vital.

Ihm fiel spontan seine Postkarte ein, an die er lange nicht mehr gedacht hatte. Die offene und imposante Erscheinung des Großvaters beschämte ihn plötzlich. Inzwischen wusste er natürlich, was es mit dem Namen Adolf auf sich hatte.

Sie begrüßten sich, jedoch plagte ihn das Gefühl, während der Großvater die Schwester umarmte, von ihm etwas abschätzig und nebenbei mit einem groben Schulterklopfen abgespeist zu werden. Und hier und jetzt am Grab fühlte er sich noch immer etwas unwohl neben seinem Großvater, der ihm allerdings bisher kein einziges abträgliches Wort gesagt hatte.

Vielleicht war die Postkarte schon lange vergessen.

Die Sargträger hielten gerade den Sarg an zwei langen Seilen in der Schwebe, einer entfernte schnell die Holzbohlen. Langsam senkte sich der Sarg in die Grube. Zwei zogen die Seile zurück, schlangen sie gekonnt um Daumenkerbe und Ellenbogen kreisend, lassoähnlich zusammen, lüpften ihre Friedhofsmützen und traten in den Hintergrund zu den schon bereitstehenden Spaten und Schippen.

Er starrte in die Grube. Seine wirren Gedanken fanden wieder zu dem, was hier gerade passierte und suchten, ein trauerndes Gefühl zu finden. Er schlang den rechten Arm um seine Mutter und hielt sie, die linke Hand in ihrer Achsel, so aufrecht. War hier Trost zu geben überhaupt möglich? Konnte er ihr, mit seinen knapp fünfzehn Jahren, Stütze und Hilfe sein, ihr beistehen, diesen schweren Verlust zu ertragen?

Der Kaplan hatte ihn oft für Beerdigungen als Messdiener eingeteilt; es war ja immer etwas Besonderes. Die ersten Stunden war er damit in der Schule entschuldigt. Vor der Kirche wurden sie stets von einem schwarz blitzenden Mercedes abgeholt. Die Gewänder hatten sie schon angezogen. Den Weihwassereimer, halb voll mit Weihwasser und darin schwimmend das Aspergill, musste er im Auto auf den Knien balancierend halten. Durch den Haupteingang zogen sie dann feierlich in die voll besetzte Friedhofskapelle ein. Der Sarg stand aufgebahrt in einem Meer von Blumen. Nach den obligaten Gebeten, den Ansprachen des Pfarrers und der Musik vom Orgelpositiv ging es dann zum Gräberfeld, er mit Kreuz und Weihwasser voran. Genauso hatte er es heute auch erlebt. Nur heute war er nicht als Messdiener hier, da stand einer von seinen Freunden, der gelangweilt Kreuz und Weihwassereimer trug.

Er zuckte zusammen, seine Mutter drängte zum offenen Grab, um die mitgebrachten Blumen, die sie krampfhaft in ihren Händen hielt, hineinwerfen zu können. Am Abgrund stoppte sie. Die Blumen plumpsten hinein. Mit der kleinen Schaufel warf er etwas Sand auf den Sarg und erzeugte so das knirschende Geräusch, das ihn wieder an jenes Bild erinnerte.

Warum nur konnte sich in seinen Gedanken keine Trauer finden? Er hatte doch auch als unbeteiligter Messdiener Mitgefühl empfunden. Warum waren jetzt seine Gedanken bei dem Messdiener-Konkurrenten, bei dem doch eher routinemäßigen Ablauf dieser Beerdigung, der Postkarte an den Großvater?

Warum wurde ihm hier, am Grabe seines Vaters ... ?

Hatte er überhaupt einen Vater gehabt? Einen Großvater hatte er nicht, ihn würde er wohl nicht wiedersehen. Hatte er seinen Vater gekannt? Der Krieg und eine willkürliche Gerichtsbarkeit hatten ihm den Vater geraubt. Zu zwölf Jahren war er verurteilt worden, bis 1961 hätte er gesessen.

Und heute, am 2. April 1958, lag er hier tot im Sarg.

Die Erinnerung an den Besuch im Gefängnis 1951 drängte sich ihm auf. Da war er noch keine acht Jahre alt gewesen.

Er sah den großen Raum genau vor sich, in der Mitte quer geteilt, durch zwei Maschendrahtzäune im Abstand von etwa einem Meter, sah seinen Vater hinter dem doppelten Zaun, sich, seine Mutter und eine seiner Schwestern davor.

Er sollte immer hübsch brav sein, auf die Mutti hören, sie ehren und fleißig lernen, hörte er ihn jetzt wieder sagen, damit etwas Tüchtiges aus ihm würde, und wenn er wiederkäme, wollte er stolz auf seinen Sohn sein.

Erst im Dezember 1954 hatte er ihn wiedergesehen.

Von den folgenden drei Jahren, die sie gemeinsam verbracht hatten, zunächst in der DDR, dann nach der Flucht in den Westen in den Flüchtlingslagern und schließlich hier in der neuen Wohnung – was war davon geblieben? Hatten sie einander finden können? Gab es eine Vater - Sohn - Beziehung?
Er schreckte auf. Ein kräftiger Spritzer holte ihn an das Grab zurück. Mit einer mechanischen Handbewegung versuchte er, die nasse Stirn zu trocknen. Auch seine Mutter wischte sich verschreckt mit dem ohnehin tränengetränkten Spitzentaschentuch über das Gesicht. Hatte es zu regnen begonnen, die Sonne schien doch schon recht warm?
Der Kaplan hatte erneut das Aspergill in den Eimer getaucht, um die weiter hinten Stehenden der Trauergemeinde mit Weihwasser zu besprühen. Dabei erwischte ihn wieder ein Spritzer.
Als Messdiener hatte er immer gedacht, wenn der Priester so dicht vor den Gläubigen steht, müsste er behutsamer mit dem Aspergill umgehen. Er schwenkte es hier jedoch genauso ausladend und kräftig, wie in der großen Kirche, dass die Trauernden dabei richtig nass werden mussten. Fast hätte man meinen können, er wollte so all die bitteren Tränen aus den traurig nassen Gesichtern waschen.
Verstohlen schaute er aus den Augenwinkeln um sich.
Die meisten der Umstehenden kannte er. Und sie kannten ihn als Messdiener, Vorbeter und auch schon als Jungscharführer.
Da war einer der Jungs mit seinen Eltern aus seiner Jungschargruppe. Was sollte er ihm sagen, wenn dieser ihn fragen würde: „Warst du nicht traurig? Warum hat du denn nicht geweint?"
Wo war seine Trauer? Konnte man ihm vielleicht ansehen, dass seine Gedanken ständig umherirrten? Würde sich mancher hier vielleicht fragen, hat der seinen Vater so wenig geliebt? Fühlt er denn nicht mit seiner Mutter, die mit 47 Jahren, 13 Jahre nach Kriegsende, noch zur Kriegerwitwe geworden war? Oder war er zu unreif, das Ausmaß dieser Tragödie zu erfassen?

2. Zur Waldlichtung

Der Rausch der Geschwindigkeit beflügelte sein Sehnen.

Auf der Landstraße nach Trebnitz sah man in jüngster Zeit fast täglich am frühen Abend, von Senditz kommend, einen jungen Mann auf seiner Zündapp »Z 300« dahinbrausen. In Trebnitz steuerte er stets die Sparkasse an, deren Geschäftsräume direkt gegenüber der weithin sichtbaren Wallfahrtskirche lagen, die das Kloster der Borromäerinnen zierte.

Rudl stellte das für ihn so kostbare Motorrad sorgfältig vor der Sparkasse ab, ging ein paar Schritte auf eine niedrige Mauer zu, lehnte sich halb sitzend dagegen, um von dort aus zunächst sein gerade wieder frisch gewienertes Schmuckstück zu betrachten. 1927 bei Zündapp in Nürnberg gebaut, war die Maschine jetzt genau sieben Jahre alt. Vor einem halben Jahr war die Entscheidung gefallen, diese Maschine zu kaufen, die äußerst günstig und zugleich doch für ihn sehr teuer war. Allerdings war sie mehr als reparaturbedürftig gewesen. Er hatte all sein Können, sehr viel Zeit und auch mehr Geld als kalkuliert investieren müssen, um sie wieder flott zu machen. Nun sah die Maschine wieder fast wie neu aus, und die gerade erlebte Fahrt erfüllte ihn mit Freude und Stolz, diesen Traum verwirklicht zu haben.

Am Rand von Senditz, einem Dorf mit ca. 500 Einwohnern, hatte er sich in einem alten Schuppen, der zur ansässigen Brennerei gehörte, den er instand gesetzt hatte und der so ohne weitere Kosten zu nutzen war, vor knapp einem Jahr eine Schlosserwerkstatt eingerichtet. Bei den noch fehlenden Investitionsmitteln jedoch, die notwendig waren, um eine Werkbank, die nötigen Werkzeuge, Maschinen, Materialien und eine Schmiedestelle zu bezahlen, konnte nur ein Kredit helfen. Am Anfang war es schwer, die Gesamtkosten mit seiner Hände Arbeit auch nur in der Waage zu halten. Inzwischen waren aber seine monatlichen Einnahmen auf ungefähr 150 Reichsmark geklettert. Ein Drittel ging für die Kreditraten weg, dazu schlugen die laufenden Rechnungen für Holz, Kohle und das Gas für das Schweißgerät zu Buche. Er wohnte in der Brennerei nebenan, in einem etwa 20 qm großen Raum, schon mit Waschbecken und Wasserhahn ausgestattet, für 15 Reichsmark. Hinter dem Schuppen gab es für ihn ein altes wackeliges Herzhäuschen.

Sein Vater, der geschäftsführende Verwalter der Brennerei, bewohnte mit der Mutter und den beiden jüngeren Schwestern ein kleines Haus, etwas abseits. Zum Essen war er dort bei seiner Mutter immer herzlich willkommen.

So blieben ihm ca. 60 Reichsmark im Monat.

Für das Motorrad hatte er 350 Reichsmark berappen müssen. Allerdings war das Geld von ihm eigentlich für die notwendige Meisterprüfung, die nötig war, um die Werkstatt betreiben zu dürfen, festgelegt worden. Doch gab es da ja eine Ausnahmeregelung, und so war der Entschluss schnell gefasst, das Motorrad zu kaufen und die Prüfung zu verschieben.

Es war ein warmer Sommertag, die Steine der kleinen Mauer waren angenehm von der Sonne erwärmt. Er betrachtete gegenüber die barocke Klosterkirche, die schon im 13. Jahrhundert, das wusste er, zunächst romanisch begonnen, ab dem 15. und bis ins 18. Jahrhundert hinein in herrlichem Barock zur Vollendung gebracht worden war. Im Inneren befand sich, ebenfalls in üppiger barocker Ausgestaltung, das Grab der hl. Hedwig, der Schutzpatronin Schlesiens. Sein Blick glitt wie zufällig den aufragenden Turm hinauf, mit seinem Kupferhelm in schimmerndem Grün, hinter dem die Sonne, wie es schien, sich vor ihm zu verstecken suchte, und blieb an der Turmuhr haften. Noch zehn Minuten, dachte er. Die Farben der hellen Fassade, schon in Schatten getaucht, leuchteten dennoch in ihrem Weiß, Rosa und Gelb zu ihm herüber.

Und plötzlich erfasste ihn wieder diese Hochstimmung und

Freude. Das Glücksgefühl, das in ihm erwacht war, als er sie das erste Mal gesehen hatte. Als er ihren strahlenden Augen begegnet war und er glaubte, ein Lächeln erspäht zu haben. Als er an den Schalter getreten war, die Frage stellend, wo man denn einen Kredit beantragen könne, darauf die etwas verlegen klingende Antwort bekam, dort im Büro des Filialleiters. Als er später beim Hinausgehen schnell noch einmal nach ihr schauend innehielt, ihre Blicke sich schon fast vertraut trafen. Doch dann, auf dem Heimweg, im Bus sitzend, er hatte ja noch kein Motorrad, wurde ihm klar, dieses Gesicht, diese Augen, ihr leicht gelocktes, dunkles Haar, ihre zarte Stimme, die Anmut ihrer Gestalt, obwohl sie für ihn ja nur halb hinter dem Schalter zu sehen war, nie mehr vergessen zu können. Dann war er immer und immer wieder nach Trebnitz zur Sparkasse gefahren. Nach Dienstschluss, wenn sie kam, hatte sie, so schien es, öfter nach ihm geschaut, doch mehrere Tage, ja Wochen hatte es gedauert, bis er endlich den Mut fand, sie anzusprechen.

Ihn zog es jetzt in die Kirche hinein. Still, in der letzten Bank sitzend, betrachtete er bewundernd versunken den barocken Kirchenraum. Diese Kirche faszinierte ihn.

In Breslau hatten zwei Kirchen mit ähnlicher Faszination auf ihn gewirkt. Zunächst die Sandkirche, platziert vor der Brücke zur Dominsel. Das weit aufragende, rein gotische Gewölbe, von schlanken Säulen getragen, die prächtigen Fenster, deren verschiedenfarbig hineinflutendes Licht den hohen Raum erhaben und großartig erstrahlen ließ. Ganz anders der Dom, auf der Dominsel gegenüber, der etwa im 13. Jahrhundert gotisch begonnen, im Verlauf aber Renaissance und Barock sowie Klassizismus und Historismus in sich vereinen musste. Doch hatte der dunkle Kirchenraum ihn eher eingeschüchtert.

Diese Kirche hier in Trebnitz war für ihn eine großartige Einheit, deren romanisch runde Bögen und das im Ansatz schon gotisch zulaufende Gewölbe durch die weiß und golden strahlende barocke Pracht auf ihn erhellend und befreiend wirkte.

In Senditz gab es ein kleines, bescheidenes Kirchlein. Auf dem Kirchplatz war ihm seine erste Freundin Lisbeth begegnet.

Eigentlich war es immer nett gewesen, ja, und dann hatte sie –

aber nein, jetzt wollte er nicht an Lisbeth denken.

Plötzlich streckte er sich, warf den Kopf nach hinten, legte beide Hände in den Nacken, die Beine auf die Kniebank und verkündete laut dem Gewölbe seinen gerade gefassten Entschluss: „Heute werde ich es ihr sagen: Ich will dich heiraten!"

Ein Mütterchen saß betend in den vorderen Reihen und schaute sich entsetzt um. Erschrocken über sich selbst, zog er die Beine ein, beugte sich vor, kniete auf der Kniebank nieder, faltete die Hände wie zum Gebet, die Unterarme auf die Ablage gestützt und flüsterte: „Ja, ich werde dich heiraten, sehr bald schon. Vielleicht in einem halben Jahr. In dieser Kirche."

Die Glocken der Turmuhr schlugen ihre Intervalle.

Gleich musste sie herauskommen. Er trat vor die Kirche. Da stand sie. Sie hatte ihn noch nicht gesehen, auch nicht, dass sie mit liebenden Augen glühend betrachtete wurde.

Langsam überquerte er die Straße, ihre Augen trafen sich, und da war wieder diese unwiderstehliche Sehnsucht, sie zu berühren, zu umarmen, sie zu küssen. Jedoch war es bisher dazu in keiner Weise gekommen. Er hatte sie meist lediglich nach Hause begleiten dürfen. Dann standen sie vor dem Haus, und ihre Mutter rief sehr bald: „Nu komm aber ma rein, Gretl!"

Manchmal schaffte sie es, ihre Mutter dreimal rufen zu lassen, ohne dass diese sich zeigte, dann strich sie ihm leicht über die Wange oder die Hand und lief ins Haus. Trotzdem war es immer eine lockere und ungezwungene Unterhaltung, und es war auch sehr bald zum »Du« gekommen. Schon öfter hatte Rudl angeregt, mit hineinzugehen, um ihre Mutter zu begrüßen, um sich vorzustellen, auch an Blumen hatte er gedacht, aber nach Gretls Meinung war es dafür noch zu früh, und das bekam er beim letzten Nachhausebringen deutlich zu spüren. Nach drei, viermaligem Rufen: „Nu komm aber, Gretl!", der darauf folgenden Antwort: „Ja, Mutti, sofort!", sie standen schon sehr nah am Haus, er hatte wiedereinmal gedrängt, mit hineinzukommen, platschte mit dem schrillen Ruf: „Schluss jetzt da unten!", der Inhalt eines vollen Wassereimers auf sie herab.

Gretl hatte schon halb in der Tür gestanden, und so war die ganze Ladung auf ihn allein heruntergeprasselt. Triefend hörte

er nur noch ihr fast schadenfrohes Lachen: „Ich hab dir ja gesagt, es ist noch zu früh!" Und damit war sie verschwunden.
Buchstäblich wie ein begossener Pudel war er zum Klostergarten gelaufen, hatte hinter einem Baum kurzerhand Hemd und Hose ausgezogen, beides ausgewrungen und wieder angezogen, den im Motorradkoffer stets bereiten Regenumhang übergeworfen und war dennoch glücklich nach Hause gefahren.
Aber heute sollte alles anders sein. Er wollte sie dazu überreden, auf den Sozius zu steigen und mit ihm ins nahe Wäldchen zu fahren. Im Korb, hinter dem Sozius, wartete eine in ein gelbes Handtuch eingewickelte Flasche Rotwein.
Gretl begrüßte ihn per Handschlag, und ehe sie etwas sagen konnte, hatte er ihr schnell seinen Vorschlag unterbreitet. Zu seiner Überraschung willigte sie sofort ein, stieg behände hinter ihm auf, und so brausten sie dem Wäldchen entgegen.
Bereits vor zwei Tagen hatte er eine schöne, ruhige Lichtung ausgemacht, die er jetzt ansteuerte. Das Handtuch war bewusst groß gewählt. Zwei einfache Gläser, schnell ausgewickelt, hatte er natürlich parat, und so nippten sie zaghaft, noch etwas verschüchtert, an dem betörenden Wein.
In der Stille des Waldes traute er sich noch nicht, ihr so direkt seinen Entschluss mitzuteilen. Es war von ihm ja auch zu berücksichtigen, in welch schwieriger familiärer Situation sie lebte. Sie hatte ihm schon beim ersten Treffen die Tragik ihrer Mutter geschildert. Der Vater war in den ersten Kriegstagen 1914 gefallen. Trotzdem hatte ihre Mutter es geschafft, alle drei Kinder einen Beruf erlernen zu lassen, und dass Gretl eine Bankhandelslehre abschließen konnte, hatte ihm gleich mächtig imponiert. Somit war ihrer Mutter die Hochachtung nicht zu verwehren, obwohl sie offenkundig ihn als »den Verehrer« ihrer Tochter ablehnte, was von ihr durch die Wassereimer-Attacke deutlich unter Beweis gestellt worden war.
In Gedanken wohl auch gerade bei dem Wassereimer, unterbrach sie die Stille: „Sei nicht betrübt, meine Mutter will mich nur vor einer neuen Enttäuschung bewahren."
„Hast du denn eine hinter dir?", fragte Rudl. Sie nickte. –
Wieder schweigend saßen sie lange nebeneinander.

Auch er hatte seine Enttäuschung hinter sich, aber er wollte sie nicht fragen und auch nicht an die leidige Geschichte mit Lisbeth denken. Und plötzlich glaubte er, nicht mehr den Mut zu haben, der ihn eben in der Kirche so beflügelt hatte.

Als Gretl sich dann doch leicht an ihn lehnte, er das Glas in die linke Hand nehmend den rechten Arm um sie legte, lösten sich endlich die Blockaden. Er stellte behutsam beide Gläser ins Gras, umschloss mit seinen Händen zärtlich ihre Wangen und küsste sie leicht auf die Lippen, immer noch befangen und vorsichtig. Sie lächelte ihn an, gab ihm einen etwas forscheren, aber kurzen Kuss zurück und wollte nun von ihm wissen, wie man sich denn seine Zukunft vorzustellen hätte. Er wäre mit seiner Schlosserwerkstatt doch noch nicht in einer erklecklichen Gewinnzone. Da sie ihre Ausbildung beendet hätte, würde sie fast so viel verdienen wie er und in der Sparkasse zudem als einzige weibliche Fachkraft voll akzeptiert.

Aus der Verlegenheit heraus, ihm noch nicht ihre Gefühle offenbaren zu wollen, hatte sich Gretl spontan in dieses Thema geflüchtet und sich so in die Offensive gebracht. Völlig verdutzt über ihren Redeschwall war er zu keiner Antwort fähig.

Sie sprach weiter, während Rudl seine Gedanken zu ordnen versuchte. Was wollte sie damit andeuten? Hatte sie am Ende schon über eine Heirat nachgedacht? Woher wusste sie, was seine Werkstatt abwarf? Sie erwähnte gerade die Raten für den Kredit. Hatte sie sich heimlich Einsicht in die Akten verschafft und über die Konditionen der Kreditvergabe für die Werkstatt informiert?

Außerdem wolle sie jetzt, da sie leidlich Geld verdiene, ihre Mutter unterstützen, damit ihr Leben endlich besser und sorgloser werden könne nach den langen Jahren ohne Mann, ohne genügend Einkommen, immer in Sorge um die drei Kinder.

„Und immer dieser Kampf ums Geld", erklärte Gretl heftig. Ob der älteste Bruder Felix als Kaufmann je Geld verdient hatte, wusste sie nicht, ihre Mutter auch nicht. Nie hatte er sich um die Familie gekümmert. Jetzt war er auf der Walz.

Der jüngere Bruder war noch in der Ausbildung. Er sei zwar ein lieber Kerl, liebe sie abgöttisch, aber zur Entspannung der prekären Situation sei von ihm auch kein Beitrag zu erwarten.

Also war sie doch die Einzige, die dieses ewige Dilemma mildern könnte: Was kann heute gekocht werden, wovon soll neue oder auch nur gebrauchte Kleidung bezahlt werden, Schuhe usw., und wie ist die Miete für die schäbige, kleine Wohnung zusammenzukratzen.

Ihre Mutter hatte eine Zeit lang, um Geld zu verdienen, Gänse gestopft, das hatte mit einem Fiasko geendet. Auch für sie.

Er wollte fragen, wieso, aber er kam nicht dazu.

Dann habe die Mutter mit Heimarbeit begonnen. Jedoch warf diese nur geringe Beträge ab. Sie würde auch versuchen, eine bessere Wohnung für die Familie zu bekommen, hätte schon begonnen, Geld dafür zu sparen.

Nun fragte er doch. Für die Mitteilung, dass er sie heiraten wolle, war wohl jetzt nicht der richtige Zeitpunkt. Also verlegte er sich darauf, da sie sich scheinbar in Rage geredet hatte, mehr von ihrer Familie zu erfahren.

„Was war mit dem Gänsestopfen und dem Fiasko für dich?"

„Willst du es wirklich hören? Es ist eine lange Geschichte", sie stockte, „die grausigste meiner Kindheit."

Rudl nickte.

„Nein, nein, es ist spät, ich muss heim, ein anderes Mal."

In der Flasche befand sich jetzt nur noch ein kleiner Rest.

So viel hatte sie noch nie geredet. Das Gehörte bedrückte ihn plötzlich und er traute sich nun nicht mehr, irgendetwas zu erwidern. Auch fühlte er sich matt und müde.

Hatte sie ihn so betört? Sie teilten den Rest.

Dann hatte er sie wohl vor ihrer Wohnung abgesetzt und er musste nach Hause gefahren sein.

Er konnte sich später nicht mehr daran erinnern.

3. Mobilmachung

Agnes war mit 29 Jahren Kriegerwitwe geworden.
Dreieinhalb Jahre war sie verheiratet gewesen. Jetzt stand sie mit zwei Kindern und im dritten Monat schwanger völlig allein. Ihr Mann war zur Generalmobilmachung Ende Juli 1914 zum sofortigen Transport nach Ostpreußen abkommandiert worden. Schon zehn Tage später ereilte sie die Nachricht von seinem »Heldentod«. In ihrer Verzweiflung fand sie neben ihrer Familie Trost und Hilfe durch den »Verein der Schwarzviehhändler«.
Selbst Schwarzviehhändler, war ihr Mann lange Zeit ein hochrangiges Mitglied des Vereins gewesen, was sich besonders für die Kinder als segensreich erweisen sollte.
In den Tageszeitungen von Trebnitz und Breslau erschienen von Vereinen und Verbänden martialische Anzeigen.

Mitten aus dem Dienst für König und Vaterland wurde unser lieber Kamerad

Herr Bruno Niedergesäß

von tückischer Kugel dahingerafft.
Groß ist die Trauer über den Verlust unseres lieben Kameraden. Wir werden seiner nie vergessen.
Trebnitz, den 11. August 1914.

Die Schützengilde.

Antreten der Kameraden zur Beerdigung Donnerstag nachm. 3½ Uhr im „Gelben Löwen".

Den Heldentod fürs Vaterland starb unser Kollege

Bruno Niedergesäss
aus Trebnitz.

Der Verstorbene war seit einer Reihe von Jahren unser Vereinsmitglied, stets bestrebt, die kollegialen Ziele fördern zu helfen und die Sache des Viehhandels hoch zu halten. Ein ehrendes Andenken werden wir ihm immer bewahren. [946

Der Verein der Schwarzviehhändler Schlesiens u. Posens, Sitz Breslau.

J. A.: A. Jäckel, Vorsitzender.

Die Beerdigung brachte halb Trebnitz auf die Beine. Der 1. Vorsitzende, Adolf Jäckel, der die Feier mit organisiert hatte, hielt nach dem Pfarrer eine den Verstorbenen auf besondere Art würdigende Ansprache, und am Schluss wollte die Schlange der Kondolierenden kein Ende nehmen.

Agnes musste während des Händeschüttelns und Umarmens vom Bruder des Toten gehalten und gestützt werden, wobei der fünfjährige Sohn Felix und das dreijährige Gretlchen sich jeweils in eine der weiten Falten ihres schwarzen bis zum Boden reichenden Trauerkleides zu verbergen suchten.

Er war der Erste in Trebnitz, der in diesem Krieg gefallen war.

Dabei war es noch keine zwei Wochen her, dass die einberufenen Soldaten vom Trebnitzer Bahnhof aus nach Ostpreußen aufgebrochen und mit zum Teil großer Begeisterung und lauten Hochrufen verabschiedet worden waren.

Im fernen Berlin, vor dem Schloss, hatten sich am 1. August 1914 Tausende von Menschen versammelt, um das Verstreichen der Frist des Ultimatums an Russland mitzuerleben. Gegen 17 Uhr, nach Ablauf dieses unsinnigen Ultimatums, war dann die Generalmobilmachung verkündet worden. Der bangen Ahnung vor den Schrecken des nun bevorstehenden Krieges wich eine Art religiöser Ergriffenheit.

Die eng zusammenstehenden Menschen sangen den Choral: „Nun danket alle Gott!"

Die Mobilmachung betraf etwa zwei Millionen junge Männer.
Zum Kampf gegen die Feinde ringsum hochstilisiert, meldeten sich zusätzlich Hunderttausende als Freiwillige an die Front im Glauben an einen schnellen und sicheren Sieg.
Die Begeisterung für diesen Krieg war anfänglich so groß, dass er zum Teil mit festverzinslichen Kriegsanleihen – nach dem Sieg einzulösen –, von großen Teilen der deutschen Bevölkerung mitfinanziert wurde. Auch von der Trebnitzer Sparkasse waren viele dieser Kriegsanleihen verkauft worden, und manche Honoratioren der Stadt machten dies sogar öffentlich, um so ihre vaterländische Gesinnung zu bekunden.
Doch jetzt, auf dem Friedhof, am Grab des ersten Gefallenen, ahnten die, die ihre Zweifel verdrängt hatten, dass es ein langer, mörderischer und blutiger Krieg werden würde.
Auch Agnes war vor zwölf Tagen mit ihren beiden Kindern, wie die vielen anderen Angehörigen, zum Bahnhof mitgekommen, um ihren geliebten Bruno zu verabschieden. Die vorherrschende Begeisterung wirkte auf sie allerdings völlig deplatziert. Sie hatte die letzten Tage, seit feststand, dass auch er in den Krieg ziehen musste, viel geweint und sich gesorgt, wie sie denn mit den beiden Kindern und vor allem mit der Anfang nächsten Jahres anstehenden Entbindung allein fertig werden würde.
Bruno hatte sie immer wieder zu beruhigen versucht, er würde sofort für den im Februar errechneten Geburtstermin Urlaub einreichen, vielleicht wäre er auch dann schon wieder zu Hause. Die Russen würden sie sicher im Handstreich besiegen.
So stand sie, obwohl ihre Tränen tropfenweise im Kragen des Kleides versickerten, gefasst, die kleine Gretl auf dem Arm, immer wieder winkend, etwas erhöht am hinteren Bahnsteigrand. Felix spielte zu ihren Füßen unbekümmert mit platt getretenen Zigarettenkippen und halb abgerissenen Fahrscheinen, die in dem Sandstreifen daneben herumlagen.
Die Fenster des übervollen Zuges waren mit den Köpfen der Soldaten, die sich in die Öffnungen drängten, fast ausgefüllt.
Langsam setzten sich die roten Speichenräder der schnaubenden Dampflok und damit die Soldatenköpfe in Bewegung.
Das markante Gesicht mit dem dunklen Schnauzbart in der

rechten oberen Ecke eines der Fenster fest im Blick, sah sie, wie Hände an kurzen und langen Armen sich winkend auf und ab bewegten. Mit lauten Zurufen: „Kommt alle gesund wieder, kehrt siegreich heim, ihr werdet siegen, es lebe der Kaiser, alles für unser Vaterland!", rollte der Zug aus dem Bahnhof.

Direkt an der Bahnsteigkante, er musste achtgeben, dass der Zug ihn nicht mitschleifen würde, stand, die Hand seiner Mutter krampfhaft festhaltend, ein neunjähriger Junge, der begeistert seinem Vater nachwinkte, obwohl er ihn nicht mehr sehen konnte. Das Ende des letzten Waggons verschwand gerade in einer leichten Biegung und mit ihm die blank gefahrenen Schienen auf der grauen Schottersteinpiste zwischen den zu beiden Seiten hoch aufgewachsenen Sträuchern und Bäumen.

Die Mitglieder der Blaskapelle, die natürlich nicht gefehlt hatte, packten ihre Trompeten und Posaunen ein, und die gerade noch winkend jauchzende Menge verstummte. Nur noch lautes Gemurmel begleitete den Abgang vom Bahnsteig. Der Neunjährige schaute glühend zu seiner Mutter auf: „Mit Vati werd′n wir bestimmt gewinn′n, und dann kommt er auch bald wieder."

Anna schluckte, um den aufkommenden Kloß und die Tränen zu unterdrücken, nahm seine kleine Hand in ihre rechte, hielt einen kurzen Moment inne, und strich ihm mit der linken zärtlich sein Haar: „Du hast sicher recht, Rudl." Sie mussten dem Strom der zum Ausgang Drängenden nachgeben.

Vor dem Bahnhof standen eine Menge Pferdefuhrwerke, einige Autos und Motorräder. Anna schwenkte, sich über die Menge reckend, ihr rot kariertes Kopftuch, mit dem sie gerade ihrem August nachgewunken hatte, dem wartenden Bauer Kranz entgegen. Mit Mitte fünfzig musste er nicht mehr einrücken, und so hatten er und einige andere Bauern für die 34 jungen Männer und deren Angehörige, die aus Senditz und Zirkwitz sich nach Trebnitz zum Bahnhof aufmachen mussten, ihre großen Leiterwagen angespannt. Seine prächtigen Kaltblüter schnaubten und stampften mit den Hufen. Wenn sie im Geschirr standen, musste es für sie immer gleich losgehen.

Die Abfahrt erfolgte für die Fahrzeuge fast gleichzeitig, und es ergab sich die gleiche Sternfahrt in alle Himmelsrichtungen

vom Bahnhof weg aus Trebnitz heraus, wie man sie vor einer knappen Stunde nach Trebnitz hinein hätte beobachten können.
„Wenn ich groß bin, krieg ich dann auch n Aff´n?", fragte Rudl.
Neugierig und gebannt hatte er den Tag zuvor zugeschaut, wie der Vater seinen »Affen« gepackt hatte. Wie er in dem Tornister, aus schilfgrünem Baumwollstoff bestehend, über einen festen Holzrahmen gezogen, mit einem Innenbezug aus Leinen versehen, Unterwäsche und Socken, ein Uniform-Ersatzhemd, ein Paar Ersatzschuhe und Büchsenverpflegung verstaute.
Der mit Fell überzogene Deckel, der mit zwei breiten Lederriemen über den ganzen Ranzen gespannt wurde und ihn so zusammenhielt, hielt noch kleinere Staufächer für Taschentücher, Schreibutensilien, Briefe, das Soldbuch sowie für die Putzbürsten und anderes Kleinmaterial bereit. August erklärte Rudl, er könne den »Affen« auch als Kopfkissen benutzen.
Den Militärmantel wickelte er in einer ebenfalls schilfgrünen Zeltbahn zu einer Wurst und schnallte sie außen an die Schmalseiten und über die obere Seite auf. Das Koch- und Essgeschirr sowie ein Paar Zweitstiefel waren mit diversen Riemchen an der Unterseite zu befestigen. Aufgeregt hatte Rudl mit angesehen, wie der Vater seinen »Affen« probeweise überwarf.
Dann durfte Rudl den »Affen« umschnallen.
Er torkelte. „Der is vielleicht schwer", stöhnte er.
Und als er dann am Morgen vor der Fahrt zum Bahnhof seinen Vater in der frischen, hellgrünen Uniform mit den roten Litzen an den Hosennähten, den »Affen« auf den Rücken geschnallt, zu Gesicht bekam, ergriff er seine Hand, zog ihn zu dem bereitstehenden Pferdefuhrwerk und drängte ihn, den Leiterwagen zu besteigen. „Du musst jetzt in den Krieg und gewinnen!"
Anna kam aus dem Haus. Die Töchter wollten nicht mitfahren, sie standen weinend im Garten. Rudl gestikulierte groß mit den Armen, sie sollten doch mitkommen. Dann lief er hinter seiner Mutter her, die gerade auf den Wagen stieg.
Starke Arme hievten auch ihn hinauf, und ab ging die Fahrt.
„Vati, du hast ja gar kein Gewehr. Werd´n dich die Russ´n denn nich totschieß´n?"
August nahm ihn auf den Schoß, es war doch sehr eng auf den

Bänken und flüsterte in sein Ohr: „Sei jetzt mal still."
„Immer still sein", maulte Rudl leise, „nie krieg ich ne Antwort,
wenn ich was Wichtiges wiss'n will." Und er wollte so vieles
wissen. Was waren Russen? Der Lehrer hatte ihnen erzählt, die
Russen würden Deutschland angreifen, deshalb mussten sie
schleunigst besiegt werden. Waren Russen auch Menschen?
Vielleicht ganz Schlechte? „Vati, sind Russ'n auch ...?"
Er spürte die Hand auf seinem Mund: „Is' gut jetzt!"
Mit beiden Händen befreite er sich, rutschte von Vaters Knien
herunter und zwängte sich zwischen ihn und seine Mutter.
Warum sagt denn keiner was?, dachte er. Die seh'n alle aus, als
hätt'n die keine Schulaufgab'n gemacht und kuck'n nur vor
sich hin, damit der Lehrer die nich aufruft. Heute musste er
nicht in die Schule, ja, weil heut' Mobilmachung war.
Was war Mobilmachung? Der Lehrer hatte gesagt, Deutschland
muss verteidigt werden und der Kaiser auch.
Stöckel hieß er, der Name passte, er hatte immer ein Stöckchen
bei sich. Eigentlich schlug er nicht damit, schon mal auf die
Finger. Aber er bohrte einem damit am Brustkorb herum, wenn
eine Antwort nicht auf der Stelle kam.
Patriot muss man sein; er war einer, verkündete Stöckel.
Seinen Freund, den Fritz, hatte er gefragt, was das denn wäre,
Patriot? Der saß jetzt ganz vorn im Wagen und betrachtete ver-
sunken die riesigen Hinterteile der fast schwarzen Gäule, wie
die rauf und runter wippten.
Er sprang auf, schlängelte sich nach vorn und schob sich neben
Fritz. Der bemerkte ihn zunächst gar nicht.
Rudl mochte Pferde und besonders diese. Die waren so voller
Kraft. Durch die Bewegungen der Muskeln schimmerte das
glatte Fell mal silbern, mal dunkel. Das willenlose Langhaar
der Mähnen wurde von wechselnden Windstößen hin und her
gezaust, während die vom kurzen Schwanzansatz gebündelten
Strähnen des langen Schweifs von diesem kraftvoll gegen den
Wind gepeitscht wurden. Die wulstigen Haarkränze um die
Hufe sahen aus wie die dicken Bommeln von Omas Sofa.
„Was is denn los?" Fritz legte seinen Finger an die Lippen und
deutete mit dem Kopf auf seine Mutter schräg hinter ihm. Rudl

betrachtete das weinende Gesicht. Warum heult die? Und da waren noch andere, die auch heulten. Das hatte er noch gar nicht bemerkt. Auch seine Schwestern hatten heulend im Garten gestanden. Aber die heulten ja öfter. Wenn doch der Kaiser verteidigt werden sollte, was gab's da zu heulen? Stöckel hatte gesagt, der Krieg müsste jetzt sein, weil die Feinde Deutschland umzingelt hätten. Er fand Stöckel eigentlich prima und was der sagte, musste ja auch stimmen, sonst wäre er ja nicht Lehrer.
Die Pferde bogen jetzt in die gerade erst neu gepflasterte Landstraße nach Trebnitz ein. Die eisenbeschlagenen Räder des schweren Leiterwagens ratterten nun gleichmäßig, der Wagen begann zu vibrieren und mit ihm alle, die darin saßen. Von den Steinen hallte das Traben der Hufe wider.
Die Fahrt würde noch dauern, reden durfte er nicht, und das ging auch jetzt nicht mehr, also redete er mit sich. Wann hatte er dazu schon mal Zeit? Es gab ja sonst immer was zu entdecken. Aber so konnte das hier leicht langweilig werden.
Nur fahren. Er freute sich auf Trebnitz.
Erst einmal hatte ihn Vati dahin mitgenommen, mit der Kutsche der Brennerei, von der er der Chef war. Gestaunt hatte er über die großen Häuser und die riesige Kirche. Er war sich ganz winzig vorgekommen. Sonst war er nur noch in Fürstenau bei Oma und Opa gewesen. Ob Opa auch in den Krieg ging? Der war zwar schon alt, aber sehr stark, wenn er Ringkampf mit ihm machte. Und in Ocklitz war er natürlich auch, da hatte die Mutti ihn geboren, 1905. Das musste er immer sagen: „Ich bin in Ocklitz geboren." Warum war das so wichtig? Waren seine Schwestern auch in Ocklitz geboren? War doch egal. Seine Schwestern fand er sowieso doof, die beiden alten, die wollten ihn immer nur daudeln. Mit den beiden kleineren konnte er spielen, die waren in Ordnung. Da hat Vati auch in der Brennerei gearbeitet. Auf dem Dach war ein Storchennest. Sein Freund Willi und er hatten versucht, mit Steinen die Störche aus dem Nest zu vertreiben. Vati hatte mächtig geschimpft.
In die Schule kam er dort auch, das war am Anfang blöd.
Es gab nur vier Kinder in Ocklitz, ach ja, und seine alten Schwestern. Zu sechst wurden sie jeden Tag mit dem Pferde-

wagen nach Fürstenau gebracht. Im Winter gab es einen Wagen mit Plaue oder einen großen Schlitten. Das hatte immer riesen Spaß gemacht.

Sonst war die Schule langweilig gewesen. Die Lehrerin auch. Da war der Stöckel besser. Jetzt war die dritte Klasse vorbei. Vati hatte gemeint, sein Zeugnis müsse besser werden.

Warum? Er wusste schon so viel.

Mehr als Fritz. Dem hatte er erzählt, dass man aus Kartoffeln klaren Saft machen konnte. Vati nannte das Schnaps, davon konnte einem richtig schlecht werden.

Fritz wusste nicht, dass die Eisenreifen der Holzräder von dem Leiterwagen mit Feuer zusammengeschweißt wurden, so hieß das. Auch nicht, dass die Pferde hier kaltes Blut haben.

Warum findet Vati mein Zeugnis nich gut?, überlegte er.

Heute musste er nicht in die Schule ...

weil Vati in den Krieg musste.

4. Das Kaninchen

Mit zwei großen Leinentaschen kam er zur Abgabestelle.
Sie lagen rechts und links schwer auf seinen Hüften. Seine
Mutter hatte die schmalen Tragebänder verbreitert und verlän-
gert, die so, jeweils ein Kreuz über Brust und Rücken bildend,
nun aber doch schmerzhaft an den Schultern einschnitten.
Schweren Schrittes ging Rudl auf das graue Schulgebäude zu.
Die Klasse war am Morgen ausgeschwärmt, um im Wald Bucheckern zu sammeln. Die Sommerferien waren gerade vorbei,
die Kinder hatten alle bei der anstehenden Ernte, bei Arbeiten
auf den Höfen und im Haus helfen müssen, da ja ihre Väter und
die älteren Brüder im Krieg waren. Ferien sahen anders aus.
Der Krieg tobte jetzt schon an den Fronten rings um Deutschland vier volle Jahre, und wer wollte ein Ende prophezeien.
Rudl hatte in der Brennerei helfen müssen. Der Vater kämpfte
für das Vaterland, und er musste für dasselbe in der Trocken-
tenne den Weizen wenden, die wenigen Frühkartoffeln aus dem
Boden buddeln, mit dem alten Handkarren zur Presse fahren,
Maische mit abfüllen und aufmaischen, Geräte, Bottiche und
Böden säubern.
Inzwischen war er 13 ½ Jahre alt und fühlte sich für die Arbeit,
die zu leisten war und für die sonst keine Arbeiter mehr zu be-
kommen waren, voll verantwortlich. Wie sollte auch sonst der
Krieg gewonnen werden? In der Schule fiel der Unterricht oft
aus, genau wie heute zum Bucheckernsammeln.

Stöckel war nun auch eingezogen worden. Sie hatten seit zwei Jahren einen älteren Lehrer, der, wohl durch eine Verwundung, das linke Bein stark nachzog.

Vor einer Balkenwaage standen die Schulkinder Schlange, um die Beutel und Taschen, voll mit Bucheckern, wiegen zu lassen. „Du hast aber viel", rief ein kleines Mädchen aus der zweiten Klasse. „Mit solchen Taschen kann man auch viel mehr sammeln." „Es tut aber auch ganz schön weh", sagte Rudl, hievte den rechten Beutel höher auf die Hüfte, wobei er sich schief stellte und diese nach außen schob, hob das Trageband, sich duckend, seitlich über den Kopf und ließ den vollen Beutel am Bein hinunter direkt auf die Waage gleiten. Zwei Ein-Kilo-Gewichte und drei zu je 100 Gramm wogen den ersten Beutel auf. Den zweiten, dem er sich mit den gleichen Verrenkungen entledigte, brachten zwei dieser großen und ein kleines Gewicht in die Waage, sodass Rudl sieben Mark und zwanzig Pfennig bekam, 82 Pfennig pro Pfund. Das war ein stolzes Ergebnis.

Anerkennend klopfte ihm der Lehrer, der das Wiegen überwachte, auf die Schulter und bemerkte laut: „Du hast dich vorbildlich für das Vaterland engagiert. Mit dem Öl, das aus den von euch gesammelten Bucheckern gewonnen wird, können unsere Soldaten an der Front ihre Gewehre, Autos und Kanonen in Funktion halten."

4,4 Kilo stand auf dem Zettel, den er dem anderen Lehrer gab. Der verkündete ebenso laut, dass er dazu noch einen Gutschein über 0,25 Liter Speiseöl, 6% der gesammelten Bucheckermenge, vom Kaiser für seine Mutter zugesprochen bekommt.

Spürbar leichter und stolz sprang Rudl die Treppe hinunter über den Schulhof und mal hüpfend, mal schnell oder langsam laufend, machte er sich über den trockenen, staubigen Feldweg auf den Heimweg. Die leeren Beutel hatte er in die Hosentasche gesteckt. In der anderen spürte er den Öl-Gutschein, dazu die sieben Mark und zwanzig Pfennig. Das kriegt alles Mutti, dachte er, sie hat es wirklich schwer. Fünf Kinder –

Ein kleiner, spitzer Stein auf dem Weg, der sich in seine Ferse gebohrt hatte, ließ sein frohes Hüpfen in ein plötzliches Humpeln übergehen. Er stoppte, ließ sich auf die Grasnarbe in der

Mitte fallen und rieb kräftig die Ferse. Durch das Steinchen war in der Hornhaut eine Delle entstanden, die sehr schmerzte, aber nicht blutete.

In dem zu Ende gehenden Sommer hatte er kaum Schuhe oder Strümpfe getragen. Wenn er auf dem Feld zu arbeiten hatte, waren es Lappen, die seine Füße vor der harten, trockenen Erde schützen mussten. Lederzeug war nicht mehr zu haben. Alles ging an die Front. Er war inzwischen aus seinen zerschlissenen Schuhen herausgewachsen. Über den vergangenen Winter, der gottlob nicht so streng war wie der in dem Jahr zuvor, konnte er seine letzten Lederschuhe gerade noch retten. Am rechten hatte sich zwar schon im Februar die Sohle halb abgelöst, doch mit einem Leinenband fest umwickelt war der Schuh noch gute sechs Wochen zu tragen gewesen. Er dachte an den letzten, den Steckrübenwinter, 1916/17. Da herrschte der Frost von Januar bis März mit bis zu minus 20 Grad. Die Schulen waren immer wieder geschlossen worden, sie hatten kaum Unterricht, für Schüler und Lehrer war der Schulweg nicht zu bewältigen.

Zudem konnten Lebensmittel und Kartoffeln nicht mehr transportiert und ausgeliefert werden. Hunger und Not trafen fast jeden. Die gelbe Steckrübe wurde zum Nationalessen. Steckrüben, von seiner Mutter sogar im Garten gesetzt, hatten sie bis in den Dezember hinein aus der Erde ziehen können. Frisch gekocht waren sie gut zu essen, aber gedörrt oder als Sauerkohl eingesäuert mochte er sie überhaupt nicht.

Der Fuß tat noch weh. Ausgestreckt lag er mitten auf dem Weg, leicht erhöht auf der weichen Grasnarbe. Rechts und links dufteten die mühsam abgeernteten Stoppelfelder.

Die Sonne schien ihm warm ins Gesicht. Er legte sich etwas behaglicher zurecht. Hier kommt jetzt keiner mehr vorbei, dachte er und rieb weiter seine lädierte Ferse.

Genau hier hatte er bei der Ernte geholfen, mit schmerzenden Füßen, in Lappen gewickelt. Im Sommer durften oder sollten die Kinder sogar barfuß zur Schule kommen, doch er hatte sich in den Kopf gesetzt, bald an Holzpantinen kommen zu müssen. Seine Sandalen waren inzwischen unbrauchbar.

In dem halb verfallenen Schuppen hinter der Brennerei war ihm ein altes, verrostetes Sägeblatt in die Hände gefallen. Hier stöberte er immer gern herum. Neben einem schwergängigen Schraubstock fand sich dazu eine stumpfe Raspel. Aus einem alten Brett fertigte er zwei Sohlen, und mit an den Rändern vernagelten Leinenbändern waren richtig brauchbare Schlappen entstanden. Tagelang hatte er an den Bretterstücken zu sägen, zu raspeln und zu kratzen, bis die Sohlenform zu erkennen war. Schon zweimal war er damit zur Schule gekommen, und auch hierfür wurde er von seinem hinkenden Lehrer gelobt; den Namen kannte er wirklich nicht, er hieß bei allen nur Hinke.

„Damit hast du dich als wahrer Patriot erwiesen und mit deiner Idee gezeigt, dass jeder zum großen Kampf beitragen kann."

So ein Quatsch, dachte er. Es ging doch nur um seine Füße. »Patriot!« Was ein Patriot war, wusste er noch immer nicht. Von Stöckel hatte er das Wort zuerst gehört, später und jetzt immer wieder. Aber nach der Bedeutung zu fragen, traute er sich nicht. Wen hätte er fragen sollen? Hinke? Der redete nur in gestanzten Sätzen, der Pfarrer nur von Gottes Vorsehung und Wille, und die Mutter grämte sich um Vati. Dabei war er doch stolz auf Vati. Doch was hatte es auf sich mit diesem Kampf, dem Krieg, dem Heldentod fürs Vaterland?

Beunruhigt drehte er sich langsam zur Seite, sah jetzt, das Auge in Stoppelhöhe, wie durcheinander und in der Länge total verschieden die Stoppeln standen. Sie hatten mit stumpfen Sicheln die Halme schneiden müssen. Die älteren Männer, die nicht im Krieg oder auch schon zurück waren, dann humpelten sie meistens, hatten teilweise auch Sensen. Es gab keine jungen Männer mehr. Wegen der Ernteeinsätze war natürlich wieder einmal der Unterricht ausgefallen. Alles für den heldenhaften Kampf.

Das Gefühl, doch Wichtiges nicht zu erfahren und zu lernen, wurde er nicht los. Vati wollte ihn ja aufs Gymnasium oder die Realschule schicken, aber wie sollte er täglich nach Trebnitz kommen? Im Kriegsjahr 1916 gab es kaum mehr Transportmittel, außerdem zu wenig Lehrer. So war ein Wechsel nicht möglich gewesen. Jetzt stand das achte Schuljahr bevor, und er wusste noch nicht, was er danach machen sollte.

„Hoffentlich kommt Vati bald zurück", stammelte er.

Alles für den heldenhaften Kampf.

Wieso kam ihm dieser Satz wieder in den Sinn?

Das war Hinkes Satz. Hinke gab auch gern, statt Unterricht zu halten, Vorträge zum Besten, etwa, wie der Papierverbrauch zu reduzieren wäre, also wie die Zahl der Schulhefte auf das Nötigste beschränkt werden könnte, wie die Schulfußböden ohne Stauböl und Wachs zu reinigen wären, ebenso wie Kleiderstoffe sparsamer eingesetzt werden könnten.

Durch Ignorieren der übertrieben faltenreichen neuen Mode!

Weniger glockige und faltige Röcke für alle Mädchen wären aus wirtschaftlicher und nationaler Sicht wichtige Maßnahmen.

Hinke musste einen kriegswichtigen Aufruf des Regierungspräsidenten verlesen, der an die Klassenzimmertür geheftet wurde:

So muss es denn jetzt, so bitter das auch mit Rücksicht auf die Geistesbildung unserer Kinder sein mag, heißen:

Brot ist wichtiger denn Bildung.

Auch die Schule muss unter Hintansetzung ihrer unterrichtlichen Ziele die Willens- und Arbeitskraft von Lehrern, Lehrerinnen und Kindern zusammenfassen und den wirtschaftlichen Sieg erringen helfen.

Dazu wird der tägliche Unterricht in Landschulen auf drei Stunden reduziert, damit Kinder noch intensiver in der Landwirtschaft helfen können. In den Städten und halbländlichen Orten sind, wo immer es möglich und rätlich erscheint, Arbeitskommandos von Schulkindern einzurichten.

Betroffen sind Schüler ab der 5. Klasse.

Liegt ihr Arbeitseinsatz mit fünf Stunden am Vormittag, fällt für sie der Nachmittagsunterricht aus. Die Maßnahme wird mit der Hoffnung verbunden, dass diese wesentlich dazu beitragen werde, den feigen Aushungerungsplan unserer Feinde im Keim zu Schanden zu machen.

Er betrachtete die in Reihe stehenden Wurzelansätze der Stoppeln. „Das müsste alles untergepflügt werden", sagte er leise, „und in vier Wochen muss das Wintergetreide gesät werden."

Aber wer sollte das alles schaffen? Warum war Bauer Kronthal, dem der Acker gehörte, vor sechs Wochen doch eingezogen worden? Schon bei der kärglichen Ernte war er nicht mehr dabei gewesen. Fremdarbeiter waren Frau Kronthal zugeteilt worden und eben die Schulkinder.

Alles für den heldenhaften Kampf, – Hinke! Ihm fiel Bernhard ein, der weinend zur Schule kam. Sein Vater, er brachte es kaum heraus, sei im heldenhaften Kampf gefallen.

Vor zwei Monaten war dann sein Freund Fritz vor die staunende Klasse getreten und hatte fast stolz und ohne Tränen mitgeteilt, auch sein Vater wäre nach heldenhaftem Kampf für das Vaterland gestorben.

Er fühlte den Stich in der Brust; wenn auch *er* einen solchen Brief lesen müsste. Der letzte von Vati lag mehr als vier Wochen zurück, es gehe ihm sehr gut; er kämpfe in Rumänien.

Was wäre, wenn Vati nicht mehr zurückkäme?

Würde er dann ruhig einer Feierstunde in der Schule lauschen können, die zur Ehre und zum Ruhme der »in heldenhaftem Kampfe gefallenen Väter« immer dann für die betroffenen Mitschüler anberaumt wird? Er war verwirrt. Warum kamen ihm heute all diese Dinge in den Sinn? Noch nie hatte er so darüber nachgedacht. Genau betrachtet, war dieser Krieg doch Irrsinn.

Und das Gefasel von Hinke. Nur weil er der Lehrer war. Wieso glaubten ihm alle? Auch er. Er machte ja auch mit, war stolz auf alles Gesammelte, auf die Ernteeinsätze, auf eingesparte Schulhefte, war stolz auf seinen Vater, der an der Front kämpfte, in Rumänien. Alles für den heldenhaften Kampf! – Hinke!

In einer Furche, zwischen den aufgehäufelten Stoppelreihen, hoppelte ihm, ziemlich unbeholfen, ein Kaninchen entgegen.

Das war wohl auch im Krieg, dachte Rudl. Er rührte sich nicht. Es hatte ihn gesehen, nahm aber nicht Reißaus.

Zögernd machte es einen Hopser nach dem anderen auf ihn zu, bis es auf einen halben Meter an ihn herangekommen war.

Nun saß es wie gebannt, und er lag atemlos ihm einige Sekunden lang Auge in Auge gegenüber. Mit geraden Vorderläufen, leicht gestrecktem Hals und hoch aufgerichteten Ohren saß es auf den Hinterläufen, drehte ruckartig den Kopf einmal nach rechts und dann nach links und starrte ihn jeweils mit dem so in Position gebrachten Auge an. Die Spitze des nach oben offenen umgekehrten Dreiecks seiner Nase bewegte sich unentwegt, scheinbar aufgeregt, auf und nieder.

Plötzlich machte es einen Satz um hundertachtzig Grad und fegte, jetzt gar nicht mehr unbeholfen, drei, vier Haken schlagend über das trockene Feld durch die Stoppeln davon. Dabei hatte es für Rudl nur noch eine staubige Sanddusche in seine noch starren Augen übrig.

Er sprang auf, versuchte den Sand aus den Augen zu reiben. Eine kleine, langgezogene Staubwolke, die über das trockene Feld wehte, bestätigte ihm, dass er nicht geträumt hatte.

Als wollte er es wieder aufrichten, strich er verärgert mit der Fußsohle über das von ihm platt gelegene Gras.

Die Ferse schmerzte nicht mehr.

Erregt holte er in tiefen Zügen das Atmen nach.

Noch nie war er einem wild lebenden Tier so nah gewesen.

Ein scheues Wildkaninchen, das Reißaus nimmt, wenn es nur einen Menschen ahnt, hatte unmittelbar vor ihm gesessen, ihn beäugt. Seine Dreiecknase hatte ausgesehen, als ob es sie ständig rümpfte, über ihn vielleicht, über seine wirren Gedanken.

Mit der Kuppe des gebeugten Mittelfingers suchte er die letzten Sandkörner aus dem Tränenkanal zu pulen.

Die überstürzte Flucht mit der staubenden Sanddusche war für ihn so überraschend gekommen, er fühlte sich fast gedemütigt.

Aber wieso war das Kaninchen so nah an ihn herangehoppelt?

Warum war es nicht ausgerissen, als es seiner gewahr wurde?

Schlendernd, vor jedem Schritt eine Fußsohle über die Mittelgrasnarbe streichend, nahm er den staubigen Weg.

Wenn ein Kaninchen einen Menschen ausmacht, schlägt es einen Haken und sucht das Weite, so kannte er es. Es hatte ihn gesehen und war ihm trotzdem ganz nah gekommen. Warum? War es krank? Die plötzlich rasende Flucht widersprach dem.

Nachdenklich blieb Rudl stehen. Es erkennt doch einen Menschen nur aufrecht gehend, stehend oder mit einem Gewehr.

Er hatte, für das Kaninchen nicht zu erfassen, flach auf dem Boden gelegen. Das war es.

Es konnte die Gefahr nicht erkennen, ihn liegend als Mensch nicht wahrnehmen.

Mit wachsender Neugier und unwissend war es immer näher

gehoppelt. Gefährlich nah an ihn herangekommen, hatte es doch letztlich den Menschen, die Gefahr erkannt; eigentlich zu spät. Tief durchatmend, die vom langen Liegen steif geworden Glieder ausgiebig reckend, ging er ungelenk weiter.

Sein halbes junges Leben war ihm durch den Kopf gegangen. War er bisher nicht auch neugierig und nichts erkennend auf alles zugegangen? Hatte nicht auch er, wie all die anderen, die unbegreifbaren Lügen und Heucheleien nicht wahrgenommen?

Plötzlich packte ihn kalte Wut. Er begriff mit einem Mal das ganze verlogene Geschwätz in der Schule, in der Kirche, die schwülstigen Reden bei den Feierstunden, bei den für den Sieg wichtigen Sammelaktionen, bei den Ernteeinsätzen.

Wenn Vati nicht mehr nach Hause kommt?, durchfuhr es ihn.

Wieder fühlte er diesen Stich in der Brust.

Jetzt verstand er die lähmende Traurigkeit seiner Mutter, ihre ständige Sorge, ihre aufopfernde Liebe für die Familie.

Er würde diesen Phrasen dreschenden, eitlen Lehrer anschreien, diesen gottwillfährigen Pfarrer. Was denn dieser Krieg soll, wieso für den Sieg gebetet werden muss.

Gab es denn etwas zu gewinnen, für den Kaiser, für das Vaterland? Was dachten die sich denn bei ihren Lügen?

Warum führten sie die Kinder so an der Nase herum?

Vati darf nicht den Heldentod ... , sein Hals schnürte sich zu.

Sollen doch die Tränen das letzte Sandkorn aus seinem Auge spülen. Entschlossen schritt er, die letzten fünfhundert Meter nehmend, der Brennerei entgegen.

Wie hätte er ahnen können, dass der Krieg mit dem Ersuchen an die Alliierten um einen Waffenstillstand in sechs Wochen sein Ende finden würde?

5. Unterredung

Rudl hatte seinen Vater aufgesucht.

Zwei Wochen nach dem Rotweinabend auf der Waldlichtung.

Es galt, die Pläne für seine und ihre Zukunft zu besprechen.

August saß hinter dem schweren Eichenschreibtisch.

Darauf zeigte sich alles wohl geordnet: Papiere, Hefter, Stifte und Federhalter, wie alles bei seinem Vater seine Ordnung und seinen Gang hatte. Das weiche, dunkelblonde Haar bedeckte spärlich den schmalen Kopf, von welchem die etwas zu großen Ohren leicht Abstand nahmen. Der golden umrandete Kneifer, den er immer benutzte, wenn er am Schreibtisch saß, schwebte auf dem schnurgerade gezogenen Rücken seiner Nase. Unter dieser breitete sich der dunkle, bis in die gebogenen Spitzen aufstrebend gezwirbelte Kaiser-Wilhelm-Schnauzer aus.

Der Vater bot dem Sohn den Platz vor dem Schreibtisch an, nachdem der ihn, sich artig verbeugend, begrüßt hatte. Er selbst blieb hinter dem Schreibtisch sitzen, legte ein Schreiben, an dem er gerade gearbeitet hatte, zur Seite, nahm mit Zeigefinger und Daumen den Kneifer ab, rieb mit den gleichen Fingern der anderen Hand die Druckstellen über den Nasenflügeln und betrachtete den Sohn doch mit Wohlwollen. Eigentlich war er stolz auf ihn, weil er doch mit so viel mehr als er selbst begabt war.

Rudl begann etwas umständlich zu erklären, dass er seine Zukunft konkret plane, er die Meisterprüfung angehen wolle, sich nicht mehr nur mit seiner Schlosserwerkstatt begnügen könne, er nun doch ins Brennereifach einsteigen wolle und in Berlin schon nachgefragt habe, was für die Teilnahme an einem Lehrgang am Institut für Gärungsgewerbe nötig sei.

Dass er bei all diesen Planungen und Zielen immer und auch jetzt seine Gretl im Kopf hatte, sagte er nicht.

„Und wo ist dein Problem?", warf August ein.

Er legte den Kneifer, den er noch immer zwischen den Fingern hielt, beiseite. Er wusste genau, was sein Problem war.

Nun, er müsse zunächst die drei geforderten Meisterstücke für die Prüfung entwerfen, zeichnen und einreichen. Die theoretischen Lehrgänge könne er vorab in Breslau bei der Industrie- und Handelskammer belegen. Dann seien aber die Aufträge nicht mehr zu erledigen und die laufenden Kosten werden sich anhäufen und dafür habe er doch nicht ...

„Und dafür hast du nicht das Geld, wolltest du sagen!"

August stand abrupt auf, trat vor den Schreibtisch, lehnte sich, sich vorbeugend, an die vordere Kante und legte seine Hand auf die Schulter des Sohnes, was er noch nie getan hatte.

Der erhob sich verdutzt, und plötzlich standen sie aufrecht, nah beieinander, wie sie es sich vielleicht immer gewünscht hatten. Keine Armlänge entfernt. Er glaubte plötzlich, etwas kleiner zu sein als der Vater, und er fühlte sich auch so.

„Wenn du das alles wirklich so vor hast, werde ich dir in jeder Weise Unterstützung gewähren."

Ja, er fühlte sich kleiner, er sah fast zum Vater auf, er war überwältigt, wollte ihn umarmen. Sollte er mit 29 seinen Vater umarmen? Zum ersten Mal? Nähe wäre ihm wichtig gewesen, Liebe? Vielleicht nicht Liebe – Geborgenheit, Vertrauen, Lob, Wärme. Vieles davon fand er immer wieder bei seiner Mutter.

Plötzlich trafen sich ihre Blicke. Er sah in kleine, etwas wässrig schimmernde blaue Augen, die ihn ruhig und doch bestimmt ansahen. War es doch der bedrängend fordernde Blick, der ihn bei allen Unterredungen immer getroffen hatte, unnahbar?

Er hielt dem Blick stand, sonst war er ihm immer ausgewichen. Hatten sie sich je so, Auge in Auge, gegenübergestanden?

Er spürte jetzt die andere Hand auf seiner Schulter. Waren es Tränen, die die Augen jetzt so glänzen ließen? Er kannte die Augen seines Vaters nicht. Der zog ihn an sich und umarmte ihn fest und lange. Er war doch nicht kleiner als der Vater.

Dann vernahm er die sonore Stimme, die sich vibrierend vom Körper des Vaters bis in Rudls Brustkorb ausbreitete: „Geh du deinen eigenen Weg, mein Junge! Ich bin stolz auf dich!"

Mit einem leichten Klack war die Tür in das von einem sauber polierten Messingblech verblendete Schloss gefallen.

Seufzend setzte sich August hinter den Schreibtisch, legte den Kneifer in das bereitliegende Etui, ordnete einige Blätter und lehnte sich zurück. Heute war an Arbeit nicht mehr zu denken.

Träge erhob er sich, nahm seinen Gehrock vom Haken, verließ das Büro, nicht ohne im Vorzimmer seinen Gehilfen freundlich zuzunicken, und ging hinüber zu seinem Haus.

Du kannst ja morgen länger arbeiten, beruhigte er sich.

Seine Rolle als Vater zu überdenken, war ihm jetzt wichtiger.

Meine Erwartungen hab ich auf ihn projiziert, hielt er sich vor. „Hab ich je gefragt, was er will? Aber das Leben hat mich auch nicht gefragt, was ich will", ereiferte er sich.

Vier Jahre musste er als Soldat sein Leben aufs Spiel setzen. Vier verlorene Jahre, in Angst um sich, die Familie, um die Kameraden neben sich. Man war Soldat, unfrei, fast gefangen, befehlsgebunden, man musste funktionieren. Wie schlimm war auch noch nach 16 Jahren die Erinnerung daran. Die Kriegsjahre hatten ihn verändert, härter gemacht.

Er hatte das Gartentörchen geöffnet, ging links um das Haus herum und setzte sich auf die einzige Bank unter einen herrlich wuchernden Sommerfliederstrauch. Unzählige Schmetterlinge umkreisten die rebenartigen, blauvioletten Blüten.

Ein Schmetterling setzte sich auf seine Hand, öffnete und schloss immer wieder die von wein- bis ins dunkelrot kunstvoll gezeichneten Flügel. Mit seinem Saugrüssel tupfte er dabei, wohl nach Nektar suchend, rhythmisch seine Haut ab. „Ich bin doch keine Sommerfliederblüte", sagte er laut. Es gefiel ihm.

Hatte er je die Ruhe und Muße gefunden, so etwas zuzulassen?

Die Tür, die vom Wohnzimmer in den Garten führte, öffnete sich mit einem zischenden Geräusch. Der Schmetterling flog auf und suchte sich eine wirkliche Blütenrispe.

Anna, seine immer noch schöne Frau stand in der Tür. Das zu einem Knoten zusammengesteckte, mit grauen Strähnchen gezierte, dunkelblonde Haar ließ, wenn sie es offen trug, was viel zu selten geschah, wie er jetzt mit einem Male fand, ihr Gesicht und ihre blauen Augen so wunderbar erscheinen, dass er die Liebe und Fürsorge, die er nach all den Jahren noch immer für sie empfand, jedes Mal mit einem starken Verlangen nach Nähe zu ihr geradezu körperlich spürte.

Er war so in ihren Anblick versunken, dass er erst nach ihrem dritten Anruf reagierte. Sie war inzwischen näher gekommen. „Nein, mir geht es gut", sagte er, „nein, ich bin nicht krank. Ja, ich habe das Büro schon verlassen. Komm setzt dich zu mir."

Sie band ihre Schürze auf, führte den oben geschlossenen Träger mit beiden Händen über den Kopf, faltete sie sorgfältig und legte sie auf die Bank. Dann löste sie tatsächlich ihr schönes, volles Haar, schüttelte es wie ein aufgeregtes Hündchen, setzte sich ganz nah neben ihn und legte ihre Hände in die seinen.

„Was machst du hier, ist etwas passiert im Büro? Hat es Ärger gegeben? Du hast lange nicht mehr hier gesessen."

Er schaute in das von dem offenen Haar umwallte Gesicht, fasste ihre Hände fester und aus dem sich weiter verstärkenden Gefühl flüsterte er: „Anna, ich liebe dich."

„Was ist denn los mit dir?" Sie war leicht verwirrt, so hatte sie ihn selten erlebt. Vor Jahren, als sie sich kennenlernten und auch später noch hatte er oft von Liebe gesprochen, aber wann das letzte Mal? Sie hatte gelernt, zu ihm aufzuschauen, zu dem gradlinigen, stets korrekten, pflichtbewussten Ehemann, der immer tadellos auftrat, immer Respekt einflößend, leise und besonnen sprach, scheinbar keinen Widerspruch duldend, mit den Töchtern auch manchmal herumalberte, dem Sohn gegenüber aber immer streng und fordernd war. Sie sah sich immer in die Lage gedrängt, das kühle Verhältnis zwischen Vater und Sohn ausgleichen zu müssen.

Und doch liebte Rudl seinen Vater. Sie wusste es. Wie hatte er im Krieg um ihn gebangt, als er in den ersten Kriegsjahren den Vater nur als Helden gesehen hatte. Dann war Rudl eines Tages, kurz vor Ende des Krieges, böse und fast ausfallend von der Schule nach Hause gekommen; sie würden alle doch nur belogen, vom Lehrer, vom Pfarrer. Dieser Krieg wäre ein Irrsinn und so viele wären schon gestorben, gefallen, der Vater von Fritz auch! Wenn Vati nun auch ... Glitzernde Tropfen waren die schon nassen Bahnen auf seinen Wangen hinunter bis in den Hemdkragen gelaufen, aber er hatte nicht geweint.

So viele Jahre waren vergangen. Wie schwierig war für alle das Zusammenfinden, das Sichwiederverstehen gewesen. Die Fragen von Rudl, die eigentlich Vorwürfe waren, hatten August immer schwer getroffen: Warum er diesen Krieg mitgemacht habe, warum auch er sich so habe belügen lassen? Als Erwachsener hätte er doch alles durchschauen müssen. Warum er es ihm dann nicht erklärt hatte? Wen hätte er sonst fragen sollen.

Warum auch jetzt wieder alle, erstarrt wie das Kaninchen, die erneut nahenden Bedrohungen nicht begreifen wollten, nur weil sie sich in einer nicht begreifbaren Form zeigten?

Was Rudl damit meinte, hatte Anna nicht verstanden, jedoch sprach er von dem Kaninchen in letzter Zeit wieder häufiger.

Man sei wieder dabei, lauernde Gefahren nicht zu erkennen. Er habe die Braunen nicht gewählt, aber alles steuere doch auf eine Diktatur zu.

August hatte dagegengehalten, was denn die Herren von Papen und von Schleicher zuwege gebracht hätten? Jede Partei arbeite doch nur für ihr eigenes Interesse. Man brauche doch wieder einen starken Mann. Die Demokratie habe sich als zu lasch und nicht fähig erwiesen.

Aber es wäre doch gerade mal zwanzig Jahre her, hatte Rudl sich ereifert, dass man für den Krieg mit den gleichen Parolen auf Kaiser und Vaterland eingestimmt worden war. Jetzt hieße es nur für Führer und Vaterland. Er wäre ja noch Kind gewesen, könnte sich aber noch gut auch an seine eigene Begeisterung erinnern. Und was in der Schule alles gefaselt worden war, bis ihm das Kaninchen die Augen geöffnet hatte.

Was das mit dem Kaninchen denn bedeute, wollte August wissen, aber Rudl hatte das Gespräch nicht fortsetzten wollen.

Ja, dieser furchtbare Krieg, dachte Anna. Monate, fast ein Jahr hatte es gedauert, bis August sich wieder in die Welt seiner Familie, in die seiner Arbeit gefunden hatte. Trotz der Wiedersehensfreude war es auch für sie schwer gewesen, und Rudl befand sich in der schwierigen Findungsphase. Die Schlosserlehre war ja eigentlich nur eine Zufallslösung.

1919, nach dem Krieg, waren Lehrstellen rar. August hielt Rudl die schlechten Noten im Abschlusszeugnis vor, die gerade mal für eine Schlosserlehre ausreichten, was beide zu weiterer gegenseitiger Verstimmung trieb. Und so steckte er ihn in die Lehre beim Schlosser Fernau in Zirkwitz, der überraschend Rudl zehn anderen Bewerbern gegenüber den Vorzug gab.
Anna ahnte damals, dass ein Zwölfer-Karton Kartoffelschnaps und ein Kistchen Zigarren das bewirkt hatten.
Das Verhältnis zwischen Vater und Sohn war mit den Jahren entspannter geworden, zwar von der einen Seite in gebotenem Respekt und von der anderen in beharrlicher Distanz erstarrt.
Schade, dass Rudl nicht mehr Geige spielte. Die Freude über sein Spiel hatte sie ihn immer spüren lassen, und sie war sich sicher, durch ihren Lob und Zuspruch war er die fünf Jahre, wie sie es auszudrücken pflegte, bei der Stange geblieben.
Sie verstand Rudl, er wollte seinen Weg gehen und nicht nach Vaters Gutdünken seine Entscheidungen treffen. Sicher, nach Augusts Vorstellungen müsste er beruflich viel weiter sein.
Aber eines fühlte sie, Rudl war ein glücklicher junger Mann, zufrieden mit sich, seiner Schlosserei und seinem Motorrad. Und dass er inzwischen seine große Liebe gefunden haben musste, dessen war sie sich sicher. So etwas spürt eine Mutter! Vielleicht brauste er gerade jetzt mit ihr in der Gegend herum. Sie beneidete plötzlich dieses Mädchen, obwohl sie gar nichts von ihm wusste.
Sie sog tief den Duft der Sommerfliederblüten ein.
Sie war seit 32 Jahren seine Ehefrau, und sie fühlte, dass er sie achtete, sie auch liebte? Er hatte es eben gesagt.
Sie schaute in seine jetzt klaren blauen Augen. Die nach oben weisenden Spitzen seines korrekt gezwirbelten Schnurrbartes zitterten ein wenig. Das mochte sie, dann war er ganz er selbst.
Doch etwas war anders, etwas musste mit ihm geschehen sein.
„Ich hatte eben eine erfreuliche Unterredung mit unserm Rudl,"
  sagte er leise.

6. Gänsemast

Der Hauptkassierer hielt 500 Reichsmark bereit.

Eine Menge Geld, dachte er jedes Mal bei solchen Beträgen. Er verdiente gerade mal etwas mehr als die Hälfte im Monat. Auch zwei der Kundinnen in der Schlange machten große Augen.

Das Telefon läutete, derweil er konzentriert dem Kunden die Scheine auf die Filzunterlage zählte. Erst beim vierten Läuten konnte er abheben: „Sparkasse Trebnitz, guten Tag, was kann ich für Sie tun? – Wie bitte? – Ach ja, einen Moment bitte."

Beim ersten Läuten hatte sie unvermittelt den Kopf gehoben, bereits beim zweiten war sie gestartet, sodass er nur noch den Arm auszustrecken brauchte. Er beugte sich seitlich zu ihr und flüsterte: „Für Sie, Fräulein Gretl!"

In der Sparkasse war sie nur das Fräulein Gretl.

Errötend nahm sie den Hörer, drehte den Kunden ihren schönen Rücken zu und hauchte: „Ja? Ja – ja, is gut, ja."

Und noch leiser, „bis gleich."

Sich zurückdrehend legte sie den Hörer verschämt auf die Gabel. Die beiden Kundinnen schüttelten, sich pikiert ansehend, die Köpfe. Die wartenden Männer dahinter reckten ihre Hälse und nickten einander bedeutungsvoll zu.

Sie war das einzige weibliche Wesen unter den Angestellten, wenn man von der Reinigungsfrau absah, war aber schon nach so kurzer Zeit zur zweiten Kassiererin aufgestiegen. Nicht dass sie deshalb etwa mehr Geld bekommen hätte, nein, an das Gehalt des Hauptkassierers kam sie noch lange nicht heran. Sie hatte ihn einmal zehn Tage lang vertreten dürfen. Der Filialleiter, der in seinem dunklen Gehrock, über dessen Ärmel er immer die Stoffschoner zog, eigentlich nur in seinem Büro saß, bildete sich ein, es wären in der Zeit mehr Kunden an den Kassenschalter gekommen und hätten sogar höhere Beträge eingezahlt. Er war wohl etwas verliebt in sie, was er, mit seinen fast Fünfzig, peinlichst zu verbergen suchte.

Tatsächlich blinzelten männliche Kunden oftmals von draußen durch die Scheibe, nur um zu sehen, mit wem die Kasse besetzt war. Wo konnte man schon in diesen Zeiten eine so schöne Frau ungestört betrachten, sie dazu noch bitten, diesen Schein vielleicht nochmals zum Wechseln zurückzunehmen oder noch eine ganz unnötige Frage nach dem Kontostand nachschieben.

Mit ihren 23 Jahren, ihrem makellos strahlenden Gesicht, den leicht gewellten schwarzbraunen Haaren, der markanten Nase und den herrlich leuchtend blauen Augen, die jeden Kunden unbefangen fixierten, war sie die Attraktion der Filiale.

Rudl hatte von dem Fernsprechhäuschen vor dem Postamt angerufen. Jetzt auf dem Mäuerchen hockend steigerte sich seine Sehnsucht. Sie musste jeden Moment herauskommen.

Ihn quälte die Ungewissheit. Bei der letzten Begegnung war sie fast abweisend gewesen; ihre Mutter sei krank.

War es eine Ausrede? Wie gut, dass sie gleich an den Apparat gekommen war. Es würde für alles eine Erklärung geben.

Er dachte mit ihr wieder zu der Lichtung zu fahren, hoffte zudem, da das Wochenende bevorstand, auch am Sonnabend und Sonntag mit ihr zusammen sein zu können.

Der September ging zu Ende und das Wetter versprach gut zu werden. Und vom Gänsestopfen wollte sie erzählen.

Schrill schlug die kleine Viertelstundenglocke der Turmuhr an, fast den Kammerton a treffend, um damit die Stundenglocke anzukündigen, welche darauf viermal, eine verstimmte Quinte tiefer, erklang. Seine erwartungsfrohe Stimmung konnte diese Verstimmung, die ja nur sein Geigerohr wahrnahm, nicht im Geringsten verstimmen.

Was für ein Unfug, kam es ihm in den Sinn, wie konnte man in einer kleinen Stadtwohnung Gänse stopfen? Gerade jetzt war das beim Bauer Wolf vom Zaun aus zu beobachten. Er drückte

Futterklumpen mit dem rechten Daumen in den Schlund der
Gänse. Die linke Hand hielt den Kopf fest und sperrte den
Schnabel weit auf, dann streifte er das als Verdickung sichtbare
Futter mit dem um den Hals gelegten Mittelfinger und Daumen der rechten Hand nach unten. Die Gans watschelte, wieder
freigelassen, scheinbar unbeeindruckt, froh quakend über die
nasse Wiese davon. Was war daran so ...
Der plötzliche Stoß gegen seine Hüfte hätte ihn fast abrutschen
lassen. Mit einem Mal saß sie neben ihm.
„Hab ich dich erschreckt?" Ihre Augen leuchteten vor Freude
über den gelungenen Angriff. „Was ist, warum bist du so mürrisch, freust du dich nicht? Wir haben jetzt Wochenende."
Damit sprang sie wieder auf die Füße und lief zum Motorrad.
„Komm, lass uns fahren!", rief sie, sich umdrehend.
Der plötzliche Überfall ließ Rudl tatsächlich etwas verstört aussehen, aber ihre Fröhlichkeit sprang sofort auf ihn über. Obwohl
er später gestartet war, schwangen sie sich fast gleichzeitig auf
die Sitze, er betätigte in der Abwärtsbewegung den Starter, der
Motor heulte auf und übertrug seine Energie und Kraft, gleich
der seiner Jugendlichkeit, auf das hintere Rad, wobei sich das
vordere durch das ungestüme Anfahren leicht empor hob. Gretl
schlang beide Arme fest um Rudls Taille, presste die linke Wange an seinen Rücken, so rauschten sie dem Wäldchen entgegen.
Wie außer Atem, als hätten sie die Lichtung im Dauerlauf erreicht, sprangen sie ab, rollten die Decke auf dem Waldboden
aus. Gretl entnahm dem Korb Wein und Gläser, Rudl fand
derweil zwei flache Steine, welche dem Ständer seines Motor-
rades festen Halt gaben, und so hockten sie bald vis-à-vis auf
ihren Knien, jeder ein Glas Wein in der Hand, immer noch kurz
atmend, einander ihre Verliebtheit entgegenstrahlend.
„Das war ja ein richtiger Kavalierstart!", prustete sie heraus,
nachdem sie, durch das abrupte Schlucken den Kopf ruckartig
zur Brust neigend, einen langen Zug aus dem Glas getan hatte.
„Hat es dir denn gefallen?", fragte er, sich fast verschluckend.
„O ja. Könnten wir nicht morgen einen Ausflug zum Schloss
Kraskow machen? Es gibt dort einen wunderbar verwilderten
Park. Ich würde gern mal eine längere Fahrt genießen."

Rudls Freude, dass ihr eine längere Motorradtour Spaß machen würde, wurde sofort sichtbar. Er kniete jetzt aufrecht auf der Decke, zog sie zu sich heran, umarmte sie und begann mit einem langen Kuss, die Umarmung immer wieder variierend, seiner aufgestauten Sehnsucht nachzugeben. Mit dem linken Arm erwiderte sie die Umarmung, den ausgestreckten rechten, in der Hand das Weinglas, musste sie geschickt in der Balance halten, um das kostbare Nass nicht zu verschütten.
Wäre Rudl mit ihr so gesehen worden, man hätte Furchtbares denken müssen.
Sie drehte ihren Kopf zur Seite und entzog sich langsam seinen Armen. „Ich krieg ja keine Luft mehr", stöhnte sie und trank den durch ihr Balancieren geretteten Wein aus.
„War ich zu grob?", fragte er besorgt, „ich war so verunsichert. Gestern habe ich eine Stunde auf dich gewartet, und das letzte Mal habe ich mich richtig abserviert gefühlt."
„Ach ja, meine Mutter, sie war nicht richtig krank, aber sie ist mit ihren knapp Fünfzig mit den Nerven bald am Ende. Wenn du dir vorstellst, seit zwanzig Jahren ist sie Witwe."
Gretl setzte sich zurück auf die Decke und versuchte den Rock ihres hellgrauen Jackenkleides glatt zu streichen. Das Oberteil hatte sie schon abgelegt, und die ärmellose weiße Bluse ließ ihn plötzlich Herrliches erahnen. Ihre tropfenförmigen Perlmutt-Ohrringe baumelten lustig hin und her und zogen die zierlichen Ohrläppchen ein wenig in die Länge. Er betrachtete alles etwas ratlos entzückt, wusste er ihr doch gerade nichts zu erwidern. Aufgebracht lief er die vier Schritte zum Motorrad.
„Ich habe noch eine Überraschung!", rief er, fischte aus dem Korb einige kleine Päckchen und drapierte sie sorgfältig auf die Decke, füllte nochmals beide Gläser, suchte eine ebene Stelle für jedes, setzte sich neben sie und strahlte: „Na, was glaubst du, was ich da gezaubert habe?"
Sie wickelte ein Päckchen aus. „Oh, du hast Häppchen gemacht wie eine echte Kaltmamsell, herrlich!" und schob eines, fast sinnlich in ihren Mund.
Mit jetzt etwas fettigen Lippen küsste sie ihn auf die Wange. „Mach dir keine Sorgen, wir kriegen das schon hin."

„Was?", wollte er fragen, aber sie hatte ihm ein Häppchen in den Mund geschoben, und so spülten sie schlückchenweise ein Häppchen nach dem anderen mit schlesischem Wein hinunter.
„Ich werde dir erzählen, wie schwer meine Mutter hat kämpfen müssen", sagte sie schluckend, „nicht nur um uns satt zu kriegen, sie hat auch gegen mich gekämpft, gegen ihre Söhne nicht, gegen mich!" „Wieso?", fragte er kauend.
„Ich glaube, Mütter geben Drangsal und erlittenes Leid zwanghaft an ihre Töchter weiter und erwarten vielleicht, sie durch aufkommende Schuldgefühle besser an sich binden zu können."

Agnes war jetzt ein Jahr allein. Die Geburt im Februar 1915, war problemlos verlaufen. Schwester und Schwägerin hatten ihr beigestanden. Zu tun gab es genug, das Baby, das sie auf den Namen Bruno, den ihres gefallenen Ehemannes taufen ließ, musste versorgt werden, dazu ihre beiden anderen Kinder.
Trotzdem, sie war allein. Zudem war ihr erst elf Monate nach dem Tod ihres Mannes die Anerkennung als Kriegerwitwe zugesprochen worden. Kein General, keine Heeresleitung, kein Wehrbezirkskommando hatte je gefragt, wie sie in dieser Zeit ihre Kinder satt bekommen sollte. Die Nachzahlung glich nur die Außenstände und Leihgaben aus. Allein von der Witwenrente konnte sie, wie sich schnell herausstellte, nicht leben. Sie wandte sich an den »Verein der Schwarzviehhändler«, dessen Vorsitzender, Herr Jäckel, ihr immer wieder beistand. Sein Bemühen galt jedoch auch seinem Begehren, ihr den Hof zu machen; sie war eine junge und attraktive Frau. Als sie seiner Absichten gewahr wurde, hatte sie ihn brüsk abgewiesen und sich gekränkt zurückgezogen. So blieb die Hilfe auf das beschränkt, was ihr Mann in dem Verein für seine Kinder angelegt hatte.
Doch die Geldknappheit blieb. So war ihr von ihrem Schwager, Brunos Bruder, schließlich geraten worden, durch Stopfen von Gänsen wenigstens zeitweise etwas Geld dazuzuverdienen.
Nach anfänglichem Sträuben war sie dann doch, um sich zu informieren, mit der inzwischen achtjährigen Gretl zu dem Bauern gegangen, für den sie das Stopfen übernehmen sollte.
Bauer Fleischmann hatte eine spezielle Methode entwickelt, bei

der mittels eines Schlauches, an einem Trichter befestigt, und eines Stößels die Gänse gestopft werden mussten.

Agnes war mit ihm in einem Stall verschwunden, aus dem bald qualvolles trompetenartiges Kreischen zu hören war. Sie musste lernen, den Hals der Tiere zwischen die Knie geklemmt, den Maisbrei durch Trichter und Schlauch mit dem Stößel tief in den Schlund zu pressen. Gretl, draußen auf der Wiese, umringt von einer Gänseschar, streichelte blütenweißes Gefieder, sich an ihren Körper schmiegende Köpfchen und Hälse.

Plötzlich flog die schwere Stalltür auf, vier, fünf Gänse entflohen, flügelschlagend, schreiend, halb laufend, halb fliegend, mit seltsam verdickten Hälsen dem Stall.

Der Bauer gab Agnes die Hand: „Sie schaffen das schon", hörte ihn Gretl sagen, „und wenn das Zeug wieder herauskommt, nehmen Sie die hier, damit können Sie den Hals verengen", er hatte rote Einweckgummis in der Hand, „und morgen bringe ich fünf. Ihr Schwager meinte, es wäre alles vorbereitet."

Auf dem Heimweg bettelte und weinte Gretl: „Der quält die Tiere, Mutti, bitte, du darfst sie nicht auch quälen."

„Heul nich, wir brauch'n das Geld", fuhr sie sie an, „wenn de nich sofort aufhörst, mach ich's erst recht!"

In der schmalen Zinkbadewanne, die sonst, aufrecht an die Wand gelehnt, in der winzigen Kammer stand, in der Felix schlief, wurden die Gänse eingepfercht. Dazu war die Wanne von Onkel Gustav in den kleinen, engen Schuppen hinter dem Haus zwischen gestapelte Briketts, alte Bretter und Gerümpel bugsiert worden. Gebadet wurde in diesen Monaten nicht, was sonst ja ohnehin nur alle zwei bis drei Wochen anstand.

Hier ergab sich das erste Problem. Gretl hatte immer gebettelt, wenigsten einmal in der Woche baden zu dürfen, aber Agnes wiegelte barsch ab: „Wir könn'n nich das ganze Holz für heißes Wasser vergeud'n. Wasch dich vernünftig, das reicht. Kaltes Wasser härtet ab!"

„ ... so kam es meinem Bruder sehr gelegen, dass durch das Gänsestopfen bei uns mindestens vier Monate im Jahr nicht gebadet wurde." Rudl nickte, er kannte diese Prozedur. Beson-

ders hatte er es immer gehasst, in das nur noch lauwarme und schon Schmutzschlieren bildende Wasser seiner stets vor ihm badenden Schwestern steigen zu müssen.
Sie nahm noch ein Häppchen und einen kräftigen Schluck.

Vom Schwager war aus einem verrosteten Zaunrest eine Art Haube gebogen worden, die über die Wanne gestülpt einem Käfig gleichkam. Mit dem vierzig Zentimeter langen Schlauch, dem Trichter und einem alten Eimer voll mit Maisbrei, der von Agnes angerührt worden war, indem sie die harten Maiskörner in Salzwasser eingeweicht, mit einer Holzleiste zerquetschte, verschwand von sie nun dreimal am Tag in dem Schuppen.
Ein einziges Mal hatte Gretl durch das halb offenstehende Gatter das grausige Szenario beobachtet. Die Gänse hockten zusammengekauert in der engen Zinkwanne, die aufgeblähten Hälse steif nach oben gereckt, soweit die Drahthaube das zuließ. Durch die fast zum rechten Winkel gespreizten Schnäbel waren nur gequetschte Zischlaute zu hören. Verstört lief Gretl ins Haus, die Treppe hinauf und warf sich schluchzend auf ihr Bett. Die roten, verknoteten Einweckgummis unter den Köpfen hatten merkwürdigerweise auf den weißen Federn wie zierliche Halsbänder ausgesehen, wenn nicht der dahinter angestaute Maisbrei, durch den wunden Schlund wieder zurückdrängend, die Hälse in hässlich aufgequollene Säulen verwandelt hätte.
Das Bild schnürte ihr selbst den Hals zu. Warum muss Mutti die armen Tiere quälen? Damit Geld verdienen?
Gretl begann ihre Mutter dafür zu hassen, und es gab, je älter sie wurde, ständige Auseinandersetzungen. Das Gänsestopfen ging schon in das dritte Jahr. Felix fand das alles harmlos, hatte ihr inständiges Bitten abgelehnt, auf die Mutter einzuwirken, das Gänsestopfen zu lassen und nur gesagt: „Wir brauch'n das Geld. Auch für dich und für deine blöd'n Klavierstund'n, zum Beispiel! Warum musst du dumme Gans auch Klavier lern'n."
Das war gemein, und es stimmte auch nicht.
Nein, die Klavierstunden wurden, das wusste auch Felix, von der Rücklage bezahlt, die der Vater in dem Verein für die Kinder gebildet hatte. Nur so war es auch möglich, dass Felix eine

Lehre als Kaufmann machen konnte. Auch für eine Berufsausbildung für Gretl und Bruno war gesorgt, und Klavier oder ein anderes Instrument hätten beide Brüder auch lernen können. Aber Felix fand Klavierunterricht blöd, er spielte einfach so ...

„ ... und das nicht mal schlecht, wie ich heute zugeben muss.”
„Wo hast du eigentlich immer geübt”, fragte Rudl für sie etwas überraschend. Er wünschte sich, sie spielen zu hören. Vielleicht könnte er seine Geige wieder hervorholen und ein Zusammenspiel mit ihr schaffen. Überhaupt hing er an ihren Lippen, während sie erzählte, hörte bisweilen nur halb zu, war fasziniert von der ständig wechselnden Mimik ihres lebendigen Gesichtes, von den mal traurig, mal feurig entschlossen glänzenden Augen.
„Das ist doch jetzt egal. Im Kloster, im Festsaal, da kann ich jederzeit üben. Manchmal gehe ich in der Mittagspause rüber.”
Sie kniete auf ihren Fersen hockend vor ihm, die Hände abstützend um ihre Oberschenkel gelegt, nahm kurz ihr Glas auf, um daran zu nippen und stellte es zurück in die Tannenadeln. Rudl legte sich auf die Seite, um sie besser beobachten zu können. Er war glücklich. Sie sollte ruhig ihre Geschichte weiter erzählen.

Die Zeit, in der die Mutter mit dem Stopfen beschäftigt war, wurde für Gretl zur Tortur. Sie suchte möglichst wenig zu Hause zu sein, machte Schulaufgaben bei der Familie Heinrich Sitte, deren Sohn Fritz beim gleichen Lehrer Klavierunterricht hatte.
An Fritz´ elftem Geburtstag sollten beide erstmalig vierhändig spielen, vor »Publikum«. Vier Walzer von Johannes Brahms.
Den Übungsstunden fieberte Gretl aufgeregt entgegen, vergaß darüber den ganzen Kummer mit der Mutter, den Gänsen und dem Bruder. Sie rutschte auf der Klavierbank möglichst nah an Fritz heran, spürte seine Wärme zu ihrer Linken. Immer wieder berührten sich ihre Finger, ihre Körper drückten sich zeitweilig eng aneinander, um die Tasten links oder auch rechts der Mitte zu erreichen. Mehr und mehr beschlich sie ein seltsam wohliges Gefühl, und sie hoffte, die Stunde würde nie zu Ende gehen.

„Heute weiß ich, ich hatte mich mit meinen elf Jahren in Fritz

verliebt, was wohl auch zu diesem für Elfjährige außerordentlich emotionalen Musizieren führte. Weder unser Lehrer noch ich ahnten diesen Zusammenhang, ja er musste ihm verborgen bleiben. Als katholischer Pädagoge wäre er in schwere Gewissenskonflikte geraten."
Rudl war immer aufmerksamer geworden. Fast eifersüchtig war er der Erzählung gefolgt. Ihre Unbefangenheit wunderte ihn.
„Siehst du ihn noch oft?", platzte es aus ihm heraus.
„Sei nicht albern."
„Kann ein elfjähriges Mädchen sich so verlieben?", schob er schnell und etwas verlegen nach.
„Klar, aber es ist eine Art Schwärmerei. Ich bin darüber reifer und erwachsener geworden."
Sie musterte ihn. Sein glattes, volles Gesicht schien etwas gerötet. War er eifersüchtig? Auf Fritz? Niedlich, dachte sie.
Vielleicht liebte er sie tatsächlich. Bis jetzt war sie sich noch nicht sicher. Mutter hatte wieder einmal gegen ihn gewettert: „Was is er denn? Der hat nischt, is nischt. Ich sag dir, das wird wie bei deim Baron! Du wirst dich noch mal wundern!"
Nein, mit Rudl war es völlig anders. Sie legte sich neben ihn. Beide lagen, sich zugewandt, den Kopf jeweils auf den angewinkelten Arm gestützt. Er tastete nach ihrer freien Hand, sein Gesicht entspannte sich, die Lippen formten ein Lächeln.
Die Nase. Sie glaubte, eine Ähnlichkeit ihrer beiden Nasen zu erkennen. „Du hast genauso ne Nase wie ich."
Seine blauen Augen leuchteten auf, er zog sie an sich, und ihre Lippen fanden sich.
„Ich glaube, ich habe mich richtig in dich verliebt", sagte sie leise, „anders als in Fritz."
„Na, das will ich doch hoffen", lachte er, legte sich flach auf den Waldboden und rief: „Erzähl´ weiter!, oder war´s das?"
Sie musste an den Baron denken. Ich muss ihm morgen alles erklären, bevor es falsch von anderen erzählt bekommt.
„Hallo, Gretl, was passierte denn nun mit den Gänsen?"

Zu Fritz´ Geburtstag war auch Agnes eingeladen. Gretl freute sich auf ihr Kommen. Eigentlich hatte die Mutter sie noch nie

spielen hören. „Du spielst doch nur wieder mit dem Sitte-Fritze. Den mag ich nich", schimpfte sie.
Der Gänse wegen kam sie nicht. Sie musste ausgerechnet an diesem Tag die Zinkwanne komplett säubern. Das geschah jede Woche zweimal und gestaltete sich meist zu einem chaotischen Unternehmen.
Aber warum musste das gerade an Fritz' Geburtstag sein?, fragte sich Gretl. Also war ihre Freude umsonst gewesen.
Bei der Aufführung war sie ziemlich aufgeregt, ihr glühten die Wangen beim Spiel. Die Gedanken waren eher bei den Gänsen und bei ihrer Mutter. So war ihr ein kleiner Fehler unterlaufen. Sie hatte einen hässlichen Akkord produziert. Dieser eine falsche Ton ärgerte sie mehr als der frenetische Applaus der Geburtstagsgesellschaft sie hätte erfreuen können, die ohnehin nur aus der Verwandtschaft und den Eltern von Fritz bestand.

„Mir fehlte einfach, wie ich später begriff, die Liebe meiner Mutter, Zuspruch, Lob für meine musikalischen Fortschritte. Die Gänse hatten mich und meine Mutter entzweit." –
„Eigentlich weiß ich nicht, warum ich dir das alles erzähle."
„Vielleicht hilft's dir, es besser zu bewältigen!"
„Ja, oder ich hab mehr Vertrauen zu dir, als du glaubst".
Sie fühlte sich bei ihm geborgen.

An einem Nachmittag kam Bauer Fleischmann, um die gemästeten Gänse gegen fünf neu zu stopfende auszutauschen.
Gretl lief zum Schuppen hinunter, nahm eine Gans aus dem Leiterwagen, streichelte die warmen Federn. Der lange weiche Hals schmiegte sich schlängelnd an ihre Wange, und dem halb geöffneten wie lächelnd wirkenden Schnabel entwich leises Geschnatter und ein stakkatomäßig wohliges Zischen.
Der Bauer entriss ihr das Tier und warf es in den Schuppen. Verstört wich sie dem kleinen Leiterwagen aus, in dem die gemästeten Gänse, schmutzig das Gefieder, auf ihren Bäuchen liegend, unfähig zu stehen, mit herabhängenden Flügeln und seltsam ungelenk nach oben verdrehten Hälsen kauerten.
Das bestärkte in ihr das schon länger überlegte Vorhaben, selbst,

etwa als Kindermädchen, Geld zu verdienen. Vielleicht war so die Mutter von der schrecklichen Gänsequälerei abzubringen.

Sie schwieg. Rudl bemerkte, wie ihre Augen zu glänzen begannen. Aber das war nicht das Glänzen, das er so liebte. Er stand auf, hob sie empor und umarmte sie tröstend.
„Es ist schon gut, danke, mein Liebster."
Wunderbar hatte sie, ohne es zu ahnen, diesen Treffer platziert.
„Mein Liebster", hatte sie gesagt. Die Geschichte, die sie gerade erzählte, war ja etwas grauslich, aber es war schon jetzt ein wunderbarer Abend. „Willst du noch weiter zuhören?"
„Wenn's dir hilft."

Zu Fritz' Mutter fühlte sie sich, je weiter sie sich von der ihren entfernte, mehr und mehr hingezogen. Frau Sitte suchte schon seit langem eine Betreuung für Fritz' fünfjährige Schwester.
Um ihr Vorhaben anzugehen, stand Gretl eines Tages vor der Haustür des schon etwas grau gewordenen Hauses.
Der regnerische Dezembernachmittag hatte ihr die Haare zerzaust, sie versuchte, sie etwas glatt zu streichen und die vereinzelten Regentropfen vom Mantel zu wischen.
Oberstudienrat Sitte stand neben dem Klingelzug, an dem sie kräftig zog. Die Tür öffnete sich leicht knarrend.
„Guten Tag, Frau Oberstudienrat", sagte sie und machte einen netten Knicks. „Ach was, Frau Oberstudienrat, was soll denn das. Komm rein, Gretl. Sag Frau Sitte, oder von mir aus auch einfach Tante Lotte zu mir." Artig machte sie noch einen Knicks, trat in den Flur und Frau Sitte schloss die Tür.
„Komm doch weiter", bat sie, „aber Fritz ist nicht da."
Sie hatte ihr den Mantel abgenommen.
„Ich weiß", sagte sie schnell, „ich möchte mit Ihnen sprechen."
„Mit mir, was gibt es denn?"
Es folgte ein weiterer Knicks, diesmal etwas wackelig.
„Em, ich wollte Sie um etwas bitten."
„Nur nicht so schüchtern. Du weißt doch, wie sehr ich mich darüber freue, dass Fritz und du ..., dass ihr so viel gemeinsam, em, zusammen unternehmt."

Damit legte sie ihren Arm um Gretls Schultern, führte sie zu einem Sessel und drückte sie sanft hinein. Mit dem rechten Fuß zog sie einen Hocker heran und nahm gegenüber Platz. Ihr aufmunternder Blick, die klar leuchtenden Augen, in ein Güte ausstrahlendes Gesicht gebettet, lösten plötzlich Gretls Anspannung. Versprachen ihr jene Sicherheit, die nötig war, um den ganzen Kummer mit einem Mal abladen zu können, den ihre kindliche Seele schon so lange zu verschütten drohte.

Sie wollte doch nur bei der Mutter ihrer ersten kindlichen Liebe nachfragen, ob nicht die Möglichkeit bestünde, bei ihr etwas Geld zu verdienen. Sie musste ihre Mutter von den Gänsen befreien, musste die Gänse von ihrer Mutter befreien, dieser Quälerei endlich ein Ende bereiten. Sie musste ihren über all die Jahre gefühlten Schmerz, den sie nur durch die Freude an der Musik, durch das tägliche Üben, das Vierhändigspielen mit Fritz betäubt hatte, diesen Schmerz musste sie besiegen.

Schlagartig wurde ihr bewusst, dass es nicht nur um ein wenig Zuverdienst ging. Und indem sie spürte, wie die Erregung ihre Augen in feuchte Schleier tauchte, dieser betäubte Schmerz in ihr emporstieg, wie er den Körper ins Schütteln brachte, den stockenden Atem in ein Schluchzen übergehen ließ, rutschte sie vom Sessel auf die Knie, vergrub, die Hände vor ihr Gesicht schlagend, die bitteren Tränen, den ganzen aufgestauten Kummer im Schoß dieser fremden und doch so vertrauten Frau.

Frau Sitte legte völlig überrascht ihre Hände auf Gretls Rücken und streichelte sie sanft. Sie kannte ja das Schicksal ihrer Mutter, sie waren im gleichen Alter. Vom täglichen Leben der Familie wusste sie natürlich nichts. Immer wieder gab es den Gedanken, wie sie später sagte, mit ihrer Mutter näher in Verbindung zu treten. Aber es war nur zu flüchtigen Begegnungen nach der sonntäglichen Messe gekommen.

Oberstudienrat Sitte erschien jetzt im Wohnzimmer, gerade aus Breslau kommend – er unterrichtete am dortigen Friedrichs Gymnasium –, Mantel und Aktentasche hatte er noch über dem Arm und in der Hand. Gretl war hochgeschnellt. Seine jugendlich stattliche Erscheinung füllte sofort den Raum. Die knappen zehn Jahre, die er älter war als seine geliebte Lotte waren vielleicht an einigen schon etwas grauen Haarsträhnen auszumachen. Jeden Tag pendelte er zwischen Trebnitz und Breslau mit der im Jahr 1898 gebauten Kleinbahn, von den Breslauern wie den Trebnitzern „Der fliegende Trebnitzer" genannt.

„Was ist passiert, Liebes?", hörte Gretl ihn fragen. Frau Sittes rechte Hand streichelte jetzt Gretls Oberarm. Sich zu ihm drehend legte sie den linken Zeigefinger an ihre Lippen, worauf die folgende leicht abwehrende Bewegung und das geflüsterte „ich erklär´s dir später" ihn veranlasste, ohne weitere Nachfrage in sein Arbeitszimmer zu gehen. Seine Unterprima hatte ihn heute ohnehin sehr gefordert, und Kinderprobleme wären nicht gerade das gewesen, was ihn hätte erheitern können.

Das tränennasse Gesicht in ihre Hände nehmend versuchte Frau Sitte jetzt beruhigend auf sie einzureden: „Gretlchen, bitte beruhige dich. Sag mir, was dich so quält, wir haben alle Zeit der Welt." Sie fischte ein Taschentuch aus ihrer Schürze, sie hatte vergessen sie abzulegen, und betupfte behutsam ihre Wangen.

Während ein langer und tiefer Seufzer die Unterlippe mehrmals hin und her zittern ließ, nahm Gretl das Taschentuch, schnaubte hinein, schob sich langsam zurück in den Sessel und versuchte sich stotternd zu entschuldigen. Dabei fand sie, nach und nach ruhiger werdend, ihre Sprache wieder.

Frau Sitte entwand ihr das durchnässte Taschentuch, fand ein zweites in der anderen Tasche und im Folgenden trocknete sie damit die weiter hervorquellenden Tränen. Und nun entlud sich, unterbrochen von Schluchzen und Schniefen, ihr ganzes Leid.

„Sie macht das nur, um mich zu drangsalier´n. Ich bettle jed´n Tag, sie soll die Tiere nich quäl´n. Dann schimpft sie, ich wäre zu nichts nutze, ich würde ihr nie helf´n."

„Aber ich kann die Tierquälerei doch nicht mitmach´n, ... und immer bin ich nur weg, bei dem Sitte-Fritze, den sie nicht leiden kann ... und die ganze Familie, und überhaupt, ich würde mich noch wundern ... was aus mir mal wird."

„Und ich muss Geld verdien´n", schluckte sie weiter, „damit Mutti damit aufhör´n kann ... wir brauch´n doch Geld. Kann ich nich bei Ihnen arbeit´n? Ich mach alles ... nur muss ich genug Geld hab´n ... damit sie aufhör´n kann ... mit dem Stop...f´n."

Ein weiterer nach Luft ringender Seufzer ließ ihre Unterlippe zweimal über das p..f stolpern.

„Nun warte mal, Gretlchen, beruhige dich. Du willst Geld verdienen?" „Ja", fiel sie ihr ins Wort. „Ich muss, es darf nich so weiter geh´n."

Oberstudienrat Sitte betrat erneut das Zimmer, setzte sich auf das Sofa und wollte nun wissen, was es denn mit dem Weinen auf sich habe. Ihr Klavierspiel sei für ihn doch stets die größte Freude und bei der Fröhlichkeit, die sie sonst ausstrahle, könne er nicht glauben, dass so viel Traurigkeit in ihr sei. Gerne würde er helfen, wenn es eine Möglichkeit gebe.

„Ja, sie hatten es tatsächlich geschafft. Sie redeten mit meiner Mutter. Tante Lotte ist heute sogar mit ihr befreundet. Sie haben ihr Heimarbeit vermittelt. Bald sah ich sie Knöpfe annähen, umstechen oder bei Auftrennarbeiten."

Lange hatte Gretl nicht mehr über die Ereignisse von damals nachgedacht, eigentlich noch nie richtig. Sie erzählte sie ja zum ersten Mal, und jetzt wurde ihr auch mit dem Abstand der Jahre klar, dass sie durch die Begegnung mit Tante Lotte – ja, es war ihre Tante Lotte geworden, und es hatte sich eine tiefere und innigere Beziehung zu ihr entwickelt, als zu ihrer Mutter – ein Kindheitstrauma hatte bewältigen können, welches die Entwicklung ihrer Persönlichkeit und ihres Leben sonst in grundlegender Weise beeinträchtigt hätte.

Sie wäre nie die geworden, die sie heute war.

Gretl war aufgestanden. „Kuck, hier sind noch drei Häppchen. Und für zwei halbe Gläser reicht´s auch noch", dabei hielt sie die Flasche gegen das langsam schwindende Sonnenlicht und goss ein. „Wir können uns ja morgen nach der Messe treffen. Ich sorge für den Fresskorb, und wir fahren zum Schloss. Da kennt uns niemand, und es gibt wunderbare Parkanlagen."

Sich vor Freude fast verschluckend, nickte Rudl heftig.

Das letzte Häppchen nahm sie zur Hälfte zwischen ihre weißen Zähne. Ganz nah vor seinem überraschten Mund lispelte sie, an dem Häppchen vorbei: „Das teilen wir jetzt brüderlich."

7. Gewissenserforschung

Er saß wieder in der wunderbaren Kirche.

In einer der hinteren Reihen. Je öfter er diese Kirche besuchte, umso mehr wurde sie ihm vertraut. In dieser kunstvollen Umgebung wollte er sie heiraten, aber er musste es ihr sagen, ihr klar machen, was er in den nächsten Monaten alles vorhatte.

Die Messe war zu Ende, und die Gläubigen strömten hinaus.

Gretl ging, ihre Mutter am Arm, an ihm vorbei, scheinbar ohne ihn zu beachten. Hinter ihr ... das muss Bruno sein, dachte er.

Sie wollte erst ihre Mutter nach Hause bringen, den Korb holen und ganz schnell zur Kirche zurückkommen. Man sprach schon über sie. Ich muss irgendwie bald die Verbindung zu ihr bekannt werden lassen, schoss es Rudl durch den Kopf.

Trebnitz war halt eine Kleinstadt. Getratsche war normal, zwar nicht ganz so schlimm wie auf dem Dorf, aber er wollte sich endlich ihrer Mutter vorstellen, sonst würde das Gerede kein Ende nehmen. Am vergangenen Sonntag nach der Messe, in Zirkwitz auf dem Kirchplatz, war es schon in vollem Gange. Durch das dumme Gewäsch von Lisbeth, war ihm förmlich ein Stich ins Herz verpasst worden:

„Du fährst doch jetzt immer nach Trebnitz, zu der von der Sparkasse. Die ist doch mit einem Baron verlobt."

Das hatte ihn nun die ganze Woche bewegt. Sollte das wirklich so sein? Er konnte es sich nicht vorstellen. Gestern wollte er sie fragen, aber sie war so mit ihrer Geschichte beschäftigt, und sie hatte ihn so in ihren Bann gezogen. Die halbe Nacht hatte er wach gelegen, ihr Bild vor sich gesehen, die Küsse gespürt, die ihn mächtig aufgewühlt hatten. Im Bett liegend fühlte er seine Erregung. Wie sollte er das durchhalten? Was sollte er machen? Ja, was alle Männer machten, alle Jungs. Aber war das nicht Verrat an ihr? Sie bedeutete ihm alles. Er meinte sie zu hintergehen, wenn er tat, was alle taten.

Aus seinen Gedanken gerissen, drehte er sich um. Jemand betrat hinter ihm die Kirche. Nein, sie war es nicht.

Er wollte nicht sofort gesehen werden, so saß er rechts im Seitenschiff, abgeschirmt von einer Säule vor einem Beichtstuhl.

Wieso war dieser hier in Form und Ornamentik im gotischen Stil? Er passte eigentlich nicht in das barocke Interieur. Rudl betrachtete die dreigliedrige Frontseite mit den im Dreipass gebrochenen Bögen, welche nach oben leicht geschwungen zu schlanken Spitzen zusammenliefen. Bekrönt mit filigran geschnitzten Türmchen, vier weitere an den Ecken, erschien ihm der Beichtstuhl wie eine kleine Kathedrale.

Ja, als Kunstwerk begeisterte ihn dieser Beichtstuhl.

„Lange her, dass du in einem Beichtstuhl gekniet hast", meldete sich prompt sein schlechte Gewissen. Er sah sich, wie damals, die Nase nah am Holzgitter des Beichtstuhls, die schmerzenden Knie auf der harten Kniebank, glaubte den Pfarrer wieder zu hören: „Bist du nicht schon 14 oder gar 15, hast du Unkeusches getan, allein oder mit anderen?"

Was wollte der? Er war noch keine 14! – Unkeusches?

Sie machten Witze über den Kleinen von Gerd, den man in der Badehose nicht sah. War der schon mal größer? Klar, mit 14 sowieso. Aber was war dabei? Das war bei jedem so, manchmal nachts, man konnte gar nichts dafür. Und dann tat man eben, was alle taten, es machte ja auch Spaß. „Hast du Lust empfunden?", tönte die Stimme des Pfarrers durch das geschnitzte Gitter. „Spaß", hörte er sich sagen. „Das ist Lust!", kam die Antwort. „Du nimmst dir jetzt ein Gebetbuch, schlägst den Beichtspiegel auf, sechstes Gebot, erforschst gründlich dein Gewissen, und dann kommst du noch einmal zu mir, verstanden? Aber du musst alles wirklich bereuen, sonst kann ich dir die Absolution nicht geben!"

Rudl hatte sich mit dem Gebetbuch in eine leere Bank gesetzt, abseits des Beichtstuhls, damit der Pfarrer ihn nicht durch den schmalen Schlitz, den der ihn verdeckende Vorhang in der Mitte freiließ, sehen konnte. Sechstes Gebot, was stand da?

Habe ich unkeusche Gedanken mit Wohlgefallen in mir unterhalten? Durch zweckloses Nachdenken und Grübeln unkeusche Empfindungen freiwillig hervorgerufen?
Habe ich Unkeusches mit Wohlgefallen geredet, angehört, gesungen, gelesen? ... „gesungen!" ...
Habe ich Unkeusches getan, oder zugelassen?
(allein oder mit anderen)
Habe ich gesündigt durch unkeusche Blicke, Berührungen?
(an mir oder an jemand anderem)
Habe ich sündhaften oder gefährlichen Umgang gehabt?
Habe ich die Pflichten der Ehe verletzt?

Verwirrt und unfähig in dem Gelesenen einen Sinn zu finden, war er, ängstlich zurückschauend, panisch aus der Kirche geflüchtet, gepeinigt vom Beichtspiegel, vom Pfarrer, von seinen Sünden, von seiner Feigheit und von seinem vermeintlich bösen, unkeuschen Tun.

Jetzt saß er hier in dieser herrlichen Kirche und der Albtraum seiner ersten »unkeuschen« Beichte war wieder da. Sie war zu seinem Schlüsselerlebnis geworden. Monate lang war er nicht mehr hin gegangen, empfing trotzdem die Kommunion, immer mit schlechtem Gewissen, mit Schuldgefühlen, nur damit die anderen nicht sagen konnten: „Kuckt mal, der geht nicht zur Kommunion, das ist ein schwerer Sünder."

Der Pfarrer hatte ihn wiederholt zur Beichte einbestellt, er müsse ihm sonst die heilige Kommunion verweigern. Daraufhin aktualisierte er sein »Sündenregister« und fügte die wichtigste Passage hinzu: „Ich habe Unkeusches getan", auf die obligate Nachfrage: „Allein?, und wie oft?", „Ja, äh ... dreimal in der Woche", geantwortet und zu seiner Erleichterung hatte er tatsächlich die Absolution bekommen.

Das alles war gute fünfzehn Jahre her.

Er versuchte eine bequemere Sitzhaltung. Wo sie nur blieb?

Wie schön würde die kirchliche Trauung werden, hier in diesem Gotteshaus. Ja, er glaubte an Gott, er sprach oft mit ihm, einfach so. Er ging auch gern zur heiligen Messe, am liebsten in ein Hochamt mit lautem, brausendem Orgelspiel.

Sich langsam umwendend betrachtete er den Orgelprospekt. Dabei empfand er wieder den Wunsch, selbst Orgel zu spielen, aber das konnte er nicht mehr lernen. Klavier- und nicht Geigenunterricht wäre dazu nötig gewesen. Ob Gretl vielleicht mal spielen würde? Vielleicht zu ihrer Hochzeit? Aber nein, sie konnte ja schlecht mit Brautkleid und Schleier, ein zwei Meter langer sollte es schon sein, auf die Empore steigen.

Vom Turm draußen ertönte zweimal die Viertelstundenglocke. Halb zwölf, er schaute sich fahrig um. Nervosität stieg in ihm auf. Würde sie nicht kommen? Wenn sie ihm heute sagen würde, dass vielleicht alles nur ein Spiel war, sie doch verlobt sei mit einem Baron? Wollte sie heute nicht zu einem Schloss mit ihm fahren? Vielleicht besuchen wir ja auch ihren Verlobten, dachte er in selbstmitleidigem Sarkasmus. Er würde alles, was er vorhatte, lassen, sich in seiner Schlosserei vergraben.

Unter den Mädchen, mit welchen er bisher bekannt oder befreundet gewesen war, war aber auch kein einziges, das wirklich in ihm etwas bewegt hatte. Nur Lisbeth ... zwei Jahre waren sie zusammen. Was heißt zusammen? Eigentlich war sie es, die ihn immer wieder umschwärmt hatte. Nein, jetzt war nicht der Moment, um über Lisbeth nachzudenken. Aber der Groll war immer noch da. Als er noch in Zirkwitz in der Lehre war hatten sie sich meist auf dem Kirchplatz getroffen. Bei einem Spaziergang über die Felder hatte sie ihn geküsst. Er ließ sie gewähren, es war ihm egal gewesen. In Ohlau – er war eigentlich auch um ihr zu entkommen nach der Gesellenprüfung nach Ohlau gegangen – stand sie eines Tages vor der Tür, drang, ohne dass er etwas sagen konnte, in sein kleines Zimmer ein. Sie wälzte sich auf dem Bett hin und her, er sollte sich nicht so anstellen. Ob er sie denn gar nicht begehrenswert fände. Sie wären doch jetzt schon so lange zusammen. Sie würde gerne bis morgen bleiben und mit ihm die Nacht verbringen.

Dabei wollte sie ihn, der verdutzt vor dem Bett stand, zu sich

herunterzerren. Er hatte sich brüsk ihrer Umarmung entzogen, sie vielleicht zu energisch hinauskomplimentiert mit der Erklärung, er könne sie nicht lieben und auch nicht heiraten und somit käme ein Schäferstündchen für ihn nicht infrage.
Das hatte sie ihm nie verziehen. Und jetzt mit dem Baron? Sie wollte ihn sicher nur hochnehmen. Gut, »seine Gretl« kannte er erst einige Wochen, doch war sie ihm schon so vertraut, dass er glaubte, schon eine Ewigkeit mit ihr zusammen zu sein.
Nachsinnend schloss er die Augen, lehnte sich zurück. Vom ersten Augenblick an wusste er, dass sie die Richtige war, ihre wunderbaren blauen Augen, der herrliche Mund, ...
Plötzlich zuckte er zusammen. Gretl hatte sich leise und behutsam neben ihn gesetzt, schob sich ganz nah an ihn heran und nahm seine linke Hand in ihre rechte. „Hallo Rudl, verzeih. Es hat etwas länger gedauert", flüsterte sie und hauchte ihm einen Kuss auf die Wange. Verzückt sah er in die Augen, die er gerade noch vor sich gesehen hatte. Nein, sie konnten ihm nichts vorgemacht haben. Sie schauten ihn ehrlich und verliebt an, wie sollte es noch Zweifel geben? Er küsste flüchtig ihren Mund, der leicht geöffnet dazu einlud, hielt ihre Hand fest und spähte verstohlen durch das Kirchenschiff. Sie waren in einer Kirche. Er fühlte seine Erregung, das konnte er nicht zulassen. Wenn sie gar merken würde, wie sich alles in ihm regte.
So stieß er stockend hervor: „Stimmt denn das, dass du mit einem ...?" Sie entwand ihm ihre Hand und führte die Kuppe des Zeigefingers von ihrem Mund zu seinem: „Pscht, ich werde dir gleich alles erklären. Die Leute reden, diese Lisbeth ist eine Klatschbase. Sie war am Dienstag in der Sparkasse, hat mir gesagt, du würdest nichts taugen, wärst doch nur ein armseliger Schlosser oder Autoschrauber ohne Meisterbrief."
„Ich werde ihn ja bekommen", sagte er schnell, „ich werde die Meisterprüfung machen und dann zur Fachschule für Gärungsgewerbe in Berlin gehen, ich will Brennerei-Inspektor werden, und dann können wir hier in dieser Kirche endlich heiraten."
Es war so überstürzt aus ihm herausgesprudelt, als ob er wie eine frisch gefüllte Siphonflasche unter Druck gestanden hätte.

8. Zugbekanntschaft

Sein Name war Victor Freiherr von Eyff.

Er entstammte dem Adelsgeschlecht derer von Eyff, welches bis zum Weltkrieg große landwirtschaftliche Güter und Gruben in Oberschlesien besaß. Die Familie hatte sich durch Heirat in mehrere Linien verzweigt, und die Ländereien mussten immer wieder aufgeteilt werden.

Der Baron von Eyff hatte sich aus den Erlösen seiner Güter, als ein glühender Verehrer des Deutschen Kaisers, mit hochwertigen Kriegsanleihen für den heldenhaften Kampf der deutschen Armeen engagiert, in der vermeintlichen Gewissheit eines schnellen und ruhmreichen Sieges und in Erwartung sicherer Rückzahlungen und hoher Renditen. Diese erwiesen sich nicht nur für ihn in fataler Weise als Fehlkalkulationen.

Da er große Teile seines Vermögens eingesetzt hatte, dazu noch in ausschweifender Weise weiterlebte, weil er den Niedergang nicht wahrnehmen wollte, die Weltwirtschaftskrise das Übrige bewirkte, konnte er sich nur noch auf sein langsam marode werdendes Schloss in der Nähe von Breslau zurückziehen.

Sein Sohn Ferdinand war ein stattlicher, gut aussehender junger Mann, allerdings schon in der Mitte der Dreißiger, was man ihm jedoch nicht im Mindesten ansah, der mit seinem Adelstitel stolz zu reüssieren verstand. Bei den Damen war er äußerst beliebt, sodass ihm scheinbar kein Abenteuer zu verwehren war. Sein klammes Budget wusste er geschickt zu verbergen.

Im Trebnitzer Festsaal war für Anfang September, initiiert vom Hause von Ballestrem, ein festliches Konzert zu wohltätiger Verwendung angesetzt worden, zugunsten der durch die Wirtschaftskrise in Not geratenen Familien. Es hatte sich schon allerlei Prominenz angesagt. Der Kostenrahmen sollte günstig gehalten werden, und deshalb hatte man die Idee verfolgt, der musizierenden Jugend von Trebnitz auf diese Weise eine würdige und gut besuchte Auftrittsmöglichkeit zu schaffen. Einladungen wurden an Schulen und Musikschulen ausgesprochen. Es gab vor allem Empfehlungen von Musiklehrern, und so war es schließlich dazu gekommen, dass das Fräulein Gretel Niedergesäß, durch die Sparkasse allenthalben bekannt, mit der Sonate C-Dur (Sonata Facile) von Wolfgang Amadeus Mozart im Programm verzeichnet war.

Weniger ein solch öffentlicher Auftritt als die Tatsache, dass sie dafür kein passendes Kleid besaß, hatte sie mit der Zusage zögern lassen. Glücklicherweise war Tante Martel, die älteste Schwester ihrer Mutter, eine begnadete Hobbyschneiderin.

Das Angebot, ihr altes, rotes Satin-Tanzkleid für diesen Auftritt umzuarbeiten, hatte Gretl sofort begeistert angenommen. Dafür musste sie jedoch ein Wochenende nach Glatz kommen.

Die anderthalb Stunden Bahnfahrt – sie musste in Breslau umsteigen – konnte sie gut nutzten, um die Sonate memorierend durchzugehen. Das Konzert fand in zwei Wochen statt, und sie wollte unbedingt auswendig spielen. Auf ihren Knien lagen aufgeschlagen zwei ältere Modezeitschriften, die sie hin und wieder vom Kassierer bekam, wenn seine Frau diese nicht mehr benötigte. Sie trommelte mit der rechten Hand ihre Fingerübungen auf die Schnittmusterbögen, sah sich dabei, mit der linken die Seiten etwas anhebend, die verschiedenen Schnitte und die dazu gehörigen Anweisungen und Texte an.

Ein Musikstück zu memorieren und sich währenddessen halb mit anderen Dingen zu beschäftigt, war für sie eine sehr gute Methode, um etwas sicher auswendig zu lernen, sozusagen für die hinterste Schublade.

Am liebsten hätte sie sich das Kleid selbst genäht, aber es fehlte nicht nur die Nähmaschine, auch Stoff war schwer zu bekommen und teuer. Da blieb meist nur die Möglichkeit, alte, gut erhaltene Kleidungsstücke umzuarbeiten, aufzutrennen und neu zu schneidern. Dass Tante Martel ihr Kleid für sie opfern wollte, rechnete sie ihr hoch an.

Ob kurz oder lang, darüber gehen die Ansichten noch auseinander, eines aber ist eine unumstößliche Tatsache geworden:
Der Rock des Nachmittagskleides ist weit und glockig,
las sie unter: *Rückbesinnung auf ruhige und feminine Eleganz.*
Sie blätterte zur Titelseite: „Bayrische Frauenzeitung" 4 – 1929.
Voriges Jahr erschienen, dachte sie, also noch aktuell.

Man trägt den runden, unten bogig ausgeschnittenen, einer glatten Hüftpassé angesetzten Rock, auch den verhältnismäßig engen Rock, der vorn breit, weit und glockig übereinander tritt, und man trägt das durchgehend geschnittene Prinzeßkleid, dessen große untere Weite durch einzelne, eingesetzte Glockenbahnen erzielt wird ... Immer aber sind Hüftpartie und Taille, letztere meist durch Gürtel, figurbetont.
Sie war stecken geblieben, musste sich wieder auf den Lauf und den Fingersatz konzentrieren. Erneut klapperten in schneller Bewegung ihre geschmeidigen Finger über das Blatt, wobei das Handgelenk Arm und Hand in lockerer, gerader und ruhiger Stellung hielt. Die Augen blieben weiter auf den Text fixiert.

Zu den raffiniert geschnittenen Rockformen kommt ein durchweg einfach geschnittenes Oberteil, das bei Nachmittagskleidern eine dekorative Garnierung aus Spitze für Kragen, Jabots und Ärmel, aufweist. Aufwendiger dagegen ist der sogenannte „Cocktail-Dress", für die kleinen festlichen Anlässe.
Ein drittes Mal hatte sie mit dem Lauf des ersten Satzes begonnen, als sie versonnen aufschauend direkt in das Gesicht eines jungen Mannes blickte, der in Breslau den Platz ihr gegenüber eingenommen hatte. Er lachte ihr freimütig und breit entgegen. Sein direkter Blick traf sie geradezu körperlich und taxierte sie scheinbar auf das Genaueste, hatte es wohl schon die ganz Zeit getan, ohne dass sie es bemerkt hatte. Sie fühlte, wie die Farbe ihrer Wangen ihr Gesicht wärmte.
Verwirrt starrte sie auf das Gedruckte.
Sommerkleider sind nicht mehr ärmellos, sondern mit verspiel-

ten Flügel- oder Volantärmeln versehen. Betont modisch ist die hohe Taille. Großer Beliebtheit erfreuen sich Kleider mit kleinem Rückencape oder mit Bolero, ...

Was hatte sie gerade gelesen? Sie spürte diesen Blick, dem sie nicht länger ausgesetzt sein wollte.

„Fahren Sie auch nach Glatz", fragte sie gerade heraus, jetzt für ihn etwas überraschend.

Er fühlte sich ertappt: „Äh, nein, nur bis Münsterberg."

Gut, dachte sie, dann werde ich wenigstens die letzte halbe Stunde der Fahrt Ruhe haben.

„Verzeihen Sie bitte," sagte er beflissen, „wenn ich Ihnen aufdringlich erscheine, es wäre unverzeihlich." Er holte tief Luft. „Darf ich mich vorstellen? Ich bin Ferdinand Freiherr von Eyff, für Sie Ferdinand."

Dabei war er aufgestanden, hatte sich vornehm verbeugt und auf ihren Handrücken einen vollendeten Handkuss gehaucht.

„Oder wenn Ihnen das zu schnell geht, Baron Eyff!"

In diesem Moment verlangsamte der Zug abrupt seine Fahrt, sodass er ungelenk und unsanft in seine Sitzposition zurückfiel. Sich amüsierend über diese verunglückte Zeremonie verflogen die Verlegenheiten, und sie begannen, ungezwungen miteinander zu plaudern. Er breitete zunächst die Verästelungen seines stark verzweigten Stammbaumes vor ihr aus, was sie zunehmend interessiert aufnahm.

Von dem Schloss Kraskow, mit den schönen Parkanlagen, in welchem er, mit seinem etwas kränkelnden Vater, vorgab zu wohnen, hatte sie schon gehört. Er hatte ihre Neugier geweckt, und sie betrachtete ihn höchst interessiert, während er weiter fabulierte.

Einen kurzen Moment nur hatte er, wenn auch halb gebeugt, vor ihr gestanden, daraus konnte sie schließen, dass er groß, stattlich, schlank und dazu vollendet gekleidet war.

Die leichte, in dunklem Braun mit schwachem Punktmuster durchsetzte Joppe mit abfallendem, leicht gerolltem Revers überdeckte halb die heller gehaltenen sportlichen Knickerbocker, wohlgeformte Waden freigebend, die aber durch die beigefarbenen, etwas groben Strümpfe zu stämmig wirkten. Die

sehr eleganten Schuhe machten jedoch diesen Eindruck wieder
wett. Aus dem weißen, gesteiften Kragen, der den Hals fast verdeckte, ragte ein schmaler, von blondem Haar umwallter Kopf,
aus dessen ausdrucksstarkem Gesicht diese Augen stachen, die
sie so in Bedrängnis gebracht hatten.

Inzwischen aber genoss sie seine Blicke, die, wie sie bemerkte,
ihre ganze Attraktivität als junge Frau erfasst hatten. Sie wusste
schon um diese, und bei einem solchen Mann war sie nicht
darum verlegen, sich auch bewundern zu lassen. Ja, sie fand
Gefallen daran. Durch seine Manieren, die Art, wie er zu reden
verstand und mit ihrem zunehmenden Interesse an ihm wurde
diese kurze Begegnung und deren Folgen zu einem Ereignis,
das einige Dramatik in ihr so junges Leben bringen sollte.

Er hatte eigentlich nur von sich und über sich gesprochen, doch
dann lenkte er geschickt das Gespräch auf sie.

„Ich muss Sie nochmals um Nachsicht bitten, wenn ich Sie
eben durch meine Unbekümmertheit gestört habe. Sie haben
sicher in Ihren Unterlagen zu arbeiten. Sollten Sie sich gar belästigt fühlen, will ich Sie nicht weiter behelligen."

„Aber nein", entgegnete sie schnell, „das sind doch nur alte
Modehefte. Ich wollte nur ein Schnittmuster für ein Abendkleid
aussuchen."

„Ein Abendkleid, für Sie? Ich kann mir gut vorstellen, dass Sie,
in welchem auch immer, ganz bezaubernd aussehen werden."

Sie blätterte verlegen, jetzt wieder errötend.

„Wie entzückend Ihnen diese leichte Röte zu Gesicht steht. Sie
müssen unbedingt zu diesem Kleid ein leichtes Rouge auflegen,
das macht Sie noch begehrenswerter."

Das empfand sie jetzt als zu dreist, aber es schmeichelte ihr.

Und schnell fügte er hinzu: „Darf ich den besonderen Anlass,
zu dem Sie sich so entzückend anzukleiden gedenken, erfahren?
Ich wäre gern zugegen, um Ihnen meine aufrichtige Bewunderung zu bekunden."

Er will dich wiedersehen, schoss es ihr durch den Kopf, will ich
das? Nein, so hatte ihr noch keiner geschmeichelt.

Ihr wurde heiß auf dem harten Holzsitz. Ein Baron. Adelig.

Sie hörte sich sagen: „In Trebnitz, im Festsaal, am übernächsten

Sonntag ... gibt es ... ein festliches Konzert.”
„Oh, ich würde mich glücklich schätzen, Sie dorthin begleiten
zu dürfen.” „Nein, nein, ich spiele dort eine Sonate.”
„Sie spielen Klavier, wie großartig. Es muss entzückend sein,
Sie spielen zu sehen. Ich hatte ja eben schon das Vergnügen der
Beobachtung, Ihre zart geschmeidigen Finger über die Schnittmuster fliegen zu sehen. Obwohl ich, wie ich gestehen muss,
die Bedeutung erst jetzt erfasse.”
Der Zug hatte quietschend und dampfend gehalten. Sie hatten
es nicht bemerkt. Plötzlich stand er in der gleichen devoten
Haltung wie zu Beginn vor ihr. Es war kein vollendeter Handkuss, sondern ein richtiger Kuss auf ihren Handrücken, der sie
überraschend in Aufregung brachte. Er fiel nicht wieder auf die
harte Sitzbank zurück, sondern vollführte an der Abteiltür eine
elegante Drehung. „Ich werde zum Konzert kommen und Sie
gebührend bewundern!”
Er erschien ihr noch stattlicher und edler. Mit Eleganz schwebte
er aus dem Waggon, über den Bahnsteig davon.
Der Zug rollte stampfend und quietschend wieder an.
Münsterberg stand auf dem zwischen Rauchschwaden vorbei-
gleitenden Schild. Sie lehnte, leicht benommen, ihren Kopf an
die Scheibe. Ferdinand Freiherr von Eyff. – Ein Baron.
Noch nie hatte sie ein Mensch so überwältigt. Was sollte sie
jetzt tun? Nichts. Sie konnte gar nichts tun. Sie musste abwar-
ten. Vielleicht war alles nur ein Spuk, vielleicht würde er nicht
kommen, würde sie ihn nie wiedersehen.
Plötzlich überfiel sie Trauer. Alles nur ein Spuk? Nein, sie
wollte hoffen, dass er kam, dass er erschien, vielleicht in einer
herrlich stattlichen Uniform?
Der Waggon ratterte über die Weichen, und ihr Kopf vibrierte
leicht an der Scheibe.
Hatte sie sich verliebt? Nein, unmöglich, das konnte und durfte
nicht sein. Aber dieses Gefühl während des Gesprächs, es war
immer stärker geworden. Ganz anders als bei Fritz.
Der Sitte-Fritze, sie vermisste ihn. Was mochte er jetzt machen?
Sie glaubte schon länger in ihn verliebt zu sein, aber das Gefühl
jetzt? Das war so ganz anders. Heidrun hatte einmal von so was

wie Schmetterlingen im Bauch gesprochen. „Quatsch, so etwas
gibt's gar nicht", hatte sie gesagt. Spürte sie jetzt welche?
Sie nahm ihren Kopf von der Scheibe und lehnte sich zurück.
Der Zug hatte normale Fahrt aufgenommen.
Auf ihren Knien lagen noch die Hefte.
*Das Abendkleid ist generell lang, es weist zwei konträre Stile
auf: Das figurbetonte „Sirenenkleid", mit hoher Directoire-
Taille aus Spitze, Satin oder Samt. Die Abendkleider sind
gewagt dekolletiert, haben dünne Achselbänder und ein tiefes
„griechisch drapiertes" Rückendekolleté.*
Wo sollte sie ein solches Abendkleid tragen? Tief dekolletiert.
Am Sonntag? Nein, das wäre nicht schicklich.
Sie sah den leeren Platz.
Mit ihm auf einem festlichen Ball über die Tanzfläche schwe-
bend, in seinen starken, schwingenden Armen sah sie sich, die
Augen geschlossen, in einem solchen Kleid. Ein Traum und mit
einem tiefen Dekolleté. Plötzlich waren sie da. Schmetterlinge!
Nie fand sie Schmetterlinge wundervoller.
*Die heutige Dame ist selbstbewusst und kein Jungmädchentyp
... Die Hängerlinie ist endgültig passé. Die Frau zeigt wieder
sanfte Rundungen, kleine, aber immerhin existente Brüste,
schmale Taille und schmale Hüften. Dem gegenüber steht die
Meinung: Die stark modellierte Linie der Kleider tritt natur-
gemäß wieder zurück, da die Damen bestimmt darauf verzichten werden, sich in das angekündigte Korsett zu zwingen.*
Die Dame, Nr. 26, stand unter dem Artikel.
Das Heft rutsche ihr von den Knien, mit einem Seufzer fischte
sie danach, stand auf und warf es auf die Bank. Es begann
draußen zu dämmern. Jetzt sah sie sich im Fenster zwischen der
schemenhaft vorbeifliegenden Landschaft.
Für sie war dieses Fenster ein ungewöhnlich großer Spiegel. Zu
Hause gab es nur einen kleinen über dem Waschbecken, den
großen am Schlafzimmerschrank hatte ihre Mutter zugehängt:
Man wird nur eitel und selbstverliebt. Spiegel sind Teufelswerk.
Allein im Abteil, sah sie im Fenster eine schöne, junge Frau, in
einem, wenn auch die Arme bedeckenden, oben geschlossenen,
leicht taillierten Kleid, dessen glockiger Saum, die Knie locker

umspielend, die schönen Beine zum Betrachten freigab.

Die Luft tief einsaugend ließ sie nun beide Handflächen über die Lenden zu den Oberschenkeln gleiten, drehte sich ins Profil und betrachtete sich in noch nie erlebten Gefühlen.

Schmetterlinge waren gar nichts mehr dagegen.

Berauscht von dem Anblick und vom Rucken des Zuges unterstützt, fiel sie auf die Bank zurück.

Der Schaffner lief den Gang entlang durch die Abteile.

Schnell schlug sie wieder eine der Modezeitschriften auf.

Die elegante Dame ist nach Maßgabe der Modejournale von makelloser Schönheit. Schmal ausgezupfte Augenbrauen, voller Mund und dunkelblaue Lidschatten sind gefragt.

Sie wusste, dass sie schön war, nur durfte sie es nie zeigen.

Ihre Brüder fanden sie toll, besonders Bruno, aber sonst? Die Männer, die sie kannte, sie wussten sich gegenüber einer schönen, jungen Frau, wie sie sich empfand, nicht zu benehmen.

Aber Lidschatten, Lippenstift oder gar ausgezupfte Augenbrauen, das wäre in der Sparkasse und auch sonst ganz unmöglich.

Hatte sie mit diesem Baron die Chance, eine elegante Dame zu werden, aus der muffigen Militscher Straße in Trebnitz herauszukommen, der Einfachheit der Gemüter um sie herum zu entfliehen?

Bühne und Film gelten als bedeutsame Modeschauplätze. Jede Theaterpremiere ist gleichzeitig eine Premiere der Mode.

Sollte sie mit ihm in einem wunderbar dekolletierten Abendkleid gar einen Theaterabend erleben? Mit ihm in die Oper gehen?

Einmal nur war sie bisher in Breslau in der Oper gewesen, bei einer Schüleraufführung.

Ein wunderbares Haus. Als erwartungsfroher Besucher steigt man über die marmornen Treppenaufgänge in die Ränge empor oder wandelt über Eichen- und Mahagoniböden durch die verschiedenen Foyers ins Parkett unter den edlen Lüstern, deren Licht von Kristallspiegeln ringsum reflektiert wird.

In der dunkelroten Bestuhlung der ansteigend angeordneten Zuschauerreihen, die den direkten Kontrast zu den weißen, leicht geschwungenen Rangbalustraden bilden, auf welchen zarte Stuckornamente in verschwenderischer Vergoldung glänzen, würde sie ihren Platz einnehmen. Ein Baron, Ferdinand an ihrer Seite, in einem weißen Frack, würde der Musik vielleicht von Mozarts »Die Hochzeit des Figaro« leidenschaftlich folgen, ihre Hand in der seinen, die Melodien, die sie schon so oft auf dem Klavier gespielt hatte, innerlich mitsummen, etwa die des Cerubino, dessen pubertär elegische Sehnsüchte Mozarts Gesangslinien so wunderbar zum Schwelgen bringen:

... sagt ist es Liebe, was hier so brennt ...?

Sie legte die Hände quasi gefaltet hinter ihren Kopf, sodass die gekrümmten Ellenbogen ihr wie die Ohren eines Ohrensessels schützende Heimlichkeit vortäuschten.

Ich könnte ihm eine Einladung zum Konzert schicken.

Aber sie hatte nichts als seinen Namen.

Ich muss wissen, ob er kommt, ob er im Saal ist.

Wie soll ich mich auf die Tasten konzentrieren?

Wenn ich einfach Schloss Kraskow darauf schreibe ...?

Ich werde nur für ihn spielen!

Der Zug hatte abrupt abgebremst, machte dann aber plötzlich einen Satz nach vorn. Gretl saß entgegen der Fahrtrichtung und wäre in ihrer Verträumtheit fast auf den Boden gerutscht.

Kreischende Bremsen brachten die Waggons mit einem Ruck zum Stehen und drückten sie zurück an die Lehne.

„Glatz", rief der Schaffner draußen.

Erschrocken raffte sie die Zeitschriften vom Boden, ergriff ihre Tasche und stürzte aus dem Zug.

Das Kleid musste ein ganz besonderes werden!

9. *Ball des Adels*

Ferdinand steuerte den Marktplatz an.

In Münsterberg wollte er seine neueste Eroberung besuchen, die äußerst hübsche Tochter des Landrats Adolf Freiherr von Thielemann. Er hatte sie im Frühjahr beim »Ball der Adelsfamilien Schlesiens« kennengelernt, der alle zwei Jahre im neu restaurierten Schloss Friedrichs des Großen in Breslau stattfand. Eine höchst festliche Veranstaltung.

Das zwischen 1858 und 1868 von August Stüler durch zwei seitliche Anbauten vergrößerte Schloss, dessen Kolonnaden den Ehrenhof an der Karlstraße umgaben und das seit 1926 als Museum für Kunstgewerbe und Altertümer genutzt wurde, bot dafür den entsprechenden Rahmen. Besonders der Festsaal in seiner leicht in Grün und Gelbbraun gehaltenen barocken Ausstattung mit den stuckbekränzten Kaminen an beiden Stirnseiten.

Von der in breiter barocker Wölbung dezent ausgemalten Decke neigten sich drei Glaslüster, die extra zu diesem Anlass mit langen, weißen Kerzen bestückt waren. Wiegende Walzer-Musik, tanzende Paare, klingende und klirrende Gläser, dazu ein schier unendliches Durcheinander von fröhlich prahlenden Stimmen und Geräuschen erfüllten den Raum.

Jedoch diente der Abend auch zunehmend dem Aufmarsch der adeligen Heiratswilligen und -fähigen und hatte so etwas von einer edlen Fleischbeschau. Vermehrt sah man tief dekolletierte Mütter, die ihr Alter mit viel Rouge, dicken Puderschichten und Perücken zu verbergen suchten, mit noch tiefer dekolletierten jungen, oder nicht mehr ganz so jungen, mehr oder weniger hübschen Töchtern. Ihre gräflichen oder fürstlichen Väter, in preußischen Uniformen oder im Frack, mit Orden und reichlich Lametta verziert, patrouillierten am Rand der Tanzfläche des Festsaales und in den Wandelgängen, für die Töchter Ausschau haltend nach ebenso ausstaffierten betuchten Jünglingen.

Der Industrie- und Landadel, der also noch über Güter und Besitztümer verfügte, war vom reinen Militäradel leicht zu unterscheiden, welcher ja nach dem Krieg durch die Umstürze bei der Reichswehr, notwendig geworden durch den Versailler Vertrag, völlig zu verarmen drohte.

Die Familie Adolf Freiherr von Thielemann entstammte noch dem Militäradel, jedoch hatte der Freiherr als Landrat in der Politik und Verwaltung eine Position erreicht, welche seiner Familie ein, wenn auch nicht üppiges, so doch ausreichendes Auskommen garantierte.

Anders die Familie von Ferdinand. Sein Vater, Victor Freiherr von Eyff, konnte den Verlust seiner militärischen Position nicht anderweitig ausgleichen, so war auch die Verarmung seines Sohnes vorgezeichnet, wenn er nicht bald in eine noch wohlhabende Familie einheiraten würde.

Als Zehnjähriger war er 1904 auf die Kadettenschule in Groß-Lichterfelde gekommen und musste, für den Militäradel damals üblich, nach seinem Abitur ein Jahr als Fähnrich seinen Dienst ableisten. Kurz vor Beginn des Krieges kam er nach Liegnitz auf die halb private Kriegsschule, die der „Ritterakademie" angeschlossenen war, zur Vorbereitung auf die staatliche Kriegsakademie. Während des Krieges wurde er durch Vermittlung seines Vaters, der noch als Oberst im Generalstab fungierte, zur Organisation des Nachschubs eingesetzt. Bei Kriegsende 24 Jahre alt, hätte er sofort die Weichen anders stellen müssen. Der halbherzige Versuch, ein Studium aufzunehmen, scheiterte.

Was hatte er gelernt? Zu wenig für ein Hochschulstudium.

Nur dies: Heeresorganisation, Gelände- und Waffenlehre, Planzeichnen, Militärgeschäftsstil und Dienstkenntnis, außerdem Exerzieren, Turnen und Fechten. Das Fechten hatte ihm die Haltung, die geschmeidige Art seines Auftretens, seine subtile Gestik vermittelt. Das war es, womit er jetzt reüssierte, aber sonst war er nicht fähig, die richtigen Fachbereiche für ein Studium zu wählen, und als ehemaliger Zögling von Kadetten- und Kriegsschulen, die nach und nach geschlossen wurden, hatte er ohnehin wenig Chancen.

Sich einem zivilen Broterwerb zuzuwenden war für ihn als Freiherr nicht denkbar. So lebte er tatsächlich zunächst durch seine physische Präsenz, von der mageren Apanage seines Vaters und der vagen Hoffnung, dass sich dessen Restvermögen ohne sein Zutun doch irgendwie wieder vermehren könnte.

Er hatte Elfi, auf den ersten Blick eine wirkliche Schönheit, in Begleitung ihres Vaters im dicht gedrängten Angebot ausgemacht und sie spontan als sein erstes »Opfer« erwählt. Sein ausnehmend gut sitzender weißer Frack mit den roten Streifen an den Hosennähten, am Revers und an der Brusttasche einige unbedeutende und unbekannte Orden von der Ritterakademie, gaben seiner Erscheinung etwas Herausragendes.

Er schwebte auf Elfi zu, sein perfekt gehauchter Handkuss begrüßte sie und die elegant knappe Verbeugung den Vater.

„Gestatten, gnädigstes Fräulein! – Herr Baron!",

flötete er in ihr lieblich verlegenes Lächeln.

„Freiherr Ferdinand von Eyff! Ihr Herr Vater wird mir sicher gestatten, Sie umgehend zum Tanze zu führen." Dabei schob er behutsam seine Hand unter ihren zierlichen Unterarm.

Tochter und Vater waren überrumpelt und verblüfft von so viel Eleganz und Charme. Ihm blieb nur die nickende Zustimmung, und schon sah er seine wunderbare Tochter mit diesem aus dem Nichts aufgetauchten Adonis über die Tanzfläche gleiten.

Der Abend war für Ferdinand überaus reizend und erfolgreich verlaufen, und am Ende erbat man seinen Besuch im Hause des Landrats zwecks näherer Einvernahme.

Nun stand er vor dem edlen Stadthaus und betätigte mit dem abgegriffenen Handzug die hässlich klingende Hausglocke.

Zögernd hatte er sich vom Bahnhof entfernt und ernsthaft überlegt, ob er überhaupt diesen Besuch machen sollte.

Dieses Mädchen im Zug hatte ihn überwältigt. Sie war ganz anders als diese auf »adelig« gezüchteten Wesen. So ein Geschöpf war ihm noch nie begegnet. Wie auch, er hatte sich ja immer nur in Adelskreisen bewegt.

Er glaubte, dass der Adel in Deutschland in absehbarer Zeit keine Rolle mehr spielen dürfte. Der Machtverlust war doch eklatant, nur wollten das die Adeligen selbst, allen voran sein Vater, nicht sehen. Während eines heftigen Gesprächs hatte er seinem Vater vorgeworfen: Nach seiner Meinung hätten der Adel und auch er, als oberster Militär, den Weltkrieg provoziert und mitverschuldet. Ohne Einsicht und in entrüsteter Ablehnung hatte der Vater ein Weiterführen des Gespräches abgelehnt.

Die Gedanken an seine Zukunft überfielen ihn immer wieder, und vielleicht würde die Begegnung mit diesem Mädchen neue Energien zu wirklichen existenziellen Entscheidungen in ihm Raum geben. Auch fühlte er sich bei aller Vollendung in seinem Benehmen und dem charismatischen Darstellen seiner Person nicht immer wohl, weil er wusste, intelligent, wie er nun einmal war, dass all das nicht seiner Authentizität entsprach.

Die Haustür öffnete sich knarrend. Der Hausdiener wies ihm den Weg, nachdem er seinen Namen und sein Begehren kundgetan hatte. Dem lang gestreckten dunklen, Marmor gefliesten Flur folgte zur Rechten der Salon, den er, der Aufforderung des Dieners folgend, fast auf Zehenspitzen betrat, derweil dieser sich träge schlurfend nach links entfernte, wohl in die Küche.

Freiherr von Thielemann erhob sich schwer und begrüßte den Gast, wie dieser sofort bemerkte, zurückhaltend kühl.

„Meine Tochter werde ich, wenn wir so weit sind, dazu rufen", sagte er unsicher und bedeutete ihm, im Sessel ihm gegenüber Platz zu nehmen.

Der Hausdiener brachte, balancierend auf einem kleinen Silbertablett, drei Gläser mit einer Flasche Sherry, setzte es ab und schenkte ein. Der Freiherr erhob eines der Gläser: „Auf Ihr Wohlergehen, das Ihres Hauses und das Ihres Herrn Vaters!"

Der andere Freiherr nahm das zweite Glas, erwiderte die Geste, und so nippten sie gemeinsam einen vornehmen Schluck.

Plötzlich stand Elfi im Zimmer, sie hatten sie nicht kommen hören. Sie schien aufgeregt, wirkte aber in ihrem locker um den schlanken Körper wehenden Kleid und den etwas ungeordneten blonden Haaren, die jetzt üppig über ihre Schultern fielen, entschlossen und zugleich verschämt.

„Da bist du ja, mein Schatz", entfuhr es dem Freiherrn, –

„wir sind noch nicht so weit."

„Nein, ich möchte das selbst erledigen."

Sie nahm das dritte Glas vom Silbertablett und trank es unfein in einem Zug leer. Die Freiherren schauten sich fragend an.
Das Glas wieder zurückstellend begann sie zögernd:
„Lieber Freiherr von Eyff! Wir waren zwar schon bei Ferdinand und Elfi, aber das war für den ersten Abend wohl etwas zu überstürzt ..., ich habe, äh ...”
Sie drehte, bebend nervös, leicht wankend ihr Köpfchen zum Freiherrn, der sich, in äußerster Anspannung, tief einatmend aus dem Sessel heraus in eine entschlossenere Position bemühte. Doch ihre gebietende Hand unterband sein beabsichtigtes Eingreifen, sodass er, zurücksinkend, seinen aufgestauten Atem ebenso spannungsgeladen wieder entweichen lassen musste.
Sie wandte sich wieder dem anderen Freiherrn zu: „Wir haben Nachforschungen angestellt und uns ist glaubhaft gemacht worden, dass Sie schon des Öfteren junge Mädchen umgarnt und betört haben, mit Versprechungen, Komplimenten und verlogenen Schmeicheleien nicht zimperlich sind.”
An dem restlichen Inhalt des von ihr fahrig ergriffenen Glases des Freiherren hatte sie sich verschluckt. Sie räusperte sich.
Indem sie mit dem Handrücken ihren aufgeregten und wunderbaren Mund zu verbergen suchte, perlten aus dem umgekehrt in der Hand liegenden Glas die letzten Tröpfchen der hellbraun glitzernden Flüssigkeit auf den gelblichen, fast weißen Rock.
„Und vielleicht wollen Sie auch nur eine gute Partie machen!”
Mit der freien Hand huschte sie unwirsch und verunsichert über den Rock, womit sie die Tropfen nur verwischte, die Ferdinand im ersten Moment als ihre herabgefallenen, geweinten Tränen wahrgenommen hatte.
Die Flasche in ihrer rechten Hand, füllte sie, gefährlich zitternd, erneut das Glas. Und jetzt waren es die echten Tränen, mit denen sie kämpfte und die den Klang ihrer Stimme zu ersticken drohten: „Also, es kann mit uns nichts werden und ... nein, ... nein, ich will Sie niemals mehr wiedersehen!”
Das überhastet geleerte Glas knallte sie heftig auf das Tablett und stürzte aus dem Salon. Ihr unterdrücktes, leises Schluchzen sowie ihr vernehmbar trotziger Schritt verhallten in dem überakustischen Treppenaufgang.

Die Freiherren waren aufgesprungen und starrten sich an.

Der Souveränere fand zuerst die Sprache wieder: „Das sind sehr schwere und höchst bedauerliche Verleumdungen, die ich hier und jetzt nicht werde entkräften können. So bleibt mir nur, mich höflichst zu empfehlen."

Er ging zwei Schritte zur Tür, drehte sich abrupt um, machte eine seiner unnachahmlichen Verbeugungen, indem er, den linken Fuß leicht nach hinten setzend, den rechten Arm mit der gestreckten flachen Hand zum linken Oberschenkel führte, die linke Hand dabei gleichzeitig mit der Kante des Daumens das linke Gesäßteil berühren ließ und so mit dem Oberkörper kurz in einem Winkel von 45° innehielt.

Schon im Aufrichten die Hacken zusammenschlagend rauschte er an dem in der nur halb geöffneten Tür gebeugt stehenden Hausdiener vorbei durch die Eingangshalle hinaus.

Draußen schlug ihm die noch laue Spätsommerluft entgegen, und er versuchte, den steifen Kragen etwas zu lockern. Sportlich elegant hatte er sich präsentieren wollen, sich dann aber doch zu warm gekleidet. Nachdenklich schlenderte er zum Bahnhof zurück. Wie hatte das passieren können, wer hatte ihn so hintergangen? Es konnte nur diese kleine verflixte Baroness von Rohrscheid gewesen sein, deren Ansinnen, mit ihm auf den Ball zu gehen, er ausgeschlagen hatte. Die Familie Rohrscheid war genauso klamm wie die seine, und für ihn war es nun einmal wichtig gewesen, auf diesem Ball Neues zu erkunden.

Sein vollendeter Abgang eben beruhigte ihn ein wenig.

Er dachte an das Mädchen im Zug.

Warum war das alles so unendlich kompliziert? Warum gab es Adelige und Nichtadelige? Sie war sicherlich nicht von Adel, selbst eine Bekanntschaft mit ihr würde sein Vater verbieten.

Und doch hatte er das Gefühl, sie könnte die Richtige für ihn sein. Das Gespräch mit ihr war so aufregend und doch so leicht gewesen. Er hatte zwar seine schon zur Routine gewordenen Floskeln angewandt, aber sie waren bei ihr angekommen. Sie hatte Freude gezeigt an seinem Reden. Und plötzlich wurde ihm klar, es waren keine Floskeln mehr gewesen, er hatte alles genauso gemeint, genauso gefühlt. Er hatte seine ehrliche Be-

wunderung zum Ausdruck gebracht und das mit Worten, die er sonst nur als Hülsen, als Mittel zur Täuschung verwandt hatte.
Wärme stieg in ihm auf. Aber es war jetzt nicht mehr die zu warme Kleidung, es war ein Gefühl, nach dem er sich immer ... Erstarrend blieb er stehen. Ihr Name? Er wusste ihren Namen nicht, nicht ihre Adresse, nur dass sie im Trebnitzer Festsaal Klavier spielen würde. Er hatte sich verliebt, zum ersten Mal. In ein herrliches Geschöpf. Darüber hatte er zu fragen vergessen.
Egal, er würde in zwei Wochen ihrem Klavierspiel lauschen.
Aber zwei Wochen, wie sollte er die aushalten, er war ja schon jetzt nur noch von den Gedanken an sie erfüllt.
Sein Schritt wurde schneller, beschwingter, leichter, er schaute befreit zum Himmel, sah, wie die untergegangene Sonne rote Schlieren auf das dunkler werdende Blau zauberte. Die blasse Mondscheibe schien sich dazwischen ihren Platz zu suchen, und das freche Zwitschern der Spatzen bedeutete ihm, endlich wirkliche Liebe zu fühlen.
Elfi hatte er schon vergessen.

10. Sonaten-Träumerei

Das Konzert begann mit einer Viertelstunde Verspätung.
Die Platzanweiser hatten Mühe, den Andrang zu bewältigen.
Man hatte keine Eintrittskarten verkauft, sondern nur mit Plaka-
ten geworben und Einladungen verschickt. Sehr viele Trebnitzer
standen in langen Schlangen vor dem Eingangstor der Halle.
Gretl hatte frühzeitig ihr festliches Kleid angezogen. Der neue
BH, heimlich in Glatz gekauft, dessen vorgegebene Fasson von
Tante Martel wunderbar in das Oberteil des Kleides eingearbei-
tet worden war, gab ihren wohligen Formen den richtigen Sitz
und brachte das nicht zu tief ausgeschnittene Dekolleté vor-
teilhaft zur Geltung.
Die undurchsichtige Spanngardine, die vor dem großen Spiegel
des Schlafzimmerschrankes von ihrer Mutter angebracht worden war – Spiegel seien Teufelswerk –, hatte sie kurzerhand
entfernt. Jetzt sah sie, was das Publikum neben ihrem Spiel auch
bewundern sollte: Ein von leicht gelockten, schwarz-braunen
Haaren umranktes, strahlendes Antlitz, die Augenlider dezent
fein nachgezeichnet. Das Auszupfen der Augenbrauen hatte sie
jedoch nach den ersten Versuchen aufgegeben. Auf Ferdinands
Rat hin leuchtete etwas Rouge auf den Wangen, und das zarte
Rot des ersten Lippenstiftes verlieh dem Lächeln oder Lachen,
welches sie jetzt, sich im Spiegel betrachtend, abwechselnd aus-
probierte, etwas Unwiderstehliches. Das Kleid war wunderbar.
Sich betrachtend wurde ihr klar, sie hatte sich, ihren Körper und
ihr ganzes Sein entdeckt. Und sie fand sich schön, sie mochte
all das, was sie sah. Sie war verliebt – in ihr eigenes Bild? Ja,
vielleicht auch. Aber sie war in Ferdinand verliebt, war von ihm
umschwärmt worden mit Komplimenten, wie sie sie noch nie
gehört hatte. Also musste sie auch sich lieben. Wie sollte er sie
lieben, wenn sie sich nicht selbst liebte.
Die Tür sprang auf, und Bruno steckte seinen Wuschelkopf
durch den Rahmen.

„Gretl, wir müssen ... booh, siehst du aus! Wie ein Filmstar!"
Der Fünfzehnjährige, ein aufgewecktes Bürschchen, der sich
schon gut mit Mädchen auskannte, hatte seine Schwester schon
früh entdeckt, früher als sie sich selbst.
Erregt und verträumt beobachtete er sie, während sie ihre Noten
einpackte – sie würde zwar auswendig spielen, aber zur Beruhi-
gung war es gut, die dabei zu haben –, den Inhalt ihres kleinen
Cocktailtäschchens prüfte, das zum Kleid passende Rückencape
umlegte, noch einen prüfenden Blick in den Spiegel wagte, verbunden mit je einer Drehung nach rechts und nach links.
„Komm, es wird Zeit!" Sie hatte Bruno am Arm durch die Tür
gezogen. Er riss sich los. „Wir müss'n die Spanngardine wieder
vor den Spiegel schieb'n, sonst gibt's Ärger mit Mutti."
Er lief zurück und verdunkelte dieses Teufelsding der Eitelkeit.
Die zwanzig Minuten bis zum Festsaal, so hatte er versprochen,
wollte er ihr Begleiter sein. Sie hakte sich unter, und er schritt,
stolz auf seine schöne Schwester, hoch aufgereckt der Halle
entgegen. Das Gefühl, alle Leute würden sich nach ihnen den
Kopf verdrehen, ließ seinen Blick umherschweifen. Seine Ein-
bildungskraft erhöhte zudem seine Erregung, sodass sein stolzer
Gang zunehmend problematisch wurde.
Brunos rechte Schuhspitze stieß hart gegen die Bordsteinkante,
und er wäre lang hingeschlagen, hätte ihn Gretl nicht gehalten.
„Du bist mir ein schöner Kavalier, du solltest *mich* halten!"
„Schuldigung." Sie musterte ihn von der Seite.
Die Halle war erreicht. „Ach, Fräulein Gretl, Sie wirken ja mit.
Na klar, Ihr kleiner Kavalier darf natürlich mit rein."
Bruno schaute dankbar dem ehrenamtlichen Logenschließer
nach. Er empfand sich wahrlich als ihr Kavalier, jedoch das
»Kleiner« hatte ihm nicht gefallen. Mit seiner besten Jacke,
dem weißen Hemd und der fast knitterfreien Hose, die er noch
im letzten Moment gefunden hatte, fühlte er sich ausstaffiert
wie andere im Frack.
Plötzlich blieb Gretl stehen. „Bruno", rief sie verzweifelt, „ich
habe die Schuhe vergessen!"
Die hatten ihr überhaupt gefehlt. Am letzten Wochenende war
das Kleid fertig geworden, sie war damit am Sonntagabend

nach Hause gefahren, immer wieder schauend, ob nicht doch Ferdinand im Zug säße. Dann war ihr plötzlich klar geworden. Sie hatte ja gar keine passenden Schuhe.

Wer konnte zum Kleid passende Schuhe haben? Rot sollten sie sein, vielleicht mit Satin überzogen oder aus Krokodilleder. Im Modeheft waren Abbildungen von hochhackigen, mit schmalen Knöchel- oder T-Riemchen, die Zehen frei. Wie gern würde sie dazu auch die Nägel lackieren, aber das ging natürlich nicht.

Ihre Mutter hatte sich die ganze Zeit über dieses ganze Theater mit dem Konzert genügend aufgeregt, dass ihre Tochter sich da begaffen lassen wollte, in einem extra Kleid, mit diesem Ausschnitt. Sie war eifersüchtig auf ihre Schwester, weil nicht sie das Kleid hatte nähen können. Jetzt war sie es, die ihr half. Von einer ihrer Bekannten hatte Gretl dann die Schuhe bekommen, richtig verspielte, super elegante Hingucker, die jetzt, vergessen in der Ecke neben dem Schrank in einem Jutebeutel lagen.

„Kein Problem", sagte Bruno, „ich renn schnell und hol sie, wir hab´n ja noch genug Zeit."

Warum sie nur diesen Beutel vergessen musste?

„Na, Bruno wird sie sicher noch rechtzeitig bringen können", sagte sie sich im Weitergehen.

Auf dem Flur stieß sie mit ihrem Klavierlehrer zusammen.

„Hallo, Fräulein Gretel! Oh, wie bezaubernd, das Kleid, Sie werden heute ja der wirkliche Star sein."

Dabei schaute er lustvoll auf ihr doch sehr sittsam ausgefallenes Dekolleté. Sie bemerkte ihre Freude und bereute plötzlich, Tante Martel nachgegeben zu haben, das Dekolleté einige Zentimeter höher aufschließen zu lassen, als es im Schnitt vorgesehen war. Errötend sagte sie leise: „Warum das Sie? Sie haben mich doch bisher geduzt." „Na, ab heute sind Sie für mich die große Dame. Sie werden wunderbar spielen und alle restlos begeistern."

Sie mochte ihn. Ihm war es zu verdanken, dass sie heute hier spielen durfte, nein, dass sie es konnte. Wobei er in den letzten Jahren immer gedrängt hatte, sie müsse nach Breslau zum Konservatorium gehen, er könne ihr nicht mehr viel beibringen, es wäre schade um ihr Talent. Aber die Mutter redete dagegen: „Du spielst doch schonn, was willste denn noch alles mach´n?"

Fast ehrfurchtsvoll betrat sie die Bühne. – Da stand er.

Langsam näherte sie sich dem elegant geschwungenen Korpus. Ihre flache Hand strich fast zart über die leicht abgeschrägte, nach innen gerundete obere Kontur entlang der Ausbuchtung, durch deren sich nach außen schwingende Rundung der Klangkörper seine volle Breite erlangte.

Leicht nach vorn gebeugt, versonnen in der Ausbuchtung stehend, mit dem Rücken zu dem geschlossenen Vorhang, schien ihr Spiegelbild in dem hochglänzend polierten Nussbaumfurnier mit diesem herrlichen Instrument zu verschmelzen.

Ein kräftiger Stoß riss sie unsanft aus ihren Klängen.

„Oh, verzeihen Sie, mein Fräulein", entschuldigte sich Herr Martens, der heute ehrenamtlich agierende Inspizient, und strich ihr reflexartig und besänftigend, eigentlich jedoch unverschämt und dreist, über ihren so wohlgeformten Po, den er durch sein Bücken mit dem seinen so unversehens touchiert hatte. Die Hand blitzschnell zurückziehend, als hätte er auf eine heiße Herdplatte gefasst, stammelte er, er habe nur durch das Loch im Vorhang den Zuschauerraum in Augenschein nehmen wollen.

„Kann man das denn?" versuchte sie die Peinlichkeit zu überspielen. „Oh ja, hier!", rief er und wies auf ein kleines umstochenes Loch, verdeckt von einem Läppchen. Das Läppchen ihm abnehmend legte sie vorsichtig die Stirn an den Vorhang, zentrierte Loch und Auge und flüsterte: „Es sind ja kaum Leute da."

Er stand ganz nah bei ihr, und er war froh, diese Kollision, die ihm eben noch peinlich war, erlebt zu haben. Wie gut sie roch.

„Es sind kaum Leute da", wiederholte sie, „wann kommen die denn?" Dabei hatte sie sich zu ihm gedreht, ihre Gesichter waren jetzt keine zehn Zentimeter auseinander. Unerschrocken sah er in ihre fragenden blauen Augen. Sie schreckte errötend zurück und langsam rückwärtsgehend stieß sie zunächst mit besagter Rundung an den Flügel, um endlich auf dieser an der Schmalseite der Klavierbank zum Sitzen zu kommen.

„Wirken Sie heute Abend mit?", fragte er nach der entstandenen Pause, obschon ihr wunderbares Kleid mit dem reizenden Dekolleté, welches jetzt, da sie nicht ganz aufrecht saß, zarte Ansätze zum Betrachten freigab, nur diesen Schluss zuließ.

Auf ihr Nicken, sie hatte sich dabei aufgerichtet, als fühlte sie sich von seinem offenen, genießenden Blick ertappt, erklärte er: „Um drei viertel ist Einlass, wir haben noch zehn Minuten."
Sie unverdrossen ansehend fügte er hinzu: „Dann will ich nicht weiter stören. Sie wollen sich sicher noch mit dem Instrument vertraut machen." Er verschwand zwischen den Seitenschals.
Das unverhoffte Zusammentreffen hatte ihr geschmeichelt.
Traugott Bernd, Breslau, von 1847 stand auf der Innenseite des aufgeklappten Tastaturdeckels. So hieß auch die Instrumentenhandlung, Ring 8, an der Naschmarktseite. Der rechteckige Marktplatz, der Ring im Zentrum der mittelalterlichen Stadt, war ihr Lieblingsaufenthaltsort in Breslau. Im vergangenen Jahr war sie mehrmals dort gewesen, um am Konservatorium Informationen über die Möglichkeit der Aufnahme in eine Klavierklasse einzuholen. Sie bewunderte immer wieder aufs Neue das herrliche Rathaus, eines der bedeutendsten gotischen Rathäuser Europas, lief staunend das Häusergeviert ab, die Grüne-Röhr- und die Goldene-Becher-Seite. Die westliche Seite, Zu den Sieben Kurfürsten und die Naschmarkt-Seite. Hier war sie beim letzten Besuch vor der Instrumentenhandlung stehen geblieben. Ein wenig traurig hatte sie diese betreten und sich direkt an den kleinen, braunen Stutzflügel gesetzt, den sie schon durch das Schaufenster erspäht hatte. Sie strich respektvoll über den Tastaturdeckel, den der Juniorchef unvermittelt öffnete, mit der Aufforderung: „Sie dürfen gern darauf spielen." „Aber so ein Instrument werde ich mir nie leisten können", entgegnete sie.
„Da wird sich sicher eine Möglichkeit finden", beruhigte er.
Die Träumerei von Robert Schumann war eines ihrer Lieblingsstücke. Es war kein trauriges Stück, melancholisch leise, sich in der Melodie immer wieder aufschwingend, so wie sich Träume immer wieder neu formieren, um taumelnd in sich zusammenzufallen, um neuen Träumen Platz zu geben. Im fünften Anlauf verlässt dann das Thema das Dur, und dieser Traum erhält quasi einen Dämpfer, die Töne purzeln ein wenig durcheinander, bis die wieder aufsteigende Phrase dem höchsten Ton zustrebend den Reigen neu sprudelnder Träume fortführt.
Ihre Träume lagen dabei mehr in der Emotion, die die von ihr

gestaltete Musik in ihr beflügelte, als im Konkreten, obwohl sie schon den tristen, verarmten Lebensumständen zu entfliehen träumte, den lauten Tiraden ihrer Mutter, den respektlosen Reden ihres älteren Bruders oder der von älteren Männern dominierten Arbeitsumgebung in der Sparkasse.

Gerade war ihr ein lieb gewordener Traum zerplatzt.

Langsam setzten ihre Finger auf der tieferen Lage aufbauend die nach oben strebende F-Dur Melodie zusammen, ähnlich wie sich in ihr der Traum, doch eine Pianistin, eine Künstlerin zu werden, aufgebaut hatte. Ihre stille Sehnsucht nach Höherem, Edlerem, Besserem, hatte sich mit den Ermunterungen ihres Klavierlehrers, sie hätte das Zeug zu einer Künstlerin, derart verstärkt, dass sie der Anfrage am Konservatorium mit einiger Hoffnung entgegengesehen hatte. Die Abfuhr, sie sei mit achtzehn zu alt, um noch eine Karriere als Pianistin anzugehen, ein Probespiel sei deshalb sinnlos, hatte sie, so dachte sie, schnell weggesteckt. Jetzt aber, da sie die in Moll übergehende Phrase in dem ihrer Stimmung entsprechenden Ausdruck spielte und der »Dämpfer« so noch unterstrichen wurde, tropften unversehens zwei, drei Tränen auf die Tasten, sodass der Juniorchef, diese völlig falsch interpretierend, ihr anbot, doch lieber erst ein Klavier zu kaufen oder es mit einer nach ihren Bedürfnissen ausgerichteten Finanzierung zu versuchen.

Das war gut ein Jahr her, und jetzt saß sie vor einem solchen Flügel. Sie legte langsam ihre Finger in die Tasten und begann, ohne sie herunterzudrücken, memorierend zu spielen.

Sie war gut vorbereitet, es gab keinen Grund für Lampenfieber, selbst die sich immer neu dazwischen drängenden Gedanken an Ferdinand konnten ihre Konzentration nicht hemmen.

Sie ließ Arme, Handgelenke und Hände sowie ihre Finger locker nach unten baumeln, rüttelte sie hin und her drehend, als ob sie, gerade gewaschen, trocken zu schütteln wären.

Wie gern hätte sie einen solchen Konzertflügel besessen.

Im Kloster übte sie auf einem Blüthner. Sie war die Einzige, die regelmäßig auf diesem Instrument spielte, es auch stetig pflegte.

Mit diesem Flügel lebte sie. Er gab ihr Lebensfreude in der Musik, wurde zum Klangbild ihrer gespielten Noten, setzte alles um, was sie ihm durch ihr Spiel, ihre Impulse aufgab, belog sie nie. War sie schlecht, gab er es an ihr Ohr zurück, griff sie die falschen Töne, tönte es höhnisch schrill heraus, war sie müde, erklang er matt, schwach und düster. War sie jedoch temperamentvoll, leidenschaftlich und ungestüm und betätigte dazu noch das Fortepedal, erbebte der ganze Resonanzraum in einem mitreißenden Rausch von Tönen und Komplimenten.

Wieso dachte sie gerade jetzt an Ferdinand? Gewiss, man konnte ein solch kostbares Instrument auch mit einem guten Freund vergleichen, mit einem den man liebt, sich ein solches Erleben auch mit seinem Geliebten wünschen. Ihr gefiel der Vergleich.

Sie würde Ferdinand ihr Temperament, ihr Gefühl, ihre Leidenschaft, ihre Zartheit, ihre Melancholie, ihre Ausdauer und Hingabe entgegenbringen, so wie sie es die Musik gelehrt hatte, und sie war sich sicher, es würde ihr alles zurückgegeben.

Der schwere Samtvorhang ließ nun gedämpft das Stimmengewirr des hereinströmenden Publikums vernehmen.

Zwei Beleuchter schoben den Flügel etwas nach hinten in den herabfallenden Lichtkegel.

Zwischen Vorhang und Flügel war jetzt viel mehr Platz entstanden. Gretl durchkämmte die Falten des Vorhangs und fand tatsächlich das kleine Läppchen mit dem Spion-Loch dahinter.

Die Öffnung an ihr rechtes Auge gepresst, ließ sie ihren Blick, gleich dem runden Spot eines Scheinwerfers über die sich allmählich füllenden Reihen schweifen.

Plötzlich durchfuhr sie wieder dieser Stich. Da war Ferdinand. Er hatte es wahr gemacht, er war gekommen. Sie ließ den Vorhang in seine Falten zurückfallen. Jetzt würde alles gut werden, sie würde spielen wie noch nie in ihrem Leben, perlend die Läufe des Allegro, im federnden Rondo mit ihm tanzen.

Erneut durch den Spion schauend, hielt sie unvermittelt den Atem an. Zitternd bildete sie mit jeder Hand eine kleinere Falte, zog den Stoff straff, um das Auge zu zentrieren. Dann erstarrte ihr Blick. Vom Dunkel umrahmt zeigten sich zwei fröhlich plaudernde Gesichter. Ferdinand und, sie musste noch einmal hinschauen, Ferdinand und ihre Mutter!

Wie kam ihre Mutter an Ferdinand? Wieso war sie überhaupt

gekommen? Sie hatte gesagt: „Da geh ich nich hin, du lässt dich begaff'n mit deim Ausschnitt, warum musste da spiel'n?"
Da saß wirklich ihre Mutter und unterhielt sich mit Ferdinand. Völlig aus ihrer Euphorie und ihrer Konzentration gerissen, ließ sie den Vorhang aus den Händen gleiten und schlich zu ihrem Garderobenraum. Krämpfe drückten auf Magen und Kehle.
Ihre Mutter würde alles verderben, sie hatte immer geschimpft: „Dass de mir ja kein'n dieser Verehrer anbringst." Dabei hatte sie noch gar keinen gehabt, und jetzt saß sie neben Ferdinand.
Nein, sie musste sich getäuscht haben. Ich muss noch mal kucken geh'n. Sie blieb stehen, schaute auf ihre Hände, wieder Tränen: Meine Hände zittern, nein, nein, ich kann nicht spielen, nicht heute, nicht jetzt. Verzweifelt setzte sie sich, sah im Spiegel ihr verzagtes Gesicht, sah die nass schimmernden Augen, die ihr unscharf das ehedem schöne Kleid abbildeten.
Der erschlaffte Körper, die herabhängenden Schultern ließen Falten entstehen. Sie sah in ihren Ausschnitt und erschrak, wie viel das Oberteil doch von ihren Formen preisgab.
Der Spiegel verdunkelte sich hinter ihr und gab plötzlich eine halb offene, dunkelblaue Jacke wider. Erschrocken wandte sie sich um, während sie eine kalte Hand auf ihrer nur durch den schmalen Träger bedeckten Schulter spürte.
„Verzeihen Sie, Fräulein Gretel", die Hand des Lehrers schnellte verlegen zurück, „ich bitte Sie, mit auf die Bühne zu kommen. Wir wollen beginnen, es gibt eine Begrüßung des Bürgermeisters, eine vom jungen Herrn Grafen Ballestrem, und wir wollen auch noch einige Mitwirkende vorab vorstellen."
„Nein, nein, Herr Scholz, bitte, ich glaube, ich kann nicht. Ich kann heute hier nicht spielen."
„Aber, aber, Fräulein Gretel, das Lampenfieber geht auf der Bühne von selbst weg. Sie werden sehen." Dabei hatte er sich halb sitzend gegen den Schminktisch gelehnt, erst die linke, dann die rechte Hand ergriffen und erschrocken hinzugefügt: „Die sind ja furchtbar kalt, was ist mit Ihnen? Kommen Sie, kommen Sie zur Bühne, das wird Sie beleben!"
Widerwillig ließ sie sich aus dem Raum zerren.
„Und ich hab auch nicht die richtigen Schuhe mit", klagte sie.

Der Graf Ballestrem kam ihnen auf der Seitenbühne entgegen, und Herr Scholz nutzte sofort die sich bietende Gelegenheit:

„Herr Graf, wenn ich Ihnen ergebenst meine beste Schülerin vorstellen dürfte, Fräulein Gretel Niedergesäß!”

„Fräulein Niedergesäß”, wiederholte der Graf, etwas süffisant gedehnt, nahm ihre Hand zum Handkuss, hielt inne, schaute sie an und tönte besorgt: „Darf ich Ihnen vorher noch die Händchen wärmen, oder gibt es etwa schon jemand, der das für mich besorgen könnte?”

Sie glühte vor Empörung, drückte sich verlegen in einen der herabhängenden Schals und dachte: Von wegen Niederges*ää*ß. Bald werde ich Baronin von Eyff heißen, du Lackaffe!

„Ich werde berauscht sein von Ihrem Spiel”, ließ er sie im Vorbeigehen wissen und ihren Lehrer: „Entzückend, mein Verehrtester, ganz bezaubernd!”

Ehe sie sich's versah, hatte Herr Scholz sie auf die schon offene Bühne geschoben und zu den bereits aufgereihten Kindern und Jugendlichen gestellt. Behutsam drückte sie sich in die hinterste Reihe und suchte den Zuschauerraum ab. Da war wieder dieser Stich. Er saß in der Mitte der fünften Reihe und neben ihm tatsächlich ihre Mutter. Jetzt flüsterte er ihr, die Hand vorhaltend, etwas ins Ohr, und sie lachte und nickte ihm zu. Gretl nahm kaum wahr, was um sie herum geschah, nicht die Rede des Bürgermeisters, nicht die des Grafen. Bis sie entfernt ihren Namen vernahm, „ ...und Fräulein Gretel Niedergesäß wird uns ganz sicher den Höhepunkt des Abends bescheren!”

War der völlig verrückt geworden? Sie konnte nicht mehr, sie wollte sich umdrehen und einfach von der Bühne laufen. Aber plötzlich schienen ihre Füße ihr den Dienst zu versagen, ihre Knöchel wie von kalten Eisenhänden fest umklammert zu sein. Sie sah hinter sich Bruno bäuchlings auf dem Bühnenboden liegen, ihre beiden Fesseln haltend und angestrengt flüsternd: „Ich hab die Schuhe, bleib ruhig steh'n! Ich zieh' sie dir an.”

Bruno war um die Hallenecke geflitzt, um möglichst schnell die Schuhe zu holen. Dabei war er geradewegs in einen jungen Mann gerannt, der im Moment ungeduldig hin und her schauend jemand zu fragen suchte. Schnell und sportlich, wie er war, hatte er Bruno am Arm erwischt: „He, he, Bürschchen, kannst du nicht aufpassen, du haust mir ja den Magen in Stücke!"

Bruno zappelte in dem harten Griff wie ein Dorsch an der Angel und krakelte: „Lass'n se mich los, das is gemein, ich muss mich beeil'n, sie brauch die Schuhe. Sie tun mir weh!"

Er hätte ihn am liebsten vors Schienbein getreten, dann hätte der sicher sofort losgelassen, aber das traute er sich nicht, denn das war ein vornehmer Herr, das hatte er gleich gesehen, und Kraft hatte der, da musste er vorsichtig sein.

„Ist ja gut, Bengel, wer braucht Schuhe und warum so eilig?"

„Sie spielt doch heut', sie hat die Schuhe vergess'n, die muss ich hol'n, lass'n se mich, bitte."

Er hatte eingesehen, dass er mit Frechheit hier nicht wegkam.

„Wer spielt heute?"

„Meine Schwester!"

„Deine Schwester, wie sieht sie denn aus, wie alt ist sie, was spielt sie denn, Klavier?"

Bruno hörte auf zu zappeln. Da war einer, der interessierte sich für seine Schwester, ein vornehmer, starker Kerl.

„Ja, Klavier! Wie sie aussieht? Toll, einfach toll und spielt die C-Dur Sonate. Von Mozart. Bitte, ich muss mich beeil'n."

„Ich lass dich gern los, aber lauf nicht gleich weg. Ich gehe mit dir, du musst mir helfen, ich suche ein Mädchen, groß, schlank, dunkle Haare."

„Ja, das ist meine Schwester. Wieso kennen Sie sie?"

Er trabte los. „Was woll'n Sie von ihr, wer sind Sie überhaupt?"

Er lief jetzt schneller und rieb dabei das schmerzende, freibe-kommene Handgelenk. Mann, dachte er, der hat ja Hände wie n Schraubstock. Ferdinand hielt ohne Mühe Schritt, doch wurde für beide das folgende Gespräch immer kurzatmiger.

„Ich bin Baron Ferdinand von Eyff ...

 und habe deine Schwester im Zug nach Glatz kennengelernt."

„Muss ich jetzt Herr Baron sag'n?"

„Nein, du kannst Ferdinand zu mir sagen. Und wie heißt du?"

„Bruno!"

„Und deine Schwester?"

„Gretl!"
„Und weiter?"
„Niedergesäß."
„Niedergesäß?"
„Ja, ja, Niedergesäß oder Hochpopo oder Niederarsch!",
  unkte er.
„Na du bist mir ja vielleicht einer."
„Ja, das sind so die Namen", er schnaufte,
„die ich in der Schule ... zu hör'n kriege!"
„Für deine Schwester könnte ... sich das bald ändern."
„Wieso?"
„Na, ich könnte sie heiraten!"
Bruno blieb abrupt stehen. Ferdinand war drei Schritte weitergelaufen und kam langsam zurück.
Ein Baron für Gretl, das wär's, dachte Bruno.
Er fand ihn knorke.
Schon mehrmals hatte er darüber nachgedacht, wenn ein Mann sich für Gretl interessieren sollte, was das für einer sein müsste.
Ne Freundin für sich zu finden, war schon schwer genug, da war Gretl das Maß, aber für sie ein Baron, das wäre bombig.
„Prima, ich werd mit ihr red'n!" Er lief weiter.
„Das ist aber edel von dir", amüsierte sich Ferdinand.
„Wir sind gleich da. ... Du kannst aber nich mit rauf komm'.
  Mit meiner Mutter ... wir müssen das gekonnt anstell'n.
  Die kann ganz schön schwierig sein.
  Die mag keine Verehrer im Haus.
  Und wenn die mal *nein* sagt, ... is es vorbei."
Jeder Satz forderte mindestens ein tiefes Nachatmen, und es schien, als ob Bruno im Atemholen bereits eine pfiffige Strategie ersinnen würde.
Ferdinand musterte ihn schmunzelnd von der Seite. Da bin ich wohl an den richtigen *Mann* geraten, mutmaßte er.
Sie bogen in die Militscher Straße.
Plötzlich stoppte Brunos ausgestreckter Arm wie eine Bahnschranke Ferdinand. Er drehte sich blitzschnell und schob ihn zurück hinter die gerade genommene Hausecke.
„Meine Mutter! Meine Mutter kommt uns entgeg'n!"

Sein Atem wurde noch schneller.

„Sie kommt hier ... gleich um die Ecke, wir könn'n ...
nich mehr weg, ... was mach'n wir jetzt?"

„Wir werden sie freundlich und sehr elegant begrüßen und ...
ihr ein wenig schmeicheln."

Er fasste Bruno am Arm, und gemeinsam bogen sie erneut in die Militscher Straße ein. Ferdinand erblickte in etwa fünfzig Metern Entfernung eine schlicht gekleidete Dame in einem dunklen, engen und hochgeschlossenen Jackenkleid. Der kleine Pelzkragen umspielte ihren Hals, und im Näherkommen wurde ein leicht blasses, aber hübsches Gesicht sichtbar, das unter einem grauen Hütchen fast kugelrund wirkte. Die halbrunde Filzkappe bedeckte die rechte Seite ihres schmalen Kopfes, wobei auf der linken die akkurat zu Wellen gezogenen braunen Haare frei blieben. In der rechten Hand trug sie einen hässlichen Beutel, der so gar nicht zu ihr passen wollte.

Agnes war unschlüssig in der Wohnung auf und ab gelaufen, hatte den Beutel mit Gretls Schuhen entdeckt und sich dann spontan entschlossen, doch zum Konzert zu gehen und ihr die Schuhe zu bringen. Es tat ihr plötzlich leid, wie sie Gretl abgespeist und behandelt hatte. Rasch hatte sie das einzige gute Kleid, das ihr geblieben war, übergezogen. Sie trug es, immer wieder von ihrer Schwester in Details modisch umgearbeitet, seit mehr als zehn Jahren und nur an besonderen Festtagen. Um die Haare zu richten, blieb keine Zeit, sie hatte schnell seitlich etliche Strähnen pomadisiert, mit einem groben Kamm zu flachen Wellen geformt und die kleine runde Filzkappe schräg über das unfrisiert gebliebene Haar gestülpt.

Danach hatte sie gar selbst die Spanngardine vom Schrankspiegel genommen und zufrieden mit dem, was dieser ihr abbildete, war sie gedankenverloren aus dem Haus gegangen.

Eigentlich konnte sie nur stolz auf ihre Tochter sein. Gretl war doch ein hübsches, junges und offenes Fräulein geworden.

So wie sie früher einmal gewesen war.

Wenn sie nun endlich mit Gretl Frieden schloss; sie hatte es sich schon oft vorgenommen. Jetzt würde sie ihr die Schuhe bringen, und mit einem Mal freute sie sich auf das Konzert,

Gretl spielen zu hören und zu sehen, ja auch zu sehen. Wie kindisch war es doch von ihr, den Spiegel zu verhängen. Hatte sie nicht eben vergessen, die Spanngardine wieder anzubringen? Sie würde sie, wenn sie zurück wäre, sofort wegwerfen.
Bruno baute sich breit auf dem Bürgersteig auf, während er Ferdinand hinter sich drückte, um seine Mutter als erster begrüßen zu können: „Ach, Mutti, gehst du jetzt doch zum Konzert?"
Überrascht, aus ihren Gedanken gerissen, blieb sie vor Bruno stehen: „Ja, ja", erwiderte sie etwas unwirsch, „was machste denn hier, und warum biste nich bei Gretl?"
„Sie hat ihre Schuhe vergess'n, ich will ..."
„Hier, kannst se ihr bring'n!"
Ferdinand hatte sich neben Bruno gestellt.
„Wer sind Sie denn? Was woll'n Sie von uns?"
„Das ist Baron Ferdinand von Eyff", sagte Bruno, „ein Freund von Gre ... äh, von mir, wir hab'n uns grad getroff'n."
„Baron Ferdinand von ...?", hob sie die Stimme.
„ ...von Eyff!", vollendete Ferdinand artig. „Ich schätze mich glücklich, Sie, liebe, verehrte Frau Niedergesäß auf so spontane Art kennenlernen zu dürfen."
Wobei er den Namen Niedergesäß in einer für Agnes nie gehörten Weise aussprach, indem er den vier Vokalen durch die verbindenden Konsonanten zu einem wundersam ebenmäßigen Klangfluss verhalf, nicht, wie sie es oftmals zu hören glaubte, das ä in breiter, offener, fast vulgärer Färbung in die Länge zog.
So, im ersten Eindruck aufs Positivste überrascht, waren es die nun folgenden Elogen, mit welchen ihr Ferdinand zu schmeicheln wusste: „Wie wunderbar Ihnen dieses schlichte Kleid zu Gesicht steht, genau das Passende für einen solchen Abend."
Er nahm ihre rechte Hand, hauchte einen für sie noch nie da gewesenen Handkuss darauf, umkreiste sie, nahm ihre linke, legte sie in die bereits angewinkelt dargebotene Beuge seines rechten Armes und zog sie behutsam mit sich.
„Wir wollen doch nicht den Anfang des Konzertes versäumen. Darf ich meiner Freude Ausdruck geben, heute Ihr Begleiter sein zu dürfen!"
Bruno, darüber staunend, wie seine Mutter diesem Baron ver-

fiel, blieb zwei Schritte zurück, in der Hand den Jutebeutel.

„Ich muss Sie zunächst als Mutter beglückwünschen. Sie haben einen wirklich fabelhaften Sohn, intelligent, aufgeweckt und in jeder Weise zuvorkommend. Er hat mir von seiner stets verständnisvollen, jedoch auch strengen Mutter erzählt, wie sie sich für ihre Kinder aufopfert und nur das Beste für sie sucht."

Agnes drehte sich etwas verlegen zu Bruno.

„Von seiner wunderbaren Schwester, welche das Klavierspiel erlernen durfte und sich damit den Weg in die Kunst eröffnen konnte. Und da Sie Ihr dieses ermöglicht haben, wissen Sie auch um die Bedeutung dessen, wie die frühe Begegnung mit der Kunst die Entwicklung eines jungen Menschen prägt und bestimmt. Leider blieb mir selbst das Vergnügen ein Instrument erlernen zu dürfen verwehrt, jedoch konnte ich anderweitig die Wunder der schönen Künste erfahren, in der Malerei, in der Architektur; unser Schloss zum Beispiel ist ein Kleinod des schlesischen Barock, mit ebensolchen Möbeln sowie solchen des Biedermeier und der Renaissance. Ich darf Ihnen also meine Hochachtung dafür aussprechen, zumal, wie ich annehmen muss, Sie all das allein zu bewerkstelligen gezwungen sind."

Er redete weiter. Agnes war nicht ganz wohl. Bruno war ein lieber Junge, ja, aber sie wusste genau um den Grund, er orientierte sich ausschließlich an Gretl. Auf sie hörte er nur, wenn Gretl es befürwortete. Hieraus resultierte auch ihre Eifersucht. Und Gretl? War ihre Entwicklung, ihr Erwachsenwerden wirklich durch ihre Musik bestimmt geworden? Sie hatte eigentlich immer nur dagegen geredet. „ ...wie wird Ihnen das eine Freude sein, Ihre Tochter heut´ spielen zu hören!"

Ja, sie würde Gretl heute das erste Mal spielen hören. Das Einzige, was Agnes dazu beigetragen hatte, waren die Schuhe, und gerade die hatte Gretl vergessen. Abwesend folgte sie dem angenehmen, beruhigenden Klang seiner Stimme, dann doch mitbekommend, dass Gretl sich extra für das Konzert ein neues Kleid habe anfertigen lassen. Woher er das nun wieder wusste? Sicher auch von Bruno. Vielleicht könnte dieser junge Mann ihr bei der Versöhnung mit Gretl behilflich sein.

Ob er sich wirklich für sie interessiert?, fragte sie sich. Ob er sie auch dann noch hübsch genug findet, wenn er erfahren würde, wie arm und bescheiden sie leben mussten?

Sie musterte ihn aus den Augenwinkeln. Blond, ein markantes, ebenmäßiges Gesicht. Der würde auch mir gefallen!

Sie erschrak. Bisher hatte sie versucht, jeden Mann zu ignorieren, sogar in jedem eine Gefahr für ihre Trauer, für ihren immer zu beklagenden Verlust gesehen. Bis zum Selbsthass hatte sie ihre Einsamkeit, ihr Schicksal verteidigt, hatte ihre Frustration an Gretl ausgelassen. Jetzt ging sie am Arm eines Mannes, der ihr gefiel, der ihr schmeichelte, ja, der sie sogar erregte – hatte sie je so etwas erlebt? –, von dem sie hoffte, dass er sich als ein potentieller Verehrer ihrer Tochter entpuppen würde.

Ein Baron, ein Adeliger mit einem Schloss ...

„Ich renn schnell hinter die Bühne und bleib vielleicht da!", rief Bruno im Vorauslaufen. Sie waren vor der Halle angekommen.

Beim Hineingehen trafen Ferdinand und Agnes auf den jungen Grafen Ballestrem, einen ähnlichen Leichtfuß wie Ferdinand, nur dass da mit Kohlengruben und Brennereien ein beträchtliches Vermögen vorhanden war.

„Ah, mein lieber Ferdinand! Welch wundersame Dame führst du da am Arm", und ohne eine Antwort abzuwarten, sich flüchtig verbeugend, fügte er hinzu: „Ich muss schnell hinter die Bühne, Leute begrüßen, dazu noch reden, der Alte hat mir das aufgehalst. In Reihe fünf is Platz für uns, kannst dich mit deiner Eroberung dorthin setzten!"

Ehe sich Agnes empören konnte, raunte ihr Ferdinand schnell ins Ohr: „Sehen Sie, wir könnten glatt als ein inniges und miteinander äußerst vertrautes Paar durchgehen."

Der Zuschauerraum füllte sich zusehends.

Als der Vorhang sich hob, hatte Ferdinand Gretl sofort erspäht und, während der Bürgermeister sprach, Agnes flüsternd auf seine Entdeckung hingewiesen.

Nach zwei langen Wochen sah er sie endlich wieder. Sie erschien ihm noch wunderbarer. Das Kleid, obwohl durch einen vor ihr stehenden Jungen halb verdeckt, war prachtvoll gelungen. Er wünschte sich, sie näher betrachten zu können, sie mit Schmeicheleien zu überschütten. Das war seine Spezialität.

Doch spürte er plötzlich die Echtheit seiner Gefühle.

Zwischen den Kinderbeinen, auf dem Bühnenboden, glaubte er etwas liegen zu sehen. Jetzt sah er, dass seine Gretl plötzlich einige Zentimeter kleiner wurde. Sie drehte ihren Kopf, nach unten schauend, leicht nach hinten, und langsam hob sich ihre Gestalt hinter den vor ihr Stehenden wieder zu der vorherigen Größe. „Schauen Sie", flüsterte er Agnes zu, „da liegt Bruno und zieht Gretl die Schuhe an."

Wieder senkte sich ihr Kopf im Vergleich zu den anderen Köpfen. Diesmal schaute sie konzentriert nach vorn, sie hatte wohl jetzt Brunos Technik des Schuhewechselns im Gefühl. Ferdinand konnte erahnen, wie das linke Standbein ohne Schuh sie kleiner werden ließ, sie dann aber auf das bereits neu beschuhte rechte Bein wechselnd wieder an Größe gewann, während Bruno den anderen Schuh unter den von ihr angehobenen linken Fuß schob. Leicht hin und her wankend, mit ihren Füßen in den Schuhen nach Bequemlichkeit suchend, vielleicht sogar noch etwas größer geworden, stand sie bald ruhig und befreit in den Zuschauerraum lächelnd zwischen den vorab vorgestellten kleinen und größeren Musikern.

In jeder Hand einen schwarzen Schuh robbte Bruno langsam rückwärts von der Bühne, so wie er vorher mit zwei roten Schuhen aus dem Hintergrund an Gretl herangerobbt war. Die plötzliche Umklammerung an seinen Fesseln spürend wurde er unsanft nach hinten gezogen. „Was machst du denn hier, du Lauser, du kannst doch hier nich einfach auf der Bühne rumkriech'n", zischte Herr Martens. Er hatte seine Beine wieder losgelassen, und Bruno sprang schnell auf die Füße: „Ich hab' doch meiner Schwester nur die Schuhe angezog'n, die hatte die rot'n vergess'n, die schwarz'n pass'n doch nich zum Kleid."

„Du hast hier nichts zu suchen", empörte sich der Inspizient in unterdrückter Lautstärke, „nur wer von mir ausdrücklich auf die Bühne gebeten wird, darf diese betreten."

Dabei hatte er ihn brüsk durch die Hintertür hinausgeschoben.

Schade, fand Bruno, sich auf einem Gang wiederfindend. Gern wäre er länger auf der Bühne geblieben, um zuzuhören. In den Zuschauerraum konnte er nicht mehr, die erste Darbietung hatte bereits begonnen. Vorsichtig lief er den mit allerlei Kästen, Podestteilen, Gestellen und Notenständern zugestellten Gang entlang, öffnete leise an Klinken und Falzen abgegriffene und abgewetzte Türen, die zu engen, lange nicht mehr gestrichenen Stiegenhäusern mit ausgetretenen Holzstufen, kleinen, staubigen Verschlägen oder muffigen Räumen führten.

Der Festsaal von Trebnitz war ein alter, vor allem hinter der Bühne stark heruntergekommener Bau. Man hatte zwar den Zuschauerraum und die Bühne instand zu halten versucht, aber für die lange fällige Generalsanierung fehlte der Stadt das Geld.

Von der Bühne hörte er gedämpft die Musik.

Plötzlich befand er sich in einer vielleicht fünf Meter hohen, äußerst schmalen unbeleuchteten Nische, die aber in der gesamten Höhe von einem fünfzig Zentimeter breiten Durchbruch erhellt wurde. Von hier aus war die Musik direkt zu hören. Doch sein Blick fiel sofort auf den großen Bühnenscheinwerfer, der leicht surrend, auf die Bühne ausgerichtet, auf einem Dreibeinstativ ruhend die Darbietenden und den Flügel in seinen hellen Lichtspot tauchte. Den Kopf nah am Scheinwerfer sah und hörte Bruno durch den Spalt die vierzehnjährige Hanna, die er von der Schule her kannte, wie sie auf ihrer Klarinette konzertierte, begleitet von einem Jungen etwa im gleichen Alter.

Es roch verbrannt, sein linkes Ohr glühte, er tastete danach, verbrannte sich am Scheinwerfer den Handrücken, spürte mit den Fingern angekokelte, gekräuselte Haare, zog gleichzeitig Kopf und Hand reflexartig zurück und rieb, die rechte unter die linke schiebend, mit dem rechten Daumen kräftig über die sich rötende und schmerzende Haut. Dabei hatte er ein „Aua!” nicht unterdrücken können, und er musste befürchten, dass es bis in die ersten Reihen gedrungen war.

Inzwischen war Gretl in die Garderobe zurückgekehrt. Mit dem Wechsel der Schuhe war auch ihre Stimmungslage wie ausgewechselt. Sie hätte Bruno umarmen können.

Die zum Kleid passenden Schuhe an den Füßen zu spüren, war überwältigend. Außerdem hatte sie beobachtet, dass ihre Mutter und Ferdinand amüsiert und locker beieinandersaßen. Also fand sie sich in ihrer Freude wieder, hier gleich spielen zu dürfen.

Sie musterte ihr Spiegelbild. Es gefiel ihr. In solchen Theatergarderoben, an jedem Platz ein Spiegel, könnte man schon eitel werden, dachte sie. Aber war Eitelkeit wirklich ein Laster? Wenn sie zu Leistungsanreiz und Zufriedenheit führt?
Entfernt waren die verschiedenen Darbietungen zu hören, bis dann ein leicht krächzendes Geigenspiel für den Moment lauter wurde, da Herr Martens die Tür einen Spaltbreit öffnete und nachdrücklich flüsterte: „Fräulein Gretl, bitte, Sie sind jetzt bald dran." Er war extra herbeigeeilt und dachte dabei an die köstliche Kollision. Für sie die Tür geöffnet haltend genoss er den nicht parfümierten, jugendlich frischen Hauch, den sie, an ihm vorüberschreitend, verbreitete.
Jetzt stand sie zum Auftritt bereit. Der Junge, der vor ihr eine Sonatine gespielt hatte, verbeugte sich gerade, ihm waren einige dumme Patzer passiert, und sie sah, wie er mit den Tränen kämpfte. Das könnte mir auch ..., ihr Herz begann plötzlich zu rasen. Spontane Nervosität schüttelte sie. Wenn sie jetzt einfach weglaufen würde? Warum tat sie sich das an? Warum hatte sie hier zugesagt? Wenn sie versagen würde? Der war vielleicht erst vierzehn, sie durfte nicht versagen. Sie war doch gut vorbereitet. Es konnte nichts schiefgehen, sie musste nur diese jähe Nervosität überwinden.
Der Graf kündigte sie jetzt als Höhepunkt des Abends an.
„Fräulein Gretel Niedergesäß" – sprach er den Namen anders aus als vorhin, respektvoller? – „wird uns jetzt die Sonate C-Dur von Wolfgang Amadeus Mozart spielen, und ich bin sicher, dass danach noch eine Zugabe zu erleben sein wird."
Eine Zugabe? Darüber hatte sie überhaupt nicht nachgedacht.
Sie ließ ein Stoßgebet in den Schnürboden auffahren: „Lieber Gott, hilf mir jetzt. Ich hab doch geübt, ich kann's doch!"
Dann lief sie hüpfend neben der Bühne auf und ab, tief ein- und ausatmend, mit den Armen vor- und rückwärts rudernd wie eine sich lockernde Schwimmerin im Schmetterlingsstil.
„Fräulein Gretl, Sie müssen!", mahnte Herr Martens und schob sie sanft auf die Bühne.
Augenblicklich streckte sich ihr Körper. Aufrecht schritt sie in die Mitte, den Gang ganz bewusst mit ihren Schuhen genie-

ßend, verbeugte sich und hielt im Applaus für einen Moment die Zuhörer im Blick. Die erwartungsfrohe Menge stimulierte sie. Da war Ferdinand, der ihr begeistert klatschend zunickte, neben ihm das aufmunternd lächelnde Gesicht ihrer Mutter.
Dass sie da war, tat ihr gut.
Wieder und wieder tief ein- und ausatmend hob und senkte sich ihr Brustkorb, straffte und lockerte sich ihr Dekolleté. Das nur von schmalen Trägern gehaltene Oberteil des rotglitzernden Kleides gab ihr, gleich einem Mieder, Halt und Stütze und ihren nackten Schultern eine ungewohnt befreiende Erhabenheit.
Graziös wandte sie sich um. Wo hat sie sich so zu bewegen gelernt?, fragte sich Agnes erstaunt. Bedächtig nahm Gretl auf der breiten Klavierbank Platz. Der Applaus verebbte langsam.
Sie saß vielleicht etwas zu lange bewegungslos, sich konzentrierend, die Arme baumelten locker herunter, vor den Tasten.
Bruno im Beleuchterschlitz neben dem heißen Scheinwerfer, flüsterte ungeduldig: „Warum fängst du denn nich an?"
Endlich legte sie ihre Finger auf die Tasten. Nach einer weiteren Schrecksekunde hob sie beide Handgelenke und, sich leicht nach vorn beugend, formten sich jetzt, die für die rechte Hand vorgesehenen ersten C-Dur Dreiklänge der Einleitung, wobei die linke die begleitende Achtelbewegung rhythmisierte.
Bruno hatte bei den Proben oft zuhören dürfen, kannte inzwischen das Stück ganz gut und verfolgte fiebernd, unbewusst weiter seine schmerzende Hand reibend, Gretls Darbietung.
Jetzt kamen die ersten Läufe der rechten Hand. Gretl folgte mit ihrem Oberkörper dem Auf und Ab, bis sie, das dreigestrichene c erreichend, auf der Bank einen kleinen Hüpfer nach rechts vollführte, dem in der abschließenden Kadenz zwei weitere folgten, die sie wiederum zur Mitte der Klavierbank zurückbrachten.
Die Sekundenbewegung der linken Hand begann sie mit einem kleinen Sforzato, die rechte warf dazu das umgekehrte Thema ein, bis sich beide Hände in Sechzehntellinien abwechselten.
Von der linken begleitet, beendete die rechte Hand die variierte Melodie mit einem surrenden Triller, und der letzte Akkord der Kadenz bot Gretl erneut den Anlass zu einem diesmal sehr be-

freiend wirkenden Hüpfer. Sie hatte sich warm gespielt.

Jetzt die Reprise, dachte sie, und dann wird es schwer. Alle Aufregung war verflogen. Nun war nur absolute Konzentration gefragt.

Ferdinand und Agnes hatten sich, angetan von Gretls Spiel, wiederholt bedeutende Blicke zugeworfen und indem Gretl ihre Intensität immer weiter steigern konnte, schaute er wie gebannt auf die Bühne.

Gretl spielte gerade die Läufe der Wiederholung, und Ferdinand erinnerte sich an ihre Fingerübungen im Zug. Wie dort über die Schnittmuster, so glitten ihre Finger hier über die Tasten.

Oder fand er das alles nur so überwältigend, weil er sie liebte?

Er liebte sie! Aber konnte diese Liebe eine Vollendung finden?

Sein Vater hatte ihn furchtbar beschimpft: „Eine Bürgerliche, das kommt nicht infrage. Nur über meine Leiche. Wie stellst du dir das vor? Wie soll ich das in unseren Kreisen vermitteln?"

Mit zwei ihm schon lieb gewordenen Hüpfern auf der Kadenz hatte sie den ersten Satz beendet.

Einige weniger erprobte Konzertbesucher begannen zaghaft zu applaudieren, doch erfahrenere geboten ihnen mit leisem, aber bestimmendem Zischen Einhalt.

Ferdinand bedauerte, sich so in Gedanken verloren zu haben. Jetzt lauschte er dem beginnenden Andante.

Die Legatobögen der punktierten Achtel und Sechzehntel, dazwischen die aufsteigenden Staccatotöne, begleitet von den ruhigen Bewegungen der linken Hand verschmolzen durch das bewusst eingesetzte Pedal zu einer schreitenden Harmonik.

Zwischen den Köpfen beobachtete Ferdinand das Auf und Ab ihres rechten Fußes auf dem Pedal, der in einem der eleganten, roten Schuhen steckte. Die Schuhe sind wirklich perfekt. Bei dieser Erscheinung und Darbietung stimmt einfach alles. Gut, dass Bruno sie ihr noch hatte bringen können. Ich könnte mit ihr bei jeder festlichen Veranstaltung des Adels Furore machen. – Ich muss sie bald meinem alten Herrn vorstellen, in diesem Kleid und mit diesen Schuhen.

Er drehte sich zu Agnes. Mit ihr würde er sich verstehen, aber sein Vater? Nie und nimmer würde er mit einer für ihn niederen, gemeinen Frau in Kontakt treten wollen. Er lehnte sich zurück, war jetzt ganz bei Gretl und ihren Klängen.

Bruno, unter dem Scheinwerfer unbequem im Schneidersitz hockend, rieb mechanisch, seine Schwester bewundernd, die sich weiter rötende Haut des leicht angesengten linken Handrückens, ohne jedoch die Schmerzen wahrzunehmen.

Mit dem ohne Quinte leer und nicht abschließend klingenden kurzen G-Dur Akkord hatte sie weich das Andante beendet.

Die Spannung zum Weiterspielen haltend wagte diesmal keiner, die zur Abfolge wichtige Pause zu unterbrechen.

Gretl wechselte von der schwebend leichten Körperhaltung in eine etwas kokettere, dem folgenden Rondo entsprechende.

Tänzerisch, die Arme leicht mitschwingend, setzte sie staccato die kleinen und großen Terzen, um sie mit den legato gespielten Sechzehntelfolgen, mal in Vierer-, Zweier- oder Zwölfergruppen, zu verbinden. Die betont lockere Art des Vortrags, welche auch einige Sforzati der linken Hand einschloss, riss die Zuhörer förmlich mit, und als sie dann mit der von der linken Hand oktavierten C-Dur Passage den Schlusspunkt setzte, sprangen die Zuhörer der ersten Reihen spontan von ihren Sitzen und applaudierten frenetisch. Die jeweils nachfolgenden Reihen folgten, sodass sich das Auditorium wie eine große Woge zu bewegen schien. Von dieser Welle der Begeisterung emporgehoben trat Gretl bis an die Vorderkante des Flügels, legte wie zum Dank die linke Hand auf das Instrument, damit auf das heruntergeklappte Notenpult, sie hatte auswendig gespielt, und sie war sich sicher, fehlerfrei, und verneigte sich so tief, dass sie schnell die rechte Hand vor ihr Dekolleté halten musste in der berechtigten Befürchtung, dass mindestens die Männer in den ersten Reihen eine unverhofft entzückend optische Zugabe erhalten würden.

Im Aufrichten erspähte sie Ferdinand. Befreit und erleichtert strahlte sie ihm entgegen. Stolz auf das Erlebte, dieses total Hineinversetztsein in das eigene Spiel, in den selbst herbeigeführten Rausch der Klänge, staunend über das nicht für möglich gehaltene Vermögen, Hunderte von Menschen zu fesseln.

Sie verbeugte sich wieder und wieder, allerdings nicht mehr so tief; die Applaudierenden im Auge behaltend, den Blick über die wogende Begeisterung schweifen lassend, kreuzte sie dann beide Hände vor ihrem Dekolleté, als wollte sie damit Bescheidenheit andeuten, zu viel an Ovationen erhalten zu haben.

Aus dem Spalt, linksseitig vor dem Proszenium, ragten zwei aufgeregt klatschende Hände. Bruno war mit dem Schlussakkord ebenfalls aufgesprungen, hätte fast den Scheinwerfer umgerissen, zog sich dabei, wie er erst auf dem Nachhauseweg feststellen sollte, einen kräftigen Kratzer am Hinterkopf zu, frenetisch applaudierend rief er als Erster: „Zugabe!"

Bald stimmten andere ein, bis der ganze Saal von dem jetzt rhythmisch skandierten Zuruf zu erbeben schien.

Gretl erstarrte und lief mit einer flüchtigen Verbeugung von der Bühne. Herr Scholz empfing sie, sie in die Arme schließend.

„Großartig, wirklich großartig, nein, Fräulein Gretel, ich wusste es. Ich bitte Sie, gehen Sie wieder raus, spielen Sie noch etwas!"

„Aber was denn?", kam ihr verzweifelter Einwand.

Das Publikum hatte jetzt sein Metrum gefunden, und wie von einem dirigierten Chor drang der fordernde Ruf zur Bühne.

„Was soll ich denn spielen? Ich weiß nichts, ich kann mich doch jetzt nicht mehr konzentrieren!"

„Spielen Sie das Frühlingsrauschen! Das können Sie aus dem Effeff! Ich geh hinaus und sage Sie an."

Damit war er schon auf dem Sprung zur Bühne.

In die abebbenden Zugabe-Rufe platzierte Herrn Scholz seine Ansage: „Meine Damen und Herren! Meine Schülerin!" – mit dem Bekenntnis war es ihm gelungen, auch seine Eitelkeit zu befriedigen –, er wiederholte: „Meine Schülerin wird Ihnen gerne eine Zugabe gewähren, und zwar wird sie jetzt für Sie »Frühlingsrauschen« spielen, von Christian Sinding."

„Bitte lassen Sie ihr einen kurzen Moment zum Verschnaufen."

Einige hatten wieder Platz genommen. Jetzt krümmten die, die noch nicht saßen, ihre Rücken, suchten meist mit der rechten Hand ihren Sitz und ließen sich unter zufriedenem Gemurmel hineingleiten. Es geht bei solch erzwungener Zugabe nicht um diese an sich, sondern meist um das vage Gefühl des Publikums, nach eineinhalbstündigem Sitzen und Zuhören selbst auch noch etwas erreicht zu haben.

Gretl fand sich auf der Klavierbank wieder, vor den Tasten sitzend, mit leicht flatternden Fingerspitzen.

Frühlingsrauschen brauste in ihrem Kopf. Arpeggiomäßig übertrug sie es auf die Tasten, langsam beginnend, mit der linken Hand das Thema formend. Sie konnte die Arpeggi leicht verzögern, war so an kein striktes Metrum gebunden, konnte das Notenbild magisch suchen, es auf die Tasten bringen, die Fingersätze danach lenken, das Stück aufbauend in sich wachrufen. Die Linke hatte jetzt das Thema zu modulieren, dabei passierte der erste kleine Patzer.

Ihre Konzentration drohte in Resignation zu kippen. Sie hätte diese Zugabe nicht spielen sollen. Sie unterschlug einen halben Takt, setzte sich aufrechter, näher heran, ordnete, blitzschnell den Fehler erfassend, ihr Notenbild und kam so im Thema zur Modulation der rechten Hand.

Jetzt hatte die Linke die chromatischen Septolen Läufe über zwei Oktaven zu bewältigen, die die nach Entfaltung drängenden Energien des Frühlings versinnbildlichen, was ihr gut gelang. Das Wallen und Wogen der prickelnden Töne, des hörbar heranrauschenden Frühlings, variiert durch die verschiedenen Paralleltonarten, beflügelte nun ihr Spiel ins Virtuose und sollte in reinen Des-Dur Akkorden enden, wobei der fünfte Finger im vorletzten Akkord das dreigestrichene *des* nicht sauber traf und so das Rauschen des Frühlings, durch diesen neuerlichen kleinen aber peinlichen Missgriff, ein wenig glanzlos und wolkenverhangen ausklang. Trotzdem brandete sofort Beifall auf, vereinzelt waren nochmals Bravo-Rufe zu hören, vornehmlich aus dem Beleuchterschlitz, doch Gretl registrierte wohl, dass der Applaus nicht mehr so emphatisch klang.

Sie mochte auch kaum noch zu Ferdinand schauen. Zum Glück kamen jetzt alle Mitwirkenden noch einmal auf die Bühne, es gab kleine Geschenke und Blumen, und Gretl war froh, sich in die hintere Reihe zurückziehen zu können. Sie ärgerte sich.

Warum hatte sie keine Zugabe vorbereitet?

Warum nur musste sie sich breitschlagen lassen?

Sie hätte diese Zugabe nicht spielen dürfen.

11. Bekanntmachung

Ihre rechte Wange ruhte an seinem Rücken.

Gretl wollte, angelehnt an den Freund, noch einmal in Ruhe über das Erzählte nachdenken. Aber es gab keine Ruhe, denn das Rattern des Motors, die Vibration, dazu die Unebenheiten der Straße hielten das Motorrad und die darauf Sitzenden, deren Rücken, Wangen und Köpfe, in unruhiger Erschütterung.

Nein, sie hätte die Zugabe nicht spielen dürfen. Vier Jahre war es nun her, und doch schmerzten sie noch immer diese Patzer. So erfolgreich und so perfekt der erste Vortrag war, so missraten war die Zugabe, so empfand sie es zumindest. Dabei war das Echo ein ganz anderes gewesen.

Beim Geldauszahlen am Schalter wurde sie noch nach Wochen belobigt und befragt, wann und wo sie denn wieder spiele, man würde bestimmt kommen. Der Filialleiter beorderte sie, wann immer es ging, hinter den Kassenschalter. Sie war so buchstäblich zum Kassenmagneten geworden.

Rudl steuerte seine Zündapp sicher mit dem erregend wärmenden Körper in seinem Rücken Trebnitz entgegen. Ein wunderschöner Tag neigte sich; der patinagrüne Helm des Turms, die Silhouette der Klosterkirche, für ihn schon sichtbar, schillerten in der tiefer stehenden Sonne.

Sie waren lange in dem etwas verwilderten Park des zur Zeit leer stehenden Schlosses Kraskow oder Kratzkau, wie es eigentlich hieß, spaziert, hatten im hohen Gras Schnittchen verzehrt, dazu den von Gretl selbst gepressten Apfelsaft genossen und während ihrer Erzählungen eine Flasche Rotwein geleert.

Er spürte ihre ihn umschlingenden Hände gefährlich nah, und er war glücklich. Der erste große Ausflug mit ihr auf dem Sozius war gelungen. Die Maschine lief großartig, und Gretl genoss sichtlich diese Fahrt, was sicherlich die Umklammerung seiner Taille und das Anschmiegen ausdrückte. Ihre Nähe löste Erregung aus, doch ließ die eng sitzende Motorradkleidung dafür keinerlei Raum, sodass er hin und wieder etwas genervt auf seinem Sitz herumrutschte.

Erregt hatte ihn auch diese Geschichte mit dem Baron.

Sie hatte sein Vertrauen eingefordert, ihm versichert, dass da nichts gewesen sei, er müsse es ihr einfach glauben, sie könne es ihm nicht beweisen, aber in einer Partnerschaft oder Ehe sei das gegenseitige Vertrauen das Wichtigste. Zweifel säen nur Misstrauen. Sie vertraue ihm. Sie vertraue sich ihm an. Sie werde ihm alles erzählen, nein, natürlich nicht alles. Nicht alles war wichtig, manches vielleicht zu verwirrend. Man müsse zwischen eng Vertrauten nicht alles aus- oder ansprechen.

Auch die innigste Liebe müsse Geheimes verkraften können.

Das Zerwürfnis mit dem Baron werde sie ihm noch erklären, es sei ohnehin kein Zusammenkommen möglich gewesen. Sie habe das zu spät erkannt oder nicht erkennen wollen, sei eben noch nicht so weit gewesen. Jetzt sehe sie alles viel klarer.

Er hielt in einer der Nebenstraßen, wie er es immer tat, um den Nachbarn keinen unnützen Klatschgrund zu liefern.

Sie aber drängte: „Du kannst ruhig weiter bis vor die Haustür fahren, ich werd dich heute Mutti vorstell'n."

„Wieso heute?", drehte er sich zu ihr, „du hast mir nichts davon gesagt. Im Motorradzeug? So wie ich bin? Ich wollte doch immer mit Blumen ..." „Nein, heute ist es günstig. Mutti war nach der Messe bei den Schwestern. Schwester Friedeswida wollte mit ihr reden wegen uns, du weißt doch, die nette. Sie wird in den höchsten Tönen von dir geschwärmt haben."

Er schaute unter seiner Motorradkappe hervor, die Ohrenschützer mit den schmal zulaufenden Halteriemchen hochgeklappt.

Er sah lustig aus, so würde ihre Mutter vielleicht sofort laut loslachen. Also küsste sie kurz seinen offenen Mund, nahm ihm die Kappe ab und strich das weiche Haar glatt.

„Komm, sie wartet, ich hab uns angekündigt!"

Dabei drehte sie ihn zurück, führte seine Hände, die Unterarme fassend zur Lenkstange und ruckelte auf der Sattelbank kräftig hin und her, sodass er, die Halte- und Bremsgriffe gleichzeitig ergreifend, dabei hart bremsend die Maschine aufrecht zu halten suchte. „Lass das bitte, wir kippen um", protestierte er, startete und fuhr langsam dem Haus Nr. 14 entgegen.

Über die bis auf das schon verschmutzte Holz ausgetretenen Stiegen des schäbigen Treppenhauses folgte er Gretl bis vor die in die Wohnung führende bereits offen stehende Tür.
Sein beschleunigter Puls war jedoch nicht die Folge des Treppensteigens, obwohl die Motorradhose dieses doch erschwerte. Schweißperlen bildeten sich auf seiner Stirn. Er versuchte sein Haar, von der engen Motorradkappe noch immer zerzaust, mit seinen flach geführten Händen glatt zu streichen.
Dabei hielt er auf dem ersten Treppenabsatz inne. Die von der perlenden Feuchtigkeit benetzten Strähnen hafteten fest aneinander, sodass das Haar glänzend, wie frisch pomadisiert wirkte.
Schlagartig wurde ihm bewusst, wie wichtig dieses Zusammentreffen mit seiner angehenden Schwiegermutter sein würde.
Gretl drehte sich, oben angelangt, nach ihm um, und er nahm die letzten beiden Stufen in einem Satz. Agnes erwartete sie im Rahmen stehend. „Da seiter ja endlich", war ihre Begrüßung.
Sich abrupt umdrehend ging sie voraus ins Wohnzimmer.
Immer wieder aus dem Fenster schauend war sie in neugieriger Ungeduld gefangen im Zimmer umhergelaufen. Eine innere Unruhe und Spannung war nicht zu unterdrücken. Gleich sollte sie diesen Rudl sehen. Schwester Friedeswida hatte ihn in lobenden Worten fast angepriesen. Von oben nur hatte sie ihn damals vor der Haustür gesehen, als sie ihn mit dieser unsinnigen Wasserattacke verscheucht hatte. Begossen und triefend war er damals davongeeilt, und Gretl hatte sie, zwar irgendwie amüsiert, beschimpft, wie sie denn so etwas machen könne; schon am Flurfenster, den Eimer in der Hand, war ihr die Peinlichkeit ihres Tuns bewusst geworden. Der Eimer hatte gefüllt in der Diele gestanden, sie war die halbe Treppe hinabgelaufen, dem offenen Fenster entgegen.
„Soll ich mich bei ihm entschuldigen?", fragte sie sich.
Nein nein, am Besten wäre es wohl, gar nichts mehr zu sagen.
Ähnlich unruhig hatte sie damals auf Gretl gewartet. In einer der immer wiederkehrenden harten Phasen der Schwermut, in ihrer Eifersucht auf Gretl, vom Leben ganz und gar betrogen zu werden. Gretl hatte ihr Leben noch vor sich. Die Affäre mit dem Baron war seit gut zwei Jahren vorbei, auch sie war ihm ver-

fallen, hatte auf eine Zukunft mit ihm für Gretl und auch für sie gehofft. Eine festliche Verlobung sollte stattfinden. Dann das abrupte Ende. Ihr war von Gretl nie erklärt worden, warum es zu diesem plötzlichen Zerwürfnis gekommen war. Auf ihr mehrmaliges Nachfragen gab es nur die schroffe Antwort, sie habe vor Enttäuschung seinen Ring von der Holzbrücke in die dahinplätschernde Tzetsche geworfen, was sie ihr nicht ganz glauben wollte. Die Tatsache allerdings, dass der Baron evangelisch war, hatte auch bei ihr zu erheblichen Bedenken geführt.

Sie zwang sich zur Ruhe, setzte sich wartend an den Tisch, dort harrte ebenso ein Teller mit Streuselkuchen auf den Gast wie der Muckefuck auf das Aufbrühen. Mit dem kleinen silbernen Teelöffel spielend, sie besaß nur vier davon, Gott sei Dank sechs von den kleinen Kuchengabeln, betrachtete sie die Teller des Services, das sie noch gemeinsam mit Bruno vor dem Krieg gekauft hatte. Sie erinnerte sich genau.

Eine Träne fiel leicht auf den Teelöffel. Löffel, Streuselkuchen, Kuchengabeln und Geschirr verschwammen. Warum musste ihr Bruno so früh sterben? Warum er? Sein Bruder lebte – wenn auch in ständigem Streit mit seiner Frau. Ja, wie harmonisch hätten *sie* leben können. Schwager Georg lebte, Herr Sitte, auch Herr Jäckel. Ach, Herr Jäckel? Hätte sie nicht doch seinem Drängen nachgeben sollen?

Sofort schämte sie sich ihrer Gedanken, das durfte sie im Angedenken an Bruno nicht tun. Sie war gefangen in ihrem Schmerz, ihrer Trauer, aus der sie aber doch wieder die Kraft schöpfte, das ihr auferlegte Leben der Entsagungen zu meistern.

Das Löffelchen lag wieder akkurat an seinem Platz. Erneut hinter dem Store durch das Fenster spähend hörte sie das Motorrad. Schnell legte sie die Schürze ab, tupfte damit die Augen trocken, lief zur Tür, sie sofort öffnend, obwohl beide das Haus noch nicht betreten hatten.

Da stand er also, kleiner als der Baron, auch als Gretl? Etwas dicklich – doch nein, das bewirkte wohl der Motorradanzug –, sich leicht verlegen die fettigen Haare glatt streichend.

Nein, er schwitzte. War er aufgeregt? Sie war aufgeregt.

Seine ausgestreckte Hand kam mit ihm näher. Die blauen, kla-

ren Augen trafen sie direkt, sodass sie plötzlich glaubte, sich doch entschuldigen zu müssen. Ein leichter Diener, die Hand ihr weiter entgegenhaltend, leitete seine Begrüßungsworte ein: „Ich freue mich wirklich, mich Ihnen heut endlich, liebe Frau Niedergesäß, mit diesem Besuch bekannt machen zu dürfen."
Die etwas hölzerne Formulierung bedrückte ihn sofort, und so schob er schnell die Entschuldigung über seinen unpassenden Aufzug nach. Von Gretl geradezu überrumpelt, habe er weder die Möglichkeit gehabt, sich entsprechend zu kleiden noch die doch für einen solchen Antrittsbesuch wichtigen Blumen zu besorgen. Ja, gerade eben erst habe ihn Gretl informiert, sonst hätte er die Möglichkeit genutzt, unterwegs noch schnell einen kleinen Strauß Feld- und Wiesenblumen für sie zu pflücken.
Lächelnd hielt sie seine Hand. Viel länger als er es für nötig erachtete. Ihr Gesicht schien ihm freundlich, jedoch störte das leicht vorstehende Kinn ein wenig die Ebenmäßigkeit ihrer Züge, gab deren Ausdruck vielleicht etwas Verbissenes oder gar Verschlagenes. Sie verunsicherte ihn.
„Ach was", hörte er ihre Stimme. „Setzt euch, ich brüh schonn mal n Kaffe, hat ja lang genuch gedauert. Ihr wolltet doch schonn vor ner halb´n Stunde hier sein."
„Ach Mutti, es war ein so schöner Tag", schaltete sich Gretl ein. Leicht amüsiert hatte sie beide beobachtet, war jedoch berührt über Rudls Bemühungen, sein doch eigentlich völlig unpassendes Aussehen ihrer Mutter zu erklären. Hier vor dem gedeckten Kaffeetisch sah er in seinem Motorradzeug, so fesch er auch auf dem Motorrad damit wirkte, völlig unmöglich aus.
Agnes brachte den Muckefuck, stellte die Kanne auf den bestickten Stoffuntersetzer, nahm im Hinsetzen das Gespräch und die Kanne wieder auf und schenkte ihm, ohne nachzufragen, den leicht schäumenden Kaffee-Ersatz ein.
Wie sie ihn denn nennen solle, wollte sie wissen. Sie werde ihn einfach mit Rudl anreden. Er könne auch Agnes zu ihr sagen, aber beim »Sie« sollte es wohl noch bleiben, man wisse ja nie, was noch komme; sie könne ja auch jetzt keinen Einfluss mehr nehmen, wenn Gretl so sehr von ihm überzeugt sei. Und woher ihn Schwester Friedeswida denn so gut kenne.

Indem sie ihm ein Stück Streuselkuchen auf den Teller schaufelte, fragte sie weiter, ob er denn ihre Tochter auch ernähren könne, ob er denn wisse, wie hart das Leben sein könne, und wie viel Sorgen man sich mit Kindern und Familie aufhalse.
Rudl war bei so viel Fragerei nicht besonders wohl, seine Aufgeregtheit wollte nicht schwinden; mit aufgeknöpfter Motorradjacke – er hätte sich gerne ihrer entledigt, aber er trug darunter nur ein kragenloses, beigefarbenes Leinenhemd – saß er, unbeholfen und schwitzend, auf dem wackeligen Polsterstuhl, der, wenn er sich zurückzulehnen versuchte, verdächtig in Bewegung geriet. Am liebsten wäre er aufgestanden, um die lose Stuhllehne, die mit den hinteren Beinen ein Stück bildete, von der Sitzfläche vollends zu lösen. Ob Gretl Knochenleim hatte? Er würde ihn hier und jetzt, auf die richtige Temperatur erwärmt, zur entsprechenden Konsistenz bringen, die gesäuberten Zapfen und Aussparungen damit bestreichen und die Lehne mit der Sitzfläche und den Beinstreben wieder fest verleimen. Sicherlich waren bei den anderen Stühlen die verleimten Stellen ebenso zerbröselt. Während er nun mit der Kuchengabel in der rechten Hand die Streusel zu durchdringen suchte, befühlte er mit den Fingern seiner linken beiläufig den schon beachtlichen Schlitz, den die locker gewordenen Zapfen entstehen ließen. Beim nächsten Besuch werde ich Leim ...
„Was ist nu, Herr Rudl", ihre Direktheit riss ihn heraus, „wie gedenken Sie, meiner Tochter eine gute Partie zu sein?"
Er schreckte nach vorn, der Spalt zwischen Sitz und Lehne verschob sich mit der Bewegung und quetschte die Kuppe seines Mittelfingers schmerzhaft ein. Reflexartig war der Finger in seinem Mund gelandet und seine Zunge erspürte das Fehlen des wohl in der Ritze eingequetschten kleinen Hautläppchens.
„Nu kau´n se nich so verleg´n an ihr´n Fingernägeln! Schmeckt ihn´n denn mein Streuselkuch´n nich?"
Die linke Hand lag wieder neben dem Teller; in der Fingerkuppe pochte es, er wusste nichts zu erwidern.
Beim erneuten Versuch, den knusprigen Streusel zu durchstoßen waren einige Krümel über den linken Tellerrand auf die Tischdecke gerutscht. Schnell stellte er die Hand auf die Kante,

um die Brösel von der Decke auf die unter dem Tisch platzierte andere Hand zu schieben, als sich das zu einer kleinen Blase aufgestaute Blut von der Fingerkuppe löste und einen satten, runden Fleck auf dem frischen Leinen bildete.
„Du blutest ja, wo hast du dich denn verletzt?", rief Gretl.
„Hier am Stuhl, die Lehne ist locker", nuschelte er, den Finger wieder im Mund. „Ich hol Hansaplast!", rief Gretl. Agnes war entsetzt aufgesprungen: „Siehste, ich hab Bruno doch tausendmal gesacht, der soll endlich die Stühle kleb´n!"
Sie betupfte den Fleck mit ihrem Taschentuch, vergrößerte ihn jedoch nur und betrachtete ihre einzige, weiße Tischdecke.
Nee, was für ein ungeschickter Kerl, dachte sie ärgerlich, wie soll ich das nu wieder rauskrieg´n?
Dabei begann sie das Geschirr, die noch volle Kuchenplatte und die Kaffeekanne auf die Kredenz zu räumen, die dunkel die Wand rechts neben dem kleinen Fenster ausfüllte. Hektisch schob sie die darauf stehenden Schälchen und Bilder beiseite, sodass zwei davon umfielen.
Rudl war ebenfalls aufgesprungen, hätte fast seinen wackeligen Stuhl, der an allem schuld war, umgeworfen, stand jetzt neben der Kredenz, schob ungelenk, den linken Mittelfinger immer noch im Mund, die ankommenden Tassen und Teller hin und her und versuchte die Bilder wieder aufzustellen, was sich mit einer Hand als ziemlich schwierig erwies.
„Wo ist denn nur wieder das Hansaplast?", rief Gretl aus der Küche, wobei sie hörbar Schubladen auf und zu schob.
„Das hat sicher Bruno wieder verbummelt! Wo bleibter denn eigentlich, der sollte doch auch komm. Auf mich nimmt ja keiner Rücksicht. Immer muss ich alles alleine schaff´n."
Rudl war es gelungen, unter Zuhilfenahme seiner linken Hand beide Bilder wieder aufzustellen. Jedoch konnte er immer nur für Sekunden den Finger aus seinem Mund nehmen, da das Blut noch kräftig quoll. Agnes lief laut zeternd mit dem Tischtuch in die Küche: „Wie krieg ich das wieder raus! Gretl, setz schnell n Top Wasser auf. Gib mir die Kernseife zum Einweich´n!"
Er hörte das Plätschern des über den Blutfleck laufenden Wassers, stand vor dem Durcheinander von Bildern, Deckchen

und Väschen, Tellern, Tassen, Kuchen und Gabeln.

Einer der von ihm wieder aufgestellten Silberrahmen umrahmte das Gesicht eines stattlichen Mannsbildes mit streng dreinblickenden Augen, glatt gescheiteltem Haar, den Scheitel schnurgerade, fast in der Mitte des kantig breiten Kopfes. Der dunkle, üppige Schnauzbart reichte ihm von einem Ohr zum anderen und der von einem Vatermörder mit schmal gebundener, weißer Fliege verdeckte Hals ragte aus dem Revers eines Fracks.

Das muss ihr Vater sein, durchfuhr es Rudl, als Gretl ihm den blutenden Finger aus dem Mund zog und diesen zu verbinden begann. Sie hatte eine kleine Binde gefunden. Das Bild weiter betrachtend glaubte er, einem ihm gut bekannten Menschen zu begegnen, und seine plötzliche Trauer, ihn nie mehr sprechen zu können, überraschte ihn.

Neben dem Bild – der Rahmen war im Querformat aufgestellt – war eine schwarz umrandete Anzeige platziert.

Den kalten Silberrahmen in den Fingern spürend las er:
Möge Gott das Opfer, das er mit seinem Blut den heiligsten Gütern gebracht, im Jenseits reich vergelten.
Ihm wurde heißer als ihm ohnehin schon war. „Wie kann man so was schreiben?", entfuhr es ihm. „Psst", zischte Gretl, „fang jetzt bloß nich damit an, das gibt nur Ärger."
„Ja, ja ich hab sowieso alles vermasselt." Er merkte, wie sein

Hals enger wurde und aus den Poren drängende Schweißperlen
sein Haar weiter pomadisierten.
„Ach was, du konntest doch nichts dafür."
Plötzlich steckte Bruno seinen Kopf durch die Tür.
„Hallo, ihr Lieben, ist der Muckefuck noch warm?
 Ah, du bist sicher der Rudl, ich bin Bruno."
Rudl hatte das Bild wieder zurückgestellt, seine Hand wurde
kräftig geschüttelt. Er sah ein offenes, jungenhaftes Gesicht und
war unversehens froh, hier nicht mehr allein zu sein.
„Wie sieht's n hier aus. Gibt's n kein'n Kuchen mehr?"
„Wo kommst n jetzt her, Junge", war aus der Küche zu verneh-
men, „nie biste da, wenn man dich brauch, und die Stühle haste
immer noch nich geklebt. Bis sich einer weh tut, hab ich dir
immer gesacht, und nu isses passiert!"
Gretl legte den Finger auf ihre Lippen und deutete auf den
inzwischen fertigen Verband an Rudls Finger.
Bruno ging schuldbewusst in die Küche, umarmte hinter ihr
stehen bleibend seine Mutter, die noch immer am Spülstein mit
dem Blutfleck beschäftigt war.
„Ach Mutti, ich hab kein'n Knochenleim gekricht, ohne den
kann ich das doch nich mach'n."
„Ich kann euch welchen bringen", rief Rudl erleichtert, „dann
könnten wir's morgen oder wann zusammen machen!"
Vielleicht wäre das eine neue Chance, dachte er, die heutige
Pleite vergessen zu machen.
Bruno kam zurück: „Ja gut, morg'n Abend geht, abgemacht!"
Rudl war froh, würde er so schon morgen Gretl wiedersehen.
„Du, ich darf doch du sag'n, ich hab dein Motorrad da unt'n
geseh'n, dachte mir gleich, dass das deins is. Kann ich gleich
mal mitfahr'n, oder darf *ich* vielleicht ma fahr'n?"
„Nein, kommt wir setzen uns jetzt wieder an den Tisch." Gretl
öffnete eine Tür der Kredenz: „Mutti, welche Tischdecke kann
ich ...?" „Nein, nein", rief Agnes aus der Küche, „ich hab keine
passende mehr, geht ihr nur Motorrad fahr'n, der Fleck muss
erst raus. Den Kuchen pack ich in Pergament und Zeitung, dann
is der morgen noch gut."
„Ja, komm!", sagte Bruno und zog Rudl aus dem Zimmer.

„Ich geh noch mit runter, wir können ja nicht zu dritt fahren."
Die Wohnungstür fiel ins Schloss. Die plötzliche Ruhe tat gut.
Eigentlich war sie erleichtert. Auf all ihre Fragen hätte er ohnehin nichts antworten können, und ob Gretl ihn wirklich heiraten wollte, dazu hatte sie sich noch gar nicht geäußert. Außerdem, wer wusste schon, wie sich die Zeiten entwickeln würden.
Als sie Bruno 1907 kennenlernte, gab es noch den Deutschen Kaiser. Es gab eine Ordnung, Autorität im Land, an die man sich halten konnte, und doch brach sieben Jahre später dieser furchtbare Krieg über sie herein, und mit ihm zerbrach ihr Lebensglück. Und jetzt gab es eine Demokratie. Was war damit anzufangen? Ein starker Mann musste her. Plötzlich war einer da. Hatte den die Demokratie hervorgebracht? Aus der Ausgabe der letzten Augustwoche der *Berliner Illustrierten Zeitung,* die Gretl schon mal mitbrachte, hatte sie erfahren, dass Hindenburg gestorben war. Hitler war nun auch Reichspräsident. Vielleicht würde ja jetzt alles besser werden, wenn nur einer das Sagen hatte. „Viele Köche verderb'n den Brei", murmelte sie.
Eigentlich fand sie diesen Rudl ganz nett, nein, sie mochte ihn, obwohl doch für ihn eben alles schief gegangen war. Sie musste lächeln. Der Fleck war entfernt, am Freitag war sowieso Kochwaschtag, und für morgen hatte sie ja noch die bunte Decke.
Sein ehrlicher, klarer Blick hatte sie überzeugt. Diese blauen Augen, ganz anders als beim Baron. Da war keine Berechnung, kein kühles Abtasten, kein überkandideltes Gefasel.
Ja, wenn schon, dann war Rudl sicherlich der Richtigere. Aber jetzt, da er weg war, war sie nicht mehr genötigt, etwas Zustimmendes sagen zu müssen, das erleichterte sie. Wie hätte sie es auch sagen sollen? „Na ja, ich find Sie nett, Sie werd'n meine einzje Tochter bestimmt glücklich mach'n, werd'n beruflich schonn alles richtich anstell'n, oder, schön Sie kenn'ngelernt zu hab'n, und danke für die Blum'n?"
Aber nein, jetzt lachte sie wirklich, er hatte ja gar nichts mitgebracht, keine Blumen, kein Väschen, kein Tellerchen, nicht die kleinste Aufmerksamkeit. Ein Geschenkbonbon hätte sie sicher gefreut. Aber sie fand es sogar amüsant, so einfach, dann noch in diesem unmöglichen Aufzug ... Ja, trotz allem, er gefiel ihr.

109

Sie war sogar frei von Eifersucht, glücklich für Gretl.

Aber sie konnte damit hinter dem Berg halten, das befreite sie, hielt die Spannung, machte sie stärker, er würde weiterhin um ihr Wohlwollen buhlen müssen. Erzieherisch die viel bessere Maßnahme als Lob und Anerkennung.

Sie legte Gretls Sachen vom Sessel, knipste die Stehlampe an, nahm die zwei Wochen alte noch aufgeschlagene *Berliner Illustrierte Zeitung* zur Hand und setzte sich zufrieden.

Rudl fuhr gemächlich durch die Dunkelheit. Was für ein Tag, und doch war er trübsinnig. Das Angebot, sie mit Agnes anzureden, fand er vielversprechend, aber sonst war doch das Ganze im Chaos verebbt.

Er war mit Bruno auf dem Sozius einmal um den Häuserblock gefahren, nochmals am Haus vorbei, Gretl hatte ihnen zugewunken, dann hatte er den Motor kräftig aufheulen lassen, vorbei am nahen Kloster, dann die Breslauer- und Buchenwaldstraße entlang brausend, als sollte der Fahrtwind seinen Frust mit sich nehmen, die Einsiedelei erreicht. Hier konnte er Bruno ungestört einige Runden drehen lassen. Es war erstaunlich, wie gut Bruno trotz einer fehlenden Fahrprüfung mit dem Motorrad umging. Rudl gönnte ihm das Vergnügen, und seine Freude ließ seinen Frust schwinden. Auf einem Lattenzaun sitzend, kamen sie dann ins Gespräch, an dessen Ende fast eine Freundschaft stand, die sich später stetig verfestigen sollte.

Bruno erzählte über seine Erlebnisse mit Ferdinand, sein Begeistertsein, seine anfängliche Bewunderung – er war ja damals erst fünfzehn –, über das wachsende Unbehagen, die Zweifel an dessen Aufrichtigkeit, aber auch von seiner Traurigkeit über Gretls Kummer. Knapp zwei Jahre waren sie zusammen gewesen. Sie hatte begonnen, mit Ferdinand Tennis zu spielen, und Bruno hatte oft zugeschaut. Gretl habe gut gespielt, ihn sogar später öfter geschlagen, in ihrem wie eine Hose geschnittenen weißen, die Knie frei lassenden Rock, dem weißen, kurzärmligen Leinenhemd, das ihre aufregend sportliche Figur besonders betonte. Eine Verlobung auf dem Schloss Kraskow war geplant, er hatte es ihr versprochen, ihr einen Ring an den Finger gesteckt, und vertröstete sie doch immer wieder damit, dass sein Vater krank sei. Sie war nie dem Baron von Eyff vorgestellt worden. Ferdinand hatte sie hingehalten, wollte möglichst lange mit ihr prahlen. Auf einigen Bällen waren sie, sie immer dann mit dem tollen, roten Kleid.

„Damit solltest du sie mal sehen", schwärmte Bruno, „sie hat doch damit im Festsaal gespielt, hat sie dir davon erzählt?"

Rudl spürte ein ganz neues Gefühl, das der Eifersucht auf alles, was Gretl, bevor er sie kennenlernte, erlebt hatte.

Und warum sie dann Schluss gemacht habe, war seine Frage.

Er wisse nur, dass der Baron plötzlich seiner Krankheit erlegen war, das Schloss unter den Hammer kam, für Ferdinand nichts als Schulden blieben und er wohl in Bayern bei einer anderen Linie derer von Eyff Unterschlupf fand.

Ob Rudl sie denn jetzt endlich glücklich machen könne, war die Schlussfrage, er verehre doch seine Schwester so sehr.

Ja, das tat Rudl inzwischen auch. Trotzdem wollte sein Trübsinn nicht schwinden. Eigentlich gab's keinen Grund, doch war es halt manchmal so, dass sich Unbeschwertheit nicht so einfach herbeizaubern ließ.

Im Lichtkegel, der die Dunkelheit durchbohrte, flog ihm die diagonal gepflasterte Struktur der Straße entgegen, die trotz ihrer Ebenmäßigkeit – die Steine waren erst vor Kurzem neu verlegt worden – doch über die Reifen, die Federung, das Chassis, über Lenkstange und Sattelbank mit dem einhergehenden nagelnden Geräusch seinen Körper in gleichmäßige Vibration versetzte, die ihm dennoch das Gefühl nicht verwehrte, in schwebender Leichtigkeit dahin zu gleiten. Aber auch dieses immer wieder neu zu erlebende Gefühl, der Rausch der Geschwindigkeit und das sich dem kühlenden Fahrtwind Entgegenstemmen konnten seine trübe Stimmung nicht heben.

Dann plötzlich begriff er, was ihn bedrückte.

Diese Anzeige auf der Kredenz im Silberrahmen neben dem Porträt. Schwarz umrandet. Was war da zu lesen gewesen?

Möge Gott das Opfer, das er mit seinem Blute den heiligsten Gütern gebracht, im Jenseits reich vergelten.

Wer verantwortete einen solchen Text? Was waren die heiligsten Güter, die dieses menschliche Blutopfer in einem grausam geführten Krieg rechtfertigten? Großmachtgehabe, territoriale Expansion, Hegemonie, imperialistisches Denken?

Er hatte von dem grausamen Stellungskrieg in Verdun gelesen, 170.000 französische und 150.000 deutsche Soldaten kamen während der knapp ein Jahr währenden Schlacht ums Leben. Verdun war so zum Sinnbild der Schrecken des modernen Krieges geworden, in dem die Soldaten zu bloßem »Menschenmaterial« degradiert werden.

Er verlangsamte seine Fahrt, um in den Feldweg nach Senditz einbiegen zu können. Die Erinnerung an jenes Erlebnis mit dem Kaninchen vor vielleicht fünfzehn Jahren war fast verblasst.

Die rostigen Angeln des Eisentors zur Brennerei knirschten erneut, er schloss das Tor ab. Nochmals auf das bereits unter dem kleinen schützenden Dach abgestellte Motorrad blickend, wich allmählich sein Trübsinn einer unbestimmten Hoffnung.

Wie konnte er ahnen, dass ein ganzes Volk die nächsten zehn Jahre, durch eine gezielte Propaganda getäuscht, die verzerrten Wirklichkeitsbilder nicht mehr durchschauend, gleichsam wie das Kaninchen nichts mehr begreifend, wie erstarrt verharrte?

Währenddessen ein weiteres Volk zur Schlachtbank geführt, zwar durch grausame Pogrome und Terrorakte gewarnt, diese aber als Warnungen nicht erkennen konnte, weil sie so abgrundtief menschenverachtend und wahnsinnig nicht zu erfassen und begreifbar waren.

Wie hätte er weiter ahnen können, dass ihm mit Gretl nur neun Jahre des Glücks, das er erhoffte, beschieden sein würden?

Dass er dann die folgenden dreizehn Jahre seines Lebens immer wieder mit fatalen Situationen des Verrats, der Denunziation, der Demütigung, der schieren Ausweglosigkeit und letztlich der Tatsache des unverhofften Versagens seiner Gesundheit konfrontiert sein würde, dass er alle diese verhängnisvollen Tatbestände zu der jeweiligen Zeit nicht wirklich würde realisieren können. Ähnlich dem Kaninchen, das ihn damals auf der Grasnarbe liegend nicht als Gefahr erkennen und einschätzen konnte. Wobei es Rudl naturgegeben nicht einmal vergönnt war, durch Hakenschlagen Reißaus zu nehmen.

12. Traumbilder

Das Gebäude war imponierend.

Mit seiner repräsentativen Backsteinfassade an der Seestraße, den Segmentbogenfenstern, dreistöckig, das Flachdach nicht wahrnehmbar, seinen dominierend klaren, spätklassizistischen Linien in den Außenmauern und dem von einem neugotischen säulengestützten Wimperg bekrönten Haupteingang:

Das Reichsinstitut für Gärungsgewerbe und Stärkefabrikation.

Er eilte den breit ausladenden Treppenaufgang hinauf, um sich noch rechtzeitig zum Beginn des Seminars einzufinden. Die Berliner Straßen waren vom Regen mit Pfützen übersät, und so war es nicht zu vermeiden gewesen, dass man seine Fußstapfen und die Tropfen des regennassen Mantels vom Eingang über die Treppe bis hin zum Schulungsraum hätte verfolgen können.

Bevor er eintrat, streifte er den Mantel ab, warf ihn über den verbogenen Haken neben der Tür und huschte in den stickigen Raum. Etwa dreißig Teilnehmer saßen bereits aufmerksam auf ihren Plätzen. Der Dozent, Herr Lampe, stand schon vor seinen Destillierapparaten. Wohl mal wieder der Letzte beeilte er sich, möglichst wenig störend an seinen Platz zu kommen.

Die nächsten zwei Stunden galten der operativen Destillationstechnik in praktischer Anwendung. Nach einer halben Stunde Pause stand dann die Vorbereitung verschiedener Rohstoffe und das Einmaischen und Vergären von Obst und Getreide auf dem Lehrplan. Man musste ständig mitschreiben, es gab nur wenig Fachliteratur, die später hätte helfen können.

Der rundliche Mann begann zu referieren, ständig schwitzend, sich immer wieder die perlenden Tropfen von der weit in den Haaransatz schimmernden Stirn wischend, larmoyant mit ausladenden Gesten, dabei die dampfenden Apparate bedienend.

Rudls Gedanken waren jedoch noch bei dem überstürzten Aufbruch heute Morgen – der Wecker hatte gestreikt – und bei dem, was ihn in den nächsten Tagen noch alles erwarten würde.

Er nahm Stift und Schreibblock und zwang sich in die Materie.

Er hatte fleißig mitgeschrieben, etliche Seiten gefüllt, und das erlösende Klingeln beendete die letzte Stunde der chemischen und physikalischen Experimente. Der Anspannung, dem Reden und Tun des vorn Stehenden folgen zu müssen, wich jetzt eine Ermüdung, die die skurrile Art, wie Herr Lampe sein Wissen zu vermitteln suchte, hervorrief. Jetzt streckte Rudl erst einmal Beine und Arme weit von sich, sodass er fast wie ein Brett auf seinem Stuhl schwebte.

Nach der Pause musste er in einen Raum, im darüber liegenden Stockwerk, wo dann Dipl.-Brau-Ingenieur Glaubitz über Obst, Kartoffeln, Getreide usw. referieren und mikroskopische und biologische Übungen veranstalten würde.

Mit dem mitgebrachten trockenen Brötchen in der Hand ging er hinaus auf den Gang, und schon waren seine Gedanken bei seiner Gretl. Er hatte diesen Kurs zu bestehen, sehr gut zu bestehen. Sonst würde es mit der Stelle, für die er sich beworben hatte, nichts werden. Morgen würde es eine Vorentscheidung geben. Um 17 Uhr war er im Mark-Hotel in Charlottenburg zu einem Gespräch mit Vertretern der Schaffgotschen Grubenverwaltung eingeladen oder gar mit dem Grafen Schaffgotsch persönlich, der in einem kleinen Dorf, etwa 60 km südlich von Breslau, in einem prächtigen, neugotischen Schloss residierte.

Schwarzengrund mit Schloss und Schlosspark
stand auf der Ansichtskarte, die er sich gekauft hatte. Wenn er die ausgeschriebene Stelle bekäme, als Verwalter der Brennerei,

direkt neben dem Schloss gelegen, ... er wäre am Ziel seiner Wünsche, und er könnte seine Gretl endlich heiraten.

Es schellte erneut, und er stieg langsam, den noch feuchten Mantel über die Schulter geworfen, die Treppe hinauf. Jetzt galt es, den anstehenden Lektionen über Lebensmitteltechnologie, Betriebskontrolle und Betriebsführung konzentriert zu folgen.

Erst nach vier Uhr am Nachmittag betrat er, schon ziemlich müde, seine kleine Behausung, die er durch die Verbindungen seines Vaters vom Institut für Gärungsgewerbe vermittelt bekommen hatte. Zwei auf dem Heimweg gekaufte mit fettem Käse belegte Brötchen und etwas Milch sollten ihn zunächst einmal wieder zu Kräften bringen. Ein kleines Fläschchen Rotwein stellte er an die rechte Ecke des schäbigen Tisches als Belohnung und Ansporn. Der ganze Nachmittag und Abend würde nötig sein, das Gehörte und Notierte zu redigieren, neu niederzuschreiben, dabei zu lernen und in sich aufzunehmen.

Er strich einige Krümel vom Tisch, setzte die Brötchentüte an den Mund, betrachtete etwas außer Atem, mit der linken Faust haltend, den produzieren Ballon, und ließ die Tüte mit einem gezielten Schlag krachend platzen. Eruptiv frei gewordene Brötchenkrümel rieselten auf Tisch und Dielen. Seine flache Hand fegte auch diese vom Tisch. „Dann muss ich halt morgen mal die Bude auskehren", sagte er den Papierfetzen, warf sie beiseite und vertiefte sich in die Notizen.

Draußen erneut aufziehende Regenwolken verdunkelten den Raum. Die Arbeit war beendet, er konnte nichts mehr in sich aufnehmen. Matt lag er auf dem schmalen, harten Bett, hatte das Rotweinfläschchen immer wieder angesetzt und neben das Bett auf den Dielen abgestellt. Er starrte die verbeulte Decke an. Seine Gedanken waren bei ihr. Eigentlich tat er das alles für sie: Gretl – Margarete!

Sie hatte ihm förmlich die Augen geöffnet, damals, vor fast einem Jahr auf der Waldlichtung, als sie den ersten Kuss ...

Wie war er nur nach Hause gekommen? Er konnte sich nicht erinnern. Aber an ihre Predigt. Ja, es war wie eine treffsichere Predigt gewesen, durch die man geläutert in den Alltag entlassen wird. Leider gab es solcherlei Predigten nur allzu selten.

115

Seit vier Tagen war er in Berlin, um sich an diesem Institut mit Brennereibetriebslehre, Lebensmitteltechnologie, Filtration alkoholischer Getränke, Spiritusherstellung usw. zu befassen. Der Kurs lief über vier mal fünf Tage. Auf das letzte Wochenende folgte eine zweitägige Abschlussprüfung, die ihm das Testat erbringen würde, eine Brennerei leiten und führen zu dürfen.
„Ich werde alles schaffen", ließ er die schäbige Zimmerdecke wissen. Wichtige Dinge besprach er gern mit sich selbst, mit seinem Bleistift, vielleicht auch mit einer Wand oder wie jetzt mit der Decke. „Die Voraussetzungen zu diesem Lehrgang habe ich doch konsequent und brillant erfüllt!" Er verschränkte die Arme hinter dem Kopf. Das Revuepassieren seiner Arbeit an dem Meisterstück entspannte und begeisterte ihn noch immer.
Das letzte halbe Jahr hatte ihm viel Freude und Erfolg gebracht. Der Erwerb des Meisterbriefes war ihm geglückt. Er hatte ein besonderes Meisterstück fertigen wollen, wurde schließlich auf ein antikes Kastenschloss aufmerksam, das an der großen Eingangstür zum Refektorium des Trebnitzer Klosters haftete; etwa einhundert Jahre alt, allerdings kaum noch funktionsfähig.
Also hatte er ein neues Schloss angefertigt, mit einem aus dem Blech getriebenen Muschelmotiv, einem filigranen Schlüsselloch und einem, mit einem Eichenblatt bekrönten Schlüssel.
Herausragend war die metallgetriebene Klinke, deren Tatzenform vielleicht den, der die Refektoriumstür öffnete, zu besonderer Bedachtsamkeit anhalten sollte, gleich dem, der eine zartweiche und doch möglicherweise kratzende Katzenpfote ergreifen würde. Neben der exakten Funktion sah dieses Schloss so auch noch wunderbar aus. Das Metall würde später noch mit schwarzem Einbrennlack die nötige Patina erhalten.
Er hatte dafür die bestmögliche Benotung bekommen.
Rudl richtete sich wie benommen im Bett auf: „Ja, jetzt haben die Nonnen ein wunderbar neues, altes Schloss", sagte er dem Fußende des Bettes, indem er halb aufrecht verharrte. Er wandte den Kopf hin und her, bis er begriff, wo er war. Weiter dösend legte er sich auf die Seite und betrachtete das Schloss der Zimmertür. „Was hab ich dagegen für ein Meisterstück vollbracht!", erklärte er diesmal der Tür, wobei er nach der Weinflasche griff

und feststellte, dass sich das nicht mehr lohnte.

Es fiel jetzt nur noch mattes Licht in das Zimmer, und seine Augen wurden schwer. „Und der Meisterbrief hängt jetzt in der Werkstatt", erläuterte er der leeren Flasche.

Die Nonnen waren begeistert von der neuen Möglichkeit, das Refektorium zu verschließen, taten es aber nie – er sah sich von ihnen umringt –, dass dieser liebenswerte Verehrer von ihrer Gretl so etwas Schönes zustande gebracht hatte – sie schüttelten ihm die Hände –, in der Chronik würden sie ihn verewigen.

Sein Arm war vom Bett gerutscht, hatte das Fläschchen umgeworfen. Er schreckte hoch. In der Dunkelheit tastete er nach seinem Wecker, drückte dabei die Nachttischlampe an, drehte mit zusammengekniffenen Augen den Weckzeiger auf die Sieben, stellte den Wecker zurück, knipste mit der gleichen Bewegung das Licht aus und fiel sinnierend auf die Matratze zurück: Morgen Nachmittag, nach dem Seminar, um 17 Uhr, Bewerbungsgespräch, vorher Gretl in der Sparkasse anrufen, dann ist Wochenende, die Olympiabauten ansehen. Gretl fehlt mir, noch dreieinhalb Wochen, dann bin ich hier fertig, die Prüfung wird schwer, ich muss es schaffen, vielleicht fahre ich doch ein Wochenende nach Hause. Olympia wird interessant, was die hier in Berlin so alles hinkriegen, wirklich eine tolle Stadt, mit Gretl muss ich mal hierher.

Er war eigentlich stolz dazuzugehören, zu diesem Land, Deutscher zu sein. Es ging ja stetig aufwärts, die Wirtschaftskrise lag erst einige Jahre zurück, er hatte sie auch zu spüren bekommen, arbeitslos war er nicht gewesen, aber wie viel andere?

Die Braunen – nie hatte er so viele Uniformierte auf den Straßen gesehen. Sie bauen die Wehrmacht neu auf, treffen Kriegsvorbereitungen, er drehte sich unruhig auf den Rücken. Was ist davon zu halten, aber sie schafften doch ... ja, Ordnung, Arbeit und nächstes Jahr, die Olympiade, ich könnte mit Gretl zur Eröffnungsfeier ... wegen Karten könnte ich ... nein, nicht wieder Krieg, der letzte war furchtbar, sollte ich wie Vater zu den Soldaten ... zur Wehrmacht? Nein, erst Gretl heiraten und dann Kinder, vier oder mehr, wenn es dann Krieg gibt ...

wenigstens noch ein bisschen Familienglück ...

Blasse Düsternis, Ermattung, fahrige Bilder zerfaserten seine Gedanken, sein Unterbewusstes: Er sieht den Vater, im Graben. Keine fünfzig Meter vor August erfolgt mit einem Pfeifen und Bersten ein schwerer Einschlag. Gerade hatte er im Schützengraben hockend sein Gewehr nachgeladen. Dabei instinktiv die offene Uniformjacke über seinen tief eingezogenen Kopf gezerrt, als sich Sand, Steine und Dreck über ihm und seinen Kameraden entluden. Den Stahlhelm hatte August im Moment des Ladens zur Seite gelegt. Das Herz schlug ihm bis zum Hals, war es doch untersagt, den Helm abzulegen. Solcher Leichtsinn konnte das Leben kosten. Für kurze Zeit hatte es keinen Beschuss gegeben, doch trotz Kälte war der Schweiß unter dem Helm unerträglich gewesen. „Anna! Werde ich dich je wieder in meine Arme schließen können?"

Den Helm wieder festzurrend, sich weiter geduckt mit dem Rücken an die nasse bröckelnde Grabenwand drückend trübten jetzt wässrige Schleier seine Augen. August hätte nie gedacht, so verweichlicht zu werden, aber dieser Krieg vernichtete ihn, musste jeden anderen auch vernichten.

Und nun war er es, der mit blassem Gesicht, durch Stahlhelm und Halteriemen verzerrt, über den aufgeschütteten Rand blickte, mit zittrigen Händen das Gewehr umklammernd. Da lag sie auf der Waldlichtung, er wollte sie an sich ziehen, sie umarmen, aber wie aus dem Schützengraben herauskommen? Er hatte sie vorher heiraten wollen, wo waren die Kinder, er kam nicht aus dem Graben, er versuchte es, immer wieder. Gretl, ich ... seine Erregung spürend griff er nach ihr. Der scharfe Wind kräuselte die getrocknete Erde zu kleinen Windhosen, eine kräftige Böe peitschte ihm die Körner in die angstvoll aufgerissenen Augen, die in salzigen Tränen zu Matsch wurden. Er kam nicht an sie heran. Die Sanddusche, die Demütigung, wie damals, auf dem Feldweg, er sah plötzlich nichts mehr, etwas riss ihn heraus.

Sich hin- und her wälzend, die dauernde Erregung jetzt spürbar erfassend und doch nicht begreifend verschob sich nun plötzlich die graue chaotische Ebene zur archetypischen.

Auf dem Blüthner im Festsaal ließ sie das Mozartsche Rondo verführerisch leicht erklingen, hüpfend auf der Klavierbank.

Der Baron saß in der ersten Reihe: „Sie kommen zu spät mein Freund, wir sind schon ein Paar, vereint in den Schönheiten der Kunst, in der Musik, in der Liebe. Sie mussten ja noch in den Krieg, mussten noch Prüfungen, Lehrgänge machen."
Er wollte zu ihr an den Flügel treten, sie berühren, sie fragen. Die schwere Uniform, der Affe auf dem Rücken, das Gewehr, der Munitionsgürtel, Schuhe wie Blei machten jeden Schritt unmöglich. Die Last erdrückte ihn, er konnte sie nicht erreichen. Sie wandte sich um, ihre wunderbaren blauen Augen trafen ihn schmerzlich, seine Erregung schwoll an, zum Bersten, und er schreckte empor. Schweiß, Feuchte klebte zwischen Hemd, Laken, Bezug. Die Schwere von Uniform und Tornister wich, in schreckhaftem Aufrichten suchten die nicht mehr sandigen Augen Antwort in der Finsternis. Sahen nur diese, keinen Schützen, keinen Festsaal, keinen Blüthner, keine Sandwindhosen, keinen Baron, keine wunderbar blauen Augen, sahen nichts, überließen das Wahrnehmen anderen Sinnen, die jetzt, die klamme Bettstatt zu meiden suchten.
Benommen und erschrocken versuchte er die Tücher zu richten und zu wechseln, fast verzweifelt und beschämt, im jetzt durch das Fenster matt scheinende Mondlicht. Die darin schimmernden Zeiger seines Weckers, die er in der unteren, rechten Hälfte des Zifferblattes ausmachte, ließen ihn, wie im Selbstgespräch zu der Erkenntnis kommen: „Zwei, drei Stunden kann ich noch schlafen, muss ich; am Nachmittag das Bewerbungsgespräch."
Seine erweiterten Pupillen starrten gegen die Decke. Er fühlte Ohnmacht, sich seiner Natur ausgeliefert, seinen Bedürfnissen, Gefühlen, die ihn überkamen, nicht zu steuern waren. Dieser Baron? Hatte ihm Gretl alles gesagt? Er hatte ihr auch nicht alles gesagt, von Lisbeth. Was war zwischen ihr und diesem Baron gewesen? Wirklich nichts, hatte sie beteuert.
Die bleischwer niedersinkenden Lider und der geringere Lichteinfall, bedingt durch den weitergezogenen, jetzt von Wolken verdeckten Mond, ließen den Raum in völlige Dunkelheit abtauchen, während die weiter geöffnete Iris ihm jene farbigen Bilder der transzendenten Ebene lieferte, wie sie das morgendliche Dahindämmern hervorbringt.

Im großen, mit Mahagoni-Holz getäfelten Geschäftssalon des Mark Hotels saß der Graf an seinem schweren Schreibtisch, erhob sich, und kam, als wollte er ihn umarmen, auf ihn zu: „Wie ich mich über Ihre Bewerbung freue. Ich habe Ihre reizende Frau kennengelernt. Sie wird sich mit der Frau Gräfin gut verstehen."
Aus dem Dunkel des Hotelfoyers sich abzeichnend lag in gleißender Sonne wunderbar in frischem Grün der Schlosspark mit seinem herrlichen See, in dessen von keinem Windhauch bewegtem Wasser Schloss und Dächer wie im Spiegel glitzerten, sich die Spitzen der Türme in die Tiefe des Sees bohrten.
Er musste schützend die Augen beschatten, sah nur das Spiegelbild, da die stechend heiße Sonne die Silhouette der Türme, Dächer und Erker des Gebäudes nur noch als schwarzes Blendwerk erscheinen ließ. Auf der Wiese eine schimmernde Gestalt, Gretl!, umringt von einer Kinderschar.
Der Graf hält sein Handgelenk. Ein Kaninchen ..., plötzlich steht der Baron da, es schlägt einen Haken und verschwindet. Der Baron schlägt die Hacken zusammen und lächelt: „Ich habe die drei Malter Weizen in der Tenne ausgebreitet." „Gut, Herr Baron", die Stimme des Grafen dröhnt, „die Brennerei ist jetzt in den besten Händen, eine Neueinstellung ist überflüssig." Der Baron, zu Pferd, brüllend eine Gerte schwingend: „Lass dich hier nie wieder blicken, du elend fauler Schlosserlümmel!"
Gehetzt hastet er durch üppig blühende Rhododendrenbüsche hinaus aus dem Park, auf der Straße weiterlaufend, diese panisch zu überqueren suchend, in der Mitte mit Bleifüßen festhängend, die quietschende Straßenbahn, die Sieben, sie steuert jetzt direkt auf ihn zu, droht ihn zu überrollen, kein Loskommen, Schellen rasseln, Bimmeln dröhnen, der Schaffner tritt vehement den Glockenknopf, Schienen kreischen, pfeifen, Bremsen knirschen, Entkommen unmöglich, gleich, gleich, aus, vorbei, ...
die Sieben, ... gellendes Schellen, Rasseln, Läuten, ...
Der Wecker schrillte, der Zeiger auf der Sieben.

13. Hochzeitsglocken

Das Geläut begann zaghaft.

Zunächst mit drei unregelmäßigen Anschlägen, bis der Klöppel der ersten Glocke in regelmäßigem Schwung den Rand gegenüber erreichte, und das sorgfältig im Guss abgestimmte Metall zum Klingen brachte. Die Glocke erklang im Schlagton a^1, dann folgte wiederum zögernd die zweite Glocke eine saubere große Terz tiefer, die dritte gesellte sich dazu, eine weitere Terz tiefer, allerdings eine kleine, sodass daraus ein d-Moll Dreiklang entstand, wobei Rudl hier das Moll nicht als traurig, sondern im Zusammenspiel als weich und ruhend empfand. Das tiefe c^1 der vierten Glocke ließ dann den Quartsextakkord entstehen, durch den sich das Geläut mit dem stetig durchhörbaren Moll Dreiklang zu der vollen, ungestümen Klangpracht entfaltete.

Rudl stand im Eingang unter dem Turm, spürte das Stampfen im Glockenstuhl und überließ sich ganz dem Klanggebilde.

Er wartete auf seine Braut. Es war endlich so weit. Heute war ihr Hochzeitstag! Mittwoch, der 30. September 1936.

Die Glocken sollten volle zehn Minuten die Botschaft seines Glücks über Trebnitz tragen, so hatte er es sich gewünscht.

Mal erklangen zwei oder drei Glocken rhythmisch gleich im Anschlag, dann dissonant, um schnell wieder nach mäßigem Durcheinander zur vollen Harmonik zurückzufinden.

121

Ähnlich der Verbindung zweier Menschen, die zunächst im Gleichklang beginnend, sich in Unregelmäßigkeit und Unordnung, ja sogar in Misstönen und Disharmonie verlieren, um dann durch das Anschlagen neuer Töne, und durch das Erkennen von Dissonanzen die ersehnte Harmonie wieder zu erlangen.
Rudl lauschte andächtig. Dissonanzen strebten für ihn immer zur Konsonanz, daraus bezog Musik ihre Dynamik und Kraft.
Die Gäste und Gläubigen hatten bereits in der Kirche Platz genommen, seine Eltern und Schwestern, Agnes, die Brüder von Gretl, sogar Felix war gekommen, Verwandte und Freunde. Außerdem wollte halb Trebnitz dabei sein, wenn die „Niedergesäß Gretl von der Sparkasse" zum Traualtar geführt wurde.
Da es keinen Brautvater gab, der ihm seine Braut hätte zuführen können, erschien Schwester Friedeswida auf der Eingangstreppe, winkte ihm fröhlich zu und zog Gretl aus der Tür, gleich einem kostbaren Brillanten aus einem Safe. In dem langen, den Boden berührenden weißen Kleid, einer kleinen weißen Kappe mit langem Schleier in das gekräuselte, dunkle Haar drapiert, schritt sie die Stufen hinab ihm entgegen. Ihre Schuhe waren nicht zu sehen, so war es verabredet; sie hatte flache und er etwas erhöhte, da er nun mal einige Zentimeter kleiner war.
Überwältigt von ihrer Erscheinung ging er ihr, mit den leicht erhöhten Absätzen vielleicht etwas ungelenk entgegen, sodass sie in der Mitte des Vorplatzes zusammentrafen. Er hatte selbstverständlich einen Frack angelegt, und so verschmolzen sie zu einem klassischen Hochzeitspaar.
„Du siehst hinreißend aus", brachte er benommen hervor. Sie strahlte ihm ihr schönstes Lächeln entgegen.
Sie betraten die Kirche. Jetzt erfüllte sich sein Wunsch hier zu heiraten; die Glocken waren verstummt, alles drehte sich nach ihnen um. Ein Raunen wehte durch die Bankreihen, was für den Organisten das Zeichen war, die Orgel aufbrausen zu lassen.
Gretl hatte sich Bachs Toccata und Fuge d-Moll gewünscht, wobei die zweieinhalb Minuten der Toccata mit ihren griffigen Akkorden und den rasant arpeggiomäßigen Läufen ausreichten, um das Paar im Orgelgebraus zum Altar zu geleiten.
Einen Wermutstropfen musste der für ihn so berauschend süße

Wein dieser Hochzeitsfeierlichkeit verkraften. Der mit ihnen schon fast befreundete Kaplan Taube war leider erkrankt. Erst beim Eintreffen vor der Kirche war Rudl darüber informiert worden, dass Pfarrer Klar die Brautmesse lesen musste, und das war gerade jener, der vor zweiundzwanzig Jahren diese unselige Formulierung in der Todesanzeige von Gretls Vater mit zu verantworten hatte: *Möge Gott das Opfer, das er mit seinem Blute den heiligsten Gütern gebracht, im Jenseits reich vergelten.*

Er erinnerte sich nach und nach an seinen ersten Besuch bei Agnes, an das Chaos, durch seinen blutenden Finger verursacht, wie er beim Aufrichten des Bilderrahmens diese Anzeige gelesen, wie ihn sein Nachdenken auf dem Heimweg aufgewühlt hatte. Dieser Mann sollte nun seinen Bund mit Gretl besiegeln? Nur das bewegende Glockengeläut hatte es vermocht, seine Enttäuschung mit dem Unabänderlichen in Einklang zu bringen.

Ihnen zugewandt dienerte der jetzt devot und bedeutete ihnen zwischen der rot gepolsterten Kniebank und den ebenso bezogenen Stühlen Aufstellung zu nehmen, um jedem begrüßend die Hand zu schütteln. Er schien nicht unsympathisch. Sein volles, rundes Gesicht strahlte sogar väterliche Güte aus, und doch konnten sich Rudls Gedanken nicht vollends beruhigen. Die schon spärlichen Haare waren vom Scheitel aus in langen einzelnen Strähnen über den kahlen Schädel gekämmt, sollten diesen wohl überdecken, wären aber bei jedem Windstoß in der Gefahr, die Blöße zu offenbaren und über das linke Ohr wie ein dürrer Vorhang aus dünnen, grauen Schnüren herabzufallen.

Er war vor den Altar getreten und begann mit dem Stufengebet. Die Nonnen, zur Choralschola formiert, intonierten den Introitus. Mit ihren zart geführten Stimmen sangen sie die Gregorianischen Gesänge vielleicht besser als manche Männerschola.

Dennoch wollte sich bei Rudl keine Andacht einstellen.

Als die Ministranten dann das Confiteor runterrasselten, das sich selbst anklagende, dreimalige »Mea culpa« durch jeweils einen Schlag an die Brust zelebrierten, musste er an den Witz von Antek und Frantek denken, als Antek Frantek erzählte, vor dem Messedienen einmal einen Hering geklaut zu haben. Der glitschige Fisch habe innen in seiner Brusttasche gesteckt und

ständig rumgezappelt, aber dann, nach dem dritten, platzierten
»Meaculpaschlag« keinen Muckser mehr getan.
Rudl war fast beschämt, solch Banales bei seiner Hochzeit und
dazu hier bei dieser heiligen Messe in den Sinn zu bekommen.
Die Schola ließ das Kyrie ausklingen, und Pfarrer Klar stimmte
das Gloria an: „Glória in excélsis Déo!"
Im Wechsel zwischen der Schola und den Gläubigen erklang
nun der Zwiegesang der 8. Choralmesse, *De angelis.*
Er hatte in Zirkwitz eine Zeit lang in der Schola mitgesungen,
so stimmte er mit ein: „Qui tóllis peccáta múndi, miserére ..."
Du nimmst hinweg die Sünden der Welt, hatte er gerade ge-
sungen. Aber er hatte *Ihm* gar keine Gelegenheit gegeben.
Welche hätte *Er* denn hinwegnehmen sollen? Zum Empfang der
Kommunion ... Er war nicht zur Beichte gegangen, ob Gretl ...?
Sie drehte sich singend zu ihm „ ... glória Déi Pátris, Ame*h*en."
Sie legte ihre Hand in die seine, ihre Augen trafen sich, ihre
strahlend schön, die seinen, wie er fürchtete, schuldbewusst.
Er musste gleich mit zur Kommunion gehen.
„Lesung aus dem Brief des Apostels Paulus an die Epheser",
las Pfarrer Klar: „*... Die Frauen seien ihren Männern so unter-*
tan wie dem Herrn, denn der Mann ist das Haupt des Weibes,
wie Christus das Haupt der Kirche ist, ..."
Welch ein Vergleich, dachte Rudl, die Kirche mit Gretl vergleichen, eine Institution mit einem geliebten Menschen. –
Ich will gar nicht ihr Haupt sein!
„Ihr Männer, liebet eure Frauen," das werde ich immer tun,
„Er hat sie in der Taufe ... gereinigt, um sich seine Kirche
herrlich zu gestalten: ohne Flecken und Runzeln ...
Ohne Flecken und Runzeln! Bei Gretl musste er nichts gestal-
ten, da gab´s keine Flecken und schon gar keine Runzeln.
„...sollen die Männer ihre Frauen lieben, wie den eignen Leib ...
noch nie hat jemand sein eigenes Fleisch gehasst ..."
Da war es, dieses Wort, das für ihn unmögliche.
Die Orgel brauste auf, alles erhob sich, die Schola stimmte das
Alleluja an, und der ganze Kirchenraum füllte sich vielstimmig
im Wiederholen des dreimaligen Alleluja.
Pfarrer Klar war indessen auf die Kanzel gestiegen, und noch in

124

den Nachklang der Orgel sang er sein: „Dominus vobiscum!"
„Et cum spiritu tuo!", erklang's im Widerpart.
„Sequéntia sancti Evangélii secúndum Matthaéum."
Dabei zeichnete er mit dem Daumen ein kleines Kreuz auf das aufgeschlagene Messbuch, ebenso auf Stirn, Mund und Brust.
„Gloria tibi Domine.", sang als Antwort jeder aus der Gemeinde mit der gleichen Daumenübung.
Seine Stimme erhebend artikulierte er jetzt: *„In jener Zeit traten die Pharisäer an Jesus heran, um ihn zu versuchen: Ist es erlaubt, sein Weib aus jedem Grunde zu entlassen?*
Er antwortete: Habt ihr nicht gelesen, dass der Schöpfer die Menschen als Mann und Weib erschaffen und gesagt hat: Darum wird der Mann Vater und Mutter verlassen und seinem Weibe anhangen, und sie werden zwei in einem Fleisch sein? So sind es also nicht mehr zwei, sondern ein Fleisch. Was nun Gott verbunden hat, soll der Mensch nicht trennen."
Er gebot der Gemeinde Platz zu nehmen.
Gretl und Rudl mussten sich schräg auf ihren Stühlen zurechtsetzten, um, die Köpfe nach links gewandt, die im vorderen Kirchenschiff angebrachte Kanzel in ihren Blick zu bekommen.
So betrachtete er, hinter ihr sitzend, sein »Weib«. Was war das für eine Sprache, konnte man eine solche Übersetzungen heute noch ernsthaft vertreten? Sollte er in Zukunft Gretl als sein Weib vorstellen, dem Grafen Schafgottsch zum Beispiel.
Meine Gattin würde es heißen, meine Gemahlin, schlimmstenfalls meine Frau, aber mein Weib? Undenkbar. Und bei dem gesamten Text entstand der Eindruck, als handle es sich bei einem Weib um einen gemeinen Tauschgegenstand.
Und dann dieses Wort, Fleisch!
Er kannte ja das Evangelium, hatte es schon oft bei den Sonntagsmessen gehört, schon als Junge. Sie hatten damals darüber gelacht, gestritten, nicht verstanden, was das zu bedeuten hatte: Zwei in einem Fleisch! Das hatte so etwas Metzgerhaftes.
Ärger überkam ihn, gerade heute an seine pubertäre Unwissenheit erinnert zu sein. Aber was wusste er schon?
Der heutige Tag versprach ihm Erkenntnis, Klarheit, Einsicht.
„Dem Körper des Weibes hat unser Schöpfer im Fleisch des

Mannes seinen Ursprung gegeben, ... "
Da waren sie wieder, diese Worte, er mochte sie nicht mehr hören. Weib, Fleisch. Weshalb wieder Fleisch? Aus einer Rippe soll Eva entstanden sein, das war für ihn schwer zu glauben.
Er müsste eine Rippe weniger haben als Gretl. Absurd!
Sollte er vielleicht heute Abend mal nachzählen?
„... und auf die Fürsprache der allzeit reinen und unbefleckten Jungfrau und Gottesmutter Maria, wird diese Jungfrau, welche heut hier zur Ehe bereit ist, als Mutter, das von Gott angeordnete Werk der Fortpflanzung des Menschengeschlechtes ... "
Er hatte kaum zugehört, und er mochte auch nicht mehr zuhören. Warum musste er an seinem schönsten Tag solche Phrasen anhören? Würde er in seiner Hochzeitsnacht, in ihrer Hochzeitsnacht seine Gretl beflecken, sie unrein werden lassen? Waren alle Mütter, außer der Muttergottes, befleckte und unreine Wesen? Waren alle Männer Frauenverunreiniger?
Wie abartig wurde hier mit der Sprache jongliert, wurden Begriffe, Eigenschaften geprägt, die den Menschen, wenn er sie denn zu verstehen in der Lage war, nur in Angst und Missverstand zurücklassen mussten. Aber vielleicht war es gerade Gott zu danken, dass wohl niemand all das so verstehen wollte, dass sich keine Frau unrein fühlte, wenn sie ein Kind empfangen hatte, und dass kein liebender, verantwortungsvoller Mann sich als Beschmutzer sah. Es ging hier offensichtlich weniger um Inhalte und deren Verständnis.
Was er später erfahren sollte: Kaplan Taube stand schon länger unter genauer Beobachtung der SA. Seine letzten Predigten waren mitstenografiert worden, wegen volksverhetzender Reden drohte man mit Schutzhaft, weiteres Predigen war ihm untersagt worden. Deshalb musste Pfarrer Klar diesen Brautgottesdienst halten, aber auch er war gewarnt, hielt sich deshalb bei seiner Predigt streng an die Bibeltexte.
In der Nähe der Kanzel hatte Rudl, einen Uniformierten ausgemacht. Wer den wohl eingeladen hat? Der wird doch hoffentlich nicht gleich bei der Feier dabei sein, dachte er.
Damals in Berlin schienen Uniformen schon zum Straßenbild zu gehören, aber inzwischen rief jede Uniform in ihm eine Be-

klemmung hervor, sei sie schwarz, braun, khaki oder grüngrau. Aufmärsche, Kundgebungen, und Hakenkreuzfahnen an öffentlichen Gebäuden waren selbstverständlich geworden, kirchliche Vereine, Zeitungen und Vereinsschriften wurden zunehmend verboten, Zentrumspolitiker, Geistliche denunziert, abgesetzt und in Schutzhaft genommen.

Der Vertrieb des »*Gebirgsboten*« in Glatz war für Tage verboten worden, weil dort zu lesen war: *Mit Umzügen, Heil-Hitler-Rufen und Fackelzügen schafft man keine Arbeit!*

Bisher hatte ihn all das wenig bekümmert, jedoch sollte er bald erfahren, wie sich bereits die Fangarme der NSDAP auch um ihn schlängelten.

Gretl stupste ihn an: „Rudl, die Ringe!" Erschrocken griff er in die Brusttasche und reichte dem Pfarrer die kleine Schachtel. Mit Weihwasser wurden sie segnend benetzt.

„ ...ich frage dich, willst du... bis dass der Tod euch scheidet?"

Abwesend sprach er in die Pause: „Ja"!

„Gretl ... ich frage nun auch dich ...", hörte ihr freudiges „Ja" und mit kühlenden Weihwassertropfen auf der Stirn suchte er ihren Finger, dann sie den seinen, er streckte ihr zerstreut den Mittelfinger entgegen.

„... dürfen jetzt ... küssen", vernahm er, nahm Gretls Kopf behutsam in beide Hände, und in dem er ihren Mund berührte, wurde ihm klar, dass dieser Pfarrer Klar nun doch ihren Bund segnend besiegelt hatte.

Er schüttelte ihnen die Hände, gratulierte mit artigen Worten, drehte sich um und schritt zum Altar zurück. Die beruhigend wirkenden Stimmen der Nonnen sangen das Offertorium.

Er kniete auf der gepolsterten Kniebank. Die eintretende Stille, die die Wandlung ankündigte, beruhigte ihn, jedoch schmerzten plötzlich seine Knie trotz des Polsters.

Vor zwei Tagen war er in der neuen Wohnung in Alt Ellguth herumgekrochen, die rote Fußbodenfarbe sauber verstreichend, in der hinteren Wohnzimmerecke beginnend rückwärts zur Tür robbend, die fertig gestrichenen Dielen vor sich lassend. Die im Flur weiter rückwärts kriechend sorgfältig bestreichend, bis hin zur offenstehenden Eingangstür. Den gerade geführten Pinselstrich auf dem Querbrett unter dem Sturz nochmals im schräg einfallenden Licht prüfend, um dann Pinsel und Farbeimer in der einen Hand, die so erreichte Wohnungstür im Aufstehen mit der anderen Hand zu verschließen.

Das Schellen der Ministranten holte ihn zur Wandlung zurück. Pfarrer Klar reckte beide Arme über den Kopf und präsentierte den Gläubigen die große Oblate. Dazu schlug im Turm die tiefe Glocke ihr c^1 an. Dann folgte der Kelch.

Gretl kniete neben ihm, er legte seine linke Hand auf ihre betend gefalteten, und ein ihm zugewandtes Lächeln schenkte ihm die Freude über den glücklichsten Tag seines Lebens zurück.

Beim Sanctus bot sich für ihn die Gelegenheit das „Hosánna in excélsis" emphatisch mitzusingen, das Austeilen der Kommunion wurde von der Schola mit dem Agnus Déi begleitet. Er hatte ohne jedes Schuldgefühl neben Gretl die Hostie empfangen und nach dem Schlusssegen sang er befreit und glücklich die ausladende Melodie des »Dé-o grá-ti-as«!

Als Mann und Frau gab es jetzt nur noch das Glück ihrer Verbindung. Zum Abschluss und zu ihrem Auszug erklang, auf seinen Wunsch, die Toccata aus der 5. Orgelsinfonie von Carles Marie Widor. Rudl folgte bewegt der rhythmischen Figuration der rechten Hand, die quasi als *perpetuum mobile* den Satz unablässig vorantreibt, wobei die linke mit der absteigenden Thematik kontrapunktierend eingreift. Aus dem erreichten Pianissimo mit geschlossenem Schweller entwickelte sich das Schlusscescendo bis zum Generaltutti, auf dem das endende Thema im 32 Fuß donnernd ausklang. Mit dem dröhnenden Schlussakkord schritten sie aus der Kirche.

Hochrufe und Applaus und blütenstreuende Kinder beglückwünschten und begleiteten sie in den Festsaal des Klosters, in welchem die Nonnen für ihre Gretl und ihren Bräutigam, einen duftenden Festschmaus bereiten würden.

Die gehörte Musik klang in ihm die ganze Feier über in angenehmem Durcheinander nach, wobei sich die Melodie des »Dé-o grá-ti-as« immer wieder in den Vordergrund spielte.

14. Audienz

Er hatte seine Stelle als Brennereiverwalter.
Allerdings nicht in Schwarzengrund, sondern in Alt-Ellguth,
einem kleinen Flecken 40 km östlich von Breslau. Dort waren
sie dabei, im Parterre des Wohngebäudes der Brennerei, ihre
Wohnung einzurichten. Es gab drei Zimmer, dazu eine kleine
Küche, die von dem großen Spülstein beherrscht wurde, darin
eingelassen eine gusseiserne Pumpe, die für leidlich fließend
Wasser sorgte. Der Ofen, tischhoch, mit vier Kochstellen, deren
herausnehmbare Ringe Öffnungen für verschieden große Koch-
töpfe entstehen ließen, aus hellbraunen Kacheln gesetzt, nahm
die gegenüberliegende Wand ein. Hier würde Gretl nun ihren
Rudl bekochen und versorgen. Sie freute sich auf die neue
Aufgabe, konnte sie doch jetzt ihre Kenntnisse, die sie vor dem
Beginn der Banklehre auf einer Hauswirtschaftsschule erwor-
ben hatte, im Praktischen erproben. Ihre Arbeit würde ihr vielleicht fehlen, aber es waren ja Kinder geplant.
Für Agnes fand sich leider kein Platz. Die Wohnung wäre doch
keine Verbesserung für sie, mit einer Pumpe in der Küche. Sie
hatte ja wenigstens einen Wasserhahn, und dann auf einem solchen Kuhdorf, wenn Rudl ihr nichts Besseres bieten könnte!
Nun, er hatte ja die Option nach Schwarzengrund zu wechseln,
ob das bald geschähe, würde sich vielleicht heute zeigen.
Auf dem alten Straßenschild stand noch Koppitz. Bedachtsam
ließ er das Motorrad durch die noch unbefestigte Straße rollen.
Koppitz hieß jetzt Schwarzengrund. Die Nationalsozialisten
hatten alle slawischen Ortsnamen »eingedeutscht«. In der Ferne
sah er den viereckigen Turm der Pfarrkirche. Er drehte sich zu
Gretl: „Vielleicht können wir uns die Kirche nachher ansehen!"
Das Schloss lag inmitten des Parks mit seinem See und diver-
sen Bachläufen. Vor der Brücke über einen solchen, die als
Entrée fungierte, stand ein livrierter Bediensteter.
„Ich habe jetzt einen Termin beim Grafen Schaffgotsch. Darf
meine Frau solange etwas im Park spazieren gehen?"
Nicht mehr als eine Geste lud sie beide ein.

Es war ein wunderbarer Oktobertag, Gretl wandte sich dem See zu, Rudl dem Schloss: „In ner halb´n Stunde vielleicht, oder es kann auch länger dauern", rief er ihr nach.

Wie von selbst öffnete sich die schwere Eingangspforte, und freundlich wurde er eine Treppe höher in eine Halle geführt.

Jetzt war er also hier, schaute vorsichtig durch die Fenster, sah unten Gretl am Ufer des Sees entlanglaufen, betrachtete die an den rötlich getünchten Wänden aufgehängte Ahnengalerie. Die Ehrfurcht gebietenden Grafen und deren Gemahlinnen schauten ihm aus schweren, breit geschnitzten Holzrahmen entgegen. „Ich muss unbedingt hier diese Stelle als Brennerei-Inspektor bekommen", flehte er zu einem der Ahnen aufblickend.

In Berlin war er damals nur mit dem Sekretär des Grafen zusammengekommen, der allerdings nicht viel gesagt hatte. Zwei andere Herren, die sich nicht weiter vorgestellt hatten, deuteten die Möglichkeit der Einstellung an, und später hatte er dann mit dem Sekretär den Vertrag für Alt-Ellguth ausgehandelt.

Nun wollte plötzlich der Graf persönlich mit ihm sprechen, »... aufgrund neuer Gegebenheiten ... in einer sehr wichtigen Angelegenheit«, so war es in dem Anschreiben formuliert.

Ein junger, stattlicher Mann kam auf ihn zu und reichte ihm die Hand: „Ich bin Graf Schaffgotsch und freue mich, Sie endlich kennenzulernen."

Rudl machte seinen Diener, stellte sich vor, aber der Graf war schon auf dem Weg in sein Büro. Er bedeutete ihm Platz zu nehmen, setzte sich selbst hinter einen schweren, auf geschnitzten Löwenbeinen stehenden Schreibtisch und begann: „Ja, ich suche händeringend einen neuen Chef für meine Brennerei. Sie scheinen dafür der Richtige zu sein. Ihre Zeugnisse habe ich eingesehen, die sind ja bestens. Jedoch gibt es da ein Problem, das wir lösen müssen, also hören Sie zu!"

Er muss jünger sein als ich, dachte Rudl. Er fühlte sich sofort zu ihm hingezogen, von seiner Direktheit gefangen. Was für ein Problem ...? Er würde alles tun, um es zu lösen.

Er wisse, was er von ihm verlange, begann der Graf, aber die erste Voraussetzung sei, er müsse in die Partei eintreten. Er selbst sei dazu schon mehrfach aufgefordert worden, jedoch als

Großindustriellem und ehemaligem Zentrumsmitglied, das Zentrum habe sich ja inzwischen selbst aufgelöst, sei ihm eine Mitgliedschaft in der NSDAP nicht aufzuzwingen. Er stehe dem Verein, wie er sagte, sehr skeptisch gegenüber, aber es gebe da gewisse Zwänge, er könne keinen Inspektor einstellen, der nicht in der Partei sei. „Das ist aber nicht das Problem", unterbrach er sich und stand auf. „Sie müssen dazu jetzt nichts weiter sagen, ich werde Ihnen alles erklären. Das muss aber strikt unter uns bleiben!" Er schaute ihn direkt an, und Rudl nickte.

„Gut! Nachher werde ich Ihnen noch die Brennerei zeigen, dann fahren Sie nach Hause, überlegen sich alles noch einmal gründlich und teilen mir danach Ihre Entscheidung mit." „Aber meine Frau ist mit", warf Rudl etwas unüberlegt und hastig ein. „Um so besser, wir können uns alles gemeinsam ansehen, dann wissen Sie auch beide, was Sie zu verlieren hätten."

Jetzt wurde Rudl mulmig. Er zweifelte, ihn richtig zu verstehen. „Ob Sie sie einweihen wollen, ist Ihre Sache. Wo ist sie denn?" „Unten im Park." Er ging vor die Tür, gab einige Anweisungen und setzte sich wieder. „Man wird sich um sie kümmern."

Beide Arme auf die fast leere Schreibtischplatte gestützt, sah er Rudl freimütig an und legte ihm weiter die Sachlage dar.

Das Problem sei, er habe erst kürzlich einen Inspektor eingestellt, der sei aber unfähig, mache unentwegt Fehler, schade dem Unternehmen und habe die Akzeptanz in der Partei verloren. Er müsse ihn doch vom Lehrgang in Berlin kennen.

Sein Name sei Gustav Dreschler. Rudl erinnerte sich dunkel.

Bei der unvermeidlichen Befragung zu seiner Mitgliedschaft durch das Parteigremium in Breslau werde es sicher auch um diesen Dreschler gehen, und dann müsse er so en passant ...,

Rudl versuchte ihm zu folgen. Verwirrt vernahm er etwas von Homosexualität, Freundschaft zu ihm und Observation.

Er hatte Mühe, das Verwegene des Ansinnens zu verstehen und war froh, als der Graf ihn nach draußen bat, wo Gretl wartete.

Er begrüßte Gretl: „Ach, die Frau Gemahlin", sie machte einen ungeschickten Knicks. Ob das so richtig is?, dachte Rudl.

Über die kleine Brücke ging es der Brennerei entgegen.

Durch das Seitentor betraten sie das Häusergeviert. In der Mitte des rechteckigen Platzes standen Pferdefuhrwerke mit Getreide und Kartoffeln, an der linken Seite gab es eine ältere Bebauung mit Türmen und Rundbögen, die, wie sie später erfuhren, die Teile waren, die um 1896 gebaut worden waren. Die Breitseite beherbergte Lagerhallen, Tanks und Schuppen, und die rechte Seite des Areals schloss ein lang gestrecktes Wohnhaus ab, dessen unterer Bereich Werkstätten und Garagen aufnahm und in dessen Obergeschoss die Wohnung des Verwalters lag.

„Die technischen Anlagen sind gleich hier unten. Ich will Ihnen und Ihrer Frau zuerst die Wohnung zeigen, das ist für Sie sicher das Wichtigste. Herr Dreschler ist nicht verheiratet, wohnt im Dorf und ist heut´ nicht in der Brennerei."
Er erklomm die steile Treppe hinauf zur Wohnung.
Gretl war begeistert, eine riesige Wohnung mit 6 Zimmern, mit Küche, Bad, Waschküche, alles auf einer Etage, nach hinten ein wunderbarer Garten von der Küche aus über eine Treppe zu erreichen. Etwas verwildert, aber den würde sie schon zu einem Schmuckstück machen. „Nein, wie ist das wunderbar", sagte sie, „wann können wir ..." Rudl kniff sie unsanft in die Seite und zog sie den Flur entlang dem Grafen nach.
„Also, ich hab Ihnen alles gezeigt. Sie können sich gern noch ein wenig umsehen. Lassen Sie mich Ihre Entscheidung wissen. Auf Wiedersehen, gnädige Frau. Überlegen Sie nicht zu lange!"
Damit reichte er beiden die Hand und eilte nach unten.
„Was meinte der mit »überlegen sie nicht zu lange«, hast du nicht zugesagt?" Rudl war nicht wohl. „Komm Gretl, lass uns gehen!" „Warum? Schau dir mal diese wunderbare Küche an!" Sie lief ins Nebenzimmer, „hier machen wir das Esszimmer!", und aus dem Fenster sehend, „von hier können wir sehr gut den Garten einsehen. Schau, der wunderbare Kirschbaum."
„Gretl, komm bitte", er stand ungeduldig oben an der Treppe.
Natürlich war das alles wunderbar, aber er konnte jetzt keinen klaren Gedanken fassen, musste erst einmal zur Ruhe kommen.
Durch das Seitentor verließen sie das Gelände, er ging auf die Brücke zu und bat den dort Stehenden: „Dürften wir nochmals in den Park?" Dieses Mal sprach der »Wächter«: „Sicherlich, der Park ist jeden Tag von 12 bis 17 Uhr für alle Dorfbewohner

geöffnet, ich muss nur aufpassen, dass keiner Unsinn macht!"
Am anderen Ende des Sees ließ Rudl sich auf einem umgestürzten Baum nieder. Er sah nicht die klaren gotischen Formen
des Schlosses, sah nur noch, wie sich die kunstvolle Fassade im
unruhigen Wasser des Sees, in den leicht vom Wind gekräusel-
ten Wellen, diffus und konturlos abbildete. Das erinnerte ihn an
den Traum, als er, von dem sich gleißend im See spiegelnden
Schloss geblendet, vom Baron höhnisch aus dem Schlosspark
vertrieben worden war.
„Sieh dir das an", wandte er sich an Gretl. „Als wir ankamen,
war mir das Schloss klar und schön, so wie ich es am Ufer sehe.
Werde ich es vielleicht nur noch spiegelbildlich verzerrt, bizarr,
das Dach und die Turmspitzen verschwimmend in die Tiefe des
Sees ragend, in meiner Erinnerung behalten?"
„Jetzt erklär' mir doch endlich, was los ist. Was ist passiert?"
Er wusste es nicht auszusprechen, begann jetzt aber im Selbst-
gespräch, in entstehenden Pausen, einfallende Gedanken verfol-
gend, dann wieder, in lautem Nachdenken, Fakten und Fragen
gegenüberzustellen und das Gespräch für sich neu aufzurollen.
„Er hat gesagt, ich muss in die Partei eintreten."
„Ist der verrückt geworden?", empörte sich Gretl.
Rudl rutschte auf dem Baum hin und her.
„Ich bin schon zweimal aufgefordert worden. In Berlin, beim
Lehrgang und nach der Unterzeichnung des Vertrages für Ellguth. Ich habe abgelehnt. – Sehen sie, hab'n die gesagt, sie werden bald einen Betrieb leiten, Menschen führen, sie werden das
nicht gegen unsere Interessen tun, gegen unser Gedankengut.
Sie müssen ein nationalsozialistisches Vorbild sein, für Menschen die Orientierung brauchen, die weniger intelligent sind,
die Zusammenhänge nicht so verstehen können. –
Oder stehen sie etwa nicht zu unseren nationalen Idealen, zu
unserem Führer Adolf Hitler, zu der Fürsorge unserer Partei den
arbeitenden Schichten gegenüber, zu unseren deutschen Werten,
zu der Verantwortung, die sie haben, der sie nur durch unser
aller Zutun in die Elite aufgestiegen sind? –
Sie bekämen die Möglichkeit, an unseren zukunftsweisenden
Projekten maßgeblich mitzuarbeiten und beteiligt zu sein."

Was waren das für zukunftsweisende Projekte?

„Wir wollen sie nicht bedrängen, hab'n die gesagt. In unsere Partei tritt man nur freiwillig ein, das steht schon in unseren Statuten. Wir geben aber auch nicht allzu oft Ratschläge und Empfehlungen." Sein Selbstgespräch verstummte.

Gustav Dreschler, jetzt erinnerte er sich genau. Der war mit ihm in Berlin. Immer als Erster mit seinem »Heil Hitler«, stramm in der Haltung, vorbildlich den rechten Arm leicht über die 90° gestreckt. Der war jetzt hier Chef, hatte *seine* Stelle bekommen! Das hatte er nicht gewusst. Und augenblicklich ärgerte es ihn.

Bei dem Bewerbungsgespräch, das fiel ihm erst jetzt auf, gab es keine Fragen, nur Feststellungen: »Sie sind katholisch, nicht in unserer Partei, nicht verlobt, unverheiratet, können also unserem Volk und unserem Führer keine gesunden, arischen Nachkommen schenken«. Vehement hatte er eingeworfen, er werde sofort heiraten, wenn er die Stelle bekäme und er wolle natürlich auch Kinder. War das eine Parteiveranstaltung gewesen? Er war auch nicht mit dem Hitlergruß eingetreten.

Draußen vor dem Hotel erwartete ihn Gustav. Er hatte sich an ihn gehängt, war mit ihm durch die Straßen geschlendert, schwärmend von der neuen Führung, der neu aufbrechenden Zeit, von Olympia. Immer wieder hatte er mechanisch Gustavs Hand von seiner Schulter geschoben. Dann waren sie im Kino, sahen die Wochenschau mit Hymnen auf die Errungenschaften des Nationalsozialismus. Plötzlich lag Gustavs Hand warm auf seinem Oberschenkel. Er hatte sie weggestoßen. Ob er das als unangenehm empfinde, hatte Gustav geflüstert.

Gretl stupste Rudl mit dem Ellenbogen: „Hallo, ich bin auch noch da, wolltest du mir nicht alles erklären?" –

„Ach, plötzlich ist alles so kompliziert!"

Er stieß einen Stein weg und lief unschlüssig auf und ab.

„Auch Gustav hat mich gefragt, warum ich nicht in die Partei eintreten will. Was ging den das denn an?", empörte er sich.

„Gustav erzählte von einem Lehrer, der immer wieder einen Parteieintritt abgelehnt hatte. Es kam zu Anfeindungen, zu Repressalien, er wurde von Kollegen geschnitten. Endlich stimmte er zu. Doch dann drehten die Parteigremien den Spieß um, um

in endlosen Sitzungen und Befragungen herauszufinden, ob er
denn auch wirklich einer Parteimitgliedschaft würdig sei. Die
nehmen nicht jeden, war seine Warnung."
„Und ist er dann Mitglied geworden?", wollte Gretl wissen.
„Ich weiß nicht, ich glaub nicht. Er wurde, glaub ich, in ein ent-
legenes Kuhdorf strafversetzt."
Der Weg führte sie jetzt über die kleine Brücke aus dem Park
hinaus und sie bestiegen das Motorrad.
Was hatte Agnes gesagt? »In ein Kuhdorf geh ich nich, wenn du
nischt Besseres zu biet'n hast.« – War er schon strafversetzt?
Alt-Ellguth war wirklich eine sehr kleine Brennerei, es gab nur
eine Handvoll Mitarbeiter. Sie produzierten nur Kornbrände im
Rohzustand aus Roggen und Weizen, die zur Weiterverarbei-
tung abgegeben wurden. Sollte er sich damit zufrieden geben,
nur weil er eine Ideologie nicht richtig einzuschätzen wusste?
Vielleicht waren die ja auch gar nicht so schlimm?
In seinem Vertrag stand: »Aufgrund der sehr guten Zeugnisse
kann eine Anstellung später z.B. in Schwarzengrund erfolgen.«
Hier mischte die Partei mit. Qualifikation kam erst an zweiter
Stelle. Also war es unabdingbar in die Partei einzutreten, und
zwar sofort, ehe es zu einer neuen Aufforderung kam.
Er brauste Breslau entgegen, drehte sich abrupt zu Gretl und
rief: „Ich werde gleich morgen den Aufnahmeantrag stellen!"
In Oels bog er in den Feldweg ein, der über Groß-Ellguth und
Klein-Ellguth direkt zu seinem Kuhdorf Alt-Ellguth führte.
„Willst du's wirklich tun?" „Ich will nicht, ich muss! Oder soll
ich hier in diesem Kuhdorf versauern?"
Er bockte das Motorrad auf.
Verliebt und doch etwas mitleidig betrachtete sie ihn.
Wie begeistert hatte er ihr von seiner Stelle in Alt-Ellguth be-
richtet. Sie war nicht so begeistert gewesen und ihre Mutter erst
recht nicht: „Siehste, ich hab's doch immer gesacht, aus deim
Rudl wird nischte. Ihr werdet euch schonn noch wundern."
„Was hat der Graf denn nun so Schreckliches gesagt?"
„Ich soll ihn bei der Partei der Homosexualität bezichtigen."
„Wen?"
„Gustav!"

15. *Einvernahme*

Er betrat die Breslauer Parteizentrale.

Man hatte ihn den Flur hinunter zum Zimmer 312 geschickt.

Die Funktionäre saßen, drei an der Zahl, an einem Tisch, er gegenüber, einsam, auf einem in der Mitte stehenden Stuhl des sonst leeren Raumes. Eigentlich zu weit entfernt, den Abstand symbolisierend, der ihre Stellung zu der seinen ausmachte.

Er war der Bittsteller, sie vielleicht die Gewährenden.

Er kam sich vor wie ein Pimpf.

„Wir haben Ihren Antrag vorliegen und wollen uns ein wenig mit Ihnen unterhalten", begann der Ältere in der Mitte.

Wohl ein Gauleiter oder so was, dachte Rudl, in kackgelber Uniform. Die beiden daneben in Zivil waren in seinem Alter.

„Sie haben schon dreimal unser mit großem Entgegenkommen formuliertes Angebot, in die Nationalsozialistische Deutsche Arbeiterpartei einzutreten ausgeschlagen! –

Warum wollen Sie jetzt diesen Schritt tun?"

Was für ein rüder Ton? Wieso dreimal? Gustavs Frage zählten die mit. Woher wussten die davon, hat der denen das erzählt? Wenn die ihn ablehnten? Er war auf eine solche Frage vorbereitet, doch ..., sollte es ihm genauso ergehen wie dem Lehrer?

„Wir hören? Oder sollen wir helfen? Haben Sie nicht in Berlin unserem verdienten Parteimitglied nochmals Ihre ablehnende Haltung gegenüber unserer Bewegung bekundet?"

„Wieso in Berlin?", entfuhr ihm die Frage.

„Ja glauben Sie denn wirklich, wir hätten Ihnen die gut gemeinten Angebote, unserer Partei beizutreten gemacht, ohne etwas über Sie zu wissen? –

Glauben Sie denn wirklich, wir hätten nicht Ihre Teilnahme an dem Lehrgang in Berlin wohlwollend begleitet, hätten nicht den sehr guten Abschluss dort, wie den hier bei der Meisterprüfung zur Kenntnis genommen? –
Wir suchen uns gern unsere Mitglieder aus, und es müssen gute, kompetente, in Ihren Berufen erfolgreiche und hervorragend ausgebildete deutsche Männer sein, damit wir gemeinsam unser Vaterland wieder stark machen. –
Jedoch zwingen wir niemanden zum Beitritt, das verbietet unsere Satzung. Es hat uns aber schon verstimmt, dass Sie dreimal unser absolut wohlwollendes Herantreten an Sie in den Wind geschlagen haben!" –
Rudl saß wie erschlagen auf seinem Stuhl, unfähig in die den Fragen folgenden langen Pausen eine Antwort zu platzieren.
Wussten die über alles Bescheid, wussten vielleicht auch von seinem Gespräch mit dem Grafen? Aber nein, das konnte doch nicht sein. Er rappelte sich langsam hoch und holte tief Luft, denn jetzt musste er etwas Fundiertes, Glaubhaftes sagen.
„Sie werden alles sofort verstehen meine Herren, wenn ich hier und jetzt Ihnen meine tiefsten Gefühle offenlege. Ich habe in den letzten zwei Jahren mein Berufs- und Privatleben in jeder Hinsicht neu geordnet." Hier musste er nun gar nichts erfinden.
„Nachdem ich meine jetzige Frau kennengelernt hatte, war das unabdingbar. Und die Dinge, die ich unternahm, die Sie, wie ich nun weiß, sogar wohlwollend begleitet haben, haben damals meine ganze Kraft erfordert. Da ich mich immer nur auf die gerade anstehende Aufgabe konzentriert habe, konnte ich die von Ihnen soeben lobend erwähnten Resultate erzielen. Das war die Grundlage zu meiner kürzlich glücklich erfolgten Heirat, und der Gründung einer neuen Familie, der, wie ich für mich selbst hoffe, viele Kinder beschieden sein möge."
Er schob sich näher an die Stuhllehne.
„Und Sie werden sicher nicht umhin kommen, mir zur Eroberung dieser meiner Frau Anerkennung zu zollen, mich vielleicht auch dazu beglückwünschen zu wollen. Möglicherweise war einer von Ihnen sogar bei meiner Brautmesse zugegen. Denn ich erinnere mich spontan, einen jungen Mann in stattlicher

Uniform, unter der Kanzel sitzend, gesehen zu haben, die Hände fromm zum Gebet gefaltet."

Überrascht von seiner eigenen Rede, er hatte langsam und betont deklamiert, um die Distanz zu den Zuhörenden zu überbrücken. Nach jedem Absenken der Stimme, die zwingend den Punkt setzt, weiterdenkend die Pausen genutzt und aufrecht auf seinem Stuhl sitzend mit gezielten Gesten das Gesagte unterstrichen.

Ein blitzschneller Gedanke schickte das Folgende hinterher: „Und, um nun auf Ihre Frage zu antworten: Jetzt bin ich bereit, die freigewordene Energie für meinen Beruf, für meine Familie und, wenn Sie wollen, auch für die Partei einzusetzen! Meine Hochzeit lag noch keine sechs Wochen zurück, da war bereits der Aufnahmeantrag unterwegs. Wer wollte mir einen Vorwurf machen, dass ich die Dinge so und nicht anders priorisierte?"

Die Drei schauten sich etwas ratlos an, hatten sie doch eigentlich vorgehabt, ihn weiter in die Enge zu treiben.

„Also gut", sagte der etwas jünger wirkende Anzugträger, „wir werden Ihren Antrag befürworten und nach oben weitergeben."

Rudl lehnte sich sichtlich erleichtert zurück.

Der andere Anzugträger tuschelte dem Kackgelben, mit seiner roten Hakenkreuzbinde am Arm, etwas ins Ohr.

So wird sicher die volle Windel meines erstgeborenen Sohnes aussehen, drängte sich nun der Gedanke nach vorn, der sich schon beim ersten Anblick dieser geschmacklosen Uniform in Rudls Hinterkopf festgesetzt hatte. Die Lächerlichkeit dieser Veranstaltung, und das hier auch von ihm Gesagte trieb ihm, mit aufkommender Wut, die Röte ins Gesicht.

„Wir müssen Sie jetzt noch bitten, uns bei der Aufklärung eines für uns sehr misslichen Sachverhaltes behilflich zu sein", tönte wichtig der Windelfarbige.

„Was sagt Ihnen der Name: Gustav Dreschler?"

„Gustav? Ja, so hieß wohl einer aus unserm Lehrgang", äußerte Rudl, gespielt überlegend, „der Nachname ist mir jedoch nicht mehr geläufig."

Ihm wurde heiß. Wobei sich ein Brennen längs über seine Kopfhaut zog, als ob diese soeben mit Haarwasser eingerieben würde. Schweißperlen traten ihm auf die Stirn. Gottlob saß er auf seinem Stuhl weit genug von den Dreien entfernt, sodass die nichts bemerken konnten.

Sollte es jetzt doch noch unangenehm werden? Sollte jetzt doch noch über diese Homosexualität gesprochen werden? Ihm war das alles so zuwider. Außerdem war er völlig ahnungslos, was diese Neigung betraf.

Einen Paragrafen gab es ja im Strafgesetzbuch. Oftmals hatten sie sich in der Schule mit »du Hundertfünfundsiebziger« beschimpft. Jedoch wusste keiner, was das denn bedeutete.

In den letzten Wochen hatte er versucht, in der Bibel etwas zu finden, da die Kirche ja homosexuelle Handlungen verdammte. Die Partei duldete diese Art der Sexualität nicht, weil sie nicht auf die Zeugung von Kindern ausgerichtet sein kann, und genauso absurd argumentierte die Kirche. Jedoch soll es durch die NSDAP Verfolgungen und Inhaftierungen von Homosexuellen gegeben haben. Er hatte von Umerziehungslagern gehört, von Zwangssterilisierungen und sogar Tötungen. Nein, es hatte ihn abgestoßen, auf diese Weise mit den Nöten dieser Menschen konfrontiert zu werden.

Er würde partout nichts über Gustavs mögliche Veranlagung sagen, obwohl der Graf, wie er glaubte, das von ihm erwartete.

Die Tür sprang auf, es erschien ein zweiter Kackgelber, und einer der Anzugträger wurde hinausgerufen.

„Warten Sie bitte einen Moment, ich bin gleich zurück."

Rudl bekam seine Verschnaufpause, versuchte wieder ruhiger zu werden.

Die Unterredung vor vier Wochen; bis heute blieb ihm unklar, was der Graf nun eigentlich bezweckt hatte.

Auf sein sofortiges Antwortschreiben, er wolle alles wie besprochen in die Wege leiten, gab es bisher keine Rückmeldung. Sicher musste er erst seine Parteimitgliedschaft bestätigt haben.

Dass der Graf in einem ähnlichen Dilemma steckte wie Rudl, konnte er natürlich nicht ahnen. Er musste endlich einen zuverlässigen Verwalter haben, die Partei verlangte von ihm eine Ausweitung der Ethanol-Produktion, sonst würde man ihm die Rohstoffzufuhr beschränken. Anfang des Jahres 1936 war die neue Heeresversuchsanstalt in Peenemünde eröffnet worden,

dessen Leiter, Wernher von Braun, der Chef für Raketenent-
wicklung, eine völlig neuartige Antriebstechnik für seine Flug-
aggregate entwickelte, bei der reines Ethanol benötigt wurde.
So sollten schnellstens, von der Partei verordnet, die Kapazitä-
ten der schlesischen Brennereien vervielfacht werden.
Dieser Gustav Dreschler war nicht in der Lage, diese Vorgaben
durchzuführen. Auf Druck der Partei hatte der Graf also nicht
den fähigsten Mann einstellen dürfen, sondern den Sohn eines
hohen Parteifunktionärs. Nicht dessen vermeintlichen Freund,
der ohnehin sein Favorit war und den er mit dem Vertrag in Alt-
Ellguth sozusagen für sich geparkt hatte. Beide waren in Berlin
beobachtet worden, und die Art ihres Umgangs miteinander ließ
die Partei zu dem Schluss kommen, es hier mit Homosexuellen
zu tun zu haben. Da jetzt der eine geheiratet hatte, konnte es
sich nur um den handeln, den er eingestellt hatte, zumal es aus
der Partei dafür einige Signale gab. Also wollte der Graf mit
der Unterredung Bewegung in die Sache bringen.
„So, wir können wieder!"
Der Anzugträger saß bereits.
Rudl, ruhiger geworden, ließ seine Gedanken ins Belanglose
abdriften: Mit was für Heinis man sich doch rumschlagen
muss? Mit Orden und Parteiabzeichen am Revers, einer kackgelben Uniform, er verzog das Gesicht, glaubten die etwas darzustellen. Hatten die etwas Vernünftiges gelernt? Konnte man
denn mit solchen Leuten Deutschland wieder stark machen?
Der Windelfarbige stellte wieder seine Fragen, wartete zunächst
vergeblich auf Reaktionen von Rudl. Wie er zu Homosexuellen
stehe? Man habe ihn im Verdacht gehabt. Bei der Abschiedsfeier nach dem Lehrgang habe er nicht ein einziges Mal mit den
extra für die erfolgreichen Absolventen aus der »NS-Frauen-
schaft« herbeizitierten, ausnehmend hübschen Damen getanzt
und auch Gustav Dreschler nicht. Den ganzen Abend hätten sie
zusammengesessen, und die Art ihres Vertrautseins schien ein-
deutige Schlüsse zuzulassen.
Ja, diese Abschiedsfeier. Rudl erinnerte sich. Gretl hatte ihm
Wochen später den Bericht über den Lehrgang und eben auch
über die Abschiedsfeier in der *Zeitschrift für Spiritusindustrie*

überbracht und sogar Auszüge daraus vorgelesen:
Die Feier diente der Fröhlichkeit und Kameradschaftlichkeit.
Die festlich geschmückte Tafel verschönt durch einen Damen-
flor, vereinte Lehrer und Hörer!
Wie er denn mit dem schönen *Damenflor* umgegangen sei?,
hatte Gretl lästernd gefrotzelt.
Mehrmals war er zum Tanz aufgefordert worden, von zugegeben
hübschen Mädchen, aber er hatte ein noch hübscheres zu Hause,
und dieses gedachte er so bald als möglich zu heiraten. Hätte er
sich vielleicht noch mit extra herbeizitierten, wie er soeben er-
fahren hatte, abgeben sollen?
Ähnlich hatte er leicht gekränkt die Sache mit dem Damenflor
auch Gretl zu erklären versucht.
„Wir haben auch Freunde von Ihnen befragt", hörte er einen der
Anzugträger einwerfen.
„Freundinnen! Eine hat behauptet, es könnte sein!"
„Wie bitte?", warf Rudl aufmerksamer werdend ein.
„Wer hat das behauptet? Das ist doch wohl ungeheuerlich!"
Und sofort fiel ihm Lisbeth ein.
Das könne man ihm nicht verraten, aber er wisse doch sicher,
mit welchen Frauen er in engerem Kontakt gewesen sei.
Natürlich wusste er es noch. Nein, diese Lisbeth. Die abgeflaute
Empörung stieg wieder auf, jetzt war es egal, er wischte sich
den Schweiß von der Stirn.
„Sie haben sie abgewiesen, obwohl sie doch sehr attraktiv ist",
berichtete der Windelfarbige und hielt dazu, sichtlich amüsiert,
eine Fotografie hoch.
Die haben sogar, Rudl schäumte vor Wut. „ ...und somit könne
sie nicht ausschließen, dass Sie doch vielleicht abartig seien."
„Die hätte ich nicht von der Bettkante gestoßen!", höhnte der
Jüngste. Sie lachten flapsig, sich auf den Stühlen weit zurück-
lehnend, die Hände tief in die Hosentaschen schiebend, die
Beine lang ausgestreckt unter dem Tisch.
„Wenn Sie Ihre Unverschämtheiten nicht sofort unterlassen",
fuhr Rudl sie jetzt an, er war aufgesprungen und drohend einige
Schritte auf sie zugegangen, „werde ich mir vorbehalten, dem
Parteibeitritt zuzustimmen. Ich werde einen Bericht über Ihr

taktloses Benehmen verfassen, wie Sie mit einer angehenden Führungskraft der deutschen Wirtschaft glauben umgehen zu können!" Das hatte gesessen.

Er war bis auf einen Meter herangekommen, sie richteten sich synchron wieder auf, nahmen Haltung an, der »Nichtbettkantenstoßer« entschuldigte sich devot und bat ihn, wieder Platz zu nehmen, dabei war er zum Stuhl geeilt und stellte ihn Rudl beflissen an die Kniekehlen.

Überrascht über seinen Ausbruch und über die Reaktion darauf, hätte diese doch ganz anders ausfallen können, setzte er sich, sichtlich gelöst. Rudl konnte natürlich nicht wissen, dass die Direktive für die Drei lediglich war herauszufinden, was es mit der Homosexualität von Gustav und vielleicht auch seiner – das hatte sich aber schon durch seine Heirat erledigt – auf sich hatte. Seine Aufnahme in die Partei war aufgrund der herausragenden Qualifikationen nie infrage gestellt worden.

Nicht so recht bei dieser Sitzung zum Zuge gekommen waren sie, wie kleine Jungs, denen man das Spielzeug weggenommen hatte, mit dem Foto, welches überhaupt nicht mehr verwendet werden sollte, über das Ziel hinausgeschossen.

Unversehens in die Offensive geraten, forderte er erneut aufstehend: „Ich erwarte, dass diese Verdächtigungen, die Fotografie und was es sonst noch in diesem Zusammenhang von mir gibt, vernichtet werden, andernfalls könnte ich meinen Mitgliedsausweis nicht unterschreiben."

„Selbstverständlich!", beeilte sich der Windelfarbige.

„Wir haben nur noch eine Frage."

„Bitte setzen Sie sich wieder." Der Ton war jetzt versöhnlich.

„Bitte." Rudl setzte sich gemächlich.

„Erscheint es Ihnen in irgendeiner Weise denkbar, dass Herr Dreschler der Homosexuellenszene zugerechnet werden muss?"

„Nein."

„Nein?"

„Nein!"

16. *„Seit 5 Uhr 45 wird jetzt zurückgeschossen!"*

Sie saßen vor dem Volksempfänger.

Agnes, die Brille knapp auf der Nasenspitze, war mit einem Strickstrumpf beschäftigt. Ein kleiner Dutt in ihrem Nacken hielt die strähnigen, schon leicht ergrauten Haare zusammen. Das stets sich vordrängende, spitze Kinn arbeitete mechanisch samt Kiefer unentwegt, als ob sie verbissen etwaige Reste wiederkauend, oder unhörbar mit ihren Zähnen knirschend, ihrem aufkommenden Ärger Luft machen wollte.

Es war wieder Krieg!

Wie vor fünfundzwanzig Jahren, dachte sie. Sie hatte noch die Szenen des Abschieds vor sich, ihre Tränen, ihre Verzweiflung. Sollte sich alles wiederholen? Sollte Gretl das Gleiche erleben müssen wie sie? Agnes schaute über die Brillenränder zu ihrer Tochter, wie liebevoll sie ihr Kind stillte. Es war ein Glück verheißendes Bild, und doch perlten in kurzen Abständen immer wieder einzelne Tropfen auf Evis Strampelhöschen. Gretl war wieder schwanger, und Evi ruhte auf ihrem Geschwisterchen, das in vier Monaten geboren werden sollte.

Vor zwei Wochen erst war Evi ein Jahr alt geworden. Rudl, der in der Liegnitzer Kaserne gerade im Schnellverfahren seine Grundausbildung absolvierte, hatte einen Tag Urlaub bekommen. So waren zur Geburtstagsfeier doch noch alle fröhlich vereint, obwohl die Kriegsgefahr schon spürbar war.

Inzwischen war Rudl irgendwohin abkommandiert worden.

Sie hatten noch keinerlei Nachricht von ihm.

„Abgeordnete! Männer des deutschen Reichstages!"

Die grob geknüpfte Stoffbespannung, die die runde Aussparung im oberen Teil der Vorderfront des schwarzen Bakelitgehäuses ausfüllte, vibrierte unter den Schallwellen, die die Membrane des Lautsprechers durch die stoische Aussprache des Redenden aussandte.

„Danzig wurde von uns getrennt, der Korridor von Polen annektiert neben anderen deutschen Gebieten des Ostens ..."
Die mittlerweile schon so oft gehörten suggestiven Reden des Führers zwangen zur Aufmerksamkeit. Aus dem diesmal nicht voll besetzten Reichstag – auch von den Abgeordneten waren mehr als einhundert zum bevorstehenden Polenfeldzug eingezogen worden – tönte seine plärrende Stimme aus den Volksempfängern in die deutschen Wohnzimmer.
„...habe ich ... versucht, ... friedliche Revisionsvorschläge..."
Gezügelt und abgeklärt fügte er die scheinbar im Moment entwickelten Gedanken der doch bis ins Kleinste vorbereiteten Rede zunächst emotionslos zusammen, um dann plötzlich in einem lauten Ausbruch der Leidenschaft die Zuhörer zu fesseln:
„Es ist eine Lüge, wenn in der anderen Welt behauptet wird...",
weiter gezielt die Abgeordneten zu grölendem Applaus zu animieren, um sofort wieder in den gefasst, besonnenen Ton zu wechseln: *„Sie kennen die endlosen Versuche, die ich machte zu einer friedlichen Klärung ... einer Verständigung über das Problem Österreich, ... das Sudetenland, Böhmen und Mähren. Es war alles vergeblich."*
Die maßvoll gesetzte Pause hielt die Spannung auf das weiter Folgende. *„... ich will wiederholen, dass es etwas Loyaleres und Bescheideneres nicht gibt als diese von mir damals unterbreiteten Vorschläge. Und ich möchte das jetzt hier der Welt sagen: Ich allein war als Oberhaupt nur in der Lage, solche Vorschläge zu machen!"*
Eine diszipliniert gezügelte Empörung tönte nun aus dem tief Beleidigten: *„...sie wurden beantwortet, erstens mit Mobilmachungen, zweitens mit einem verstärkten Terror, ... gesteigertem Druck auf die Volksdeutschen ... und mit einem langsamen Abdrosselungskampf gegen die Freie Stadt Danzig, wirtschaftlich, zollpolitisch, ... in den letzten Wochen endlich auch militärisch und verkehrstechnisch."*
Die beleidigte Diktion wechselte jetzt in die staatsmännische:
„...wenn das Deutsche Reich und sein Staatsoberhaupt das dulden würde, dann würde die deutsche Nation nichts anderes verdienen, als abzutreten von der politischen Bühne. Und hier

*hat man sich in mir wesentlich getäuscht! Meine Friedensliebe
und meine endlose Langmut soll man nicht mit Schwäche oder
gar mit Feigheit verwechseln!"*
Der Saal tobte. Heil-Rufe durchbrachen das Bravogebrüll.
Agnes hatte inzwischen einen Socken gestopft, nickte bei dem
Gehörten und zog den nächsten über das Stopfei. „Der hat doch
recht", murmelte sie, „ich mag den Kerl zwar nicht, aber wir
sind lange genug von den Polen gedemütigt worden."
Sich streckend drehte sie an dem rechten Knopf.
*„Ich habe mich daher entschlossen, mit Polen in der gleichen
Sprache zu reden, mit der Polen ... mit uns spricht!",*
klang es jetzt noch prägnanter aus dem Bakelitkasten.
Das Gegröle der Masse ließ den Apparat erbeben, und der Stoff
vor dem Lautsprecher flackerte rastlos in den zwischen Tuch
und Membrane gefangenen Schallwellen.
Gretl bat: „Mutti, die Kleine, bitte mach doch leiser!"
Doch ehe sie den Knopf wieder erreichen konnte, folgte mit der
durchs Mark gehenden Stimme die Beschwörung:
*„Polen hat heute Nacht zum ersten Mal auf unserem eigenen
Territorium auch mit bereits regulären Soldaten geschossen."*
Und danach die frenetischen Jubel hervorzaubernde Pointe:
„Seit fünf Uhr fünfundvierzig wird jetzt zurückgeschossen!"

Sie lagen eingegraben vor Wielun, bereit, die Stadt zu stürmen.
Zwei polnische Jäger preschten im Tiefflug über ihre Köpfe,
und Erdsalven, Steine, Pflanzen, Wurzeln und geborstene Me-
tallsplitter pfiffen, alles verdunkelnd, in ohrenbetäubendem
Krachen umher und bedeckten herabrieselnd ihre sie notdürftig
schützenden Mäntel und Planen. Ein paar Meter weiter, im Gra-
ben, war ein sofort wieder ersterbender, furchtbarer Schrei zu
hören, dann ein anderer nach einem Sanitäter.
Plötzliche Stille. Nur das sich entfernende Dröhnen der beiden
Maschinen war zu vernehmen, die nun über Wielun eine lange
Schleife zogen, um erneut wieder angreifen zu können. Zwei
Sanitäter huschten geduckt mit einer zusammengefalteten Trage
an der Stellung entlang. „Hier, hier!", wurde gerufen, und die
Sanis krochen über den Aushub und sprangen in den Graben.

Jetzt kamen die beiden Tiefflieger frontal auf sie zu, drohend, den trockenen Ackerboden aufwirbelnd. Jeder versuchte, so tief wie möglich in die Schützengräben abzutauchen.

Rudl zitterte vor Anspannung, sollte es hier schon mit ihm zu Ende sein? Seine letzten Gedanken sandte er an Gretl und seine kleine Evi. Die MGs ratterten über ihren Köpfen, jedoch folgte kein Abwurf mehr, und im Nu waren die Jäger über die Gräben hinweggefegt.

Wäre es den Piloten möglich gewesen sich umzudrehen, sie hätten der Reihe nach Stahlhelme langsam aus der Erde wachsen sehen, so aber rasten sie in ihr Verderben.

Die in einer Schonung im Unterschlupf weilende zweite Welle der Kompanie hatte inzwischen fieberhaft die Flak in Stellung gebracht und die wieder aufgetauchten, in den Gräben hockenden Soldaten durften zusehen, wie sich ihre tödliche Bedrohung quasi in Luft auflöste. Zwei plötzlich erglühende Feuerbälle fraßen sich in das Blau des Himmels, aus welchen gleißend glühende Feuerfahnen zischten, die langsam und geräuschlos erlöschend – das Dröhnen der Motoren war mit den Detonationen erstorben –, schwarz, zu Asche und Trümmer werdend, wie Regen auf den ausgedörrten Acker herabschwebten. Die Soldaten, befreit von ihrer Todesangst, stürmten laut jubelnd, eine mögliche neue Gefahr ignorierend, aus den Gräben und rannten wie wild zu den nach und nach aufschlagenden Wrackteilen. Die Offiziere hatten Mühe, sie wieder in die Schutzstellungen zurück zu befehligen. Es würde ohnehin nicht leicht werden mit dieser Truppe, weitgehend aus ganz jungen Kerlen bestehend, teilweise schlecht im Schnellverfahren ausgebildet und übermotiviert. Rudl zählte schon zu den Ältesten. Er gehörte zu den „weißen" Jahrgängen, hatte also keinen Wehrdienst ableisten müssen und war nur dürftig mit dem Kriegsgerät vertraut gemacht worden. Sein unmittelbarer Kamerad Walter, der Schütze des MG 34, hätte die beiden Jäger auch abschießen können, aber Rudl und er konnten das MG nicht schnell genug in Stellung bringen. Inständig hoffte Rudl, nie damit schießen zu müssen. Bei den Schießübungen war er zwar ziemlich treffsicher, aber er glaubte, nie auf einen Menschen schießen zu können,

sie sich dieses Vertrauens und der Heldentaten der Väter von 1914/18 würdig erweisen.

Alle hätten ihre Pflicht für Führer, Volk und Vaterland zu tun und getreu dem Eide sich für die gerechte Sache einzusetzen.

Ja, damals hieß es: Für Kaiser, Volk und Vaterland, dachte Rudl. Wenn aber der Führer ein ebenso »fähiger« Kriegsherr war, wie ehedem der Deutsche Kaiser, würde das alles hier genauso furchtbar enden?

In zwei oder drei Stunden sollten sie ausrücken und Wielun besetzten, die zerschossenen Häuser erstürmen, Menschen aus ihren Wohnungen vertreiben,

Die Lage war aussichtslos, für ihn jetzt, genau wie für seinen Vater damals. Er war in diesem Krieg gefangen. Würde er auch Jahre seines Lebens in Schützengräben, schießend und kämpfend verbringen müssen? Wie schwer hatte der Krieg seinem Vater zugesetzt. Wie schwer war es für ihn gewesen, sich wieder in die Familie, in ein normales Leben zu finden.

Würde Rudl kämpfen, würde er Menschen vertreiben, gefangennehmen, auf Menschen schießen können? Nein, nein, er wollte und würde es nicht können! Doch wie sollte er hier überleben, würde Walter für ihn handeln, für ihn schießen? Er hatte gehofft, als zweiter Schütze nur das MG mit aufbauen und warten zu müssen, nur für die Munitionszufuhr verantwortlich zu sein. An diesem Krieg wollte er nicht beteiligt sein. Aber er war es bereits. Er stellte für diesen Krieg Ethanol her. Die Produktion hatte er verdoppeln müssen, das erwartete die Partei, der Graf. Konnte er sich aus dem Staub machen, indem er anderen das Kämpfen überließ? Wurde er so zum Kriegsdienstverweigerer? Wie mochte es Gretl jetzt gehen? Evi, dem Ungeborenen? Ob es diesmal ein Sohn würde? Er duckte sich erneut. Oder sollte er sie nie mehr wiedersehen?

Das Dröhnen der Motoren, das Heulen der Stukas, das Kampfgetöse, die vom Wind zu ihnen herüberwehende staubige, mit Pulver und Qualm durchsetzte Luft konnten die sehnsüchtigen Gedanken nach seinen Lieben nicht ersticken.

Anfang August war Gretl in sein Kontor gestürzt, schon mit den Tränen kämpfend, ihm den Einberufungsbefehl hinwerfend:

„Jetzt kommt es genau wie bei Oma, ich sitze allein mit Evi, du
bist im Krieg und dein zweites Kind, vielleicht dein Sohn, wird
ohne dich geboren!"

Ja, es war wie vor fünfundzwanzig Jahren. Er versuchte sie zu
trösten, wie es damals Bruno und August getan hatten; warum es
denn Krieg geben solle, und wenn, dann nicht lange, die Polen
würde man im Nu besiegen. Seine Grundausbildung müsste er
nun mal machen, das würde vier Wochen in Anspruch nehmen,
dann käme er ja wieder heim. Der Graf würde ihn reklamieren,
in der Brennerei war er unabkömmlich. Peenemünde benötigte
doch das Ethanol, und sie waren einer der Hauptlieferanten.

Mit der Einberufung war er damals sofort zum Grafen geeilt.
Der hatte ihn, wie er es immer tat, mit „Mein lieber Inspektor"
begrüßt, ihm versprochen, sofort beim Wehrbezirkskommando
Breslau die nötige Eingabe auf Reklamation zu machen.

„Und fragen Sie doch bitte Ihre Frau, wir würden sehr gern zum
Einjährigen Ihres Töchterchens etwas Passendes schenken, was
denn genehm wäre, und beste Grüße!"

Nachdenklich hatte er das Schloss verlassen. Ja, am vierzehnten
August 1939 wurde seine Tochter ein Jahr alt. Wie groß war
seine Freude gewesen, als sie ihm von der Hebamme, kaum
fünf Minuten alt, in den Arm gelegt worden war, ein Wunder.
Das Schönste, das man neben dem Zusammenleben mit der
geliebten Frau erleben kann. Er hatte sich zwar einen Sohn gewünscht, aber mit der Tochter war er nicht weniger glücklich.

Jetzt erwarteten sie das zweite Kind. Wenn´s auch diesmal eine
Tochter wird, der Sohn wird schon irgendwann noch kommen.

Aber sollte er tatsächlich in diesem Krieg sein Leben aufs Spiel
setzten müssen? Die Angst davor war durch die Ereignisse der
letzten Jahre, Heirat, Hausstandsgründung, Berufsbeginn in Alt-
Ellguth, dann in Schwarzengrund, der Einzug der Schwiegermutter, kaum mehr spürbar gewesen.

Jetzt saß er im Schützengraben, das Bombardement vor ihm, er
war mitten in diesem Krieg, und die Angst war wieder da.

War er ein Feigling? Durfte, konnte er in einem Land leben, für
das er nicht bereit war zu kämpfen, gar sein Leben zu geben?

*„So wie ich selber bereit bin, jederzeit mein Leben einzusetzen
– jeder kann es mir nehmen – für mein Volk und für Deutschland, so verlange ich dasselbe auch von jedem anderen. Wer
aber glaubt, sich ... direkt oder indirekt, widersetzen zu können,
der fällt! Verräter haben nichts zu erwarten als den Tod!"*
Gretl wollte dem gezügelten Fanatismus dieser Stimme nicht
weiter ausgesetzt sein, ging ins Kinderzimmer und legte Evi zur
Mittagsruhe. „Ich geh in den Garten", rief sie durch die ange-
lehnte Tür, aus welcher sie, ohne dass sie es wollte, doch noch
die letzten Satzfetzen aufnahm: *„... erwarte von der deutschen
Frau, dass sie sich in eiserner Disziplin vorbildlich in diese
große Kampfgemeinschaft einfügt ... die deutsche Jugend wird
strahlenden Herzens erfüllen, ... Deutschland! Sieg Heil!"*
Das hinter ihr verhallende Gegröle der Abgeordneten begleitete sie die Treppe hinunter. Sie versuchte ihre Tränen zu unterdrücken und fragte sich, ob das die eiserne Disziplin sei, die der
Führer von der deutschen Frau erwarte? Dass sie vielleicht ohne
Mann weiterleben müsse, genau wie ihre Mutter damals?
Im Garten war Ruhe. Sie hockte sich an ihr Salatbeet, auf dem
Kopf- und Eisbergsalat kräftig gediehen, und begann grübelnd
zu jäten. Wo war ihr Rudl? Er würde direkt an die Grenze kom-
madiert, hatte er ihr noch mitteilen können. Die Kämpfe waren
in vollem Gang, war aus den Wehrmachtsberichten, die halb-
stündlich aus dem Volksempfänger plärrten, zu entnehmen. Die
Luftwaffe ebnete den Bodentruppen den Weg nach Warschau!
Welch ein Bild?, sie durchlöcherte eher den Weg, und ihr Rudl
war mittendrin.
Beide Hände voller Unkraut erhob sie sich, streifte das Ausgezupfte über der Kompostecke ab, kauerte an der gegenüberliegenden Seite des Beetes nieder und verharrte zunächst auf
ihren Fersen, die schon erdigen Hände in den Schoß gelegt.
Wie groß war das Glück, das sie hier in Schwarzengrund leben
durften. Sie war doch so stolz auf ihren »Brennereiinspektor«.
Die Wohnung war wunderbar, der Garten, sie schaute sich um.
Dort drüben wollte sie im nächsten Jahr versuchen, Spargel zu
ziehen. Die Äpfel musste sie nach und nach noch ernten. Ob der
Kirschbaum nächstes Jahr wieder so üppig tragen würde?

Und Oma hat sich auch gut eingelebt. Beim Einwecken hat sie prima geholfen. Na ja, manchmal ist es schwierig. Sie hat halt ihre eigenen Vorstellungen, mischt sich ungeniert in alles ein. Rudl erträgt das besser als ich, musste sie zugeben.
Wie schön wäre es, jetzt mit dem Motorrad durch die abgeernteten Felder zu brausen. Inzwischen hatte er einen Beiwagen besorgt und anmontiert. Nie hätte sie geglaubt, dass ihre Mutter sich da hineinsetzten würde. Rudl hatte sie jedoch einfach auf den Arm genommen und mit den Füßen zuerst hineingeschoben. Dann waren sie, sie auf dem Sozius, zu einer Spritztour nach Grottkau gestartet, neben der Kirche, auf dem Mäuerchen sitzend von Rudl zum Eislecken eingeladen worden und in die Abenddämmerung hinein wieder zurückgefahren. Lange hatte Gretl ihre Mutter nicht mehr so fröhlich gesehen.
Mittlerweile waren die Unkräuter zwischen den Salatköpfen weitgehend beseitigt, mit einer kleinen Harke lockerte sie summend den Boden, ohne zunächst eine erkennbare Tonfolge zu finden. Bis, ihrer Stimmung entsprechend, die Melodie hörbar wurde, die Rudl und ihr damals nach dem ersten gemeinsamen Besuch im Breslauer Opernhaus auf dem Weg nach Hause nicht mehr aus dem Kopf gehen wollte. Er hatte pfeifend begonnen, und sie hatte leise mitgesummt. Ob sie denn den Text kenne?, war seine Frage gewesen. Doch, ja, ein Potpourri der Melodien aus Beethovens einziger Oper »Fidelio« zählte zu Gretls bevorzugtem Klavierrepertoire. Natürlich standen die Texte dabei. Im Herrenzimmer stand ja jetzt ein wunderbares Klavier bereit. So war ihm die Musik, die er zu Hause von Gretl gespielt im fünfzehnminütigen Zeitraffer hören durfte, gleich bekannt vorgekommen, und der Wiedererkennungseffekt hatte das Erleben der Aufführung erheblich befördert. Vor allem bei der Arie des Florestan, bei der der Tenor aus der Finsternis des Kerkers heraus den ersten Ton entwickelte: *Gott, welch Dunkel hier ...* und dann bei dem mitreißenden Duett eines sich wiederfindenden liebenden Ehepaares: *O namen-, namenlose Freude ...* Sie hatten danach noch zwei weitere Vorstellungen besucht.
Wie arm sind doch Menschen, die solche wunderbaren Werke der klassischen Musik nicht kennen und erleben dürfen, dachte

sie summend. „In des Lebens Frühlingstagen ist das Glück von mir gefloh´n", summte sie plötzlich. Das war der Text, den die Melodie in ihren Gedanken begleitet hatte. Sollte das Glück auch ihnen entfliehen? Sollte erneut ein Krieg wieder alle Sehnsüchte und Hoffnungen zunichtemachen?

„Ein Engel Margarete, Margarete der Gattin so gleich", sang Rudl seit diesem Abend immer, wenn er besonders ausgelassen und glücklich die Treppe zu seiner Werkstatt hinunterlief.

Es hieß natürlich: Ein Engel Leonoren ...

Wann würde seine schöne Stimme das wieder für sie singen?

Sie band die Gartenschürze ab, hing sie in den Schuppen unter der Treppe und stieg diese zur Küche hinauf. Hier fand sie, Bohnen putzend, ihre Mutter. Dabei kam ihr die Frage in den Sinn, die sie schon länger bewegte.

Rudl hatte ihr, als er vor vier Wochen zur Grundausbildung aufbrach, vom Abschied auf dem Bahnsteig in Trebnitz erzählt, als sein Vater 1914 in den Krieg musste, von dem Zug voller Soldaten, dem übervollen Bahnsteig, auf dem sich Ehefrauen, Kinder und Angehörige drängten. Von den Pferden und Leiterwagen. Wie begeistert er seinem Vater nachgewunken hatte, stolz auf die schmucke Uniform, seine Koppel und Schnallen, den »Affen« auf dem Rücken.

Sie konnte sich zwar, damals dreijährig, nicht mehr erinnern, aber sie wusste, ihre Mutter hatte es oft genug erzählt, dass sie ihren Vater auch auf dem Bahnsteig verabschiedet hatten.

„Sag mal, Mutti, gab es eigentlich mehrere Züge, mit denen die Soldaten von Trebnitz aus 1914 in die Kasernen transportiert wurden?" „Nein, ´s gab nur ein´n. Wir musst´n uns noch beeil´n. Felix wollte nich mit, bockig schon damals. Vati hat geschimpft, wenner den Zug verpasst, musser zu Fuß an die Front."

„Dann haben wir vor fünfundzwanzig Jahren zur gleichen Zeit auf dem Bahnsteig gestanden, Anna und Rudl, Du, mit Bruno im Bauch, Felix und ich." Wieder rollte erst eine, dann eine zweite Träne über die schon benetzt vorbereiteten Bahnen.

„Also haben wir vor 25 Jahren gemeinsam, Rudl und ich unsere Väter in den Krieg verabschiedet."

17. Idylle, Krieg und Flucht

Evi kniete vor Omas Bett. Neben ihr Bunti und daneben Jutti.
Sie hatten die Händchen gefaltet. Oma richtete sie auf 45 Grad
vor die Brust, drückte die kleinen Fingerchen zusammen und
gerade und kontrollierte die überkreuzten Daumen.
„Wenn ihr recht andächtig betet, wird es sicher ein Brüderchen."
Das Bett stand quer vor der Stirnwand des Zimmers, das Oma
für sich hatte und das für die drei Mädchen fast ein Zufluchts-
ort war. In der Mitte thronte ein großer Ohrensessel mit einer
weichen Fußbank davor, auf der sich die Geschwister immer
abwechselnd hinsetzen durften, wenn Oma am Abend vor dem
Schlafengehen Geschichten erzählte oder vorlas. Je eine saß auf
der rechten oder linken Armlehne und bei jedem neuen Kapitel
wurde gewechselt, da der Platz auf der Fußbank der beliebteste
war. Oma kannte die schönsten Geschichten und wurde von den
Kindern, vor allem wenn sie las oder erzählte, glühend geliebt.
Zudem gab es neben der Kredenz, auf der, säuberlich drapiert,
Bilder und Figuren auf gehäkelten Deckchen standen, weitere
kleinere Tischchen und Bördchen. Darauf aufgereiht geklebte
Blumen in zierlichen Vasen, von den Kindern gebastelte Papp-
kärtchen und mit Buntstiften bemalte Holzkästchen. Vor dem
rechten Fenster stand ein Tisch, dazu drei gepolsterte Stühle,
von denen Evi schon mal einen zum Sessel zog, um bequemer
und angelehnt sitzen zu können. Die goldfarbig geblümten
Brokatstoffe an den Fenstern verdunkelten den Raum tagsüber
und gaben ihm abends besondere Behaglichkeit. An den gelb-
lich gehaltenen Wänden hingen diverse, eigentlich kitschige,
Heiligenbilder und über der Breitseite des Bettes das übergroße
Schutzengelbild. Von B. Plockhorst, betonte Agnes immer.
Die Kinder betrachteten begeistert jeden Abend beim Abend-
gebet den großen Engel, der mit wallendem Haar und Gewand,
mit aufgestellten übergroßen Schwanenflügeln schützend seine
Hände über die beiden vor ihm herhüpfenden Kinder hielt.
„Lieber Gott, lass die Mutti für uns heut´ Nacht ein Brüderchen

krieg´n", betete Evi laut und betrachtete den Schutzengel. Sie war noch keine fünf Jahre alt, ihre Schwestern jeweils ein Jahr und vier Monate jünger. Jutti wiederholte, den Engel anflehend: „Br*üü*der*sch*en krieg´n!"

„Oomaa?, warum muss das denn ein Brüderchen sein?", fragte Evi, „könn´n wir damit genauso gut spiel´n?"

„Seht mal, da vor dem Engel hüpft ein Mädchen und ein Junge, und der fehlt euch noch zum Rumtoll´n." „Aber, *aa*ber, mit Mädsen kann man besser Puppen *ß*piel´n", meldete sich Bunti.

Agnes öffnete das Fenster: „Kuckt mal, ich leg hier drei Zucker-stückchen auf die Fensterbank; wenn der Klapperstorch kommt, der hat das Baby in eim rot kariert´n Tuch im Schnabl, wenn der den Zucker sieht, legt der das Baby hier hin und klaut sich den Zucker, und schwups nimmt Mutti das Baby rein, und ihr könnt schon morgen mit ihm spiel´n."

„*Aha*ber, is will kein Brüdersen!"

„Na, wenn es erst da is, wirst du´s lieb´n", tröstete sie Bunti.

Sie brachte die Drei zu ihren Bettchen, zerstreute noch einige Kindersorgen, zeichnete jedem mit dem Daumen ein Kreuz auf die Stirn, strich die Zudecken glatt, küsste sie, sie nochmals streichelnd, lehnte dann die Tür behutsam an, sodass noch ein schmaler Lichtstreifen ins Kinderzimmer fallen konnte.

„Die Kinder schlaf´n gleich", beruhigte sie Gretl bald auf dem Rand ihres Bettes sitzend. „Wie geht´s dir? Glaubste, ´s kommt heut´ nacht noch?" Gretl nickte nur matt.

„Die Hebamme wird gleich da sein. Ich werd Rudl Bescheid sagen geh´n." „Nein, warte, ´s hat noch Zeit." Plötzlich krümmte sie sich, einen Schrei unterdrückend. „Die komm´n jetzt doch schon regelmäßig." Ihre Worte klangen stockend und gepresst, als kämpften sie mit dem durch den Schmerz zurückgehaltenen, aber doch vehement hinausdrängenden Atem.

Mit hochrotem Kopf suchte sie sich zu entspannen, ruhig ein und aus zu atmen, wie sie es bei den ersten Dreien gelernt hatte. Jetzt beim Vierten meinte sie, alles wirklich im Griff zu haben. Nebenbei nahm sie wahr, wie das Kindermädchen, das sie gebeten hatte heute über Nacht zu bleiben, die Hebamme begrüßte. Agnes war gerade auf dem Weg, ihrem Schwiegersohn in seiner

Werkstatt das bevorstehende Ereignis anzukündigen, als die Presswehen einsetzten.

Sie rief laut: „Helga, es geht los! Komm, schnell!" Sich aufbäumend versuchte sie, mit Hecheln Zeit zu gewinnen.

Helga war schon zur Stelle, die Wehe hielt weiter an, Gretl presste wieder und wieder und „ruck zuck", wie sie später immer erzählen sollte, war das Kind da.

Die Hebamme nahm das Neugeborene in Empfang, kappte die Nabelschnur, fasste es an den Füßen – es schrie sofort laut und kräftig – und hielt es umgekehrt mit dem noch verschmierten Rücken und Po Gretl entgegen.

Rudl und Agnes stürzten herein und mit Gretls lauter Frage: „Was is es denn? Was is es denn?", rief Rudl, der das Neugeborene zwar auch mit dem Kopf nach unten, aber von vorn sah: „Es is ein Sohn! Es ist mein Sohn! Gretl, endlich, ein Sohn!"

Als Evi am nächsten Morgen erfuhr, dass der Klapperstorch doch ein Brüderchen gebracht hatte, wunderte sie sich, denn so andächtig, meinte sie, habe sie doch gar nicht gebetet.

Mit Bunti an der Hand verließ sie den Kindergarten. Es war ein kalter Wintertag, in der Nacht hatte es mächtig geschneit. Weg, Bäume, Sträucher und Gräser waren von den Flocken eingehüllt, der blaue Himmel und die glitzernde Sonne sorgten für immer neu schimmernde Bilder. Die stetig Neues entdeckenden Kinderaugen staunten über die sonst so vertraute Umgebung im neuen weißen Gewand. Sie rutschten und stolperten mit ihren Stiefelchen durch den Schnee. Bunti hatte sich losgemacht.

Immer hielt Evi sie fest an der Hand. Sie wollte alleine laufen zum Dorfteich. Jetzt war sie froh, Evi entwischt zu sein.

Erst einmal war sie allein zum Kindergarten gegangen, als Evi auf der Treppe ganz schlimm gefallen war. Mit ihren weißen Kleidchen sollten sie als Engelchen bei der Fronleichnamsprozession mitgehen. Evi war gestolpert, hatte sich das Knie aufgeschlagen, und ihr Kleidchen war aufgerissen. So blutig konnte sie nicht mit, und so durfte Bunti ganz allein bei der Prozession mitgehen. Wie befreit war sie sich vorgekommen, genau wie jetzt, da sie Evi so einfach entkommen war.

Geschäftig und neugierig stocherte Bunti jetzt mit einem dürren Stock zwischen der Eisfläche und der noch nicht angefrorenen Grasnarbe am Ufer des Teiches herum. Auf der kaum belebten Straße versuchte Evi, auf dem festgefahrenen Schnee zu schlindern. Sie sollte als Älteste – sie war jetzt fünf Jahre alt – auf Bunti aufpassen, hätte sie nicht allein zum Teich laufen lassen dürfen, und sie wollte auch mit Bunti gleich nach Hause gehen. Uli wurde noch gestillt, und sie sah so gern dabei zu.
Warum durfte sie nicht mehr an Muttis Brust? Gestern hatte sie versucht, ihren Kopf auf Ulis Windelpaket und so an die andere Brust zu legen, aber Mutti hatte sie weggeschoben und gemeint, sie wäre doch schon die Große. Ob auch sie so die Brust gekriegt hätte?, wollte sie wissen. „Ich hab dich genauso gestillt", war Muttis Antwort gewesen. Sie hätte schön kräftig genuckelt. Evi runzelte die kleine Stirn, sie wollte sich erinnern, aber es gelang ihr nicht. Wieder schlinderte sie über die glatter werdende Stelle. Wie gern hätte sie sich noch einmal an Muttis Brust geschmiegt. Die musste wunderbar weich sein, aber sie traute sich nicht mehr, sie traute sich nie mehr. Sie war die Große und sie würde immer den Wunsch in sich behalten, die Weichheit der Brust ihrer Mutter noch einmal erleben zu dürfen.
Inzwischen war eine richtige kleine Schlinderbahn entstanden und Evi vergaß sich und Bunti.
Ob Vati wieder in seiner Werkstatt war? Gestern war sie das erste Mal allein die Treppe hinuntergestiegen. Auf das Klopfen und Rütteln an der verschlossenen Tür erfolgte dann von innen nur der Ruf: „Das Christkind ist hier!"
Sie stutzte. Ja, bald war Weihnachten, aber das Christkind kam doch erst am Heiligen Abend. Sie war sicher, dass Vati mit dem Christkind unter einer Decke stecken musste, hatte sie doch im letzten Jahr eine wunderschöne Puppenstube bekommen, eigentlich ein Puppenhaus, sie musste es sich mit Bunti teilen. Ihre Puppen bewohnten die obere Etage. Nein, so etwas konnte das Christkind nicht alleine bauen. Sie streckte ihre Händchen vor, so wie im Kindergarten, wenn sie Fräulein Groß oder oft auch Mutti zeigen sollte, ob ihre Fingernägel wirklich sauber waren, schaute auf beide Handrücken und musterte sie hin- und herdre-

hend. Das Christkind hatte sicher noch viel kleinere Hände, wie sollte es alleine ein so schönes Puppenhaus basteln? „Liebes Christkind, ich wünsche mir einen Zoo!", rief sie flüsternd.

Sie legte das Ohr an die Tür. Ich darf Vati und das Christkind bis Weihnachten nicht weiter stören, dachte sie gerade, als sie Bunti schreien hörte: „Eefi! Eefi! Hiiilfe!".

Vor Schreck hatte sie sich auf den Hosenboden gesetzt. Im Aufrappeln sah sie Bunti die glitschige Grasnarbe langsam hinuntergleiten. Stiefel und Beinchen rutschten schon ins kalte Wasser, als Evi sie erreichte und ihren Arm erfasste. Fast wäre sie selbst in den Sog geraten, aber sie hatte reflexartig den Stamm eines neu angepflanzten Bäumchens erfasst, der jedoch gefährlich nachgab und auf die Dauer nicht kräftig genug gewesen wäre, zwei auch noch so kleine Mädchen vor dem Abrutschen in den Dorfteich zu bewahren. Dabei schrie sie aus Leibeskräften:

„Hiilfe, hiilfe, ich kann se nich halt'n! Bunti versinkt! Hiiilfe!"

Frau Wolter, die gerade an Bunti vorbeigegangen war und sich noch gefragt hatte, was denn das Kind alleine am Teich machte, war sofort zurücklaufend zur Stelle, fasste beide Kinder bei den Armen und zog Bunti, Evi weiter haltend, aus dem kalten Nass. „Was macht ihr beide denn hier am Teich?", fuhr sie sie an, sodass Evi in Tränen ausbrechend schluchzte: „Ja, ich sollte auf Bunti aufpass'n, ich bin doch die Große." Inzwischen waren andere Passanten dazugekommen, auch die Kindergärtnerin.

Man trug die schon vor Kälte zitternde Bunti zurück in den nahen Kindergarten. Bis zur Taille war sie in das eisige Wasser gerutscht. Evi lief klagend neben Frau Wolter her: „Der Mantel, den Vati mir vom Krieg mitgebracht hat, is auch ganz nass und dreckig, und ich bin schuld, ich sollte doch aufpass'n auf Vatis Silversterscherz."

„Wieso Silversterscherz?", fragte Frau Wolter. Wie sollte sie wissen, dass Bunti immer Silvester Geburtstag hatte.

Rudl hatte innegehalten, war gerade dabei gewesen, die langen Balken zusammenzuschrauben, die die vier Holzsitze aufnehmen sollten. Er schmunzelte, den Zoo habe ich schon gemacht, muss noch einige Tiere modellieren und den Bachlauf formen.

Aber das ganz große Geschenk für alle war gerade in Arbeit. Er fertigte für seine vier Kinder, jetzt da der Sohn endlich da war, ein Karussell, und die Konstruktion bis auf die Antriebstechnik war schon fast fertig. Auf zwei überkreuzt befestigten je vier Meter langen Balken waren jeweils an den Enden Sitzschalen angebracht, aus Sperrholz geformt, in denen die Kinder bequem sitzen konnten. Wie bei einem Steckenpferd war jeder Sitz mit einem Kopf bestückt, an welchem sich jedes Kind an Riemchen oder Schlaufen festhalten konnte. Ein Hahn für Evi, ein Dackel für Uli, eine Ente für Bunti und ein Pferd für Jutti. Die Züge und Konturen der vier Tierköpfe waren von ihm reliefartig geschnitzt und dazu bunt bemalt worden. Jetzt musste er noch den Antrieb austüfteln. An zwei der Sitze, an Hahn und Ente, würde je ein Hebel, verbunden mit einem Gestänge, die Mittelachse in Bewegung setzten, sodass dann Evi und Bunti das Karussell in ständig rotierender Bewegung halten konnten.

Er wartete, bis Evi sich entfernt hatte und setzte den Schraubenschlüssel wieder an. Eine Menge Arbeit hatte er noch vor sich, deshalb war er schon seit Monaten eifrig dabei. In der Brennerei gab es das volle Programm, seine Freizeit war knapp. Trotzdem wollte er für Gretl und vor allem für seine Kinder da sein.

An den Wochenenden machten sie gemeinsame Ausflüge. Und je nach Wetter fuhr Rudl die Kinder nicht mit dem Motorrad, sondern um fit zu bleiben mit dem Fahrrad, jeweils abwechselnd in einem extra gebauten Beiwagen spazieren.

Oft flanierten sie auch nur im Schlosspark.

Doch gerade jetzt, da strenger Frost herrschte, versuchte er, Evi auf dem Schlossweiher das Schlittschuhlaufen beizubringen, während Gretl mit den anderen am Schlossparkhügel rodelte.

Manchmal gesellten sich auch die drei Kinder des Grafen dazu, meist die beiden Komtessen, sieben und zehn Jahre alt. Sie nahmen jeweils Bunti und Evi auf ihre Schlitten, so rodelten zwei Schlitten mit je einer Komtess und einer Inspektoren-Tochter den Hügel hinunter. Der dreizehnjährige Erbgraf stand dabei, in seinem bis zum Hals geschlossenen Knickerbocker-Anzug, beobachtete amüsiert das Treiben, rodelte aber nie mit.

Bruno war für einige Zeit bei ihnen in Schwarzengrund. Durch

Granatsplitter verwundet war er drei Wochen im Lazarett in Liegnitz gewesen, jetzt sollte er sich hier bis zur vollen Genesung erholen. Am letzten Sonntag waren sie fast zwei Stunden lang mit Evi auf ihren kleinen Kufen in der Mitte, jeder eine warm behandschuhte Kinderhand fest im Griff, auf dem Weiher Schlittschuh gelaufen, hatten sich über Krieg, Politik, über Gott und die ins Chaos gleitende Welt unterhalten. Sie waren Freunde geworden, und Rudl wünschte sich, ihn bei sich behalten zu können. In der Brennerei wäre ein Mann wie Bruno ein wichtiger Vertrauter. Jedoch war es unabdingbar, dass, wenn Bruno wieder hergestellt war, er zu seiner Einheit zurück musste. Und auch Rudl konnte jederzeit wieder eingezogen werden.

Der Krieg tobte rund um Deutschland. Anfang des Jahres 43 war die Schlacht um Stalingrad verloren gegangen. Rudl konnte es nicht glauben, als er im Deutschen Dienst der BBC hörte, dass etwa einhunderttausend Soldaten der 6. Armee in Gefangenschaft mussten. Er riskierte viel, wenn er sich am Abend mit seinem selbst umgebauten Volksempfänger, von dessen Existenz niemand erfahren durfte, in die äußerste Ecke seiner schalldicht gedämmten Werkstatt zurückzog – Bruno war der Einzige, der noch davon wusste und der auch des Öfteren mithörte –, den Sender der BBC suchte, der stetig nur auf anderen Frequenzen zu hören war, da vom Propagandaministerium immer neue Störsender installiert wurden. Die täglichen Berichte über die den Engländern bekannte Kriegslage und Frontsituation begannen mit den dumpfen, beklemmenden Paukenschlägen, dreimal kurz, einmal lang, ..._ der 5. Sinfonie von Beethoven, der Schicksals-Sinfonie nachempfunden. Sie entsprachen dem V für Victory des Morsealphabetes.

Er hatte die Morsezeichen gelernt und sprach immer das für das V leise mit: „di di di da!" ..._

Stalingrad war verloren, Rommel in Nordafrika auf dem Rückzug. Deutsche Städte wurden jetzt immer häufiger bombardiert, so war Köln, wie er hören musste, von britischen und amerikanischen Bombern im Juni 1943 schon zu 90% zerstört worden.

Auch gab es Berichte von Konzentrationslagern, über Gräueltaten an Juden und politisch Verfolgten, aber Rudl konnte und

wollte sich damit nicht auseinandersetzten. Im Februar hatte er die Rede von Göbbels im Sportpalast gehört, allerdings am Volksempfänger im Wohnzimmer, denn das war ja Pflicht.
Die Rede vom »Totalen Krieg«! Die opferbereite Heimatfront sollte mit der Mobilisierung der letzten personellen und materiellen Ressourcen zu Höchstleistungen angespornt werden.
Er aber durfte bei seiner Familie sein. Zwar in einem kriegswichtigen Betrieb arbeitend, was ihn sehr belastete, wollte er versuchen, in diesen Zeiten ein normales Familienleben zu gestalten, indem er für seine Kinder dieses einzigartige Karussell

konstruierte. Er würde es jetzt zu Weihnachten 43 im Herrenzimmer aufbauen, dafür einige Möbel beiseite räumen, und die freudig überraschten Kinderäuglein, wären sein größtes Weihnachtsgeschenk.
Im August 1944, kurz nach dem sechsten Geburtstag seiner ältesten Tochter, sollte er einen erneuten Stellungsbefehl erhalten. Der Graf würde ihn zwar wiederum reklamieren und eine Beurlaubung bis Februar 45 erreichen. Eine Weigerung, weiterhin große Mengen Ethanol für diesen Krieg zu produzieren, würde für Rudl, obwohl die Produktion auch ohne ihn weitergehen würde, den sofortigen Befehl an die Front bedeuten.

Gretl saß rückwärts auf der Ladefläche des Pritschenwagens an das Fahrerhaus gelehnt, sah auf diverse Koffer und Kisten, in welchen Kleider, Wäsche, Decken, Plumeaus und Bezüge sowie Schuhe und Lebensmittel sorgfältig verpackt waren. Sah auf den kleinen Spielzeugschrank – „damit die Kinderle auch ihre Spielsachen haben", hatte Rudl noch gesagt –, sah den Kirchturm, der jetzt langsam hinter der Biegung verschwand. Die Kirche von Schwarzengrund. Dort waren ihre Kinder getauft worden, wie Rudl es sich gewünscht hatte.
Der Fahrtwind, obwohl sie davor geschützt saß, kräuselte sich

vor ihr, durchwühlte selbst unter ihrem Kopftuch das Haar und fühlte sich noch kälter an als die angesagten fünf Grad Minus. Sie hatte doppelt Wäsche angezogen, dazu zwei dicke Pullover, zwei Hosen und zwei Mäntel. Die drei Mädchen saßen vorn, ebenfalls doppelt und dreifach eingemummelt, zwischen Oma mit Uli auf dem Schoß und Bodle, der sie nach Schweidnitz bringen sollte. Bis auf den Wind, der nur leicht durch die Ritzen pfiff, war es im Fahrerhaus auch nicht gemütlicher. Es war ein sonniger Januartag, der Motor des Hanomag surrte gleichmäßig, der Schnee auf der Straße war festgefahren, das grobe Profil der Reifen fand genügend Halt. Die Kinder ermüdeten langsam von der Aufregung der Abreise, und Gretl und Oma hingen ihren Gedanken und dem, was sie gerade verließen, nach. Bodle war der gute Geist der Brennerei, war immer für die Kinder da. Wenn er in der Tenne den Weizen wendete, durften Evi und Bunti oft »mithelfen«. Er versorgte die Kinder mit Kartoffelflocken, die Rudl durch Auspressen und Erhitzen aus der Schlempe herstellte und die zunehmend gerade jetzt in den Kriegsjahren zum Verkaufsschlager geworden waren. Zu normalen Zeiten verwendete er die Schlempe eher als Dünger oder Viehfutter. Mehrere Kartons mit Kartoffelflocken waren in der Kiste untergebracht, auf der Gretl saß.
Inzwischen hatte Rudl sie mehrmals die Berichte der BBC mithören lassen, hätte sie sonst der Abreise zugestimmt? Die offiziellen Wehrmachtsberichte schilderten eine ganz andere Lage, propagierten neue Wunderwaffen, den sicheren Endsieg.
Die Russen hatten sich Brückenköpfe bei Ohlau und Oppeln, jeweils südöstlich von Breslau, erstritten, und die zur Festung erklärte Stadt drohte schon Anfang 1945 von der Roten Armee eingeschlossen zu werden. Oppeln – und damit die Front – lag keine zwanzig Kilometer östlich von Schwarzengrund.
In Schweidnitz, sechzig Kilometer westlich, wohnte eine entfernte Tante von Oma, und hier würden sie mit den Kindern erst einmal Zuflucht finden. Sie sog tief aufseufzend die kalte Luft ein und schaute langsam ausatmend ihrem Atem nach.
Wie würde das alles enden?
Ahnte sie, dass sie nie mehr den Kirchturm, das Schloss, ihre

Wohnung wiedersehen würde? Dass ihr unbeschwertes Familienglück mit dem schmerzlichen Abschied von Rudl, von ihrer Heimat, jetzt im Januar 1945 sein Ende gefunden hatte?

Noch hofften alle, Hitler würde diesen aussichtslosen Kampf beenden und ein Waffenstillstand könnte einen neuen Anfang bringen. Auch sie hoffte, aber auch sie hatte die Göbbels-Rede vom »Totalen Krieg« gehört, immer wieder die Propaganda der Wehrmachtsberichte, die Parolen vom nahen Endsieg, sodass aus Zweifel, Verzweiflung zu werden drohte.

Agnes und Uli wärmten sich, aneinander gekuschelt. Sie hatte beide Arme um ihn gelegt, ihr Kopf lag schräg auf dem seinen, rutschte jedoch bei jedem Schlagloch ab, um dann wieder vom Oberarm gestützt zur Ruhe zu kommen. Uli schlief. Was wird nu werd'n?, sorgte sich Agnes. Wie gut, dass die Kinder nich wiss'n, was hier passiert. Evi und Bunti schauten schläfrig durch die Windschutzscheibe und ließen es zu, dass Jutti es sich auf ihren gut gepolsterten Oberschenkeln bequem machte.

„Rudls Knullerlein", sagte Agnes lächelnd im Selbstgespräch, „wie süß und friedlich es da liegt."

„Warum besuchen wir bei der Kälte Tante Minna?", fragte Evi, aber Oma antwortete nicht. Sie schien zu schlafen.

Und mit so viel Gepäck und ohne Vati?, dachte sie.

Nur einmal waren sie bei Tante Minna gewesen. Vielleicht hatte das doch mit dem Krieg zu tun. Viel lieber wäre sie heute zur Schule gegangen, wie jeden Tag. Was die Lehrerin wohl sagen würde? Vati wollte sie entschuldigen. Sie liebte ihre Lehrerin. Doch einmal war sie richtig böse auf Evi gewesen, hatte mächtig geschimpft. Na ja, damals hatte sie das mit dem Krieg noch nicht verstanden.

Achtung! Flieger kommen! Alle in den Luftschutzkeller!

So stand es in ihrem Lesebuch, eine kleine Geschichte über Fliegeralarm. Die war immer wieder gelesen worden, dazu ein Bild, Flugzeuge am Himmel, aus der Schule laufende Kinder.

So kam sie einmal nach der Pause ins Klassenzimmer gelaufen und rief: „Achtung! Nach Hause Kinder, Flieger kommen! Alle in den Luftschutzkeller!" Die Kinder waren schnell nach Hause gerannt. Wie auf dem Bild, dachte Evi, nur ohne Flieger.

Die Lehrerin hatte fassungslos einen leeren Klassenraum vorgefunden. Gisela, die Petze, die hatte sie damals sicher verraten, und die Lehrerin, die ja dadurch auch einen freien Vormittag hatte, war gleich zu Mutti gelaufen. Und Mutti hatte gar nicht geschimpft, nur der Lehrerin gesagt, es wäre doch eine gute Übung für den Ernstfall gewesen.

Bodle schaute auf seine Uhr, eine Stunde würde noch zu fahren sein, dann wollte er schnell zurück, möglichst vor dem Dunkelwerden. Er musste den Wagen, den Rudl durch die Vermittlung eines »Parteifreundes« von der gerade für einige Tage im Dorf stationierten Kompanie hatte ausleihen können, am Abend wieder zurückbringen. Gottlob konnte Rudl ihnen den Umzug seiner Schwiegermutter zu ihren Verwandten glaubhaft machen, mit der es »nur Probleme gab und die aus dem Haus musste«.

Nach einer Flucht hätte es nicht aussehen dürfen.

Plötzlich musste Bodle einem Eisklumpen ausweichen, und Agnes' Kopf glitt wieder zur Seite. Sie drückte Uli fester an sich. Ihn liebte sie, er war ihr Ein und Alles. Warum eigentlich? Die drei Mädels liebte sie genauso, aber vielleicht, weil alle so stolz auf den Sohn waren. Gretl und besonders Rudl.

Selbst der Graf war kurz gekommen, im April, als Ulis erster Geburtstag gefeiert wurde. Und Rudl hatte zwei Tage später seine Freunde aus dem Dorf und aus Grottkau eingeladen, dazu einige Parteigrößen – er müsse trotz allem Flagge zeigen, war seine Begründung. Mit einem richtigen Herrenabend also, mit viel Kartoffelschnaps, mit den eigenen Obst- und Kornbränden hatte er seinen so lange erwarteten Sohn gefeiert. Sie hatten lärmend gelacht, ja gegrölt, da Rudl seinen Vorrat an schlesischen Witzen zu Besten gab, das war seine Spezialität.

Dafür war aus dem Herrenzimmer das Abendmahlsbild, das bei ihr in Trebnitz das Wohnzimmer geschmückt hatte, entfernt worden, und sie hatte sich mächtig darüber aufgeregt, zumal von Rudl ein Hitlerbild an die Stelle gehängt worden war.

Mit den erbosten Worten: „Der liebe Gott wird dich dafür noch mal straf'n!", war sie wütend aus dem Zimmer gelaufen.

Jetzt hier in dem kalten Auto, auf der Flucht vor den Russen, ihren geliebten Enkel auf dem Schoß, tat es ihr unendlich leid,

und sie würde gern diesen Ausspruch zurücknehmen, sich bei Rudl entschuldigen, ihm doch endlich einmal sagen, dass sie große Stücke auf ihn halte, zumal nach dem Besäufnis das Bild wieder an seinen Platz gekommen war und das Hitlerbild erneut hinter dem Schrank verschwand. Sie seufzte: „Rudl!" Sie hatte doch längst ihren Frieden mit ihm gemacht. Gretl war zu beneiden, ein prima Kerl. Ihr kam plötzlich der Baron in den Sinn.
„Gott sei Dank, dass das nischt geword'n is", flüsterte sie. Und Rudl war doch wirklich ein lustiger und humorvoller Mensch, besonders wenn er den Witz von der Oma und der Frau mit dem Zehnjährigen am Bahnschalter erzählte. Jedoch traute sie sich nur im Stillen darüber zu lachen. Ein nach ihrer Meinung etwas schlüpfriger Witz.
Wann würden sie wieder unbeschwert lachen können?
Kündigte sich etwa die Strafe Gottes schon an? Agnes erschrak bei dem Gedanken. „Nein, lieber Gott, bitte nicht."
Sie war so von dem strafenden Gott infiziert, dass sie an einen gütigen und barmherzigen schon nicht mehr glauben konnte, obwohl die, auch für sie glücklichen Jahre in Schwarzengrund, das Glück ihrer Tochter, das Glück, Enkelkinder zu haben, das Glück, ein intaktes Familienleben leben zu dürfen, das Glück, bisher keine Not erlitten zu haben, zu dem Bild eines strafenden Gottes nicht passen mochte, sondern nur zu einem liebenden und verzeihenden Gott.
Nur noch an einen solchen wollte sie von nun an glauben.

Rudl hockte wieder nach viereinhalb Jahren zwischen Munitionskisten, Waffen und Ausrüstungsgegenständen in einem Schützengraben. Das II. Bataillon des 7. Infanterie-Regiments war am 13. Februar 1945 von der Roten Armee in die eigenen Stellungen südwestlich von Striegau zurückgeworfen worden.
Striegau war jetzt von den Russen besetzt. Der Angriff auf die Stadt war so überraschend gekommen, dass man die etwa 7000 Einwohner vorher nicht mehr evakuieren konnte. Präventiv-Evakuierungen waren zudem vom Gauleiter Niederschlesiens, Karl Hanke, verboten worden. Wehrkraftzersetzung!
Berichte aus der Stadt Geflohener über Gräueltaten der Rotar-

misten, Plünderungen, Vergewaltigungen und sogar Erschießungen von Zivilisten schockierten die Soldaten, obwohl viele wussten, dass auch die Deutsche Wehrmacht in den eroberten polnischen Gebieten während der ersten Jahre dieses Krieges teilweise ebenso mit äußerster Brutalität gegen die Bevölkerung vorgegangen war. Nur waren es jetzt die eigenen Familien, die eigenen Frauen und Kinder, Freunde und Verwandte, welchen Gewalt angetan wurde, und das ließ sie kampfbereiter werden. Weniger die Parole vom Endsieg, an den ohnehin keiner mehr glaubte, stachelte ihren Kampfeswillen neu an als die Angst, ihre Frauen und Kinder und auch sie selbst würden als Besiegte der Gewalttätigkeiten der Russen anheimfallen.

Auch Rudl verzehrte sich in Sorge. Seit zwei Wochen lebte er im Schützengraben, schlief bei Wind und Wetter darin, bewacht von den jeweils Wachhabenden, oder wenn er Glück hatte, in einem der gut getarnten Unterstände, musste in permanenter Gefechtsbereitschaft Waffen und Ausrüstung parat haben. Die Rote Armee konnte in diesem Frontabschnitt jederzeit eine neue Offensive starten. Vom Regimentskommandeur, Oberstleutnant von Garn, wurde ein Gegenangriff zur Rückeroberung für Anfang März geplant, sodass Rudl sich auf harte Kämpfe einstellen musste. Damals in Wielun 1939, die Luftwaffe hatte ganze Arbeit geleistet, waren sie in das Städtchen eingerückt, hatten es besetzt, kaum ein Schuss war mehr gefallen, die Menschen waren tot oder geflohen. Das Elend, die Trümmer, die Toten, alles erschien wieder vor ihm. Er hatte gottlob auch nicht schießen müssen, er hatte in diesem Krieg überhaupt noch keinen Schuss abgeben müssen, doch hier und jetzt würde er daran nicht mehr vorbeikommen.

In Striegau musste es jetzt wie in Wielun aussehen. Sie mussten die Russen zurückschlagen, Schweidnitz lag keine zehn Kilometer entfernt. Und Gretl und die Kinder waren dort.

Die Entscheidung, Ende Januar Schwarzengrund zu verlassen, hatte sich für sie als richtig erwiesen, denn acht Tage später war bereits die Rote Armee im Dorf. Er hatte sich eine Stunde vorher überstürzt mit seinem Motorrad absetzten können. Bis zuletzt hatte er auf die Tankwagen gewartet, welche die fällige

Lieferung Ethanol nach Peenemünde abholen sollten. Nachdem er noch Sicherungsarbeiten in der Brennerei durchgeführt hatte, blieb ihm nur wenig Zeit, die restlichen Ethanolmengen mit dem Vergällungsmittel MEK ungenießbar zu machen. Was sollte mit den gefüllten Tanks geschehen? Das Problem war nicht zu lösen. Er hatte keine Wahl, er musste alles zurücklassen. Wehmütig verschloss er Wohnung und Werkräume. Er ließ seine Existenz, seinen Lebensinhalt zurück. Ihm blieb nur die Hoffnung, möglichst bald wieder mit seinen Lieben zurückzukehren. Tage zuvor hatte er schon die meisten Mitarbeiter nach Hause geschickt, und da diesmal auch keine Reklamation erfolgen konnte – der Graf war mit seiner Familie schon vor Tagen geflohen –, musste er bis zum 15. Februar dem Gestellungsbefehl zu seinem Regiment Folge leisten. Er hatte aber noch zehn Tage Zeit. Seinem Schwager Felix, der irgendwo im Osten kämpfte, hatte er versprochen, sich um dessen Familie zu kümmern. Liesl und die vier Kinder waren sicher noch in Ottmachau. Doch nach dem ihm bekannten Frontverlauf konnten die Russen den Ort jeden Tag überrennen. So fuhr Rudl zunächst nach Ottmachau.
Liesl war in heller Aufregung. Die Straßen waren bereits voll von Flüchtlingen. Es hatte einen Evakuierungsaufruf gegeben, doch wie mit vier Kindern fliehen? Sie waren etwa im gleichen Alter wie Rudls. Eile war geboten. Er packte zwei der Jungs in den Beiwagen, im vorderen Fußraum konnten noch Rucksäcke und Taschen untergebracht werden. Liesl hatte ja schon alles gepackt. Die Älteste, Ulle, wurde mit einem Hüftriemen auf den Sozius geschnallt. Sie protestierte, sie wäre doch schon acht und könnte sich selbst festhalten. Rudl zeigte ihr, nachdem er aufgesessen war, dass ihre Ärmchen ihn zu umfassen noch zu kurz waren. Das überzeugte sie. Er knotete aus einem Seil eine kurze Schlinge, die dann, vor seinem Bauch platziert – Ulle musste diese an den Enden fest umklammern –, die fehlende Länge der Ärmchen ausglich. Er werde sofort zurückkommen und sie und Jochen, den Jüngsten, dazu noch einiges an Gepäck nachholen. Nach Glatz waren es ja nur 35 Kilometer. Dort hatte Liesls Schwägerin in ihrem Haus für sie und die Kinder Platz.
Ihr Mann, Liesls Bruder hatte in Stalingrad gekämpft. Seit der

verlorenen Schlacht 1943 gab es von ihm kein Lebenszeichen.
Die Fahrt gestaltete sich schwierig. Gottlob kam ihm kaum ein
Fahrzeug entgegen und schon gar keine Fußgänger, doch waren
in gleicher Richtung ganze Dörfer auf der Flucht. Mit waghal-
sigen Überholmanövern, Hupen und Zurufen, die Lücken in
dem Treck gut nutzend, bewältigte er die Strecke in einer guten
Stunde. Ulle genoss die Fahrt trotz Kälte, auf dem Sozius thro-
nend. Alle waren gleich Zwiebeln mehrschichtig eingepackt.
Hardy und Norbert verfolgten mit großen Augen, immer wieder
ihre Köpfe verdrehend, den Flüchtlingsstrom mit seinen Pferden
und Wagen, nachdem der vierjährige Norbert, der zunächst
furchtbar schreiend mehrfach aus dem Beiwagen klettern wollte und Rudl auch ihn festschnallen musste, sich beruhigt hatte.
Hatti nahm in Glatz alle und alles in Empfang, Norbert schrie
wieder, diesmal wollte er aus dem Beiwagen nicht mehr heraus.
Den Rückweg schaffte Rudl schneller, obgleich er beinahe im
Straßengraben gelandet wäre. Eine Kuh war direkt auf ihn zu-
gelaufen. Viele führten Ziegen, Schafe oder Kleintiere mit sich.
Er war geschickt zur Mitte der Straße ausgewichen, während die
Kuh rechtsseitig über das Feld das Weite suchte.
Liesl, mit Jochen noch zusätzlich in eine warme Decke gehüllt,
fröstelte trotzdem im Beiwagen. Was an Gepäck möglich war,
hatte Rudl auf den Sozius getürmt und verschnürt. Glücklicher-
weise war seit einer Woche kein Schnee mehr gefallen, das
Profil der Reifen griff im Harsch besser, und so fanden sie bei
Hatti in Glatz wieder zusammen. Die Dämmerung dämmte die
Bereitschaft, weitere Strapazen auf sich zu nehmen.
Rudl übernachtete bei Florian und Martel, die unweit von Hatti
wohnten. Er bat Florian, Gretl, Oma und die Kinder nach Glatz
zu holen, wenn es denn eine Möglichkeit gäbe. Glatz, so sei zu
vermuten, würde zunächst vom Krieg verschont bleiben. Zudem
sei Glatz als Garnisonsstadt voll von deutschem Militär.
Das konnte aber auch für ihn zum Problem werden. Es gab nur
zwei Orte, an denen er sich aufhalten durfte, in Schwarzengrund bei seiner Arbeit oder bei seiner Einheit in Striegau als
Soldat, nicht in Glatz, auch nicht als Fluchthelfer in Ottmachau.
Hätte man ihn aufgegriffen; unerlaubtes Entfernen vom Arbeits-

platz oder von der Truppe: Tod durch Erschießen!

Am nächsten Morgen brach er sofort zu seiner Truppe auf, immer noch acht Tage zu früh. Dazu war er mit seinem Motorrad vorgefahren, das er jedoch sofort dem Kommandierenden zur Verfügung stellte, er hätte es ohnehin nicht weiter fahren dürfen. Oberstleutnant von Garn staunte nicht schlecht, als Rudl ihm erklärte, er hätte den Motor auf reines Ethanol umfrisiert, da Benzin und Öl als Gemisch für den Zweitaktmotor schon lange nicht mehr zu haben waren. Und er könnte, wenn die Lage ruhiger würde, für genug Nachschub sorgen. Vorerst würden ja die vollen Kanister für gute zweihundert Kilometer reichen.

Am Straßenabzweig hatte er gestanden, zehn Minuten, er wollte zunächst nach Schweidnitz und danach zu seinem Regiment, schauen wie es seinen Liebsten geht. Aber besonnen war er dann doch der Straße nach Striegau gefolgt.

Er lugte über den Grabenrand. Sein Rücken schmerzte, es war kalt und nass. Das freie Schussfeld bis zu den Häuserzeilen von Striegau lag in trügerischer Ruhe. Vereinzelt waren Rohre der russischen Artillerie zu sehen, die jeden Augenblick feuern konnten. Allerdings würden die Geschosse bei Reichweiten von 10 bis 20 Kilometern über ihre Köpfe hinwegbrausen. Sie lagen zu nah für die feindliche Artillerie.

Ihnen sollte eine Einheit für Sondereinsätze zu Hilfe kommen, die kürzlich schon die Stadt Lauban wieder von den Russen befreit hatte und jetzt auch Striegau zurückerobern sollte.

Das »Panzer-Korps-Füsilier-Regiment 79«. Dieses Regiment war eine eigenständige Truppe mit schweren Waffen.

Der Erfolg der Befreiungsoffensive von Lauban wurde als sensationell gepriesen. Reichsminister Göbbels war extra an die Front gereist, um zu verkünden, dass der deutsche Soldatengeist noch lange nicht geschlagen war. Die begeisterten Reden wurden für die Wochenschau gefilmt und im Reich in den Kinos gezeigt. Das Volk sollte beeindruckt sein von dem, was die Deutsche Wehrmacht noch zu leisten imstande war.

Oberstleutnant von Garn hatte mit einem Bericht von dieser Operation seine Truppe auf die bald bevorstehende Offensive auf Striegau einzustimmen versucht.

Rudl zitterte, krampfhaft sein MG umklammernd. Er wusste nicht ob vor Kälte oder doch wieder vor Angst. Neben ihm lag sein Kamerad Karl, er schlief. Als zweiter Schütze gerade mal zwanzig Jahre alt, aber voller Elan und Kampfesmut für den Führer, für das Vaterland. Rudl war jetzt für ihn verantwortlich, er musste als erster Schütze das MG optimal in Stellung halten. Aber sollte ihn wieder die Angst übermannen?
Würde er tatsächlich auf Menschen schießen können?
Irgendwann hatte er den Ausspruch gehört, und er wollte ihn unbedingt beherzigen:
»Der Tapfere stirbt nur einmal, der Ängstliche immer wieder!«

Das dreigeschossige Haus von Tante Martel und Onkel Florian, Am Werder, in Glatz – sie bewohnten die geräumige Wohnung im Hochparterre –, bot inzwischen auch Gretl, den Kindern und Agnes Zuflucht. Die Einfahrt, links des Hauses, führte zu dem großen Innenhof, der zur Linken von der Mauer zum Nachbarn, rechts von einer niedrigen Hauszeile mit Garagen, Ställen und Schuppen und zur Stirnseite von einem lang gestreckten zwei-geschossigen Wohnhaus umgeben war, in welchem der Sohn von Martel und Florian, mit seiner Frau Hedel und ihren vier Töchtern lebte. Hedel – Roman kämpfte schon seit vier Jahren an der Front – musste jeden Tag genau wie Gretl Hunger und Bedürfnisse ihrer Kinder stillen. Jedoch war in der Grafschaft Glatz, mit zigtausenden von Flüchtlingen aus Ober- und jetzt auch Niederschlesien völlig überlaufen, die Versorgungslage katastrophal. Die Hauptkampflinie verlief nördlich, die nahe Tschechei machte ein Vordringen der Roten Armee nach Süden überflüssig. Teile der Truppen waren zur Eroberung Breslaus abkommandiert. Der größte Teil davon zum Vormarsch nach Westen, um Berlin einzunehmen. Somit blieben die Grafschaft und auch Glatz weitgehend vom Kriegsgeschehen verschont.
Trotzdem traf es die Einheimischen und Flüchtenden besonders hart, da Glatz, zwischen den Fronten befindlich, von allen Ver-kehrs- und Versorgungslinien abgeschnitten war. Es gab zwar noch Lebensmittelkarten, aber die Geschäfte bekamen kaum noch Ware. Auf dem Land war die Lage erträglicher, so gingen

Hedel und Gretl immer mit drei oder vier der großen Kinder abwechselnd und regelmäßig »hamstern«.

Schon seit Mitte Februar, da Striegau von den Russen besetzt und die Front bis auf knapp zwanzig Kilometer an Schweidnitz herangerückt war, hatte Gretl versucht, auf Tante Martels Drängen nach Glatz überzusiedeln, jedoch gab es keine Fahr- oder Mitfahrgelegenheit. Züge, die von Liegnitz über Striegau nach Glatz gefahren wären, verkehrten nicht mehr und schon gar keine privaten Fuhrwerke oder gar Autos.

Onkel Florian, der als erfolgreicher Viehhändler noch immer seine intakten Verbindungen nutzen konnte und als fast Siebzigjähriger nicht mehr ins Feld musste, hatte vom letzten Viehtransport auf dem Glatzer Bahnhof noch einige Waggons stehen, die eigentlich zurück nach Königsberg sollten. An eine baldige Rückführung war wegen der Kriegswirren und des nahen Frontverlaufes nicht zu denken. Der kleine Zug mit der Lokomotive davor, den Tender voll mit Koks, stand abfahrbereit auf dem Gleis, und so war Florian auf die verwegene Idee gekommen, seine Verwandten und vielleicht andere zur Flucht Entschlossene aus Schweidnitz herauszuholen. Nun musste nur noch der Lockführer von dieser nicht ungefährlichen Fahrt überzeugt werden. Das vollbrachten schließlich mehre Portionen frisch gepökeltes Schweinefleisch und ein Kistchen Zigarren.

In Schweidnitz warteten fast einhundert Frauen mit kleinen oder halbwüchsigen Kindern, die von Gretl und dann quasi per „Stille Post" über die Mitfahrmöglichkeit informiert worden waren, dem frontnahen Gebiet und damit den Russen zu entkommen. Meist waren sie schon zum zweiten oder dritten Mal gezwungen, sich vor der nach Westen vorrückenden Hauptkampflinie in Sicherheit zu bringen. So war beim »Erstürmen« des Zuges eine bemerkenswerte Disziplin zu beobachten, keine übertriebene Hektik, kein Geschrei und keine übermäßige Drängelei. Der Lockführer konnte nur auf einem der Nebengleise kurz halten.

Das Einsteigen der Flüchtenden musste also zügig vonstatten gehen. Die Kinder, teilweise mit Rucksäcken, wurden in die Wagen gehievt. Das mühsame sich mit der einen Hand über die hohen Trittbretter in die Waggons Hineinziehen, erlaubte in der anderen nur einen Koffer und ein Nachfassen nach dem vorher abgestellten zweiten, wurde durch die Nachdrängenden unmöglich, sodass nach Abfahrt des Zuges neben dem Gleis Koffer und Taschen wie verlassen und vergessen zurückblieben.

Dicht zusammengedrängt in den nur dürftig gesäuberten Viehwagen stehend musste die einstündige Fahrt also durchgestanden werden, wobei nicht wenige, mit ihren Rucksäcken auf den Rücken, nur noch außen auf den Trittbrettern Platz gefunden hatten, sich an eiskalten Ringen und Griffen festklammernd, dem beißend kalten Fahrtwind trotz doppelter oder dreifacher Kleidung ausgesetzt.

Gretl hatte besonders Evi klarmachen müssen, dass der kleine Spielzeugschrank, das Puppenhaus und manch andere Dinge nicht mitgenommen werden konnten, allenfalls einige Zootiere, die sie erst vom Christkind bekommen hatte.

Auf je einen kleinen Rucksack für jedes Kind, Gretl trug Ulis zusätzlich zu ihrem Koffer, dazu den, den Agnes trug, hatten sich nun ihre Habseligkeiten reduziert.

Der Zug ratterte Glatz entgegen. Beim Anfahren, in Kurven, sowie beim Bremsen kamen die wie im Pulk kompakt Zusammenstehenden gefährlich in Bewegung. Es gab nichts, woran man sich im Waggon hätte festhalten können, sodass die jeweils an den Außenwänden Stehenden, aber auch die Kinder ständig in der Gefahr waren, erdrückt zu werden. Eine Stimme empfahl, die Erwachsenen sollten mit ausgestreckten Armen die Schultern des jeweils vor ihnen Stehenden fest in den Griff nehmen. So entstanden, als ob eine Polonaise in mehreren Abteilungen durch den Wagen ziehen würde, stabile Längs- und Querreihen, deren Zwischenräume vor allem den Kindern in der drangvollen Enge Schutz und Luft zum Atmen gaben.

In Glatz angekommen – einige bedankten sich freundlich beim Lockführer, der gerade Onkel Florian ausgemacht hatte und die Dankenden an ihn weiter verwies –, wussten die meisten nicht, wo sie sich hinwenden sollten, wurden aber alsbald von Helfern zur Unterkunft in das ehemalige Finanzamt geleitet. Bei denen, die von Verwandten erwartet wurden, gab es Umarmungen mit

Begrüßungstränen, so auch bei Gretl, Agnes und den Kindern, die von Tante Martel und Onkel Florian sehnlichst erwartet worden waren, wobei Florian doch sichtlich erleichtert über die gelungene aber doch ziemlich gewagte Aktion war.

An einem der wenigen schönen Apriltage saßen Agnes und ihre Schwester Martel auf den Holzhockern aus der Waschküche im Hof und inspizierten, was Gretl wieder mal beim »Hamstern« ergattert hatte. Jede hatte ein Brettchen auf den Knien, schnitt von einem halbrunden Laib Käse jeweils eine dünne Scheibe ab und betrachtete diese genau. Gegen das Licht haltend und hin und her wendend pulten sie aus vorhandenen oder angenagten Löchern kleine weiße, sich munter kringelnde Maden hervor, schnitten verfärbte oder angeschimmelte Stellen sowie die verschmutzte Rinde ab und legten die so offenbar wieder genießbar gewordenen Käsescheiben in einen großen Topf.

Evi und Jutti schauten interessiert zu.

Einige Hühner gackerten stolzierend zwischen den Hocker- und den anderen Beinen herum und pickten die im Herabfallen sich windenden Maden wohl genüsslich als Leckerbissen auf. Kater Monk saß erhöht, den Schwanz um seine Vorderpfoten drapiert, auf dem Hackklotz, wartete geduldig, bis ein von Schimmel befallenes Stück Käse vor ihm landete, sprang unverzüglich hinab und begann es schnurrend und katschend zu verzehren.

„Darf ich n Stück hab´n?", fragte Evi, „ich hab so n Hunger!"
Agnes teilte eine Scheibe und reichte beiden je ein Stück. Evi grapschte danach und schob es in den Mund: „Mm, schmeckt prima!" Jutti hielt das Scheibchen in der Hand und betrachtete es skeptisch, gab es dann Agnes mit entgleister Miene zurück: „Ich hab doch kein´n Hunger, Oma."
Agnes gönnte Monk das intakte Stück, er verspeiste es mit hoch aufgestellt buschigem Schwanz, als ob ihm dieses Stück ohne verfärbte Stellen und ohne Schimmel besonders mundete. Dann erklomm er wieder seinen Hackklotz, sich das Mäulchen ausgiebig abschleckend, begann schnurrend die rechte Vorderpfote zu belecken, die so benetzte am Hinterkopf ansetzend, über das einknickende Ohr, das geschlossene Auge, die Nasenwand, bis hin zu den widerborstigen Schnurrhaaren zu reiben, die Pfote

wieder und wieder mit der Zunge befeuchtend. Das gleiche Putzzeremoniell vollführte dann die andere Pfote.

Martel und Agnes hatten durch ihre Aktion eine Menge feiner Käsescheiben gerettet. Die Hühner hatten die fetten Maden begierig in ihren Schnäbeln zerrieben, und Monk war zufrieden zu einer Sandkuhle stolziert, rekelte und wälzte sich in dem warmen Sand, landete auf seinem Bauch, knickte die Vorderpfoten nach innen und schloss schläfrig die Augen, wobei sich sein Schwanz an seine rechte Körperseite schmiegte.

Die letzten Apriltage kündigten trotz des nicht enden wollenden Krieges den Wonnemonat 1945 in seinen schönsten Blüten und Farben an und machten vielleicht Not, Hunger, Enge und Entbehrung ein wenig erträglicher. Das ungemütliche Aprilwetter hatte an Ulis und Hannchens Geburtstag sein Ende gefunden. Uli, als Kleinster, wurde zwei Jahre und Hannchen, die älteste Tochter von Hedel, fünfzehn. Der 29. April war ein sonniger, warmer Sonntag. Für die anstehende Geburtstagsfeier wurde alles hergerichtet, und weil Jutti am 1. Mai vier wurde, sollte ihr Geburtstag gleich mitgefeiert werden. Wer wusste schon, ob man in zwei Tagen noch einmal feiern konnte.

Florian hatte ein Brett auf zwei Hockern befestigt, und so saßen bald acht Kinder auf ihren Kinderstühlchen begierig an der Kindergeburtstagstafel. Kleine Geschenkpakete wurden verteilt, und Jutti nahm stolz die ihren entgegen, hoffte jedoch in zwei Tagen nochmals beschenkt zu werden.

Zwei Mütter, zwei Omas und ein Opa freuten sich am Wohnzimmertisch sitzend über die Freude ihrer Kinder, ihrer Enkel, eine so festliche Feier erleben zu dürfen. Die drei Geburtstagskinder saßen um das Kopfende des mit einer weißen Decke verhüllten Brettes, jeder Platz mit Papiergirlanden geschmückt. Hannchen versorgte die beiden Kleinen mit selbst gepresstem Apfelsaft, musste den zappelnden Uli immer wieder in seinem Stühlchen aufrichten, bis ihn endlich der Teller mit dem bunten, herrlichen Tortenstück darauf vollends zu begeistern begann.

Die »Muckefucktorte«, ein Gemeinschaftswerk beider Omas, kreiert aus zwei Tassen Kaffeesatz, Mehl, Backpulver, Zucker, Margarine, Eiern, dazu einer Füllung aus Vanillepudding, eine dünne Schicht Johannisbeermarmelade darunter. Die Gläser vom letzten Jahr gingen langsam zu Ende. Mit Puderzucker bestäubt wirkte die Torte auf die Kinderaugen wie ein wunderbar weißer Zuckerberg. Jedes Kind fieberte ein Stück auf den Teller zu bekommen, wobei dessen sauber geschnittene Seiten, mit der dicken gelben Schicht und der schmalen roten darunter, umgeben von der vom Kaffeesatz gebräunten luftigen Teighülle, wie mit Buntstiften ausgemalt erschien.

Den Kaffeesatz, es wurde schon seit geraumer Zeit nichts mehr weggeworfen, hatten beide Omas jeweils nach dem Frühstück aus ihren Muckefucktassen gekratzt, bis zwei damit gefüllte Tassen für das anstehende Backvergnügen bereitstanden. Das gleiche Vergnügen bereitete ihnen jetzt die Genüsslichkeit, mit der die Kinder ihre Tortenstücke verzehrten.

Florian hatte dazu den Volksempfänger eingeschaltet, und es erklang ein etwas krächzender Wiener Walzer, zu dem sich Gretl wiegend auf dem knarrenden Polsterstuhl hin und her bewegte.

Plötzlich wurde der Walzer durch das Fanfarensignal aus »Les Préludes« von Liszt unterbrochen, das den Wehrmachtsbericht ankündigte, und Florian schimpfte: „Kann man denn nich in Ruhe feiern, ohne von dieser Propaganda gestört zu werd´n?"

Er war schon auf dem Weg, den Apparat auszuschalten, als eine wichtige Sondermeldung angekündigt wurde:

„Unser geliebter Führer hat soeben in seinem Hauptquartier in Berlin seine Braut, Eva Braun, geehelicht. Wir und das ganze Deutsche Volk wollen ihn dazu beglückwünschen. Möge dem Paar eine glückliche Zukunft beschieden sein."

Florian holte tief Luft: „Hört euch das an, dieser ..."

Martel unterbrach seinen Groll: „Bisde jetz ruhich, Florian!"

„Der Führer selbst lässt verkünden", tönte es weiter aus dem Lautsprecher, „er wolle in diesen schweren Zeiten mit seiner Heirat ein Zeichen der Liebe und Treue zu seiner Angetrauten, seinem Volk und seinem geliebten Vaterland geben und gleichzeitig allen seine Hoffnung auf ein Erstarken unserer stolzen Nation und auf das Erringen des nahen Endsieges kundtun!"

Florian war jetzt nicht mehr zu bremsen: „Dieser Verbrecher! Dieses heuchlerische Schwein, mit sein´n Parol´n hat der uns

alle paralysiert, uns belog'n, dies'n Krieg und unsern sich'ren
Untergang vom Zaun gebroch'n, unsre Söhne in den Tod ..."
Martel war zu ihm geeilt, hielt ihm den Mund zu und zischte:
„Se wer'n dich hol'n, dich verhaft'n, die Gestapo, überall ham
se Ohr'n", sie schloss das Fenster, „un die Kinderle!"
Alle saßen wie angewurzelt auf ihren Stühlen.
„Ich hab's doch immer gesagt, alles Verbrecher, soll'n die mich
doch hol'n, ich halt das nich mehr aus!"
Damit verließ er, die Tür zuschlagend, das Zimmer.
Einen Tag später verübten Hitler und Eva Braun Selbstmord.

Das »Panzer-Korps-Füsilier-Regiment« war später eingetroffen
als erwartet. Am frühen Morgen sollte die Offensive anlaufen.
Die Hoffnung, die Verstärkung würde nicht mehr kommen, war
vergebens. Fast alle glaubten, das Ende des Krieges stünde unmittelbar bevor, die Rückeroberung würde sich erübrigen.
Rudl durfte die Nacht noch im Unterstand verbringen, konnte
aber kein Auge zu tun. Mit Karl hatte er schon das MG und die
Munitionskisten auf die Lafette montiert. Sie sollten im Schutz
der Panzer des Füsilier-Regimentes in Striegau einrücken und
alles, was sich bewegte niedermachen, so lautete der Befehl des
Kommandanten. Sicher gäbe es keine Zivilisten mehr in der
Stadt. Sie sollten an die eigenen Frauen und Kinder denken, der
Iwan müsse zurückgeschlagen werden.
Rudl zitterte, war er feige? Würde er dem Befehl Folge leisten
können, oder würde er zögern und damit dem Iwan, das war
jetzt die Bezeichnung für die gegnerischen Soldaten, diesen
Bruchteil einer Sekunde geben, schneller zu sein?
Galt es wirklich, gegen Untermenschen zu kämpfen?
Karl lag neben ihm und schlief, er würde morgen ausgeruht und
fanatisch in den Kampf ziehen, das Warten auf die Panzer und
die schweren Waffen hatte seinen Kampfgeist nur noch weiter
angestachelt. Rudl wäre froh gewesen, die Verstärkung wäre
nicht gekommen.
Gretl, ich muss euch verteidigen ... Er war doch eingeschlafen.
Karl rüttelte an seiner Schulter: „Los, auf mit dir, es geht los!"
Im Morgengrauen zeichneten sich die Konturen der Panzer ab.

Er musste aufstehen, es gelang nur mühsam. Karl reichte ihm ein Stück Kommissbrot und einen Becher, der ihm fast aus der Hand gefallen wäre. Das Brot loslassend fasste er schnell den Becher, in dem der Ersatzkaffee kochend heiß schäumte, mit der so frei gewordenen Hand am oberen Rand und beleckte die schmerzhaft verbrühten Finger der anderen Hand, wobei er mit der gleichen Bewegung den Alu-Becher in den Sand stellte, die fallen gelassene Brotscheibe wieder aufhob und die Sandkörner abzuklopfen suchte. Der abgebissene, altbackene Brotbrocken knirschte ein wenig in den Zähnen, und vorsichtig den Becher am Rand wieder aufnehmend spülte er, sich doch die Zunge verbrühend, Brot und Sand hinunter.

Unter für seine Geigerohren schmerzhaftem Dröhnen starteten die Motoren der Panzer. Er raffte Schlafsack und Ausrüstung zusammen, immer wieder Brot abbeißend, es nicht wieder in den Sand, sondern mal auf den Schlafsack, mal auf eine Kiste, dann wieder auf den Tornister, gar auf die Lafette ablegend. Den dampfenden Alubecher mit dem Muckefuck stellte er jeweils im Wechsel an den gleichen Stellen ab. Er suchte sich schnell in die sich aufstellende Kompanie einzureihen, zumal die beißenden Auspuffgase der Panzer den Sauerstoffgehalt der Atemluft derart reduzierte, dass ihm schwindelig zu werden drohte.

Karl stand bereits, die Lafette mit Ausrüstung und dem MG 34 darauf, in der vordersten Reihe der MG-Schützen.

Sie hatten, auf dem schweren Boden marschierend, die ersten Häuser von Striegau erreicht, die Panzer waren unter ständigen Feuersalven ohne Widerstand der Russen schon in den Straßen verschwunden. Immer wieder in Hauseingängen, Nischen und hinter Wänden Deckung nehmend rückten sie vor, die eine und andere MG-Salve in die leeren Straßen abfeuernd, als aus einer Seitenstraße, wie aus dem Hinterhalt, plötzlich Schüsse fielen.

Rudl hatte instinktiv Deckung gefunden, sein MG 34 in eine günstige Position gebracht und feuerte, ohne es zu realisieren, auf einen gerade aus den Häusern stürmenden Trupp Russen, die ihrerseits, die Deckung sträflich verlassend, das Feuer eröffnet hatten. Er sah, während er am Abzug seiner Waffe hing, Soldaten, Menschen, getroffen übereinander fallen, hörte deren

Schreie, sah, wie die Geschosse sich in Militärmäntel bohrten, kleine peitschende Blutspritzer produzierten, spürte neben sich die ihm Sicherheit gebenden Kameraden, die jetzt auch ihre Geschütze in Stellung gebracht hatten. Der Gefechtslärm betäubte zunehmend seine Ohren, die Rauchfahnen der Projektile ließen das Geschehen verschwimmen. Er bemerkte, sein MG war plötzlich verstummt, dass Karl hektisch ein neues Magazin nachschob, betätigte erneut den Abzug, mechanisch, nichts mehr fühlend, selbst die dauernden harten Rückschläge des Geschützes, die seinen Körper in schmerzhafte Vibration versetzten nicht mehr wahrnehmend, stur, wie im Rausch die ihm gehorchende Tötungsmaschine auf das sich immer weniger bewegende Menschenknäuel gerichtet. Dann doch diesen einen schweren Schlag gegen seinen Stahlhelm registrierend, dessen Klang sich wie ein Glockenschlag dröhnend in seinem Kopf ausbreitete, der ihm eine wohlige Wärme über die Wange legte, der schließlich alles, mit einem Seufzer an seine Gretl, in eine plötzlich seltsam befreiende Dunkelheit abtauchen ließ.

Gretl hatte sich gerade frisch gemacht, endlich wieder einmal etwas Besseres angezogen. In dem Rock des hellgrauen Jackenkleides, das sie damals auf der Waldlichtung getragen hatte, und einer ärmellosen, dünnen Bluse stand sie auf dem Absatz der Treppe zum Hof hin und sog tief die frische Luft ein. Das Oberteil lag auf dem Geländer ausbalanciert parat.
Am frühen Morgen war sie mit den großen Kindern zum Hamstern aufgebrochen und gerade erst zurückgekommen. Ein kleiner Sack klein gebliebener Kartoffeln, ein Töpfchen Schmalz und die alte Reisetasche voller Steckrüben der letzten Ernte war die Ausbeute. Jetzt waren ihre Gedanken wie so oft bei Rudl.
Sie wusste nichts von ihm, seit Januar war keine Nachricht mehr gekommen. Anfang Februar, so war ihr von Hedel berichtet worden – sie waren ja noch in Schweidnitz gewesen –, hatte er Liesl mit den Kindern hier nach Glatz gebracht. Ihre Züge lockerten sich zu einem glücklichen Lächeln. Sie fühlte plötzlich ihre Liebe, die aufkommende Sehnsucht. Unser guter Vati, dachte sie, erst wollte er uns vor den Russen in Sicherheit

wissen, und dann hat er noch der Schwägerin beigestanden.

Der Stolz auf ihren mutigen Mann verstärkte nur ihr Sehnen, ihr körperliches Verlangen. Eine angenehm warme Brise wehte heran, verfing sich an den entblößten Armen vorbei in der aufgeplusterten Bluse, kräuselte sich zwischen leichtem Tüll und nackter Haut und ließ sie, den aufkommenden Schauer genießend, leicht frösteln. Die Arme kreuzend führte sie beide Hände über die Oberarme und wand und drehte ihren Oberkörper. Das Jäckelchen drohte vom Geländer zu fallen, sie streifte es über.

Leichte Schleierwolken verhüllten allmählich die sonst schon wärmende Maisonne. Sie hatten Ulis zweiten Geburtstag ohne Rudl feiern müssen. Um den Tränen keine Chance zu lassen, rief sie Evi, die schon wieder mit den Kleinen im Hof spielte, sie solle sich doch endlich die Hände waschen und so den Kleineren ein Beispiel sein, es wäre ja noch das halbe Feld vom Kartoffelnbuddeln unter ihren Fingernägeln.

Der Bauer hatte jedem Kind eine Scheibe Wurst gegeben, dabei Evi wegen ihrer besonders schmutzigen Hände und Nägel gelobt, sie wäre ja wohl beim Buddeln die Fleißigste gewesen.

Gretl hatte als Gegenleistung versprochen, ihm die nächsten Tage ab fünf Uhr beim Melken zu helfen, da seine Frau krank daniederlag und er sonst keine Hilfe bekommen konnte.

Plötzlich brauste ein Pritschenwagen der Wehrmacht auf den Hof, ein paar Frauen mit ihren Kindern saßen verängstigt hinter dem Fahrerhaus. Drei Soldaten sprangen ab, gaben ein paar Warnschüsse in die Luft, sodass alle aus den Häusern stürzten, und brüllten unisono im Kasernenton, alle Frauen und Kinder müssten sofort evakuiert werden, der Russe wäre im Anmarsch und könnte in jeder Minute Glatz einnehmen. Befehl des Ortsgruppenleiters. Aber nur Frauen und Kinder! Sie hätten zehn Minuten Zeit, um das Nötigste zusammenzupacken. Gretl und Hedel, die herbeigelaufen kamen, protestierten; ihre Männer, die schließlich an der Front kämpften, hätten ihnen aufgetragen, Glatz auf keinen Fall zu verlassen. Wo man sie denn hinbringen wolle. Mittelwalde und dann weiter durch Böhmen ins Reich.

Zwei weitere Wagen hielten vor dem Haus, die Ladefläche voller Frauen und Kinder. Ein dekorierter Soldat, wohl der Kom-

mandierende, kam in den Hof, gab die Order, man dulde keine Widerrede, der Ortsgruppenleiter wolle nicht den Fehler wiederholen, den man in Striegau gemacht habe. Die Russen werden alle Frauen vergewaltigen, die sich wehrenden furchtbar zurichten, und nicht wenige seien dabei zu Tode kommen.
Gretl und Hedel sahen zunächst keine Chance, sich den Anweisungen zu widersetzen.
Frau Wolf, mit ihrem Dreijährigen auf dem Arm, zwei Töchter im Schlepptau, im Obergeschoss wohnend, war jetzt auch dazugekommen und schickte sich zitternd an, auf die Pritsche zu steigen. Sie war aus dem schon zerbombten Düsseldorf nach Glatz evakuiert worden. Während ihr Mann irgendwo in Frankreich kämpfte, war ihr bei Martel und Florian Zuflucht gewährt worden. Die Schrecken der erlebten Bombennächte vom August 1942 und Juni 43 erlitt sie in ihren Träumen immer wieder neu. Fast 90% der Innenstadt von Düsseldorf war durch die Bombardements der britischen Royal Air Force und einem sich daraus entfachenden Feuersturm zerstört worden. In den knapp zwei Jahren, die sie in Glatz ohne große Kriegshandlungen leben durfte, war ihre Psyche doch etwas zur Ruhe gekommen.
Jetzt zwang sie sich mühsam auf die Ladefläche.
Hedel lief ins Haus, um ihre Sachen zu holen, schrieb aber noch schnell auf dem Küchentisch einen Zettel:
Mussten nach Mittelwalde, vielleicht weiter nach Böhmen!
Sie nahm die Flasche vom Fensterbrett, steckte den Zettel hinein und presste den Korken in den Hals, lief gehetzt hinaus zum Gemüsebeet, auf dem die frisch gesetzten Oberrüben schon ins Kraut schossen, drückte die Flasche, mit dem Hals zuerst, in die Erde und glättete sorgfältig die Krumen darüber.
So hatte sie es mit Roman verabredet. Sie eilte zum Auto, wo heftig diskutiert wurde: „Nein, nur Mütter mit Kindern, keine Alten!", wurde gebrüllt. „Oma, Oma, nein, du musst mitkommen!", riefen Evi, Bärbel und Hannchen im Chor. Die schreienden Kinder wurden einfach auf die Pritsche gehoben, dabei angebrüllt: „Nein, keine Omas! Es is nich genug Platz!"
Florian war ohnehin nicht da, er war zum Volkssturm abkommandiert, also wollte Martel auch nicht weg, und Agnes war

ängstlich schluchzend ins Haus gegangen. Wenn Florian hier wäre, dachte Martel, würde es jetzt eine Katastrophe geben.

Vielleicht war alles richtig so. Das Protestieren von Hedel und Gretl half nicht, die Kinder standen schreiend auf der Pritsche, Uli schrie auf Evis Arm, sie hatten keine Wahl, also bestiegen auch sie, Hedel Gretl hochschiebend und Gretl Hedel nachziehend, die Pritsche. Das Brett wurde hochgeklappt, die Türen knallten, der Laster drehte auf dem Hof und fuhr davon.

Monk lief hinterher. Agnes wollte doch noch einmal winken, aber der Wagen war schon in die nächste Straße abgebogen.

Der Kater strich ihr um die Beine, setzte sich zwischen ihre Schuhe und begann die immer wiederkehrende Putzaktion. Er setzte sich, während Agnes mit ihrem Spitzentuch die Augen betupfte, auf ihren rechten Schuh, spreizte die Hinterläufe, krümmte sich zu einer Halbkugel und begann ausgiebig und kraftvoll schnurrend, die nicht mehr komplett vorhandenen Weichteile mit seinen Zungenpapillen zu bearbeiten.

Sie schaute zu ihm herab, spürte durch ihren Schuh den durch das Schnurren vibrierenden Körper.

Du hast's gut, dachte sie, du kannst hier bleib'n, die Russ'n werd'n dir nischt tun, und Mäuse wird's für dich immer geb'n.

Langsam drehte sie sich zurück, er sprang auf die Pfoten und folgte ihr mit steil aufgestelltem Schwanz. An der Treppe nahm sie ihn hoch, drückte sein weiches Fell an ihre Wange. Er tat ihr gut, aber lieber hätte sie mit Uli geschmust. Ob der sich beruhigt hatte? Grübelnd ließ sie sich auf der Steinstufe nieder.

Was würde wohl mal aus ihm werden? Würde auch er wie sein Vater, wie sein Großvater, wie ihre Söhne, wie deren Vater in vielleicht zwanzig, dreißig Jahren in den nächsten Krieg ziehen müssen? Und Norbert, Jochen und Hardy, die drei Söhne von Felix? Ja, Felix, ihre Augen wurden klarer. Felix war, genau wie ihr Bruno, Schwarzviehhändler geworden. –

Wie hätte Vati sich gefreut.

Und Liesl, seine bezaubernde Frau. Wie glücklich war sie, dass Felix diese liebenswerte Frau abbekommen hatte.

Vier Kinder hatten auch sie. Genau umgekehrt, dachte sie.

Felix, drei Jungen und ein Mädchen, und Gretl, drei Mädchen

und einen Jungen. Acht Enkelkinder; sie hätte nie gedacht, so gesegnet zu werden. Und Bruno war ja noch nicht verheiratet. Wie schön es mit ihm in Schwarzengrund war, trotz seiner Verwundung. Wo mochte er jetzt sein? Und Felix, Rudl, Roman, Martels Sohn? Martel hatte ihren Florian, der beim Volkssturm darüber froh zu sein schien, doch noch für diesen Krieg gebraucht zu werden, obwohl er auf die Nazis ständig schimpfte. Warum Männer immer Krieg spielen mussten, ja, für sie war es so. Hitler hatte auch nicht geglaubt, dass England ihm den Krieg erklären würde, nur weil er mit Polen genauso gespielt hatte wie mit dem Sudetenland.
Ob es weniger Krieg gäbe, wenn Frauen das Sagen hätten?
„Quatsch", sagte sie laut. Monk sprang erschrocken von ihrem Schoß, und genauso sprang sie die Wirklichkeit wieder an, die ihr erneut die Tränen in die Augen trieb.

Das Dunkel schwand allmählich wie unter einer über den Kopf ausgebreiteten und jetzt langsam nach unten rutschenden Bettdecke. Durch graue Schlieren sahen seine Augen Karls Gesicht, kaum farbig, wie in schwarz-weiß, sein dunkles Haar, die weißliche Haut, die Bewegungen seiner Lippen, stumm, ohne Ton. Er fühlte leichtes Tätscheln an seiner Wange, dazu gesellte sich ein realer werdendes klatschendes Geräusch, und zu Karls Lippenbewegungen wurden allmählich die dazu passenden Laute hörbar, die endlich auch zur Verständlichkeit anschwollen.
Es erinnerte ihn an das Lauterdrehen eines Volksempfängers.
„Hallo, du Held! Komm zu dir, wir wollen dich feiern, du hast uns alle gerettet!" Rudl sah neben und über Karls Kopf andere Köpfe, teils stahlhelmbewehrt, die wechselnd auftauchten, seitlich wegrutschten und sich durch neue ersetzten. Dann verwandelte sich Karls Kopf in den von Oberstleutnant von Garn, dessen Lippen in offiziellerem Ton schon verständliche, für ihn jedoch nicht begreifbare Worte formten: „Sie haben mit Ihrem tapferen und reaktionsschnellen Einsatz den äußerst hinterhältigen Angriff des Feindes zunichte gemacht und durch ihr beherztes Handeln vielen Kameraden das Leben gerettet. Ich werde Sie für das »Eiserne Kreuz« wegen Tapferkeit vor dem Feind

vorschlagen! Zunächst wünsche ich gute Genesung, auf dass Sie bald wieder unserer Kompanie mit Ihrer vorbildhaften Tapferkeit und Treue dienlich sein können."

Die Köpfe wechselten wieder, und Karl sprach weiter: „Ja ja, mein Lieber, wer hätte dir das zugetraut, mit welcher Verbissenheit du's dem Iwan gezeigt hast. Du hast ja allein bestimmt fuffzehn Mann niedergemäht, und wir hab'n überhaupt keine Verluste, und von den'n ist keiner davon gekomm'n."

„Was war denn los?", versuchte Rudl noch lallend Klarheit zu erlangen. „Ach, das könn' wir später noch besprech'n, du musst jetzt erst ma in's Lazarett, wir werd'n hier unsre Stellung bezieh'n und ausbau'n. Der Iwan ist erst mal weg. Ich werd dich besuch'n, wann immer ich kann!"

Zwei Sanitäter rissen das extra für ihn aufgestellte Feldbett hoch und trugen ihn, hin und her schockelnd, durch die Trümmer von Striegau zu dem in einer noch halbwegs unzerstörten Schule eiligst hergerichteten Lazarett.

Rudl betrachtete die vorüberziehenden zerschossenen Häuser, die Fensterhöhlen, die zerborstenen Mauerkronen, die sich bizarr und drohend vom tiefblauen Himmel absetzten. Langsam fanden sich seine Gedanken, fand er sich wieder. Er versuchte zu realisieren, was geschehen war, und hielt sich krampfhaft mit beiden Händen an den mit dem schweren Leinentuch umwirkten Latten des Feldbettes fest.

Die beiden Sanitäter mussten über verstreute Trümmer und umgestürzte Mauern steigen, sich an ausgebrannten, noch qualmenden Fahrzeugen vorbeidrücken, an kleinen zertrümmerten Panjewagen, an deren Deichseln noch im Geschirr tot die gedrungenen, robusten Pferdchen hingen. Weiter durch Straßen zerteilende Bombentrichter kletternd – dabei wäre Rudl beinahe von dem Leinen gerutscht –, bis sie ihn dann an einer Mauer abstellten, wo er abwartend endlich zur Ruhe kommend vielleicht eine Stunde lang das Treiben der Sanitäter und Helfer um sich herum verfolgen musste. Die Träger hatten noch schnell: „Gleich wird sich jemand um dich kümmern," gerufen.

Erst jetzt, da seine Hände wieder frei waren, betastete er an seinem Kopf den dicken, nässenden Verband, er glaubte auch,

Schmerzen zu verspüren. Er was also verwundet.

Das hektische Treiben, die Zurufe, die ungeduldigen Schreie, das Wimmern der Abgestellten, das Hin und Her der weiß oder weißgrau Bekittelten, all das nahm er bald nicht mehr wahr.

Die Rückeroberung Striegaus war gelungen, die Russen hatten sich bis zehn Kilometer nach Norden zurückgezogen und verschanzt, sie hatten erhebliche Verluste hinnehmen müssen, doch auch die Angreifenden waren nicht ungeschoren davon gekommen. Kaum ein Zug, der nicht Verwundete und gar Tote zu beklagen hatte. Nur eben Rudls Einheit war tatsächlich dank seines instinktiven Handelns glimpflich davongekommen.

Jedoch war die Einnahme Striegaus und auch die vorangegangene von Lauban strategisch völlig bedeutungslos. Wichtig für die Russen war die Eroberung der Festung Breslau, die unmittelbar bevorstand, und der Kampf um Berlin. Deshalb war die Truppenstärke um Striegau dezimiert worden.

In einer großen Halle mit geschwungener Holzbalkendecke, fand Rudl sich wieder. Mitleidig betrachteten ihn zwei leuchtend blaue Augen in ein wundersam schönes Antlitz gebettet, umrahmt von leicht gelockten dunklen Haaren, in welche eine weiße Haube mit einem aufgestickten Rotkreuzband drapiert war.

„Gretl!", seufzte er. „Pscht", sie schürzte leicht ihre Lippen. „Nein, ich bin Bärbel, wir werden Sie schon wieder hinkriegen. Der Arzt sagt, Sie hätten großes Glück gehabt, der Stahlhelm hat Sie gerettet." „Ja, Gretl, danke!"

„Er hat Fieber", sagte sie zu dem dazugekommenen Arzt.

„Wir werden ihm etwas geben, auch gegen die Schmerzen."

Die Lider waren wieder zugefallen. –

„Sie dürfen nicht nach Schweidnitz!", stöhnte er laut.

Bärbel deckte ihn zu, er fasste ihren Arm:

„Bleib bitte, was ist passiert?" Sie setzte sich auf die Leiste des Feldbettes. „Ich weiß es nicht, versuchen Sie zu schlafen, ich muss mich um die anderen kümmern."

Langsam lockerte sich sein Griff, und sie entzog sich ihm.

Die anderen, ja, seine Kameraden. Ihm war, als ob der graue Schleier sich hob. Sie waren heute Morgen losmarschiert, die Panzer voraus, Karl hatte sich in der ersten Reihe postiert,

warum? Er wollte nicht vorn dabei sein, jetzt musste er. Schon spürte Rudl die Angst, diese Angst schießen zu müssen, zuerst schießen zu müssen, zu versagen, zu zögern. Sie marschierten, die Lafette im Schlepptau, darauf sein MG 34. Das war das Einzige, das ihn retten konnte. Er durchdachte nochmals alle Funktionen, die erforderlichen Handgriffe; das MG schnellstens in Position zu bringen, die linke Hand ans Geschütz, mit der rechten das Dreibein ausklappen und im sicheren Stand aufsetzen, blitzschnell das Ziel fixieren. Die Raster bedienen und mit der gleichen Bewegung den Munitionsfluss sichern, blind den Abzugshahn finden, dabei das Ziel exakt im Auge behalten, es konnte die entscheidende Sekunde bedeuten. ... Der erste Schuss, ... die ersten Schüsse mussten ... töten ...
Das Fieber beflügelte die Fantasien.
Auf dem Waldboden lag es, zerfetzt, das Fell von Blut besudelt, es war zu nah gekommen, die Baumstämme waren verkohlt, waren geschrumpft, standen wie verkohlte Stoppeln im Durcheinander. Warum hatte es nicht Reißaus genommen? Sich nicht in Sicherheit gebracht? Es war Krieg, es gab keine Sicherheit. Er spürte den heißen Lauf des MGs in der Hand, ließ es fallen, rieb die Handflächen gegeneinander, freute er sich? Alle waren tot, er lag auf der Grasnarbe, sah die schwarzen, rauchenden, Stoppeln, Sandhosen, dazwischen blutverschmierte Mäntel aus bräunlichem Fell, daraus sich emporreckende Köpfe, dunkle Augenhöhlen starrten ihn an. Warum seid ihr so nah herangekommen? Das MG, es ist noch heiß, ihr hättet es sehen müssen, hättet Haken schlagen, die Gefahr sofort erkennen müssen. Ich war schnell, nicht feige, hab nicht versagt, nicht gezögert, nicht den Bruchteil einer Sekunde, hab euch keine Chance gelassen, ihr seid schuld, wart zu nah ... ich hab geschossen ... getötet ... blitzschnell ... Er stöhnte auf: „Gretl, ich hab doch nur für dich und die Kinder getötet!"
Die Schwester am Feldbett daneben drehte sich um und tupfte dem sich hin und her Wälzenden die perlende Stirn.

Auf der Straße war kaum noch ein Durchkommen. Der Fahrer hielt, im Schritttempo fahrend, den Daumen nur noch auf dem

Hupknopf, was ihm aber kaum mehr Platz schaffte. Zwischen die Pritschenwagen hatten sich Flüchtlinge mit Leiterwagen und Pferdefuhrwerken eingereiht. Fahrräder, mal voll bepackt geschoben, mal weniger bepackt gefahren, Koffer und Rucksack Tragende, sich langsam dahinschleppende Frauen, die ihre Kinder, vier oder mehr an der Zahl, teilweise mit Wäscheleinen aneinander gebunden, im Zaum zu halten suchten, während sich an den Außenfronten dieser drei Lastwagen Trauben von immer wieder auf und ab springenden Mitfahrern bildeten. Sie standen auf den Trittbrettern des Führerhauses, saßen auf den vorderen Schutzblechen oder gar auf der Kühlerhaube, wobei der jeweilige Fahrer sie ständig laut fluchend verscheuchte, da er fürchten musste, im Graben zu landen. Von Zeit zu Zeit musste der beifahrende Soldat einige Schüsse aus dem Fenster heraus in die Luft abgeben, damit wenigstens die Kühlerhaube frei wurde.
Sie hingen an den Stützbrettern der Ladefläche. Das war jedoch nur kurze Zeit durchzuhalten, sodass stetig neue Hände und Gesichter auftauchten. Einige sportlich fitte Halbwüchsige schafften gar den Aufschwung an die Oberkante der Stützbretter und auch auf die Ladefläche. Die Aufspringenden mussten schnell wieder herunterbefördert werden. Das erledigten die Mütter schon aus reinem Selbsterhaltungstrieb.
Nach nervenaufreibender Fahrt kamen die drei Laster endlich auf dem großen, lang gestreckten Marktplatz, dem Ring von Mittelwalde, an. Überall lagen Strohballen verstreut, Menschen breiteten das Stroh auf dem Pflaster aus, versuchten Decken und Bettbezüge darauf zu richten, Zeltplanen zwischen Bäumen und aufgestellten Stangen zu spannen. Viele lagen apathisch in den »Kissen« und harrten nur noch auf Hilfe und Beistand. Sie waren teilweise, aus Oberschlesien kommend, seit Tagen unterwegs. An verschiedenen Stellen standen auf flachen Steinen große Kessel, von züngelnden Flammen erhitzt, Schlangen von Hungrigen davor, die mit hingehaltenen Blechnäpfen einen Schlag dampfender Suppe erbaten. Andere hockten im Stroh, auf den Rinnsteinen, auf Rucksäcken und Koffern und löffelten pustend die dünne, heiße Brühe. Es war ein wunderschöner Maitag. Die den Platz säumenden großen Rosskastanien stan-

den schon in voller Blüte. Die weißen Rispen mit den zartrosa Tupfen um jeden Blütenkelch muteten vor dem frischen Grün des Blattwerks wie mit Zuckerguss überzogene, kleine Tannen an und für die, welche sich im Schatten eines dieser großen Bäume ein Plätzchen zum Suppeschlürfen ausgesucht hatten, vermischte sich der vom Baum wehenden Duft der Blüten mit dem aus dem Suppennapf. Die Sonne blinzelte durch das sich bewegende Blattwerk und warf wechselnde Schatten auf Stroh, Decken und Planen, auf erschöpfte, lang ausgestreckt liegende Menschen, die in das matte Blau über sich starrten.

Das Ganze hätte für einen nicht von Sorge und Ungewissheit geplagten Beobachter einen merkwürdig friedvollen, in sich ruhenden Eindruck gemacht. Jedoch konnte das Erblühen des Frühlings mit seinen Farben weder Krieg, Flucht, Hunger oder Durst, noch die vorhandene Furchtsamkeit verschleiern.

Der Hektik auf den überfüllten Zufahrtsstraßen, dem Drängeln, dem Lärmen war eine Willfährigkeit gewichen, nach beschwerlichem, stundenlangem, ungewissem Dahinziehen endlich doch angekommen zu sein. Jeder erwartete geduldig seinen Schlag Suppe oder suchte, obwohl der Platz schon überfüllt war, ruhig ein noch freies Fleckchen im Stroh, höflich fragend, ob dieses oder jenes auch wirklich noch frei sei.

Hier am Südzipfel der Grafschaft Glatz hatten sich Tausende in panischer Angst vor den Russen Fliehende zusammengefunden, hoffend, zunächst bei den Sudetendeutschen Zuflucht zu finden, dann vielleicht weiter nach Österreich zu fliehen oder abwartend, zu gegebener Zeit in die Heimat zurückzukehren.

Die meisten glaubten ohnehin, wenn der Russe erst einmal nach Westen durch war, wäre das Schlimmste überstanden, der Krieg würde ohnehin nicht mehr lange dauern.

Gretl war da eher skeptisch. Sie hatte noch im Januar mit Rudl die Berichte der BBC gehört und auch erst kürzlich mit Onkel Florian, der sich jetzt nicht mehr zu verkünden scheute: „Der Krieg ist verloren, die Tschechei wird wieder auferstehen, und die werden ganz schön im Sudetenland aufräumen."

Hitler hätte die Tschechoslowakei einfach annektiert, und die Tschechen würden sich jetzt dafür an den Deutschen furchtbar rächen. Die tschechische Exil-Regierung unter Beneš, so hätte die BBC berichtet, hatte in London bereits 1938 begonnen, die Vertreibung der kompletten Deutsch-Ethnischen Bevölkerung zu planen und schon lange vor der unvermeidlichen Kapitulation des Dritten Reiches alles getan, um die vier Großmächte vor vollendete Tatsachen zu stellen.

Das war Gretl bei der holprigen Fahrt ständig durch den Kopf gegangen. Sie durften auf keinen Fall hier bleiben.

Am offenen Schlag des ersten Lastwagens wurde heftig diskutiert, und Gretl versuchte sich wie zufällig in die Nähe zu stellen, Hedel zuflüsternd: „Wir müssen hier wieder weg."

„Wie könnt ihr hier einfach aufkreuzen und die ganzen Frauen und Kinder herbringen?", schimpfte ein braungelb Uniformierter. „Ihr seht doch, was hier los is. Hier passt keine Maus mehr hin. Die Turnhallen und Schulen sind alle überfüllt, von anderen Unterkünften ganz zu schweigen."

„Wir haben Befehl vom Ortsgruppenleiter ...", „der hat keine Ahnung", fiel der Erste ihm ins Wort, „macht eure Arbeit in Glatz, wir machen unsre hier, also dreht um und haut ab. Bringt die Leute wohin ihr wollt, aber nicht zu uns!"

„Ja, Herr Obergefreiter." Gretl wusste nicht, ob der auch Obergefreiter war, aber Ober macht sich bestimmt gut, dachte sie.

„Wir wollen auch nicht hier bleiben, und wir werden auch nicht von dem Laster absteigen. Sie müssen uns nach Glatz zurückbringen." „Das werde ich nicht tun!" Er hatte sich zu ihr gewandt. Sie ging ganz nah an ihn heran. Ein noch junger Kerl, nicht unsympathisch, dachte sie, dunkle, kurz geschorene Haare. Die haben noch Zeit, sich die Haare zu scheren.

Zwei blaue Augenpaare fixierten sich messend: „Sie werden uns wieder mitnehmen, oder Sie werden zu spüren bekommen, was Mütter, wenn es um ihre Kinder geht, alles zu leisten imstande sind!" Hedel stand neben ihr. „Ich habe einen Befehl auszuführen, das werde ich tun!", brüllte er. „Jetzt hör auf, hier rumzubrüllen. Dein Scheiß-Befehl zählt hier nich", zischte der Gelbbraune, „hier wird bald die Hölle los sein. Die Tschechen warten nur darauf loszuschlagen, macht, dass ihr wegkommt, solang noch Zeit is! Die hier kann ich nich mehr wegschicken."

Er deutete auf den Platz, der wie ein friedliches Biwak aussah.
Die beiden Mütter ließen die Soldaten stehen und gingen zum
Laster. Die Kinder quengelten, sie wollten runter, sie hätten
Hunger, wären müde. „Uli hat die Windel voll", rief Hannchen.
Gretls Anstrengung, Uli möglichst früh sauber zu bekommen,
fruchteten bei ihm nicht, Evi war schon mit acht Monaten
sauber gewesen, hatte sogar selbst ihr Töpfchen gebracht. Jetzt
konnte sie sich nicht um Uli kümmern. „Hedl", sagte sie, „wir
fahren einfach selber." „Kannst du denn fahren?" „Ich habe oft
genug zugesehen, die werden uns eh nicht alleine fahren
lassen." Hedel ging an die Ladefläche: „Wir fahren wieder nach
Glatz zurück", rief sie und schloss das hintere Brett, während
Gretl auf den Fahrersitz kletterte und den Motor startete. Mit
lautem Krachen hatte sie einen Gang gefunden und ruckelnd
setzte sich der Laster quer über die Straße rollend in Bewegung.
Sie hatte kräftig am Lenkrad gekurbelt. Einige der Strohballen
lagen im Weg, sie musste sich strecken, um die Bremse zu
erreichen, und quietschend blieb das Gefährt quer zur Fahrbahn
stehen. Den Motor hatte sie dabei natürlich abgewürgt.
Währenddessen war der Fahrer schreiend und fluchend hinter
dem Laster hergelaufen, er hatte verträumt seine Zigarette
geraucht, war bei offener Tür auf das Trittbrett gesprungen und
versuchte jetzt, Gretl vom Sitz zu drängen. Die Beifahrertür
wurde aufgerissen, und der vermeintliche Obergefreite brüllte
mit hochrotem Kopf: „Sind Sie wahnsinnig geworden, Sie vergreifen sich an deutschem Kriegsgerät!" „Und Sie vergreifen
sich im Ton! Ich hatte Sie gewarnt, und wenn Sie nicht fahren,
werde ich selbst fahren, und Sie werden mich nicht daran hin-
dern!", brüllte Gretl fast ebenso laut. „Ja, ja, hören Sie endlich
auf, wir müssen sowieso nach Glatz zurück, und wer mit will,
kann mitfahren!"
Die drei Laster rollten entgegen dem noch immer anhaltenden
Strom von Flüchtlingen, aus Mittelwalde heraus.
Als sie in Glatz ankamen, lief ihnen Florian entgegen: „Der
Krieg ist bald aus, der Krieg ist bald aus, Gott sei Dank, dass
ihr zurück seid, jetzt wird alles gut!"
Wie sehr sollte er sich täuschen.

18. Russen und Polen

Am 7. Mai besetzten die Russen Glatz.
Sie hatten auf ihrem Marsch durch Oberschlesien vor allem in den Dörfern gewütet und gehaust. Berichte von Grausamkeiten, die Gretl sehr beunruhigten, machten die Runde: Plünderungen und Vergewaltigungen seien an der Tagesordnung; wer sich widersetzte, werde erschossen. Nicht umsonst war die Bevölkerung ganzer Dörfer und Landstriche auf der Flucht.
Nur wusste niemand so recht, wohin. Und die ständig größer werdenden Gefahren, deren sich Gretl ausgesetzt sah, ließen sie kaum noch schlafen. Sie war trotz allem froh, wieder in Glatz zu sein. Denn diejenigen, die ins Sudetenland geflüchtet waren, meist über Braunau oder eben Mittelwalde, wurden größtenteils Opfer der Racheakte der tschechischen Miliz, die nur darauf gewartet hatte, endlich losschlagen zu können. Mit der Unterzeichnung der Kapitulation am 8. Mai 1945, die überall verkündet wurde, begannen in der wieder erstarkenden Tschechoslowakei regelrechte Pogrome. Terrorakte gegen alles Deutsche griffen um sich. Die Deutschen mussten, wie vormals die Juden gelbe Sterne, jetzt weiße Armbinden tragen, wurden, so unschwer zu erkennen, ebenso willkürlich misshandelt, verfolgt, vergewaltigt oder gar getötet.

Mit der gleichen Grausamkeit wie seinerzeit die Deutschen gingen Russen und Polen und jetzt auch die Tschechen in ihrem blindem Hass gegen ihre besiegten Besatzer vor.

„Die führen sich auf, mordend wie Tiere!", hatte Gretl aus der letzten NS-Zeitung, die noch verkauft worden war, vorgelesen.

„Aber das ist doch ein völlig absurder Vergleich", empörte sich Florian, „ein Tier kennt keinen Hass, keine Rache, keine Sucht zur Grausamkeit, zum Sadismus. Es mordet auch nicht, es tötet, um zu leben. Der Mensch aber, egal ob Deutscher, Russe, Pole, Tscheche, Amerikaner oder Franzose, entpuppt sich zu einem nicht zu bändigenden Monster, wenn er von flammendem Hass und zügellosen Rachegelüsten zerfressen ist."

Florian hatte schimpfend am Fenster gestanden und sah jetzt drei offene Militär-PKWs vom Typ GAZ 64, von den Russen »Koslik« genannt, die langsam die Straße heraufkamen und vor seinem Haus anhielten. Die sehen fast genauso aus wie die Kübelwagen von unsrer Wehrmacht, dachte er, als fünf der Uniformierten heraussprangen und zur Haustür eilten. Der erste hämmerte mit der Faust dagegen: *„Открывай!* Aufmaachen! *Давай,* Dawaj, Dawaj!"

Er lief zur Tür, aber Martel hatte schon geöffnet. Zwei stürmten an ihr vorbei, die Gewehre im Anschlag, und blieben in ihrem Rücken im Wohnzimmer stehen. Florian kam dazu und wurde angeblafft: „Sätsen, da, sätsen!" "

Die drei anderen folgten, einer hatte Martel am Arm gepackt und ins Zimmer gezogen. „Lassen Sie sofort meine Frau los!", sprang Florian ihn an. Der schmerzhaft vor den Brustkorb gerammte Gewehrlauf hielt ihn auf: „Sätsen und *Tuxo!* Ruhe!"

Widerwillig, sich auf das Chaiselongue fallen lassend, fixierte er die Eindringlinge. Ihre grünen Uniformen passten sich perfekt den durchtrainierten Körpern an. Die roten Schulterklappen, rot abgesetzte Revers mit goldenem Stern, stramm sitzende Hosen, die in blank gewienerten, hohen Stiefeln verschwanden, die alles überdeckenden tellergroßen Schirmmützen mit dem breiten, umlaufend leuchtend roten Stirnband, gleichfalls mit einem roten Stern, dazu die teilweise grimmigen oder auch freundlichen glatt rasierten Gesichter. Zwei hatten die Mützen unter den linken Arm geklemmt. All das gab ihrem Auftreten Respekt heischende Entschlossenheit. Hohe Offiziere, dachte Florian anerkennend, von wegen Untermenschen.

Die beiden mit den Gewehren, ohne Schirmmützen, mit kurzen, matten Stiefeln und Pluderhosen, waren wohl rangniedriger.

„Wir brauchen Zimmer für Kommandantur!" befand der wohl Älteste in schwerem, von einem starken Akzent gehindertem Deutsch. „Was ist mit Wonnung obben?"

„Frau Wolf ist in Habelschwert", gab Martel verängstigt an.

– Sie war mit ihren drei Kindern auf der Rückfahrt von Mittelwalde in Habelschwert vom Laster gesprungen. –

Der Offizier hatte sich inzwischen in den Sessel neben Florian gesetzt, und der musterte nochmals seine Erscheinung. Eleganz und Geradlinigkeit konnte man den Burschen nicht absprechen. Wie hatten sie sich die in diesem Krieg bewahren können?

Auch wenn sie jetzt aus der Wohnung raus müssten, überlegte Florian, es war sicher von Vorteil, Offiziere im Haus zu haben. Denn in den Sendungen der BBC wurde immer wieder berichtet, dass Plünderungen und Gräueltaten der Roten Armee vor allem in dem Maße überhand nahmen, in dem die jeweiligen Kommandierenden nicht in der Lage waren, die Disziplin ihrer Truppe aufrechtzuerhalten.

„Also, Wonnung leer?"

„Nein, nich da", gab Martel gebrochen zurück.

„Sie haben Schlussel?" – „Nein!"

„Немедленно взломать!"

Die ruckartige Kopfbewegung in Richtung Treppenhaus und das Hinaufpoltern zweier Stiefelpaare ließ sie fragen:

„Was woll'n Sie denn da oben?"

„Wir aufbrechen!" „Nein", rief sie schnell, „Florian, wir hab'n doch sicher irgendwo noch n Schlüssel?"

„Halt! Stoj!", brüllte er jetzt nach oben.

„Holen!", fuhr er Florian barsch an, der sich gehorsam erhob, zur Küche lief und der Buffet-Schublade den Schlüssel entnahm, den Gewehrlauf immer neben sich.

„Du, Frau, nix lügen, da!, sonst ich nix gut."

„Ich vergessen", sie passte sich weiter dem Sprachrhythmus an.

„*Товарищ полковник, посмотрите!*", rief der am Fenster Stehende. „*Там ещё ктото живёт.*"
Im Aufstehen fragte der Oberst: „Wer da wonnen?" Er schob den Store zur Seite und deutete auf das Haus am Ende des Hofes, auf dem drei der Mädchen spielten und Uli gerade quiekend hinter Monk herstapfte.
„Meine Schwiegertochter mit ihren vier Kindern und meine Schwester", formulierte sie jetzt wieder korrekt für den Herrn Oberst, denn so viel hatten Florian und Martel verstanden.
„Ihr da jetzt wonnen, können Sachen mitnämmen, wir machen hier Kommandantur, nämmen, was brauchen!"
Plötzlich stand Gretl im Türrahmen.
„Wer diese Frau?" Ein Gewehrlauf richtete sich auf Gretl.
„Meine Nichte!" Martel sprang auf und stellte sich vor Gretl.
Der Oberst war auch aufgestanden und ging langsam auf Martel zu: „Du wieder lügen ..."
„Jetz is aber bald gut, Herr Oberst!" Florian war dazwischengefahren. „Das ist die Nichte meiner Frau. Ihre Tochter liegt hint'n im Zimmer mit vierzig Fieber."
Sie standen aufgereiht wie in einer überfüllten Straßenbahn. Florian unmittelbar vor dem Oberst, dahinter Martel und Gretl. Die Soldaten schwenkten ihre Gewehrläufe wie Gartenschläuche, um mal den einen, mal den anderen nass zu machen.
Der Oberst blaffte erst mit einer unwilligen Handbewegung die Gewehrträger an: „*Убрать оружие и ждать в коридоре!*"
– sie verließen das Zimmer und schlugen im Flur die Hacken zusammen – und dann Florian: „Wo ist Kind?"
„Hier im Zimmer", sagte Martel und ging voraus, gab aber zu bedenken: „Is aber vielleicht ansteckend."
Buntis kleines schmales Köpfchen lag matt in dem zu großen Plumeau. Die dünnen, wasserblonden Haare, wie ein umgeknickter Hahnenkamm zu einer Tolle gewickelt, strafften die zarte Haut, und die fiebrig blassen Augen starrten ängstlich den eintretenden Oberst an. Seine große Hand strich über ihre heiße Wange, und mit sanfter Stimme versuchte er sie zu beruhigen: „Wir aufpassen, du gesund werden."
Er schob alle aus der Tür, winkte ihr nochmals und flüsterte

Martel zu: „*Ладно, ладно*, wir nämmen obbere Wonnung."
„*Изъять верхнюю квартиру иорганизовать комендатуру!*"
Der Befehl ging an die Offiziere und Soldaten.
Alle polterten die Treppe hinauf, er lüpfte seine Tellerkappe
sich an der Tür umdrehend, schloss diese leise, und seine Tritte
verhallten langsam nach oben.
Sie schauten bedrückt zur Decke, und ihre Augen verfolgten das
einsetzende Rumpeln, als sähen diese das Hin- und Herschie-
ben des Mobiliars.
„Die werden doch Bunti nicht ins Johanniter Kloster stecken?"
„Ach was", beruhigte Martel, „wir haben ja nichts von Typhus
gesagt."
„Wieso?", fragte Florian.
„Dort sammeln sie alle Typhuskranken."
„Typhus? Warum weiß ich nichts davon?" Florian war empört.
„Ich werde nicht zulassen, dass sie fortgeschafft wird", warf
Gretl ein, „ich will sie hier pflegen. Wir haben immer noch zu
essen. Möglichst nahrhaftes Essen ist jetzt das Allerwichtigste!
Und wenn ich hungern muss!"

Hannchen stand gedankenverloren über den Hof blickend am
Fenster. Sie durfte nicht mehr allein in die Stadt gehen, seit es
die Kommandantur in Omas Haus gab und die Russen in den
Straßen patrouillierten. Die rote Siegesfahne, die die Soldaten
vor dem Fenster im ersten Stock angebracht hatten, flatterte am
Vorderhaus. Je nachdem, wie der Wind das dünne Tuch zerzauste, wurde das gelbe Hammer- und Sichel-Symbol sichtbar.
Die Russen vergewaltigen Frauen, hatte Mama gesagt, ihr aber
nicht erklärt, was damit gemeint war. –
Wie hätte Hedel ihr das auch erklären sollen? Sie konnte sich ja
selbst nicht vorstellen, wie Männer so etwas tun können, und
sie wollte es sich auch nicht vorstellen. Bei jedem Gedanken
daran überfiel sie panische Angst. Sie hatte überall in der Wohnung Messer deponiert, hoch oben auf den Schränken, für die
Kinder unerreichbar. Obwohl sie immer wieder gehört hatte,
wer sich wehrt, wird erschossen; sie würde sich wehren, not-
falls mit einem Messer! Sie würde sich eher erschießen lassen.

Der Hof war leer. Sonst spielten hier ihre Geschwister, Tante Gretls Kinder, auch Mama und die Omas waren meist draußen, hingen Wäsche auf, putzten Gemüse, stopften Socken, sortierten die schmale Ausbeute der letzten Hamstertour oder genossen einfach einmal etwas Ruhe. Niemand war zu sehen, obwohl der zu Ende gehende Mai sich von der besten Seite zeigte.

Vergewaltigen? Dieses Wort ging Hannchen nicht mehr aus dem Kopf. Sie hatte die Angst ihrer Mutter gespürt; es muss etwas sehr Schlimmes sein, dachte sie. Vergewaltigen? Gewalt war in dem Wort und dieses ver –, ihr fielen spontan Wörter mit dieser Vorsilbe ein: Verraten, vergreifen, verfolgen, verprügeln, verletzen, verzweifeln, diese Worte machten ihr Angst.

Es gab aber auch andere, Glück verheißende: Vergnügen, vertrauen, verlieben, vergeben. Also musste es Gewalt sein.

Wie entsetzlich und erniedrigend aber diese Gewalt war, konnte und durfte eine Fünfzehnjährige nicht erahnen.

Aber sie hatte miterlebt, wie am Tag des Einmarsches in Glatz Rotarmisten in Omas Wohnung eingedrungen waren, wie sie Tante Gretl verfolgt hatten. Evi hatte sie gerettet.

Eine Horde torkelnd grölender russischer Soldaten hatte den Hof gestürmt. Sie sahen furchterregend aus in ihren gesteppten Uniformjacken, zerknittert, genauso die schmuddeligen Hosen.

In der einen Hand ihre Gewehre, in der anderen je eine Flasche, deren Inhalt sie lärmend in sich hineinschütteten, und die sie dann an der Mauer in tausend Scherben zerbersten ließen, um die nächste aus den Beintaschen der Hosen zu ziehen und sich erneut an den Hals zu setzten.

Die auf dem Hof spielenden Kinder, Hannchen war auch dabei gewesen, liefen panisch hinter Gretl her ins Haus. Einige der Soldaten hatten sie gleich ausgemacht. „Da, da, Frau!", brüllte es durcheinander, „dawaj, dawaj, *потом!"* Gretl hatte sich in wilder Angst in den Kleiderschrank geflüchtet und versucht, die Türen von innen zuzuziehen. Evi und Hannchen waren zuerst am Schrank, schlossen die Türen ab, was ja kaum etwas genützt hätte und postierten sich breit davor, die Kleinen hinter sich.

Vier, fünf Soldaten, schon mit schweren Füßen, torkelten in das Zimmer: „Weg, weg, kleine *дети*, wo ist Frau?" Das war also der Wortführer. Evi schob sich drohend nach vorn: „Sie werden meiner Mutti nichts tun!" Im Vorbeilaufen hatte sie von der Kommode ihr Sparschwein heruntergerissen und hielt es ihm mit beiden Händen entgegen: „Hier mein ganzes Geld, aber lassen Sie meine Mutti in Ruhe!" Oft hatte sie darüber nachgedacht, wie sie sich und ihre kleinen Geschwister vor bösen Männern schützen könnte. Mit Geld, dachte sie, wäre das bestimmt möglich, deshalb musste ihr Sparschwein immer griffbereit sein, ja, sie nahm es sogar mit, wenn sie zum »Hamstern« gingen, weil Mutti gesagt hatte, es gäbe so viele böse Männer, nicht alle wären so gut wie unser Vati.

Jutti, mit ihren vier Jahren klein und völlig ohne Furcht, drängelte sich unbemerkt dicht an den Ersten heran und trat ihm mit aller Kraft vor das Schienbein, die Händchen in den Hosenstoff gekrallt: „Lass mei-ne Mut-ti in Ru-he!" Mit jeder Silbe flog ihr Schuh gegen das gepolsterte Bein, das mit einem unwilligen Ruck nach rechts, Jutti an die Fußleiste zur Wand beförderte.

Mit der gleichen unwirschen Bewegung hatte der Soldat den Gewehrkolben heftig auf Evis Sparschwein geknallt, sodass die gefangenen Münzen auseinanderstiebend zu Boden fielen, umherrollten und einige Scheine in dem entstehenden Durcheinander aufflatterten. Jutti schrie panisch an der Wand, Hannchen versuchte, sie zu trösten, ihre Schwestern wimmerten vor Angst. Evi konnte jetzt die Tränen auch nicht mehr zurückhalten, der Gewehrkolben hatte einen Finger blutig geklopft. Der Soldat, dem nun alles furchtbar leidtat, er mochte doch Kinder und wollte dem kleinen Mädchen auch nicht das Geld wegnehmen, sammelte plötzlich mit den anderen die Münzen auf. Es schien, als ob sie mit einem Mal nüchtern geworden wären. Dann war von draußen ein Befehl erfolgt, zwei Mannschaftswagen waren vorgefahren, und so überraschend, wie der grässliche Spuk begonnen hatte, war er auch wieder vorbei. Martel hatte sich im hinteren Zimmer mit Bunti, die mit langsam steigendem Fieber apathisch im Bett lag, eingeschlossen und kam erst jetzt dazu.

Evi öffnete weinend den Schrank. Gretl stieg wie paralysiert heraus, umarmte sie, danke, danke stammelnd, nahm Jutti auf den Arm, deren bange Tränen sofort versiegten, sowie sich ihre

Ärmchen um ihren Hals schlugen. Gretls linker Arm presste Hannchen an ihre Seite. Hedel war von draußen dazu geeilt; sie war aus dem Hinterhaus geholt worden, hatte nicht mal mehr ein Messer ergreifen können, und nur der plötzliche Befehl und die ankommenden Mannschaftswagen hatten sie gerettet.
Bärbel, Christa, Evi und Ingrid umfassten ihre Mütter und die Oma. So stand eine glückliche, befreit schluchzende Traube von Frauen und Mädchen in Tante Martels Schlafzimmer, deren ausgestandene Ängste so gar nicht vergleichbar waren, jedoch für die Kleinen wie für die Großen prägend bleiben sollten.
Die bis zum Boden reichende Tagesdecke des Ehebettes beulte sich plötzlich. Ulis zerzauster Kopf wurde sichtbar. „Mama, Mama" lallend kam der kleine Kerl aus seinem Versteck gekrochen, zeigte, auf den Knien landend, die Patschhändchen ungelenk verdrehend stolz je eine Münze und sorgte so dafür, dass das Erlebte durch diese Unbekümmertheit in Freude und Erleichterung münden konnte.
Der Hof verschwamm, doch trotz der Tränen, die Hannchen beim Erinnern an das Geschehene immer kamen, lächelte sie.
Ein Panjepferd kam langsam auf den Hof getrabt.
Sie musste ihre Gedanken ordnen um zu begreifen, was sie sah. Das kleine Pferdchen zog mühsam, sich ins Geschirr legend eine dunkelbraune, hochherrschaftliche Kalesche, deren große Speichenräder – die vorderen waren um ein Drittel kleiner – im weichen Sand des Hofes leicht verschlungene Doppelspuren malten, dazwischen gleichmäßig gesetzte Hufabdrücke. Quasi eine Ehrenrunde drehend kam es langsam an der Breitseite des Hofes zum Stehen, ohne dass man einen lenkenden oder „Brrr" schnarrenden Kutscher hätte ausmachen können.
Der massive Teil, der innen wohl vier Sitzplätze zur Verfügung hatte, den eine Lederplaue fast doppelt so hoch überspannte, glich einem in der Länge durchgesägten Fass, das quer eingehangen, mit der Rundung nach unten, in vier breiten Blattfedern sicher auf den beiden Achsen lag. Die kleine Tür in der linken Seitenwand öffnete sich. Ein Lakai in Livree sprang heraus, klappte die kleine hölzerne Treppe aus, durch seinen Bückling animiert entstieg der merkwürdigen Equipage zunächst stattlich

und hoheitsvoll, die Hand grüßend an die Tellerkappe werfend, einer der russischen Offiziere. Inzwischen waren die anderen in der Kommandantur befindlichen Offiziere und Soldaten zu der Vorstellung im Hof erschienen, stellten sich stramm grüßend in zwei Reihen vor dem Austritt auf. Der vermeintliche Lakai betätigte ein Seil gleich einer Reißleine. Ein lautes Quieken und Grunzen war zu hören, und aus dem geöffneten Schlag sprang, scheinbar wenig vergnügt, eine fette, durch die Leine gesicherte Sau. Mit Gejohle wurde diese begrüßt, derweil sie verzweifelt durch das Spalier zu entkommen suchte. Inzwischen schaute nicht nur Hannchen dem Spektakel zu, Florian stand beiseite und hatte sichtlich Spaß an dem Treiben. „He! Hol Frauen", rief einer, „heut Schwein Frauen kapuht machen, alles gut essen!"
Gretl erschien auf der Treppe, sie kannte ja Schweineschlachten von Schwarzengund. Jedes Jahr hatte es ein großes Fest gegeben mit Wellfleischessen, Schnaps, Bier und deftigem Brot. „Für Kind du kannst Suppe fett kochen, wird gesund!", rief der Offizier. Er war erst seit vier Tagen in der Kommandantur, ein junger, gut aussehender Mann mit trefflichen Manieren. Sofort war er auf Gretl aufmerksam geworden, hatte ihr unverblümt den Hof gemacht, sie mit seinem »Deutsch« mit Komplimenten bedrängt. „Du gute Frau, schöne Frau, du kommen mit mir. Ich sorgen – für dich und Kinder. Deine Man nix gutt – schießen auf gute Ruski. Is böse Nazi – nix gutt – ich Pjotr, gute Man!"
Florian hatte sich angeboten ihn zurechtzuweisen, aber Gretl sah ihre Vorteile darin, außerdem schmeichelte es ihr, wenn sie ehrlich war. Er hatte auch die Sau besorgt, wie er später prahlte, sie war einfach beschlagnahmt worden. Offiziere wären krank, müssten gut essen. Der Bauer hätte genickt. Aber ihr Kind wäre doch viel wichtiger, hatte er geschmunzelt, muss gut essen.
„Kuschde in Scheune." Er konnte Kutsche nicht aussprechen.
„Kuschde zurück – Panjepferd schenken – für Sau", lachte er.
„Panjepferd sähr gutt – grosser Spaß."

Die politische Lage im Juni 1945 war in Schlesien äußerst verworren. Niemand konnte sich vorstellen, dass über die Zukunft der deutschen Ostgebiete längst entschieden war. Unter der

Zivilbevölkerung herrschte allgemeine Ungewissheit. Zuverlässige Informationsquellen existierten nicht. Die Presseorgane der Nazis hatten ihren Dienst eingestellt, es gab keine Zeitungen, kaum Nachrichten, Rundfunkempfänger waren wenige Wochen nach Kriegsende beschlagnahmt worden, auch Florian hatte seinen Volksempfänger an die Offiziere abgeben müssen. Es gab ohnehin keinen Strom, also war das für ihn zu verschmerzen.
Die Russen hatten einen Generator auf dem Balkon installiert, so konnte er jetzt die Musik in seinem Wohnzimmer aus der Wohnung darüber hören. Für die Menschen war der Existenzkampf um das tägliche Brot, um eine erträgliche Wohnsituation und um das eigene Überleben jetzt vorrangiger.
An einem der ersten Junitage klopfte Pjotr an der Wohnungstür, fragte nach »Grättl«, müsse mit ihr sprechen, auch mit Florian. Martel hatte geöffnet und bat ihn herein. Er stürzte sofort auf Gretl zu, die im Wohnzimmer stand, umarmte sie, ließ sie aber augenblicklich wieder los und trat einen Schritt zurück.
Wohl über sich selbst erschrocken, stammelte er: „Befähl wir weck – kommen jetzt Pollen – Achtung – Pollen schlecht.”
Rückwärtsgehend salutierte er, schlug die Hacken zusammen: „Florrian – du aufpassen – ich kommen zurück!”
Damit war er verschwunden.
Im Treppenhaus wurde es geschäftig, Stiefel polterten rauf und runter, Kisten und Geräte wurden hinausgetragen und auf zwei vorgefahrene Laster verladen. Florians Volksempfänger und manches aus der Wohnung ging mit. Sie schauten hinter dem Store dem Einrollen der roten Fahne zu, Haustüren und Autotüren flogen, Soldaten sprangen behände auf die Pritschen, Offiziere in die bereitstehenden Zweisitzer, der erste Laster fuhr los, der nächste und die Geländewagen mit den Offizieren folgten und verwirbelten und vergrößerten die vom jeweilig Vorausfahrenden hinterlassene ätzend stickige Abgaswolke.
Gretl setzte sich an Buntis Bett, während Martel und Florian ins Wohnzimmer zurückgingen.
„Was war denn?”, fragte Bunti matt. Sie lag jetzt vier Wochen. Das Fieber hatte sich schubweise von Woche zu Woche erhöht, Gretl war ständig bemüht, sie hygienisch in allem so gut als

möglich zu versorgen, versuchte das Köpfchen zu kühlen und mit Wadenwickeln das Fieber zu senken. Fast jeden zweiten Tag musste die Bettwäsche gewechselt werden, so war sie täglich damit beschäftigt, Laken, Bezüge und Nachthemdchen auszukochen, zu waschen und glatt zu ziehen.

Nach dem Schlachtfest mit den Russen konnte sie Bunti jeden Tag eine fette Brühe verabreichen, die sie wieder kräftiger hatte werden lassen. Jetzt war wohl eine Besserung eingetreten.

Tatsächlich hatten sie nach dem Schweinschlachten mit den Offizieren im Hof ein Fest gefeiert, von Gretl und Hedel zubereitetes Wellfleisch nebst einer üppigen Schlachtplatte mit von den Russen spendiertem Kommissbrot genossen. Florian hatte einige Flaschen Wein und Schnaps beigesteuert und trotz des Alkoholkonsums waren die Offiziere manierliche Gäste und Gastgeber geblieben, wobei sich Pjotr, den ganzen Abend dicht neben Gretl hockend, von seiner charmantesten Seite zeigte.

„Ach, die Russen haben die Kommandantur geräumt.” Gretl strich leicht über ihr feuchtes Haar und musste dabei an Pjotr denken. „Jetzt haben hier die Polen das Sagen.”

An den folgenden Tagen begannen schon die Schikanen und die willkürlichen Plünderungen. Sich bildende Banden drangen in Häuser und Wohnungen ein, nahmen mit, was ihnen gefiel.

Widerstand war gefährlich und hatte bestenfalls Schläge und Fußtritte zur Folge. Jeder Deutsche über fünfzehn Jahre musste nun auch in Schlesien eine weiße Armbinde tragen. In den Straßen von Glatz und überall in Schlesien wurden Deutsche von Polen willkürlich misshandelt, ausgeraubt und verprügelt. Mancher ließ die Binde in die Armbeuge rutschen, sodass sie nur noch schmal am Ellenbogen auszumachen war. Das half jedoch kaum und erbrachte nur erneute öffentliche Demütigungen.

Schon ab Frühsommer 1945 wurde die systematische Vertreibung der Deutschen von den polnischen Verwaltungsbehörden organisiert. Die hierzu erlassenen »Bierut-Dekrete« ermöglichten das sofortige Konfiszieren des gesamten Eigentums von Personen deutscher Nationalität zugunsten des polnischen Staates. Danach waren ... *den Deutschen solche Bedingungen zu schaffen, dass sie nicht bleiben wollen.*

Noch vor den Beschlüssen der Potsdamer Konferenz wurde die *Entdeutschung* in Angriff genommen. Straßennahmen und Ortsschilder, Hinweise auf Firmen und Amtsgebäude wurden durch polnische ersetzt. Die Amtssprache war plötzlich Polnisch, das die meisten Deutschen nicht verstanden. Der Zloty wurde eingeführt, der Kurs auf 2:1 gegenüber der Reichsmark festgelegt. Die deutsche Vergangenheit sollte verschwinden. Standesämter und Akten verwalteten nun Polen, Schulen waren für deutsche Kinder nicht mehr zugänglich. Selbst vor den Kirchen machten polnische Katholiken nicht Halt. Keine weiße Armbinde durfte bei ihren Messefeiern gesichtet werden, und polnische Pfarrer predigten sogar: Plündern sei keine Sünde, es sei nur Entschädigung und Vergeltung für erlittenes Unrecht.

Die nachfolgend gestatteten deutschen Messen wurden oft von Polen gestört oder gar unterbunden. So war der sonntägliche Kirchgang für Gretl, Hedel, die Omas und die Kinder wie für alle deutschen Gläubigen jeweils ein Spießrutenlauf oder vergeblich, wenn der deutsche Pfarrer von polnischen Aktivisten am Betreten der Sakristei gehindert, die Messe nicht halten konnte und somit die Kirche verschlossen blieb.

Einwandernde polnische Familien, die ihrerseits aus dem von den Russen annektierten Ostpolen kamen, nahmen Bauernhöfe, Geschäfte, Handwerksbetriebe und immer mehr Wohnungen, auf Geheiß der Miliz in Beschlag, und waren dazu auf Beutegut aus, da sie fast ohne Gepäck und ohne Habe ankamen.

Auf vehementes Schellen war Martel zur Tür geeilt.

Draußen stand ein Uniformierter der polnischen Miliz, dahinter ein Pulk abgerissener und sichtlich erschöpfter Polen.

„Das Haus ist mit dem gesamten Inventar beschlagnahmt und geht in polnisches Staatseigentum über!", verkündete er in einwandfreiem Deutsch; also ein zu den Polen Übergelaufener.

„Sie haben eine halbe Stunde Zeit zu packen, nur persönliche Sachen, keine Wertgegenstände. Wer Geld und Wertsachen mitnimmt, bestiehlt den polnischen Staat und wird bestraft!"

Florian drängte sich an Martel vorbei: „Was erlauben Sie sich, wir werden doch noch unser Eigentum mit ..." Ein ansatzlos geschlagener Schwinger stoppte seinen Einwand und ließ ihn

taumelnd zu Boden gehen. „Du deutsches Nazischwein, pack deinen Mist zusammen, diese polnischen Genossen werden hier einziehen, eine halbe Stunde habe ich gesagt, dann fliegt ihr auf die Straße!" Er hatte sich zu den Ankömmlingen umgedreht, die sich verstört mit hängenden Köpfen aneinander drängten.
Sie waren in tagelangen Märschen aus dem jetzt russischen Ostpolen hier an die neu festzusetzende Westgrenze beordert worden. Die Miliz hatte Weisung, die Grenzgebiete vorrangig von Deutschen zu säubern und Polen einzuquartieren, um damit Fakten zu schaffen.
Martel brach in Tränen aus: „Florian, bitte, komm zu dir, wir können doch nichts machen, wir müssen uns fügen."
Der Milizionär polterte die Treppe rauf in die obere Wohnung. Die Tür stand offen, seit die Russen fort waren, und so brüllte er aus einem der oben geöffneten Fernster: „To mieszkanie jest dobre. Rodzina Syczinska zostaje tutaj!"
Die Familie Syczinska, die Eltern, fünf Kinder und wohl die Großeltern, löste sich aus der Gruppe und drückte sich an Martel und Florian vorbei, der noch benommen im Flur lag. Sie hatten als Gepäck lediglich sich beulende Tücher um den Leib gebunden. Aus dem Fenster der Dachwohnung, die schon länger leer stand, brüllte es jetzt: „Rodzina Rudzinski!", und weiter stieg ein Trupp polnischer Übersiedler träge die Stiegen hinauf. Martel hatte inzwischen die Koffer auf den Treppenabsatz zum Hof gestellt, es war schon alles gepackt, sie waren ja von den russischen Offizieren gewarnt worden. Florian schleppte sich mit blutig tropfender Nase hinterher, wobei kleine, sich zögernd ausbreitende rote Flecken seinen Weg auf den Dielen markierten. Wie paralysiert hielt er sich am Geländer der Außentreppe fest. Es war nicht die blutende Nase, der schmerzende Kiefer, es war die Demütigung; dieser Schlag hatte sein Innerstes getroffen, seine Haltung. Er fühlte sich erniedrigt. Wie ein Schuljunge war er geschlagen worden von einem Schuljungen, ja, von einem Schnösel, von einem, der vor vier Wochen noch mit den Nazis kollaboriert hatte, der glaubte, jetzt wieder etwas zu sein. Empörung stieg in ihm auf. Er wollte zurück, sich diesem Kerl entgegenstellen, doch der stand plötzlich im Türrahmen und

brüllte: „Lasst euch hier nicht wieder blicken, ihr dreckigen Deutschen. Verrecken sollt ihr, und ihr werdet verrecken!"
Damit warf er die Tür ins Schloss, sodass eine Scheibe der Verglasung, vom Kitt noch zusammengehalten, zu einem filigranen Spinnengewebe barst. Hedel und Gretl, herbeigeeilt, hievten inzwischen die Koffer über den Hof ins Hinterhaus, in dem sich jetzt drei Familien einrichten mussten. Nur war es Gretl nicht mehr möglich gewesen, ihren bereits gepackten Koffer und die Rucksäcke der Kinder aus Martels Wohnung zu holen.
Die Kinder hatten von all dem nichts mitbekommen. Bunti war so weit wieder genesen, konnte wieder mit den anderen auf dem Dachboden des Hinterhauses spielen, den Hannchen mit Decken, Kissen, Planen, Girlanden und zwei alten Teppichen in ein kleines Kinderparadies verwandelt hatte. So würde wenigstens über den Tag das Platzproblem erträglich, zumal sich jetzt acht Kinder und fünf Erwachsene drei Zimmer teilen mussten, wobei die großen Kinder, jetzt, da die Nächte schon lau blieben, auf dem Dachboden schliefen. Doch wenn alle in der kleinen Küche zum Essen zusammenkamen war es nur für die beiden Mütter am Kopfende des Tisches möglich, die Plätze zu verlassen, um das Essen aufzutragen.
Wieder einmal sollte eine Steckrübensuppe zubereitet werden. Steckrüben, die Florian früher als Viehfutter verwendet hatte, konnte er bei den befreundeten Bauern immer noch ergattern.
Die geschälten, in Würfel zerteilten Wurzelknollen dünsteten bereits im großen Topf, sie würden heute zwei Kohlrabi dazugeben, gestern waren es drei Mohrrüben. Die Steckrübenwürfel nahmen den Geschmack des jeweils mitkochenden Gemüses auf, sodass es heute Kohlrabisuppe geben würde, so wie es gestern Mohrrübensuppe gegeben hatte. Zum Nachtisch würde es zur Freude der Kinder wieder Apfelmus geben, aus fünf Äpfeln und der fünffachen Menge pürierter Steckrüben gekocht. Für den morgigen Sonntag waren roh geraspelte Steckrüben in Öl und Essig angemacht, als Salat vorbereitet, dazu fein gebratene Fleischstückchen, noch vom Schweinschlachten übrig, und vom letzten Mehl knusprig gebackenes Brot, wobei es nicht mehr als zu einer Scheibe für jeden reichen würde. Für Florian und die

großen Kinder vielleicht noch eine halbe oben drauf. Sie mussten unbedingt ihre schmalen Vorräte durch »Hamstern« wieder auffrischen, aber zur Zeit, da überall Polen einquartiert wurden, schien es zu riskant. Würde man von der Miliz erwischt, wäre man unter Prügel und Beschimpfungen sofort alles wieder los.

„Ich muss unbedingt an unsere Sachen kommen", sagte Gretl, derweil Hedel jedem eine gleichermaßen gefüllte Kelle Suppe zukommen ließ, während vor allem die Kinder mit hungrigen Augen den Nebenteller vergleichend den eigenen taxierten.

„Ach, wie soll das alles weitergeh'n", seufzte Agnes, „jetz, wo die Pol'n da sind, die werd'n uns nur kastei'n." Ihre Angst vor den Polen äußerte sich in zittrigen und fahrigen Bewegungen. Gretl beobachtete sie mit Sorge. Nervlich würde ihre Mutter das nicht mehr lange durchstehen, befürchtete sie.

Die Teller waren zur Zufriedenheit aller gefüllt, sie sprachen gemeinsam das Tischgebet und begannen mehr oder weniger gekonnt und schlürfend zu löffeln. Einzig Uli fuhrwerkte mit seinem Löffel im Teller herum, und wieder war es Hannchen, die ihm beistand. „Gibt's kein Brot?", wollte Evi wissen. Gretl schüttelte den Kopf, schluckte die auf der Zunge prickelnde Suppe herunter und erklärte ihr ruhig, morgen würde erst gebacken, und nur für den Abend wären noch einige Schnitten da.

Ein zaghaftes Klopfen holte Hedel zur Tür. Sie spähte durch die Gardine, sah in ein junges, hageres Frauengesicht, die Haare von einem Kopftuch zusammengehalten, und in verschüchterte, jedoch schöne Augen. Sie öffnete die Tür zum Spalt: „Ja bitte?"

„Wir sind gestern in Ihre Wohnung geschickt, ich wollte entschuldigen, wir aus Lemberg, durften nicht bleiben, zu Hause, bitte entschuldigen ...", die etwas gestanzten Sätze glättete ein charmanter Akzent. Hedel öffnete die Tür ganz und trat einen Schritt zurück. „Kommen Sie doch herein, wir essen gerade."

„Nein, nein, ich nicht stören, wollte fragen ...", „Kommen Sie!" Ein kleines Mädchen löste sich aus den Falten ihres glockigen Rockes und lief unbekümmert in die Küche.

„Mama, tutaj jedzą zupę!", rief sie und setzte sich auf Hedels Platz. „No Natalia! Sie ist immer bezczelna, entschuldigen."

Hedel nahm einen Teller, tat den Rest Suppe auf, stellte ihn vor

Natalia und gab ihr einen Löffel in die Hand: „Der Rest soll für dich sein, Natalia. Ein schöner Name." Damit strich sie ihr zart übers Haar. „Zawsze jestem głodna", schmatzte sie, „dziekuje, bardzo dobre!"
Sieben Kinderaugenpaare sahen ihr ein wenig missgünstig zu, nur Uli schien richtig satt geworden zu sein.
„Frau ...?", schaltete sich Gretl ein. „Pajak, Pani Pajak."
„Ja, Frau Pajak, unsere Koffer und Rucksäcke, wir ...?"
„Ja, ich fraggen, ob Sie abholen, wir nicht gefasst."
Gretl gab ihr freudig die Hand: „Ich komme gleich mit, die Kinder haben schon ihre Sachen vermisst."
Der Teller vor Natalia war inzwischen leer, sie leckte sorgfältig den Löffel ab und krähte: „Dziękuje, było pyszne."

„Ich muss es versuchen!" Liesl war entschlossen. Sie konnte bei ihrer Schwägerin nicht länger bleiben. Die kleine Wohnung bot nicht genug Platz. Und sie glaubte, wie viele andere, bald nach Hause zurückkehren zu können.
„Aber die Deutschen sollen alle vertrieben werden, die Polen werden sich hier richtig breitmachen", gab Gretl zu bedenken.
Sie saßen in der Küche, Gretl, Hedel und Liesl, die jetzt öfter mit Ulle und Hardy kam, die mit den anderen Kindern auf dem Dachboden spielten und manchmal auch dort schliefen.
„Du siehst doch, es wird alles polnisch, das Geld, mit unserem Geld ist im Moment nichts anzufangen, du darfst kein Deutsch mehr reden, kannst kein Straßenschild lesen, du kommst in kein Amt mehr rein, unsere Kinder können nicht zur Schule gehen. Selbst die Polen dürfen nicht mit uns sprechen, ja, sie müssen uns aus dem Weg gehen." Sie berichtete Liesl, wie Frau Pajak ihr ihre Sachen ausgehändigt hatte, auch Martel und Florian nochmals in ihre Wohnung ließ, sie konnten noch schnell einige Wertsachen, die man vielleicht auf dem Schwarzmarkt noch würde eintauschen können, zusammenraffen, auch Geld und Sparbücher, Papiere und Fotoalben. Frau Pajak hatte ständig angstvoll aus dem Fenster geschaut, und dann hatte die Frau aus der oberen Wohnung, böse auf der Treppe stehend, mit ihr geschimpft. Sie sollten schnell gehen, hatte Frau Pajak Florian

und Martel gebeten, Pani Rudzinski von oben würde sie sonst bei der Miliz anschwärzen. „Eine ganz, ganz Liebe, diese Frau Pajak", sagte Gretl weiter, „sie hat selbst nichts, wurde von den Russen von zu Hause fortgejagt und lässt uns trotzdem unsere Sachen. Hoffentlich bekommt sie keine Schwierigkeiten."
Liesl ließ sich nicht von ihrem Vorhaben abbringen, sie werde versuchen, mit dem Zug nach Ottmachau zu kommen, um nach dem Rechten zu sehen. „Die beiden Großen kann ich doch bei euch lassen, und die Kleinen versorgt Hatti. Ich werde gleich morgen früh zum Bahnhof gehen, und wenn ich Glück habe, bin ich am Abend wieder zurück."
„Dann fahr ich mit dir, allein ist es zu gefährlich!"
Um sieben Uhr, am nächsten Morgen, stand Gretl vor dem Bahnhofsgebäude, und bald gesellte sich auch Liesl dazu.
Schon um diese frühe Stunde war an den Gleisen die Hölle los, sodass Gretl Liesl erneut davon abzubringen versuchte, ihr Vorhaben weiter zu verfolgen. Ankommende Polen, solche, die die Nacht auf den Bahnsteigen verbracht hatten, andere, die weiter wollten oder mussten, durcheinander schreiende Miliz mit Listen, lauthals Züge ankündigend, Leute aufscheuchend, anschreiend, sie zu Zügen gestikulierend. Es gab keine Fahrpläne, auch hatte kaum jemand eine Fahrkarte. Dampfend prustende Lokomotiven mit übervollen Waggons rollten im Schritttempo ein und aus, auf den Trittbrettern und Puffern stehende und hängende Schwarzfahrer.
Glatz war zu einem Umschlagplatz für flüchtende Menschen geworden. Im hinteren Bereich des ersten Bahnsteigs stand ein Menschenknäuel zwischen Koffern und Kisten, alle mit weißen Armbinden, die von den Milizionären besonders attackiert wurden. „Das sind Deutsche, die werden schon ausgewiesen", flüsterte Gretl, „wir müssen unsere Armbinden abmachen, sonst treiben die uns mit denen noch in die Waggons!"
Liesl hatte blitzschnell sich und auch Gretl die ohnehin schmal gedrückten Binden vom Ellenbogen gezerrt.
„Lass uns umkehren, Liesl, es ist zu gefährlich, wenn die uns erwischen!" „Da!", flüsterte Liesl. Sie hatten sich inzwischen fast eine Stunde von der Menschenwoge hin und her treiben lassen,

immer nach einem Zug Ausschau haltend, der in Richtung Osten fahren würde. „Da steht Kierunek Gliwice, Kattowice, Kraków." „Der Zug fährt sicher über Ottmachau, den können wir nehmen." Mit Kreide waren die Fahrziele an die dunklen Außenfronten der Waggons gekritzelt.

Liesl nahm Gretls Hand und zerrte sie durch die Menge über die Gleise zu dem Zug, der völlig überfüllt schon zur Abfahrt bereitstand. Noch hinein zu gelangen schien unmöglich, Liesl schlängelte sich an den Waggons entlang, Gretl wurde zurückgedrängt. Auf den Trittbrettern stand bereits alles dicht an dicht, der Lokführer verkündete mit einem kreischenden Pfiff die Abfahrt, und der Zug, einer Menschenkolonne gleichend, rollte an. Liesl trabte daneben langsam mit, ergriff eine sich ihr entgegenstreckende, Hilfe anbietende Hand, sofort bemerkend, dass auf dem Trittbrett neben dem zu der Hand gehörigen Mann noch Platz war, sprang auf, drehte sich, mit der linken Hand einen Türgriff fassend, wobei sichernd, ein starker Arm sie umfing. Sie fand Gretl in der Menge, winkte und rief unvorsichtig, alles vergessend: „Heut´ Abend bin ich wieder da!"

Eine kräftige Windböe drückte den beißenden dunklen Qualm, der jetzt stoßweise aus dem Schlot der ächzenden Lokomotive schoss, unter die Bahnsteigdächer und ließ alles in unwirkliche Nebel abtauchen. Gretl spürte plötzlich ihren Oberarm fest umklammert: „Wo ist Ihre Armbinde? Deutsche Huren haben hier nichts zu suchen, die werden ausgewiesen!"

Die Qualmwolke lichtete sich, das markante Offiziersgesicht, das sie liebevoll ansah, passte nicht zu dem gerade Gehörten.

„Pjotr! Danke! Gut, dass du da bist", rief sie.

„Wieso Pjotr? Los jetzt, zum Zug, raus mit euch Deutschen!"

Damit wurde der Griff zur Fessel. Sie stolperte, fortgerissen über Koffer, Menschen und Gleise. Unfähig sich zu wehren, wurde sie in einen Viehwagen verfrachtet, der sie, überfüllt mit weißen Armbinden, förmlich verschluckte.

„Pjotr, Pjotr! Meine Kinder, hilf mir, ich muss zu ihnen!"

Hedel streichelte ihre Wange, „Gretl, he, du träumst, wach auf."

Spontan saß sie aufrecht im Bett.

Hedel hatte sich auf den Rand gesetzt: „Was war denn?"
„Ach, ich träum in letzter Zeit so schlimmes Zeug, und Liesl ist
nicht zurückgekommen." „Sie wird keinen Zug gekriegt haben,
morgen werden wir zum Bahnhof gehen und auf sie warten."
„Ja, vielleicht hast du recht. – Hoffentlich ist nichts passiert."
Auf den Rücken zurückgesunken, starrte sie zur Decke.
Wir liegen hier wie die Heringe beieinander, dachte sie. Hedel
kuschelte an ihrer Seite, die beiden Omas lagen umschlungen
neben ihr, die Ehebetten knarrten bei jedem Umdrehen, wobei
sie versuchten, das jeweils gleichzeitig zu tun. Sie hatte nur
kurz geschlafen, hatte aufstehen müssen, da Ulis Windeln
wieder einmal voll waren, und er, wie er es immer tat, wie am
Spieß losschrie. Florian, der im Wohnzimmer schlief, war
dadurch nicht zu stören, jedoch waren Jutti und Bunti, die wie
Christa und Ingrid mit Uli im Kinderzimmer schliefen, wach
geworden. Bunti hatte gefragt, warum denn Uli immer noch ins
Bett machte. Ja, das würde Gretl auch gern ergründen, sie
machte sich Sorgen. Konnte sie ihm nicht genug Liebe geben?
Würde er gar zum Bettnässer werden? Die letzten Wochen war
sie fast nur mit Buntis Pflege beschäftigt gewesen, und jetzt
musste sie eine Lösung finden. Hier konnten sie nicht bleiben.
Die Großen schliefen zwar zur Zeit auf dem Dachboden, aber
wenn es kälter würde, und jetzt noch Ulle und Hardy dazu,
wenn ..., sie wagte nicht, weiter zu denken. Liesl! Sie hätte sie
zurückhalten müssen. Einfach aufgesprungen war sie. Es muss
etwas passiert sein. Sie wollte abends wieder zurück sein.
Gretl kroch zu Hedel unter die Decke. Angst und Panik ließ sie
fröstelnd zittern, obwohl ihr Gesicht glühte. – Pjotr! Sie hatte
wieder von ihm geträumt, von Rudl träumte sie nicht.
Dicke Tropfen lösten sich aus den Augenwinkeln und kollerten
die Schläfen entlang. Wo war Rudl, seit Monaten gab es kein
Lebenszeichen. Wie hätte ein Feldpostbrief sie auch erreichen
können? Zuschriften wurden nicht mehr zugestellt. Er musste in
Striegau mitgekämpft haben. Sie hatten Striegau zurückerobert,
oder war er doch in russische Gefangenschaft geraten?
Mehr und mehr versickerten Tränen im Kopfkissen. Würde sie
ihn je wiedersehen? Je wieder seine Hände, seinen Atem, sei-

nen Mund spüren? Gemeinsam Erlebtes erbebte in ihr. Liebe, die Sehnsucht nach Liebe, nach seiner Zärtlichkeit überdeckte die lähmende Angst. Was geschah mit ihr? Pjotr! Sie hatte sich verliebt. Nein, nein, nur wirre Träume. Kein Wunder, sie war allein, einsam, trotz der Kinder, der Verwandten.
Gestern auf dem Heimweg war ihr die Einsamkeit unerträglich geworden. Sie hatte sich, vor Aufregung zitternd, aus der Menge gelöst, hatte Liesl schon abrutschen sehen, dann ihr fröhlicher Ruf: „Heut´ Abend bin ich wieder da!" Etliche hatten die Köpfe verdreht, sie aber gottlob als Angesprochene nicht ausgemacht. Sollte sie die Binde wieder anlegen, Misshandlungen, Demütigungen wären die Folge, keiner würde ihr beistehen.
Sie war aus dem Bahnhof geschlichen. Diese innere Unruhe, dieser ewige Druck auf die Kehle, die Angst im Nacken setzten ihr zu. Sie war allein. Fühlte sich in einem fremden Land, in einer fremden Stadt, konnte die Straßenschilder nicht lesen. Es gab keine bekannten Gesichter mehr auf den Straßen, und doch lauerte ständig die Gefahr, dass sie jemand ansprechen könnte, nach der Armbinde fragen würde. – Pjotr!
Er würde ihr helfen. Der kannte keinen Hass auf alles Deutsche, vielleicht auf Nazis. Ja, die hasste sie mittlerweile auch.
Warum das alles so kommen musste? Ihr war nie wohl dabei gewesen, wenn die in Schwarzengrund »Heil Hitler« gebrüllt hatten. Rudl hatte immer beschwichtigend geflüstert, „lass sie doch, die müssen sich austoben, sind keine schlechten Kerle."
Sie bog in die Straße Am Werder ein, auf dem Schild stand jetzt: »Na Podmokłych«. Zwei Uniformierte kamen ihr entgegen, gottlob auf der anderen Straßenseite. Blut peitschte durch die Halsschlagader, sie duckte sich, zog den Kopf zwischen die Schultern, glaubte so vielleicht weniger aufzufallen.
Sie hatte sich von Liesl nicht verabschieden können.

19. Pjotr

Hemmungslos schluchzend lag sie in seinen Armen.
Er stand wie angewurzelt nah bei den Gleisen. Berührt von ihrer
Trauer, drückte sie an sich, strich ihr über den Rücken, zog
zärtlich seine Finger durch ihr Haar, nahm, die heißen Wangen
mit seinen großen Handflächen kühlend, ihren Kopf hoch und
küsste ihre Stirn. Die Arme wieder hinter seinem Kopf verschränkt hielt Gretl in der einen Hand einen kaum zu identifizierenden Stoffrest und in der anderen verkrampft eine kleine
Goldkette, an deren Ende ein verbogenes Medaillon baumelte.
„Warum lässt unser Herrgott so was zu?", stieß sie hervor, „sie
war ein so liebevoller Mensch. Wer soll sich jetzt um die Kinder
kümmern?" „Du beruhigen", flüsterte Pjotr in ihr Ohr, nahm sie
bei den Oberarmen, drehte sie zum Gehen, legte seinen rechten
Arm um sie und führte sie langsam zu einem aufgetürmten Stoß
zerborstener Bahnschwellen, etwas abseits des Bahndammes.
Schlaff entglitt sie ihm, und er hockte sich schnell vor sie, um
sie auf einem der gesplitterten Balken zum Sitzen zu bringen.
Die Schienen waren wieder repariert worden. Im Moment ratterte ein Güterzug an ihnen vorbei, und der aufwirbelnde Wind
ließ leichte Trümmerteile, Papier- und Stofffetzen der noch nicht
vollständig geräumten Unfallstelle umherfliegen.

Die umgestürzten Waggons des verunglückten Zuges lagen auf der anderen Seite des Bahndamms. Die Strecke von Glatz nach Ottmachau, weiter über Neiße nach Kattowitz verlief zehn Kilometer vor Kamenz nur noch eingleisig. Die letzten beiden Waggons des nach Ottmachau fahrenden Zuges waren von der Lock des entgegenkommenden, der die Weiche zu früh erreicht hatte, regelrecht abgerissen und neben die Gleise geschleudert worden. Mehrere Arbeiter waren jetzt damit beschäftigt, mit Schweißbrennern Wrackteile zu zerkleinern, andere schleppten zersplitterte Abteiltüren, Trennwände und Bänke zu bereitstehenden Pritschenwagen. Vierzehn Tote und weit mehr Schwerstverletzte waren zu beklagen gewesen. Die teilweise nicht zu identifizierenden Leichen mussten, auch der anhaltenden Hitze wegen, sofort beigesetzt werden. Doch hatte man versucht, von jedem Toten Schmuck- und Kleidungsstücke oder Reste davon zu registrieren sowie Haarfarbe, Alter, Größe und Geschlecht. Der Leiter des Räumkommandos hatte Pjotr den vermutlichen Hergang des Unglücks geschildert und Gretl die in einem in der Nähe befindlichen Gehöft ausgelegten Gegenständen gezeigt.
Das Kettchen mit dem Anhänger und die verschmutzten Reste von Liesls buntem Sommerkleid hatte sie sofort erkannt. Die Fundstücke waren dem Hügel mit der Nummer drei des auf einem Zettel skizzierten Massengrabes zugeordnet.
Direkt neben den Gleisen hatten sie vor der Gräberreihe gestanden. Ein großes Holzkreuz aus Birkenstämmen kennzeichnete den Ort; vierzehn lose aufgeworfene Erdhügel.
„Heute Abend bin ich wieder da ... hat sie gerufen", schluchzte Gretl, „auf dem Trittbrett ... ein Mann hat sie ... hochgezogen."
Sie betrachtete das goldene Medaillon, es war aufgesprungen. Sie war sich sicher, es war Liesls. Das Bild war herausgedrückt worden, das Bild von Felix, sie hatte es immer getragen. Der Deckel war unversehrt, sie wollte dort immer ein Bild von ihren Kinder hineinkleben, aber ein so kleines Bild hatte ihr niemand abziehen können. Ein Tropfen fiel auf die leere Innenseite, und Medaillon und Stofffetzen verschwammen.
Pjotr hockte noch immer vor ihr. Dabei umfasste er die weichen Lenden, hielt ihre zitternden Hände, strich über ihre Arme, um-

armte sie ungelenk, immer mehr das in ihm aufkommende Begehren spürend. Erregt betrachtete er diesen betörenden Körper, der durch das dünne Sommerkleid nur spärlich verhüllt noch aufregender wirkte. Dazu die sich zart abzeichnende Wäsche, fühlte durch den seidigen Stoff die weiche Haut unter seinen Fingern, die zu liebkosen ihn drängte. Warum sollte er nicht doch seinem Verlangen nachgeben? Er brauchte sie doch nur in das nahe Wäldchen zu führen. Bis sie merken würde, was er vorhatte, wäre er sicher am Ziel.
Er verstand plötzlich sein Zögern nicht.
„Und die Kinderle, was soll jetzt werden? Jochen ist so alt wie Uli. Pjotr, wie soll ich Jochen erklären, dass seine Mutti nicht mehr kommt, zu ihm, zu Norbert!" Sie hatte sich aufgerichtet, die in Tränen schwimmenden blauen Augen trafen ihn wie ein Fanal. „Und Ulle und Hardy? Ich muss jetzt für sie sorgen, ich muss jetzt für die Kinder meines Bruders die Mutti sein!"
Er war unversehens auf die Knie gerutscht, presste den sich schüttelnden Körper an sich. Diese Augen, er konnte ihr nicht in die Augen sehen. Ihr Kopf lag jetzt neben dem seinen auf seiner Schulter, er schaute auf das Wäldchen, und plötzlich schämte er sich seiner wirren Gedanken. Dergleichen war ihm noch nie passiert. Ließen jetzt gar auch seine Augen dieses Wäldchen verschwommen erscheinen? Nein, nie könnte er ihr so etwas antun, nie würde er ... Hatte er nicht erst einen ihm Untergebenen bestrafen müssen, der sich über den Tagesbefehl des Armeegenerals Rokossowski vom Januar 1945 hinweggesetzt und mehrfach Frauen willkürlich vergewaltigt hatte?
Solche Verstöße waren »bis hin zum Erschießen« rigoros zu ahnden, so stand es in dem Erlass. So sollte in kürzester Zeit Ordnung und Disziplin in der Truppe wieder hergestellt werden. Der militärische Justizdienst war angewiesen, Gewalttaten und Plünderungen, Waffeneinsatz gegen Frauen und Kinder und insbesondere Vergewaltigungen als »in der Roten Armee nicht üblich« hart zu bestrafen.
Dieser Zügellosigkeit muss ein Ende gesetzt werden, dachte er, aber wie will ich als Kommandierender Vorbild sein, wenn ich selbst...? Aber das war es nicht.

Sie versuchte aufzustehen: „Ich will noch ein Vaterunser beten, damit unser Heiland sie bald zu sich nimmt." Er war auf den Bahnschwellen sitzen geblieben, sah sie vor dem dritten Hügel auf die Knie sinken, andächtig, mit gefalteten Händen, wobei die Fingerspitzen ihre flüsternden Lippen berührten.
Der leichte Wind ließ das Kleid locker um ihre Lenden flattern. Nein, das war es nicht, was ihn hinderte. Er liebte sie. Noch nie hatte er derartige Gefühle für eine Frau erlebt. Für Swetlana noch am ehesten. Wann hatte er sie zuletzt gesehen? Seit mehr als vier Jahren war er im Krieg, direkt von der Offiziersschule war er eingezogen worden. Er hatte sich von Swetlana verabschiedet, »ich werde auf dich warten« klang es in ihm nach. Ob sie wirklich noch auf ihn wartete? Er hatte keinerlei Kontakt zu ihr. Feldpostbriefe wurden kaum befördert. Briefe aus der Heimat wurden zurückgehalten und nur an Feiertagen ausgegeben, oder wenn von der Truppe ein neuer Sieg über die Deutschen gelungen war. Damit sollte das aufkommende Heimweh klein gehalten werden. Auch Offiziere wurden nicht anders behandelt. Pjotrs Augen ruhten nachdenklich auf Gretl, er musste an seine Großmutter, seine Babuschka denken. Sie war in Tschenstochau, in Polen, geboren, genau wie Gretls Mutter. Mit Agnes hatte er sich während des Schweineschlachtfestes unterhalten. Eine fromme Frau, genau wie seine Babuschka. Beseelt von dem Gnadenbild, der Schwarzen Madonna. Agnes hatte ihn an seine Großmutter erinnert. Vergeblich hatte sie versucht, einen gläubigen Menschen aus ihm zu machen. Jetzt beneidete er Gretl fast, sie schien in ihrem Glauben und Gebet Trost zu finden. Plötzlich wurde ihm das Ausmaß des Leids bewusst, welches die Menschen erleben mussten. Aber diese Deutschen hatten selbst den Krieg angezettelt, hatten seine Landsleute, sein Volk überfallen, ausgeraubt, gedemütigt, hatten russische Frauen vergewaltigt, Unschuldige misshandelt, getötet.
Aber sollte er jetzt Gleiches mit Gleichem vergelten, an Gretl Rache nehmen? Hatte sie eine Mitschuld an diesem Krieg?
Seine Babuschka war polnischer Abstammung, sie war Russin geworden, Gretls Mutter war polnischer Abstammung, sie war Deutsche geworden, so hatten sich Polen, Russen und Deutsche

vermischt. Und trotzdem hassten Polen Deutsche, Deutsche Polen und Polen und Deutsche hassten die Russen. Würden irgendwann einmal die Völker in Frieden miteinander leben?

Er ging zu Gretl und strich ihr über das Haar. Dankbar erhob sie sich und folgte ihrem Kummer, der nur in der Umarmung und dem Mitgefühl eines liebenden Menschen zu besänftigen war.

„Du jetzt kommen, ich mussen sein Abend in Liegnitz."

Er löste sich, fasste ihre Hand, und sie stapften durch das hohe Gras dem GAZ-64 zu, der einsam am Rand des Feldweges stand. Er hatte Gretl nicht gesagt, dass es sein Auftrag war, dieses Zugunglück genau zu untersuchen. Die Polen hatten das russische Militär für das Unglück verantwortlich gemacht, und es war wohl auch der entgegenkommende russische Zug gewesen, der die Kollision verursacht hatte, so würde er es jedenfalls in seinen Bericht schreiben.

Von Liegnitz kommend, hatte er spontan beschlossen, Gretl zu besuchen, und Gretl hatte – sie schien ihm seltsam bedrückt –, nachdem er ihr mitteilte: „Ich muss fahren nach Ohttmaacho", sofort erklärt, sie wolle mit. Glücklich hatte er sie in seinem Geländewagen die Landstraße entlangchauffiert, wobei sie ihm eröffnete, ihre Schwägerin sei von Ottmachau nicht zurückgekommen. Es habe dort wohl ein Unglück gegeben.

Jetzt saß sie wieder neben ihm. Er fuhr gemächlich, legte seine Hand auf ihren Oberschenkel.

„Dir jetzt besser?" Er betrachtete ihre ausgestreckten Beine. Die Knie wiesen ein seltsames Muster auf, sie hatte zu lange im Sand gekniet. Zwei kleine Steinchen hafteten noch an der Haut.

„Du jetzt katholische Knie. Babuschka mir immer zeigt ihre ..." Sie lachten beide.

„Schau lieber schön auf die Straße." Damit nahm sie sanft seine Hand und legte sie zurück auf den Schalthebel. Ihnen kam jetzt eine Kolonne russischer Militärfahrzeuge mit Panzern und Kanonen entgegen. Er musste langsamer fahren, runterschalten, trotz Zwischengas krachte es mächtig im Getriebe. Er schaute etwas beschämt zu Gretl, sonst passierte ihm das nie.

Durch seine Uniform und seinen Zweisitzer war er als Offizier sofort zu erkennen. Manche Soldaten aus den Mannschaftswa-

gen grüßten, die flachen Hände an die Mützen werfend, ebenso seine Offizierskameraden. Einige, wie Gretl glaubte, spöttische Zurufe erheiterten ihn. Er winkte und grüßte zurück. Was Gretl vielleicht nicht wusste: Es war auch Offizieren verboten, sich mit deutschen Frauen einzulassen. Da er wegen des Zugunglücks unterwegs war, hatte er sich die Version zurechtgelegt, dass sie als Mitbetroffene ihm wichtige Hinweise geben konnte. Für einen extra breiten Schwertransporter musste er abbremsen und war mit den rechten Rädern im Schotter des unbefestigten Straßenrandes steckengeblieben. Krachend hatte das Getriebe den ersten Gang akzeptiert, und mit durchdrehenden Reifen und auffliegenden Steinen hatte sein Gefährt schlingernd wieder auf dem Pflaster in die Spur gefunden. Einige der Vorüberfahrenden johlten hinter ihm her. Pjotr war ins Schwitzen gekommen, und Gretl betrachtete besorgt seine beperlte Stirn, fühlte sich durch die übergroßen Kriegsfahrzeuge und die vielen Soldaten beengt und bedrängt. Außerdem hüllten sie die stickigen, blauschwarzen Abgase nahezu völlig ein, sodass nur flaches Atmen möglich war. Das plötzliche Ende der Kolonne ließ die Luft aufklaren, der von der sinkenden Sonne gold gefärbte Himmel wurde wieder sichtbar. Die Reifen nagelten das Kopfsteinpflaster, und sie konnten sich in die harten Kübelsitze zurückfallen lassen. Die fahren vielleicht in die Heimat, dachte Pjotr. Wie gern hätte auch er die andere Richtung genommen. Mit Gretl, denn er träumte noch immer von einer Zukunft mit ihr.
Aber, im Moment konnte er überhaupt keine Zukunftspläne schmieden. Er saß in Liegnitz fest, verantwortlich für die Zivilbevölkerung, die Verteilung von Lebensmitteln und Wohnraum.
Wie lange würde die Rote Armee dort noch das Sagen haben?
Die Polen drängten auf ihr Verwaltungsrecht.
„Pjotr? Weißt du, was mit uns geschehen wird? Viele sagen, die Polen werden uns alle verjagen."
Pjotr schaute auf Gretls immer noch katholische Knie, versuchte mit der Hand das Muster wegzumassieren – die beiden Steinchen waren inzwischen abgefallen –. Konnte er ihr das, was er, jedoch auch nicht genau, wusste sagen. Die Konferenz in ... wo, in Poosdama stand kurz vor dem Abschluss, sie hatten darüber

in der Kommandantur diskutiert. Der ganze deutsche Osten
sollte an Polen gehen, alle Deutschen sollten sofort umgesiedelt
werden: „Ich nix wissen ... abber nix gutt für euch."
„Also müssen wir doch alle fort?"
Er nickte und hob gleichzeitig die Schultern.
Sie hatten Glatz erreicht. Die Straßen waren voller Menschen
mit Rucksäcken, Koffern und Taschen, gebrandmarkt durch
weiße Armbinden, dazwischen überall Miliz. Pjotr hielt mit
einem Ruck am oberen Ende der Straße »Na Podmokłych« und
stieß hervor: „Du schnell gehen weg, nehmen Armbinde, ich
kommen!" Gretl war blitzschnell aus dem Wagen gesprungen
und lief aufgeregt die Straße hinunter. Vor den Häusern standen
gestikulierend und protestierend die Nachbarn und Bekannten.
Weiße Armbinden flogen auf und nieder. Dazwischen gebrüllte
Befehle: „Alle Deutschen haben sich binnen zwei Stunden im
alten Finanzamt zu sammeln. Nur Handgepäck, nur, was jeder
tragen kann, ist erlaubt! Und Papiere bereithalten!"
„Jetzt ist es soweit", stammelte Gretl, „wir müssen weg." Sie
begann zu laufen. Die Kinder! Hoffentlich sind sie noch da.
Oma und Tante Martel! Wo sollte sie mit ihnen hin? Sie würde
auf keinen Fall ins Finanzamt gehen. Ob Pjotr ihr noch einmal
helfen konnte? Wo waren Jochen und Norbert? Musste sie die
beiden noch holen? Hardy und Ulle hatten auf dem Dachboden
geschlafen. Die waren sicher noch da. Aber wie sollte sie mit
acht Kindern und mit Oma fliehen, und wohin?
Auf dem Hof, standen alle in heller Aufregung beisammen.
Sofort erspähte sie Annchen, die jüngere Schwester von Liesl,
die wie Agnes, um sie herum die vier Halbwaisen, ratlos und
weinend umherblickten. Sie stürzte auf Annchen zu, und jetzt
entlud sich aufs Neue der Schmerz über das furchtbare Unglück.
„Annchen, ist das nicht grausam? Wieso bist du hier?", brachte
Gretl stockend hervor. Annchen wischte sich die Augen: „Ich
war gestern an der Unglücksstelle", die Stimme versagte ihr,
„ich musste euch doch die traurige Nachricht überbringen."
„Annchen, was sollen wir denn jetzt machen?"
Ulle zerrte an Gretls Kleid: „Was is denn? Is was mit Mutti?"
„Ach Uschilein, wir wissen es nicht", sie hockte sich vor sie.

„Sei so gut, geh mit Hardy und Norbert auf den Boden spielen, ich komm dann gleich zu euch." Der knapp zweijährige Jochen taperte gerade hinter einem Huhn her, suchte jetzt aber die ausgestreckte Hand von Ulle zu erreichen.
„Habt ihr es ihnen noch nicht gesagt?" „Wie denn", schluckte Agnes, „Annchen is doch grade erst gekomm'n."
Hedel kam herbeigelaufen: „Da ist Miliz auf der Straße, die scheuchen alle Deutschen aus den Häusern!" „Ja", sagte Gretl, die Tränen unterdrückend, „alle sollen sich innerhalb von zwei Stunden im Finanzamt melden." Und damit kamen auch schon zwei Milizionäre auf den Hof und brüllten ihre Anordnungen.
Gretl lief auf die beiden zu: „Wir können jetzt nicht weg, es gibt ein' Unglücksfall, vier Kinder haben ihre Mutter verloren. Wir haben keine Sachen hier, die müssen wir erst holen!"
„Das int'ressiert uns nicht. In zwei Stund'n sind alle Nazis hier raus, oder wir machen euch Beine!"
Die drei jungen Frauen stellten sich den Milizionären entschlossen in den Weg. „Wir werden nicht gehen!"
Der Kleinere begann zu brüllen: „Das werd'n wir ja seh'n! Mit deutsch'n Huren mach'n wir jetzt kurz'n Prozess, die mach'n Bekanntschaft mit meinem Kolben!"
Damit hob er bedrohlich grinsend seinen Gewehrkolben.
„Halt! Stoj!", hallte es in den Hof.
Pjotr hatte seinen GAZ-64 in der Einfahrt stehen lassen und blaffte die Milizionäre an: „Was los hier? Deutsche nix weg, vertreiben wild, gett nix!" Der Milizionär salutierte und stand stramm, fingerte einen Zettel aus der Tasche und reichte ihn Pjotr: „Hier der Befehl, Genosse Oberst!"
Damit Deutsche ruhig leben können, stand da in drei Sprachen, *wird Zwangsevakuierung angeordnet. Bei Widerstand wird Gewalt angewendet. Ausgenommen sind Fachmänner: Beamte, Ingenieure, Ärzte ...*
„Das nix! Ihr weckträten!" Damit wies er die beiden vom Hof.
„Grettl, ihr bleiben, ich gehen Protest!" Nah an sie herantretend drückte er Gretl fest die Hand: „Du hörren von mir."
Er sprang in seinen Wagen, drehte auf dem staubigen Hof und brauste mit durchdrehenden Reifen durch die Ausfahrt, an der

Straße nur kurz haltend, davon. Das beigefarbige Blech verschwamm in der fast gleich schimmernden Staubwolke, und
nur noch das blasse Aufleuchten der Bremslichter wurde kurz
sichtbar.

Monk war, in den Staubwirbel hinein, hinter dem Wagen hergelaufen, wie er es immer tat, wenn jemand den Hof verließ,
und pflanzte sich, den Schwanz elegant um die Vorderpfoten
drapiert, in den Sand. Gretl konnte ihren Schmerz, den des Abschied von Pjotr nicht unterdrücken, schaute wehmütig in die
verschwimmende Staubwolke. Sie wusste, sie würde ihn nie
wiedersehen, suchte an der Mauer Halt. Vor ihren Augen wurde
die sandige Wolke schwarz, sie spürte nichts mehr, nicht den
Schwindel, nicht ihr Zusammensinken. Hedel eilte ihr zu Hilfe,
doch sie lallte nur: „Lass ma Hedl ... was soll nur werd´n ...”

Im Sand kauernd an die Mauer gelehnt, glaubte sie plötzlich,
Pjotr in der Staubwolke wieder auftauchen zu sehen; bis sie
realisierte, dass Monk, der mit einem riesigen Buckel sich träge
zu unnatürlicher Größe gestreckt hatte, behäbig in den Hof
zurücktappte und ihr mit hochgerecktem Schwanz, aus dem
langsam sich legenden Staub, schnurrend entgegenlief.

20. Ewerle

„Rauf, runter rauf, Pünktchen drauf."
Evi saß an einem kleinen, schäbigen Tisch auf einem Melkhok-
ker, dessen Beine Bauer Wójcik gekürzt hatte. Ihr Lesebuch lag
aufgeschlagen neben dem Schreibheft. Sie schrieb und flüsterte
vor sich hin. Sie übte mühsam das kleine *i*. „Warum gibt es für
die anderen Buchstaben denn keinen Spruch?", hatte sie damals
Hannchen gefragt, und zusammen hatten sie sich zunächst für
das *n* noch einen ausgedacht: „Rauf, runter rauf, dann im Bogen
runter, das *n*, das macht mich munter." Und dann für das *o*: „Ein
Kreis, das ist ein *o*, das weiß ich sowieso." Mehrere Reihen mit
*i*s, *n*s und *o*s hatte sie vollgeschrieben. Schade, dass sie nicht
in die Schule gehen konnte. Ob denn die Lehrerin die Sprüche
gut finden würde? Auch konnte sie jetzt mit Hannchen nicht
mehr Schreiben üben. Die war in Glatz geblieben. Was die jetzt
wohl machte?, fragte sie sich. Sie stützte das Kinn in die linke
Hand und betrachtete ihre Mutti. Gretl saß auf zwei überein-
andergelegten großen Matratzen. Dort hatten sie und Oma ihren
Schlafplatz. Uli und Jochen wurden dazwischen gelegt, damit
sie nicht herunterfallen konnten. Evi und Bunti mussten sich
auf einer kleineren Matratze, die in der Ecke vor ihrem Tischchen lag, mit Jutti und Norbert in der Mitte den Platz teilen.
Im Moment schliefen Uli und Jochen darauf. Ja, Jochen und
Norbert gehörten jetzt mit zur Familie, die hatten keine Mutti
mehr, wie sie keinen Vati. Aber den hatten die ja auch nicht. Sie
waren jetzt Halbwaisen, hatte ihr Mutti erklärt. Mit Jochen war

es schlimm. Er schrie nur nach seiner Mama und machte ständig die Hosen voll. Evi war immer froh, wenn er schlief. Oma war mit Bunti, Jutti und Norbert draußen. In Langenau lebten sie jetzt. Zuerst hatten sie mit Familie Wolf zusammen eine kleine Wohnung. Dort konnten sie schön mit den Wolf-Kindern spielen. Dann nach ein paar Wochen kam ein Pole in Uniform und jagte sie einfach auf die Straße. „Wie gut, dass ich auf Mutti gehört habe und mein Rucksack gepackt war", murmelte Evi, während sie in der vorderen Tasche des Rucksacks kramte. Hier hatte sie ihre Schreibutensilien. Sie erfühlte den Spitzer. Damit konnte sie ihre Bunt- und Bleistifte spitzen. Den hatte sie von Onkel Florian bekommen. Zwei glatte Holzklötzchen, zwischen die eine Rasierklinge geschraubt war, mit einem Loch, in das sie jetzt ihren Bleistift hineinschob und vorsichtig drehte.
„Mutti, warum sind wir nicht in Glatz geblieben, bei Onkel Florian?" Er war ihr Vaterersatz gewesen, hatte immer Zeit für sie gehabt, ihr zum Spitzer auch die Bleistifte geschenkt. Sie sehnte sich nach ihrem Vati. „Und wo ist denn Vati eigentlich? Warum lässt er uns denn so lange allein?"
„Bitte, Evelin, ich hab´s dir doch gesagt, er weiß sicher gar nicht, wo wir sind. Ich weiß doch auch nicht, wo er ist."
„Aber vielleicht will er nichts mehr von uns wissen?"
Gretl begann zu schlucken. Für einen kurzen Moment war sie erschöpft auf die Matratze gesunken, nachdem sie mühevoll, mit einem letzten Rest Kernseife, Jochens Windeln und danach Höschen und Hemdchen der Kinder ausgekocht und gewaschen hatte. Bauer Wójcik hatte ihr zunächst den Bollerofen vor den Schuppen unter das kleine Vordach gestellt. Er wollte für das Ofenrohr noch einen Durchbruch in die Wand schlagen, dann würde der Ofen endlich im Zimmer stehen können. So kochte sie vorläufig noch draußen für die ganze »Bagage«. Ja, wenn es etwas zu kochen gab. Und dort hatte sie auch in einem alten Einweckkessel die Kochwäsche aufgesetzt, vor allem eben Jochens Windeln. Die flatterten jetzt draußen im frisch aufkommenden Wind unter dem schmalen Vordach. Uli war zum Glück inzwischen sauber, aber Jochen; meist schrie er nur und lallte immer nur: „Mama, Mama."

Gretl betrachtete die beiden Jüngsten: „Ach Liesl, die armen Kinderle", seufzte sie leise, sie konnte die Tränen nicht stoppen. Immer heult sie. Sie heult jetzt so oft, dachte Evi, fast schon verächtlich, zog den Bleistift wieder aus dem Spitzer und begann eine Reihe *l*s ins Heft zu schreiben. Hannchen hatte auch dafür einen Spruch gefunden. „Hoch, Schleife, runter, so geht's zum *l* hinunter", buchstabierte sie, indem sie den Stift vorsichtig führte, um die Spitze nicht schon wieder abzubrechen.
Auf dem Zettel von Hannchen stand noch: „Rauf und runter, im Bogen rauf und wieder runter, das *u* macht alles bunter."
„Wenn Vati nicht mehr kommt, suchen wir uns dann einen anderen?", fragte Evi, ohne aufzusehen, gerade ein *u* vollendend. „Nun is aber gut Evi!" Damit kippte Gretl seitlich auf die Matratze und vergrub ihre Tränen in dem zusammengelegten, schäbigen Bettzeug. Ihr schmerzte der Kopf, sie war müde und niedergeschlagen. Alles war immer nur noch schlimmer geworden. Sie hausten hier in diesem Loch. Ein schäbiger Raum für acht Personen. Es gab keine Hilfe, wie sollte sie die Kinder satt bekommen? Von Rudl gab es keine Spur, und Evi nervte sie. Und jetzt, es durchschüttelte sie, fragt sie noch, ob wir uns einen anderen Vati suchen sollten. Wie grausam Kinder doch sein könn'n. Sie stand auf, nahm schluchzend das Taschentuch aus der Schürzentasche und ging hinaus. Evi schien das nicht zu berühren. Sich außen an die Tür lehnend fragte Gretl sich, ob es nicht ein Fehler gewesen war, von Glatz fortzugehen.
Frau Wolf, die sie ja hierher nach Langenau gelotst hatte, würde mit dem nächsten Transport nach Düsseldorf zurückfahren. „Ja, die is ja auch dort zu Hause!", brach es im Selbstgespräch aus ihr heraus, „aber wo bin ich zu Hause? Wo soll ich denn hin?"
Sie wankte, sich die Nase wischend, über das holprige Pflaster des Hofes. Bauer Wójcik war wirklich der Letzte gewesen, der sie aufgenommen hatte, sonst säßen sie buchstäblich auf der Straße. Sie musste ihm für diese unwirtliche Unterkunft sogar noch dankbar sein. Und sie war es auch. Selbstlos hatte er sie, Oma und die sechs Kinder aufgenommen. „Ich nur noch haben eine Schuppen", äußerte er bedauernd, „aber besser is als nix." Es gibt auch noch gute Menschen unter den Polen, dachte sie.

Frierend verschränkte sie die Arme, um etwas Wärme zu finden. Wo nur Oma blieb? Sie wollte mit den Dreien Beeren suchen. Bei den Kindern war sie eine Hilfe, aber sonst? Sechzig Jahre war Oma jetzt. Ihre Nervenkrankheit ließ das Zittern ihrer Hände immer schlimmer werden. – Und die beiden Kleinen von Felix; gottlob hatte Annchen Ulle und Hardy genommen, aber was würde werden? Sie wusste weder, wo Rudl, noch wo Felix oder Annchen waren. Und Liesl?, sie war tot, sie konnte es immer noch nicht fassen. Ob die Kinderle das je verwinden können? „Liesl, wenn du jetzt da oben bist, bitte für uns!", schickte sie stockend ein Stoßgebet in die langsam einsetzende Dämmerung. Ja, und wenn jetzt der Winter kommt, ob mit dem kleinen Ofen überhaupt das Zimmer warm zu kriegen war? Und woher sollten sie das Holz bekommen? Sie hatten schon alles, was herumlag, aufgesammelt, um überhaupt kochen zu können. Sie war verzweifelt. In diesem kleinen Langenau fühlte sie sich wie am Ende der Welt. „Es war ein Fehler", stammelte Gretl, „ja, wirklich ein Fehler von Glatz wegzugehen!" Schluchzend schleppte sie sich bis zur Mitte des Hofes an den alten Brunnen, versuchte sich auf die Ummauerung zu setzen. An das Holzgestell gelehnt umklammerte sie mit beiden Händen die Kurbel, mit deren Hilfe man sonst das Seil von der Spindel abwickelte, um den Eimer in die Tiefe zu schicken. Sie glaubte, sich übergeben zu müssen, das Pflaster wölbte sich, Hof und Schuppen verschwammen, entschwanden im nächtlichen Dunkel.

Sie rutsche ab, ihr Rücken schrappte die poröse Brunnenmauer hinab, wobei sich ihre Beine instinktiv dagegenstemmten, dann jedoch kraftlos wie Streichhölzer einknickten, und ohne einen Laut von sich zu geben kippte sie langsam zur Seite und blieb, gekrümmt wie ein Embryo, vor dem Brunnen liegen.

Agnes war mit Bunti, Jutti und Norbert zum Beeren- und Pilzesammeln losgezogen. Langenau, eigentlich ein kleines Bad mit Thermalquellen – Agnes hatte schon überlegt, ob man nicht mit den Kindern zu den jetzt verwaisten Thermalbecken könnte –, lag im Tal der Glatzer Neiße, an den Waldhängen schossen, wenn es geregnet hatte, verschiedenste Pilze aus dem Boden, und auf den schmalen Niederungen boten üppig wachsende Himbeer-

und Brombeersträucher ihre Früchte feil. Jetzt im beginnenden Herbst war so ein Körbchen ja schnell zu füllen, auch wenn die eifrig pflückenden Kinder dabei fast die gleiche Menge in die hungrigen Mäuler schoben. Oma musste Bunti immer wieder vor den giftigen Pilzarten warnen, das waren hauptsächlich der Fliegenpilz, die grünen oder weißen Knollenblätterpilze und auf der Wiese der Karbol-Champignon, den Jutti und Norbert oft fanden und den Agnes ihnen dann schnell entwenden musste.

Andere, deren Namen sie nicht genau kannte, prüfte sie mit einem Schnitt, in welcher Weise sich das Fleisch verfärbte, sog dessen Geruch ein, kannte die Unterschiede der Stiele, Röhren, Kappen und Lamellen. Besonders aber stachen ihr die guten ins Auge, wie der Stein- und Birkenpilz, der Hallimasch, oder die Galuschel. Bunti war mit Eifer dabei. Agnes ließ sie geschickt so manchen Pilz selbst entdecken, der sonst längst in ihrem Korb gelandet wäre, derweil Jutti und Norbert sich an einem noch tragenden Blaubeerstrauch labten und sich gegenseitig die stahlblauen Zungen entgegenstreckten. Agnes mahnte zum Aufbruch, sie hatten noch eine knappe Stunde zu laufen.

Evi malte *u*s. Aber sie gefielen ihr nicht, sie waren zu krakelig, fand sie. Uli war wach geworden und rief nach seiner Mutti. Evi redete auf ihn ein, er solle weiterschlafen, die Mutti käme gleich. Er drehte sich zu Jochen und schlief weiter. Sie rutschte auf ihrem Hocker hin und her, sie musste mal, aber sie wollte nicht schon wieder zu diesem Häuschen laufen und überlegte, ob sie nicht den Nachttopf benutzen sollte, aber den musste sie auch ausschütten gehen.

Wieso mussten sie hier auf ein so stinkendes Plumpsklo? In Glatz und zu Hause hatten sie richtige Toiletten gehabt. Sie fand es ekelig, und sie ging ja nur drauf, wenn es unbedingt sein musste. Na ja, das ist doch klar, dachte sie. Und immer hatte sie Angst hineinzufallen. Sie musste sich neben dem großen Loch mit den Händen abstützen, und Mutti hatte gesagt, „wenn unser guter Vati da wär, würde er euch eine passende Kinderbrille basteln."

Ja wo war Vati eigentlich? Der Krieg war doch lange zu Ende. Ob Hannchens Vati inzwischen zu Hause war? Und Mutti kam

auch nicht wieder, und Oma. Plötzlich fühlte sie sich allein gelassen. Wenn sie nicht mehr wiederkämen? Vielleicht hätte sie doch mit zum Pilzesammeln gehen sollen. Jetzt bereute sie, so störrisch gewesen zu sein. Sie hielt es nicht mehr aus, lief hinaus auf den Hof, am Brunnen vorbei zum Herzhäuschen. Da war wieder kein Papier, das ärgerte sie. Noch im Häuschen hörte sie Oma zetern: „Gretl, Gretl, komm hoch Gretl, was is mit dir? Bunti hol Hilfe, Bauer Wójcik! Ich kann se nich heb'n. Se muss ins Bett, se is ganz kalt, Gretl was soll denn werd'n, komm zu dir!" Evi war herbeigeeilt, sie hatte ihre Mutter eben im Vorbeilaufen nicht gesehen. „Was is mit Mutti?" „Ach Evi, hol Herrn Wójcik, ich kann se nich heb'n. Was soll jetz bloß werd'n!" Plötzlich übermannte Agnes der Kummer. Sie hatte schon länger die Befürchtung, Gretl könnte einfach mal zusammenklappen. Was die alles durchmachen musste. Und sie?, sie fühlte ihre Kräfte schwinden. Sie kniete vor Gretl, wollte die Wangen tätscheln, damit sie zu sich käme, aber ihre Hände zitterten so, dass sie von selbst immer wieder wabernd an Gretls Wangen klatschten und so das blutleere Gesicht belebten, auf das zudem noch Agnes' Tränen tropften. Inzwischen war Bauer Wójcik zur Stelle. Gretl hatte leicht die Augen geöffnet. Er hievte sie halb hoch, zerrte ihren linken Arm über seine Schultern, packte sie um die Taille, brachte sie so auf die Füße und zog sie über den Hof zurück in die Behausung, wo er sie auf eine der Matratzen hinabgleiten ließ. Außer Atem stemmte er die Hände in die Hüften: „Ja, was wir machen, wenn Sie sind krank gett nix, jetzt Sie Oma müssen sorgen."
„Ach Pan Wójcik", beschwichtigte Agnes, „se wird sich schonn wieder bekrabbeln. Ich koch ihr ne heiße Brühe, ach, is ja kaum Holz da. Evi, ihr müsst schnell noch welches sammeln.
„Ja, wie, Brühe machen?", fragte Herr Wójcik, „nix da! Mach ich gleich Feuer, gett mit, hab noch eine Schweinsknochen."
Damit ging er. Bunti trappelte hinterher, und Evi ging mit hinaus, um ohne eine Widerrede Brennholz zu suchen. Genau wie Onkel Florian, dachte Evi, Bauer Wójcik und Bunti hinterher schauend, hat nur viel weniger Haare.
Sie hatten im Wald einen alten, leicht verbeulten Kinderwagen

gefunden, ohne Schiebebügel, aber noch mit vier Rädern, und den schob Evi nun, den Rand des Korbkastens fassend, zwischen den vereinzelten Häusern und dem Waldrand den Weg entlang, um abgebrochene Äste, Reste von Brettern, weggeworfene Möbelteile und alles, was brennbar schien, wenn sie denn etwas finden würde, hineinzuwerfen. Aber Evi fand kaum noch Holzreste, sie hatten ja schon alles abgesucht. Sie war einfach losgelaufen, ohne darüber nachzudenken, dass sie in der aufziehenden Dunkelheit kaum noch etwas sehen würde. Der volle Mond, der gerade noch genügend Licht spendete, formierte sich am stahlblauen Himmel. Plötzlich umfing sie der feuchte, kühle Abend, sie fröstelte und eine jäh aufkommende Angst ließ sie schneller laufen. Wenn Mutti nun auch sterben würde, wie Tante Liesl? Ihr kindliches Sein war sich so sicher, dass ihre Mutti immer für sie da sein würde. Aber jetzt wurde ihr klar, dass Mutti schwer krank sein musste. Sie hatte sie noch nie so gesehen, zusammengesunken, schwach, auf den kalten Steinen des Hofes liegend, ohne jede Regung. Herr Wójcik musste sie schleppend ins Zimmer und auf die Matratze hieven. Schlaff und apathisch war sie liegen geblieben.
Evi drehte abrupt den Korbwagen um und schob ihn, immer schneller laufend, dem Hof entgegen. Sie wollte zu ihrer Mutti, wollte sie anflehen aufzustehen, wieder ihre Mutti zu sein, gesund und stark, sie brauchte doch eine starke Mutti.
Evi keuchte, wurde langsamer, dabei sah sie die wenigen Äste in ihrem Korbwagen. Ihr kamen die Tränen. Sie hatte kein Holz gesammelt, wie sollte jetzt Oma für Mutti etwas kochen, Mutti würde keine heiße Brühe bekommen, könnte nicht gesund werden. Sie wäre schuld. Sie suchte die plötzlich vorhandene Düsternis zu durchdringen. Der Mond war hinter einer dicken Wolke verschwunden, als wollte er kein Holzstückchen mehr für sie beleuchten. Immer noch schwer atmend, den Rand des Wagens fest im Griff, stand sie in der Dunkelheit des Weges.
Noch nie hatte sie sich so allein gefühlt, so nutzlos, so schwach, so voller Angst, verlassen von jeglicher Vertrautheit.
Feuchtkalter Wind blähte ihr Kleidchen, sie fror, sie hätte nicht mit der dünnen Jacke hinauslaufen dürfen. Ihr Körper kribbelte,

sie spürte, wie die sich aufrichtenden Härchen Arme und Beine mit einer Gänsehaut überzogen. Sie schlug die Arme übereinander und rieb mit den Händen ihre Oberarme. Dabei wankte sie zu einem am Waldrand liegenden Baumstamm, von dem sie schon vor Tagen die dürren Zweige abgebrochen hatten, und setzte sich unsicher. Mit einem Ärmel suchte sie die Tränen zu trocknen. Sollte sie ohne Holz zurückgehen? Sie war doch die Große, wenn nicht einmal sie es schaffen würde, Holz zu sammeln? Sie hatte sich heute nur um sich gekümmert, sich geweigert, mit den anderen zum Pilzesammeln zu gehen. Oma hatte sie ausgeschimpft, sie war trotzig geblieben. Mutti hatte nur matt beschwichtigt: „Ach, lass sie doch." Dabei wäre sie auch nicht mitgegangen, wenn Mutti auch noch geschimpft hätte. „Immer kriegt man gesagt was man tun soll", hatte sie gemurmelt, sich ihr Schreibheft vorgenommen und fast den ganzen Tag nur Buchstaben gemalt. Aber was nutzten all die geschriebenen *i*s und *u*s, wenn es nichts zu Essen gab, wenn sie hungern mussten.

Schlagartig spürte sie ihn, den Hunger. Heute war für sie nur eine trockene Schnitte übrig gewesen. Jochen und Uli hatten den letzten Rest verdünnter Milch mit etwas Reis gekriegt.

Neidisch, aus den Augenwinkeln hatte sie die beiden beobachtet, aber nichts gesagt. Ihre Bockigkeit und ihr Stolz ließen dem Hunger keine Chance. Doch jetzt war er da, der leere Magen rumorte plötzlich. Die anderen hatten sich sicher mit Beeren vollgegessen, und jetzt ärgerte sie sich, nicht mitgegangen zu sein, denn sicher hätte sie den alten Nussbaum wiedergefunden, auf den sie gestern geklettert war. Mit Steinen hatten sie die Nüsse zertrümmert und nicht aufgehört, genüsslich das so befreite Innere mit ihren Zähnchen zu zerbröseln. Bei einer Nuss war es ihr sogar gelungen, das Innere unversehrt herauszubekommen, sie hatte die Schale vorsichtig auf einem flachen Stein mit einem zweiten, spitzen bearbeitet. Selbst die Hälften waren zusammengeblieben, als sie vorsichtig das trennende holzige Plättchen dazwischen entfernte. Die komplette runde Frucht hatte sie auf der flachen Hand hin und her gerollt, sie Bunti gezeigt, und erklärt, so sähe ein Gehirn aus. Bunti hatte ungläubig

gekuckt. „Na unser Gehirn!" Onkel Florian hätte ihr in seinem großen Gesundheitsbuch ein Bild gezeigt und gemeint: „Kuck, sieht aus wie das Innere einer Walnuss."
Evi fuhr mit den Händen in die Jackentaschen, die Nuss musste noch in der Jacke sein. Das heil gebliebene Kerngebilde hatte sie in die sorgfältig ausgekratzten Schalenhälften zurückgelegt und in der Jacke verstaut. Aber die Taschen waren leer. Sie befühlte von außen die Taschen und den Saum der Jacke. Da war sie. In der Tasche war ein kleines Loch, und die Nuss war ins Futter gerutscht. Sie fasste erneut in die Tasche, riss das Loch größer und fingerte in dem Futter herum, bis sie die raue Schale mit Zeige- und Mittelfinger fassen konnte. Das Hantieren um die Nuss beruhigte sie ein wenig. Jetzt öffnete sie die Schalen, schob sich etwas bequemer auf den Baumstamm, nahm das schrumpelige Herzstück heraus, teilte die Hälften und begann geräuschvoll kauend die kernige Frucht zu zermahlen.
Ohne zu schlucken schob sie die zweite Hälfte hinterher, genoss das anfängliche Zerbröckeln und ließ dann das sich zu einem köstlichen Brei auflösende Mark auf der Zunge zergehen.
„Ewi, Ewi! Wo bist du?", hörte sie entfernt Omas Stimme.
Evi sprang auf, verschluckte sich, vergaß ihren Kummer, ihr Unnützsein, ihren Hunger, packte den Wagen und lief aufgeregt Omas Rufen entgegen. Es machte sie mit einem Mal froh, gerufen zu werden. Sie hörte die Sorge in Omas Stimme, also war sie ihr vielleicht nicht mehr böse. Sie vermisste sie, Oma vermisste sie, und Mutti? Sie war so hässlich gewesen. Ihr Hals schnürte sich zu. Sie lief schneller, ließ den Wagen stehen, vielleicht war das Holz doch nicht so wichtig.
Oma stand mit ausgebreiteten Armen auf dem Hof.
„Wo bleibste denn?", rief sie, „ich hab Pilze gebrat'n, haste denn kein'n Hunger?"
Während sie in ihre Arme stürzte, Oma wäre fast umgefallen, stieg ihr der herrliche Duft der gebratenen Pilze in die Nase.
„Aber wie hast du denn Feuer gemacht", stammelte Evi in ihre Schürze. Die roch auch nach gebratenen Pilzen.
„Ich hab kein Holz gefunden, und ich war so ...", und schon kollerten die Tränen.

„Aber du konnt´st doch gar nischt mehr seh´n", tröstete sie
Agnes, küsste sie auf die Stirn und führte sie zu der Behausung.
„Herr Wójcik hat mir geholf´n, der isst jetzt ne Portion Pilze mit
uns, un Mutti geht´s auch wieder besser!"
Jutti, Bunti, Norbert und Herr Wójcik – er hatte den Schweinsknochen und dazu etwas Speck und einen kräftigen Kanten
Brot mitgebracht – saßen um den Tisch und löffelten aus den
verbeulten Alutellern die duftenden Pilze, nur Jochen und Uli
mochten keine Pilze und knabberten auf dem Bettzeug hockend
jeder an einem Ränftel Brot. Gretl lag auf ihrer Matratze und
hatte gerade die heiße Brühe geschlürft. Evi warf sich neben sie
und schluchzte: „Ich konnt´ doch kein Holz mehr find´n, ´s war
so kalt und dunk´l, und ich ... ich war so allein!"
„Ach Ewerle, is ja gut, mir geht´s ja schon besser. Komm unter
die Decke. Du zitterst ja vor Kälte."
Und Evi kroch zu ihrer Mutti und fühlte sich nur noch wohl.
„Komm´ och erst Ess´n", sagte Agnes, aber Evi hatte sich nah
an Gretl gekuschelt und rief gar nicht mehr weinerlich: „Nein,
nein, jetzt bleibe ich erst mal bei meiner Mutti."
Sie hatte wieder mal „Ewerle" gesagt. Immer dann fühlte sich
Evi geliebt und angenommen. Sie spürte in der kuscheligen
Wärme plötzlich die Geborgenheit, die ihre Mutti ihr gab und
die sie auf dem Waldweg so zu vermissen glaubte. Und ohne es
zu begreifen, reifte vielleicht in ihr die Ahnung, dass bei all den
Nöten, Sorgen und Leiden, die dieser Krieg über die Kinder,
Mütter und Familien brachte, nicht das Stillen von Hunger und
Durst, Kleidung und Wohnung das Wichtigste war, sondern der
Zusammenhalt, die Liebe und Zuneigung der Mütter zu ihren
Kindern, aber auch umgekehrt, und dazu das unbedingte Ver-
trauen, dass jeder für den anderen da war und seine Leiden und
Nöte mit ihm stets zu teilen bereit war.

21. Zu Hause?

Hemmungslos schluchzend lag sie in seinen Armen.

Rudl stand wie angewurzelt abseits der Gleise, gerührt von ihren Tränen, ihren Freudentränen, drückte sie an sich, strich ihr über den Rücken, zog zärtlich seine Finger durch ihr Haar, nahm, die heißen Wangen mit seinen fürsorglichen Händen kühlend, ihren Kopf hoch, küsste ihre Stirn und flüsterte: „Jetzt wird alles gut, jetzt sind wir ja alle wieder vereint." Gretl schlang erneut ihre Arme um seinen Hals, presste sich enger an ihn.

Die letzte Umarmung hatte sie mit Pjotr erlebt, genau so und doch völlig anders. Jetzt, in Rudls Armen, weinte sie vor Glück und Freude. Vor Monaten hatte sie in Unglück in Pjotrs Armen gelegen. Er hatte ihr Trost gegeben, hatte ihr geholfen. Ohne ihn hätte sie es nie bis hierhin zu ihrem Rudl geschafft.

Und doch war sie etwas beschämt. Aber es war die erste Zugfahrt nach dem Besuch an der Unglücksstelle. Die Bilder waren während der ganzen Fahrt gegenwärtig, und sie fürchtete bei jedem Rucken und Stampfen des Zuges, es könnte sich solch ein Unglück wiederholen, obwohl sie doch mit den Kindern und mit Oma bequem in einem Abteil saß.

Der Bahnsteig war schon leer. Auf dem nicht mehr weißen, verbeulten Schild las sie unscharf mit wässrigen Augen »Sorau«, und darüber mit groben Strichen gepinselt: »Żary«. Rudl, der in die andere Richtung schaute, sah sechs Kinder, die sich wie Orgelpfeifen um Agnes aufgestellt hatten. „Jetzt lass aber mal los, mein Liebes, ich will doch auch unsre Kinderle begrüßen."

Damit wand er sich aus ihrer Umarmung, lief zu der kleinen Versammlung und hockte sich auf die Fersen.

Die Kinder drückten sich ganz nah an Oma heran. Ängstlich schauend klammerten sich die Kleinen an ihren Mantel.

„Hallo, ihr Süßen, kennt ihr mich denn nich mehr?"

„Doch", sagte Evi, „du bist der Vati, aber warum hast du uns so lange alleine gelassen?" „Das werde ich euch gleich erzählen, aber erst gehen wir zu unserm neuen Zuhause."

Auf sein Nicken hin lief Evi in seine ausgestreckten Arme und umarmte ihn stürmisch. Bunti und Jutti trauten sich nun auch, Jutti hatte Norbert mitgeschleift, und sie versuchten, während Buntis und Evis Ärmchen Rudls Hals umschlangen, seinen Rücken zu besteigen. Die Balance verlierend lag er bald auf der Seite, und angeregt von der Balgerei kamen nun auch die beiden Kleinen, Uli und Jochen, und warfen sich, die Ärmchen hochstreckend, ins Getümmel. Gretl war dazugekommen, legte ihren Arm um Agnes, und so betrachteten sie, Tränen wischend, dieses in Wiedersehensfreude auf und nieder wogende Knäuel.

Inzwischen hatte Kurt Dabrowski, der polnische Milizionär, der legitimiert war, Gretl, Oma und die Kinder von Langenau nach Sorau zu holen, die Rucksäcke und Bündel, die das ganze Hab und Gut der Ankommenden ausmachten, auf einen kleinen Leiterwagen gepackt. Jetzt mahnte er zum Aufbruch. Die fünf Kilometer bis Kunzendorf, wo Rudl fortan mit der Familie ein frei gewordenes Haus bewohnen durfte, mussten sie noch zu Fuß bewältigen. Rudl hatte ein paar Stunden freibekommen, um seine Lieben in Sorau abzuholen.

Er rappelte sich hoch, nahm Uli auf den rechten und Jochen auf den linken Arm und lief, beide Kinder freudig auf und nieder schockelnd, den Bahnsteig entlang Richtung Ausgang. „Na, da haben wir ja mit Jochen und Norbert das halbe Dutzend voll. Ich wollte sowieso immer ne Fußballmannschaft."

Die Frage, warum Norbert und Jochen dabei waren, war für ihn in seiner Freude zunächst nicht wichtig. Die anderen Kinder hüpften und liefen um ihn herum, sodass er stolpernd in der Gefahr war hinzufallen. Seine fröhliche Ausgelassenheit steckte alle an. Gretl sah beglückt ihrem Mann hinterher, fühlte ihre Liebe neu und hoffte, dass alles Leid ein Ende haben würde.

Wie der Aufbruch in ein neues Leben war es ihr vorgekommen, als ihr der Brief von Frau Wolf überbracht wurde; an Florian Hubert adressiert, mit einem roten Stift dazwischengeschrieben: Dla Pani Małgorzaty Hilscherowej, Kłodzko, Na Podmokłych. Glatz und Am Werder waren durchgestrichen.

Das Couvert war in ihren Händen immer schwerer geworden. Den polnischen Absender konnte sie nicht entziffern. Es musste etwas Schlimmes sein. Sie dachte sofort an Rudl.

Zitternd setzte sie sich an den Tisch, stand wieder auf, suchte ein Messer, öffnete mit einem sauberen Schnitt das Couvert. Die Kinder, bis auf die kleinen, und Oma, standen gespannt und ohne einen Laut von sich zu geben um sie herum. Langsam schob sie Daumen und Zeigefinger zwischen die leicht auseinanderklaffenden Hälften und zog zitternd den klein beschriebenen Zettel heraus. Sofort erkannte sie Rudls akkurate Handschrift, und die traf sie mitten in ihr zerrissenes, von Angst und Hoffnungslosigkeit gegeißeltes Innerstes. Ihre katastrophale Lage, von der täglichen Bewältigung ihrer unsäglichen Not verdrängt, von der ständigen Sorge um die Kinder, der permanenten Herausforderung, mit erbettelten oder aus verlassenen Feldern herausgekratzten Wurzeln und Knollen etwas Essbares zu zaubern, trat düster in ihr Bewusstsein. Sie war nicht fähig, die vertraute Schrift zu entziffern. „Nu lies schonn, was schreibter denn?", hörte sie Agnes. Gretl gab ihr wortlos den Zettel und versuchte mit der Schürze die Schleier aus den Augen zu wischen. Agnes deklamierte: „Er is in Kunzendorf, bei Sorau ... wo is′n das?" Ihre Brille musste auf dem kleinen Tischchen liegen. „Es kommt uns jemand hol′n, und in ner Fabrik arbeiteter." Gretl riss den Brief wieder an sich. Sie folgte den Zeilen ... Plötzlich rappelte sie sich hoch, warf sich schluchzend auf die Matratze. „Unser Vati lebt. Lieber Gott, er wird uns hier rausholen!"

Agnes kniete sich neben sie und redete auf sie ein: „Komm′och Gretl, is ja alles gut, beruhich dich. Rudl wird uns hol′n, der Krieg is aus, und bald sin wer wieder in Schwarzengrund, und vielleicht holter uns noch zu Weihnacht′n."

„Ja, vielleicht", schluchzte Gretl. „Nein, wir hab′n ja schon den Fünfzehnten. Nein, wir werd′n Weihnachten alleine ..." Sie war nicht zu beruhigen. „Und an Neujahr wird unser Vati 41.

Langsam setzte sie sich auf und versuchte weiterzulesen. In ein bis zwei Monaten würde er sie holen lassen. Es würde ein Pole von der Miliz kommen. Sie sollten sich ihm ruhig anvertrauen. Er könnte nicht kommen, wäre in der Fabrik unabkömmlich.

Gretl fröstelte, schloss die Augen und versuchte, eine Decke über ihre Schultern zu ziehen, es war ungemütlich und kalt in diesem nicht zu lüftenden Raum. Das einzige Fenster war von Bauer Wójcik zugenagelt worden, damit nicht schon von der Straße ersichtlich wurde, dass in dem alten, niedrigen Anbau jemand hauste. Der Bollerofen stand zwar jetzt im Raum, konnte aber nur zum Kochen angeheizt werden, da nach wie vor Brennmaterial kaum zu finden war. Die mit Ölfarbe gestrichene Wand um das Fenster herum war stets feucht und wenn gekocht wurde, bildeten sich kleine Wassertropfen. Norbert und Jutti beobachteten immer gespannt, wie die sich langsam füllten und dann plötzlich an der Wand herunterkollerten. Manchmal veränderten sie mit den Fingern die Bahnen, dann liefen die Tropfen schräg in andere über, um doch plötzlich senkrecht abzustürzen.

So vertrieben sie sich immer neue Bahnen ziehend die Zeit.

Mitunter wischte Gretl zu ihrer Enttäuschung die Wand trocken, denn die permanente Feuchtigkeit sammelte sich im Wandsockel, und Stockflecken an Matratzen und Steppdecken waren nicht zu vermeiden. Geduldig warteten die beiden dann, bis sich wieder neue Tropfen bildeten und bis das Tropfenrennen von Neuem begann. An Sonntagen brachte Bauer Wójcik schon mal zwei oder drei Briketts als extra Geschenk, und die Kinder scharten sich um den Ofen, trotz allem in Mäntel und Strickjacken eingemummelt, genauso wie Gretl sie gerade jetzt auf dem Weg nach Kunzendorf hüpfend vor sich sah.

Agnes hakte sich bei ihr unter: „Gretl, he, freuste dich denn gar nich? Kuck mal, wie Rudl mit den Kindern rumalbert."

Aus ihren Gedanken gerissen, spürte Gretl den kalten Wind, der ihr entgegenblies. Es war Februar, und der Winter 46 zeigte sich auch hier noch von der unangenehmen Seite, obwohl sie nicht mehr im Glatzer Bergland waren. Ihre Füße schmerzten auf der holprigen Straße. Die eisenbeschlagenen Räder des von Kurt Dabrowski gezogenen Leiterwagens ratterten laut über das Kopfsteinpflaster. Sie sah sich noch im Zugabteil, ihm gegenübersitzend, hatte sofort Vertrauen zu ihm gefasst, als er am Morgen in der schäbigen Tür stand, sich legitimierte und zur Eile drängte, den Zug nach Sorau dürfe man nicht verpassen.

„Sagen Sie ruhig Kurt zu mir", hatte er ihr auf dem Weg zum Bahnhof angeboten. „Ich bin in Posen geboren und bin dort

geblieben, als Posen 1919 wieder polnisch wurde." Er hätte die polnische Staatsangehörigkeit angenommen, aber Deutsch wäre noch immer seine Muttersprache, hatte er ihr ins Ohr geflüstert. Das dürfe er heute aber nicht mehr laut sagen, und hinzugefügt: „Ihr Mann ist ein prima Kerl."
Während der ganzen Zugfahrt kam kein deutsches Wort über seine Lippen, und er hatte darum gebeten, dass sie möglichst nicht sprechen sollten. Evi hatte sich nicht daran gehalten und ihn gefragt, wie lange die Fahrt denn noch dauern würde? Seine knappe Antwort hatte sie regelrecht erschreckt. Einige Reisende verdrehten ihre Köpfe, und aus einer Ecke des Abteils war der Ruf: „Są tu Niemcy?" zu hören. Die mit militärischer Schärfe erfolgte Replik schaffte sofort eine eisige Ruhe im Abteil.
Drei Stunden hatten sie zu fahren, und die wieder freimütig dreinschauenden Augen von Kurt, die sie aus einem freundlicher werdenden Gesicht ansahen, ließen ihre Besorgnis abflauen.
Jetzt lief er vor ihr her, wie selbstverständlich den ratternden Leiterwagen ziehend. Ein großer und kräftige Mann, größer als Rudl, der immer ausgelassener mit den Kindern herumtollte. Seine dünnen, kurz geschnittenen Haare standen, wohl von den Kindern zerzaust, wirr auf seinem Kopf, wogegen Kurts fast schwarzer Schopf sich wohl frisiert ausmachte. Er schien etwas älter als Rudl. Sein graugrüner Uniformmantel, in der rechten Tasche steckte seine Schiffchenmütze, flatterte offen im eisigen Wind, ähnlich einem von blank gewichsten Stiefeln getragenen aufgeblähten Segel. Es lag so etwas Ungestümes, Drängendes in seinen Bewegungen.
Gretl verspürte jetzt Hunger, die Kinder mussten auch mächtig hungrig sein, es hatte für sie am Morgen nur hartes Kleiebrot mit etwas Grießfett gegeben, und jetzt war es schon weit über Mittag. Sie sorgte sich, ob die Kinder den Marsch durchstehen würden. Aber Rudl lenkte sie mit seiner Übermütigkeit ab.
Plötzlich rief Kurt: „Rudl, setz die doch auf den Leiterwagen!"
„Was machen eigentlich Norbert und Jochen hier?", rief Rudl und setzte die Kleinen auf den Wagen.
„Ich erklär's dir später", gab Gretl zurück.
Jetzt thronten Uli und Jochen auf den Bündeln und Rucksäcken,

und das Schlackern der Räder auf den Steinen übertrug sich bis
in die kleinen Gesichter, sodass die geröteten Bäckchen entsprechend dem holprigen Pflaster auf und ab zitterten. Dabei
stießen sie lange As und Os in die Luft, die, von jeder Steinfuge
und von jedem Rappeln stakkatomäßig unterbrochen, sich wie
schnarrende Signaltöne mit dem scheppernden Geräusch der
Räder vermischten. Rudl und die übrigen Kinder umkreisten
den Wagen, als wollten sie »Fangen« spielen. Endlich übertönte
seine Stimme das ausgelassene Lärmen: „Wir müssen jetzt nur
noch in den Waldweg rein, und dann sind wir gleich da!"
Wie war Gretl überrascht, als Rudl auf das Haus zeigte mit der
frohen Ankündigung: „Das ist jetzt unser neues Zuhause."
Es war eine bräunlich verputzte Doppelhaushälfte.

Durch die Eingangstür an der Stirnseite betraten sie den kleinen Flur,
von dem rechts eine Holztreppe ins
Obergeschoss führte. Geradeaus,
durch eine zweite Tür geschützt,
öffnete sich ein weiterer Flur, an
welchem links die geräumige Küche
lag, rechts ein kleineres Zimmer, und durch eine weitere Tür an
der Schmalseite des Flurs, die offen stand, betraten sie das, wie
es Gretl schien, großzügige Wohnzimmer.
„Das ist ja wunderbar möbliert", rief sie aus, und Uli, Jochen
und Norbert krabbelten sofort auf das lange Sofa, zankten sich
um die Kissen und kuschelten sich, sichtlich erschöpft, in die
Polster. „Ja, hier hat eine Familie Berthold gewohnt, die sind
ausgewiesen worden. Kurt und ich haben das Haus für uns hergerichtet", sagte Rudl. Und Kurt ergänzte: „Viele Häuser sind
nicht mehr bewohnt. Gleich dürft ihr euch dort noch holen, was
ihr braucht. Der Direktor hat es erlaubt, weil Rudl ein so
wichtiger Mann für die Fabrik ist. Ich habe die Schlüssel, ich
muss alle Häuser kontrollieren, weil so viel eingebrochen wird.
Eigentlich ist das aber jetzt alles polnisches Staatseigentum."
Evi war als erste die Treppe hinaufgestiegen und schrie jetzt
herunter: „Hier sind richtige Kinderzimmer mit Bett´n und ein
Schreibtisch." Alle folgten ihr jetzt ins Obergeschoss, nur die

Kleinen blieben auf dem Sofa, sie waren eingeschlafen.

„Und hier gibt es auch eine Badewanne", schallte Evis Stimme. Rudl zeigte Gretl das Schlafzimmer, vollständig eingerichtet, mit Federbetten und einer Frisierkommode, und Gretl warf sich in die Plumeaus und glaubte sich im Paradies. „Ach Rudl, wird jetzt alles gut?" Er war versucht, sich neben sie zu legen, seiner Sehnsucht nachzugeben, aber nein, er musste jetzt schnellstens in die Fabrik. So beugte er sich über sie, küsste sie flüchtig auf die Stirn, mehr hätte ihn hingerissen, und rief etwas zu laut: „Ich muss schnell in die Fabrik, mein Schätzelein. Kurt wird sich um euch kümmern, heut Abend bin ich dann für euch da!" Damit lief er aufgewühlt, ohne sich umzusehen, die Treppe hinab aus dem Haus der Fabrik entgegen. Im Laufschritt würde er es in einer Viertelstunde schaffen.

Wie hatte er diesem Wiedersehen entgegengefiebert. Wie hatte er gekämpft, mit dem Direktor, mit der polnischen Miliz, mit der Behörde, die alle Deutschen aus ihren Häusern trieb, zur Ausweisung zusammenpferchte, Transporte zusammenstellte, um die verhassten Besiegten in engen, kaum gereinigten Viehwaggons über die Grenze zu karren. Er hatte die Transporte gesehen, manche standen tagelang und jetzt in der Kälte auf dem Sorauer Bahnhof, von der Miliz bewacht. Nein, so wollte er seine Familie nicht verfrachtet wissen.

Seine Erregung wollte sich nicht legen.

„Endlich! Sie sind endlich da", sprach er sich Mut zu. Sein Hals wurde enger. Sein Übermut und das Herumkinschen mit den Kindern auf dem Fußmarsch war für ihn die einzige Möglichkeit, seine aufgebrachten Gefühle zu verbergen. Sonst wäre er genau wie Gretl in Tränen ausgebrochen.

Außer Atem lief er durch das Tor, und er musste dabei an seine Ankunft hier mit dem Kriegsgefangenentrupp denken.

Nach seiner Verwundung im März 45 – ihn plagten noch immer starke Kopfschmerzen – war er nach dreiwöchigem Lazarettaufenthalt wieder zu seiner Einheit nach Striegau gekommen. Er hätte eigentlich zur weiteren Genesung Heimaturlaub bekommen müssen, aber das gab es nicht mehr, und wohin hätte er den Urlaub auch antreten sollen? Er war heimatlos. Sein

Dorf, seine Brennerei waren von den Russen besetzt und seine Familie irgendwo auf der Flucht. Zudem war seine Kompanie zu stark dezimiert, sogar Karl war gefallen, erst zwanzig Jahre alt, bei einem Scharmützel, wie die Kameraden erzählten. Das hatte ihn sehr getroffen. Er hätte sein Sohn sein können, zwanzig Jahre, die er schon länger leben durfte. Da war es schon kein Problem mehr, die ständigen Schmerzen auszuhalten.

Sie hatten ihre Stellungen in Striegau bis zum Schluss gehalten, sich jedoch kurz vor der Kapitulation Anfang Mai mit der restlichen Truppe in die Tschechei abgesetzt. Zunächst bei Melnik von den Tschechen gefangen genommen, wurden sie wenige Tage später dem russischen Militär übergeben. Dann waren sie nach sechs beschwerlichen Tagesmärschen in Zittau, in ein von Polen kommandiertes Lager gebracht worden. Dort kam Rudl mit Kameraden von anderen Frontabschnitten zusammen, so mit Albert und Werner, aus Brühl, bei Köln, die noch in den letzten Kriegsmonaten an die Ostfront befehligt worden waren.

In der Hitze des Sommers 1945 waren sie mit einigen hundert Kriegsgefangenen vier Tage lang die 120 Kilometer nach Sagan marschiert und in einem Barackenlager einquartiert worden.

Während des Marsches hatten die drei, obwohl es verboten war, sich mehrfach ausgetauscht, wobei die beiden Rudl zu überreden suchten, mit ihnen zu fliehen.

Schon in Zittau hatten sie nach Möglichkeiten gesucht, aber Rudl hatte stets betont, seine Familie sei vermutlich noch in Glatz, und er sei doch hier im Osten Deutschlands zu Hause.

Mit fünfzig Mann in je zwei Schichten mussten sie dann in Kunzendorf die im Krieg zerstörte Glashütte wieder aufbauen.

Albert Wolter und sein Freund hatten sofort Fluchtmöglichkeiten sondiert. Beide waren nur drei Tage bei der Schinderei dabei gewesen, dann waren sie plötzlich verschwunden.

Verhöre und Durchsuchungen, Fahndungen nach Mitwissern im Lager hatten nichts ergeben. Dann hatte man einen Durchbruch in der Lagermauer gefunden, der in eines der leer stehenden Häuser führte, die an die Mauer angrenzten. Daraufhin wurden überall an den Mauern zusätzliche Stacheldrahtrollen ausgelegt.

„Die haben es bestimmt geschafft", schnaufte Rudl.

Er hastete in die Halle. Der Direktor erwartete ihn schon. Er stand angelehnt an die laut ratternde Maschine, vorwurfsvoll auf die Uhr schauend, und brüllte gegen den Lärm: „Na, langsam wird´s Zeit, der Akkumulator 4c streikt schon wieder. Jetzt ist ja die Familie da, also ran an die Arbeit!"

Die anderen Arbeiter, ausschließlich Polen, die an den Walzen und Ziehstrecken und an den Wannen standen, vielleicht vierzig an der Zahl, erstaunten die deutschen Töne. Aber hier hatte der Direktor das Sagen, keiner würde ihm gegenüber wagen, auf das generelle Verbot, deutsch zu sprechen, zu pochen, zumal alle ja auch wussten, dass Rudl derjenige war, der den weitgehend reibungslosen Ablauf der Produktion gewährleisten konnte. Und in diesen Zeiten gehörten die, die hier Arbeit hatten, zu den Privilegierten. So gab es nicht wenige, bis auf die, die für die Partei arbeiteten und auch spitzelten, die Rudl nicht nur respektierten, sondern ihm sogar freundschaftlich begegneten.

Direktor Mosche Unterberg, war ein beleibter, untersetzter Herr, Anfang sechzig, ein polnischer Jude deutscher Herkunft, dem es mit seiner Frau wie nur wenigen gelungen war, allen Verfolgungen und Demütigungen durch die Nazis zu entgehen und der die Deutschen trotz allem nicht kollektiv hasste. Wie Kurt Dabrowski stammte er aus Posen, war seit langem mit ihm befreundet, und hatte Kurt quasi in eigener Verantwortung beauftragt, Rudls Familie nach Kunzendorf zu holen.

Rudl hatte er auf Anhieb gemocht, hatte seine Fähigkeiten erkannt und ihn bei den Militärs sofort für die Leitung der gesamten Technik der Glashütte reklamiert. So war es auch notwendig geworden, dass Rudl in der Nähe der Fabrik wohnen musste, und er hatte gegen den Widerstand der Behörde erreicht, dass er das gerade frei gewordene Haus, dem seinen gegenüber, beziehen durfte.

Das größte Problem für die Hütte war die absolut unzureichende Stromversorgung, und Rudl hatte mit der Errichtung der diversen Stromaggregate und Generatoren für eine kontinuierliche Stromzufuhr gesorgt.

In seinem marineblauen Anzug, mit offenem Jackett, das seinen mächtigen Laib freigab, stellte er sich breit vor Rudl auf, stopfte das weiße Hemd hinten in den Hosenbund, zog diesen ins Hohlkreuz, indem er die Jackettschöße nach hinten raffte, und lachte ihm breit entgegen: „Na, war die Begrüßung stürmisch?" Sein fleischiges Gesicht war wie immer gerötet, die spitzbübischen Schweinsäuglein musterten ihn neugierig und spiegelten die Flammen wider, die in dem großen Schmelzofen die feurige Glut entfachten. Die Hitze des Ofens ließ Rudls Blut nur noch höher aufwallen, sodass er sich sehr schnell seines Pullovers entledigte, die Kapazität der vier Akkumulatoren verglich, wobei sich tatsächlich im Akku 4c ein Spannungsabfall bemerkbar machte. Mit wenigen Schritten hatte er die Bank erreicht, über die er vor drei Stunden seinen Kittel geworfen hatte, schlüpfte hinein und rief seinem Gönner zu: „Ja, sie war stürmisch! Aber ich muss mich erst einmal finden, um zu verstehen, dass mein Leben jetzt vielleicht hier noch mal neu beginnen kann."

Damit war er schon wieder bei den Reglern, sah, dass 4c weiter an Spannung verlor und wandte sich erneut an seinen Direktor: „Ich werde wohl heut noch die Lager des Generators wechseln müssen, sonst kann es die Nacht Probleme geben!"

Herr Unterberg klopfte Rudl auf die Schulter, als wollte er Staub aus dem Kittel treiben und legte seinen gütigen Ton auf, den er meisterhaft beherrschte und der seinen Erfolg als Führungsperson in dieser Fabrik ausmachte: „Sie werden das schon wieder deichseln. Gut, dass ich Sie habe, was würde ich ohne Sie machen. Ich wünsche Ihnen wirklich, dass Sie, trotz dieser widrigen Zeiten, mit Ihrer Familie hier neu anfangen können."

„Ich werde mit dem Akku vor acht, neun Uhr nicht fertig sein, vielleicht kann Kurt meiner Frau Bescheid geben."

„Nein, ich sage Bescheid, dann lerne ich auch alle gleich mal kennen. Also viel Glück, mein Lieber!" Er war fast versucht, Rudl zu umarmen, beendete aber mit einem letzten kräftigen Klaps die Unterredung und verlor sich zwischen den lärmenden und dampfenden Maschinen.

Rudl ging in den angrenzenden Raum, wo die vier Generatoren dröhnten, gottlob hatte er letzte Woche die Abgasvorrichtung fertig installiert, hockte sich vor den Generator des 4c, ließ ihn auslaufen, zog seine Werkzeugkiste neben sich und begann, die Verschraubungen zu lösen, um an die Lager heranzukommen.

Vielleicht schaffte er es auch gar nicht so schnell, und dieser marode Generator würde ihn bis in die Nacht beschäftigen. Aus der Kitteltasche fischte er mit zwei Fingern ein nicht mehr ganz sauberes Taschentuch und wischte sich die Augen, die jetzt auf den 4c stierten, diesen wieder klarer wahrnahmen und die ihm schlagartig seine Situation bewusst machten. Ein neues Leben, wie er es eben formuliert hatte, würde er hier nicht beginnen können. Er hatte sich inzwischen wieder ein Radio gebaut, war also über die BBC über die politischen Entwicklungen im Bilde. Der ganze deutsche Osten würde polnisch werden, wie sollte er hier bleiben können? Sollten seine Kinder in polnische Schulen gehen? Sollten sie die deutsche Sprache vergessen? Sollten sie der deutschen Kunst und Kultur, Musik und Literatur nicht begegnen dürfen? Er durfte nicht nach Deutschland ausreisen, noch nicht einmal ausgewiesen werden. Er gehörte zu denen, die die Polen brauchten und die von ihnen ausgenutzt wurden. Direktor Unterberg war eine Ausnahme, solange er das Sagen hatte, würde es für ihn erträglich bleiben, er sprach ja auch unbekümmert deutsch mit ihm. Aber sollte er abgelöst werden ..., und das konnte jederzeit geschehen. Rudl war hier ein Gefangener, eigentlich noch ein Kriegsgefangener.

Direktor Unterberg reklamierte Rudl stets für die Arbeit in der Hütte, auch als das Lager in Sagan aufgelöst wurde. Die Gefangenen waren, nach und nach in Kompanien eingeteilt, jeweils zum Marsch in die Kohlengruben Oberschlesiens abkommandiert worden, und bei dem letzten Trupp schaffte er es, die Militärs davon zu überzeugen, dass Rudl hier für die polnische Volkswirtschaft nützlicher war als in einer der Kohlengruben.

Die beiden Kugellager hatte er mit einer speziellen Vorrichtung, von ihm selbst gebaut, von dem Rotor abgezogen. Vorsichtig begann er die Gehäuse zu öffnen. Ein komplizierter Vorgang, er durfte nichts beschädigen, und die Kugeln durften nicht unkontrolliert herausrollen. Die Hitze des Schmelzofens im Rücken, setzte er sorgfältig Handgriff an Handgriff, und dabei musste er an die Plackerei denken, als sie damals als Kriegsgefangene

den Ofen hatten ausgraben müssen. Durch heftigen Artilleriebeschuss war die Fabrik sehr stark beschädigt gewesen, jedoch waren die technischen Anlagen das größte Problem und eben der Ofen. Die ganze Anlage war unter Dreck und Schutt begraben. Erst einmal mussten die Wannen ausgegraben werden, bevor das erkaltete, erstarrte Glas mühsam aus der Schmelz- und Arbeitswanne herauszuhauen war. Dabei durften die Wannen natürlich keinen Schaden nehmen, und sie hatten nur alte Spitzhacken und kleine, spitz geschliffene Hämmer. Was sie aber vor allem nicht hatten, waren Handschuhe und Schutzanzüge, und die umherfliegenden Glassplitter setzten sich zwischen Hände und Werkzeugstiele. Mit blutenden Händen war für viele die Arbeit nicht fortzusetzen. Auch für Albert nicht. Er musste schmunzeln. Er wurde ihm als Elektriker überstellt. Der hatte überhaupt keine Ahnung, dachte Rudl, aber hätte ich ihn anschwärzen sollen? Der ist hoffentlich jetzt schon in Köln.
Er schaute auf die Uhr. Er könnte um neun zu Hause sein.
Zu Hause?, dachte er. War das nun sein »Zuhause«? Dort wo seine geliebte Gretl und die Kinderle waren? Was machte ein »Zuhause« aus? Er wohnte jetzt in einem Haus, in dem noch vor sechs Wochen eine andere deutsche Familie gewohnt hatte. Nichts an und in diesem Haus gehörte ihm. War er Gast in diesem Haus oder gar Besetzer? Zumindest nicht Besitzer, auch nicht Mieter, er zahlte keine Miete. Er wohnte dort nur, weil der Direktor es durchgesetzt hatte. Der wohnte gegenüber, und das war sein Haus, also sein »Zuhause«, keine zehn Meter waren ihre Haustüren entfernt. Konnte er einfach in das Haus eines anderen ziehen? Dessen Unglück sollte jetzt sein Glück sein?
Vor einem Monat war er eingezogen, mit nichts.
Freilich, er war bis jetzt nur zum Schlafen da gewesen, denn oft waren es zwölf oder auch mehr Stunden, die er in der Fabrik zu tun hatte. Daneben hatte er versucht, sich einzurichten, in einem halb geplünderten Haus. Mit Kurt hatte er es gesäubert und hergerichtet, aus anderen Häusern mit Inventar ergänzt, für die Ankunft seiner Familie wieder bewohnbar gemacht.
Ob in Schwarzengrund jetzt auch andere in seiner Wohnung lebten? Seine Sachen gebrauchten, seine Wäsche, sein Geschirr,

sein Auto, sein Motorrad? Nein, das war wohl irgendwo zwischen den Fronten auf der Strecke geblieben, aber sein Werkzeug, die Spielsachen der Kinder, das Karussell? Er hatte die Balken und die Sitzschalen sorgfältig in der Dachschräge verstaut, und dabei war ihm damals schon die bange Frage in den Sinn gekommen, ob er dieses Karussell, auf dessen Konstruktion er so stolz war, jemals wieder würde aufbauen können.

Das *war* einmal sein Zuhause, und jetzt? Er wollte sich und seinen Lieben wieder eines schaffen, aber musste er dafür die Möbel austauschen, die Bettwäsche, die Bestecke, die Bücher, die Teppiche? Müsste er alles neu kaufen. Von welchem Geld? Und neu? Man konnte nichts neu kaufen.

Die wirren Gedanken hatten ihn nicht daran gehindert, den Generator wieder flott zu machen, und inzwischen war er auf dem Weg zu seiner Gretl. Die unbestimmte Aufregung beschlich ihn wieder, er eilte durch die Dunkelheit über den unbefestigten Weg dem Haus entgegen, seinem »Zuhause«, knickte mit den Füßen auf gefrorenen Matschspuren im Weg um – der Februarfrost hatte die Natur noch einmal erstarren lassen –. Er zog den Mantelkragen enger. Müsste er auch den Mantel, den er aus dem Schrank genommen hatte, eintauschen, in einen von ihm erworbenen? Vor vier Wochen noch hatte er nichts als seine verschlissene und speckige Uniform, keinen Mantel. Wie hatte er auf den täglichen Märschen vom Lager in Sagan bis zur Fabrik gefroren, war verschwitzt aus der Fabrik durch die Kälte die fünf Kilometer zum Lager zurückmarschiert. Jetzt wärmte ihn der Mantel, aber jetzt wäre es nicht nötig gewesen. Als er den Schlüssel im Schloss herumdrehte, schlug ihm der Puls bis zum Hals. Für einen Moment blieb er im Flur stehen, richtete sich auf, indem er tief die wärmere Luft einsog. Im Begriff, die Wohnungstür aufzuschließen, flog diese auf und Gretl um seien Hals. Wieder Tränen der Freude vergießend stammelte sie:

„Gott sei Dank, dass du da bist. Ich hatte solche Angst!"

„Hat denn Herr Unterberg nicht Bescheid gesagt?"

„Ja, doch", raunte sie in seinen Mantelkragen, „aber es ist doch schon halb zehn!" Sie zog ihn in die Küche, sich mit der Schürze die Augen wischend, „die Kinder und Oma schlafen

schon, die waren vielleicht erschossen. Der Herr Unterberg ist ja vielleicht ein Dicker, aber wirklich nett, er hat uns als Willkommensgruß ein Fresspaket mitgebracht. Die Kinder haben ganz schön gespachtelt. Hast du denn keinen Hunger? Komm ich mach dir was!" Damit hatte sie ihm den Mantel abgestreift, auf einen Küchenstuhl gedrückt und begann, Brot, Wurst und Käse zu schneiden. Sogar eine Flasche Wein war in dem Korb, und Rudl nahm sein Taschenmesser, nein, es war nicht seins, er hatte es in der Manteltasche gefunden, klappte den Korkenzieher heraus und drehte die Spirale in die weiche Korkenmasse. Dabei kam ihm plötzlich sein erstes Beisammensein mit Gretl auf der Waldlichtung in den Sinn, als er mit dem Korkenzieher *seines* Taschenmessers die Weinflasche geöffnet hatte. Gut zehn Jahre war das her, und was war in dieser Zeit alles geschehen, es waren Jahre des Glücks, Schwarzengrund, die Hochzeit, die Kinderle, seine Gretl ..., mit einem trockenen Plopp war der Korken aus dem Hals geschnellt. Er betrachtete das Messergehäuse mit dem in den Windungen des ausgeklappten Ziehers gefangenen Korken ..., die letzten Jahre hatten alles zunichtegemacht, der Krieg, alles war verloren gegangen.
Mit wässrigen Augen starrte er Gretl an. Sollten sie hier doch ein neues Leben beginnen können? Sie hatte ihm die Flasche und den Korkenzieher aus der Hand genommen, beides auf den Tisch befördert und saß jetzt auf seinem leicht abgespreizten rechten Bein, die Arme um seinen Hals geschlungen. „Komm, iss jetzt das Schnittchen, und wir trinken noch ein Gläschen zusammen und dann lass uns schlafen gehen." Völlig gebannt umschlang er jetzt ihren warmen Körper, und in stürmisch wiegender Bewegung fanden sich ihre Lippen; nach einem Jahr.
Benommen kamen beide in die Gefahr, vom Stuhl zu kippen, Gretl löste sich: „Ach Rudl, wie habe ich dich vermisst."
„Und ich erst", dabei schenkte er in die hingehaltenen Gläser den Wein ein. Wein oder sonstige alkoholische Getränke waren im ganzen Haus nicht zu finden gewesen. Für die Plünderer waren Alkoholika wohl das begehrenswerteste Diebesgut.
Sie standen sich zuprostend einander gegenüber, Rudl leerte das Glas in einem Zug, stellte es zurück, und plötzlich umschlangen

sie sich fast überfallartig, wobei Gretl Mühe hatte, ihr noch halb volles Glas abzustellen, um auch ihrer aufgestauten Sehnsucht nach Nähe und Zärtlichkeit freien Lauf lassen zu können.

Rudl war wie im Taumel, durchdrungen von Verlangen, er spürte plötzlich rasende Kopfschmerzen. Seine Wunde erinnerte ihn an die einsamen Nächte im Lazarett, an seine Sehnsüchte, und im Schmerz drückte er seine Erregung fester an seine geliebte Gretl. Aber sie wehrte ihn sanft ab: „Komm, lass uns lieber nach oben gehen. Oma schläft nebenan, sie könnte wach werden. Ich geh schon mal hoch, iss noch den Rest und trink in Ruhe aus, du kannst ja gleich nachkommen."

Benommen sank er auf den Stuhl, umfasste seinen Kopf mit beiden Händen und ertastete mit zwei Fingern der linken Hand die oberhalb der Schläfe immer noch nicht ganz von Haaren bedeckte Narbe. Drückte fester darauf, stemmte sich gegen den Schmerz, obwohl seine Finger ihn produzierten. Der Schmerz seiner Verwundung war in der Zeit der Kriegsgeschehnisse und der Gefangenschaft auch der Schmerz seiner Sehnsucht, seiner Einsamkeit. Sein Sehnen nach seiner geliebten Gretl war allgegenwärtig, in den Schützengräben, zwischen glitschigen, nassen Lehmwänden. Zwischen fluchenden, ordinär und herabwürdigend ihre triebhaften Nöte herausposaunenden Kameraden.

Unter Granaten- und Artilleriebeschuss, unter ständiger Angst sein Leben zu verlieren. Dabei hatte ihn mehr und mehr gewundert, dass die Erregung, wie er sie früher spürte, wenn er an ein Zusammensein mit seiner Gretl auch nur dachte und die ihn jetzt wieder so vehement ergriff, unter den Kriegserlebnissen nicht mehr zu erleben war. Dass die meisten seiner Kameraden dieses wohl ebenso wahrnahmen, alles nur noch mit vulgären Auslassungen ertragen konnten, war ihm ein ständiges Ärgernis. Er hatte schon befürchtet, der Krieg hätte ihn auf diese Weise zum Krüppel gemacht. Aber es war noch da, dieses wunderbare Gefühl der erregenden Erwartung, schon den ganzen Tag, bei der Begrüßung auf dem Bahnhof, während der Arbeit an dem Generator, auf dem Weg zur Fabrik und gerade eben auf dem Weg zurück. Er hatte nur nicht begreifen können, was mit ihm geschah. War also seine Liebe zu Gretl noch mit allen

Sinnen vorhanden, war er trotz der Kriegsereignisse ein liebender und zärtlicher Mann geblieben? Dabei kamen ihm die Bilder des Massakers in den Sinn. Es hatte sich als ein Massaker in seine Erinnerung eingebrannt, verfolgte ihn bei Tag und Nacht: Die spritzenden Blutfontänen, die seine MG Salven aus den russischen Militärmänteln hatten schießen lassen. Wie hatte Karl gesagt: „Du hast allein fuffzehn Mann niedergemäht!"
Sollte er tatsächlich fünfzehn Menschen erschossen haben? Sie waren seit den Nächten im Lazarett regelmäßig die handelnden Personen seiner Albträume. In ihre zerschossenen Mäntel gehüllt, ihn anklagend, ihm ihre Kinder zeigend, ihre Frauen, ihre Mütter, die sich laut weinend über die zu einem Pulk zusammengeschossenen Söhne warfen.
Dabei konnte er sich an den Kampfeinsatz kaum mehr erinnern. Karl konnte viel behaupten, und das »Eiserne Kreuz« wegen Tapferkeit vor dem Feind war ihm nie verliehen worden. Er hätte es verscharren müssen, wie die Leichen derer, die er erschossen hatte, sonst hätten ihn die Russen, wenn sie es bei ihm gefunden hätten, sofort an die Wand gestellt.
Durch den Wein etwas behäbiger geworden, erklomm er die Treppe. Ein kurzer Aufenthalt im Bad erfrischte ihn, und bald kuschelte er sich neben sein Gretelein in ihr wunderbar angewärmtes Bett. Dem anhaltenden Hoch der Gefühle sollte jetzt die innigste Umarmung folgen. Doch plötzlich versagten die so vehement aufgestauten Sinne, sodass er nur noch ermattet neben ihr zurücksinkend enttäuscht liegen blieb, sich abwandte und die Bettdecke über den wieder erneut schmerzenden Kopf zog.
Gretl drückte sich an seinen Rücken, streichelte flüsternd seine Lenden. „Sei nicht traurig, ´s wird alles wieder werden."
Um aus der Verlegenheit zu finden, fragte er: „Warum sind denn eigentlich Norbert und Jochen bei uns?"
Tatsächlich gingen ihm ganz andere Dinge durch den Kopf.
Und Gretl erzählte ihm stockend und mit immer wieder leicht erstickender Stimme die Tragödie um Liesls Tod.
Von Pjotr erzählte sie ihm nichts ...

22. In die Freiheit und zurück

Sie versuchten sich einzurichten.
Rudl musste in der Fabrik schuften, er hatte nicht nur die elektrischen Anlagen zu warten und immer wieder neu instand zu setzen. Auch wenn alles lief, konnte er nicht einfach einmal früher Feierabend machen, um sich um seine Familie zu kümmern, sondern er musste mit an den zehn Meter hohen Ziehschacht, Glas abstechen, die Walzstraße mit bestücken, die fertigen Fensterglasplatten in die bestellten Größen schneiden, die Scheiben mit verpacken und zum Abtransport verladen. Dann wieder, und das war die größte Plackerei, Quarzsand, Soda und Dolomit in großen Mengen in den Vormischer schaufeln, wobei eine Verunreinigung dieser Rohstoffe unbedingt vermieden werden musste. Die Zusätze von Sulfat, Kalk und Feldspat wurden von dem dafür verantwortlichen Fachmann sorgfältig auf die Gesamtmenge abgestimmt, um dann, dem Schmelzofen übergeben, zu einer zähen, wie Honig fließenden Masse zu verschmelzen. In dem Ziehschacht vertikal gezogen, wurde diese Masse schließlich nach langsam kontrolliertem Erkalten zu den weithin benötigten Fensterglasscheiben. In jeweiligen zehn Stundenschichten wechselten sich vierzig bis fünfzig Arbeiter ab.
Er hatte sich in die Herstellung von Flachglas hineingearbeitet,

kannte das Fourcault- und das Libby-Owens-Verfahren, wobei
in der Fabrik ausschließlich das letztere Anwendung fand, aber
auch das Gussverfahren wurde noch für Spezialgläser angewendet. Die Arbeit machte ihm Spaß, abgesehen von der wenigen
Freizeit, die ihm blieb, war es jedoch die miserable Bezahlung,
die ihn nicht zufrieden sein ließ. Von dem Geld konnte er noch
nicht einmal für die Familie, für immerhin neun Personen, die
nötigen Lebensmittel beschaffen. Wenigstens hatte er durch die
Vermittlung vom Direktor Lebensmittelmarken für die Kinder
bekommen. Ansonsten waren Milch, Brot und Kartoffeln oder
auch mal Fleisch nur im Tausch, also gegen eine reparierte Uhr,
die Reparatur eines Traktors, einer sonstigen Maschine oder
eben eines Radios zu bekommen. Er müsste unbedingt Liesls
Mann Felix ausfindig machen, dachte er oft, um Norbert und
Jochen als Esser loszuwerden, so gern er die beiden auch bei
sich hatte. Aber wie sollte er Felix finden?
Gretl stellte sich mit Vehemenz der neuen Herausforderung.
Mit Kurt war sie in den ersten Tagen in etlichen verlassenen
Häusern gewesen, und sie hatte einiges Brauchbare einsammeln
dürfen. Das Wichtigste aber, was sie bald entdeckte, war eine
scheinbar nicht mehr funktionsfähige Nähmaschine. Kurt hatte
diagnostiziert, die sei wohl kaum in Gang zu bringen. Trotzdem
wurde sie auf den kleinen Leiterwagen bugsiert, und unter den
misstrauischen Blicken der Passanten – es war doch verboten
sich „polnisches Staatseigentum" anzueignen – durch das Dorf
zur „Villa", wie Evi das neue Heim spontan getauft hatte, gefahren. Rudl, hatte im Gegensatz zu Kurt gleich festgestellt:
„Die krieg ich schon wieder hin!" „Ja", sagte Gretl, „du kriegst
alles hin, mein lieber Schatz", und hauchte ihm schon mal vorab
einen Dankeskuss auf die Wange. Während Gretl die folgenden
Tage mit den »erbeuteten« Reinigungsmitteln das Haus auf den
Kopf stellte, war Rudl mit der Reparatur der Nähmaschine be-
fasst. Die Gussteile, also das Gestell und das Tretgitter, waren
zum Glück intakt, nur fehlte die Achse sowie der Treibriemen
vom großen Antriebsrad zum Kopfrad. Für die Achse würde er
in der Fabrik Ersatz finden. Dort gab es eine Drehbank, auch die
war von ihm wieder zum Laufen gebracht worden.

Für den Treibriemen schnitt er einen Ledergürtel säuberlichst in drei Teile, legte die äußeren Streifen um die Räder, führte dazu die Riemenenden durch die Löcher der Arbeitsplatte, die er auch noch ausbessern und neu streichen musste, und nietete die beiden Teil auf die benötigte Länge zusammen. Gretl hatte ihm fasziniert zugeschaut und ungeduldig gefragt: „Kann ich sie denn gleich benutzen?" „Oh nein", musste er sie vertrösten, „das Schwierigste habe ich noch vor mir. Ich muss noch den Bolzen für die Nadelführung richten oder vielleicht erneuern, doch am meisten bereitet mir das Schiffchen Kopfzerbrechen."
Die Tage der nächsten zwei Wochen vergingen, an deren Abenden er bis in die Nacht hinein an dem Schiffchen feilte, schliff und bog, es an das Futter, in dem es ruhen und arbeiten musste, anpasste, bis Gretl plötzlich, sie wollte gerade zu Bett gehen, das für sie so vertraute Geräusch einer ratternden Nähmaschine hörte. Sie eilte zu ihm, umarmte ihn, während er noch davor sitzend das Untergarn auf die kleine Spule laufen ließ, und rief erfreut: „Wie hast du das wieder geschafft?"
„Soll ich dir das wirklich alles erklären? Das interessiert dich doch nicht. Kuck hier, ich zeig dir, wie ..."
„... wie ich die Spule mit dem Untergarn einsetze, das weiß ich doch, komm lass mich mal!" Und sie nahm einen Kissenbezug, dessen Nähte sie schon lange nachnähen wollte, schob Rudl vom Stuhl und ratterte drei, vier schnurgerade Nähte herunter. Begeistert nahm sie sich noch andere Wäschestücke vor und erfreute sich, wie die Nadel im Füßchen und wie das Füßchen auf dem Stoff tanzten. Und von nun an sollte sie immer erzählen: „Unser guter Vati, der hat damals alles repariert, Traktoren und Radios, sogar neue Nähmaschinenschiffchen hat er gemacht!"
Und bekam Rudl das zu hören, wehrte er immer ab: „Nein, nein, die hab ich doch nur repariert!"
So änderte und nähte Gretl, wann immer sie Zeit fand, Gardinen und Vorhänge, für die Mädels Kleidchen, Hosen für die Jungs, für sich mal einen Rock, für ihren Rudl ein schmuckes Jackett.
Sie saßen Abend für Abend in einem der oberen Räume in ihre Arbeiten vertieft, Gretl an der Nähmaschine, Rudl an der kleinen Werkbank. Die Kinder und Oma schliefen schon, als sie

Schritte und leise Stimmen ums Haus vernahmen, dann ein kurzes Krachen, und sie wussten sofort, hier waren Einbrecher am Werk. Gretl lief direkt ins Bad, riss das Fenster auf, das zum Haus des Direktors Unterberg hinauswies, und schrie aus Leibeskräften um Hilfe. Rudl hatte sich für solche Fälle eine dicke Eisenstange in die Flurecke gestellt und brüllte jetzt ebenfalls, zwar nicht um Hilfe, sondern laut, die sollten schleunigst verschwinden, hier gäbe es nichts zu holen und der Nachbar würde sofort die Hunde loslassen. Dabei fiel ihm ein, dass die Lumpen ihn ja gar nicht verstehen würden. Tatsächlich aber kläffte plötzlich der kleine Köter vom Direktor wütend hinter dem Zaun die Einbrecher an; wäre der Zaun nicht dazwischen gewesen, hätte er sich sicher, den Schwanz zwischen die Hinterläufe geklemmt, in seiner Hütte verkrochen. So aber machte er ein Heidenspektakel, rannte aufgebracht am Zaum hin und her und schlug prompt die Einbrecher in die Flucht.
Herr Unterberg erschien im Schlafrock am Gartenzaun und beruhigte seinen kleinen Terrier. Frau Unterberg stand, wohl nur im Nachthemd – es war eine laue luftige Sommernacht – in der Haustür. Oma war mit aufgelösten Haaren und einem Besen, auch im Nachtzeug, noch hinter den Flüchtenden hergelaufen. Evi und Bunti geisterten wie kleine Elfen durch die Dunkelheit, und Gretl und Rudl komplettierten die seltsame Ansammlung, allerdings noch nicht in Nachtgewändern.
„Haben Sie wieder Nachtschicht gemacht? Ist mein Radio vielleicht schon fertig? Also auf den Schreck, mein Lieber, können Sie morgen eine Stunde später zum Dienst erscheinen!"
„Danke, Herr Direktor. Nein, für Ihr Radio muss ich noch eine Röhre auftreiben, aber danke auch dir, du kleiner Kläffer, ohne dich wären die nicht so schnell verschwunden." Hasso schlug dankbar knurrend immer wieder seinen kurzen Schwanz gegen das Bein seines Herrchens. „Also dann bis morgen", wandte sich Herr Unterberg zum Gehen, „und bauen Sie sich mal was, damit man nicht so leicht bei Ihnen einbrechen kann."
Tatsächlich baute er in den folgenden Tagen in das Treppenhaus eine Falltür ein. Zunächst wurden alle wichtigen Dinge in die obere Etage gebracht, und auch Oma, die bis zu dem Einbruch

unten in dem kleinen Zimmer geschlafen hatte, musste sich jetzt oben bei den Kindern einquartieren. Er zog quasi im Treppenaufgang eine Holzdecke ein. Abends, wenn alle oben waren, zum Schlafen bereit, wurde abgezählt, und dann wurde die Falltür heruntergelassen mittels einer Winde, die auch für Gretl leicht zu bedienen war, wenn etwa Rudl nachts in die Fabrik gerufen wurde. Die Prozedur war bald Routine, doch führt bekanntlich Gewöhnung zu Nachlässigkeit.

Rudl saß in der Ecke des gemeinsamen Arbeitsraumes. Auf seiner Arbeitsplatte türmten sich drei Volksempfänger vom Typ VE 301. Doch hatte er sich den DKE 38 vorgenommen. Das war ein »Deutscher Kleinempfänger«, der ab 1938 in großer Stückzahl, somit preiswerter gebaut worden war, im Volksmund damals »Goebbelsschnauze« genannt. Während er die Rückwand herausnahm und das verstaubte Innere inspizierte, dachte er: Was wurde durch diese Geräte für ein Unsinn verbreitet. Er fragte sich, ob er nicht auch zu leichtgläubig gewesen war.

Er hörte das vertraute Rattern der Nähmaschine, Gretl arbeitete wie er. Sie hielt inne und sagte leise: „Hör mal, unten is einer."

Aus seinen Gedanken gerissen, fuhr er zusammen, und sein Pulsschlag erhöhte sich blitzartig. Sie lauschten beide in die entstandene Stille. „Ich hör´ nichts", sagte er und setzte den Lötkolben neu an. „Da", flüsterte Gretl, „hör´, in der Küche!" Jetzt hörte er es auch. Auf dem Steinfußboden in der Küche wurden Stühle hin und her geschoben. Gretl sprang auf, lief ins Bad, riss das Fenster auf, um um Hilfe zu rufen. Das Herz schlug auch ihr bis zum Hals. Rudl folgte ihr und zischte: „Sei still! Wart mal!" Damit ging er zur Falltür, legte sich darauf, er hatte einen Spion in die Tür eingefügt, und wollte gerade sein Auge auf dem Spion zentrieren, als von unten mit einem harten Gegenstand vehement gegen die Falltür gehämmert wurde. Dazu hörten sie ein Zetern, durch die Holzbarriere zunächst unverständlich. Gretl stand halb im Badezimmer, bebend vor Angst, glaubte, die Falltür würde unter den Hieben nachgeben, und rief: „Rudl komm, bitte, wir müssen uns einschließen!", und sah dann, wie er sich in den Schneidersitz auf die Falltür setzend in schallendes Gelächter ausbrach. Ihm hatte sich durch

den Spion ein zunächst nicht zu ordnendes Bild geboten. Dann erkannte er Oma, die mittlerweile fast verzweifelt mit einem Besenstiel gegen die Absperrung focht und dabei rief: „Was is denn mit euch da ob'n los, wollter mich hier alleine lass'n?"
Sie war in der Küche eingenickt über ihrem Stopfei. Noch halb im Schlaf war sie die Treppe hinaufgewankt, mit dem Kopf voll gegen den Bretterverschlag geknallt, und in Panik, wie ein Schwimmer unter einer Eisdecke, hatte sie mit einem Besenstiel die Barriere traktiert.
Rudl sprang auf, betätigte die Winde, und Oma kam völlig aufgelöst und immer noch schimpfend die Treppe herauf. Rudl nahm sie in den Arm, strich ihr über Kopf und Rücken. „Ach, Omama, es tut mir ja so leid. wo warst du denn? Ich dachte, du wärst längst im Bett." Ihr Körper bebte in seinen Armen. Sie konnte nur noch ihren Tränen freien Lauf lassen.
Agnes hatte sich eigentlich seit sie in Kunzendorf waren, recht gut erholt. Sie spielte mit den Kleinen, half Evi und Bunti, die jetzt auch schon hätten zur Schule gehen müssen, bei den Aufgaben, die Gretl und Rudl den beiden stellten. Deutsche Kinder durften natürlich nicht in eine polnische Schule.
Gretl ließ Evi kurze Gedichte und kleine Passagen aus Büchern abschreiben, die sie noch aus den Wohnungen hatte mitnehmen können. Kurt musste inzwischen die Schlüssel abgeben. Die Behörde quartierte jetzt nach und nach Umsiedler aus Ostpolen in die frei gewordenen Häuser und Wohnungen ein. Das brachte Kinder ins Dorf und somit auch Spielkameraden. Gretl gefiel es eigentlich nicht, dass ihre Kinder mit Polenkindern spielten, aber wie wollte sie das verhindern. Sie hielt an den Vormittagen regelmäßig Schul- und Spielstunden ab. Bunti ließ sie fleißig Buchstaben schreiben, dabei deklamierte ihr Evi die Verse von Hannchen vor, „rauf, runter, rauf, ...", die Bunti auch schnell lernte. Evi sollte bald mit Briefen an Verwandte beginnen und dazu jeweils ein kleines Bildchen malen. An den Nachmittagen ließ Gretl dann doch die Kinder draußen spielen, jedoch ging Agnes öfter mit ihnen in den Wald; sie sammelten alles, was in der jeweiligen Jahreszeit die Natur anbot und vermittelte den Kindern weiter Kenntnisse über Pflanzen und Tiere. Und auch

Rudl »unterrichtete« die Kinder, soweit er die Zeit dazu fand. Am liebsten aber tobte er einfach mit ihnen herum, daudelte und knullerte sie und war glücklich, die Familie bei sich zu haben. Sonntags durften alle mit ihm im Bett herumtollten, und dabei sang er ausgelassen: „Ja das ist ein Sonntagsvergnügen, ... bis zehn Uhr im Bette zu liegen, ... da schmeißt uns so schnell keiner raus!" Zumindest eine Antwort hatte er auf seine Fragen gefunden: Sein Zuhause war dort, wo seine Lieben waren.

Er versuchte, Sorgen und Pläne für die Zukunft zu verdrängen.

Der Sommer 1946 war heiß und trocken gewesen, die Ernten waren wenig ertragreich ausgefallen, und so wurde es auch auf dem Land und in den Dörfern schwieriger, die Menschen mit Lebensmitteln zu versorgen. Die Rationen an Brot, Kartoffeln, Milch usw., die nur per Lebensmittelkarten zu erwerben waren, wurden erneut verkleinert. Da kam es sehr gelegen, dass Herr Unterberg ein Schweineschlachten veranstaltete, zu dem einige Wenige geladen waren, natürlich aber Rudl und seine Familie. Die Einladung wurde von Tür zu Tür ausgesprochen, und der dreijährige Uli, der zu Herrn Unterberg ein besonderes Verhältnis zu haben schien, rief laut über den Gartenzaun hinweg: „Krieg isch denn auch das *Ringleschwänschen?"* Dabei musste er seine kleinen Lippen zu einer runden Schnute formen, um die beiden *Sch*s aussprechen zu können. „Ja, mein Kleiner", gab Herr Unterberg zurück, „das kriegst du, und deine Mutti kann es dir in Aspik legen, da wird es ganz weich, und du hast noch ganz lange was davon!"

Neben dem *Ringleschwänschen* gab es einige Fleischrationen, einmal für das Radio, das Rudl repariert hatte, und zum anderen für die silberne Taschenuhr, in die er eine neue Feder, von ihm selbst angefertigt, eingesetzt hatte.

Von Gretl wurden die Portionen eingepökelt und eingeweckt, und so war für die Festtage im Winter vorgesorgt.

Eines Abends kam Rudl von der Fabrik heim und hielt einen Brief in den Händen. Er hatte ihn noch nicht geöffnet, und Gretl nahm ihn neugierig in Augenschein. „Der Absender ist völlig verschmiert", sagte sie, „von wem ist der?"

Er riss das Couvert auf und betrachtet die Schrift, die eigentlich

noch nach Sütterlin aussah. Aufatmend, das Blatt umdrehend, sagte er: „Gottlob, kein Polnisch", und gleichzeitig die Unterschrift lesend rief er erleichtert: „Es ist Annchen!"
Gretl setzte sich an den Küchentisch: „Ich habe Annchen von Langenau aus geschrieben, du würdest in Kunzendorf in einer Glashütte arbeiten." Rudl stützte sich auf die Stuhllehne.
Annchen betrauerte noch immer den Tod ihrer Schwester und sie versuchte, wie sie schrieb, Hardy und Ulle eine gute Mutter zu sein, so wie es Gretl sicherlich bei Norbert und Jochen auch versuchte. Sie sei, bevor man sie aus der Heimat vertrieben habe, noch einmal an der Unglücksstelle und am Grab gewesen. Zurzeit sei sie mit den Kindern auf Rügen, aber Felix habe sich aus Cottbus gemeldet, er wolle sich dort niederlassen und sehne sich nach seinen Kindern. Und dann schrieb sie, „... will ich Euch gestehen, ich werde nach Cottbus zu Felix gehen und ihn heiraten. Ihr sollt es zuerst erfahren. Ich glaube, wir werden ein gutes Paar abgeben. Er ist allein, ich bin allein, vielleicht wisst Ihr es noch nicht, mein Verlobter ist auch gefallen." Hier hatten Tropfen das Papier benetzt, und die Tinte schien etwas blasser, verwischt, „... und ich habe die Kinder so lieb gewonnen."
Gretl nahm die Schürze hoch, damit nicht erneut die Schrift von Tropfen verwischt würde. „... die größte Freude wäre natürlich, wenn Norbert und Jochen dann auch bei uns wären."
Rudl würde sicher einen Weg finden, die Kinder nach Cottbus zu bringen. Dann folgte die Adresse und eine Telefonnummer mit dem Hinweis, Felix arbeite als Fahrer beim Roten Kreuz.
Rudl setzte sich. „Ja, wie soll ich das anstellen? Ich kann doch hier nicht weg. Ob Kurt ...? Nein, als Pole kann er doch nicht mit zwei deutschen Kindern ..."
„Wie weit ist es denn bis nach Cottbus?", wollte Gretl wissen.
„Na, sechzig bis siebzig Kilometer! Felix muss sie selbst holen, als Sanifahrer hätte er ja ein Auto!"
Er wusste sofort, dass das nicht möglich war.
„Ich werde mit dem Direktor sprechen müssen, ich muss auch mindestens zwei Tage frei bekommen. Wie soll das gehen?"
Ja, wie sollte das gehen? Sie waren schlafen gegangen.
Die Decke anstarrend lag er im Bett und sinnierte. Aber Gretl

schmiegte sich weich an ihn und lenkte seine Sinne in die nach
ihrem Empfinden einzige Richtung, die alle Sorgen durch ihre
Sehnsüchte füreinander überdecken würde. Das einander Begehren, die uneingeschränkte Hingabe ließen Sorgen und Nöte
in berückender Weise in sich zusammenfallen, und ihr Sein verschmolz in ihrer Zweisamkeit zu dem einzigartigsten Glück.
Am nächsten Morgen gab es in der Fabrik große Aufregung, die
externe Stromversorgung, war zusammengebrochen. Drei der
vier Generatoren versorgten die Akkumulatoren noch mit Strom,
doch würden diese nur für die nächsten acht bis zehn Stunden
die Spannung halten können, danach drohte ein Abfall, und der
Produktionsablauf müsste gestoppt werden. Nach einer Stunde
war ein Elektriker des Betreibers zur Stelle, und nach weiteren
drei konnte man aufatmen. Waclaw und Rudl hatten den Bruch
im Netz gefunden. Waclaw bedankte sich bei Rudl für die
Unterstützung, und der Direktor lud erleichtert beide auf eine
Tasse Kaffee ein. Einen Ausfall der Produktion hätte er an die
Partei melden müssen, und elende Nachforschungen, ob nicht
Sabotage im Spiel war, wären die Folge gewesen.
Sabotage war ohnehin das Damoklesschwert, das auf allem lastete. Bei jedem Stocken der Produktion, bei jeder fehlerhaften
Scheibe, jeder Verunreinigung im Glas mussten die Verantwortlichen damit rechnen, in den Verdacht der Sabotage zu geraten.
Die Belegschaft war von Spitzeln durchsetzt, mitunter verrieten
die sich durch weniger kompetente Arbeitsweise.
Rudl wunderte, dass die Kommunisten in gleicher Weise wie
die Nazis, also mit Denunziation, Bespitzelung, Parteiräson und
Heuchelei weitermachen konnten, ohne dass die Arbeiter oder
die polnische Bevölkerung sich dagegen wehren würde.
Die Befreiung von Faschismus und Gewaltherrschaft hatte nur
einer neuen Diktatur Raum gegeben, der des Kommunismus.
Der Direktor wollte nun doch die Kaderleitung über den Vorgang informieren und ließ die beiden in seinem Büro zurück.
Waclaw bedankte sich noch einmal bei Rudl, da er ihm die
entscheidenden Hinweise gegeben habe. Auch er hätte mit
Repressalien rechnen müssen, denn der Löwenanteil des produzierten Glases ginge ja an die Russen. Und die seien auch die

Betreiber des Kraftwerkes in Scheuno.

Rudl betrachtete Waclaw. Ein junger, kräftiger, hochgewachsener Mann, braun gebrannt. Er sei für das Netz- und Kabelwerk zuständig, müsse ständig auf Strom- und Telegrafenmasten herumturnen, sei nur ein einfacher Elektriker aber froh, bei den Russen arbeiten zu dürfen. Die seien jedoch viel rigoroser als seine polnischen Landsleute.

Woher er denn so gut Deutsch könne, fragte Rudl.

Er habe eine deutsche Mutter, die sich furchtbar gräme, dass Deutschland einen so grausamen Krieg angezettelt habe, und sie wolle jetzt nie mehr Deutsch sprechen.

Das hatte Rudl noch lange beschäftigt. Müsste er sich vielleicht auch schämen? Müsste er sich am Ende an diesem Krieg mitschuldig fühlen? Darüber hatte er noch nicht nachgedacht.

Waclaw hatte weiter erzählt. Das Kraftwerk Scheuno wäre von den Nazis ausschließlich für die Munitions- und Chemiefabrik gebaut worden, direkt an der Neiße. In dem riesigen Areal befänden sich, von den Deutschen bei ihrem Rückzug zum großen Teil gesprengt und zerstört, unzählige Bunker und unterirdische Anlagen. Das Kraftwerk konnte von den Russen wieder hergestellt werden. Derzeit produziere es den Strom für die gesamte Niederlausitz. Rudl horchte auf. Bunker und unterirdische Gänge an der jetzigen Grenze. Sollte er ihn einweihen?

Der November ging ins Land. Er hatte Waclaw eingeweiht, sich mehrmals mit ihm getroffen, Möglichkeiten sondiert, und dann stand das Vorhaben. Nur der Zeitpunkt war völlig ungewiss. Er musste den Direktor einbeziehen.

Wie sollte der aber zwei Tage auf Rudl verzichten?

Wie seine Abwesenheit den Spitzeln gegenüber rechtfertigen?

Doch die andere Hiobsbotschaft war, dass Herr Unterberg beabsichtigte, mit seiner Frau nach Palästina auszuwandern.

Er wisse vielleicht, so erklärte er Rudl, dass der Antisemitismus in Polen ständig zunähme, fast wie bei den Nazis, hatte er mit vorgehaltener Hand geflüstert. Nur seien die Polen nicht ganz so menschenverachtend und einen Vernichtungswillen könne er ihnen auch nicht unterstellen. Doch sei er von Freunden über Listen unterrichtet worden, auf denen auch er vermerkt sei. Das

besage nichts Gutes, und er bereite jetzt seine Übersiedlung in
den kurz vor seiner Neugründung stehenden Staat Israel vor.
Auch Rudl müsse sich über seine Zukunft Gedanken machen.
Aber was konnte er noch tun? Die Ausreise hatte er wiederholt
beantragt, diese war jedoch immer mit dem Hinweis abgelehnt
worden, in der Fabrik könne man nicht auf ihn verzichten.
Am nächsten Tag, Rudl wollte gerade zur Fabrik aufbrechen,
stand der Direktor vor der Tür. „Guten Morgen, mein Lieber!"
Er trat in den Flur und schloss die Tür. „Es ist soweit, wir haben
jetzt die zwei Tage, es gibt die Panne im Werk, bei der ich Sie
nicht wirklich brauche. Werde Sie, wenn nachgefragt wird, einfach krankmelden. Also machen Sie, dass Sie mit den Kindern
rüberkommen. Und überlegen Sie sich's gut, ob Sie zurückkommen," flüsterte er und verschwand.
Rudl lief zurück in die Wohnung und nahm Gretl in den Arm.
„Bitte zieh die Kinder an, es geht los. Es kann kalt werden,
vielleicht werden wir es erst spät in der Nacht über die Grenze
schaffen!" Beiden traten die Tränen in die Augen. „Ich muss
noch Waclaw Bescheid geben, und mach die keine Sorgen!"
„Wirst du zurückkommen?" Es traf ihn wie ein Keulenschlag.
Sie hatten nie darüber gesprochen.
„Natürlich, ich verspreche es!" „Versprich es nicht, vielleicht
ist es besser, du bleibst da. Was sollen sie uns schon tun."
Er rang nach Fassung. Nein, sie hatten nie darüber gesprochen.
Und er hatte sich auch nie auf dieses Wagnis einstellen können.
Nie war klar, ob er es überhaupt wagen dürfte und wann. Und
jetzt plötzlich! Er musste! Wenn nicht jetzt, wann dann?
Er war nach oben gelaufen, jeweils zwei Stufen nehmend, zog
hastig die Sachen über, die er zurechtgelegt hatte, wenigstens
das hatte er getan. Plötzlich kamen ihm Zweifel. Wie sollte er
mit den beiden Kindern mit der Bahn nach Forst kommen? Mit
Waclaw war vereinbart, dass er sie in Zasieki, dem früheren
Berge, einem Nachbarort von Forst, abholen würde. Schnell
steckte er noch einige Zlotys ein, wie hieß das auf Polnisch?
Drei Fahrkarten nach Zasieki!
Er überlegte. „Trzy bilety do Zasieki!", sagte er vor sich hin.
Jetzt stand er unschlüssig unten im Flur. Ja, etwas fehlte! Gretl

hatte schnell ein paar Schnitten geschmiert und hielt sie ihm
hin. In zwei alte Rucksäcke hatte er Löcher für Beine und Arme
geschnitten, die hätte er fast vergessen. Er rannte nach oben.
Wieder stand er unten. Plötzlich klopfte es an der Tür, sein Puls
verdoppelte sich, wenn sie ihn jetzt holten, Waclaw ihn gar
verraten hatte? Er schob die bereitstehenden Jungs zurück in
die Küche und öffnete die Haustür. Da war niemand. Er schaute
zurück, sah Gretl. Sie hatte die Tür einen Spalt aufgelassen.
„Hallo Kurt, was machst du denn hier?"
Rudl drehte sich um und sah Kurt voll ins Gesicht.
Was jetzt, dachte er blitzschnell, er weiß doch von nichts, er
wird doch nicht alles vermasseln! Immerhin war Kurt bei der
polnischen Miliz und hatte dort auch keine Narrenfreiheit.
„Junge, du bist ja völlig aufgelöst, was ist denn los?"
„Nichts. Komm Kurt, ich hab was Wichtiges zu erledigen, jetzt
passt es gar nicht!" Kurt umarmte ihn. „Is alles gut, ich weiß
Bescheid, habe schon Fahrkarten gekauft. Mosche hat mir alles
erzählt, ich fahre mit euch bis Zasieki." Rudl ließ sich stöhnend
auf die Treppe fallen: „Ihr seid doch alle wahnsinnig. Wie soll
das ein Mensch durchstehen. Dieser Direktor, warum hat er mir
denn nichts gesagt!" „Es sollte eine Überraschung sein!"
„Ja, die ist euch gelungen!" Rudl fingerte ein Taschentuch aus
der Hosentasche und wischte sich über die Stirn.
„Wie dachtest du denn allein mit zwei kleinen Kindern mit dem
Zug nach Zasieki zu fahren?"
„Ich weiß es auch nicht. Na gut, dann lass uns gehen!"
„Nein, wir haben noch Zeit, der Zug geht erst in zwei Stunden."
Damit ging er zu Gretl, gab ihr die Hand und beschwichtigte,
„sie werden es schaffen, ich hab mit Waclaw telefoniert."
Nach einer knappen Stunde des Verschnaufens brachen sie zum
Kunzendorfer Bahnhof auf. Der Schienenbus brauchte für die
35 Kilometer eine Stunde. Sie sprachen kein Wort, die Kinder
waren zum Glück gleich eingeschlafen, und Rudl ging der Satz
»Trzy bilety do Zasieki« nicht aus dem Kopf. Er hätte wirklich
nicht allein fahren können, so schon beäugten sie die Mitreisenden. »Trzy bilety do Zasieki«. Was hätten denn die am Schalter
gesagt? Er war in einem fremden Land, er konnte nicht einfach

mit zwei Kindern in einem Zug nach Zasieki fahren.

Waclaw wartete schon, und nach einer kurzen Begrüßung fuhr Kurt mit derselben Bahn zurück. Die Gleise endeten hier. Vor dem Krieg war die Kleinbahn bis Cottbus gefahren.

„Hast du das Telegramm an Felix geschickt?" Waclaw nickte.

Es war ein klarer Dezembernachmittag, das Thermometer war gefallen, es würde eine frostige Nacht werden. Der kleine, halb verfallene Bahnhof stand etwas einsam in einer Trümmerreihe, und nach Westen hin, wohin sie zu gehen hatten, breitete sich bis zu einem düster aufragenden Wald ein mit spärlichem Gras bewachsenes Trümmerfeld aus. „Hier war früher ein Zwangsarbeiterlager", sagte Waclaw leise, „die mussten alle dort in den Munitionsbunkern arbeiten." Damit wies er auf den Wald. „Da müssen wir durch, aber erst, wenn es dunkel ist." Er kramte aus einem kleinen Beutel, den er am Gürtel trug, ein Paket mit Schnitten hervor. „Ich habe auch welche", sagte Rudl, aber schon hatte Waclaw den Kindern je eine in die Hand gedrückt. Rudl entrollte die präparierten Rucksäcke. „Du musst Norbert nehmen, der ist zwar schwerer, aber Jochen würde bei dir nur quengeln." Waclaw nickte anerkennend, nachdem er die Rucksäcke inspiziert hatte. „Wenn wir den Wald erreicht haben, musst du immer genau hinter mir bleiben, ich kenne den Weg, habe ihn teilweise markiert. Da ist eine Menge Munition verklappt worden, wir müssen gut aufpassen und die Pfade nicht verpassen, damit wir nicht hochgehen."

„Na, du machst mir ja Mut", gab Rudl bedrückt zurück.

Sie saßen auf dem Mauervorsprung, kauten ihre Schnitten, und jeder ging wohl den Plan für sich noch einmal durch. Rudl ließ die Jungs noch in den Trümmern herumkletterten und hoffte, sie würden dadurch schneller müde werden.

Die Sonne mutierte am jetzt wolkenlosen Himmel immer mehr zu einem roten Ball und näherte sich den Baumwipfeln.

„Na dann wollen wir mal die Kinder präparieren", rief Rudl.

Er zog Norbert quasi den Rucksack an, band ihn oben zu, den Hals schützte ein dicker Schal. Dann kam Jochen an die Reihe, jeder schulterte einen, wobei sie sich gegenseitig halfen. Rudl hatte noch unten an den Rucksäcken je einen Riemen befestigt,

der wurde jetzt zwischen die Beine genommen und vorn am Gürtel festgezurrt. „Damit die Kerle, wenn wir mal robben müssen, uns nicht über den Kopf rutschen." Den Kindern machte die Prozedur sichtlich Spaß. Sie versuchten ihnen das Ganze als ein spannendes Spiel zu »verkaufen«.
Sie trabten los. Die Beinchen der beiden baumelten ähnlich wie die Arme aus den Rucksäcken heraus, wobei die Hände bisweilen in den Jackenfalten Halt suchten. Bald hatten sie den Wald erreicht, und die dicht stehenden Bäume sorgten für die nötige Dunkelheit. Waclaw zog seine kleine Karbidlampe vom Gürtel und strahlte immer nur kurz einige Fixpunkte an, blieb dann jedes Mal stehen, bis sich seine Augen wieder an die Dunkelheit gewöhnt hatten. Noch konnten sie nebeneinander gehen. „Wenn wir Glück haben, werden wir keiner Seele begegnen", flüsterte er, „die Russen bewachen die Anlage kaum, es liegt hier zu viel Sprengstoff herum, nur das Kraftwerk wird bewacht, und das liegt einige Hundert Meter südlich von hier."
Rudl sah in der Dunkelheit hoch aufragende Trümmer von Bunkereingängen, von großen Hallen, deren Stützen einseitig gesprengt worden waren, und deren Flachdächer wie Abschussrampen aus dem Wald ragten. Ihm war nicht wohl. Das war hier also eine der größten Munitionsfabriken der Nazis gewesen. Mehr als zweitausend Menschen, zum großen Teil ausländische Zwangsarbeiter, hatten hier geschuftet, und sicherlich nicht wenige waren dabei zu Tode gekommen.
Die Kinder verhielten sich ruhig, sie schliefen vielleicht auch schon, sie waren warm eingepackt, und ungemütlich war es ja auch nicht in den Tragesäcken. Immer wieder orientierte sich Waclaw an angeritzten Baumstämmen oder an eingerammten Pflöcken mit roten Kappen. „Die haben die russischen Kampfmittelräumer eingerammt", erklärte er Rudl. Es waren jetzt nur noch Trampelpfade, und er heftete sich an seine Fersen. Jochen rekelte sich auf seinem Rücken, er versuchte den kleinen Kopf zu ertasten und flüsterte: „Schlaf ´n bisschen, mein Kleiner."
Der Kopf von Norbert, dicht am Nacken von Waclaw, verdeckt durch die Pudelmütze, schwenkte immer von rechts nach links. Der Fünfjährige schlief also nicht, sondern verfolgte alles mit

neugierig aufgerissenen Augen. Sie überquerten eine schlecht asphaltierte Straße, deren Ränder schon mit Moos und Gras überwachsen waren, und Waclaw erklärte Rudel gerade, dass das die Zufahrt zum Kraftwerk sei, als sie hinter der Biegung zwischen den Bäumen ein Licht wahrnahmen, das mit einem Motorengeheul näher kam. Rasch sprang Waclaw in das Unterholz neben der Straße und legte sich flach auf den Bauch. Rudl landete wie selbstverständlich neben ihm. Diese Aktion ließ die beiden Kinderbäuche hart auf die Männerrücken aufschlagen, und vor Schreck und Schmerz plärrten beide laut auf. Instinktiv rollten die Männer erst halb nach links, zogen dabei den rechten Arm aus dem Tragriemen, dann sofort nach rechts, um den linken Riemen abzustreifen und hatten so die kleinen Schreihälse direkt vor sich. Sie hielten ihnen unsanft die Münder zu und flüsterten beschwichtigend auf sie ein. Im gleichen Moment knatterte ein Motorradgespann mit Beiwagen an ihnen vorbei. Gottlob war dessen Lärm weit größer als das Kindergeschrei, sodass zunächst keine Gefahr drohte. Waclaw redete leise auf Norbert ein, es seien die Räuber, er müsse ganz leise sein, sonst würden die alle mitnehmen. Bei Norbert wirkte das, aber der dreijährige Jochen war so nicht zu beruhigen. Er plärrte nach seiner Mama, sein Bauch täte weh, und zappelnd versuchte er, aus dem Rucksack auszubrechen. Rudl nahm ihn unter den Arm und lief gebückt tiefer in den Wald hinein. „Bleib stehen!", rief jetzt Waclaw aufgebracht, „hier kann überall Munition liegen!" Rudl warf sich wieder lang hin und befreite zunächst Jochen aus seiner Zwangsjacke, setzte sich auf, stellte ihn vor sich zwischen seine Beine und drückte ihn fest an sich. Langsam beruhigte sich Jochen. „Rudl", rief Waclaw gepresst, „komm vorsichtig wieder her, wir müssen ein ganzes Stück die Straße entlang!" Sie nahmen die Kinder an die Hand, die sollten die kleinen Beinchen wieder mal in Bewegung bringen. Wenn ein Fahrzeug käme, würden sie es früh genug hören, könnten sich, die Kinder unterm Arm, sogar besser verstecken, und zu Fuß, meinte Waclaw, wäre hier jetzt sowieso keiner unterwegs.
So erreichten sie den nächsten Trampelpfad, der rechts in das Dickicht führte. Die beiden mussten wieder aufgeschnallt wer-

den. Nach einer Stunde war das Gelände durchquert, und nun standen sie vor der Neiße, das heißt, vor der Neiße-Aue. „Da, kuck, das hintere Neiße-Wehr, da werden wir rüberkriechen", flüsterte Waclaw. Auf der anderen Seite war Deutschland.

Hier gab es keinerlei Grenzbewachung, da man nur durch das kontaminierte Gelände von Scheuno hierher gelangen konnte, und wer kannte sich schon so gut aus wie Waclaw.

Sie schlichen halb gebückt durch das hüfthohe, schon gefrierende Gras, hatten die beiden Kinder wieder an die Hand genommen, waren so kaum zu sehen, hätten aber auch blitzschnell abtauchen können und gelangten zu dem Wehr.

Die Brettterstege waren nicht mehr begehbar, doch waren die vier Aufmauerungen durch jeweils zwei Eisenträger verbunden. Die etwa vier Meter langen, stark angerosteten T-Träger überbrückten nebeneinanderliegend im Abstand von vielleicht siebzig Zentimetern die Längsmauern, von denen je eine an dem jeweiligen Ufer und zwei im Flussbett standen. Ein früher sicher hilfreiches Geländer hing schlaff zwischen den Mauern und hielt nur noch sich selbst. Darunter rauschte das Wasser.

Waclaw kletterte auf die erste knapp zwei Meter hohe Mauer, eine Treppe oder Rampe gab es nicht mehr. Rudl reichte ihm Jochen. Der musste seine Arme, auf Rudls Schultern stehend, Waclaw entgegenstrecken, was Waclaw ihm dreimal zurufen musste, ehe er ihn endlich fassen konnte. Auf dem Mauersims balancierend packte er Jochen jetzt in seinen Rucksack und schnallte ihn um, um danach Norbert auf die gleiche Weise auf den Sims zu ziehen. Das Mauerstück war gerade mal vierzig

Zentimeter breit und vielleicht zwei Meter lang. Darauf das Gleichgewicht suchend wartete Waclaw, Norbert fest an der Hand, bis Rudl auch die Mauer erklommen hatte. Jetzt musste Norbert in den Rucksack und diesmal bei Rudl auf den Rücken. Es war eine klare, kalte Nacht, an Eisenstangen und an den Rändern des Wehres hatten sich schon schimmernde Eiszapfen gebildet, und der helle Mond spiegelte sein Licht in dem schnell fließenden Wasser zu ihnen hinauf. Jetzt galt es, mit leicht gespreizten Beinen, einen Eisenträger unter jedem Fuß, erst den einen und darauf folgend den anderen, Zentimeter für Zentimeter bis zur nächsten Stützmauer zu schieben. Also war diese Distanz auf die geschilderte Weise drei Mal zu meistern. Bei der zweiten und dritten Mauer gab es ein kurzes Verschnaufen, die vierte stand schon am Ufer auf der deutschen Seite. Mit der gebotenen Umsicht, Konzentration und Willenskraft war es bald geschafft. Den Kindern war wohl die Gefahr eines Absturzes gegenwärtig. In ihren Rucksäcken waren sie für Rudl und Waclaw kaum mehr spürbar gewesen. Auf dem letzten Mauerstück angekommen, atmeten sie erleichtert durch und sprangen in das weiche Gras hinab und damit auf deutschen Boden. Sie befreiten die Jungs, und alle vier lagen zunächst still und erschöpft in dem vom Frost weiß glitzernden Gras. Der Mond stand voll am schwarzblauen Himmel, derselbe Mond, der jetzt wohl auch in Kunzendorf zu sehen war. Rudls Hals schnürte sich zu. Er war in der Freiheit, er war in Deutschland. Sollte er wirklich in die Fabrik zurückkehren, in die Unfreiheit?
Er stand auf und ging zum Wasser. Der Mond schwamm jetzt in der dahinfließenden Neiße. Ob Gretl gerade jetzt zum Himmel sah? Sie würde sicher noch nicht schlafen, würde vielleicht sorgenvoll dem Mond einen Gruß aufgeben, so wie er es jetzt auch tat. Nein, wie sollte er hier bleiben, wie konnte er seine Gretl in dem fremden Land zurücklassen? Egal, was kommen würde, es gab für ihn nur den Weg zurück zu seinen Lieben.
Die Drei lagen noch immer erschöpft im Gras. Sie waren jetzt fast vier Stunden unterwegs.
„Für wann hast du Felix telegrafiert?", fragte er Waclaw. Der schien etwas eingenickt zu sein und schreckte hoch. „Elf, zwölf

Uhr", gab er zurück, „aber der wird sicher schon da sein."
Rudl hatte Felix im Vorfeld mitgeteilt, dass er ein Telegramm erhalten würde, mit nur einen Wort »Gartenrosen«.
Nachdem Waclaw das hintere Neiße-Wehr als einzig möglichen Übergang benannt hatte, war Felix' Vorschlag gewesen, den Rosengarten von Forst als Treffpunkt zu nehmen. Durch den Krieg weitgehend verwüstet, könne man sich an der Ruine der Wehrinselgaststätte treffen. Er käme mit einem Rotkreuzauto.
Sie hatten die vom Mond beleuchteten Mauern der Ruine schon von Weitem gesehen, und im Näherkommen entdeckten sie das rote Kreuz des Sanitätsautos, dessen Farbe mit der der Mauer zu verschmelzen schien. Das Auto stand an der Süd-Ostseite der Ruine und war so nur für die von dort Kommenden auszumachen. Felix wartete schon fast eine Stunde.
Den Tod seiner Liesl würde er nie verwinden können, dachte er. Erst vor fünf Monaten, nach seiner Entlassung aus der Kriegsgefangenschaft, war ihm von Annchen die Nachricht überbracht worden, nachdem er sie auf der Insel Rügen aufgespürt hatte.
Jetzt lebten Annchen, die Kinder und er in einer kleinen Wohnung, und er wusste nicht, wie er sich Annchen gegenüber verhalten sollte. Er mochte sie, sogar sehr, aber er konnte doch nicht einfach die Schwester seiner verstorbenen Frau ...
Er sah plötzlich zwei Gestalten aus der Dunkelheit auftauchen, sprang aus dem Auto und lief ihnen entgegen.
Rudl kam auf ihn zu, und Felix umarmte ihn stürmisch.
„Mensch Rudl, dass de das geschafft hast, das werd ich dir nie vergess'n!" „Bedank' dich bei Waclaw, ohne ihn wären wir jetzt nicht hier!" Felix nahm Waclaws Hand in seine beiden und drückte sie so fest, dass Waclaw stöhnte: „Is ja gut, he, Sic tun mir weh!" Felix entschuldigte sich mit einer Geste, hockte sich zu Norbert, der Waclaws Bein fest umklammerte: „Du bist doch Norbert, aber wo ist denn Jochen, habt ihr denn nur ein'n mitgebracht?" Er hatte sich aufgerichtet und Rudl zugewandt. Der deutete mit gekrümmtem Arm und nach unten gestrecktem Daumen hinter seinen Kopf, und Felix gewahrte den schlafend zusammengesunkenen Jochen. „Na das sind ja tolle Rucksäcke, hast du die erfund'n, du alter Tüftler", flachste Felix, indem er

ein Beinchen hin und her baumeln ließ. Dann hockte er sich wieder zu Norbert: „Du bist ja n Süßer geword'n. Wo hat der denn bloß den schwarz'n Wuschelkopp her?" Er hatte Norbert beim letzten Heimaturlaub vor gut drei Jahren zuletzt gesehen.
Norbert, noch immer an Waclaws Bein klebend, fragte: „Bist du ein Räuber?" Die drei lachten. Felix sah vielleicht wirklich aus wie ein Räuber. Er steckte in einem langen grauen Lodenmantel, aus dem dicke Schaftstiefel stakten. Das etwas grobe Gesicht beherrschte ein dunkler Schnurrbart, auf den widerborstigen braunen Haaren klemmte eine Schiffchenmütze, mit einem kleinen in den vorderen Kniff gesteckten roten Kreuz.
„Also, dann lasst uns ma losfahr'n", sagte er. „Wann wollter denn wieder zurück?"
Die Nacht war in trockener Kälte erstarrt. Felix ließ den Motor aufheulen und fuhr rasant aber gekonnt durch die holprigen Wege des Gartens, bog in eine ungepflasterte Straße ein, wich geschickt den Schlaglöchern aus, sodass Rudl und Waclaw, die mit den Kindern hinten auf zwei Sitzen neben der Krankenpritsche hockten, Mühe hatten, nicht durch den Wagen zu kegeln. Das Chassis samt seinem Aufbau dröhnte, die Vibrationen des Motors, das Hin und Her beim Gas geben, Bremsen und Schalten und die nicht gedämpften Stöße des kaputten oder nicht vorhandenen Straßenbelags hielten sie eine knappe Stunde lang in Atem. Eine Unterhaltung wäre nicht möglich gewesen, und so waren sie froh, als das blecherne Gefährt quietschend hielt, endlich angekommen zu sein.
Rudl klopfte Felix auf die Schulter: „Bei deinem Fahrstil möchte ich aber nicht hinten als Kranker auf der Pritsche liegen!"
Annchen begrüßte sie herzlich mit kleinen, liebevoll kreierten Häppchen, kredenzte eine Flasche Wein, die Rudl und Waclaw aber dankend ablehnten, sie hatten beschlossen, noch in der Nacht den Rückweg anzutreten. Im Nebenzimmer hatten sich die Kinder schnell gefunden, trotz der eineinhalb Jahre, die sie sich nicht gesehen hatten. Die jetzt achtjährige Ulle bemutterte Jochen, der eigentlich nicht so recht wissen konnte, was da gerade vor sich ging, und Hardy und Norbert waren bald wieder miteinander vertraut, als wären sie nie getrennt gewesen. Rudl

stand mit Annchen, die Kinder beobachtend, in der Tür und fragte leise: „Na, hast du ihn schon gefragt?" „Nein", flüsterte Annchen, „aber wir werden bestimmt zusammenbleiben."
Er legte den Arm um sie und drückte sie.
„Ich wünsche Euch alles Glück der Welt!"
Ja, das Glück dieser Welt, dachte er. Und war an sein eigenes »Glück« erinnert. Was gäbe er darum, so wie Felix hier, zwar in der russisch besetzten Zone, aber in Deutschland mit seiner Familie leben zu können, wo man deutsch sprechen durfte, wo Kinder in die Schule, in den Kindergarten gehen konnten. Und wo er sich wieder eine neue Existenz aufbauen könnte.
Aber nein, Felix hatte seine Frau auf furchtbare Weise verloren, die Mutter seiner vier Kinder. Wird er dazu fähig sein, mit Annchen ein neues Glück zu finden?
Wessen Glück war nun das Glück, von dem beide träumten?
Er wäre beinahe von dem Eisenträger abgerutscht, denn seine Gedanken waren nicht mehr bei dem kniffligen Überqueren des Flusses. Er wedelte mit den Armen und fand zum Glück sein Gleichgewicht wieder. Auf dem Hinweg mit den Kindern ging es um die Kinder, jetzt auf dem Rückweg schien alles leichter.
Die ganze Zeit, vom Verabschieden von Annchen, von den Kindern, während der rumpelnden Fahrt, des Umarmens mit Felix bis hinauf auf die T-Träger hatte ihn seine Grübelei nicht losgelassen: Sollte er nicht doch bleiben? Würde sich dann das Glück wenden, oder würde er seine Familie ins Unglück stürzen?
„Rudl, was is los mit dir, pass doch auf!", rief Waclaw.
Rudl hielt einen Augenblick inne und setzte jetzt konzentriert den Rückweg über die Eisenträger fort.
Unbehelligt waren sie im Morgengrauen an der Bahnstation in Zasieki angekommen. Der erste Schienenbus brachte Arbeiter aus Sorau, die in dem Kraftwerk Scheuno arbeiteten, und fuhr jetzt fast leer wieder zurück. Er hatte beschlossen, nachdem er sich von Waclaw verabschiedet und ihm nochmals gedankt hatte, sich sofort in der Fabrik zu melden. Aber war nicht heute Sonntag? Was war das für eine Panne, es gab keinen Sonntag.
Die Landschaft flog am Fenster vorbei, der frostige Morgen präsentierte die Wiesen, Äcker und Sträucher zuckrig weiß.

Sie standen im Pulk abseits der Arbeitswanne, und er erkannte sofort die Parteileute. Einer, der etwas Deutsch sprach, kam auf ihn zu und fragte unwirsch: „Wo Sie kommen her, wir warten!"
„Ich habe Grippe, Fieber, hab mich aber trotzdem aufgerafft."
Übernächtigt und unrasiert, wie er war, war das für den Fragenden schon glaubhaft, trotzdem sagte der, „was ist aufgärrafft?"
Herr Unterberg schaltete sich ein. „Gut, dass Sie da sind! Die Herren wollen genau wissen, wie das hier passieren konnte."
Was war hier passiert? Er versuchte, sich ein Bild zu machen. Mehrere Arbeiter waren dabei, erstarrtes Glas aus der Arbeitswanne zu hauen. Dafür hatten sie mobile Schutzwände aufgestellt, die Glassplitter flogen prasselnd dagegen, und mit ihrer Schutzkleidung sahen sie aus wie außerirdische Wesen.
Ja, dachte er, die hätten wir damals auch gebraucht!
Die Wanne war also geborsten. Das war eigentlich normal, passierte zwar nur alle vier, fünf Jahre, sie musste neu betoniert und beschichtet werden. In acht bis zehn Tagen würde vielleicht die Produktion wieder anlaufen können.
Das erklärte er den Herren umständlich, vom Direktor musste alles nebst der Nachfragen übersetzt werden. Dann zogen sie zufrieden oder nicht, was Rudl egal war, gestikulierend ab.
Herr Unterberg trat an ihn heran: „Ich habe nicht geglaubt, dass Sie zurückkommen. Aber danke, Sie haben mich gerettet!"

23. *Ein Bild von einer Familie*

Er lief unruhig im Zimmer hin und her.

„Ich habe dir meine ganzen Radioteile anvertraut. Du hattest dich angeboten sie zu verkaufen. Jetzt kommst du mit 9 000 Zloty? Die sind mindestens 20 000 wert! Hast du dir den Rest vielleicht eingesteckt?"

Rudl war außer sich. Gretl stand im Flur und wunderte sich. So aufgebracht hatte sie ihn noch nie erlebt. Er war der friedfertigste Mensch, den sie kannte; sie hatte noch nie Streit mit ihm.

Dieser Feldeisen war wieder bei ihm. Warum hatte er sich nur mit dem eingelassen? Schon bei der ersten Begegnung hatte sie kein gutes Gefühl gehabt. Ein Franzose, der sehr gut deutsch und polnisch sprach, war das verdächtig?

„Mehr konnte ich nicht herausschlagen", rief auch er jetzt etwas lauter, „und woher willst du den Preis so genau wissen, die sind doch nur auf dem Schwarzmarkt zu verkaufen!"

„Was soll ich denn jetzt machen? Ich hab vor vier Wochen den Ausreiseantrag gestellt, und man hat mir signalisiert, es könnte klappen. Ich brauch doch das Geld, wie soll ich in Deutschland ohne einen Pfennig neu anfangen?"

„Du kannst sowieso keine Zlotys mitnehmen. Ich werde dir ein paar Schmuckstücke oder eine Uhr besorgen!"

„Nein!", rief Rudl jetzt, „du sollst mir den Wert der Ersatzteile erstatten, sonst will ich nichts mehr von dir!"

Er öffnete die Tür: „Es ist besser, wenn du jetzt gehst!"

Es war ein gutes Jahr her, da hatte er plötzlich vor der Haustür gestanden und um Einlass gebeten, unter dem Arm ein Grundig, Modell Heinzelmann W. Das hatte Rudl sofort gesehen, und seine Neugier auf das Gerät war augenblicklich geweckt. Aber er hatte trotzdem zunächst die Bitte um Reparatur abgelehnt.

„Schauen Sie." Damit wies er auf den Treppenaufgang, wo sich seitlich auf fast jeder Stufe ein Radio hinter dem anderen aufreihte, als ob sich jedes einzelne zur Reparatur anstellen würde. „Meine knapp bemessene Zeit ist für die nächsten Wochen wirklich ausgefüllt!" Doch Feldeisen schlug ihm für die Reparatur einen sehr großzügigen Pauschalpreis vor, zu dem Rudl noch nie gearbeitet hatte, also ließ er ihn ein.

Gretl war dazugekommen und begrüßte Feldeisen. Sie standen im Flur, und sie musterte ihn, während er mit Rudl noch verhandelte. Er hatte sie sofort an den Baron erinnert, sein Gebaren war ähnlich und auch sein Aussehen. Eine hochgewachsene, schlanke Gestalt, er trug einen gut sitzenden hellgrauen Anzug, das hatte sie als selbst Schneidernde beeindruckt, ein leicht blaues Hemd mit dunkelblauer Krawatte, zum Windsorknoten gebunden. Sein hellblondes, locker gescheiteltes Haar stand in Kontrast zu dem gebräunten Gesicht, das nicht unsympathisch Gretl entgegenlachte. Er mochte fünf Jahre älter sein als Rudl. Der französische Akzent wirkte einnehmend, und doch hatte seine Miene etwas Verschlagenes, ähnlich wie bei Ferdinand.

Komisch, gerade jetzt musste sie an Ferdinand denken, das war eine Ewigkeit her, und die Erinnerung an diese ihre erste Liebe war fast verblasst und bewegte sie trotzdem.

„Wie findest du ihn?", fragte Rudl, und Gretl, als ob sie sich ertappt fühlte, gab nur flüchtig zurück: „Ja, ja, ganz nett."

„Waclaw hat ihn zu mir geschickt, er wollte mich unbedingt kennenlernen, und er hätte auch noch mehr zu reparieren. Stell dir vor, er hat mir pauschal tausend Zloty angeboten."

„Bisschen komisch", sagte Gretl, „wieso schmeißt der so mit Geld um sich? Was arbeitet der denn?"

„Aber wenn er alle paar Wochen was zum Reparieren brächte, tausend Zloty, dann kämen wir endlich mal über die Runden."

Das Kriegsende lag gut zwei Jahre zurück. In den ehemaligen

deutschen Ostgebieten – zumal in den ländlichen – hatte sich die Versorgungslage zwar auf einem niedrigen Niveau stabilisiert. Das lag vor allem auch daran, dass etwa aus Schlesien schon fast alle Deutschen ausgewiesen oder geflohen waren und diese Landstriche zahlenmäßig bei Weitem nicht wieder mit Polen besiedelt werden konnten, ganz im Gegensatz zu den jetzigen deutschen Ostgebieten, vornehmlich der sowjetischen Besatzungszone, die von Flüchtlingen und Umsiedlern überquollen. So entstand ein grenzübergreifender Schwarzhandel, also viele Polen oder deutschstämmige Polen brachten illegal Lebensmittel nach Deutschland und kamen mit Sachgütern aller Art, vor allem aber mit Radiogeräten, wieder zurück. Denn es galt hier wie dort, den Hunger zu stillen, aber auch den nach Informationen. Die politische Entwicklung war mitbestimmend für die eigene Zukunft. So war auch das Modell Heinzelmann, ab Ende 1946 von Grundig zunächst als Bausatz produziert, ein begehrtes Tauschobjekt, und Rudl war sofort begierig, ein solches Gerät in Augenschein nehmen zu können. Feldeisen brachte dazu sogar noch einen zwar nicht mehr vollständigen Bausatz mit. Also ging er gleich in den nächsten Tagen mit Feuereifer ans Werk. Anhand des an der Unterseite des Gerätes aufgeklebten Schaltplans studierte er die ganz neue Bauart, den Einkreiser mit U-Röhren unter Verzicht auf Verbundröhren, was den Röhrenersatz vereinfachte. So war schnell eine Ersatzröhre zur Hand, dazu musste das Chassis gerichtet werden – ein neues Lautsprechertuch fand sich unter Gretls Stoffresten –, diverse Lötstellen waren nachzulöten, und nach zwei Abenden Arbeit spielte der »Heinzelmann« wieder.

Tausend Zloty, dachte Rudl, leicht verdientes Geld!

Schon ab Mitte 46 gab es den »Rundfunk im amerikanischen Sektor Berlin«, den RIAS, die »freie Stimme der freien Welt«, der auf der Mittelwelle im deutschen Osten und darüber hinaus gut zu empfangen war, obwohl die Frequenzen systematisch durch die Russen gestört wurden. Rudl hörte regelmäßig die Wortprogramme des RIAS, zudem wurde viel klassische Musik und Unterhaltungsmusik gesendet, und vor allem solche, die in der Nazi-Zeit verboten war, wie Jazz und Swing.

Während er abends an seinen Reparaturen saß, hatte er die Berichte über die Nürnberger Prozesse gegen die Hauptkriegsverbrecher verfolgt. Das Gehörte beschäftigte ihn ständig. Die meisten der Angeklagten beriefen sich darauf, dass sie nach Gesetzen bestraft werden sollten, die zu der Zeit, da sie die Taten begangen haben sollen, noch gar nicht existierten.
Er hatte fünfzehn Menschen erschossen, wie Karl behauptet hatte, und doch gegen kein geltendes Gesetz verstoßen. Aber das Gesetz „Du sollst nicht töten" bestand schon immer. Doch dort saßen ganz andere Leute auf der Anklagebank: Göring, Heß, Dönitz, Keitel ..., er war nur ein kleiner Soldat gewesen. War es ein Unterschied, ob man fünfzehn Menschen umbringt oder Zigtausende, oder ob man generalstabsmäßig die Vernichtung von Menschen plant? Nach solchen Abenden, solchen Berichten, war ihm der Verlauf der Nacht vorgegeben. Er arbeitete dann immer, bis ihm die Augen den Dienst versagten, und doch wälzte er sich den Rest der Nacht wach und grübelnd, schlecht schlafend und träumend in seinem Bett, um sich übernächtigt und zerschlagen am nächsten Morgen zur Fabrik zu schleppen.
Während er Feldeisens »Heinzelmann« reparierte, verfolgte er die Berichte über den Nürnberger Juristenprozess. Im November 1947 sollten die Urteile verkündet werden, und Rudl war gespannt, ob tatsächlich Juristen Juristen verurteilen würden.
Die Angeklagten: Präsidenten der ehemaligen Sondergerichte, Richter und Anwälte des Volksgerichtshofs und Beamte des Reichsjustizministeriums waren der Verschwörung, der Rechtsbeugung und Verbrechen gegen die Menschlichkeit angeklagt.
Durch Sondergerichte und die Einrichtung des berüchtigten Volksgerichtshofs hätten sie faire und rechtsstaatliche Verfahren verhindert und unmöglich gemacht. In den Schauprozessen und in den sprichwörtlich kurzen Prozessen wurde in fast der Hälfte der damaligen Verfahren die Todesstrafe verhängt.
Das geflügelte Wort vom »kurzen Prozess«, wie es auch Rudl und Gretl verwandten, hatte hier seinen Ursprung.
Die Verbindung mit Feldeisen hatte sich durch die schnelle und problemlose Reparatur gefestigt, und in den Folgemonaten kam er häufiger und unangemeldet, brachte Kleinigkeiten, wie Bunt-

stifte, Kreide oder Ausmalbögen für die Kinder, auch für Gretl schon manchmal Blumen oder gar ein kleines Flacon, dazu beim nächsten Besuch ein Fläschchen Parfüm, auch seine Frau brachte er bald mit. Man ging spazieren und plauderte über vermeintlich Belangloses. Und Feldeisen wollte Auskünfte über die Fabrik, über Verdienstmöglichkeiten. Er würde auch gern dort arbeiten. Ihn interessierten Maschinen und Produktionseinheiten. Rudl gab ihm bereitwillig Auskunft. Sie sprachen über Truppentransporte, die für jeden unübersehbar waren, über die politische Lage, über die eigenen Pläne.

Gretl lehnte es immer ab mitzugehen, mit der Ausrede, sie habe zu tun. Evi und Bunti taten das dafür um so lieber. Frau Feldeisen mühte sich um sie, es fand sich auch in ihrer Handtasche meist eine Süßigkeit für die Kinder.

Feldeisen brachte weiterhin Radios zur Reparatur. Bis zu jenem Zerwürfnis im Oktober 48 waren es knapp zehn, die Rudl für ihn reparierte, wobei ihn doch die Frage beschäftigte, wie Feldeisen an diese Radios komme, es waren meist solche vom Typ Heinzelmann, und die waren nicht ganz billig und eigentlich nur in Deutschland zu bekommen. Die tausend Zloty fast jeden Monat ließen jede Antwort unwichtig erscheinen.

Doch jetzt bereitete sich Rudl innerlich auf die Ausreise nach Deutschland vor. Er wusste noch nicht wohin, hatte in dem Antrag zunächst einmal Hamburg angegeben, obwohl Paul, sein Schwager, der mit seiner ältesten Schwester dort lebte, ihm geschrieben hatte, er solle vorerst besser in Polen bleiben, da die Versorgungslage in Hamburg sehr schlecht sei und Flüchtlinge aus dem Osten, »da sie selbst nicht viel zu beißen hätten« nicht willkommen seien.

Uli würde im April des nächsten Jahres sechs, er musste in die Schule, wie die Töchter, die schon je ein, zwei und drei Jahre Schule versäumte hatten. Inzwischen sprachen die Kinder fast so gut polnisch wie deutsch. Sollten sie zu Polen werden?

Gretl und er gaben sich ja alle Mühe, den Kindern Lesen und Schreiben beizubringen, aber sie konnten ihnen doch nicht die Schule ersetzen.

Für seine Situation, zumal für die wirtschaftliche, bestand keine

Aussicht auf Besserung. Im Gegenteil. Vor einem halben Jahr war plötzlich, für ihn doch nicht unerwartet Direktor Unterberg ersetzt worden. Ein Neuer hatte sich in der Fabrik vorgestellt. Er sprach nur ein paar Brocken Deutsch, sodass die Zusammenarbeit sich immer schwieriger gestaltete, und sicher in der Folge waren sie dann von heute auf morgen aus der »Villa« ausgewiesen worden. Sie lebten jetzt in den sogenannten Wiesenhäusern in drei kleinen Zimmern, ohne Bad und Toilette, die befand sich unten in Hof. An der Stirnseite einer Schuppenreihe, die jeweils einen schmalen Verschlag für jede Wohnung bereithielt, gab es drei Häuschen, die Jauchegrube davor, mit Brettern abgedeckt. Evi war schmerzlich an Langenau erinnert.

Das Leben wurde, was nicht nur dieses Bedürfnis betraf, weniger komfortabel, beengter, unwirtlicher. Gretl trug die Hauptlast, es gab nur einen Wasserhahn in der Küche, nur dort konnte sich jeder waschen, dort wurde in einer kleinen Zinkwanne gebadet; wie in Trebnitz, dachte Gretl oft, und die Wäsche musste sie im Ausguss oder in der Schüssel waschen. Für drei Erwachsene und vier Kinder mussten in den zwei kleinen Zimmern und der Wohnküche Schlafplätze bereitgemacht werden.
Auch die privaten Reparaturaufträge wurden weniger; er fragte sich, ob das eine Kampagne gegen ihn als Deutschen war.
Ob Herrn Unterberg mit seiner Frau die Übersiedlung nach Israel geglückt war, würde er wohl nie erfahren. An Arbeit in der Fabrik mangelte es weiterhin nicht, und wenn er am Abend einmal doch etwas früher heimkam und die Kinderle noch wach waren, war es für ihn die größte Freude, von ihnen das am Tag Erlebte erzählt zu bekommen. Daraus konnte er entnehmen, dass die ganze Not, der ständige Kampf ums tägliche Brot, den

Kindern nicht die Freude an ihrem Dasein vergällten.

Uli berichtete ihm, mit vor Eifer geröteten Bäckchen an einem dieser Abende: „Vati, heut war'n die Jauchepumper da!" Rudl fragte, was denn ein Jauchepumper sei, und Uli berichtete stolz, „die sind mit eim *F*erdewag'n gekomm', mit eim groß'n Topf drauf, *sooo* groß, den kriegt Mutti nie auf n Of'n. Und vorn waren zwei dicke *F*erde, die haben vielleicht ge*sch*nauft!"

Bei dem *Sch* machte er noch immer seine runde Schute.

„Und, und ei - einer hat, hat dann die Bretter wek - gemacht!", überschlug er sich. „Welche Bretter?", fragte Rudl. „Na die, wo wir immer drüber geh'n, wenn wir aufs Klo geh'n, da hab ich die ganze Jauche geseh'n und die andern auch, der Karol, der Pawel, der Mi*sch*al, na, alle die zugekuckt hab'n. Die, die hab'n aus dem Topf ein dickes Rohr gezog'n und in, in die Jauche gehalt'n. Vati, das hat gemieft wie tausend Pupser!"

Er stand mit großen Augen vor Rudl, der sich auf ein Kinderstühlchen gesetzt hatte. „Die hab'n dann Wippe gemacht!"

„Wippe?", fragte Rudl, strich ihm über das Haar und küsste ihn auf die Stirn. Dabei wären ihm fast die Tränen gekommen, was sollte mal aus seinem Jungen werden? „Ja, da war'n noch zwei so kleine Töpfe und drüber ein Balk'n mit Griff'n, und die haben gewippt, an den Griff'n gezog'n, rauf und runter. Aber, aber die hab'n sich nich draufgesetzt. Karol hat gerufen: Ich will auch mal wippen, und die hab'n geschrien, das is keine Wippe, das is ne Pumpe. Und dann is Karol da reingefall'n in die Jauche!" Uli war nicht mehr zu halten. „Vati, schade, dass de das nich geseh'n hast, der Karol iner Grube, und einer lag aufm Bauch und hat n rausgezog'n."

„Also ist dem Karol weiter nichts passiert?", amüsierte sich Rudl. „Die hab'n den aner Wasserpumpe, hab'n die den ausgezogen und immer das kalte Wasser drübergepumpt, und die Hosen, Vati, der, der wird bestimmt immer stinken, der brauch keine Pupser mehr mach'n!" Rudl nahm ihn auf den Arm: „Ja, ja, mein Kleiner, jetzt geht's aber ab ins Bett!", doch Uli konnte nicht aufhören, ihm immer wieder neue Details zu schildern.

Evi wollte von Rudl wissen, sie hätte in dem kleinen Wäldchen unweit der Wiesenhäuser überall an den Birken Flaschen und

Töpfchen gesehen, was denn damit gemacht werden könnte?
Und Jutti, die genau zugehört hatte, ergänzte: „Ja, da is ein Stock
im Baum, und der tropft." Rudl erklärte ihnen, im Frühling
könne man an bestimmten Stellen die Birken anbohren und den
austretenden Saft auffangen. Den könne man trinken als Medi-
zin, gegen Gicht oder Rheumatismus, oder mancher mache
Birkenchampagner daraus. Gerade jetzt könne man den gut ver-
kaufen. Bunti meinte: „Vati, könn´n wir das nich auch mach´n,
dann könnte Oma noch n Huhn oder ein Gockel kauf´n."
Oma betreute hinter dem Schuppen in einem Verschlag mit
Auslauf zwei Hühner und hatte so fast jeden Tag ein oder zwei
Eier, die sich die Kinder teilen durften.
„Nein", sagte Rudl, „dafür muss man einen großen Ofen haben,
wo man den Saft in einem ganz großen Topf kochen kann."
„Ein soo grooßer Topf, wie die Jauchepumper haben", prustete
Uli hervor, breitete die Arme zu einer Rundung und streckte
dabei seinen kleinen Bauch heraus, um die Größe noch besser
zu verdeutlichen. „Na, aus dem Topf möchte ich lieber keinen
Champagner trinken", warf Gretl ein.
„Vati?", meldete sich Jutti, „was is eine Bombe?" Rudl schaute
sie verwundert an. „Wie kommst du denn darauf?" „Ja, die großen Jungs hab´n ein langes Loch da reingesägt und sich rein-
gesetzt, auf dem See, mit einem Brett und wollten rudern, die
sind aber immer umgefallen, und dann mussten die immer das
Wasser ausgießen." Rudl wusste im Moment nicht, wie er Jutti
eine Bombe erklären sollte, konnte sich aber gut vorstellen, wie
die Jungs wohl versuchten, in dem zigarrenähnlichen Behälter
die Balance zu halten, was ihnen aber ohne Kiel nicht gelingen
konnte. Dabei musste er an Wielun denken, als die Bomben der
Stukas die Stadt in Schutt und Asche legten. So etwas hatten
die Kinder gottlob nicht erleben müssen.
„Habt ihr denn heute mit Mutti schön Schule gespielt?", fragte
Rudl stattdessen und massierte weiter Ulis herausgestreckten
Bauch. „Ja, wir haben zwei große Seiten Diktat geschrieben,
hier, Mutti hat alle Fehler angestrichen, und ich hab alles noch
mal abgeschrieben!" Rudl sah sich die saubere Abschrift an,
lobte Evi, während Bunti ihre Blätter brachte und fragte: „Mutti

hat bei mir so viel rote Striche gemacht, sind das wirklich alles Fehler?" „Ja, wenn Mutti das anstreicht, dann hast du das auch falsch geschrieben. Ihr müsst alles schön lernen, denn das kann euch später keiner mehr nehmen."

„Ich, ich", meldete sich Uli wieder, „hab heut gelernt, wie man ein'n Hahn *sch*lachtet!" Alle sahen ihn verwundert an. „Ja, dem haut man einfach den Kop ab. Die, äh, die Frau Mi*sch*alt*sch*ik", Rudl dachte, er müsste mal mit ihm die Zischlaute üben, nicht dass er am Ende einen Sprachfehler zurückbehielt. „Die, die hat dann heißes Wasser gebracht und den, den da reinge*sch*missen und, und ich durfte mit rupfen. Die hat gesagt, du noch nich böser Deut*sch*er." Gretl nahm ihn in den Arm und drückte ihn an sich: „Nein, du bist kein böser Deutscher."

Uli schob Gretl weg: „Vati, bist du ein böser Deut*sch*er?"

Rudl stutzte betroffen. Jutti kam jetzt mit ihrem Rechenheft und zeigte ihm die etwas verunglückten Zahlenpakete, die sie zusammengerechnet hatte. Er nahm sie auf den Schoß, knaudelte sie kräftig durch und flüsterte, an ihrem Ohr knabbernd: „Du bist doch immer noch Vatis Knullerlein!"

An einem der nächsten Abende musste Uli unbedingt sein Erlebnis, das er Gretl schon geschildert hatte, loswerden. Er war, nach Hause kommend, vor sich hinträumend die Treppe hinauf gestiegen, hatte plötzlich den Kopf nach oben gereckt und in einen seltsam hin und her wehenden Stoffbausch geschaut. Die Nachbarin war dabei, die Treppe zu putzen, und ihr Hinterteil schwenkte samt dem ausladenden Rock, oder waren es mehrere, in der Gegenbewegung zum Putzlappen hin und her. Uli sah von den zu kurz gewordenen, dunklen Strümpfen nicht mehr bedeckte Oberschenkel, die irgendwo in den weiten Röcken zu verschwinden schienen. Er blieb wie erstarrt stehen, musste erst realisieren, dass am anderen Ende Frau Nowak den Lappen über die Treppenstufe zog. Jetzt trat sie eine Stufe herunter, und Uli wäre unter der Stoffglocke gefangen gewesen, hätte er sich nicht schnell seitlich an der Wand an ihr vorbeigedrückt.

„Nie biegaj po mokrym!", hat die ge*sch*rien", sagte Uli, „ach nein, das ver*sch*tehst du ja nich", und er übersetzte: „Warum rennst du durch das Nasse?" Seine blauen Augen funkelten und bei jedem *Sch*, rundete sich seine Schnute, „Ja, so hat die mich ange*sch*rien! Und weißt du, was ich da geseh´n hab?" Er stellte sich breit vor seinem Vater auf, die kleinen Fäustchen in die Hüften gestemmt, und rief triumphierend: „Ich hab geseh´n, wo bei ner Frau die Beine angewaks´n sind!"

Bunti hatte nur gewartet, dass Uli fertig würde, und schnell begann sie zu erzählen, sie wäre auf der großen Wiese gewesen. Dabei zeigte sie Rudl wieder einmal die diversen Wespenstiche an ihren Beinen – es waren wohl eher Mückenstiche, sie hätte mit ihren polnischen Freundinnen Kaninchen beobachtet und ihnen, natürlich auf Polnisch, die besonderen Verhaltensweisen von Kaninchen erläutert.

„Du hast mir doch erzählt, wie du vor dem Kaninchen gelegen hast und das hat dich nich erkannt." Und sie berichtete, sie hätte sich vor die Kinder gelegt und ihnen gesagt, nur so könnten sie Kaninchen beobachten, sie würden nicht gleich weglaufen, sie dürften sich aber nicht bewegen oder aufstehen. „Im Liegen, hab ich denen gesagt, würde ein Kaninchen denken, was ist denn das? und nicht merken, dass es ein Mensch ist, denn den erkennt ein Kaninchen nur, wenn er steht und ein Gewehr hat."

„Ach deswegen", warf Gretl ein, „hat mir Frau Malinowski gesagt, die Mädchen hätten alle im Kreis um Bunti herum in der Wiese gesessen, und Bunti hätte vor ihnen gestanden, als ob sie einen Vortrag halten würde." „Hab ich auch, auf Polnisch!", rief Bunti, „die haben ganz schön gestaunt! Und das weiß ich alles von meinem Vati, hab ich denen gesagt."

Sie hatten auch diesen Abend mit einem gemeinsamen Gebet beendet, Oma blieb wie immer in ihrem Sessel sitzen, als sie die Kinder zu Bett brachten. Sie hatte kaum teilgenommen, nur bei Ulis »Pointe« mit den angewachsenen Beinen war ein Auflachen von ihr zu hören gewesen. Seit sie in den Wiesenhäusern wohnten, schien sie in sich zusammenzufallen. Ihr Zittern hatte sich wieder verstärkt, und bis auf das Betreuen der Hühner war sie zu wenig fähig. Sie sprach von der Strafe Gottes, »weil wir diesen Krieg angezettelt haben.«

Gretl und auch Rudl bedrängte ihr Zustand. Medikamente oder eine ärztliche Behandlung hätten ihr sicher geholfen, aber dafür

gab es weder eine Versicherung noch Geld, es würde sich auch
kaum ein polnischer Arzt finden, der eine Deutsche behandelte.
Sie waren zu Bett gegangen, und für Rudl begann wieder eine
dieser grüblerischen Nächte.
Er hätte heulen können, aber was nutzte das. Was hab ich doch
für wunderbare Kinder, dachte er, und ich kann ihnen nichts
bieten, keinen Schulbesuch, keine Perspektive für ihr Leben,
noch nicht einmal die richtige Ernährung, Kleidung ... und
genau wie für Oma keine ärztliche Versorgung.
Und trotzdem, Gretl hatte die Nähmaschine aus der Villa mitnehmen dürfen, sie nähte alle Sachen für die Kinder, für ihn, für
Oma, für sich. Die Kinder sahen immer wie aus dem Ei gepellt
aus, doch konnte er nie etwas Neues für sie kaufen. Sein Verdienst wurde immer weniger wert, man sprach von einer bevorstehenden Währungsreform. Lebensmittelmarken, die zwi-
schenzeitlich abgeschafft worden waren, wurden wieder eingeführt, aber mit geringeren Rationen. Es schien auch, als hätten
die Polen jetzt wieder mehr Angst, mit ihnen als Deutsche in
Kontakt zu kommen? Zog eine neue Gefahr für sie herauf?
Man hatte ihm in der Fabrik einen polnischen »Fachmann«, der
nichts konnte, vor die Nase gesetzt. Der verdiente das Geld,
und Rudl machte nach wie vor die Arbeit. Sie brauchten ihn,
aber sie wollten ihn nicht mehr. Aber was konnte er ändern? An
Flucht hatte er schon mehrfach gedacht, aber die wäre, wenn
überhaupt, nur für ihn allein möglich. Konnte er jetzt Gretl und
die Kinder sich selbst überlassen? Doch wären sie nicht auch
allein, wenn sie ihn holten?
Am zweiten Sonntag im März 1949 war er wieder einmal mit
Gretl und den Kindern nach Sorau zur heiligen Messe gepilgert.
Oma konnte nicht mit, die fünf Kilometer Fußmarsch waren ihr
zu anstrengend. Sonst nahmen sie ja regelmäßig in der Kunzendorfer Kirche an den Sonntagsmessen teil.
In Sorau gab es immer noch einen deutschen Pfarrer, den Herrn
Kirchenrat Ponsenz, der meist nach der Messe für die Kinder
einen Saft parat hatte und für Gretl und Rudl gar einen Kaffee.
Während der Messe hatten Rudl seine Sorgen und Ängste nicht
losgelassen, im Gebet wollte er Ruhe finden. Vielleicht hoffte

er gar auf ein Zeichen, ob er sich vielleicht doch durch eine Flucht nach Cottbus Schlimmerem entziehen könnte. Den Weg durch den Wald von Scheuno würde er sicher noch finden, und über das Wehr zu balancieren wäre dann eine Kleinigkeit.

Nach dem kleinen Empfang mit Gebäck, Saft und Kaffee beim Rat Ponsenz, der ihn auch nicht ruhiger werden ließ, traten sie den Heimweg an. Die fast achtjährige Jutti hing sich an Rudl: „Können wir bei dem Fotogeschäft vorbeigehen, da soll unser Bild ausgestellt sein?"

Im letzten Jahr, auch an einem Märzsonntag, waren sie bei einem Fotografen gewesen, der ein Familienbild aufnehmen sollte. Rudl wollte unbedingt ein Bild von seinen Lieben und sich, das Geld dafür hatte er extra zurückgelegt. Sie erinnerten sich alle noch lebhaft an das Ereignis.

Auf einem großen Holzstativ war eine ziemlich altmodische Kastenkamera montiert. Der Fotograf verschwand immer wieder unter einem schwarzen Tuch, dirigierte mit den Armen Jutti und Bunti, die jeweils außen standen, hin und her, kam wieder hervor, platzierte Uli, der schon einzunicken drohte, mahnte Rudl und Evi in der hinteren Reihe geradezustehen und rief laut und wichtig: „Jetzt Achtung!, Uli, du heißt doch Uli, die Augen auf und nicht so ernst, alle lächeln, jetzt!" Die beiden Blitzlichtbirnen verglühten und schrumpften mit knisterndem Geräusch in sich zusammen. Alle Fotografierten sahen für Minuten nur noch ineinander schwimmende, blau gefüllte Kreise, und der Fotografierende tauchte unter dem Tuch wieder auf. „So, das war wunderbar, jetzt machen wir das noch einmal", rief er, wiederholte die Prozedur des Abtauchens, des Winkens, des Aufrichtens und des Zurufens stillzuhalten, dann folgte wieder der grelle Blitz, das Knistern der Birnen, der für jeden minutenlang blau verschleierte Blick. Er schüttelte jedem die Hand. In einer Woche könne Rudl die Bilder abholen, und schon fanden sie sich auf der Straße wieder. Alle plapperten erleichtert durcheinander, und jeder versuchte, die doch entstandenen Verkrampfungen irgendwie zu lockern, als plötzlich eine schwarze Limousine auf die kleine Gruppe zurollte.

„Ach", seufzte Rudl, „in der Fabrik gibt es bestimmt wieder

Probleme. Ich fürchte, wir müssen mit dem Auto nach Hause fahren!" Die Kinder waren hellauf begeistert. Der Fahrer war tatsächlich auf der Suche nach Rudl. Agnes hatte ihm gesagt, dass er in der Messe in Sorau sei. Er hatte durch das offene Fenster gerufen: „Fabrik kapuut, mussen kommen!"
Sie stiegen ein. Rudl saß vorn mit Uli auf dem Schoß, der mit großen Augen seine erste Autofahrt genoss, und die drei Mädchen mit Gretl hatten sich hinten eingeschachtelt. Es war eine große Limousine, ein Pobeda sowjetischer Bauart vom Typ M-20. Der neue Direktor hatte, protzig, wie er war, das Auto angeschafft. Rudl war schon oft damit gefahren worden, und auch ihn begeisterte die gediegene Ausstattung, aber vor allem die Technik. Die Fahrt war himmlisch, vor allem für die Kinder, nicht zu vergleichen mit einem fünf Kilometer Fußmarsch.
Jetzt, ein Jahr später, standen sie vor dem kleinen Schaufenster und tatsächlich, man hatte ihr Familienbild neben einigen anderen in einem schmalen Rahmen ausgestellt.
Gretl nahm die Mitte des Bildes ein, auf einem nicht sichtbaren Hocker sitzend, vom unteren Bildrand verdeckt, wohl mit der einen Hand Uli stützend, der sich, rechts vor ihr, etwas zusammengesunken, mit träumenden Augen an sie schmiegte. Jutti stand am rechten Bildrand, und Evis Kopf zeigte sich hinter Gretls Schulter und füllte so die Lücke zwischen Gretl und Jutti. Am linken Rand schob sich Bunti ein wenig hinter Uli, und dahinter ragte Rudls Kopf so weit über Ulis auf, dass der weiße Hemdkragen mit der korrekt gebundenen Krawatte noch sichtbar blieben. Jedes der Kinder trug eine hochgeschlossene Bayernjacke, deren zungenartig aufgenähte Revers je ein weiß gesticktes Eichenblatt zierte. Die Jacken hatte Gretl natürlich selbst aus alten, im Wald gefundenen Uniformen genäht. Die ernsten Gesichter der Mädchen, eingerahmt von im Pagenschnitt gestutzten Haaren, waren rechts oben jeweils mit einer dicken Schleife bekrönt. Ulis Stirn begrenzte ein sauber im Bogen geschnittener Pony. Bei Rudl schien sich die Stirn schon nach oben auszudehnen, und Gretls fülliges, nach hinten gekämmtes Haar gab das linke Ohr frei, an dem ein nicht näher zu beschreibender runder Ohrring hing. Auf dem Foto schien alles hell und

dunkelgrau, auch Gretls Strickjacke, die bis zum Hals zuge-
knöpft war, mit von Rudl gedrechselten Hirschhornknöpfen.
Eigentlich war sie aber bunt und quer gestreift gemustert.
„Kuck mal", rief Jutti, die sich als erste die Nase an der Scheibe
plattdrückte, „wir sehen genauso aus wie damals!" „Wirklich, ein
gut gelungenes Bild", fand Rudl, „damit kann man schon Re-
klame machen." „Wir kucken aber alle so ernst", meinte Evi,
„nur Mutti lächelt." „Ja, mein Gretelein ist immer fröhlich!"
Rudl hatte den Arm um Gretl gelegt und drückte sie an sich.
Uli fand: „Mutti is ja auch die *Sch*önste!", dabei hatte er Nase
und die *Sch*-Schnute an die Scheibe gedrückt, die vom ausströ-
menden Atem rechts und links der Nase immer wieder leicht
beschlug. „Maazele, nimm bitte den Mund von der dreckigen
Scheibe!", mahnte Gretl.
Evi stellte alle genauso auf wie auf dem Bild, und so vergli-
chen sie ihr farbiges Spiegelbild, das die Scheibe reflektierend
entstehen ließ, mit dem in Grautönen schimmernden Foto und
fanden, dass das eine Jahr, das zwischen der Fotografie und dem
Spiegelbild lag, kaum eine Veränderung an ihnen bewirkt hatte.

„Ein Bild von einer Familie", stellte Rudl fest.
Er drehte den Rücken gegen die Scheibe, versuchte, seine düs-
teren Gedanken zu verscheuchen und sich nur noch an seiner
Familie zu erfreuen. Doch plötzlich empfand er einen stechenden Schmerz. Eine schwarze Limousine rollte langsam die Straße herauf. Es war wie vor einem Jahr. Jetzt kommen sie mich

holen, fuhr es ihm durch den Kopf. In Panik, wie eine Glucke
ihre Küken, umfing er die Kinder und schob sie unsanft hinter
eine offenstehendes Tor. Gretl war reaktionsschnell gefolgt.
Matt lehnte er sich von innen gegen das Blechtor und flüsterte:
„Nein, die dürfen mich nicht hol´n, heute nicht!"
Er konnte den schweren Wagen vorbeirollen hören.
Gretl fragte besorgt: „Aber wir könnten doch mit denen wieder
nach Hause fahren, was ist denn mit dir? Geht es dir nicht gut?"
„Nein, diesmal nicht!", fuhr er sie barsch an. Die Kinder, sogar
Uli, spürten zum ersten Mal, dass ihr Vati Angst hatte.
„Sie werden mich holen", stammelte er.
Ihm stand der Schweiß auf der Stirn.
„Aber Rudl, was ist denn, sie haben dich doch schon so oft auch
sonntags geholt, die brauchen dich doch in der Fabrik!"
Er versuchte sich, wieder zu fangen und umarmte sie.
„Ja, ja, du hast recht, ich bin in letzter Zeit so angespannt!"
Er schlich um das Tor, spähte rechts und links die Straße hin-
unter, die Luft war rein. „Aber heute müssen wir zu Fuß gehen."
Gretl hakte sich unter, und im Selbstgespräch entfuhr es ihm:
„Sie werden mich holen."
„Was sagst du?", fragte Gretl, „ich kann dich nicht verstehen."
Und sie schmiegte sich enger an ihn.
„Ach, nichts", flüsterte er, und sein Hals schnürte sich zu.
In der übernächsten Nacht holten sie ihn ab, um zwei Uhr.

24. Leben in der Schwebe

„Nie, ich nix wissen!"
Gretl stand vor der Schranke neben dem Pförtnerhäuschen und
redete auf den Direktor ein: „Aber mein Mann ist doch heute
Nacht von ihrem Fahrer in die Fabrik geholt worden, und er ist
noch nicht zurück, jetzt ist es zwölf, er muss doch hier ..." „Ich
nix wissen!", unterbrach sie der Direktor, „ihre Maan nix hier
gewese, nix geholt, ich ihn brauche, ich warten, wo bleiben?"
Rudl hatte am Abend vorher noch Zeit gefunden, mit den Kindern beisammen zu sein. Jutti hatte begeistert von ihrem Fund
erzählt. „Vati, ich hab heut ein Puppenhaus im Wald gefund'n!"
Aufgeregt beschrieb sie es, es wäre so groß, sie könnte es nicht
allein nach Hause tragen. Evi und Bunti würden morgen helfen,
dann könnte er sich das ja ansehen, es müsste neu beklebt werden
und wär ein bisschen kaputt. Rudl hatte versprochen, ihr in den
nächsten Tagen zu helfen, und sie äußerte allerlei Wünsche, wie
Stühlchen und Bettchen zu reparieren wären.
Er hatte lange wach gelegen. Sein unruhiges Atmen ließ auch
Gretl nicht zur Ruhe kommen, aber in ein Gespräch wollte sie
ihn nicht drängen, da er seit Sonntag so in sich gekehrt schien.
Dann musste sie eingeschlafen sein. Im Halbschlaf hatte sie den
Kuss auf der Stirn gespürt, aber erst am Morgen, das leere Bett
bemerkend, erinnerte sie sich, die Worte gehört zu haben:
„Ich werde abgeholt, mein Gretelein. Bis bald, ich liebe dich!"
Sie saß schon vor sechs mit Oma beim Frühstück noch in der
gelösten Erwartung, die Tür würde auffliegen, er käme herein-

gestürmt, um sie zu umarmen, auf seinen »Elektrofachmann« schimpfend, der nichts auf die Reihe kriege und für den er die Drecksarbeit machen müsse. So war es in den letzten Monaten immer, wenn er nachts in die Fabrik gerufen wurde.

Jutti kam verschlafen noch im Nachtkittel, um zu fragen, ob ihr Vatile denn nachher Zeit für sie hätte, und Gretl hatte ihr noch Hoffnung gemacht, man hätte ihn heute Nacht gerufen, und es könnte sein, dass er am Vormittag zwei, drei Stunden hier wäre.

Sie plauderte mit Oma, die heute nicht so stark zitterte, die sich auch noch über den gestrigen Abend und die Geschichten der Kinder freuen konnte. Aber Gretl spürte die Unruhe, die sich breitmachte. Die sich mit dem Gedanken verstärkte, es sei ja schon neun Uhr, wieder mit der Ablenkung abschwächte, die Uli mit seinem gesegneten Appetit bewirkte, wie er sich, sich beschmierend, über sein Marmeladenbrot hermachte, die plötzlich wieder aufflammte, als Jutti erneut nach ihrem Vati fragte, und die sie jetzt selbst zu beschwichtigen suchte, es wäre sicher eine größere Panne im Betrieb zu beheben. Sie grübelte, wann er das letzte Mal so spät am Morgen zurück war.

Das Unbehagen wurde jäh zur Qual, als Oma unvermittelt in beruhigender Absicht sagte: „Komm´ och Gretl, lauf nich so hin und her, ´s wird schonn nix passiert sein!”

Sie schaute auf die Uhr, es war jetzt schon nach elf, nein, sie konnte sich nicht erinnern, dass er nach einem Nachteinsatz so spät zurückgekommen wäre. Tränen der Verzweiflung schossen ihr in die Augen. Es musste etwas passiert sein, die letzten Tage war er so anders. Sie musste an vorgestern denken, es war das Auto von der Fabrik gewesen. „Sie werden mich holen”, ja, das war es, das hatte er gesagt, sie hatte es nur nicht registriert. Sie lief ins Schlafzimmer, warf sich auf das Bett. Sie musste jetzt allein sein, ließ ihren Tränen freien Lauf, sie waren einfach da. Flach lag sie auf dem zerknüllten Laken, das Gesicht in das Kissen gedrückt. Was sollte sie tun? Hatte er vielleicht etwas geahnt? Wieso hatte er zweimal gesagt: „Sie werden mich holen?” Sie musste zur Fabrik, fragen. Aber wenn er durcharbeiten musste, wenn er schwitzend vor dem Schmelzofen stand, sie fragen würde: „Warum machst du dir Sorgen, mein

Gretlchen?" Sie würde sich und ihn lächerlich machen.
Aber er hatte immer Bescheid geben lassen, wenn es besonders
spät wurde. Plötzlich saß Evi auf der Bettkante.
„Mutti, was is denn los, warum weinst du?"
„Ach Ewerle, ich mach mir solche Sorgen um unsern Vati!" Sie
schaute sie mit glasigen Augen an. „Ich muss zur Fabrik. Kannst
du bitte mitkommen, die könn´n mich doch nich versteh´n."
Sie raffte sich auf und schmierte schnell ein paar Schnitten.
Gott sei Dank waren am Sonntagabend die drei Brote als Lohn
für die letzte Reparatur gebracht worden. Sie könnte sagen, sie
brächte das Frühstück, obwohl es schon halb zwölf war.
Evi hatte den Pförtner gefragt, ob sie ihrem Vati das Frühstück
bringen dürfte. „Niemiecki inżynier nie przyszedł dzisiaj do
pracy!", erwiderte der Pförtner, und Evi wandte sich an Gretl:
„Vati ist heute nicht gekommen, er ist nicht da."
Gretl umklammerte die Schranke, sonst wäre sie zusammengesunken. „Evi frag bitte, ... ob der Direktor her kommen ...", ihre
Stimme drohte zu ersticken. Die verschleierten Augen sahen,
wie der Pförtner kurz telefonierte, wie er Evi zunickte und sich
wieder in seine Zeitung vertiefte. Gretl glaubte, eine Ewigkeit
würde vergehen, ehe sie diesen Direktor – Herr Unterberg war
ja leider nicht mehr da – heranschlürfen sah. Ein aalglatter Kerl.
Gretl hatte ihn nie gemocht. Die bohrende Abneigung bäumte
sich in ihr auf und hieß sie, ihm jetzt nur nicht in Schwäche
gegenüberzutreten. Nach den kurz abgehackten, kalt gestanzten
Sätzen hatte er auf dem Absatz kehrt gemacht und Gretl und
Evi an der geschlossenen Schranke stehen lassen.
Was sollte sie jetzt machen? Wer konnte ihr weiter helfen?
Sie schleppte sich nach Hause, versuchte sich klar zu machen,
was geschehen war. Evi stützte sie, so gut sie es vermochte.
Rudl war „abgeholt" worden, wie er es selbst gesagt hatte. Das
konnte bedeuten, dass man ihn verhaftet hatte!
Aber warum? Wo hatte man ihn hingebracht? Wie sollte sie ihn
finden? Wo könnte sie fragen? Hatte man ihn in ein Gefängnis
gesteckt? Aber er konnte unmöglich etwas verbrochen haben!
Oma und die Kinder saßen in der Wohnküche, und ihre fragenden Augen schauten Gretl und Evi ängstlich entgegen.

„Er ist nicht in der Fabrik", sagte sie mit belegter Stimme.
„Wir haben wieder keinen Vati mehr!"
Drei Jahre war es her, im Februar 46 waren sie in Kunzendorf angekommen, und jetzt schien ihr Zusammensein zerstört. Gretl war bald klar, dass es sich hier nicht etwa um ein Missverständnis handeln konnte, und sie war entschlossen zu kämpfen. Jutti fragte, ob sie denn jetzt zu ihrem Puppenhaus gehen könnte, und Uli wollte gleich mit. Vati könnte es ja morgen noch reparieren. Gretl sagte nur matt: „Ja, geht nur, geht nur."
Im ersten Moment war sie erschrocken, aber dann war sie froh, dass die Kinder, in ihrer Welt lebend, die Ausweglosigkeit gar nicht einschätzen konnten.
Sie bat Oma, heute die Kinder zu versorgen, es war genug Brot da, drei Eier hatten sie aufgespart und „vielleicht haben deine Hühner heute noch zwei dazugelegt, dann kannst du Setzeier machen, und ein paar Kartoffeln sind auch noch da." Sie würde jetzt zum Herrn Rat nach Sorau gehen, da gäbe es ein Telefon. Evi und Bunti boten sich an mitzugehen.
Es war Dienstag, der 15. März 1949, der erste Tag an dem Gretl versuchte herauszufinden, was mit Rudl geschehen war. Und es würden noch viele weitere folgen. Hätte sie geahnt, wie lang und quälend der Weg der Ungewissheit, wie demütigend das ergebnislose Nachfragen und Forschen, wie kräftezehrend die immer wieder enttäuschte Hoffnung und wie niederschmetternd letztlich das Herausgefundene sein würden, sie hätte nie die Beharrlichkeit und Kraft behalten. Noch am Sonntag waren sie scheinbar unbeschwert zur Messe gepilgert. Es war ein ruhiger, sonniger Vorfrühlingstag gewesen, die Knospen der Krokusse, Narzissen und der Forsythien verharrten noch, so schien es, in der Erwartung der belebenden Sonnenstrahlen, um bald in dem wärmend erstrahlenden Licht ihre Blütenpracht zu entfalten.
Jetzt ging sie den gleichen Weg grübelnd, schweigend. Evi und Bunti neben ihr. Und jetzt war es ein stürmischer, grauer Tag, die Sonne versteckt hinter tiefhängenden dunklen Wolken, die kalte Schauer für die hervordrängenden Knospen bereithielten.
Sie stemmte sich gegen den Wind, so wie sie sich gegen das aufkommende Schicksal zu stemmen beabsichtigte, schlug den

Mantelkragen hoch, hob die Schultern, um Hals und Kinn mit dem wärmenden Kragen zu schützen, so wie die Knospen sich nochmals zusammenzogen, um von dem beißenden Sturm, von der Kälte der Schauer nicht zerfleddert zu werden.

Gleich dieser Wetterkapriole hatte sich ihr Leben gewandelt. Noch hoffte sie, es würde sich alles bald klären, aufklaren, so wie der Frühling alle Düsternis vertreibt und alles neu belebt.

Leicht durchgefroren und erschöpft erreichten sie nach einer knappen Stunde das Pfarrhaus. Der Herr Rat empfing sie an der Tür, sehr erstaunt über den unverhofften Besuch.

Immer in der Gefahr, in Tränen auszubrechen, sich aber doch im Griff behaltend, erklärte sie ihm, was passiert war. Fragte, ob er ihr raten könne, an wen sie sich wenden ..., welches Amt sie befragen ..., ob sie, ob er für sie telefonieren ..., sie spreche ja kein Polnisch ..., was sie überhaupt tun könne? Sie kenne ja auch niemand sonst ..., nur eben Kurt, der sei aber ..., sie wisse nicht, wo er sei ..., vielleicht könne man ihn anrufen ..., sie kenne aber die Nummer nicht. Sie erläuterte alles etwas kurzatmig konfus, musste immer wieder ihr Spitzentaschentuch bemühen, und doch erschloss sich dem Pfarrer sofort die prekäre Situation.

Denn solche Verhaftungen, und für ihn war es eine, waren in diesen Zeiten nicht selten. Die Frage war nur, was Rudl zu Last gelegt wurde. Er teilte Gretl jedoch seine Befürchtungen nicht mit, versuchte sie vielmehr zu beruhigen. Den beiden Mädchen kredenzte er den obligatorischen Saft und fragte nach Kurt.

Kurt Dabrowski, das sei sein Name! Gretl berichtete, dass Kurt seit dem plötzlichen Abgang von Herrn Unterberg auch nicht mehr bei ihnen gewesen sei, und Rudl vergeblich versucht habe, seinen Verbleib zu erkunden.

Sie saßen in seinem Arbeitszimmer, die Kinder auf einer bequemen Ledercouch, Gretl vor und er hinter seinem Schreibtisch. Er nahm den Telefonhörer ab. „Ich werde mal den Starosten vom Amt in Zary anrufen – er sagte nicht Sorau –, den kenne ich gut, vielleicht ...", er hatte gewählt. „Tak, tak, mój drogi, tutaj Ponsenz ...", sie verstand nichts mehr, doch Evi und Bunti hörten jetzt aufmerksam zu. Gretl betrachtete dieses ihr inzwischen so vertraute Gesicht. Seine lebhaften Augen unterstrichen, wie es schien, das jeweils Gesprochene, mal fragend, mal fordernd, mal nachdenkend, mal zögernd leer dreinschauend. Wobei die Mimik seiner gealterten Züge gleichbleibend freundlich wirkte. Er mochte weit über siebzig sein. Sein schlohweißes Haar zeigte noch kaum Blößen, und seine Sprache und eben die Augen ließen ihn wesentlich jünger erscheinen. Sein Charisma wirkte, wenn er auf der Kanzel stand und predigte, jetzt nur noch in einwandfreiem Polnisch, auf die Gläubigen zwingend und Vertrauen schaffend zugleich. Die Polen hatten es nicht gewagt, den deutschen, altehrwürdigen Kirchenrat Ponsenz aus dem Amt zu jagen.

Mit Rudl hatte er eine herzliche Verbundenheit. So manches in Haus und Kirche hatte Rudl instand setzen können, dabei war es oft zu subtilem Meinungsaustausch gekommen. Und die sich hier mutmaßlich abzeichnende Tragödie schmerzte ihn zunehmend. Denn was er von dem Starosten erfahren hatte – der Hörer lag wieder auf der Gabel – oder besser gesagt, was er nicht erfahren hatte, ließ ihn nichts Gutes ahnen. Der wusste nämlich nur so viel, dass es in der Nacht Verhaftungen gegeben habe, aber niemand wisse, wie viele, warum und auf wessen Betreiben, und somit wisse auch niemand, wo sich die Delinquenten aufhalten könnten, und im Übrigen gebe er ihm den Rat, in der Sache keine weiteren Nachforschungen anzustellen. Er verwies auf ein Dekret, das 1946 zum Schutz des Neuaufbaus der Republik von der Regierung erlassen worden sei.

Bedrückt und mit einem sich verstärkenden Schuldgefühl saß er hinter dem Schreibtisch. Er versuchte, sie zu vertrösten, nein, sie hinzuhalten, ihr zu sagen, er könne jetzt nichts herausfinden. Vielleicht wisse er in ein paar Tagen mehr, vielleicht sei ihr Mann dann auch schon wieder zu Hause. Er wolle ihr aber in jeder Weise beistehen und helfen.

Er betrachtete das Kruzifix vor ihm. Ich war unwahrhaftig, habe diese Seele in Ungewissheit entlassen. Meine Mutmaßungen aber hätten ihr doch jegliche Hoffnung genommen.

Ist es da nicht besser, das Ungewisse für sich zu behalten?

Die Kinder vermissten inzwischen ihren Vati schmerzlich, und

Oma sprach zwar noch nicht von der »Strafe Gottes«, jedoch wollten sie solche Gedanken nicht loslassen.

Am zehnten Tag der quälenden Ungewissheit und Sorge erhielt Gretl einen an Rudl adressierten Brief.

Gretl war entschlossen, an alle infrage kommenden Gefängnisse zu schreiben. Sie hatte das dem Herrn Rat Ponsenz mitgeteilt mit der Bitte, ihr die möglichen Adressen herauszusuchen und ein vorab aufgesetztes Schreiben für sie zu übersetzen.

Also glaubte sie, der Brief sei die erwartete Antwort.

Erstaunt las sie zunächst die Anrede und dann die kurze Mitteilung, dass nunmehr dem Antrag auf die Ausreise nach Deutschland entsprochen werde und Rudl sich zu diesem Zweck mit seiner Familie am 11. April 1949 für einen Umzug nach Zary bereitzuhalten habe. Näheres würde noch mitgeteilt.

Gretl sank auf dem Küchenstuhl zusammen und konnte ihrer Gefühle nicht mehr Herr werden. Jetzt bekamen sie die Erlaubnis zur Ausreise. Jetzt, da Rudl nicht mehr bei ihnen war.

Noch am selben Nachmittag setzte sie sich hin und schrieb in der Antwort auf das Schreiben, sie könne jetzt nicht ausreisen, ihr Mann sei von den Behörden festgesetzt worden, sie wisse nicht, wo er sich befinde, und bevor sie nicht Klarheit über die Gründe der Festnahme habe, werde sie Polen nicht verlassen.

Das Schreiben an Rudl war auf Deutsch verfasst, also würde für die Entscheider ihre Replik auch lesbar sein.

Zwei Tage später erhielt sie den Brief vom Herrn Rat, und sie ließ Evi ihre ins Polnische übersetzte Eingabe mehrmals abschreiben, um sie dann an die vier Gefängnisse, deren Adressen der Herr Rat herausgefunden hatte, zu schicken.

Jetzt gab es wieder Tage der Hoffnung. Aber so sehr sie ein Antwortschreiben herbeisehnte, es kam keines.

Statt dessen kam am achten April die erneute Aufforderung, am elften für einen Umzug nach Zary bereit zu sein. Nur so sei die Möglichkeit gegeben, dass sie mit ihren Sachen und Möbeln umsiedeln könne. Bei einer Weigerung werde sie umgehend, ohne dass sie etwas mitnehmen dürfe, des Landes verwiesen.

Ein Planwagen-Gespann sei gegen zehn Uhr zum Aufladen des Gepäcks vor Ort, um zunächst alles nach Zary zu bringen. Dort stünden Unterkünfte zur vorläufigen Unterbringung bereit.

So gab es halt nur noch zwei Tage Zeit, die Dinge einzupacken, die sie doch im Laufe der drei Jahre zusammengetragen hatten, und es wurden zwei Tage, an denen sich das Hoffen und Sehnen weniger im Bewusstsein bemerkbar machen konnten, allerdings immer wieder dann verstärkt, wenn es darum ging, was von Rudls Werkzeug und Ersatzteilen mitzunehmen vernünftig war. Oma zeterte: „Wenn wer da wieder nur n klein'n Verschlag hab'n, wo soll'n wer mit dem ganz'n Zeuch denn hin?"

Aber Gretl entschied; „Wir nehmen erst mal alles mit, ich kann doch nicht Vatis Sachen einfach hier lassen!"

Der Planwagen stand pünktlich vor der Tür, und Uli lief begeistert zwischen den Gäulen umher. Gretl schimpfte: „Maaz, pass bloß auf, die schlagen aus!" Doch der Kutscher, der mit seinem halbwüchsigen Sohn die Sachen heruntertragen half, sagte nur: „Nie, nie, to są dobre konie!"

Langsam verschwanden die Wiesenhäuser, die Schuppen und die Plumpsklos hinter der Wegbiegung. Jutti weinte, weil sie ihr Puppenhaus nicht mitnehmen konnte. Dann fuhr der Wagen an dem Eingangstor der Fabrik vorüber. Gretls Augen füllten sich.

„Hier ist unser guter Vati fast vier Jahre lang rein und raus gegangen." Agnes seufzte: „Was wird bloß werd'n."

Uli fragte leise: „Arbeitet Vati jetzt da, wo wir heut hinfahr'n?"

„Nein", flüsterte Bunti, „Vati ist doch verhaftet worden, er ist doch gar nich da." „Was is verhaftet?" Keiner wollte antworten.

„Kommter bald wieder?" Er rückte näher an Bunti heran.

„Mein Puppenhaus", heulte Jutti, „Vati hätt' es mitgenommen!"

Jetzt lag rechts der Waldweg vor ihnen, der zur »Villa« führte.

„Können wir vielleicht an unsrer Villa vorbeifahren?"

„Ach, Ewerle, bitte, es ist doch so schon schwer genug."

Gretl kämpfte um Fassung, um den Kindern den Abschied nicht noch schwerer zu machen. Ja, was erwartete sie in Sorau?

Der Wagen bog jetzt von der unbefestigten in die gepflasterte Landstraße ein, und die Eisenreifen der Räder malträtierten die Steine, rutschten in manch eingefahrene Vertiefung, und das Rattern und Vibrieren machte eine Verständigung unmöglich.

Das Fuhrwerk rumpelte über den Sorauer Schlossplatz, vorbei

an der die ganze Breitseite einnehmenden Schlossruine, hielt nach einem Linksschwenk vor einem vierstöckigen Gebäude, dessen verrußte Fassade von kleinen Einschusskratern wie verbeult aussah. Hier mussten im Krieg heftige Kämpfe stattgefunden haben. Die Trümmer waren, nur notdürftig aufgehäuft, noch nicht beseitigt worden. Fehlende Scheiben der Fenster waren teilweise durch Pappe oder Folien ersetzt, manche waren vollends zugenagelt. Der Kutscher hielt vor der schief in den Angeln hängenden, halb offen stehenden Haustür und verschwand ohne ein Wort in dem schäbigen Haus. Sofort standen etliche Kinder, auch zunehmend Erwachsene um den Wagen herum und sprachen, welch Wunder, deutsch. In Kunzendorf waren Deutsche kaum mehr ansässig gewesen.

Die Kinder riefen: „He, wo kommt ihr her?", krochen auf den Wagen und setzten sich auf die Bündel und Kisten. Gretl begrüßte in dem Stimmengewirr einige Frauen vom Wagen herunter, erfuhr sogleich, dass in diesem Haus alle Deutschen zunächst einmal »gesammelt« würden, um für die Transporte registriert zu werden. Aber auch, dass das Haus völlig überfüllt, und für Neuankommende kaum mehr Platz vorhanden sei.

Der Kutscher kam mit einem glatzköpfigen Mann an seiner Seite zurück, der zückte seine Kladde und fragte: „Sie komm'n also aus Kunzendorf? Ihre Namen bitte!"

Jeden der von Gretl angegebenen Namen hakte der Glatzköpfige in seiner Kladde ab, dann war seine Frage:

„Das sind sechs Person'n, ich hab hier aber sieb'n?"

„Ja, mein Mann ist leider nicht dabei, das habe ich doch der Aussiedlungsbehörde mitgeteilt!"

„Gut, das is mir jetzt egal. Also, hier hab'n wer kein Platz.
 Ich hab nur noch die Räume in der Kąpielowa, da drüben."

Er gab dem Kutscher einige Anweisungen, deutete in die entgegengesetzte Richtung und gab Gretl ein Merkblatt:

„Damit meld'n se sich am Amt, morj'n!"

„Wo ist das bitte?", fragte Gretl höflich.

„Steht alles om Zettel!" Dazu reichte er ihr einen Schlüssel.

„Das is der Hoftürschlüssel. Die Tür zur Wohnung is die gleich rechts, wenn se reinkomm'n, is bloß angelehnt. Die könn'n se

nur von inn´n verriegeln. Klo is die daneb´n!" Damit drängte er
sich durch die Umstehenden und verschwand im Haus.
Der Wagen setzte sich mit einem Ruck in Bewegung, einige der
Jungen blieben darauf sitzen und drängten Uli: „Komm´ste mit,
da, in dem kaputt´n Schloss spiel´n wer immer Krieg."
Gretl war entsetzt, zog Uli zu sich heran und hob drohend den
Finger: „Du bleibst schön hier bei uns, Maaz!"
Das Gefährt stoppte an einer verkommenen Hauswand mit drei
kleinen Fenstern und der Hoftür daneben. Gretl kletterte wie
die Kinder und Oma vom Wagen. Der Kutscher begann mit sei-
nem Sohn sofort abzuladen, mitgekommene Frauen halfen, und
noch ehe Gretl die Tür aufgesperrt hatte, standen und lagen ihre
Habseligkeiten auf dem Trottoir, und Sohn und Kutscher samt
Gespann ratterten davon. Zwei der Frauen stellten sich Gretl
vor, sie bräuchte doch sicher Hilfe. Sie wären schon mehr als
vier Monate hier, manche noch länger.
Gretl schloss die Tür auf, und sie betraten durch den Hinterein-
gang einen kleinen Hof, dessen Vorderseite ein dreistöckiges
Bürohaus einnahm. Die Fenster standen an diesem warmen
Apriltag teilweise offen. Links abgegrenzt durch eine Mauer
gab es zur rechten Seite einen niedrigeren Anbau mit drei Türen,
von denen eine verschlossen, eine halb offen und eine, nur
angelehnt war. Uli lief zu der halb offenen Tür, in die man oben
ein Herz eingesägt hatte, und klappte sie auf. Ein beißender
Geruch schlug ihnen entgegen. Die Kinder hielten sich die Nasen zu und ihre Ih-, Bah- und Bährufe hallten von den Wänden
wider. In den Fenstern erschienen immer wieder die Köpfe der
Angestellten, für die wohl Leute im Hof etwas Neues waren. Es
war ihr Örtchen, das trotz defekter Wasserspülung weiter benutzt worden war und jetzt war halt der Trichter voll.
Uli schlug krachend die Tür wieder zu. Voller Ekel ging Gretl
zu der angelehnten Tür und öffnete sie. Die rostigen Angeln der
außen aufgeschraubten langen Scharniere kreischten auf.
Der Geruch war der gleiche, was schon nicht mehr überraschte,
jedoch waren in Abständen auf den Dielen kleine gedrechselte
Häufchen verteilt. Die drei winzigen Zimmer, die sie bewohnen
sollten, dienten also den Angestellten als Ersatzörtchen. Gretl

wandte sich angewidert ab. Was sollte sie machen? Sie schaute
auf die Uhr, fünf Uhr! Sie hatte drei, vier Stunden Zeit, um alles
sauber zu machen, die Betten aufzubauen und die Sachen von
der Straße zu holen, wenn sie nicht gleich auf der Straße nächtigen
wollte. Sogleich waren vier, fünf Frauen zur Stelle, eine
legte den Arm um sie: „Verzweifeln Sie nicht, wir helfen Ihnen.
Mit vereinten Kräften kriegen wir den Dreck hier schon weg!"
Tatsächlich schafften es die Frauen, das hart getrocknete Zeug
mit Schaufeln und Spaten zu lösen, sie hatten eine Schubkarre
aufgetrieben, und alles wurde hinter der Schlossruine abgekippt.
Die Dielen zu desinfizieren war das größte Problem, aber nach
allerlei Nachfragen nach einem geeigneten Mittel kam ausgerechnet ein Pole und brachte dann eines, das keiner kannte, das
einen Teer- und Öl-Geruch verbreitete, der aber immer noch
besser war als der vorherige Gestank. Auch das Herzhäuschen
konnten sie säubern, und die Wasserspülung funktionierte auch
wieder. So verbrachte Gretl mit ihrer Familie die erste Nacht in
Sorau, eingetaucht in ein Luftgemisch wie in einer schlecht geführten Autowerkstatt, nur erträglich durch sperrangelweit geöffnete Fenster, die in den nächsten Wochen und Monaten auch
kaum zugemacht werden konnten.

Der 31.Tag des Suchens und Forschens nach dem Verbleib ihres
Ehemannes war der Karfreitag 1949. Das nun bevorstehende
Osterfest würde alles andere als ein frohes werden.
Sie war beim Starosten auf dem Amt gewesen, der hatte sich
nichts anmerken lassen, dass der Herr Rat Ponsenz mit ihm wegen Rudl telefoniert hatte.
Der Herr Rat hatte wenigstens Kurt ausfindig machen können
und ihr mitgeteilt, Kurt würde versuchen, den für den halben
Monat März noch ausstehenden Lohn in der Fabrik anzumah-
nen. Das würde ihr für einige Tage Luft verschaffen. Sie bekam
zwar Lebensmittelkarten, sonst gab es keinerlei Unterstützung.
Aber hier konnte sie letztlich auf Hilfe hoffen, das hatte sich
gleich gezeigt; die Kinder waren in den ersten Tagen von den
anderen deutschen Familien mit durchgefüttert worden. Wenn
man selbst nur wenig hat, ist es eben viel einfacher zu teilen.

Unter den Deutschen war ein Ofensetzer, der den zusammenge-
fallenen Küchenofen, der einzige, der zum Kochen und Heizen
zur Verfügung stehen würde, wieder zusammenfügen konnte.
Gretl hatte natürlich angeboten, da sie ihre Nähmaschine hatte
mitnehmen können, sich bei den ihr Helfenden mit anfallenden
Näharbeiten zu revanchieren, und so war bald an den Abenden
durch die offenstehenden Fenster weithin das Rattern ihrer Maschine zu hören. Aber sie musste eine Arbeitsstelle finden, und
sie musste versuchen, die Kinder in einer Schule unterzubrin-
gen. In dem mit Deutschen überfüllten Haus am Schlossplatz
hatten sich glücklicherweise einige Mütter und Väter zusam-
mengetan und unterrichteten die vielleicht dreißig Kinder. Es
gab einen richtigen Schulbetrieb, und gleich nach Ostern würden ihre drei Mädchen dort auch am Unterricht teilnehmen
dürfen. Sie war sehr gespannt, wie die drei sich dort einfügen
würden, ob Rudl und sie ihnen genügend beigebracht hätten.
Aber es gab noch mehr Vorteile. Sie war quasi in eine einge-
schworene Gemeinschaft eingebettet, in der einerseits alle das
gleiche Schicksal hatten, nämlich das der Vertreibung aus ihrer
Heimat, der Entwurzelung, und des Verlustes ihres Eigentums,
aber für die hier zusammengepferchten war eines selbstverständlich, füreinander einzustehen und einander zu helfen.
Sie trabten der Kirche entgegen. Uli rief plötzlich: „Kuck mal,
Mutti, da is Franz, bei den´n hab ich heut ne Suppe gekricht!”
Gretl grüßte zur anderen Straßenseite hinüber; wann hatte sie
das letzte Mal jemanden auf der Straße gegrüßt? Die Polen in
Kunzendorf hatten sie zwar alle gekannt, aber die meisten
wollten mit Deutschen nichts mehr zu tun haben.
Die Mutter von Franz winkte zurück und rief: „Gehen Sie auch
zur Kirche? Dann können wir ja zusammengehen.”
Damit kam sie herüber, und es entwickelte sich sofort eine
lebhafte Unterhaltung. Die Schwester von Franz, der mit Uli
gleich vorausrannte, hatte Bunti und Jutti schon mit ihrem
Puppenhaus spielen lassen, und jetzt erzählte Jutti von ihrem,
und dass sie sehnlichst auf ihren Vati warten würde, der es mit
ihr in Kunzendorf noch holen musste.
„Wo ist denn Ihr Mann?”, fragte Frau Hermann, die sich so

vorgestellt hatte, und es war Gretl, als hätte sie einen Schlag versetzt bekommen.

„Unser Vati ist vielleicht im Gefängnis", sagte Evi.

Gretl bat: „Lassen Sie uns jetzt nicht darüber reden."

Frau Hermann entschuldigte sich, sie habe ja nicht gewusst, ...

Oma war etwas zurückgeblieben, sie mochte jetzt mit niemandem reden. Schon in der Karfreitagstrauer, dachte sie, heut am Todestag unsres Herrn, wie kann man da so viel rumpalavern.

Der Gottesdienst hatte begonnen.

Gretl betrachtete die bedrückend ausgestellte religiöse Trauer. Die nackte Steinplatte des Altars, sonst in kunstvolle Tücher gehüllt, die wie umgeworfen wirkenden Silberleuchter mit den danebenliegenden Kerzen. Der offene, schmucklose Tabernakel, der wie ausgeraubt schien, und das den Korpus verhüllende schwarze Tuch, das um die vier Enden der Balken des Kreuzes drapiert war. Davor, inmitten von Ministranten, auf den harten Stufen liegend, büßend, der ehrwürdige Herr Rat Ponsenz.

Das alles ergriff sie tief. War es nun die Trauer um den Tod Jesu Christi, die Trauer, die ihr die Kirche, diese Zeremonie aufgaben und die sie zu Buße und Läuterung führen sollte?

Nein, es war ihre Trauer, ihre ganz persönliche, ihre in Ungewissheit und Verzweiflung bebende Trauer, ihre in Hilflosigkeit und Einsamkeit begründete Trauer, ihre der Liebe und Hingabe geweihte Trauer und ihre vom Zweifel an Gottes Gerechtigkeit erschütterte Trauer.

Die Karfreitagsliturgie kannte keinen Gesang, kein Orgelspiel.

Die Ministranten schwangen statt ihrer Schellen Holzbrettchen, auf welchen kleine Hämmer an Scharnieren hin und her klappten, deren Schläge, hart von den fahlen Kirchenwänden zurückgeworfen, in den Ohren klopfend und fast schmerzend die drückende Stimmung verstärkten.

Würde sie je ihre zehrende Trauer überwinden?

Jetzt waren sie auf dem Heimweg. War es ein Heimweg?

Es war nur der Weg zu dieser notdürftigen Unterkunft. Ja, die Wohnsituation war für Gretl immer noch schwer zu verkraften. Freilich, in den drei Zimmerchen der Wiesenhäuser hatten sie eigentlich nicht viel mehr Platz gehabt, aber dieses Gefühl, in einem Raum, nah an den Dielen zu schlafen, auf die andere sich hingehockt hatten, um ihre Notdurft zu verrichten ...

Wahrlich eine notdürftige Unterkunft!

Am folgenden Karsamstag bereitete Gretl mit Oma die Osternester vor, die Kinder bemalten und beklebten dafür die Eier. Jedes sollte dieses Mal zwei bunte Ostereier bekommen, die Oma spendierte. Ihre beiden Hühner musste sie in Kunzendorf zurücklassen, und einen Teil der Zlotys, die sie dafür bekommen hatte, gab sie jetzt für die Ostereier her. Von den ersten Lebensmittelmarken konnte Gretl einen Rinderknochen mit viel Fleisch daran erstehen, der bereits in dem Topf auf dem Ofen köchelte und aus dem sie für den morgigen Ostersonntag einen schmackhaften Nudeleintopf zu kreieren gedachte. Der Duft, der unter dem wabernden Topfdeckel hervorquoll, versetzte schon jetzt alle in Festtagsstimmung.

Am frühen Ostermorgen, um drei viertel vier, standen sie dann am Osterfeuer, das der Küster vor dem Kirchenportal entfacht hatte, wärmten sich an der knisternden Glut, während der Herr Rat die Osterkerze daran entzündete und das Licht der Welt mit dem litaneiartigen Ruf „Lumen Christi!" in die dunkle Kirche trug. „Deo gratias!", antworteten die Gemeindemitglieder und entzündeten an dem österlichen Licht ihre mitgebrachten Kerzen, sodass ein Meer von Flämmchen das Dunkel der Gewölbe flackernd durchbrach. In der dann plötzlich eingeschalteten Beleuchtung erstrahlte der Kirchenraum nun gänzlich, und mit der einsetzenden vollen Klanggewalt der Orgel wurde die Freude der Auferstehung Christi für die Gläubigen förmlich erlebbar.

Gretl konnte sich dieser Freude nicht entziehen, und sie gab ihr neue Kraft im Kampf um ihren geliebten Mann.

So konnte auch sie unbeschwert den ihr von vielen aufrichtig entgegengebrachten Wunsch auf ein frohes Osterfest erwidern: „Ja, danke, auch Ihnen ein frohes Osterfest!"

Sie lebte jetzt drei Monate ohne einen Hinweis. Lediglich von Kurt, der ihr tatsächlich zu dem noch ausstehenden Lohn von Rudl verholfen hatte und der jetzt in Breslau lebte, bekam sie die Nachricht, dass es eine Verbindung zu der Verhaftung von

Josef Feldeisen geben könne. Der Name finde sich im Zusammenhang mit einem Spionagefall, in den Feldeisen verwickelt sei, und da Rudl ihn kannte ... Das hatte Gretl völlig aufgebracht. Dieser Feldeisen, sie hatte immer ein ungutes Gefühl gehabt. Und jetzt? Wenn sich das bestätigen sollte, was waren acht oder zehntausend Zloty, die er vielleicht bei Feldeisen verdient hatte, gegen die Einsamkeit, die sie jetzt erlebte, gegen das Leid, das er möglicherweise erdulden musste? Aber sogleich versuchte sie sich wieder zu beruhigen: Was sollte Rudl denn getan haben?
Sie entschloss sich, eine neue Eingabe – aber dieses Mal an das Bezirksgericht in Breslau – zu senden.
Inzwischen arbeitete Gretl bei dem Starosten als Haushälterin. Er hatte neben der Funktion als Leiter der Aussiedlungsbehörde auch noch die eines Landrates. Beim letzten Besuch äußerte er, eine Haushälterin zu benötigen. Ob sie denn nicht Interesse habe. Er habe ein ganz besonderes, und er werde sie sofort einstellen, sie auch sehr gut bezahlen. So könne er auch mehr für sie tun, was die Verzögerung ihrer Ausreise angehe. Der Herr Rat, redete ihr zu, so nahm sie das Angebot an, zumal er deutsch sprach und sie wohl sonst kaum eine Stelle bekommen werde. Die Bezahlung war dann doch nicht so gut, immerhin reichte es aus, um in bescheidenem Maße Lebensmittel dafür zu erhalten. Die beiden halbwüchsigen Kinder und die Frau des Starosten bereiteten ihr zunehmend Schwierigkeiten. Sie schlich nur untätig im Haus herum oder lag träge auf dem Kanapee, und die beiden Jungen waren nur aufsässig. Er aber stellte ihr mehr und mehr nach. Doch das beunruhigte sie kaum, es war eher lächerlich. Er war ein untersetzter, dicklicher Endvierziger, also einen Kopf kleiner und gut zehn Jahre älter als Gretl, die trotz aller Not und Sorgen die schöne und attraktive Frau geblieben war. Warum solche Männer nicht merkten, wie grotesk sie in ihrem Gehabe waren, bedeutsam und unwiderstehlich erscheinen zu wollen, nur weil sie ein wichtiges Amt innehatten.
So war sie froh, am Abend wieder bei ihren Lieben zu sein.
Und die Kinder hatten sich, ohne ihr Zutun, jedes eine Arbeitsstelle gesucht, um das Familienbudget etwas aufzubessern.
Bunti half in einer Bäckerei, Jutti hütete bei einer polnischen

Familie die dreijährige Tochter. Die elfjährige Evi hatte fast schon eine Vollzeitbeschäftigung in einem polnischen Haushalt, und sogar Uli verdiente mit kleinen Botengängen etwas dazu. Trotzdem fanden sie die Zeit, im Hof gemeinsam zu spielen, zu lesen oder zu basteln. Oma hatte ihnen Stoffbälle aus Lumpen genäht, sie spannten ein Netz und titschten die Bälle fröhlich hin und her. Nun befand sich in der Ecke des Hofes vor dem Bürohaus der alte Schuppen. Oft landeten die Bälle auf dem flachen Dach. Bald lagen sechs, acht Bälle darauf. Evi machte für Uli eine Räuberleiter, er kletterte hinauf und warf die Bälle wieder herunter. Jedoch lagen dort auch diverse säuberlichst in Zeitungspapier verpackte Päckchen, und Evi rief:

„Schmeiß mal eins runter, mal kucken, was da drin is!"

Evi fing eines auf, ließ Uli wieder hinunterklettern, und neugierig begann sie, die Verpackung zu entblättern. Alle knieten gespannt im Kreis, das Päckchen in der Mitte. Zunächst konnten sie sich nicht erklären, was da entpackt vor ihnen lag, nur dass ein ihnen schon bekannter penetranter Geruch davon ausging.

„Oma, komm mal!", rief Bunti, „was is das?" Sie hatte das halb eingeklappte »Mensch ärgere Dich nicht Spiel« unter das Päckchen geschoben und präsentierte es Oma wie auf einem Tablett.

„Nee, was ist n das", entrüstete sie sich und hielt sich die Nase zu, „das stinkt ja furchtbar! Wo kommt n das her?"

„Das hab ich vom Dach geholt!", sagte Uli stolz. „Da sind noch mehr so Pakete drauf, soll ich die alle runterhol´n?"

„Das gibt´s doch nich!", rief sie aus, „Bah, bring das bloß weg! Die hab´n einfach so in die Zeitung gemacht, die ganze Sache schön eingepackt und aus m Fenster geschmiss´n!"

Täglich erwartete Gretl Antworten auf die Schreiben an die vier Gefängnisse. Vergeblich. Der Sommer 1949 ging dahin.

Sie lebte wie in einem Schwebezustand.

Der 15. September rief in ihr die Ereignisse wach, die genau sechs Monate zurücklagen. Was hatte sie in den sechs Monaten herausgefunden? Nur, dass Rudl wohl verhaftet worden war, und dass dieser Feldeisen damit irgendwie in Zusammenhang stehen musste. Aber auch das waren nur Vermutungen.

Die vom Herrn Rat übersetzte neue Eingabe, die sie an diesem 15. diesmal an das Bezirksgericht in Breslau sandte, mit dem Zusatz: ... *bitte ich Sie sehr, mir mitzuteilen, ob in diesem Fall Verhandlungen stattgefunden haben und wann mein Mann, der unschuldig ist, entlassen werden kann ...,* nährte wieder die Hoffnung, es könnte sich doch noch alles zum Guten wenden.

An einem der trüben Abende des vergeblichen Wartens wollte Gretl endlich die Gardinen für die kleinen Fenster nähen. Die alten Vorhänge aus Kunzendorf lagen seit dem Einzug in einer Kiste, welche unter dem kleinen Vordach neben der Tür stand. In der Absicht, die Stoffe herauszunehmen, öffnete sie die Kiste und vor Schreck und Verwirrung schrie sie laut auf. Dann war sie aber doch fast berührt über das, was sich in den weichen Stofffetzen tummelte. Sie rief nach den Kindern.

Acht kleine Nager, die schon ein zartes graubraunes Fell hatten, kringelten sich umeinander, und leises Fiepsen verriet, dass sie sich gestört und ängstlich fühlten.

„Ach, wie süß", flüsterte Jutti. „Mutti, dürfen wir die behalten und großziehen?" Oma rief aufgeregt: „Um Gottes willen! Das is doch n Ratt'nnest! Mach schnell den Deckel zu, wenn die Mutter kommt, die fällt euch an! Ich hab schonn überall Scherben in die Löcher geschob'n, aber die Biester ..., ne, Gretl, und jetz noch n Nest!" „Ja, Oma hat recht, ich hätte euch das nicht so zeigen dürfen. Die müssen irgendwie totgemacht werden!"

Gretl ließ den Deckel behutsam fallen.

Jutti war empört: „Totmachen?" Und Bunti meinte, vielleicht könnte man die in einem Käfig halten.

Es half alles nichts, Gretl musste der Sache ein Ende bereiten.

Im Haus am Schlossplatz wüsste sicher jemand Rat. Die Kiste wurde in eine Schubkarre verfrachtet, um in einer der vielen Ruinen der Nebenstraßen die Brut auszuräuchern.

Oma empfahl, den dicken Kater, der öfter im Hof zu sehen war, anzulocken, der würde die Ratten bestimmt vertreiben.

Für Gretl war der Verlust der Gardinenstoffe schmerzlich, denn Ersatz würde sich kaum finden, also beschloss sie mit den Kindern Papiergardinen zu basteln. Sie nahm Schnittmusterpapier, vorläufig benötigte sie es nicht, da sie aus Mangel an Stoff neue

Kleidchen oder Hosen nicht nähen konnte. Das war transparent, würde also Licht durchlassen. Sie schnitt zunächst zwei Bögen auf eine Länge von einem Meter und zehn für die ersten beiden Fensterflügel. Diese waren jeweils vierzig Zentimeter breit, die Bögen sechzig Zentimeter, sodass sie in Längsrichtung in Dreizentimeterstreifen ziehharmonikaähnlich gefaltet wurden. In die einzelnen Knicke wurden halbierte Motive wie halbe Herzen, Sterne, Monde oder auch nur Dreiecke, Halbkreise und andere geometrische Formen eingeschnitten, die sich beim Auseinanderziehen des Papiers auf die Breite des Fensterrahmens als volle, durchsichtige Formen entfalteten. Die Kinder waren begeistert von dieser Art, Gardinen zu »nähen«. Es waren ja sechs solcher Papiergardinen nötig, und so fertigten sie fast jeden Monat eine neue an, wobei sie die Streifen in unterschiedlicher Breite knickten, um die ausgeschnittenen Motive in der Größe zu variieren, sich also auf diese Weise das Muster auch des einfallenden Lichtes veränderte und Abwechslung brachte, bis der Vorrat an Schnittmusterpapier allmählich zur Neige ging.

Völlig unerwartet kam dann die Nachricht vom Ableben des Herrn Kirchenrates Ponsenz. Gretl verlor plötzlich einen väterlichen Freund, was ihre Einsamkeit noch verstärkte.

Die Kinder hatten indes den dicken Kater mit der letzten Milch in die Wohnung gelockt, der nun meist bei Evi im Bett schlief.

Uli war plötzlich wach. War ihm etwas über den Kopf gehuscht? Schon öfter hatte er gesehen, wie diese braunen Viecher mit den langen Schwänzen über sein Plumeau flitzen. Es musste wieder eine Ratte gewesen sein. Der Kater war blitzschnell von Evis Bett gesprungen und saß jetzt auf dem Stuhl unter dem Fenster, zwischen den beiden Betten, die vor Kopf gerade an die Stirnwand passten. In dem einen schliefen Uli und Gretl, in dem anderen Bunti und Jutti. Weiter an der linken Längswand stand ein kleineres Bett, in dem Evi schlief. Vor die Querwand, dem Fenster gegenüber, passte gerade noch Omas Bett, das der Kater jetzt starr im Blick hatte. Oma hatte das Rattenloch unter ihrem Bett mehrfach mit Scherben und Gips verkleistert.

Er duckte sich leicht, begann mit den Hinterpfoten zu treteln. Die Bewegungen der Muskeln ließen das Fell im Licht des matt

durch das Fenster schimmernden Mondes verschiedenartig glänzen. Ulis Kopf lag keine fünfzig Zentimeter entfernt, genau in der Höhe der Sitzfläche des Stuhls, und er beobachtete fasziniert die Begierigkeit des Jägers. Er kam sich fast klein vor, wagte kaum zu atmen; hatte der Jäger seine Beute erspäht?
Plötzlich, mit einem Satz, schoss der Kater, sich lang streckend, unter Omas Bett, und es entbrannte darunter ein heftiger Kampf. Uli hörte ein Schnauben und Fauchen, er stierte zu dem Bett, konnte aber nichts sehen, doch stellte er sich vor, wie Kater und Ratte ineinander zu einem Knäuel verbissen unter Omas Bett hin und her rollten. Bunti, Jutti und Evi, vor Schreck kerzengerade im Bett sitzend, hörten nun auch die Kampfgeräusche, auch Oma war wach geworden. Dann erstarb stockend ein zunächst lautes Quieken, und ein genüssliches Katschen und Schnurren verriet, dass der Sieger seine Beute zerlegte und genoss. Alle hörten weiter dem Festschmaus zu, bis der Kater gemächlich unter dem Bett hervorkroch, geschmeidig wieder auf den Stuhl zurücksprang und mit seiner typischen Putzzeremonie begann. Uli konnte dem stundenlang zusehen, wie er erst die eine Pfote, dann die andere benetzte, sie jeweils hinter dem Ohr ansetzte, seitlich am Kopf entlang rieb, sich bald den Bauch leckte, dabei die eine abgeknickte Vorderpfote lässig nach unten baumeln ließ, und wie er sich zum Schluss wohlig das Mäulchen leckte, ehe er es sich nach einigen Drehungen auf dem Stuhl bequem machte. Uli verkündete, er werde den Kater gleich morgen früh feierlich auf den Namen »Sieger« taufen.

„Gretl, Gretl, er is da!", rief Agnes aufgeregt. Gretl war an dem Abend besonders abgespannt und mutlos zur ulica Kąpielowa gewankt. Der Landrat hatte sie wieder bedrängt. Zum Glück war dessen Frau von einem Spaziergang zurückgekommen, sogleich hatte er versucht, sich harmlos zu gebärden. Ob sie etwas mitbekommen hatte, überlegte Gretl auf dem Heimweg. Es wäre einerseits gut, vielleicht endlich Ruhe vor diesem Kerl zu haben, aber würde sie dort weiter arbeiten können? Wie sollte sie dann ihre Familie durchbringen? „Ach Rudl, was soll nur mit uns werden", seufzte sie gerade, als sie Omas Ruf hörte.

Agnes war ihr, den Brief schwenkend, entgegengelaufen.
Sie las den Absender: *WOJSKO POLKIE*
Wojskowy Sad Rejonowy we Wroclawiu Nr. Sr. 151/50
Wojsko Polskie, dachte sie, das heißt doch polnisches Militär.
Wieso bekomme ich Post vom polnischen Militär?
Was wollte das polnische Militär von ihr? Sie ließ den Brief
sinken und starrte in die untergehende Sonne. Rote, gelbe und
violette Bälle begannen vor ihren Augen zu tanzen.
„Mutti", stammelte sie, „ich kann nicht mehr!"
Agnes war erstaunt. Wann hatte Gretl das letzte Mal „Mutti" zu
ihr gesagt? Ihr traten Tränen in die Augen. Sie versuchte, sie zu
beruhigen. „Komm´och erst ma rein, Gretl, ich mach dir n
Muckefuck, den Brief kannste immer noch les´n."
Sie schob Gretl sacht durch die Hoftür. In ihrer sarkastischen
Art dachte sie, um mich is es ja nich mehr schade, aber Gretl
und die Kinder, die hab´n noch das ganze Leb´n vor sich. Was
soll bloß werd´n? Gretl sank auf dem Stuhl am Esstisch nieder.
„Die Kinder schwirren noch irgendwo rum, da kannste dich erst
ma erhol´n." Sie ging in den kleinen Küchenraum, begann im
Kachelofen das Feuer zu schüren, setzte im Pfeiftopf Wasser
auf und kramte in dem kleinen Regal nach der Muckefuckdose.
Gretl beschlich das gleiche Gefühl wie damals in Langenau, als
der erste Brief von Rudl sie so aufgewühlt hatte. Unwirsch riss
sie den Umschlag auf. Sie starrte auf das Blatt. „Mutti, sieh dir
das an, alles Polnisch, wie soll ich das lesen?" Das erneute
„Mutti" traf Agnes wieder. „Ja, da müss´n wer halt wart´n, bis
die Kinder komm´n." versuchte sie sich selbst zu beruhigen.
Auf schäbigem, leicht vergilbtem Papier, waren drei dürftige
Zeilen getippt, darüber ihre Anschrift mit dem Datum, 21. 09. 1949, darunter ein nur halb aufgedrückter Stempel, auf einem wohl schon länger ausgetrockneten Stempelkissen dürftig mit lila Farbe benetzt.

„Auf jeden Fall ist es eine Antwort auf mein Schreiben vom 15. September", stellte sie fest. Agnes brachte ihr den Malzkaffee.

Die Tür flog krachend in ihren Angeln aufkreischend an die Außenwand. Uli stürmte mit einer Pappkrone in den Haaren herein: „Mutti, ich bin jetzt der ... der König vom Schloss!"

Er stürzte sofort in ihre Arme.

In seiner Unbekümmertheit käme er nie auf die Idee, dass es seiner Mutti vielleicht nicht so gut ginge, oder seine Geschichten sie im Moment gerade nicht besonders erheiterten.

„Komm Schepselchen, du sollst doch nicht die Tür so knallen."

„Die olle Tür, das is doch egal." Und er begann, immer wieder vor Aufregung Wörter wiederholend, vom Sorauer Schloss zu erzählen. Er wäre mit den Großen da rumgestrolcht. Das wäre viel besser, die wüssten viel mehr, und die Kleineren wollten doch immer nur Krieg spielen.

Der Kater kam hinter ihm herstolziert. Er nahm ihn und setzte ihn auf Gretls Schoß. „Der is jetzt richtig mein Freund!"

Der Kater beschrieb mehrere Kreise auf ihrem Schoß und machte es sich schnurrend auf den sich bietenden Schenkeln bequem. Sie kraulte dieses schnurrende Raubtier. Uli hatte ihr die nächtliche Jagd auf die Ratte in allen Einzelheiten erklärt und es immer wieder bedauert, dass sie das nicht miterlebt hatte. Jetzt hörte sie aus der Küche, wie er auf Oma einredete. Gretl war wieder in ihre Sorgen zurückgeworfen.

Die Finger der rechten Hand, die sich weiter unter den Bauch von »Sieger« geschoben hatten, strichen sanft durch das Fell.

Plötzlich sprang sie auf. „Ich geh jetzt rüber zu Herrn Hellwig, Mutti, der kann ja Polnisch. Ich muss wissen, was da steht!"

Agnes lugte aus der Küche um die Ecke. „Sie hat wieder Mutti gesagt", murmelte sie. „Die wird genauso vereinsamen wie ich, wenn Rudl nich bald wiederkommt."

Mit einem empörten Quietscher war der Kater abrupt auf den Dielen gelandet, hatte Gretl empört nachgemauzt, war beleidigt ins Nebenzimmer geschlichen, um sich dann, nach mehreren Pirouetten, behaglich auf Ulis Bett niederzulassen.

25. Gefangen

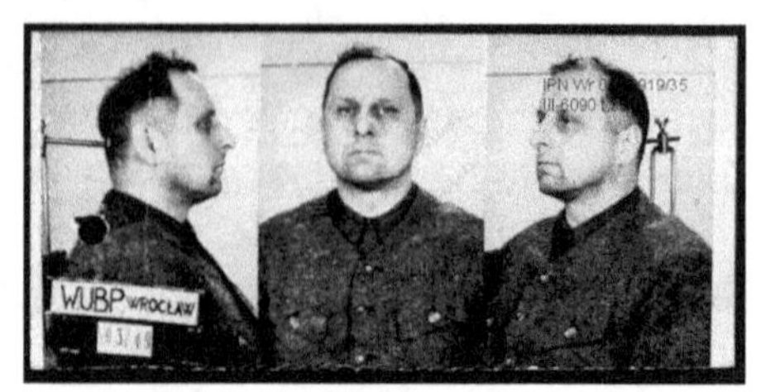

Die hinteren Wagenfenster waren verhangen.

Er konnte vom Rücksitz aus nur durch die Windschutzscheibe das im Lichtkegel auf ihn zukommende Kopfsteinpflaster sehen und seitlich durch das Fahrer- oder Beifahrerfenster vorüberfliegend, mal Bäume, mal Sträucher oder Gräser. Er saß in dem Pobeda M 20, aber dieses Mal im Fond. Als sie an der Fabrik vorbeifuhren, fragte er: „Wo fahren wir hin?" „Ciszej proszę", zischte der Beifahrer, und der Dritte neben ihm legte den Zeigefinger auf seine Lippen. Also kein routinemäßiges Abholen.

Die letzten beiden Nächte hatte er kaum geschlafen. Am Montag schien in der Fabrik alles normal zu verlaufen, es gab kein Anzeichen für eine Störung, meist waren die nächtlichen Einsätze absehbar. Also war es klar, er versuchte zu begreifen ...

Ein plötzliches Gefühl der Ohnmacht, des Ausgeliefertseins befiel ihn. Es war, als ob sich über seinen Körper in einem Schwall von Prickeln und Reißen eine Gänsehaut ausbreiten würde, in den Füßen beginnend, die Beine hinauf, über den Rücken in den Nacken weiterziehend, über die Kopfhaut bis in die Haarwurzeln hinein. Er musste den Kopf hin und her wenden, die Augenlider blinzelnd bewegen, um den leichten Schwindel und die Schleier seiner Wahrnehmung zu überwinden. Bleischwer glaubte er sich in den Sitz gezwängt. Seine Physis signalisierte ihm, in Fänge geraten zu sein, aus denen es nur schwerlich ein Entkommen geben würde. Doch sein Denken stemmte sich dagegen. Er versuchte zu ergründen, wohin diese Fahrt gehen würde. Sie waren auf der Landstraße nach Sagan. Es gab nur diese, nach Sorau hätten sie links abbiegen müssen. In Sagan musste er achtgeben, welche Richtung der Wagen nehmen würde. Man hatte ihn bisher kaum bedrängt. Der Chauffeur hatte gegen zwei Uhr geschellt, er war sofort zur Tür geeilt, hoffend, dass Gretl nicht wach würde, war in seine Hosen gesprungen, hatte auf dem kurzen Weg zur Tür aus dem Brotkasten die Schnitten genommen – in letzter Zeit deponierte er abends für sich immer einige –, der Fahrer stand geduldig im Türrahmen. Dann war er noch einmal zu Gretl ans Bett geeilt, und mit dem Kuss auf ihre Stirn hatte ihm seine Emotion genau das vermittelt, was er rational jetzt im Auto spürte. Denn der Abschiedsgruß: „Ich werde abgeholt, mein Gretelein, bis bald, ich liebe dich!", sagte genau das aus, was er schwer in den Sitz gedrückt gerade realisierte: Man hatte ihn festgenommen.

Der Fahrer hatte ihm genau wie immer die Tür zum Einsteigen aufgehalten, allerdings die hintere. Da erst hatte er wahrgenommen, dass noch zwei weitere Personen mit finsteren Gesichtern im Auto saßen. Na wenn schon, sie hatten ihm keine Handschellen angelegt. Er saß wie freiwillig neben einem dieser Leute, freilich, die Tür ließ sich von innen nicht öffnen, und das Fenster war verhangen, aber sie hatten ihm nicht die Augen verbunden. Er konnte sehen, wohin sie fuhren, es ging in Richtung Breslau. Ein altes Schild am Ortsausgang von Sagan mit noch deutscher Aufschrift: Breslau, 180 km – man musste es vergessen haben –, hatte es ihm verraten. Bis auf seine Frage eben war noch kein Wort gesprochen worden. Die Wind- und Fahrgeräusche, das Nageln der Reifen auf dem Pflaster und das satte Surren des Motors wirkten ermüdend, und er kämpfte jetzt mit dem Schlaf, den er die letzten Nächte kaum gefunden hatte. Er zwang sich, seine Gedanken in Gang zu halten. Was sollte man von ihm wollen? Richtung Breslau? Gab es vielleicht irgendwo eine Fabrik, wo man seinen Rat brauchte? Aber dann hätten die Mitfahrenden sicher darüber gesprochen. Nach der barschen Antwort: „Ruhe bitte!", müsste er nicht eigentlich Schlimmeres vermuten? Wenn sie bis Breslau fahren sollten, das konnte noch zwei Stunden dauern ... Sein Kopf fiel aufs Kinn. Erschrocken riss er ihn hoch, rieb sich die Augen, die starr durch die Scheibe nur Pflaster in gelblichem Licht und vorbeigleitende Felder sahen. Am fernen Himmel schien schon der Morgen heraufzuziehen. Er ließ den Kopf von einer Schulter zur anderen pendeln, versuchte die Augenlider zu weiten, er wollte unbedingt wach

bleiben. Sollten sie tatsächlich nach Breslau fahren ... wie lange
war es her, dass er dort ... es musste eine Trümmerstadt ...

Das Krachen der schweren Tür hinter ihm brachte ihn erst wieder richtig zur Besinnung. Er war doch eingeschlafen, das hatte ihn geärgert. Er wusste nicht, wo sie ihn hingebracht hatten. Es war alles sehr schnell gegangen. Der Wagen hatte abrupt vor einer grauen Wand gehalten, er wäre fast mit dem Kopf an den Vordersitz geprallt. Die Wand war zur Seite weggeglitten, der Wagen rollte in einen Hof, umgeben von schmutzigen Backsteinfassaden mit vergitterten Fenstern, die Tür wurde aufgerissen, eine derbe deutsche Kommandostimme schreckte ihn auf: „Aussteigen und mitkommen!”

Er war schwankend dem Wärter gefolgt. Der öffnete und verschloss verschiedene Gitter und Gatter, und unversehens fand er sich in diesem Verschlag wieder mit der krachenden Tür im Rücken. Sich geschockt umdrehend sah er noch, wie sich zwei Schließbolzen, von außen mit einem kräftigen Ruck angeschoben, in das jeweilige Loch des steinernen Türrahmens bohrten.

Er war in einem Gefängnis. Gefangen.

Sein Auge suchte in die fahle Düsternis zu dringen, das Verlies zu erfassen. Einen Lichtschalter für eine Glühbirne konnte er nicht entdecken. In der rechten Ecke, neben der Tür, stand ein Holzeimer mit einem Deckel. In der Längswand hing an zwei Scharnieren eine ausgeklappte Pritsche, die von zwei Ketten gehalten wurde. Die Stirnwand unterbrach als Fenster direkt unter der Decke eine etwa 50 mal 50 Zentimeter große Aussparung. Aufrecht eingemauerte Eisenstäbe hoben sich vor dem einfallenden Morgengrauen schwarz ab. Von der linken Wand, gegenüber der Pritsche, ließ sich ein Brett herunterklappen, das als Tisch zu benutzen war, indem man sich gleichzeitig auf den Rand der Pritsche setzte. In der verbleibenden Ecke stand ein Hocker mit einer Waschschüssel und einem Krug daneben.

Erschöpft setzte er sich auf die Pritsche, deren Ketten sich bedrohlich spannten. Er befühlte mit der linken Hand den harten Strohsack, die am Fußende zusammengefaltete Decke. Abrupt verengte sich sein Hals, seine Augen füllten sich und die grüngraue Wand sowie das hochgeklappte Brett verschwammen vor

ihm. Und wieder war es so. Sein ganzes Sein rebellierte, war in heller Aufruhr gegen all das, was ihm seine Sinne präsentierten, womit sein Fühlen fertig werden musste. Wie sollte er in dieser Zelle weiterleben? Konnte er auf einer solchen Pritsche Schlaf finden? Was war ein Leben ohne ein Buch, ohne ein Werkzeug, ohne etwas Hygiene? Er betrachtete verschwommen den Eimer, die Schüssel. Doch sogleich meldete sich sein Vermögen, sich mit Fakten auseinander zu setzten, sie zu durchdenken und sich damit zu arrangieren. Im Krieg war es mit der Hygiene und den Toiletten viel schlimmer gewesen. Geschlafen hatten sie, wenn es gut ging, auf Feldbetten, oft im Freien, in feuchten Decken; und hatte er ein Buch? Vielleicht könnte er hier wenigstens bei den katholischen Polen eine Bibel erhalten? Und Werkzeug? Ja, sie hatten Waffen, die mussten sie instand halten und auch gebrauchen, aber war es dann nicht besser, solches „Werkzeug" erst gar nicht zu besitzen? Er legte sich auf die Pritsche. Wieder ächzten die Ketten. Langsam wich der Druck auf Magen und Kehle. „Geist und Seele muss ich im Einklang halten, dann werde ich diese Prüfung auch körperlich überstehen!" Er hatte das, wie in früheren Jahren, der Zellendecke zugeflüstert. Dann folgte wieder die Verharmlosung, die abgeleitete Hoffnung: Es kann gar nicht so schlimm werden. Was sollte er denn getan haben? Sie hatten ihm ja auch nichts abgenommen, hatten ihn nur oberflächlich gefilzt, er hatte sogar noch seine Taschenuhr, das bemerkte er erst jetzt. Fünf Uhr achtunddreißig.
Wahrscheinlich waren sie froh gewesen, sich endlich seiner entledigt zu haben, und er würde vielleicht nur irgendwie als Zeuge gebraucht, sonst hätten sie ihm doch auch Sträflingsklamotten verpasst. Und seine Tasche, die hatte er ja auch noch, die lag jetzt auf der Decke. Darin waren zwar nur die Schnitten und in der Blechflasche verdünnter Sirupsaft. Er richtete sich auf, zog sein Jackett aus, legte es auf die Decke am Fußende, klappte das Brett herunter, setzte sich an den „Tisch" und begann, seine Schnitten zu essen und den Sirupsaft zu nippen.

„Aufstehen! Mitkommen!" Er wurde unsanft an der Schulter gerüttelt. „Wieso, was ist, ich bin unschuldig", stammelte Rudl.

Die angebissene Schnitte lag noch auf dem Brett, er hätte sich fast die Hosentasche abgerissen, so hektisch war er von der Pritsche aufgesprungen, das Brett war dabei hochgeklappt, und die Schnitte klemmte jetzt zwischen Wand und Brett. „Einen Moment, bitte", bat er, rettete die Schnitte und zog schnell das Jackett über.

Es war derselbe Wärter, der ihn wieder durch die Gitter schleuste. Seine Zelle war, wie er jetzt wahrnahm, in der ersten Etage. Zwischen den Aufgängen waren Maschendrahtgitter gespannt, und die Stufen bestanden aus durchsichtigen Eisenrosten. Der Wärter – er trug eine grau verwaschene Uniform, die Jacke bis zum Hals geschlossen und die Hose pludrig zerknittert – schob ihn wortlos in ein kleines Büro, drückte ihn barsch auf den Stuhl vor dem hölzernen Tisch, auf dem nichts weiter als eine schwarze, gebogene Tischlampe stand und ging wieder hinaus.

Er wagte auf seine Uhr zu schauen, es war bereits zehn Uhr, und ihm fiel unvermittelt Gretl ein. Er hatte, seit er abgeholt worden war, nicht mehr an sie gedacht und fühlte sich plötzlich, als ob er sie verraten hätte. Wie schmerzlich musste sie ihn gerade jetzt erwarten. Sonst war er von einem normalen Nachteinsatz immer nach zwei, drei Stunden zurück gewesen.

Die zweite Tür ging auf, und es erschien ein junger Mann in Zivil, er setzte sich, knipste die Lampe an, bat Rudl um seinen Pass, den er natürlich stets bei sich führen musste, und begann die Personalien auf einen kleinen Vordruck zu übertragen. Dann setzte er das Datum, den 15. 3. 1949, darunter, presste einen der mitgebrachten Stempel darauf, der sich nur halb und undeutlich abbildete, bedankte sich und wandte sich zur Tür. Rudl erhob sich rasch, beugte sich über den Tisch und bat um die Möglichkeit, seiner Frau eine Nachricht zukommen zu lassen, sie wisse noch nicht, wo er sei und ob er ihm das nicht bitte auch sagen könne. Der Beamte blätterte in seiner Kladde, fischte ein leeres Blatt heraus und legte es mit einem Bleistift vor ihn auf den Tisch. „Sie schreiben szybko, das hier Więzienie in Wroclaw, ich zurück, ich schicken."

Er war also in einem Gefängnis in Breslau. Wieder ärgerte ihn, dass er bei der Herfahrt eingeschlafen war. Schnell schrieb er einige Zeilen an sein Gretelein, setzte die Anschrift darunter, der junge Beamte trat nur kurz durch die Tür, ohne ein Wort nahm er Rudl Zettel und Bleistift ab und verschwand.

Er hätte sich eigentlich denken müssen, dass der Brief nie ankommen würde, aber die Hoffnung, dass Gretl die Nachricht erreichte, ließ ihn beruhigter zur Zelle zurückgehen.

In den nächsten drei Tagen passierte nichts. Keiner redete mit ihm. Der Wärter stellte wortlos das Essen auf die Klappe der Zellentür, die offenblieb, wenn er aß. Das durch die Klappenöffnung einfallende Licht des hell erleuchteten Korridors bildete bei geschlossener Tür ein gelbes Quadrat auf dem Steinboden. Morgens und abends lagen auf einem Blechteller serviert zwei, manchmal drei Scheiben Kommissbrot mit einem Schlag Weiß- oder Schichtkäse oder einem Stück hartem Käse, dazu ein meist glühend heißer Blechbecher, den er nur mit seinem Taschentuch aufnehmen konnte – noch hatte er eines –, voll mit kochendem Wasser, das mal nach Muckefuck, mal nach Tee schmeckte. Mittags stand neben dem Becher mit kaltem Wasser ein dampfender Napf auf der Klappe mit einer jeweils undefinierbaren Suppe. Mit dem Holzlöffel, den er am ersten Tag separat erhalten hatte und den er immer gesäubert parat haben musste, stocherte er zunächst in dem Suppennapf herum. Aber hier war es wieder genauso, dass sein Verstand seinem Magen signalisieren musste, die Suppe muss verwertet werden, ebenso der Käse, den schon mal Schimmel zierte, wie der Weichkäse, der meist in trüber Molke schwamm.

Und gerade in den ersten Tagen spürte er bald nur noch Hunger, denn der Körper litt unter der plötzlichen kargen Kost genauso wie sein Geist unter der unvermittelt eingetretenen Isolation, sodass sein Sinnen sich zunehmend auf die Nahrungsaufnahme konzentrierte. Zudem musste er hastig essen; wollte der Wärter die Klappe wieder schließen, musste er Blechteller, Becher und die Suppenschale zurückgestellt haben – wobei letztere sauber ausgespült sein musste –, ob er fertig gegessen hatte oder nicht. Essen durfte nicht in der Zelle verbleiben. Bei offener Klappe hörte er das Treiben auf den Gängen, es gab nur kurze polnische Befehle, deutsche waren nicht zu hören. Nur Geklapper,

das Quietschen und Rattern der Räder der Kästen, in welchen
das Essen herumgefahren wurde. Am Morgen nur kam er aus
seiner Zelle heraus, aber nur bis zu einem stinkigen Ausguss, in
den er den Einsatz des Holzeimers entleerte, ihn so gut es ging
ausspülte, dazu durfte er den Blechkrug mit frischem Wasser
befüllen, welches aber keinesfalls zum Trinken zu verwenden
war. Krug und Eimer trug er in seine Zelle zurück, durfte dann
nochmals zu einer großen Tonne gehen, die in einer Ecke am
Ende des Ganges stand, und mit dem Napf, der immer hinter
dem Eimer auf dem Boden stand, Chlorkalk herauskratzen.
Unvermittelt, sein Magen knurrte, und er wartete schon auf die
Suppe, riss ihn das Krachen der Riegel aus seiner Lethargie.
„Mitkommen!" Es war das erste deutsche Wort seit drei Tagen.
Wieder derselbe, dachte er, vielleicht ist das der Einzige, der
etwas Deutsch kann. Sie erreichten einen schäbigen Raum.
Vor einer ehemals weißen Wand stand ein Stuhl, ähnlich einem
Friseurstuhl, darauf war, auf einem Stativ platziert, ein Fotoap-
parat gerichtet, dessen konisches Balgenkompendium wie eine
Ziehharmonika aus dem Gehäuse ragte. Ein älterer Mann mit
langen, schlohweißen Haaren hantierte daran herum, nahm dann
Rudl groß gestikulierend bei den Schultern und schob ihn auf
den Friseurstuhl. Anstelle der Kopfstütze war in die Halterung
eine Eisenstange geschraubt, an der wiederum im Winkel von
90° eine kleinere, waagerecht verschiebbare, befestigt war.
Der Wärter setzte sich seitlich auf einen Hocker und sah zu,
wie der Fotograf die kleinere Stange auf Rudls Hinterkopf aus-
richtete. Er fasste Rudls Stirn und drückte den Kopf fest an die
Stange, dabei redete er polnisch auf ihn ein, was Rudl so verstand, dass er sich jetzt nicht bewegen dürfte. Die Fotos mussten
wohl ohne Blitzlicht gemacht werden, also mit einer längeren
Verschlusszeit, dachte Rudl, damit keinerlei Schatten im Hintergrund die Konturen verzerren würden. Der Fotograf schoss
zunächst mehrere Bilder von vorn, versetzte dann das Stativ
nach links auf drei auf den Dielen vorgezeichnete Markierun-
gen, um Rudls Kopf im Profil zu fotografieren, richtete es dann
auf drei Punkte an der rechten Seite ein, um noch die nötige
Aufnahme im Halbprofil zu machen, wobei die Stangen hinter

Rudls Kopf auf den Profilaufnahmen sichtbar blieben.

Jetzt entstehen die Verbrecherfotos von mir, dachte Rudl.

Auf dem Rückweg zur Zelle fragte Rudl den Wärter leise, ob er ihm denn nicht etwas zum Schreiben oder vielleicht eine Bibel besorgen könne. Der schüttelte nur den Kopf, drängte ihn in die Zelle, die Tür flog zu, und die Eisenbolzen bohrten sich wieder knirschend in den Steinrahmen.

Es folgten drei weitere Tage der an ihm nagenden Ungewissheit, an welchen es für ihn nur Warten gab, nur Grübeln über den Grund seiner Gefangennahme. Daneben nur das Harren auf die Essensrationen, das unwillige Hinunterschlingen, dazu den Zwang, den Eimer zu benutzen, das Aufstreuen des Chlorkalks, das Leeren des Eimers, das Befüllen des Wasserkruges, nur das dürftige morgendliche Waschen und das Problem der Rasur und des Zähneputzens, um sich halbwegs menschlich zu fühlen.

Mit dem grauen, harten Leinenhandtuch – alle fünf Tage bekam er ein frisches –, rieb er, so gut es ging, die Zähne ab und zog aus dem ausgefransten Rand Fäden für die Zwischenräume.

Gretl würde ihm sicher bald seine Zahnbürste schicken können.

Nach sieben Tagen, Rudl hatte das Verrinnen der Tage im Steinboden hinter dem Eimer mit eingeritzten Strichen markiert, verkündete der Wärter: „Du, dünne Bart, heut golić, mitkommen!"

Er folgte dem Wärter die Gitterstufen hinab ins Erdgeschoss.

In eine der Zellen hatte man drei Stühle gestellt, dahinter je einen Häftling, der jeweils einen darauf sitzenden rasieren musste.

Ob die nun besonders dafür prädestiniert waren, konnte er sich nicht lange fragen. Der freie Platz war einzunehmen, und schon brannte Rudl kalter Seifenschaum im Auge. Es wurde kein Wort gesprochen. Was hätte er auch sagen sollen und zu wem? Er war der Einzige in Zivilkleidung. Genervt folgte er mal mit der rechten, mal mit der linken flachen Hand dem Messer, welches unsanft über seine Haut schrappte, um eventuelle Seifenreste, die auf sein Jackett zu klecksen drohten, aufzufangen.

Er war über den oberen Steg auf dem Weg zurück zu seiner Zelle, den Blick nach unten gerichtet, wie es Vorschrift war, als er plötzlich unter sich durch die Roste einen Häftling zu erkennen glaubte. Er blieb stehen. Die gleiche prickelnde Gänsehaut

zog sich über seinen Körper wie im Auto in der Nacht seiner Verhaftung. Der Wärter stieß ihn weiter, schob ihn in die Zelle, und mit dem Knirschen der Zapfen schien sich seine Kopfhaut zusammenzuziehen. – Feldeisen!
Feldeisen war ebenfalls hier im Gefängnis. Er ließ sich auf die Pritsche fallen. Feldeisen! Gretl hatte ihn immer gewarnt. „Der ist nicht koscher", klang es ihm jetzt im Ohr. Doch er hatte beschwichtigt, „wir brauchen das Geld, vielleicht ist er ein französischer Spion, na wenn schon, ich hab ihm doch nichts erzählt, was nicht auch jeder andere wissen könnte!" Aber Feldeisen hatte ihm empfohlen, als Deutscher nicht so exakt für die Polen zu arbeiten, er könnte doch Sandkörner in die Schmierstellen streuen, dann blieben die Maschinen einfach stehen.
Bis in die späte Nacht wälzte er sich bleischwer, wie von riesigen Eisengewichten hineingepresst, auf seinem Strohsack.
Kaum dass er den Eimergang, die morgendliche Katzenwäsche, das Wasserholen, das »Frühstück« bewältigen konnte. Sollte ihn Feldeisen der Sabotage bezichtigt haben? Das wäre ungeheuer.
Aber war es wirklich Feldeisen? Der, den er doch nur von oben gesehen hatte, hatte der nicht Sträflingskleidung ...
Die Tür wurde aufgerissen: „Mitkommen!"
Er rappelte sich hoch. Es musste doch bald Mittag sein. Hunger plagte ihn. Würde man ihm die karge Suppe versagen?
Der Ermittlungsbeamte saß schon an dem kleinen, von der gebogenen Lampe beleuchteten Tisch. Er blätterte in Unterlagen.
„Kominsky, Aleks", stellte sich der Beamte vor und mit hartem Akzent fügte er hinzu: „Ministerium für öffentliche Sicherheit in Nysa!" und wies auf den Stuhl vor dem Tisch.
„Ihre Personalien ich habe hier." Er blätterte.
„Geben Sie an, ob der Plan in der Glashütte erfüllt wurde."
Erleichtert über die Frage gab Rudl an: *„Ich kann dazu nichts Konkretes sagen, da die Produktion nicht zu meinen Aufgaben gehört. In der Hütte arbeite ich nur als Fachmann im Bereich Maschinen und Elektrotechnik. Ich vermute aber, dass der Produktionsplan in der letzten Zeit übererfüllt wurde, denn die Mitarbeiter, darunter auch ich, bekamen eine Prämie."*
„Gab es Störung an Maschinen?"

Will der doch auf Sabotage hinaus?, dachte Rudl, antwortete aber präzise: *„Im Mai, Juni 1948 gab es eine Beschädigung der Wanne, die zu einem Produktionsausfall geführte hatte. Man konnte den Schmelzvorgang nicht mehr abwickeln. Mit meiner Tätigkeit hatte das aber nichts zu tun. Nach meinem Wissen gab es sonst keine Ausfälle. Kleinere Vorfälle, die schnell zu beheben sind, gibt es in einer solchen Fabrik natürlich immer."*
Der Ermittler hatte mitgeschrieben, schob jetzt verschiedene Schreiben in der Akte hin und her. Rudl konnte nichts ergründen, da alles in Polnisch getippt war. Dann raffte er die Blätter zusammen und verschwand wortlos in der rückwärtigen Tür.
Also, wenn die weiter nichts von mir wollen, dachte er sich zurücklehnend ... Der Beamte erschien wieder, „Sie müssen das unterschreiben, kriegen das auf Deutsch in die Zelle!"
Rudl unterschrieb die beiden polnisch beschriebenen Blätter.
„Ja, wenn die weiter nichts von mir wollen!"
Er sprach mit dem Napf. »Sein« Wärter hatte die Suppe auf der Klappe stehen lassen und bevor er die Tür entriegeln konnte, hatte Rudl die Schale an sich genommen und in die Zelle getragen. Die Suppe war abgekühlt, aber dieses Mal schmeckte sie ihm fast, und es fiel ihm sogar der Witz ein, den er beim Suppelöffeln früher oft erzählt hatte, wie die Jungs den schlürfenden Vater beobachten: »Kiek ma, wie dem Vatter die Nudln ausm Maule häng!« Er musste schmunzeln, suchte, in seiner Schale herumstochernd, vergeblich nach einer Nudel.
Das Verhör ging ihm wieder durch den Kopf. Erleichtert, und wie er glaubte, zum ersten Mal satt, hatte er die gespülte Schale zurückgestellt. Jetzt entspannte er sich auf der Pritsche.
Er war jetzt den achten Tag hier, und plötzlich schien alles ganz einfach und leicht. Der Druck zu Grübeln war verflogen. War das alles, was die wollten? Bald würde er sein Gretelein wieder in die Arme schließen können. Und vielleicht war auch inzwischen die Erlaubnis zu seiner Ausreise bei Gretl eingegangen.
Er hatte das erste Mal richtig geschlafen. Das durch die Fensterluke sich einschleichende Licht der Morgendämmerung weckte ihn. Auf den Gitterstegen vor seiner Zelle begann bald die allmorgendliche Geschäftigkeit. Er hörte Häftlinge und Wärter

über die quietschenden Gitter hetzten, gleich würde auch seine Zellentür entriegelt zum Eimerleeren, Wasser- und Chlorkalkholen, wie er glaubte, zum letzten Mal.

Er sprang von der Pritsche, legte sorgfältig die dünne Decke zusammen, wusch sich über der kleinen Schüssel und zog sich an. Seine Hose hatte er in die noch leidlich vorhandene Bügelfalte gelegt und zwischen die Wand und das hochgeklappte Brett geklemmt, an dessen rechter Ecke sein Jackett hing und über der linken die Weste mit dem graublauen Oberhemd. Es betrachtend dachte er, das müsste dringend gewaschen werden, genau wie die Unterwäsche, obwohl er doch peinlichst auf seine Sauberkeit bedacht war.

Na ja, wenn ich jetzt nach Hause komme ..., die Zellentür war noch nicht wieder geschlossen, er kaute grübelnd an seinem Kommissbrot herum, als der Wärter im Steinrahmen erschien und kommandierte: „Alles mitnehmen! Mitkommen!”

Alles mitnehmen? Was sollte er mitnehmen? Seine Tasche und die Trinkflasche hatte man schon am zweiten Tag konfisziert. Er hatte nur seine Uhr und seinen Pass und das, was er auf dem Leib trug. Aber hieß das nicht, dass er nicht mehr zurück in die Zelle musste? Erfreut sprang er auf, ließ sogar die angebissene Schnitte liegen und trabte hinter dem Wärter her.

Er saß wieder in dem kleinen Büro, ein Uniformierter ihm gegenüber, der sich als Unterleutnant Jan Orzeszyna vorstellte.

Erstaunt fragte sich Rudl, weshalb er es mit dem Militär zu tun bekomme. Der Unterleutnant verlas in gutem Deutsch einen bereits ausgefüllten Vordruck, den er danach unterschreiben sollte:

„Festlegung zur vorläufigen Verhaftung

Unter Berücksichtigung, dass Hiltschera Rudolfori, geboren in Oklitz, am 1. 1. 1905 in der Vernehmung wichtige Hinweise gegeben hat, auf ausgeführte Verbrechen nach Artikel:

7 Dekret vom 13.6.1946

Und zwar: In der Zeit von 1947/1948 hat er auf dem Gebiet der Wojwodschaft Breslau zu Gunsten fremder Agenten Informationen, die Staats- und Militärgeheimnisse waren, gesammelt und diesen Agenten übergeben. Es besteht der berechtigte Verdacht, dass der Verdächtige untertaucht, Zeugen zu falschen

Rudl war, als ob sein Körper, immer schwerer werdend, wie in einer Abwärtsspirale, mit dem Stuhl zu versinken drohte.

Der Unterleutnant schob ihm das Blatt hin und legte einen Füllfederhalter daneben. Bis auf den falsch geschriebenen Namen und die Daten konnte er nichts lesen.

Wenn die alles so falsch schreiben wie meinen Namen, was unterschreibe ich dann hier? Das Blatt verschwamm.

„Was ist das für ein Dekret", fragte er stockend.

„Ich kann Ihnen vorlesen, aber Sie werden kriegen in Deutsch das zu Ihrer Zelle, auch was Sie unterschreiben."

Er fingerte ein Blatt aus der Mappe und las: *„Dekret vom 13. 6. 1946, Artikel 7: Wer zu Lasten des polnischen Staates handelt, wer Informationen, Dokumente oder andere Gegenstände, die Staats- oder Militärgeheimnisse sind, sammelt oder übermittelt, unterliegt einer Freiheitsstrafe von mindestens fünf Jahren, lebenslänglich, oder der Todesstrafe."*

Er hatte unterschrieben. Was hätte er anderes tun können? Man gab ihm die Übersetzung des Beschlusses, des ersten Verhörs und des Dekretes. Direkt nachdem er seine Unterschrift geleistet hatte, brachte ihn der Wärter in den Keller zur Kleiderkammer, hier musste er Anzug, Wäsche und seine Uhr abgeben. Den Pass hatte ihm schon Unterleutnant Orzeszyna abgenommen mit der Bemerkung: „Wir uns jetzt oft sehen."

Er war wieder in seine Zelle gebracht worden. Nur war er jetzt in der Sträflingskutte ein richtiger Gefangener, zwar noch ein Untersuchungsgefangener mit der Befristung bis zum 23. Juni. Daran richtete er sich immer wieder auf. Das nährte seine Hoffnung, zum Sommer wieder bei seinen Lieben zu sein.

Er bat, seiner Frau schreiben zu dürfen, was man ihm gestattete. Nach fünf quälend langen Tagen in dem schon eingefahrenen

Trott, ohne ein deutsches Wort und mit den bohrenden Fragen, was ihm dieser Feldeisen andichten könnte – der war ihm sofort wieder eingefallen, als er den Beschluss zu hören bekam –, wurde er zum nächsten Verhör geholt, das Orzeszyna führte.

Er sollte über sein Leben erzählen, wurde nach seiner NSDAP-Mitgliedschaft gefragt, nach seinem Grenzübertritt mit Jochen und Norbert nach Cottbus – er fragte sich, woher die das wussten –, nach seinen Verwandten in Ost und West. Und dann zum ersten Mal nach Feldeisen. – Also doch Feldeisen; hatte der ihn hineingerissen? – Was er ihm mitgeteilt habe, wollte der Unterleutnand wissen. Ob Feldeisen ihm einen Auftrag zu einer Sabotage, die Glashütte betreffend, gegeben habe, ob er dafür Geld erhalten habe, und in welchem Verhältnis er heute zu Feldeisen stehe. Er gab an, seit einem halben Jahr keinen Kontakt mehr mit Feldeisen zu haben, ihm nur Dinge mitgeteilt zu haben, die jeder andere auch hätte wahrnehmen können. Einen Sabotageauftrag angenommen zu haben, bestritt er vehement und erst recht eine unterstellte Ausführung.

Auch dieses Protokoll hatte er unterschrieben, die Übersetzung war ihm in die Zelle gelegt worden. Aber er hatte das polnische Exemplar unterschrieben.

Es verging Tag um Tag, Woche um Woche. Es schien ihm, als ob sie ihn vergessen hätten. Alle fünf, sechs Tage wurde er zum Rasieren geholt. Es wurde nie gesprochen. „Mitkommen" war das einzige Wort, das er zu hören bekam. Nur am Morgen wurde die Zellentür geöffnet, damit er den Eimer leeren und Wasser holen konnte. An bestimmten Tagen musste er den Steinboden fegen und wischen. In unregelmäßigen Abständen bekam er die Möglichkeit, in einem schäbig gekachelten Raum mit anderen Häftlingen zu duschen. Nackt standen sie in einer Schlange, um schnell einen freigewordenen Duschplatz einzunehmen.

Jeder bekam kaum fünf Minuten. Die Wärter kommandierten sie hin und her. Auch hier durfte nicht gesprochen werden. Er vermied es ohnehin, um als Deutscher nicht erkannt zu werden. Er begann, in seiner Zelle Gymnastik zu machen. Nachts zermarterte er sein Gehirn, um zu ergründen, ob er Feldeisen nicht doch etwas anvertraut hätte, woraus sie ihm einen Strick drehen könnten. Aber er hatte weder Dokumente noch Gegenstände gesammelt, auch keine Staats- oder gar Militärgeheimnisse übermittelt. Woher hätte er auch solche haben sollen?

Bei einer belanglosen Unterhaltung hatte er ihm von einem Zug mit russischen Panzern, der auf dem Sorauer Bahnhof stand, erzählt. Im Radio, nun ja, er hatte die BBC eingeschaltet, war die Rede von einem Uranbergwerk bei Aue in Sachsen, dort wurde Uranerz für die Russen abgebaut. Aber was hatten die Polen damit zu tun? Das war doch kein polnisches Staatsgeheimnis.

Sich stetig neu formierende Gedanken und Befürchtungen ließen ihn nicht zu Ruhe kommen. Die Nächte waren lang, dunkel und grausam, er fand nie tiefen Schlaf, immer durchbrochen von Albträumen; fünf Jahre, lebenslänglich, Todesstrafe!

Er blickte in Mündungsfeuer, sah trotz Augenbinde die Kugel aus dem Lauf schnellen, saß schweißnass auf der Pritsche, den Einschlag hart in der Brust spürend. Bei der Wehrmacht hatte er Erschießungen mit ansehen müssen. Drei seiner Kameraden, an einen Pfahl gebunden, die diesen Krieg nicht mehr ertragen hatten, die nicht mehr töten wollten, die mit dieser Schuld nicht mehr leben konnten. Hatten auch sie durch die Binde die tödlichen auf sie zurasenden Patronen gesehen?

Nach solchen Träumen rappelte er sich auf, tappte zur Waschschüssel, es war stockfinster, tauchte die Hände ins Wasser und ließ sie kühlend über das Gesicht gleiten. Die verbleibenden Stunden starrte er, ohne sie zu sehen, die Zellendecke an.

Regelmäßig ritzte er mit dem Rand des Chlorkalknapfes seine Striche in den Steinboden. Der Napf stand also stets auf seinem „Kalender". Der ganze April war dahingegangen. Am Morgen des 29. hielt er den heißen Alubecher in die Höhe und sprach seinem Sohn einen Toast aus: „Mein lieber Sohn! Zu Deinem sechsten Geburtstag gratuliert Dir Dein gefangener, verlassener und trauriger Vater!"

Er sprach zu der schmuddeligen, grauen Wand, konnte aber seine imaginär festliche Ansprache nicht fortsetzten. Der Druck des Kehldeckels auf Stimmbänder und Luftröhre erstickte jede weitere Lautbildung. Den heißen Becher abstellend fiel er auf den Pritschenrand. Die Ellenbogen auf das heruntergeklappte

Brett gestützt, landeten beide Hände flach vor seinem Gesicht. Schützend vergrub er so Tränen, Sehnen und Kummer.

Wie würden sie heute Ulis Geburtstag feiern? Und wo? Ja, wo war seine geliebte Familie? Täglich wartete er auf eine Nachricht, auf ein paar Zeilen von seiner Gretl. Dreimal hatte er ihr schreiben dürfen. Hatte sie die Briefe nicht bekommen? Hatten die Gefängnisschergen sie doch nicht abgeschickt? Wiederholt hatte er den Wärter um ein Blatt Papier und einen Stift gebeten, um seinem Sohn zum sechsten Geburtstag schreiben zu dürfen.

Er langte mit der linken Hand nach dem schäbigen Handtuch.

Wie hatte er gefeiert, als sein Sohn geboren war.

Einen Herrenabend hatte er veranstaltet.

Er hielt inne, spürte das harte Tuch auf seiner Haut.

Das Hitlerbild. Er erinnerte sich. Für einige Parteileute, an die Namen wollte er sich nicht mehr erinnern, hatte er das Hitlerbild über dem Klavier aufgehängt, und Oma, sie war sehr erbost gewesen, hatte laut gezetert: »Der liebe Gott wird dich dafür noch mal strafen!« Jetzt klang ihm dieser Satz plötzlich in den Ohren. Traf ihn nun die Strafe Gottes?

Er warf das Tuch in Groll auf die Waschschüssel, fingerte etwas Schichtkäse auf den Brotkanten und begann zu kauen.

Er musste sich beruhigen, was nützte diese ganze Grübelei.

Sein „Knullerlein" hatte am 1. Mai Geburtstag. Jutti wurde acht Jahre. Auch sie hatte bisher keine Schule besuchen können, und Uli müsste im August eingeschult werden, aber wie und wo? Es gab doch keine deutschen Schulen mehr. Sie mussten unbedingt nach Deutschland, und er konnte nichts dafür tun. Dabei fiel ihm ein, dass er Jutti doch versprochen hatte, das Puppenhaus mit ihr aus dem Wald zu holen und zu reparieren. Wäre das sein Geburtstagsgeschenk gewesen?

Wieder kratzte er einen Sonntagsquerstrich über die Längsstriche der vergangenen Wochentage. Acht Päckchen waren es jetzt schon. Er aktivierte aus Platzmangel das erste wieder, indem er die Striche verlängerte. Es waren noch sieben Wochen bis zum 23. Juni, so würde er mit seinem Kalender hinkommen.

Die Klappe in der Zellentür ging auf, Rudl war hochgeschreckt, er saß abwesend am Pritschenrand – am Tag durfte er sich nicht

darauf legen, die Decke musste sauber gefaltet am Fußende
liegen –, er sah zwei Hände, die einige Papierbögen und einen
Bleistift ablegten und wieder verschwanden. Er nahm Stift und
Bögen, klappte das Brett herunter und setzte sich davor.
„lesen und stellung nemen" stand falsch und in Druckbuchsta-
ben auf dem ersten Bogen, dann in sauberer Handschrift:
Beweismittel! Quelle: Feldeisena
Inhalt: Hiltschera, Mitglied der NSDAP.
War 1946 in Deutschland, in Cottbus. Er informierte Feldeisen
über den Stand der Glashütte und über Militärtransporte.
Er gab zu, dass er an Feldeisen Informationen lieferte.
Feldeisen ließ ihn eine Produktionssabotage in der Hütte aus-
führen, sich über Uranhütten in der sowjetischen Zone infor-
mieren und Informationen über diese Leute sammeln.
Er willigte ein, Sand in die Maschinen zu streuen und die
Elektrik zu beschädigen. Dafür wollte er in eine (französische)
Kolonie ausreisen. Er lieferte bewusst andere Informationen
über (........) Hofrichter und Schulz an Feldeisen.
Er gab die Daten über Glasmengen und Politik in Frankreich
an, sollte auch Unruhen stiften.
Rudl war plötzlich hellwach, und Empörung brachte sein Blut in
Wallung. Dieser Feldeisen behauptete tatsächlich, er habe ein-
gewilligt, Sand in die Maschinen zu streuen, eine Produktions-
sabotage in der Glashütte auszuführen. Wie sollte er das wider-
legen? Sie würden entweder ihm glauben oder Feldeisen. Sie
könnten vom Direktor der Glashütte erfahren, dass er stets gute
Arbeit abgeliefert hatte. Aber wenn sie Feldeisen glauben würden? Wenn sie ihm Absicht zur Sabotage unterstellten, war eine
Verurteilung unausweichlich. Todesstrafe! Lebenslänglich? Mit
fünf oder zehn Jahren würden sie sich nicht zufriedengeben.
Er nahm den Stift und begann zu schreiben, schrieb fast einen
Lebenslauf, stolperte über seine NSDAP-Mitgliedschaft.
Das haben sie als Erstes festgestellt. Feldeisen war, er hatte es
ihm erzählt, im KZ Sachsenhausen, damit war er Opfer, dazu
war er Franzose, also kein Feind. Für die Polen war Rudl ein
Feind und als Parteimitglied ein Nazi. Das war ihm jetzt klar.
Warum war er damals eingetreten? Er hatte gar keine Wahl ge-

habt, sonst hätte er die Stelle beim Grafen nicht bekommen.
Könnte ihm das jetzt zum Verhängnis werden? Aber er war kein
Spion. Feldeisen war einer, das hatte er zugegeben, doch vor
allem, er war kein Saboteur. Verzweifelt suchte er darzustellen,
dass er nie etwas Derartiges wie Sabotage im Sinn gehabt hätte.
Und was den Geheimnisverratsvorwurf anging, die belanglosen
Beobachtungen, die er weitergegeben hatte, würden doch nie
von einem Richter als Spionage bewertet werden.
Er schrieb sorgfältig fünf DIN A4 Bögen voll, nahm dann noch
einen sechsten und – er hoffte wohl insgeheim damit punkten zu
können – machte dem polnischen Staat ein Angebot:
*Ich habe noch zu deutscher Zeit eine Maschine zum Ernten von
Kartoffeln in der Form eines Mähdreschers zu konstruieren be-
gonnen. Ich wäre gern bereit, dieses Patent zu beenden und der
polnischen Wirtschaft zur Verfügung zu stellen.*
Das Patent ist noch nicht bekannt.
*Dann kann ich noch eine zweite Maschine anbieten, welche die
Kartoffeln in die Erde legt und wieder zudeckt.*
Dann nahm er noch zwei weitere Bögen, schrieb nachträglich
an seine beiden Geburtstagskinder, an sein geliebtes Gretelein.
Er bemühte sich, sorgfältig zu formulieren, zu beschwichtigen
– Ende Juni könnte er wieder zu Hause zu sein –, damit ja keine
neuen Sorgen aufkommen konnten.
Seine Erläuterungen wurden nicht abgeholt. Jedoch las er das
Geschriebene täglich durch, hatte eine Seite noch einmal ganz
neu formuliert und war letztlich mit dem Verfassten zufrieden.
Zu guter Letzt setzte er noch die Schlussbemerkung darunter:
Das ist Wahrheit!
Erst eine Woche später wurde er zu einem neuen Verhör geholt.
Er saß wieder Aleks Kominsky gegenüber, was ihn wunderte,
denn wie er befürchtet hatte, waren seine Fragen die gleichen,
die auch Orzeszyna schon gestellt hatte, und die er doch so ausführlich schriftlich beantwortet hatte. Doch Kominsky hatte seine Stellungnahme achtlos beiseite gelegt. Zum anderen fühlte
er sich in seiner Sträflingskleidung äußerst unwohl. In der Zelle
nahm er sein Aussehen kaum wahr, aber sein Gegenüber saß
vor ihm in einem schmucken Anzug, einem weißen Hemd mit

akkurat gebundener Krawatte, und er, in der verwaschenen, revers- und kragenlosen Jacke, deren Streifen sich nur noch durch ein dunkleres und ein helleres Grau absetzten, darunter das ärmellose Unterhemd. Die Hose hatte er mit einem Strick gegürtet, der als Gürtel zu lang und zum Aufhängen zu kurz war. Ja, manchmal war ihm danach, und gerade jetzt. Es wurde ein elend langes Verhör mit unsinnigen Fragen; wann und wo er Feldeisen kennengelernt habe, ob er sich nur für Radios interessiert habe, was er über die Fabrik habe wissen wollen, was ihn noch interessiert habe, ob Feldeisen ihn noch mit anderen bekannt gemacht habe und zu welchem Zweck?
Rudl gab, so gut er konnte Auskunft, doch meist folgten weitere Nachfragen. Kominsky schrieb alles in Polnisch mit, Rudl sah ihm beim Schreiben zu, keine schlechte Handschrift, musste er konstatieren, er konnte aber nur *Feldeisena* lesen. Als er wie üblich jede einzelne Seite unterschrieben hatte, bat er Kominsky, er möge doch seine Ausführungen mit zu Protokoll nehmen. Und ob er denn die Freundlichkeit hätte, die beiden Briefe an seine Familie zu schicken, was Kominsky versprach.
Nach mehr als drei Stunden saß Rudl erschöpft und deprimiert in seiner Zelle. Er fingerte an seinem „Gürtel" herum. „Ja, vielleicht wär es besser, dieses Ding wär länger und ich käm an die Stäbe oben am Fenster heran", seufzte er laut.
Nach zermürbenden vier Tagen saß er wieder Kominsky gegenüber. Man hatte ihm die Übersetzung des letzten Verhörs ausgehändigt. Er hatte sie täglich mehrfach gelesen und war dann doch sicher, dass Kominsky alles richtig in Polnisch aufgeschrieben hatte, denn das für ihn Zurückübersetzte entsprach ziemlich genau dem, was er ausgesagt hatte. Er wunderte sich, was dieser Kominsky für eine Mühe aufbringen musste, bei den lächerlichen Dingen, die er Feldeisen mitgeteilt hatte.
Er war ihm nicht unsympathisch, nur fühlte Rudl wieder dieses Unterlegensein in seiner Sträflingskleidung, in seinem Angeklagtsein, in seinem Rede-und-Antwort-Stehen müssen.
Trotzdem wagte er, bevor Kominsky mit seiner Befragung beginnen konnte, nach dem Verbleib der Briefe zu fragen.
Darüber dürfte er ihm keine Auskunft geben!

Und wieder folgten die gleichen Fragen, jetzt um den Sachverhalt der Sabotage. Ob er, wenn ja, wie und wann die Maschinen mit Sand unbrauchbar gemacht habe, ob ihm Feldeisen dieses oder jenes geraten, mit welchen Worten befohlen, ihm wie viel Geld gegeben habe, wann und mit wem er andere Beschädigungen der technischen Geräte geplant habe? Ob er auf Feldeisens Geheiß nicht doch durch Reduktion seines Arbeitseinsatzes dem polnischen Volk erheblich geschadet habe?

Rudl verwies, wie er später eingestehen musste, etwas unwirsch auf das fünfseitige Protokoll, in dem er alle Beschuldigungen widerlegt hätte, in dem er seine sorgfältige und verantwortungsbewusste Arbeitsleistung betont hätte, in dem er die Unmöglichkeit der Ausführung der ihm vorgeworfenen Aktionen dargelegt hätte, und der Herr Ermittler möge seine Ausführungen doch nochmals aufmerksam lesen. Im Übrigen wäre doch die Tatsache, dass die Glashütte so schnell nach den Zerstörungen des Krieges wieder in Betrieb gehen konnte, nicht zuletzt auf seine Fähigkeiten und Arbeitsleistungen zurückzuführen. Man sollte doch diesbezüglich in der Fabrik Erkundigungen einholen. Auch der neue Direktor könnte ja nur das Beste über ihn sagen. – Oder steckte der mit denen hier unter einer Decke – ?

Kominsky schien doch ein wenig pikiert, brach hier ab und fragte unvermittelt, in welchem Zusammenhang ihm Feldeisen eine Emigration nach Frankreich vorgeschlagen habe.

Feldeisen hätte angeboten, ihm eine Ausreise nach Frankreich zu ermöglichen, qualifizierte Deutsche würden gern genommen. Aber das wäre für ihn nicht aktuell, und er würde nur in ein Land ausreisen wollen, wo es keinen Krieg gäbe, etwa nach Argentinien oder ein anderes Land in Südamerika.

Nach zwei Tagen bekam er das Protokoll. Es war Sonntag, der 22. Mai. Rudl hatte Kominsky noch gefragt, ob er denn wenigstens an den Sonntagen die heilige Messe besuchen dürfte, aber auch das wurde ihm verweigert: Spionage-Verdächtige dürften nicht mit anderen Gefangenen in Kontakt kommen! Also war er weiterhin isoliert. Die Ungewissheit, die Monotonie der nicht enden wollenden Tage und Nächte und die Sorge um seine Familie zehrten an seiner Bereitschaft, sich in die Gegebenheiten

zu fügen. Still und in sich gekehrt versuchte er zu beten, Gebete
zu finden, aber es drängten sich nur Fragen ins Bewusstsein.
Wie würde am 22. Juni entschieden werden, würde er zu seinen
Lieben zurückkehren dürfen, oder würde das sinnlose Verhören
weitergehen, ja würde er am Ende ohne die Möglichkeit einer
Verteidigung doch verurteilt werden? Für was?
Fünf Jahre, lebenslänglich, Todesstrafe!
Er schaute verzweifelt zu den Gitterstäben in der Fensterluke.
Sie waren unerreichbar, auch wenn er auf die Pritsche steigen
könnte, aber die war mehr als einen Meter von der Fensterwand
entfernt. Nein, er würde es so und so nicht fertigbringen. Die
Kinderle, was würde werden? Wenn er fünf Jahre bekäme, Uli
wäre dann elf, dann könnte er ihm immer noch alle möglichen
Kniffe beibringen. Und das Ewerle wäre dann schon eine junge
Dame, ginge bald auch zur Tanzschule, an seinem Arm zum
Abschlussball; die Kavaliere würden sich die Köpfe verrenken.
Er sank mutlos auf die Pritsche, er wollte sich nicht weiter ge-
gen seine Mattigkeit wehren ... sollte der Wärter doch ...
... Er sah Bunti in der Wiese, sie erzählte den Polenkindern die
Geschichte vom Kaninchen ... wann hatte er sie ihr erzählt ...?
Es läutete schrill. Feldeisen stand vor der Tür, er hatte einen
»Heinzelmann« unter dem Arm, präsentierte Rudl dieses Wunder
der Elektrotechnik. Wieder ein Reparaturauftrag, wieder ein-
tausend Zloty! Er griff nach dem »Heinzelmann«, hatte aber
plötzlich etwas Weiches in der einen Hand, in der anderen zwei
lange Ohren, der »Heinzelmann« zappelte, er ließ los, und vergnügt hoppelte etwas aus der Haustür in den Garten ...
Feldeisen lachte brüllend und zog krachend die Haustür zu! ...
Die Zellentür krachte, der Wärter brüllte, er verstand nichts,
sprang hoch, stand fast stramm. Der brüllte nur einmal, klappte
das Brett herunter und knallte drohend den Blechteller darauf,
sodass die Schnitten auf dem Teller tanzten: „Kolacja!"

Er war mit seinem Kalender nicht ausgekommen. Die Wochen
waren ohne Verhör, ohne Ansprache und vor allem ohne eine
Nachricht von seiner Gretl verstrichen. Am 23. Juni bekam er
mit der Mittagssuppe einen Zettel mit der Verlängerung seiner

Haft bis zum 23. Juli gereicht. Die Albträume würden weitergehen, Verhöre, Todesstrafe, Feldeisen, Kaninchen. Ja, er hatte genau wie das Kaninchen die Gefahr Feldeisen nicht erkannt.

Für ein erneutes Verhör erschien diesmal in dem kleinen Büro wieder der Unterleutnant Orzeszyna. Seine Fragen verwirrten Rudl zunächst; welche Läden er in Kunzendorf kenne, welche der Verkäufer oder Inhaber, unter welchen Umständen, wann er diesen oder jenen kennengelernt habe, ob Feldeisen wisse, dass er diesen oder jenen kenne, ob er einen Belgier Albert Drison kenne, in welcher Beziehung er zu ihm stehe?

Zögerlich gab er die Antworten: Er kenne das Restaurant, den Kolonialladen, auch den Inhaber Schuster. Seine Ehefrau kaufe dort immer ein, er selbst habe das letzte Mal im Dezember dort Tannenbaumkerzen gekauft. Den Belgier kenne er nur flüchtig, kenne die Genossenschaft, aber nicht deren Leiter, obwohl er für ihn einmal eine Schreibmaschine repariert habe. Außerdem kenne er noch die Deutschen Krug und Schulz und den Sekretär der Glashütte, Sturzynski, und natürlich den Herrn Direktor, dessen Name ihm aber im Moment nicht einfalle.

Rudl musste sich beherrschen. Diese Fragerei, was wollten die eigentlich? Er rutschte unruhig auf dem Stuhl hin und her.

Orzeszyna fragte nach Waclaw, warum er mit ihm den illegalen Grenzübertritt nach Cottbus gewagt habe?

Um die Kinder zu seinem Schwager zu bringen.

Was Felix Niedergesäß in Cottbus beruflich mache, und wo sein Schwager Matyschak im Hamburg arbeite?

Darüber könne er ihm keine Auskunft geben.

Ob Feldeisen auch mit ihnen Kontakt habe? – Sicher nicht.

Und für was sich Feldeisen besonders interessiere.

Für Einzelheiten in der Glashütte und das sowjetische Militär.

Er habe ihm erklärt, dass die Produktion gut laufe, dass monatlich 100 000 Quadratmeter Fensterglas produziert werden, was jeder in der Fabrik wisse, da der Plan übererfüllt worden sei.

Alle Mitarbeiter, die sonst zwischen 5 000 und 12 000 Zloty verdienten – auch das sei kein Geheimnis –, hätten eine Prämie bekommen. Und der Zug auf dem Sorauer Bahnhof, über den er mit Feldeisen gesprochen hatte, mit den russischen Gewehren und Panzern, wäre auch für jedermann sichtbar gewesen.

„Möchten Sie noch etwas ergänzen?", war die letzte Frage.

„Ich möchte hinzufügen, dass ich den Entwurf einer Maschine zum Kartoffelernten entwickelt habe. Sie würde die Kartoffeln direkt in einen Korb oder einen Sack sortieren, dabei auch das Grüne trennen. Zudem habe ich einen Plan für eine Maschine, die Kartoffeln pflanzen kann. Diese könnte Furchen ausheben, jeweils eine Kartoffel setzen und den Boden wieder schließen. In Deutschland benutzt man solche Maschinen nicht. Man sollte in der Fabrik für Agrarwerkzeuge nachfragen, ob schon eine solche Idee eingegangen ist. Wenn eine Fabrik meine Maschinen produzieren möchte, müsste ich sie nur an die entsprechenden Traktoren oder Pferde anpassen."

Somit machte er zum zweiten Mal das Angebot, seine beiden Erfindungen dem polnischen Staat zu übergeben, um klar zu machen, dass er diesem durchaus nicht feindlich gesinnt war.

Der Unterleutnant nahm alles ungerührt zur Kenntnis, notierte es im Protokoll und eröffnete ihm dann, dass vom Staatsanwalt eine weitere Verlängerung der Haft beantragt würde.

Zwei Tage später hielt er bebend den Beschluss in den Händen:

... weil im Fall von (.........) bezüglich der neuen Beweise weiter untersucht werden muss, kann die Ermittlung im oben genannten Zeitraum nicht zu Ende geführt werden. Ich ordne die Verlängerung der Festnahme bis zum 22. September 1949 an.

Der Bezirks-Militärstaasanwalt

Alles verkrampfte sich in ihm. Die Buchstaben verschwammen, der Zettel entglitt ihm, zwei Monate Haftverlängerung. Er sackte auf die Pritsche. Immer noch hatte er geglaubt ... man würde feststellen ... von Sabotage war ja auch nicht mehr die Rede ... vielleicht hatten sie ... doch plötzlich war alle Hoffnung dahin. Sein verkrampfter Körper ließ keinen beruhigenden Gedanken mehr zu, zwang ihn nur noch in Resignation.

Der Wärter erschien, hielt ihm Stift und Zettel hin; mit zitternder Hand unterschrieb Rudl den Beschluss und fiel in die verkrampfte Position zurück. Der Wärter berührte ihn sacht an der Schulter und ließ ihn ausnahmsweise auf der Pritsche liegen.

323

26. Breslau

Herr Hellwig hatte ihr die Übersetzung aufgeschrieben.
Bezüglich der Bitte der Bürgerin M. H. vom 15. 9. 1949
gebe ich bekannt, dass die Ermittlung gegen ihren
Ehemann Rdolfowi im Gange ist.
Sie hatte das Haus am Sorauer Schlossplatz verlassen.
Es gibt Ermittlungen gegen ihn. Er war in Haft, daran gab es keinen Zweifel mehr. Doch warum, was sollte er ...? Sie musste sofort ein Bittgesuch schreiben, an die Militärstaatsanwaltschaft, jetzt, da sie endlich wusste, wo er war. Nach sechs Monaten!
Sie lief schneller, durch die Hoftür; was konnten sie einem so herzensguten Menschen vorwerfen? Die Wohnungstür rutschte ihr aus der Hand und krachte gegen die Außenwand.
Uli saß auf dem Sofa und empfing sie kauend, „du knallst auch die Tür, Mutti!" Aber er sah jetzt ihr verzagtes Gesicht, sah die Tränen, die sie nicht zurückhalten konnte. Spontan stand er auf und schloss leise die Tür. Oma kam aus der Küche, während Gretl auf dem Stuhl zusammensank. Uli lehnte sich an sie und legte den Arm um ihren Nacken: „Was is denn, Mutti?"
„Unser Vati is im Gefängnis", schluckte sie.
Jutti kam aus dem Nebenraum und wollte wissen, was ein Gefängnis ist. „Ach, Juttilein, ich erklär's dir ein andermal. Gib mir bitte was zum Schreiben." Sie zwang sich zur Ruhe, sie musste versuchen ein Bittgesuch zu formulieren:

Hiermit bitte ich freundlichst, mich zu benachrichtigen, in welchem Stadium sich die Ermittlung gegen meinen Ehemann befindet und ob es irgendeinen Weg gibt, meinem Ehemann zu helfen, mittels Angabe der Zeugen oder in einer anderen Form, was die Ermittlung beschleunigen könnte. Ich bitte um Verständnis, aber ich befinde mich in schwieriger materieller Lage. Ich versorge meine alte Mutter und vier kleine Kinder, und für die Arbeit, die ich jeden Tag leiste, bekomme ich 4000 Zloty monatlich. In der Hoffnung, dass meine Bitte berücksichtigt wird, vorab herzlich dankend ...

„Juttilein, du kannst ja schon mal anfangen, das zu übersetzten, das kannst du ja schon, Evi wird's dann noch mal lesen, und Herr Hellwig schreibt's mir vielleicht noch heute."

Oma las den Text, während Jutti zu übersetzen versuchte. Sie störte sich an der Formulierung »alte Mutter«, so alt fühlte sie sich ja noch nicht, sagte aber nichts und dachte, die Bittschrift hätte dadurch vielleicht eine dringendere Wirkung.

Der Brief landete am nächsten Tag im Briefkasten.

Es folgten Tage des Alltags, immer in der Hoffnung am Abend, wenn sie erschöpft Heim kam, eine Antwort vorzufinden.

Eines Tages verkündete Evi stolz, sie habe für ihre Arbeit bei Frau Paudina drei Zentner Braunkohle extra erhalten.

Jeden Abend, nach getaner Arbeit, fuhren nun Gretl und die Kinder mit einem kleinen, ausgeliehenen Handwagen die drei Kilometer zu Frau Paudina und bepackten ihn mit Braunkohle. Sie hatten zwei Eimer, die jeweils von Bunti und Jutti im Keller befüllt, von Gretl und Evi zum Wagen geschleppt wurden. Uli schachtelte die verschieden großen Kohlestücke in die Ecken und Zwischenräume, sodass er bald wie ein richtiger profitabler Kohlenhändler aussah. Auf der holprigen Straße zurück zeigte sich dann, dass er gut gestapelt hatte, denn kaum ein Stück fiel vom Wagen herunter. Achtmal mussten sie fahren, bis auch das letzte Kohlekrümelchen in dem Schuppen in der Ecke des Hofs deponiert war. So war um den kommenden Winter die Sorge gebannt, und Gretl hatte eine weniger, die größte aber ließ sie nicht mehr ruhig schlafen.

Wenn sie ihm nun doch den Prozess machten? Was würde mit

ihnen werden? Sollte sie einer Ausweisung zustimmen? Bliebe sie in Polen, würden die Kinder in keine Schule kommen. Wie lange könnte sie diesem Druck hier Stand halten? Sie musste ständig damit rechnen, bei dem Landrat ihre Stelle zu verlieren. Nach Wochen vergeblichen Wartens fasste sie den Entschluss, nach Breslau zum Gericht zu fahren. Nur fehlte es ihr an Geld. Schließlich vertraute sie sich Herrn Hellwig an, der ihr aushalf. Und so saß Gretl mit Bunti an einem trüben Oktobertag im Zug nach Breslau. Es ging schon um acht Uhr los durch den noch im Morgennebel herbstlich verschleierten Sorauer Wald.

Bunti genoss die Fahrt, derweil Gretl von Ängsten geplagt die von leichten Nebelschwaden durchzogenen bunt beblätterten Bäume gar nicht wahrnahm.

Bunti hatte die Fahrkarten gekauft, während Gretl hinter ihr stehend mit einem Tuch um Kinn und Wangen, über dem Haar verknotet, den Knoten mit einem Hütchen verdeckt, dem Schalterbeamten zunickte. So brauchte sie nur nicken und »mh, mh« hauchen, wenn Bunti etwas sagte oder den Kopf schütteln. Sie war in panischer Angst, man würde sie als Deutsche erkennen.

Sie saßen sich im Abteil gegenüber, und Bunti musste lachen. „Mutti, du siehst vielleicht aus", flüsterte sie.

Der Schaffner kam und knipste die Billetts ab, schaute Gretl an und flachste: „Musi Panią bardzo boleć." Gretl nickte.

„Der meinte, du hättest wohl große Zahnschmerzen."

Allmählich wurde sie etwas ruhiger, dachte, sie sähe vielleicht doch zu albern aus und wickelte das Tuch ab. Erst kurz vor dem Betreten des Bahnhofs hatte sie sich so zurechtgemacht.

Der Zug fuhr durch Liegnitz. Bunti sagte: „Kuck mal Mutti, da is auch ein Schloss, das is nich so kaputt wie das in Sorau."

Gretl legte den Finger an die Lippen: „Pscht", und flüsterte: „Vielleicht ist Liegnitz nicht so sehr zerstört worden."

Jetzt betrachtete sie interessierter die vorbeifliegende Landschaft. Breslau musste stark zerstört sein, wie würde sie »ihr« Breslau erleben? Das Rathaus, den Ring, fünfzehn, sechzehn Jahre war das her. Was war aus all den Träumen geworden?

Eine wunderbare Familie hatte sie, einen wunderbaren Mann, den sie wie die Kinder über alles liebte.

Der Krieg, die Flucht; die glasigen Augen sahen mit einem Mal nichts mehr. Es war, als ob der Morgennebel die Landschaft wieder verschwimmen ließ. „Wein nich, Mutti. Ich kann doch gut Polnisch, ich werd mit dem Gefängnisdirektor solang reden, dass wir unsern Vati brauch'n, bis wir ihn mitnehm'n könn'n!" Das Spitzentaschentüchlein konnte nichts ausrichten. Wie sollte ihr neunjähriges Buntilein auch die ganze Tragweite ermessen. Schnaufend war der Zug eingefahren. Gretl schritt, Bunti an der Hand, durch die große Wandelhalle des Bahnhofs, die sie immer bewundert hatte. Jetzt war sie von Staub und Ruß ergraut. Einschusskrater gaben dem Stuck ein bedrohlich lockeres Aussehen. Teile der ehemals in hellen Farben bleiverglasten Fenster waren notdürftig ersetzt. Von der gegenüberliegenden Straßenseite bot sich ihr ein ebenso trauriges Bild. Die helle Fassade verschmutzt, übersät mit Einschüssen, beide Ecktürme beschädigt, dem linken hatte man die Tudorkrone weggeschossen. Die Uhr war noch da; viertel zwölf.
Gretl zog Bunti, die schon etwas müde wurde, die breite Straße entlang, die zum Ring und zum Stadtgraben führte, überquerte die Schweidnitzer Straße, die jetzt ulica Świdnicka hieß, ihre Aufregung steigerte sich, erreichte die ulica Sądowa, und rechts am Wassergraben sah sie drohend das rote Backsteingebäude des Bezirksgerichts, dessen runde Ecktürme, ebenfalls mit je einer Tudorkrone verziert, wie Fanale in den Himmel ragten. Es schien unversehrt, oder hatte man es als Erstes wieder hergestellt, um die Judikative neu zu etablieren?
Gretls Herz begann zu pochen, was sollte sie sagen? Was sollte sie Bunti sagen, das sie sagen sollte? Sie kramte das Scheiben aus ihrer Tasche: *WOJSKO POLKIE, Wojskowy Sad Rejonowy*
we Wroclawiu, ul. Sądowa Nr. Sr. 151/50

„Bunti, du musst jetzt jemand fragen, wo wir jemand finden, der uns helfen kann." Unbeholfen wies sie auf die Pförtnerloge. Bunti streckte sich auf den Zehenspitzen, um die Arme auf das Brett des kleinen, geöffneten Fensterchens legen zu können und plapperte unbefangen los, reichte dem mit einer Tellermütze Beschirmten den Brief durch den Rahmen; Gretl verstand nur einige Male »papico« oder »mama«, wobei Bunti mit dem Finger auf sie zeigte. Sie sah die runde Mütze, einen Arm mit einem halben Telefonhörer, die Mütze bewegte sich hin und her, auf und ab, wieder auf und ab. Dann klappte sie plötzlich nach hinten. Ein freundliches älteres Männergesicht erschien, der Hörer war verschwunden, eine Hand schob den Brief zurück und einen Zettel hinterher.

Bunti kam auf Gretl zu: „Wir müss'n um drei wiederkomm'n, dann is Herr Kominsky da, der is jetz beim Essen."

Über den Stadtgraben, der an der Stelle leicht versandet war, führte ein schmaler Holzsteg. Die Brückentrümmer ragten drohend aus dem Wasser, und an beiden Ufern lagen geborstene und verbogene Eisenträger. Gretl balancierte über die Bretter, steuerte dem Ring zu, überquerte den Salzmarkt, stand plötzlich an der südwestlichen Ecke des Ringes und starrte auf die Ruine des Rathauses. Sie hatte kein Wort mehr gesprochen, Bunti war ihr willig gefolgt. Doch jetzt, sie setzte sich halb auf einen der Trümmerberge, umfing Bunti mit dem rechten Arm, brach es stockend aus ihr heraus: „Lieber Gott, was is nur aus unserem schönen Breslau geworden!"

Wer hätte sich so etwas vorstellen können? Sie war ja schon durch die Straßen gelaufen, was heißt Straßen, es waren Schotterpisten durch Trümmerberge und Ruinen, der Salzmarkt kaum noch erkennbar. So richtig hatte sie es nicht wahrgenommen, aber jetzt hier auf dem Ring, ehemals einer der schönsten deutschen Marktplätze. Es gab kein Haus, was bewohnbar schien. Wo waren die herrlichen Fassaden der Sieben Kurfürstenseite? Sie wandte den Blick nach links, nur eine ausgemergelte Häuserfront. Die Naschmarktseite, soweit sie sie sehen konnte, war gar nicht mehr vorhanden, nur Schutt. Sie wandte den Blick nach rechts, ob vielleicht der goldene Becher, der der Südseite den Namen gab, noch auf dem Giebel thronte? Sie stand auf und suchte die zerschossenen, noch halb vorhandenen Giebel ab. „Da Bunti, schau, da ist der Becher!" Er war tatsächlich noch da, aber er leuchtete nicht mehr golden, das Haus war ausgebrannt, Flammen und Ruß hatten schwarze Fahnen über den Fensterlöchern in den Putz gebrannt, und der Becher war nur noch zu erahnen. Sie drehte sich um, wäre beinahe über einen herabgefallenen Mauerrest gefallen und stand nun vor der Südfassade der Rathausruine. Die geschwärzte Steinfront, die gähnend leeren gotischen Fensterbögen wirkten gespenstisch. Der Mittelerker, über dem Eingang zum Schweidnitzer Keller, ragte verrußt und zerschossen schräg aus der Hauptfassade. In den Nischen, wie vereinzelt auch auf den Kragsteinen, standen nur noch wenige Statuen. Jedoch schien das Dach kaum beschädigt, vielleicht ließ sich das Ganze doch wieder aufbauen. Trotzdem konnte sich Gretl nicht vorstellen, dass hier noch einmal Menschen leben konnten, dass diese Trümmerwüste auch nur annähernd wieder herzustellen wäre. Aber der Platz war belebt. Menschen schoben sich durch freigeräumte Wege, einige hatten allerlei Gebrauchströdel auf die Schuttberge drapiert. Es herrschte ein reges Treiben. Wie früher an Markttagen, dachte Gretl, und doch völlig anders.

„Hier unten war mal ein wunderbares Gewölbe mit einem Restaurant", damit wies sie auf den Eingang zum Schweidnitzer Keller, der völlig verschüttet war. „Was is ein *Restorang*?, fragte Bunti. Die Frage überhörend – woher sollte Bunti ein Restaurant kennen – zeigte sie auf die Steinfiguren: „Kuck da, die Frau mit dem Latsch, wie die den Zecher bedroht!" Bunti betrachtete die beiden Figuren über dem Eingang.

„Da unten hab ich mit Vati einmal wunderbar gegessen."

Als sie das erste Mal zusammen in der Oper waren – sie musste unbedingt schauen, ob das Opernhaus noch stand –, er hatte sie danach in den Schweidnitzer Keller eingeladen. Die Uhr auf dem Rathausturm schlug zweimal. Sie mussten zurück.

Gretl wechselte zur Naschmarktseite. Sie wollte nur noch zur Instrumentenhandlung von *Traugott Bernd*. Bunti trottete müde hinterher, kaute an der mitgebrachten Schnitte, die Gretl ausgepackt hatte. Die vielen Trümmer wurden jetzt langweilig.

Gretl blieb stehen, hier war es! Nur noch die halbe Fassadenmauer mit den Aussparungen von Schaufenster und Eingangstür war übrig. Der Schriftzug lag zerbrochen in den Trümmern. Da hatte der Stutzflügel gestanden. Ob nicht vielleicht noch ein Stück zu entdecken war? Sie ging näher heran und reckte sich. Die Schumannsche Träumerei erklang in ihr, und jetzt ließen sich die Tränen nicht mehr zurückhalten.

Müde waren sie zum Gerichtsgebäude zurückgekehrt.

Es war dreiviertel drei. Bunti hatte sich wieder in das Fenster hineingehängt, unter der sich hebenden Tellermütze erschien zum Glück dasselbe freundliche Gesicht und bedeutete ihr, man wüsste Bescheid und würde sie mit ihrer Mama im Büro des Herrn Kominsky, im zweiten Stock, Zimmer 225, erwarten.

Sie saßen zunächst erwartungsvoll auf zwei der Stühle, die an der rechte Seite des langen Flurs aufgereiht standen. Bunti biss noch einmal verstohlen in ihre Schnitte, die Gretl schnell wieder wegpackte; sie verfolgten den Zeiger auf Gretls Armbanduhr. Besorgt trafen sich ihre Blicke. Gretl fühlte sich verloren. Was hatte sie erwartet, dass man sie mit offenen Armen empfängt, dass man sagen würde, es wäre alles nur ein Missverständnis? Sie musste ihren Kummer zurückhalten, der Schmerz der Trennung durfte nicht ihr Handeln bestimmen. Herr Hellwig hatte sie gewarnt, sie werden nichts erreichen. Trotzdem war sie gefahren, und es war richtig, hinter dieser Tür saß der Mann, der ihr diesen Brief geschrieben hatte, oder hatte er ihn vielleicht nur unterschrieben? Sie wollte Klarheit.

Ständig liefen Leute hin und her. „Dzień dobry", grüßte hier eine junge Frau in engem Kostüm, dort ein Uniformierter, die Tellerkappe lüpfend. Bunti und auch Gretl grüßten und nickten zurück. Doch die Tür bewegte sich nicht, nur der Zeiger bewegte sich träge aber unaufhaltsam.

Gretl wurde unruhiger. Sie starrte auf die Tür, sie würde unverrichteter Dinge wieder ... die 225 klappte weg.

„Proszę, wejdźcie!" Eine Frau stand im Türrahmen.

Bunti sprang spontan auf, Gretl schreckte benommen hoch und folgte ihr ins Büro. Aleks Kominsky kam auf Gretl zu, während Bunti ihn sofort bedrängte: „Gdzie jest mój tata, co oni z nim zrobili?" Er beugte sich zu ihr: „Du kannst ruhig deutsch mit mir reden" und strich seine nach innen gebogenen Finger über ihre rechte Wange. Er wandte sich Gretl zu. „Bitte setzen Sie sich. Ich kann Ihnen versichern, Ihrem Mann geht es gut!"

Er hatte schon zu viel gesagt. Eigentlich hätte er die Frau eines Spionageverdächtigen gar nicht empfangen dürfen. Doch dieser

Frau, die ihm nun trotz Sorgen und Kummer, er hatte alle ihre Eingaben lesen müssen, als wirkliche Schönheit gegenübersaß, wollte er spontan seine Sympathie bekunden. Er hatte ein Faible für schöne Frauen. Doch was konnte, ja was durfte er ihr überhaupt noch sagen?
Er entschuldigte sich für einen Moment, ging ins Nebenbüro, um Luft zu bekommen. Dieser verdammte Orzeszyna, der hatte die Verhöre parallel geführt. Ein Ehrgeizling, ein intriganter Offizier, ein Militärkarrierist, fühlte sich zu Höherem berufen. Hatte sofort durchblicken lassen, dass man diesen Deutschen, ein NSDAP-Mitglied, verurteilen müsse. Aber was hatten sie gegen ihn in der Hand? Eigentlich nichts, nur lächerliche Fakten! Deshalb hatte er ihr auch diese Nachricht gesandt.
Aber solche Leute wie Orzeszyna kriechen ja vor dem Staatsanwalt, drehen Sachverhalte so, wie sie sie brauchen. Der will nur einen Feind verurteilen, war auch gerade zum Leutnant befördert worden. Dass es da eine Familie, Kinder gab, war ihm egal.
Er musste sich beruhigen, musste dieser Frau etwas sagen.
Orzeszyna durfte von diesem Treffen absolut nichts erfahren.
Er nahm einige Vordrucke aus der Schublade und ging zurück.
„Hiermit können Sie ein Wiedersehen beantragen.”
Sie könne auch versuchen ihm ein Päckchen zu senden.
Wo er denn sei, wollte Gretl noch wissen. Das dürfe er ihr nicht sagen, aber es gebe ja nur eine Möglichkeit in Breslau, fügte er leise hinzu. Bunti hatte nichts mehr gesagt, sie hatte begriffen, dass die Sache nicht so einfach war.
Aber was sie denn tun könne, sie müsse ständig damit rechnen, per Transport nach Deutschland ausgewiesen zu werden. Es sei in den Aufforderungen stets von der ganzen Familie die Rede.
„Dann ist ziemlich sicher davon auszugehen, dass Ihr Mann zum Transport dazu kommt.” Er verabschiedete sie.
Erleichtert zog Gretl Bunti zum Bahnhof, die Zeit wurde knapp.
»...dass Ihr Mann zum Transport dazu kommt!«
Dieser Hoffnungsschimmer ließ sie nun nicht mehr los.

27. Das Urteil

Er hatte keine Kalenderstriche mehr eingeritzt.
Die Nächte waren dunkel, quälend, lang und einsam. Die Tage
genauso, nur eben nicht so dunkel. Zäh zogen sie sich immer
gleich dahin, bis auf Eimerleeren, Wasser- und Chlorkalkholen,
Kommissbrotkauen, sich an wässrigem Tee Finger und Zunge
verbrühen, wenig sämige Suppe vom Holzlöffel schlürfen, den
Napf und den Löffel abspülen, gab es wirklich nichts zu tun.
Und etwas Katzenwäsche. Nur das Rasieren alle vier, fünf Tage
und das fünfminütige Massenduschen jede Woche brachten ihn
aus der Zelle, aber reden konnte, durfte oder wollte keiner mit
ihm. So saß er auf dem Pritschenrand, brütete und zermarterte
sein Gehirn, machte dann doch mehrmals am Tag einige kleine
Lockerungsübungen, Kniebeugen, zwanzig Liegestützen oder
auch mehr, wurde dabei manchmal von »seinem« Wärter durch
die Luke beobachtet; zum Glück hatte er den Eindruck, dass der
ihm wenigstens nichts Übles wollte.
Nach zwei, drei Wochen, er hatte sein Zeitgefühl abgeschaltet,
öffnete an einem schönen Tag, wie er gleich feststellen sollte,
»sein« Wärter die Zellentür, legte den Finger auf die Lippen
und bedeutete ihm mitzukommen. Sie gingen die Eisentreppen
hinunter durch die Gatter, dann öffnete sich knarrend eine
schwere Tür, und plötzlich stand er geblendet, die verkniffenen
Augen konnten es kaum wahrnehmen, in einem kleinen Hof.
„Eine halbe Stunde", flüsterte der Wärter und verschwand.
Rudl stand minutenlang wie gebannt, blinzelte aufgewühlt, um

die entwöhnten Augen in dem neu zu erfassenden Licht öffnen zu können. Er winkelte die flache Hand an die Stirn. Langsam zeigte sich ihm ein dreieckiger Hof, von Mauern umgeben, die im tiefblauen Himmel verschwanden, in den, auf dem rechten Mauersims klebend, die Sonne hell hineinstrahlte, welche aber gehindert durch eben diese Mauer nur noch ein Drittel des Sandbodens erreichte. Rudl merkte, im Mauerschatten stehend, dass nur seine Stirn von den Strahlen erreicht wurde. Er wich langsam zurück, spürte mit jedem Schritt, den er rückwärts aus dem Schatten heraustrat, wie die Wärme sich, am Kopf beginnend, über seinen Körper bis zu den Füßen ausbreitete. Ein nie erlebter Strom des Wohlbehagens durchflutete ihn. Seine Augen füllten sich, einmal durch die Glut des Lichtes und zum anderen durch dieses unverhoffte Erleben von Luft, Wärme und Sonne. Er sog diese Luft ein, stieß sie wieder hinaus, um erneut damit die Lungen zu füllen, streckte beide Arme lang in den Himmel und hätte seine Wonne fast laut herausgeschrien.

Er schloss die Augen und genoss die so nie erlebten Gefühle.

Bald spürte er, wie die Sonne sich hinter dem Sims neigte. Der Schattenrand hatte den Sockel der gegenüberliegenden Wand, an der er stand, erreicht, und die Sonnenstrahlen konnten seine Füße nicht mehr wärmen. Sich gegen die Mauer lehnend fühlte er im Rücken und mit seinen flach aufliegenden Händen die warmen Steine. War das die Sommersonne? Es musste schon Ende August sein. Er hatte kein Zeitgefühl mehr. Fünf Monate musste er nun hier sein, fünf Monate hatte er keinen Himmel, keine Sonne gesehen, keine reine Luft mehr geatmet. Aus dem Zellenfenster konnte er zwar ein Stück Himmel sehen, manchmal blau, dann wieder verhangen, aber nie die Sonne. Die Zelle musste im Nordflügel liegen. Jetzt schaute er rechts an der Gebäudemauer hoch, sah die vergitterten Fenster, hinter jedem saß ein Häftling oder zwei oder mehr.

Er war froh, allein eine Zelle zu haben, obwohl es mit einem Kumpan nicht so einsam wäre. Aber die Sprache; und Deutsche würden sie sicher nicht in eine Zelle sperren.

Der Wärter erschien, er musste ihm fast eine Stunde gelassen haben. Sollte er wieder mit seinem Kalender beginnen?, aber dafür müsste er das aktuelle Datum erfragen. „Heut ist Sonntag, der 14. August 49", hatte sein Wärter ihm zugeflüstert.

Als ein völlig Anderer hatte er sich wiedergefunden. Die Antwort hatte ihm einen Stich versetzt. Heute hatte seine Tochter Geburtstag, heute war sie elf Jahre alt geworden.

Evelin, sein erstes, heiß ersehntes Kind! Die Erinnerung an das verlorene Glück schmerzte. Doch nein, er wollte sich nicht wieder in Schwermut vergraben. In den letzten Wochen waren nur Nebelschwaden der Depression, des Selbstmitleids durch sein Hirn gezogen. Er hatte kaum noch an seine Familie gedacht.

Sein Gretelein würde sicher jeden Tag mit ihren Gedanken bei ihm sein, obwohl er bis heute noch keine Zeile von ihr erhalten hatte. Das hatte dieser Unterleutnant zu verantworten, der war kalt wie eine Hundeschnauze. Kominsky, der Zivilist, der gab ihm öfter das Gefühl, ihm wohlgesonnen zu sein. Aber es war eine verlogene Bande, die ihn in den Klauen hatte. Fünf Monate saß er hier und wusste nicht, warum. Doch das gerade Erlebte hatte ihn aufgerichtet, ihm neuen Mut verschafft.

Er sank neu belebt auf die Pritsche.

„Lieber Gott, ich danke Dir, dass ich das heute erfahren durfte", rief er plötzlich gegen die bröckelnde Zellendecke, als ob sein Stoßgebet sie durchdringen sollte.

Er begann seinen Kalender neu anzuordnen, stellte sich selbst an jedem Tag eine neue Aufgabe; stellte etwa einem imaginären Publikum ein Bild in einer Betrachtung vor, wie ein Kurator in einem Museum. Die Altarbilder in der Trebnitzer Klosterkirche nahm er sich nacheinander vor, er kannte sie gut. Dann hielt er Vorträge über Bauwerke, Kirchen, stellte am nächsten Tag seine beiden Erfindungen, deren Unterlagen ja Gretl verwahrte, Vertretern einer zur Ausführung bereiten Fabrik vor. Dabei kamen ihm neue Ideen, die musste er in seinem Oberstübchen, wie er immer laut sagte, konservieren, weiterentwickeln. Die Maschinen waren noch nicht ausgereift, müssten in der Praxis erprobt werden. Und wieder fiel er in Mutlosigkeit und Lethargie, da er bezweifeln musste, dass seine Entwürfe je umgesetzt würden.

In eine solche Phase platzte dann der kleine handgeschriebene Zettel, der ihm auf die Klappe der Zellentür gelegt wurde:

Sein Körper war nicht mehr in der Lage zu rebellieren, und sein Geist war ermattet von den selbstbetrügenden Mätzchen, die er sich ausgedacht hatte. Das war jetzt die vierte Verlängerung.

Immer wieder die Verlängerungen. Jetzt waren es vier Monate. Sie brauchten Zeit, sie würden ihm den Prozess machen, dessen war er sich plötzlich sicher. Warum sonst vier Monate?

Seine Abendration wurde geräuschvoll auf die Klappe geschoben, und eine laute Tirade, weil er auf der Pritsche gelegen hatte, folgte. »Sein« Wärter war heute nicht da, das wusste er, deshalb gab es auch keinen Hofgang. Er sprang auf, klappte das Brett herunter, nahm den Blechteller und den heißen Becher. Aber er hatte keinen Appetit. Appetit, er verzog das Gesicht, betrachtete sein »Mahl«, wie sollte man auf so etwas Appetit bekommen?

Er aß trotzdem. Er musste essen. Seit einiger Zeit plagten ihn Magenprobleme, seine depressiven Phasen schlugen ihm sicher auf den Magen. Sein Blick fiel auf den Eimer.

„Scheiß Eimer!", fuhr er den an. Er war versucht, einmal kräftig dagegen zu treten. „Ja, ich muss hier diese ganze Scheiße öfter mal rausschreien!"

Erschrocken stellte er schnell Teller und Becher auf die Klappe, sie war noch geöffnet. Der Ausbruch musste in den Treppenaufgängen prächtigen Widerhall gefunden haben.

In der folgenden Zeit ließ ihn »sein« Wärter ein- oder zweimal in der Woche auf den Hof. Ob es angeordnet worden war oder ob er es aus Sympathie für ihn tat, wusste er nicht, obwohl er Letzteres glaubte, da es immer erst am Abend möglich schien, er immer allein war und er sich meist in verschiedenen Höfen aufhielt. Leider verschwand die Sonne jetzt immer früher, sodass er bald nur noch im kühlen Schatten Erholung fand.

Eines Abends, nach einem Hofgang, es war schon mächtig kalt geworden, Rudl fror ein wenig, wagte er den Wärter zu fragen,

warum sich in seiner Sache überhaupt nichts mehr tat.
„Großer Prozess mit Deutschen", flüsterte er und schob Rudl in die Zelle. Instinktiv stellte Rudl den Fuß zwischen Rahmen und Tür, das Gesicht des Wärters erschien als Streifen im Spalt.
Rudl raunte, nah an Rahmen und Tür: „Feldeisen?"
Die Tür gab etwas nach, der Wärter steckte seinen Kopf durch die Öffnung, nickte unmerklich und hielt seinen Finger an die Lippen. Der Kopf zog sich zurück, Rudls Fuß wurde nach innen getreten, und die Tür krachte vor seiner Nase zu.

Gretl machte sich abgespannt und traurig auf den Heimweg. Ob heute eine Nachricht vom Gericht, von ihm gekommen war?
Sie hatte alle Formulare ausgefüllt, den Antrag ihm schreiben zu dürfen, ein Päckchen schicken zu dürfen, ihn besuchen zu dürfen, ihm einen Anwalt besorgen zu dürfen, obwohl sie nicht wusste, wie sie einen hätte bezahlen können. Dazu hatte sie an das Gefängnis in Breslau an der Kletschkauer Straße geschrieben. Kominsky hatte ihr ja gesagt, es gäbe nur eine Möglichkeit, wo Rudl sein könnte. Ohne Erfolg, sie bekam keine Antwort.
Der November war so verstrichen.
Dieser Landrat hatte sie wieder bedrängt. Sie hatte ihm gleich mitgeteilt, dass sie nun so schnell wie möglich ausreisen wollte, da man ihr zugesichert hatte, ihr Mann käme zum Transport dazu. Er könnte das nicht beschleunigen und sie müsste auch bei ihm bleiben, seine Frau wäre für ihn eine einzige Enttäuschung und wenn er ihr einen Gefallen erweisen sollte, müsste sie ihm auch endlich diesen einen tun. Dieser schleimige Typ, dachte sie, der liebe Gott wird mich davor bewahren und mir den Weg zeigen, wie ich Rudl befreien kann!
Sie war in der Behausung angekommen, die Kinder waren alle unterwegs, entweder zum Lernen oder sie arbeiteten irgendwo, sie wusste es nicht; manchmal dachte sie, sie müssten mehr Zeit für Spiel und Muße haben.
Oma hielt ihr einen Brief entgegen: „Rat mal, von wem der is?"
„Von Vati!?"
„Nein, das wär sicher zu schön. Hier, von Kurt, aus Breslau."
Sie riss den Umschlag auf. Von Kurt. Von dem hatte sie lange

nichts gehört. Sie setzte sich und las.

„Es gibt einen Prozess in Breslau, mit deutschen Angeklagten", erklärte sie Oma, „ob ich denn kommen möchte. Vielleicht hätte das etwas mit Rudl zu tun."

Sie antwortete Kurt umgehend, sie würden am nächsten Montag mit dem Zug um elf Uhr zehn in Breslau eintreffen.

„Ich nehm diesmal Evi mit", ließ sie Agnes wissen, „und ich bring den Brief noch schnell in den Kasten."

Kurt stand schon am Bahnsteig, als der Zug einfuhr. Die Lok rauschte an ihm vorbei, und auszischender Dampf hüllte ihn für Sekunden völlig ein. Nur langsam verzogen sich die Schwaden, dann war der Bahnsteig wieder zu überblicken. Gretl half Evi gerade, die hohen Stufen aus dem Waggon hinabzusteigen. Er postierte sich hinter sie, sie drehte sich und plötzlich standen sie sich gegenüber, und ebenso plötzlich umarmte er sie. Sie ließ es zu. Ihre Arme hatte sie unter seine Achseln geschlungen, und ihre Hände tasteten seinen Rücken ab. Wann hatte sie das letzte Mal jemanden umarmt? Seit mehr als eineinhalb Jahren nicht mehr, seit Rudl fort war. Die Nähe eines Mannes, eines Freundes zu spüren, wie tat das gut. Im Augenblick wurde ihr klar, sie hatte keine Freunde, es gab sie nicht mehr, sie waren verschwunden. „Kurt, wie schön, dass du dich gemeldet hast!"

Sie lösten sich. Er sah in ihre benetzten, schönen Augen.

Er hatte sie immer bewundert, vielleicht auch begehrt, aber die Freundschaft zu Rudl war stets der Angelpunkt, den respektvollen Abstand zu wahren. Und gerade jetzt spürte er wachsend die Zuneigung zu ihr, aber er würde nie, angesichts des Schicksals, das die beiden nach seiner Einschätzung noch erleiden mussten, dieses auch nur im Ansatz ausnutzen. Inzwischen im Ministerium für Wirtschaft in Breslau verbeamtet, hatten ihm Kollegen aus dem Ministerium für öffentliche Sicherheit einige vage Informationen gesteckt, die er Gretl eigentlich nicht mitteilen durfte. „Ach, Kurt", sie nahm seine Hand, „du bist der einzige Freund, der uns noch geblieben ist."

Evi hatte die andere Hand ergriffen.

„Morgen früh um zehn Uhr geht der Prozess weiter." Kurt war

abseits des Bahnhofs stehen geblieben und sprach leise.

„Es geht um Spionage, ist natürlich nicht öffentlich, aber nicht geheim, die Zeitungen berichten darüber. Deutsche, Polen und Franzosen, Belgier, eine Menge Leute sind angeklagt.” Er sah sich um, und sie gingen ein Stück auf den Stadtgraben zu.

„Es soll dieser Feldeisen dabei sein.”

Gretl blieb wie elektrisiert stehen. Sie klammerte sich an Kurt: „Feldeisen? Bist du sicher?” „Pscht, nicht so laut”, er drückte sie an sich, schaute sich unschuldig lächelnd um, als ob er mit seiner Frau auf offener Straße einen Streit austragen würde.

„Gretl, du musst ruhig bleiben. Es ist gar nichts sicher, aber es ist alles möglich, auch dass wir beobachtet werden.” Zwischen den Zähnen sprechend hatte er sie wieder an der einen, Evi an der anderen Hand. Ein Steg führte sie über den Stadtgraben, der hier seinen Knick nach Norden macht, in einen kleinen Park.

Dort saßen sie eine ganze Weile versteckt, hinter bereits entlaubten Bäumen. Es war kühl, aber trocken, die Sonne blinzelte durch die kahlen Äste. Kurt schlug vor, dass sie allein zum Gericht gehen sollten, vielleicht kämen sie auch gar nicht rein, für ihn wäre es zu brenzlich, und er könnte ja auch nicht helfen. Sie könnten sich hier wieder treffen, ehe sie morgen zurückführen.

Sie gaben ein vertrautes Bild ab. Evi hatte sich an Kurt gelehnt, den Arm um seinen Hals, sie hatte begriffen, dass hier etwas gespielt werden musste. Gretl hielt seine Hände mal locker, mal verkrampft, sie war völlig außer sich. Dieser Feldeisen. Kurt hatte ihn ja nie kennengelernt, er war ein Filou, hinterhältig und schäbig. „Ach, unser Vati ist zu gut für diese Welt”, seufzte sie.

„Was wollt ihr jetzt machen?”, fragte Kurt. „Ich muss leider zum Dienst. Wann soll'n wir uns morgen treffen?”

Gretl wollte zuerst zum Gefängnis. „Wir können uns morgen um drei hier treffen”, schlug Gretl vor, „vorher gehen wir zum Gericht und nehmen dann den Zug um fünf Uhr.”

Sie umarmten sich nochmals. Gretl genoss erneut seine Nähe. Kurt küsste Evi auf die Stirn, ging, tauchte winkend mal hier mal da zwischen Bäumen auf, bis er ganz verschwunden war.

„Er war uns immer ein wirklicher Freund”, seufzte Gretl.

Evi erfragte die Linie, und bald ratterten sie durch die Trümmer.

Die Bahn hielt jetzt vor der Oper, und Gretl konnte feststellen, dass das Haus noch stand und kaum beschädigt schien. „Hier bin ich mit Vati einige Male gewesen." Evi nickte.
Die Fahrt ging weiter am Ring vorbei, und Gretl erfasste wieder die Trauer um all die verlorenen wunderbaren Bauten.
Sie waren ausgestiegen. Beklommen standen sie vor der Gefängnismauer; fast hätte Gretl Evis Hand zerdrückt.
„Hinter diesen Mauern muss unser Vati sein", schluckte sie.
Evi verschlug es die Sprache. Sie hatte noch nie so hohe und lange Mauern gesehen und darauf Draht, geflochten.
„Mutti, warum is da Draht?"
Sie musste sich räuspern, um die Frage zu Ende zu bringen.
„Damit die Gefangenen nicht fliehen können."
Gretl musste genauso die belegte Stimme aktivieren.
„Warum sind das Gefangene?"
„Die haben alle irgendwas Schlimmes gemacht", hörte sie sich sagen und erschrak.
„Hat Vati auch was Schlimmes gemacht?"
Sie schlichen langsam an der Mauer entlang.
„Nein." Gretl kämpfte mit den Tränen.
„Warum lass′n die ihn denn dann nich raus?"
Sie kamen am Haupttor vorbei, ein Wachposten trat aus seinem Unterstand und befahl: „Nie wolno! Proszę się zatrzymać!"
Evi sagte sofort: „Mój tata jest tutaj, chcę z nim porozmawiać."
„Lepiej stąd uciekajcie!", rief er böse und richtete halb das Gewehr auf sie. Panisch wichen sie auf die andere Straßenseite aus.
Erst jetzt bemerkte Gretl, dass auf dieser Seite der Straße ganz normale Wohnhäuser standen, zwar schmutzig und wenig gepflegt, aber bewohnt, wie es schien, und nicht zerstört. Eine Frau sah aus dem Fenster und winkte ihnen zu. „Mutti", Evi winkte zurück, „wir könnten doch zu der Frau raufgeh′n, vielleicht könn′n wir vom Fenster aus Vati seh′n."
Sie hatte erst jetzt bemerkt, dass hinter der Mauer große dunkle Häuser mit vergitterten Fenstern waren.
Der Posten stand noch immer drohend vor dem Tor. Gretl schob Evi ungeduldig weiter, sie strebte zur Mauerecke, um für den Posten nicht mehr sichtbar zu sein.

Jetzt standen sie an der Nordseite des Komplexes. Auf der Ecke
der Mauer thronte ein kleiner Wachturm, rundum mit Fenstern
ausgestattet, auf dessen Umgang zwei Posten patrouillierten.
Verängstigt wechselten sie abermals die Straßenseite. Evi war
jetzt auch von der Vorstellung ergriffen, dass hinter diesen
Mauern ihr Vati leben musste, und Gretl glaubte, magisch seine
Nähe zu spüren. Wenn sie ganz fest an ihn dachte, würde er ihre
Nähe dann auch empfinden? Sie hatte einmal etwas über Tele-
pathie gelesen. Gab es so etwas? Sie wollte daran glauben.
Sie kauerte sich zu Evi. Beide Köpfe, Augen, Sinne waren jetzt
auf gleicher Höhe, und sie flüsterte: „Ewerle, wenn wir beide
jetzt ganz fest an unsern guten Vati denken, vielleicht überwinden wir diese Mauern, und er spürt, dass wir hier sind."
Sie harrten lange aus, und keine wollte die Verbindung, die jede
für sich zu empfinden glaubte, als Erste unterbrechen.

Er saß hinter diesen Mauern. Auf seiner Pritsche in neu ent-
fachter Angst um sein Schicksal.
Sie machten Feldeisen den Prozess, das hieß, der würde, um
sich zu entlasten, bei den Anschuldigungen bleiben. Der aus der
Glashütte, der Deutsche hätte die Sabotage ausführen wollen.
Und wenn es erst einmal zur Anklage gegen ihn käme, gab es
kein Entrinnen. Sie ließen ja keinen Verteidiger zu. Und wenn
sie mit Feldeisen fertig wären, würde er an die Reihe kommen.
Sabotage, Spionage, zwei Vergehen, ob man sie begangen hatte
oder nicht, kam man einmal damit in Verdacht – Todesstrafe!
Er wunderte sich. Blieb er nicht merkwürdig ruhig? Erregte ihn

die Tatsache nur noch so wenig, dass bald auch über ihn das Urteil gesprochen würde?

Er fühlte sich plötzlich nicht allein, glaubte eine Geborgenheit zu spüren. Einsamkeit, Angst und Verzagtheit wichen. Sollen sie ihn doch verurteilen. Seine Familie, seine Frau, seine Kinder würden immer an seine Unschuld glauben, vielleicht würden sie sie sogar einmal beweisen können. Er lauschte in die Stille, es war ein kalter Dezembertag. Gestern noch war er im Hof gewesen. Er schaute zum Fenster, es war unerreichbar.

Und dann kam es genau so, wie es ihm unausweichlich schien. Das Jahr 1949 war verstrichen, er hatte allein Weihnachten gefeiert. Glaubte er wirklich, Weihnachten gefeiert zu haben?

Immerhin durfte er an der heiligen Messe teilnehmen, das erste Mal. Sein Wärter hatte ihn wortlos in den Raum geführt, an der Tür nur den Finger auf die Lippen gelegt. Von der polnischen Predigt hatte er nichts verstanden. Fromme Sprüche wären jetzt auch das Letzte, was er hätte hören wollen. Die Messfeier, die Gemeinschaft, obwohl er nie so viele Menschen in gleicher, fader, ausgewaschener Kleidung gesehen hatte, war ihm Erbauung genug, menschliche Stimmen hatte er gehört, sogar Gesang mit Harmonium, zwar schlecht und unstimmig. Sein Ohr erinnerte ihn, einmal Musik gemacht zu haben; er hatte es geschafft, in Schwarzengrund ein paar Mal mit Gretl zusammenzuspielen. Was gäbe er darum, seine Geige hier zu haben.

Silvester ließ er die Sektkorken knallen: Er formte seine Handflächen hohl, immer ein bisschen anders, bis er den richtigen Knall im Ohr hatte; entfachte in Gedanken für sein Buntilein ein Feuerwerk, das in der dunklen Zelle grelle, bunte Sträuße, die schnell wieder auseinanderfielen, für sie entstehen ließ. Zehn Jahre wurde sein »Silvesterscherz«! Er hielt seine gespielt frohe Stimmung bis Mitternacht durch, bis zu dem Neujahrstag des Jahres 1950, an dem er fünfundvierzig Jahre alt wurde.

Und schon folgte der Absturz. Mit dem Geklapper von Blechnäpfen und Tellern, das anstelle von Glockengeläut oder Böllerschüssen durch die Flure hallte, wurde ihm das Verlorensein in dieser verschlossenen Öde wieder bewusst. Er warf sich auf die

Pritsche, vergrub panisch sein Gesicht in dem muffigen Strohsack. Seinen 45. durfte er noch »feiern«.

Dann Anklage, Pritsche und Ketten bebten, Urteil: Todesstrafe! Es schneite. Der neuerliche Hofgang fand in herabrieselndem Schnee statt. Seine Filzlatschen waren nass geworden, aber das Rieseln der Flocken auf sein Gesicht, er hatte nur in die wirbelnden Kristalle geschaut, wurde zum prickelnden Vergnügen. Am nächsten Morgen holte ihn sein Wärter – er rief schon lange nicht mehr einfach nur: „Mitkommen!" – zu dem befürchteten und abschließenden Verhör. Der Unterleutnant Jan Orzeszyna erwartete ihn. Er wies auf den Stuhl, schob ihm eine Abschrift zu und begann das Original vorzulesen.

„Breslau, den 28. Januar 1950
Der Ermittlungsbeamte des Ministeriums für öffentliche Sicherheit in Breslau, Leutnant Jan Orzeszyna, stellt bezüglich der Verhandlung gegen den Angeklagten (..........) fest:"
Ich bin also jetzt der Angeklagte, dachte Rudl. Er musterte seinen Kontrahenten. Der ist inzwischen Leutnant, hat sich mit mir profiliert und ist prompt befördert worden.

„a) Er wirkte in der Zeit vom Frühjahr 1947 bis zu seiner Verhaftung am 15. 3. 1949 zu Ungunsten des polnischen Staates.
Er sammelte Informationen, die als Staats- und Militärgeheimnisse fungierten, vor allem Informationen über die Produktion, technische Geräte, Maschinenzustände und Löhne in der Glashütte in Kunzendorf, über Dislokationen (Truppenverteilungen), Transporte und Bewegungen des sowjetischen Militärs sowie über Urangruben in Polen und der sowjetischen Okkupationszone. Diese Informationen lieferte er systematisch dem Agenten des französischen Geheimdienstes Feldeisen Josef....
b) Vom November 1948 bis zum 15. 3. 1949 bereitete er sich auf die Durchführung einer Sabotage in der Glashütte in Kunice vor. Er nahm die Anweisungen des Agenten des französischen Geheimdienstes Feldeisen an, beobachtete außerdem die technischen Geräte und plante die Vernichtung der Glashütte."
Er schob ihm ein zweites Blatt hin und las weiter:

„Der Vizestaatsanwalt der Militär- u. Bezirksstaatsanwaltschaft in Breslau, Dr. Jan Orlinski (Major), nahm die Ermitt-

*lungsakten im Fall von (........) gemäß (.........) zur Kenntnis. Er
berücksichtigte, dass die relevanten Tatsachen im Verfahren
geklärt wurden, die Anklageschrift sich auf das Vorbereitungs-
verfahren stützt. Er ordnet an, gemäß Art. 172§ 1u.3 K.W.P.K.,
dass die Anklageschrift, von Leutnant Jan Orzeszyna erstellt,
zu billigen ist, wobei die im Punkt 2 beschriebene Tat eine
Straftat gemäß dem Artikel 13§2, Art. 3, Punkt 1,2., Dekret vom
13.6.46, ist, das Verfahren an das Militärgericht Wroclaw geht,
gemäß dem Art. 209 K.W.P.K., die Verhandlung als geschlossen
anzusehen ist, gemäß Artikel 53, Punkt 2, die Verhandlung in
Bezug auf die Staatssicherheit ohne Verteidigung zu führen ist.
Dazu wird vorgeladen der Zeuge Feldeisen.* ”*

Er hatte das Vorgelesene als zur Kenntnis genommen zu unterschreiben, auch eine polnische Version, deren Inhalt konnte er
nicht prüfen. Nun, was machte das schon, Schlimmeres konnte
da auch nicht drin stehen. Die Abschrift war für ihn. Es war
genau, wie er befürchtet hatte. Sie hatten alles zu Fakten erklärt,
eine Verteidigung wurde nicht zugelassen, so würde es bei dem
unweigerlich anstehenden Prozess für ihn keine Chance geben.
Es schien ihn wenig zu berühren, jedoch die Aussicht, dass er
bald mit Feldeisen zusammentreffen würde, bedrückte ihn.
Nochmals hatte er vier Wochen in seiner Zelle brüten müssen,
seine Chancenlosigkeit immer vor Augen, die Unsinnigkeit jed-
weder Hoffnung riss ihn in Abgründe, in Albträume, er sah sich
am Strang hängen, Erschießungskommandos gegenüberstehen,
in Kerkern hungern und darben, geschunden und gedemütigt.
Am frühen Morgen des Prozesstages wurde er von seinem Wärter zur Kleiderkammer gebracht. Dort bekam er seinen Anzug,
seine sauber gewaschene Wäsche, die allerdings bretthart war,
sein ebenfalls gewaschenes Oberhemd, Socken und Krawatte.
So musste oder durfte er sich für die Verhandlung zurechtma-
chen, fühlte sich plötzlich wieder als Mensch und ging merkwürdigerweise zuversichtlicher in die Verhandlung.
Ein geschlossener Kastenwagen karrte ihn durch Breslau.
Der Prozess begann am 21. Februar 1950 um 9 Uhr.
Der Vorsitzende, *Fähnrich Kapczuk Franciszek,* also ein junger
Kerl, eröffnete die Verhandlung. Neben ihm ein alter Oberleut-

nant und ein Unterleutnant mittleren Alters. Rudl hatte schon nicht mehr zugehört, wollte sich die Besetzung seines Tribunals auch nicht näher ansehen. Der Vorsitzende sprach polnisch, der Protokollführer schrieb, der Dolmetscher übersetzte für Rudl, er gab auf Deutsch Antwort, der Dolmetscher übersetzte für die Übrigen, der Protokollführer schrieb. Es wurde ein elend langer Diskurs, mit polnischem und deutschem Hin und Her. Rudl war plötzlich den Tränen nah, aber er musste sich zusammenreißen, durfte keine Schwäche zeigen. Hier ging es um sein Leben oder um seinen Tod, je nach dem, wie er es sehen wollte, und es wurde über »Fakten« verhandelt, die aus Lügen bestanden und bei jeder Übersetzung wahrscheinlich noch mehr zu Lügen wurden. Würden sie einmal nach der Wahrheit suchen, sie kämen nicht umhin zu erkennen, über welche Lappalien sie hier zu Gericht saßen. Aber alles war schon festgeschrieben.

Er bestritt jede Anschuldigung, versuchte sie wiederholt richtigzustellen, der Dolmetscher übersetzte, ob richtig, konnte er nicht nachvollziehen. Sie schüttelten die Köpfe, er wusste, sie glaubten ihm nicht, sie glaubten nur, was dieser Orzeszyna in der Anklage niedergeschrieben ... wo war der übrigens, dachte Rudl. Er suchte im Saal, einige Uniformierte saßen da, „ich dachte, die Verhandlung ist nicht öffentlich", sagte er halblaut. „Wie bitte?", fragte der Dolmetscher genervt. „Wo ist denn Leutnant Orzeszyna?", verbesserte sich Rudl. „Der wird bei der Verhandlung nicht gebraucht", belehrte ihn der Dolmetscher.

Jetzt musste er den anderen das nun wieder übersetzten, worauf der Vorsitzende mit bösen Augen antwortete. Er habe hier gar nichts zu fragen, lautete die Übersetzung der bösen Augen.

Und dann wurde der Zeuge Feldeisen hereingerufen. Rudl setzte sich, glühend vor Zorn, auf die Anklagebank, auf der er ja so und so saß, ob er stand oder saß. Er mochte ihn nicht ansehen, schreckte dann aber auf, als seine Personalien verlesen wurden, *„... der Zeuge Feldeisen Josef, 51 Jahre alt, Maschinentechniker, ansässig in Lazowo, vorbestraft durch das Militär- und Bezirksgericht in Breslau, gem. Art. 7, Dekret vom 13. 06. 1946, am 15. Dezember 1949 zu 8 Jahren Freiheitsstrafe verurteilt."* Es war, als ob er den Boden unter den Füßen verlor, er stemmte beide Hände gegen die Bank, um im Schwindel nicht umzufallen. Minuten verstrichen, bis er einen Gedanken fassen konnte. Nur acht Jahre hatte der gekriegt, und für das, was er ihm angehängt hatte, würde der nie bestraft, dieser Verleumder, dieses Schw …! Er war im Begriff, das Wort laut herauszuschreien, als er durch den Anruf des Dolmetschers, der ihn zusätzlich an der Schulter gerüttelt hatte, wieder zu sich fand. „Was sagen Sie dazu?", fuhr der ihn an. „Wozu, wozu?", stammelte Rudl. „Dass Sie von dem Zeugen ein Visum in eine französische Kolonie wollten." „Das ist nicht wahr, das ist alles nicht wahr!", schrie er jetzt fast und fiel beinah schluchzend auf die Bank.

Der Vorsitzende klopfte aufgebracht mit dem Hammer und rief laut: „Rozprawa będzie kontynuowana jutro o dziesiątej!"

Der Wärter fasste Rudls Oberarm, zog ihn aus dem Saal, die Treppe hinunter, in das draußen bereitstehende Auto, und schon ratterten sie los. Er nahm nichts mehr wahr, ließ sich willenlos in die Zelle verfrachten, vorher hatte er noch wie im Tran die Kleider wechseln müssen. Die Tür krachte ins Schloss, und nur das schon ins Unterbewusste übergegangene Geräusch, der sich in den Steinrahmen schiebenden Riegel verkündete ihm, dass er wieder »zu Hause« war. Ja, er glaubte sich hier plötzlich geborgen und geschützt. Niemand konfrontierte ihn mit Lügen, mit immer den gleichen Fragen, denselben Unterstellungen.

Am nächsten Morgen, wieder zur Kleiderkammer, umziehen, ins Auto, zum Gericht, auf die Anklagebank. Die Verhandlung ging weiter, er wurde nochmals wegen der Sabotage, die er ausführen wollte, befragt. Er bestritt jegliche Absicht, bekräftigte nichts in Angriff genommen zu haben, was der Fabrik hätte schaden können. Wieder das gleiche Spiel, polnische Fragen, übersetzte Fragen, deutsche Antworten, übersetzte Antworten. Schließlich wurde Feldeisen wieder zur Aussage geholt, und jetzt gab es erst für Rudl und dann für alle Beteiligten eine Überraschung. Rudl stellte verwundert fest, dass ihn Feldeisen nicht mehr aus der Fassung brachte, er hörte ihm fast ruhig zu. Feldeisen ließ plötzlich das Gericht wissen, dass er alle Anschuldigungen, die er gegen den Angeklagten erhoben habe, ebenso alle Äußerungen, die das Gericht vielleicht zum Schaden des Angeklagten auslegen könnte, ausnahmslos zurücknähme. Der Angeklagte sei nur durch seine Beschuldigungen in diese missliche Lage geraten, es tue ihm aufrichtig leid und das Gericht möge für beide großherzige Milde walten lassen.

Eine heftige Diskussion entbrannte, es wurden Aktenseiten hin und her gereicht, der alte Oberleutnant verließ den Saal durch die rückwärtige Tür. Es trat eine ungewollte Pause ein.

Feldeisen hatte sich auf seinem Zeugenstuhl niedergelassen und schaute Rudl frontal in die Augen. Sein feistes Gesicht verzog sich zu einem Grinsen. Der glaubt wohl, die Sache gerade noch gerettet zu haben, dachte Rudl, aber er wusste sofort, dass hier für ihn nichts mehr zu retten war. Es überkam ihn aufzustehen, um Feldeisen eine reinzuhauen.

Die Tür ging auf, und der Oberleutnant kam zurück. Er legte dem Vorsitzenden ein Papier vor, das der gelangweilt überflog. Er entließ Feldeisen – der warf im Hinausgehen noch einen freundlich scheinenden Blick auf Rudl –, wandte sich über den Dolmetscher an Rudl, ob er noch etwas ergänzen wolle.

Rudl erhob sich, erklärte nochmals, dass er an Feldeisen nur Dinge mitgeteilt habe, die bekannt waren und die jeder andere auch hätte wahrnehmen können, zum anderen habe es bis zu seiner Verhaftung in der Fabrik keinerlei Störungen gegeben, was beweise, dass er keine Sabotage durchgeführt habe.

Er bat das hohe Gericht um Freispruch.

Es war zwölf Uhr, das Gericht zog sich zur Beratung zurück.

Laut Dolmetscher würde um 15 Uhr das Urteil verkündet.

Der Wärter holte Rudl in einen Nebenraum, dort wartete eine dampfende Tasse Kaffee auf ihn nebst einer mit Wurst belegten Schnitte. Es kam ihm vor wie seine Henkersmahlzeit.

Die Drei hatten sich aufgebaut, von Dolmetscher und Protokollant flankiert, Rudl stand leicht zitternd vor ihnen, die Anklagebank in den Kniekehlen, er hörte die Stimme des Vorsitzenden, dann weiter entfernt und dumpf die des Dolmetschers:

„...wird der Angeklagte zu 12 Jahren Freiheitsstrafe verurteilt."

28. Wiedersehen

Oma heftete ein Bild des heiligen Florian an das Brett.
„Das is der Schutzpatron von Pol′n", verkündete sie. „Die Pol′n
werd′n die Kiste vielleicht nich kontrollier′n, und dann kommt
die heil und sicher in Cottbus an."
Sie hatten alles untergebracht. Ihre Habseligkeiten mussten in
Holzkisten verpackt werden. Gretl saß erschöpft auf einer, es
waren vier. Vor drei Tagen war die endgültige Ausweisung mit
dem Vermerk eingegangen: „Wenn Sie sich weiter weigern, werden Sie ohne Gepäck sofort in die SBZ abgeschoben!"
Sie besah sich die wie ausgeräumt wirkende Behausung. Zwar
standen die wenigen Möbel noch an ihrem Platz, der schäbige
Schrank im sogenannten Wohnzimmer. Gegenüber die abgewetzte Couch mit dem kleinen Tisch davor. Die Möbel konnten
sie ja nicht mitnehmen, es würde sich auch nicht lohnen, fand
sie. Alles andere, was sogar eine solch primitive Unterkunft
wohnlich gestalten konnte, war jetzt in den Kisten. Nur die
Papiergardinen waren noch an den Fenstern, die ließ sie gern
den Nachmietern. Hier hatten sie fast zwei Jahre gehaust.
„Mutti, ich geh noch mal zu Natalia", sagte Evi. „Ich geh mit",
warf Bunti ein. „Wann fahren wir?" „Um zwölf kommt das
Fuhrwerk, seid bitte um elf wieder da. Grüßt Frau Woźniak und
bedankt euch noch mal. Wo ist denn Uli?"
„Der is draußen, wir nehmen ihn mit."
Jutti saß am Tisch und malte, während Oma sich völlig erledigt
auf ihr Bett, auf den kratzigen Strohsack, gelegt hatte.
Für die Kinder hatte Gretl erreicht, dass sie seit fünf Monaten in
eine Schule gehen durften, in eine polnische, und sie kamen gut
mit, selbst Uli. Der plapperte polnisch wie deutsch, aber er war
natürlich nicht so fleißig wie die Mädels.
Sie hatte ja Tag aus Tag ein gearbeitet, und dass die Kinder sich
so entwickelt hatten machte sie ein wenig stolz.
Nur Oma bereitete ihr Sorgen, sie musste unbedingt behandelt
werden. In Deutschland würde das sicher möglich. Mit einigen

polnischen Familien waren sie fast freundschaftlich verbunden. Besonders mit Familie Woźniak, deren Mädchen mit Bunti und Evi in eine Klasse gingen. Frau Woźniak schrieb ihr auch die Briefe ins Reine, die sie immer wieder an das Gefängnis und das Gericht in Breslau sandte.

Sie konnte nicht glauben, wie dieses Jahr verflogen war. Nach dem letzten Besuch in Breslau hatte ihr Kurt einen Zeitungsausschnitt geschickt, nach dem Feldeisen zu 8 Jahren verurteilt worden war. Das war insoweit ein Schock für sie, als sie damit rechnen musste, Rudl könnte, wenn man ihn verurteilen würde, ähnlich hoch bestraft werden. Auf ihre Eingaben gab es keine Antworten, sie hatte nur die Aussage von Kominsky, dass es ihm gut gehe und dass er zum Transport dazukäme.

Dann hatte ihr Kurt noch einen Zeitungsartikel geschickt; in einem weiteren Spionageprozess im Februar 50 sei ein deutscher Spion (R.H.) zu 12 Jahren verurteilt worden. Die Initialen. Ob es sich tatsächlich um Rudl handele?, fragte sie sich bang.

Hellwigs waren schon ausgereist. Jetzt waren sie an der Reihe. Das Fuhrwerk kam, die Kisten wurden aufgeladen. Uli wollte unbedingt auf dem Pferd sitzend zum Bahnhof gebracht werden. Der Kutscher ließ das sogar zu, und so ratterte das Gefährt mit der ganzen Familie nebst Kisten und Gepäck zum Sorauer Bahnhof. Gretl fürchtete, das Pferd könnte Uli doch abwerfen.

Die Kisten wurden direkt nach Cottbus aufgegeben, wo inzwischen Gretls Brüder lebten, während man die Auszusiedelnden in einen Zug nach Breslau Hundsfeld in ein Lager verfrachtete.

Sie standen in einer langen Reihe, Rucksäcke immer wieder vorschiebend, vor dem Eingang des Sammellagers. Alle mussten registriert werden. Jutti und Uli hatten sich durch die Schlange schon mal in die Halle geschlichen und berichteten aufgeregt, was sie schon alles herausgefunden hatten. „Da sind nur Bett´n drin", rief Uli, „immer drei übernander, ich will eins da ganz oben!" „Das is eigentlich ne Turnhalle", ergänzte Jutti, „da sind ganz viel Leute drin, hundert, vielleicht tausend!" „Na, na", sagte Gretl, „doch nicht so viel." „Doch!", ereiferte sich Uli, „zehntausend!" Gretl strich ihm übers Haar, doch mit ihrem Schmunzeln kaschierte sie ihre Unruhe. Sie suchte die Schlange ab, reckte, drehte sich, um die vor und hinter ihr Stehenden zu erfassen. Agnes flüsterte: „Suchste schonn? Wir sind doch grad erst angekomm'n."

Es war ein sonnig klarer Januartag, das Jahr 1951 war gerade vier Wochen alt. Der strenge Frost der vergangenen Tage war gewichen, die Sonne ließ die langen, spitzen Eiszapfen an den Dachrinnen schmelzen. Jetzt ging sie gerade vor ihnen unter, färbte den Himmel leicht rot, die Umrisse der Halle schwarz, und die fröstelnd in der Reihe Stehenden hofften, noch vor Einbruch der Dunkelheit ihr Provisorium beziehen zu können.

Uli war von der nächsten Erkundung zurück: „Mutti, da an der Seite auf ner groß'n Treppe gibt's Suppe in eim ries'n Pott, darf ich mir was hol'n?" „Ja!", rief Gretl und schob Bunti zu ihm, „geht doch mit, Mädls. Oma, du auch, ihr habt doch sicher richtig Hunger." Oma blieb und jammerte: „Ich kann jetz nischt ess'n, was wird bloß werd'n?" Gretl betrachtete sie besorgt.

Uli kam zurück, die Schlange war kleiner geworden und Gretl würde bald dran kommen. „Bah, das is vielleicht ne Brühe, das soll'n die selber ess'n. Is ganz grün, mit dick'n Fettaug'n, einer hat gesagt, das is Affenfett. Und Gurkenscheib'n schwimm'n drauf. Ich hab mir nur Brot genomm'n." Er riss mit den Zähnen ein gehöriges Stück aus dem harten Kanten. Auch Evi und Bunti kamen mit verzogenen Gesichtern wieder, nur Jutti löffelte in einem Blechnapf. „Wo haste den her?" „Na den kriste da." Jutti wies mit dem Kopf nach hinten. „Schmeckt gar nich so schlecht", nuschelte sie zwischen Suppe und Brot.

Gretl hatte einen Zettel bekommen. Unter den Namen standen die Nummern 126 - 131. „Das sind unsere Betten!"

Uli drängelte sich durch die Gänge zwischen den Bettgestellen, durch die sich die Angekommenen schoben. Einige Erwachsene schimpften, aber das störte ihn nicht. Bald hatte er die beiden Bettentürme gefunden, erkletterte einen und rief von oben Gretl und Oma zu, die sich dem Strom angepasst hatten: „Hier, das is mein Bett!" Der allgemeine Geräuschpegel verschluckte sein Rufen. Ständig gab es irgendwelche Durchsagen, die aus einem Lautsprecher plärrten. Er stellte sich in die Mitte des Bettes und begann kräftig darauf herumzuhopsen: „Toll, hier kann ich den ganz'n Saal seh'n!", rief er abgehackt im Hopsrhythmus. An der Decke betrachtete er ins Gebälk zurückgeschlagene Seile mit Ringen, Trapezstangen, kleinen und größeren Sandsäcken. An den Außenwänden gab es Klettergerüste.

„Da muss ich gleich mal raufklettern", sagte er zu sich, mit dem Hopsen aufhörend, „vielleicht kann ich mir so n Ring runterzieh'n." Dann winkte er anderen Kindern, die genauso auf den Matratzen herumturnten.

Gretl und Oma begannen, die Betten mit den mitgebrachten Laken zu richten. Evi lag bereits auf einem mittleren Bett und las in dem Buch, das sie von Frau Paudina für die Reise und zum Abschied bekommen hatte. „Evi, du kannst ruhig oben schlafen", sagte Gretl. „Och, nö", gab Evi knapp und abwesend zurück. Jutti und Bunti waren noch gar nicht bis zu den Betten vorgedrungen. „Die essen sicher draußen noch von der Suppe", sagte Oma, die erschöpft und mürrisch auf die untere Matratze gesunken war. Gretl kletterte jetzt zu Uli auf das obere Bett.

„Komm hoch, Mutti, hier kannste dir alles ankuck'n."

Sie setzte sich im Schneidersitz auf das Bett. Ihr Hoffen war in unendliche Sehnsucht übergegangen. Würde er heute Abend noch kommen? Wie würden sie sich begrüßen? Sie könnten kaum zärtlich zueinander sein, sie müssten sich begrüßen, als ob sie sich nach zwei Tagen und nicht nach zwei Jahren wiedersehen würden. Was hatte das Gefangensein mit ihm gemacht? Die Fragen drangen auf sie ein, dabei beobachtete sie das Schieben und Drängeln der Menschen zwischen den Betten. Sie stellte sich mitten auf die Matratze, bat Uli still zu sitzen. Der stellte sich neben sie, sie stützten sich gegenseitig. „Suchst du Vati?" Uli konnte nicht ahnen, was er anrichtete. Ihr wurde schwindlig, sie drohte von dem Bettenturm zu fallen, stützte sich ab und landete wieder im Schneidersitz. „Der muss doch erst unsre Bettennummern rauskrieg'n, ich pass mit auf."

Gretl war unfähig zu antworten.

„Aber das sind doch alles nur Frau'n und ganz viel Kinder."

Sie versuchte, die Augen klar zu wischen.

„Vielleicht kommter auch gar nich, der is schon so lange weg."

Er lehnte sich auf ihren rechten Oberschenkel, warf dann den

Oberkörper nach rechts, stützte sich mit der flachen Hand und mit gestrecktem Arm auf der Matratze ab, reckte sich jeweils, konnte aber nur Frauenköpfe durch die Gänge ziehen sehen.
Doch plötzlich: „Da, da, siehste, da, ein Mann!"
Gretl sah mit einem Mal klarer, da schob sich tatsächlich ein Mann durch den Gang vor ihnen. Aber nein, ...
„Nein", rief Uli, „der hat doch ganz schwarze Haare!"
... das konnte er nicht sein. Gretl sackte in sich zusammen.
Uli verlor das Interesse. „Heute kommter bestimmt nich mehr."
Er stieg jetzt von dem Kopfende seines Bettes über das Gestellgitter auf das Fußende des Nachbarbettes, auf dem zwei Jungs Domino spielten. Das kannte er noch nicht. Er setzte sich dazu, und ohne Umschweife luden die beiden ihn ein mitzuspielen.
„Du musst immer da anleg'n, hier so, siehste, wie ich, mit vier Punkt'n", erklärte der eine und verteilte die Steine neu.
Gut, dass die Kinder sich so schnell zurechtfinden, beruhigte sich Gretl. Ja, Rudl würde heut sicher nicht mehr kommen. Sie stieg über die Querstangen des Bettgestells hinunter. Bunti lag auf dem unteren Bett und sah sie mit fiebernden Augen an. „Mir is nich gut, ich schwitz so", klagte sie. „Hast du dir an der Suppe den Magen verdorben?" Gretl legte die Hand auf ihre Stirn. „Du bist ja ganz heiß!" Sie packte sie in das Laken – ihr Kleidchen hatte sie schon ausgezogen – und wickelte sie sorgsam in eine Decke ein. „Schlaf jetzt erst mal."
Sie ging hinaus, stand jetzt auf dem Holzpodest. Einige Frauen waren dabei, den Suppenkessel zu säubern, die Brotreste zusammenzuklauben, die Blechnäpfe zu reinigen.
„Kann ich helfen?", fragte sie. „Nein, nein", sagte Frau Koschnick, den Kessel schrubbend, die sie in der Schlange schon kennengelernt hatte, sie haben mit ihrer Familie genug zu tun."
Sie war allein, ihr Mann war in Stalingrad vermisst.
Gretl verlor sich in wehmütigen Gedanken. Drei Tage, hieß es, würden sie hier bleiben, dann würden sie in einen Zug verfrachtet. Für morgen hatte sie sich mit Kurt vor dem Gericht verabredet. Ob der Brief rechtzeitig angekommen ist? Wenn Vati nicht kommt? Sie musste unbedingt noch einmal mit Herrn Kominsky reden; schreiben nutzte nichts.

Sie fröstelte, starrte in die Dunkelheit; sie hätte sich etwas überziehen müssen. Das klare Frostwetter war in Schmuddelwetter umgeschlagen. Sie rieb fest über ihre Oberarme und ging zu den Toiletten. Die acht Türen waren permanent von in Nöten Wartenden belagert. Sie musste sich einreihen, schaute dabei, ob Rudl nicht doch irgendwo zu sehen war.

Plötzlich stand Bunti neben ihr, das Laken um die Schultern gezogen, als Schleppe hinter sich herschleifend. Gretl faltete es passender. „Du bist ja nass geschwitzt." Sie hüllte das Laken wieder um sie. „Ich muss ganz dringend!", sagte sie; ihr Körper zitterte, die dünnen Haare klebten auf ihrem Köpfchen.

Gretl drängte sich an der Schlange vorbei und bat die vorn Stehende: „Meine Tochter hat Fieber, darf ich ..." „Ja, ja, geh´n se schnell, damit se wieder ins Bett kommt!"

Agnes hatte beobachtet, wie Gretl am Bettgestell heruntergeklettert war. Jetz beobachtet se mich wieder, dachte sie, die Augen für Gretl geschlossen, aber doch einen Millimeterschlitz offen. Sie spürte, wie ihr Körper, vor allem die Arme und Hände in ständig zitternder Bewegung waren. Und bedauert mich wieder. Dabei tat es ihr vielmehr um Gretl leid. Wie kann der Herrgott so etwas zulassen, zwei Menschen so auseinanderzureißen? Genau wie sie und ihr Bruno auseinandergerissen wurden. Aber für sie war es damals endgültig. War es dadurch einfacher gewesen? Sie hatte sich in ihrem Schmerz vergraben, hatte das Leben nicht mehr an sich herangelassen. Gretl tat das nicht. Sie kämpfte, arbeitete, hoffte, sie schrieb, sie suchte die Verantwortlichen zu stellen, war trotz allem für ihre Kinder da. Hätte sie nicht auch arbeiten können? Sie hatte Putzmacherin gelernt. Stattdessen war sie mit Gänsestopfen und später mit Löcherstopfen beschäftigt gewesen. Vielleicht wäre sie unabhängiger geworden, hätte sie wenigsten die Freundschaft mit Herrn Jäckel zugelassen. Nun war ihr Leben gelebt, sagte sie sich. Sie war wieder auf der untersten Stufe angekommen mit fremden Menschen in einer Halle, mit nur einem Bett, würde in einen Güterzug verfrachtet werden.

Agnes raffte sich auf, musste erst auf der Bettkante verharren, bis sich der Schwindel verlor. Sie tappte an den Bettgestellen vorbei durch die Gänge zu den Klos.

Plötzlich fand sie sich zwischen Menschenschlangen, die sie zu erdrücken drohten, stand angewurzelt, in sich steigernder Erregung. Ihre Hände schlugen, getrieben von der Krankheit, gegen ihren Körper, genau wie sie damals auf dem Hof in Langenau gegen Gretls Wangen geplatscht waren. Sie schob den Unterkiefer nach vorn. Ihr ohnehin vorwitziges Kinn erreichte in der vertikalen Linie die Nasenspitze, gab ihr so den verbissenen Ausdruck, der ihrem Gemütszustand entsprach, den ein schabendes Zähneknirschen noch unterstrich. Dabei geriet ihr Kopf in die Schwingungen, die Arme und Hände in Gegenbewegung vorgaben. In ihrer verzweifelten Not, die sie unvermittelt überkam, drohte ihr ein peinliches Malheur.

Eine junge Frau kam auf sie zu, führte sie zu einer Klotür und versuchte sie zu beruhigen: „Komm′ och Omama, bevor de uns hier hin pullerst, lass′n wer dich vor." Einige protestierten lautstark. „Oder woll′n se das dann hier wegwisch′n?"

Die Nacht brachte nur Hartgesottenen und manchen Kindern Schlaf. Durch die Gänge zwischen den Betten drückten sich ständig Leute mit dem Drang zu den Toiletten, es gab Proteste und Schreiereien, dazu Kindergeplärr und leise geduldige oder laute genervte Beruhigungsversuche. Gretl hatte versucht, mit Wadenwickel und feuchten Tüchern auf Buntis Stirn ihr Fieber zu senken, war also kaum zum Schlafen gekommen.

Zum Frühstück hatte Uli ein ganzes Brot organisiert, und Jutti, die bei einer Freundin aus Sorau, aus dem Haus am Schlossplatz, sie hatten sich hier wiedergetroffen, die Nacht verbracht hatte, brachte auf einem Teller einen dicken Klatsch Marmelade; ne Kanne Muckefuck könne man sich auch noch holen.

Dann eröffnete Gretl der auf den Betten hockenden Familie, sie müsse jetzt zum Gericht fahren, ob Oma Bunti weiter mit Wadenwickel versorgen könne. Evi bat sie mitzukommen.

Evi lag teilnahmslos, nein, in ihr Buch vertieft, auf dem Bett. Sie wollte nicht mehr die sein, die ständig zur Verfügung stand. Am Abend hatte Gretl sie gebeten, einen Eimer zu besorgen; vielleicht hätte Bunti sich doch nur den Magen verdorben, obwohl Gretl Schlimmeres fürchtete. Evi hatte sich mürrisch vom Bett

gewälzt, hatte einen herumstehenden Eimer mitgenommen.
Immer musste sie irgendetwas erledigen. Mutti hatte nur knapp
danke gesagt, noch nicht mal danke, Ewerle. Jetzt machte Bunti
auch noch auf krank, nein, sie würde nicht mit nach Breslau
fahren. Sie wollte einfach in Ruhe gelassen werden. Sie fand es
schlimm genug, dieses Lager, die Betten, den Fraß, den es gab,
den ständigen Lärm. Sie war so froh gewesen, endlich in die
Schule gehen zu dürfen, hatte sich mit Natalia angefreundet,
auch ihre Mutter war so gut zu ihr gewesen. Jetzt war auch das
wieder vorbei, und was würde sie in Cottbus, in Deutschland,
erwarten? Sie dürfte auch sicher nicht mehr polnisch sprechen,
was ihr großen Spaß machte, würde es bestimmt bald vergessen, und in der Schule müsste sie wieder von vorn anfangen.
„Evi, kommst du?", Gretl war bereit zum Gehen.
„Nein, ich komm nich mit, wenn die gesagt hab'n, Vati kommt
hier dazu, brauchen wir doch bloß zu wart'n."
Gretl war geschockt, es war das erste Mal, dass Evi so bockig
reagierte. Nur jetzt keinen Disput, sie musste also allein gehen.
Sie war mit Kurt verabredet, der konnte ja dolmetschen.
Um zwölf sollte Kurt am Gericht sein. Fast eine Stunde lief sie
die Straße auf und ab, er kam nicht. Dann war sie hineingegan-
gen, ohne zu bedenken, dass schon Mittagszeit war. Sie reichte
dem Pförtner den Brief, den sie schon beim ersten Besuch mit
hatte, um nach Herrn Kominsky zu fragen. Der tippte ohne aufzuschauen nur auf die Uhr und hob drei Finger.
Entmutigt verließ sie das Gebäude und ließ sich erschöpft am
Rand des Stadtgrabens auf einer Eisenstange nieder. Es war
wieder kälter geworden. Sie zog den Mantelkragen enger, stand
auf und begann, am Wasser entlang zu traben. Wo nur Kurt
blieb? Sie hatte doch den Brief vor fünf Tagen abgeschickt,
jetzt würde er bestimmt nicht mehr kommen. Und morgen
könnte es schon mit dem Transport losgehen. Wenn sie heute
nichts erreichte. Ihre Augen brannten, sollte sie dieses unselige
Land verlassen müssen, ohne etwas über Rudl zu erfahren?
„Kurt, warum kommst du nicht", rief sie gegen die kalte Luft.
Es war zu kalt geworden; so saß sie gegenüber der Pförtnerloge
und stierte gedankenverloren auf ihre Armbanduhr. Warten; die

Lider wurden schwer ... auf den Treppen wurde es plötzlich lebhaft, Menschen, Aktenberge schleppend, quälten sich über die Stufen ... Die Tür flog auf, Briefe flatterten durch das Haus, sie ertrank in ihren Briefen ... in seinen Briefen, bekam kaum noch Luft ... spürte ein heftiges Rütteln, ihr Hinterkopf prallte hart gegen die Wand, sich aufrappelnd riss sie die Augen auf ... der Pförtner schrie sie an: „Zamykamy, trzeba wychodzić!"
Völlig niedergeschlagen saß sie in der Straßenbahn. Es war viertel sechs, bald würde es dunkel werden. Der große Schritt von der letzten Stufe auf das Pflaster fiel ihr schwer. Jetzt schleppte sie sich über kaputte Trottoirs ... Die Siebzehn, sie hatte am Fenster gesessen, heute Morgen, sie war direkt am Gefängnis vorbeigerattert, genau da, wo sie vor einem Jahr mit Evi gestanden hatte. Ihr Herz raste, sie schickte einen Gruß hinein in seine Zelle, hinter eines dieser vergitterten Fenster.
Wer konnte so etwas aushalten. Sie wollte aussteigen, nein, jetzt nicht, sie musste zum Gericht, aber auf der Rückfahrt ...
Auf der Rückfahrt war sie ausgestiegen, wechselte die Straßenseite, hier hatte sie mit Evi gestanden. Hatten sie ihn verurteilt? Zu 12 Jahren? Würde sie ihn jemals wiedersehen?
Sie lehnte sich an den Zaun, sah sehnsüchtig zu dem verbauten Backsteingemäuer. Nur noch morgen gab es eine Chance.
Resignation bedrängte sie, sie hatte heute alles vermasselt, nichts erreicht. Kurt war nicht gekommen. Sie hatte Kominsky verpasst, war vor der Pförtnerloge eingeschlafen, der hatte sie rausgeschmissen. Ja genau so fühlte sie sich, rausgeschmissen, aus dem Leben, aus einer humanen Welt.
Aber vielleicht war er schon in der Halle angekommen, sie lief jetzt schneller, leichter. Mit zunehmender Zuversicht suchte sie die Betten 126 bis 131, war in einen falschen Gang abgedrängt worden. Die Enge, die Vielzahl an Menschen ängstigten sie.
„Gut, dass de kommst", sagte Agnes, „Bunti geht's besser, ich hab n ganz'n Tag Wick'l gemacht." Bunti schaute sie munter an und fragte: „Hast du Vati gesehen?" Die Zuversicht war sofort dahin, er war also nicht hier. Uli rief von oben: „Komm rauf, Mutti, n paar Männer hab ich schonn geseh'n, ich glaub, Vati kommt heut bestimmt!"

355

Mit letzter Anstrengung kam sie bei Uli an, drückte ihn, wäre aber beinahe wieder heruntergefallen. Ihr Körper wollte all das nicht mehr mitmachen, nur das Hoffen auf ein Wiedersehen hielt ihn noch irgendwie aufrecht. Ihre Blicke schweiften durch die Gänge, und völlig unvermittelt rief sie: „Da, da, mein Rudl. Rudl!" Sie war vom Bett gerutscht, hatte sich an dem Bett gegenüber abgestützt, trat auf eine Querstange, strauchelte, fing sich an einer Aufrechten, bei jedem Griff stieß sie angestrengt eine Silbe heraus: „Va-ti-le!", und sprang in den Gang. Manche wichen ihr erschrocken aus. Sie zwängte sich immer weiter vor, bis zu dem Kopf, den sie von oben, allerdings nur von hinten, ausgemacht hatte – Uli hatte ihn nicht gesehen –, rief dabei immer wieder: „Vatile, Vatile, bleib doch stehen!" und warf beide Hände, jetzt nah herangekommen, wie in Trance auf seine Schultern. Der so Angegangene wandte sich höchst erschreckt und unwirsch um, konnte nur: „Was soll denn das", stammeln, denn schon rutschte sie erschlafft an ihm herunter. Die Hoffnung auf das Wiedersehen, die ihren Körper hatte durchhalten lassen, war dahin. Reflexartig wollte er sie auffangen, aber sie entglitt ihm und blieb regungslos vor seinen Füßen liegen. Oma war sofort nach ihr gestartet, Evi drängelte hinterher, geschockt erstarrten sie wie die Übrigen für einige Sekunden, bis jemand nach einem Arzt rief. Oma drohte umzufallen, ihre zitternden Hände und Arme waren nicht mehr zu bändigen. Uli war ihr über die oberen Betten nachgesprungen, und sah plötzlich seine Mutti unten wie tot am Boden liegen. Nur er hatte ihre Attacke auf seinen vermeintlichen Vati mitbekommen. Er konnte keinen Laut herausbringen, sackte über dem Rohrgestell zusammen und weinte, wie nur ein Siebenjähriger weinen kann, der glaubt, seinen Vati und jetzt auch noch seine Mutti verloren zu haben. Gretl öffnete die Augen, versuchte aufzustehen, und so schnell, wie seine Tränen ihm in die Augen geschossen waren, versiegten sie wieder. Er kletterte von den Betten und warf sich seiner Mutti in die Arme. „Maazele, das ist nicht unser Vati." Sie wies auf den noch immer völlig überraschten Herrn, der auch von vorn eine gewisse Ähnlichkeit mit seinem Vati aufwies.
„Nein", sagte Uli, „aber er kommt bestimmt noch!"

Doch wie sollte er wissen, dass er noch sehr lange auf seinen Vati würde warten müssen und dass er das gerade Erlebte niemals wieder vergessen sollte.

Sie saß Kominsky gegenüber. Er sah ihr freundlich entgegen, während sie nochmals ihren Wunsch nach einem Wiedersehen bekräftigte. Als er gestern kurz vor vier das Gericht verlassen wollte, hatte er Gretl auf der Bank schlafend vorgefunden und den Pförtner barsch zurechtgewiesen, warum er sie nicht zu ihm vorgelassen habe. Er bedauerte es fast, sie nicht empfangen zu haben, denn der Anblick dieser schönen Frau war für ihn doch immer ein Vergnügen. Umso mehr hatte er sich gefreut, als sie ihm eben angekündigt wurde. Er wollte und musste etwas für sie tun, nur ob das heute noch möglich wäre? Gretl hatte ihm erklärt, dass sie heute Abend mit ihrer Familie im Transportzug einquartiert würden. Er sprach Gretl sein Bedauern aus, dass er offensichtlich mit seiner Vermutung, dass ihr Mann zur Ausreise dazukäme, nicht Recht behalten habe. Jetzt beabsichtige er mit dem Gefängnisdirektor persönlich zu sprechen.
Er hatte den Hörer wieder auf die Gabel gelegt und erklärte, der Direktor habe sich einverstanden erklärt, er könne sie und ihren Mann zu dem allgemeinen Besuchstermin heute um drei Uhr noch dazulassen. Sofort wollte sie sich aufmachen, erhob sich, Kominsky gab ihr die Hand, war fast versucht, sie zu umarmen, Gretl hätte es nicht gewundert, sie hätte die Umarmung sogar erwidert, so dankbar war sie ihm, wagte aber dann doch noch die eine Frage: „Ich habe aus der Zeitung erfahren, dass im Februar 1950 ein angeblich deutscher Spion zu 12 Jahren Haft verurteilt worden ist. Können Sie mir sagen ...?"
Er nahm ihre Hände, sah ihre traurigen Augen und nickte. Aber sofort hielt er die flachen Hände abwehrend vor seine Brust: „Dazu darf ich Ihnen nichts sagen."
Die Straßenbahn fuhr durch die Schweidnitzer Straße und passierte das Opernhaus. Man spielte wieder, seit 1946. Sie erinnerte sich, damals hatte sie in diesem Haus diese Oper gesehen, die sie so mitgerissen hatte. Gleich würde sie einen unschuldig Eingekerkerten besuchen, und sie würde als Ehefrau

um seine Freilassung kämpfen. Genau das tat sie ja auch.
»Fidelio« war die Befreiungsoper, von Beethoven gegen Tyrannei und Willkürherrschaft komponiert. Die Musik, von ihr so oft auf dem Klavier gespielt, beflügelte jetzt die Emotionen, wenn Leonore und Florestan sich im zweiten Akt wiedersehen und in die Arme sinken. Und plötzlich war es ihre Fantasie, die mit ihr spielte. Sie hatte noch Zeit, war an der Universitätsbrücke ausgestiegen und summte die Tonfolge: „O namen-, namenlose Freude", strebte jetzt der Dominsel zu, lief, den Text vor sich hin deklamierend, „mein Mann an meiner Brust" über die Sandbrücke, im Metrum der Melodie direkt auf die Sandkirche zu, „an Leonorens Brust", von außen war sie schon weitgehend wieder hergestellt, „nach unnennbaren Leiden", genau wie der Dom, „so übergroße Lust"! Die Melodie in ihr brach jäh ab.
Wie sollten sie eine so lange Zeit überstehen? 12 Jahre.
Doch eines war jetzt sicher, sie musste allein und die Kinder ohne ihren Vati aus Polen ausreisen.
Er hatte ihr ein Schreiben mitgegeben, mit dem sie der Posten, der sie und Evi letztes Jahr so bedroht hatte – es war natürlich nicht derselbe – durchließ, genauso wie die übrigen Wächter. So gelangte sie mit anderen Frauen in einen großen Raum, der in der Mitte von einem Zaun geteilt wurde. Sie war mit bei den Ersten, aufgewühlt, sie konnte es nicht erwarten, war plötzlich unter einem Dach mit ihm. Sie krallte die Hände in den Zaun. Dabei sah sie in einem Abstand von etwa einem Meter diesen zweiten Zaun. Sie würde also keine Chance haben, Rudl zu berühren. Der Raum hinter ihr füllte sich, und gleichzeitig wurden die Gespräche lauter. Einige der Frauen kannten sich, begrüßten einander und schienen gar fröhlich und guter Dinge.
War sie die Einzige, die Trauer zu überwältigen drohte? Sie drehte sich, lehnte sich gegen das Geflecht. Es mochten jetzt vielleicht zwanzig, fünfundzwanzig Frauen anwesend sein. Sie hörte kein deutsches Wort, sah auf die Uhr, noch fünf Minuten. Sie wandte sich zurück, wollte unbedingt ihren vorderen Platz behalten. Ihr traten Tränen in die Augen, noch vier Minuten ..., sie wischte die Augen, wollte nicht weinen, er sollte sich keine Sorgen machen müssen. Sie hatte sich noch extra im Straßen-

bahnfenster die Haare gerichtet, gottlob hatte sie einen Kamm und einige Klemmen bei sich.

Der Druck auf ihren Rücken wuchs, jetzt, da jeden Moment die Häftlinge hereingelassen würden, strebten die Frauen näher an den Zaun. Gretl hing sich fester hinein. Der Geräuschpegel schwoll an, sie würde nicht weichen. Die Tür in der anderen Hälfte öffnete sich, die Frauen begannen aufgeregter durcheinander zu keifen, begannen fast zu kreischen. Gretl kam es vor, als stünde eine Sensation bevor, als würde ein Raubtier aus seinem Käfig gelassen. Stattdessen erschien ein Uniformierter, wartete bis halbwegs Ruhe einkehrte und verkündete laut eine Botschaft; oder begrüßte er die Frauen? Gretl verstand nichts. Jetzt kam aus der rechten Tür zwischen den Zäunen ein Posten, ging, geradeaus starrend, einmal den Gang entlang, ließ lässig seinen Schlagstock hin und her pendeln, schob damit im Vorbeigehen mit einem Kopfschütteln Gretls Finger aus dem Zaungeflecht und blieb breitbeinig mit Blick auf die aufgeregten, teilweise auch feixenden Frauen in der Mitte stehen. Der Uniformierte im hinteren Verschlag öffnete jetzt die Türen rechts und links, und von beiden Seiten strömten die Gefangenen herein. Hinter ihr ging es plötzlich tumultartig zu. Namen wurden gerufen, sie hörte polnische Wortfetzen, Rufe, aber auch Weinen und schluchzend stotternde Laute. Die Häftlinge vor ihr, abgetrennt durch die beiden Zäune, rotierten ständig, um sehen zu können und gesehen zu werden, winkten, riefen ihren Frauen Botschaften zu, sodass Namen, Grüße, Wünsche und Mitteilungen durch die Zäune und über den Kopf des stoisch in der Mitte stehenden Postens hinüber und herüberhallten. Gretl versuchte krampfhaft in dem Durcheinander von grau-weiß-gestreiften Männern das ihr vertraute Gesicht zu entdecken.

Dann geschah das Unfassbare, sie hatte ihn endlich erspäht. Er war durch die Rotation an den Zaun gespült worden, sie hatte dem Druck standgehalten, ihren Platz verteidigt. Der Einschlag eines Blitzes durchfuhr sie, er hätte sie von den Beinen geholt, doch sie griff in die Maschen, zog sich hoch, wurde zusätzlich durch die sich um sie Drängenden gehalten, löste eine Hand, schwang den Arm über den Kopf und rief aus vollem Herzen:

„Rudl! Rudl, hier! Hier bin ich! Vati, hier!"
Er hörte die deutschen Worte nicht genau, aber sein Ohr führte
den Blick an die richtige Stelle. Ihn durchfuhr ein stechender
Schmerz und mit dem Aufschrei krallten sich seine Hände in
den Zaun: „Mein Gretelein, du bist da! Wieso, wo seid ihr ...?"
Der Posten war durch den Lärm erst jetzt auf diese Szene aufmerksam geworden, schlug nun unvermittelt mit dem Stock erst
auf Rudls Seite gegen den Zaun, dann vehement fast auf Gretls
Finger, sie hatte sie instinktiv aus den Maschen gezogen, und
brüllte erbost: „Nie wolno tu mówić po niemiecku!"
Gretl sah, wie Rudl von dem Uniformierten aus dem Pulk nach
hinten gezogen wurde, ihre Kraft erlahmte, sie wurde abgedrängt und landete an der hinteren Wand des Raums.
Vor sich die wogenden Köpfe und Hände der Frauen, das Stimmengewirr nahm sie schon nicht mehr wahr, versuchte sie sich
nochmals aufzuraffen, reckte sich, tappte hin und her, suchte
Lücken, sah Rudl für Momente auftauchen; er schien ähnlich
bemüht, sie wenn auch nur von Weitem noch sehen zu können.
Dann ertönte schrill eine Trillerpfeife, der Uniformierte schob
die Häftlinge zu den Türen, der Posten rief irgendetwas den
hinausdrängenden Frauen hinterher.
Gretl schlich aus dem Raum, sie hatte ihn nicht mehr gesehen.

Oma und Evi hatten schon die Rucksäcke und Bündel gepackt.
Sie warteten ungeduldig auf Gretl; wenn sie nicht rechtzeitig
zurück wäre? In zwei Stunden sollten sie zum Zug aufbrechen,
eine viertel Stunde Weg, wurde gesagt. Evi bereute, nicht mitgegangen zu sein, aber heute früh hatte sie Gretl gar nicht mehr
gefragt, sie war einfach nach dem Frühstück verschwunden.
Jetzt saß Evi bei Bunti am Bett, ihr schien es gar nicht gut zu
gehen, das Fieber war wieder gestiegen, wie sollte sie zum Zug
kommen? Jutti und Uli saßen auf dem oberen Bett und spielten
»Mensch ärgere dich nicht«. In der Halle herrschte ein hekti-
sches Treiben, alle mussten heute zum Transport, viele hatten
die Papiere noch nicht abgeholt, die Durchsagen häuften sich.
Plötzlich war Gretl da und ließ sich auf Buntis Bett fallen.
„Gott sei Dank, dass de da bist", sagte Oma, „in zwei Stund´n

müss'n wer im Zug sein." „Warst du bei Vati?", fragte Evi.
Gretl nickte und lehnte sich gegen das Gestell.
„Ich erzähl's euch später, ich kann jetzt nich", sie versuchte, die
Tränen zu unterdrücken, was ihr nicht gelang. Sie fühlte Buntis
Stirn, das Fieber musste hoch sein, sie befürchtete Schlimmes.
Die Lautsprecher plärrten, der Zug stünde bereit, man könne
schon einsteigen und sich einrichten. Abfahrt wäre um 20 Uhr.
Gretl musste noch Papiere und Pässe abholen.
Sie kam zurück. „Wir sind in Waggon 15", sagte sie kurz, half
Bunti auf, raffte das feuchte Laken zusammen, „jetzt ist es fünf,
ich muss versuchen, es noch zu waschen", murmelte sie neben-
bei und sagte zu den Kindern: „Ihr könnt ja schon mal gehen,
Wagen 15, ja, ich komm mit Bunti nach."
Ein Strom von Frauen und Kindern zog sich von der Halle bis
zum Zug, der auf einem separaten Gleis stand. Uli hatte seinen
Rucksack umgeschnallt, rannte voraus, Jutti versuchte mitzu-
halten. Oma und Evi reihten sich, bepackt mit Rucksäcken und
Bündeln, in die Kolonne ein. Evi fragte sich, wie Mutti und
Bunti den Weg bewältigen würden, aber sie wollte nicht schon
wieder die Helfende sein, und Oma konnte sie auch nicht allein
laufen lassen. Irgendjemand würde Mutti schon helfen.
Uli kam zurückgerannt, nahm Agnes die zusammengebundenen
Laken ab und erzählte begeistert: „Oma, unser Wagen is innen
ganz weiß, mit Betten drin, ich hab mein Rucksack oben drauf
geschmiss'n, ein Ofen is auch da, ich geh gleich Holz sammeln,
so n Bollerof'n, weißte, wie der in Langenau. Heinz, weißte, der,
der mir das Domino gezeicht hat, der geht auch mit, die sind
schonn da und die Schwester, und zwei Bett'n sind noch frei."
Er hopste neben Agnes her. „Und die Tür, ne ganz große, die
kann man nur ganz schwer schieb'n. Heinz' Vater, der hat nur
ein Arm, der hat gesagt, die Tür muss immer zu sein, damit der
Frost nich reinkommt." Oma amüsierte sich über Ulis Redeschwall, vergaß so die Anstrengung und ihr Zittern, nahm den
eisigen Wind kaum noch wahr.
Gretl war eine Stunde später eingetroffen. Evi hatte gewartet,
wollte ihr schon entgegengehen, war dann froh; es musste ihr
doch jemand geholfen haben. Doch, was war mit Bunti? Sie lag

apathisch im Bett. Gretl machte kalte Umschläge. Zwei Wasserkübel standen gefüllt neben der Tür, ein dritter in der rechten Ecke neben dem Bett. Jutti hatte gemeint, da wollte sie nicht draufgehen, das würde doch ganz schön stinken. Das nasse Laken hing jetzt über dem Bettgestell am Ofen, den Frau Krug angezündet hatte. Familie Krug hatte ja in der Halle die Betten neben ihnen gehabt, aber Gretl war die beiden Tage nur wegen Rudl unterwegs gewesen, sodass sie sich kaum begegnet waren. Rudl, die ganze Enttäuschung des Wiedersehens kam wieder in ihr hoch, alles verschwamm erneut um sie, gottlob war jeder irgendwie beschäftigt. Es war draußen inzwischen dunkel, nur der flackernde Schein des Feuers erhellte gespenstisch diesen bizarren Wohnwagen.

Bunti glühte im Fieber und würde ihre Tränen also nicht bemerken. Sie hatte sich ihre Zunge angesehen, jetzt glaubte sie die stecknadelkopfgroßen, intensiv rot gefärbten, leicht erhabenen Flecken auf Buntis Gesicht zu sehen und zu ertasten. Sollte sich ihre Befürchtung als begründet erweisen?

Die schwere Tür wurde aufgeschoben, drei Sanitäter sprangen in den Waggon. Ein kalter Luftzug durchwehte das Innere. Ob denn alles in Ordnung sei, sie würden noch Brot und etwas Wurst und Käse verteilen, Wasser könnten sie ja auf dem Ofen heißmachen; was denn mit dem Kind sei? Ach, es sei nur müde und wolle schon schlafen, sagte Gretl und blieb auf der Kante sitzen. Sie wurde sanft beiseitegeschoben. Der Sanitäter legte prüfend den Handrücken auf Buntis heiße Stirn.

„Das Kind hat Fieber, haben Sie das denn nicht bemerkt!", sagte er vorwurfsvoll, „ich muss unseren Ärzten Bescheid geben."

Gretl versuchte zu beschwichtigen, aber der Sanitäter war bereits aus dem Wagen gesprungen. Uli kam über die hohen Trittbretter hereingeklettert, „Mutti, Mutti, ich hab die gezählt, die Lok'motive, die muss achtzehn Waggons zieh'n, das sind doch ganz viel Leute die im Zug sind." „Ja, rechne doch mal aus, wie viele es sind," versuchte sie interessiert zu sein, das nasse Tuch auf Buntis Stirn pressend. „Kann ich nich", sagte er.

„Du musst nur, hier sind zwölf drin, bei jedem immer zwölf ..." Die Tür war noch halb offen, wurde jetzt wieder zur Seite

gedrückt und ein Arzt erschien mit dem Sanitäter, der Gretl beim Arm nahm und vom Bett hob. „Hier, das Kind hat Fieber.” „Ja, Kind Scharlach, muss in Krankenhaus, Quarantäne”, sagte der Arzt in gebrochenem Deutsch, nachdem er die Zunge und die Hautpusteln mithilfe seiner Lampe genau in Augenschein genommen hatte. „Krankenwagen gleich kommen!”
Gretl war dem Zusammenbruch nahe. Sie hatte es geahnt, aber dass sie jetzt Bunti in ein Krankenhaus bringen wollten, warum sie sie nicht einfach fahren ließen? Sie würden aus dem Zug ja gar nicht mehr herauskommen, sie könnten doch die Krugs und das Ehepaar in einem anderen Waggon unterbringen.
Der Sanitäter kam zurück, mit einer Kladde, und schrieb Buntis Daten auf. Gretl versuchte, einen Weinkrampf zu unterdrücken, was würde mit ihrem Kind passieren? Ein zweiter Sanitäter steckte den Kopf durch den Türspalt, brachte die Nachricht, sie dürften noch bis 22 Uhr im Zug bleiben, vorher würde der Zug nicht abfahren, sie würden ein Quartier für die Familie suchen, nein, zurück in die Halle könnten sie nicht, nein, sie müsste natürlich nicht ohne ihre Tochter ausreisen.
Es war viertel acht, im Waggon redeten alle durcheinander.
Krugs meinten, man könne doch das Kind nicht allein in ein Krankenhaus bringen. Das ältere Ehepaar wollte sich beschweren gehen. Eine Familie so auseinander zu reißen, als Erwachsener könne man sich doch nicht mehr anstecken. Jutti und Bärbel saßen verängstigt in der anderen Ecke auf dem oberen Bett und fragten, ob sie denn jetzt auch krank würden. Evi strich Bunti die Wange und meinte, sie hätte keine Angst, sie würde mit Bunti mitfahren und bei ihr im Krankenhaus bleiben, und Oma jammerte, wie denn der Herrgott so etwas zulassen könne, während ihre Gliedmaßen so heftig bebten, als ob sie eine klebrige Masse von den Händen schütteln müsste.
Die Tür rollte zum Anschlag, zwei Sanitäter sprangen mit einer Trage herein, betteten, Gretl und Evi abwehrend, Bunti darauf, schoben sie hinaus, ein dritter fasste von draußen die Griffe, während der zweite neben der Trage hinaussprang und die hinteren Griffe vom ersten übernahm. Beide trabten zum Krankenwagen; der erste, über das Trittbrett stolpernd, wollte die Tür

von außen zurollen, aber Gretl und die anderen füllten protestierend die Öffnung, also lief er zum Auto, sprang ans Steuer, die anderen beiden verschwanden mit Trage und Bunti durch die hinteren Türen, die sich krachend schlossen, und, eine dicke blaue und stinkige Fahne hinterlassend, fuhren sie davon.
Gretl sank einem Kollaps nah auf dem Trittbrett zusammen.
„Mutti, Mutti", rief Uli, der mit Heinz am Zug entlang auf sie zulief, „wir ham ′s ausgerechnet, im Zug sind 216 Leute!"

Gretl zeigte dem Posten ihren Passierschein, der musterte sie und ihre beiden Kinder und beugte sich zu Uli: „A więc chcesz odwiedzić tatę?" „Tak, nie widziałem go dwa lata", erwiderte Uli mit roten Ohren. Er lächelte und ließ sie passieren.
Ulis Puls pochte, hier lebte also seit zwei Jahren Vati. Warum?, hatte er seine Mutti gefragt. Das würde er noch nicht verstehen, war zunächst ihre Antwort. Er wollte es aber wissen.
Ein böser Mann hat gesagt, Vati hätte etwas Schlimmes getan.
Er konnte es nicht glauben, Vati konnte nichts Schlimmes tun. Ob Vati deswegen schon so lange nicht mehr zu Hause war?
Er hatte nie verstanden, dass Vati nicht mehr kam, hatte es erst gar nicht bemerkt. Mutti war nur immer traurig gewesen, erzählte trotzdem immer von Vati. So hatte er ihn kaum vermisst, und in Sorau waren so viele Dinge für ihn wichtig gewesen, und wenn er meinte, er müsste das, was er gerade erlebte und lernte, unbedingt Vati erzählen, war sie traurig gewesen, hatte ihn in den Arm genommen, was er dann gerade gar nicht wollte und gesagt, er kommt bestimmt bald, dann könnte er ihm alles erzählen. Aber er war nicht gekommen. Und dann gab es immer wieder neue Erlebnisse. Hatte sein Vati ihn vergessen?
Er hatte ihn nicht vergessen. Als Mutti gesagt hatte: „Wir fahren nach Breslau, da kommt dann Vati zu uns", hatte er sich gefreut und genau wie sie auf dem Bett auf ihn gewartet.
Er sah zu seiner Mutti auf. Sie wurden gerade in ein großes Zimmer geführt, er hielt ihre Hand fest, fühlte sich so sicher und geborgen. Er war stolz auf seine Mutti, sie war so schön und wenn er ganz nah neben ihr liegen durfte, war sie wunderbar weich und kuschelig, und dann sollte sie ihn auch in den

Arm nehmen, aber nicht, wenn er etwas zu erzählen hatte.

Ja, das war vielleicht ein Schreck gewesen, als sie in der Halle hinter dem Mann hergelaufen war, der ja gar nicht der Vati war. Er hatte wirklich geglaubt, sie wäre tot umgefallen. Da waren ihm die Tränen gekommen. Blöd!? Aber wegen seiner Mutti durften ihm doch die Tränen kommen. Er fasste jetzt ihre Hand noch fester. Jutti hatte die andere gerade losgelassen und fragte: „Mutti, warum is hier ein Zaun?" „Das sind zwei!", rief Uli.

Gretl legte den Finger auf die Lippen, „da auf der anderen Seite wird gleich unser Vati sitzen."

Es stand ein Stuhl in der Mitte hinter den beiden Zäunen. Und Gretl durchzuckte blitzartig das Erlebnis des ersten Wiedersehens hier in diesem Raum. Sie sank auf den einzigen Stuhl, der auch auf ihrer Seite stand. Wie würde es heute werden?

Wehmütig dachte sie an Bunti. Wo mochte sie jetzt sein? Man hatte sie vertröstet: Man dürfe ihr das Krankenhaus nicht nennen, das wäre Vorschrift, damit die Mütter es nicht belagerten. Aber sie würde sofort informiert, wenn sie ihre Tochter abholen könnte, dann dürften sie mit dem nächsten Transport ausreisen.

Nur weil Bunti an Scharlach erkrankt war – sie waren in das Sanitätshäuschen neben der Halle unterm Dach in zwei kleine Kammern eingepfercht worden –, hatte sie nochmals um ein Wiedersehen nachsuchen können. Kurt konnte ihr dieses Mal helfen. Er war dienstlich in Warschau gewesen, hatte erst nach seiner Rückkehr, also zu spät ihren Brief vorgefunden, sie dann doch noch im Lager ausfindig gemacht, so konnte er ihr nochmals einen Termin mit Kominsky vermitteln.

Aleks Kominsky hatte sich nach dem letzten Besuch von Gretl rein aus Interesse und weil ihm diese Frau nicht aus dem Kopf gehen wollte, die Akten kommen lassen. Er hatte das Urteil und die Begründung studiert, immer wieder den Kopf geschüttelt. Diese Militärgerichte, das waren keine Juristen, dekorierte Hanseln, die im Nachhinein einen Feind in die Knie zwingen wollten. Es gab keine belastenden Fakten, und dieser Feldeisen hatte alle Beschuldigungen widerrufen. Der Mann war nach dieser Aktenlage unschuldig. Auch das Protokoll des vom Obersten Militärgerichtshof in Warschau eingeleiteten Revisionsverfahrens bezeugte nichts anderes. Trotzdem wurde darin die Strafe als unverhältnismäßig mild angemahnt und für das nicht geahndete Delikt der Sabotage sogar die Todesstrafe gefordert.

Das hatte selbst ihn erregt, wie musste es erst diesem Mann im Gefängnis ergangen sein, der diese Forderung in der Revisionsklage doch gelesen haben musste. Die Klage des Warschauer Militärgerichtshofes wurde natürlich vom Breslauer Militärgericht abgewiesen. Die Strafe blieb bestehen. Sollten sich gar die Breslauer Obristen von den Warschauern die Urteile diktieren lassen? Ihm fiel dieser Orzeszyna ein, der war schon wieder befördert worden. Hätte *er* die Verhöre weitergeführt, wäre für den armen Kerl vielleicht ein Freispruch möglich gewesen.

Kominsky schlug mit der Faust auf den Tisch. Es wurde Zeit, dass diese verdammten Kommunisten endlich wieder eine zivile Gerichtsbarkeit zuließen. Wo war denn der Unterschied zum besiegten Faschismus? Die Kommunisten waren genauso totalitär wie autoritär wie auch nationalistisch. Deutsche mussten raus, und der Antisemitismus griff immer mehr um sich. Er verstand auch nicht, warum die Polen und auch die Deutschen – in der neu gegründeten DDR hatten ja ebenfalls die Kommunisten das Heft in der Hand – all das so gleichmütig hinnahmen. Er war überzeugt, dass Polen im Würgegriff des Stalinismus noch lange auf Freiheit und Demokratie würde warten müssen.

Gretl saß ihm gegenüber, und er betrachtete die schönen Augen, die ihn trotz ihrer Trauer und Verzweiflung gefangen nahmen. Eine solche Frau hatte er nie gefunden, das schmerzte. Als dieser Kurt Dabrowski für sie um einen Termin bat, hatte er gleich zugestimmt, er glaubte sie ja schon in Deutschland. Ihn berührte ihr Schicksal. Und jetzt, da er die Aktenlage genau kannte, wollte er sie wenigstens andeutungsweise informieren. Er erklärte ihr diese kurz, und dass auch ihr Mann noch selbst einen Antrag auf Revision gestellt hatte, der auch zu seinen Ungunsten hätte ausgehen können. Aber das Urteil von 12 Jahren habe nunmehr Bestand. Und deshalb sei er untröstlich über den Verlauf des ersten Wiedersehens. Er habe aber den Direktor überzeugen können, dass es doch nur zu menschlich sei, ihr ein Wiedersehen nur für sie und ihren Mann zu ermöglichen. Und sie dürften sich auch deutsch unterhalten.

Uli hatte die Finger beider Hände in den Zaun gehangen; wozu dieser Abstand und der zweite Zaun wohl waren? Er machte die Hand schmal, schob sie durch eine der Maschen und konnte so den Arm bis zum Ellenbogen durchschieben. „Wenn der andre Zaun nich wär, könnte ich Vati die Hand geb´n", flüsterte er.

„Psst, Maaz, lass das bitte, das darfst du nicht."

Eine Tür hinter dem Zaun öffnete sich, offensichtlich ein Wärter kam herein, wünschte, was Gretl überraschte, einen guten Tag, und dann kam er; adrett gekleidet, in seinem Anzug, den Gretl geändert und passend gemacht hatte, grau, leicht meliert, tadellos gebügelt, die dunkelrote Krawatte exakt gebunden im Kontrast zu dem weißen Hemd, das sie so oft gebügelt hatte. Aber in den ersten Sekunden schien es ihr, jemand von der Direktion käme herein. Als sie dann doch das in ihrem Innersten eingebrannte Gesicht erfasste, durchfuhr sie ein ähnlicher Schlag wie der, der sie vor zwei Wochen beinahe von den Beinen geholt hätte. Sie war aufgestanden, musste sich am Stuhl festhalten. Beim letzten Besuch hatte sie einen Sträfling unter Sträflingen gesehen, hatte sein Gesicht kaum wahrnehmen können. Doch jetzt, er schien kaum abgemagert, sein Haar war gepflegt, wie immer, seine wunderbar blauen Augen erfassten erst Uli, dann Jutti, um bei ihr zu verweilen. Er wirkte ruhig und gefasst, und ihr schien es, ihn erst gestern genau so gesehen zu haben.

Endlich hörte sie seine Stimme. Vor zwei Wochen war sie kaum durch den Lärm gedrungen.

„Hallo, mein liebstes Gretelein. Bleib schön ruhig sitzen, wir dürfen uns heut ungestört unterhalten." Ihre Augen brannten.

Auch er setzte sich, und schon meldete sich Uli: „Vati, wir, wir dacht´n, wir hätt´n dich geseh´n, ich und die Mutti, aber, aber du warst ´s nich, und in eim groß´n weiß´n Waggon, da, da sind wir gewes´n, nur Bunti is krank, und wir musst´n wieder raus!"

„Warte mal, Schepselchen, ich muss Vati erst erklären, wo wir jetzt sind." „Ach, lass unsern Sohni ruhig plappern, ich werde schon noch erfahren, wie es euch ergangen ist. Du hast ja gar keinen S-Fehler mehr?" „Ja Vati, ich kann doch schonn berfekt polnisch – er sagte *b*erfekt –, und in der polnischen Schule bin

ich auch ..." „Jetzt lass doch Vati mal sagen, wie es ihm geht",
unterbrach ihn Gretl. Jutti lehnte sich verschüchtert an sie.
„Na ja, mir geht es gut, hier mein Wärter verwöhnt mich sehr",
er wandte sich zu »seinem« Wärter. Der lächelte nur. Gretl hatte
Mühe, Rudl noch durch die doppelten Maschen zu erkennen,
sie traute sich aber nicht, ihr Taschentuch zu benutzen.
„Wann kommst du denn wieder zu uns?", mischte sich nun Jutti
zaghaft ein. „Vielleicht bald, ich kann es wirklich nicht sagen."
Jetzt war eine Traurigkeit nicht zu überhören, und Gretl meinte,
den schmaler werdenden Klang in seiner Stimme zu bemerken.
Sie wusste und er musste es auch wissen, dass noch Jahre bis zu
seiner Freilassung vor ihm lagen, vielleicht nicht die ausstehenden zehn, denn sie hoffte jetzt inständig auf eine Begnadigung.
„Vati, stimmt das, dass du was Schlim..." Gretl war aufgesprungen und hatte Ulis Mund gerade noch erreicht. „Lass nur", erwiderte er in enger werdendem Ton, „das kann er ruhig fragen,
aber sei sicher, mein lieber Sohni und du Juttilein, ihr sollt es
nicht vergessen, ich habe nie etwas Schlimmes getan."
Gretl versuchte, die Emotionen bei sich und bei ihm zu bändigen, begann sachlich und trocken von Sorau zu berichten, von
dem Loch, in dem sie gewohnt hatten, von den Fortschritten der
Kinder, von ihrer Arbeit, allerdings, dass die für sie gut und ab-
lenkend gewesen sei, und Uli ergänzte wieder: „Ja, wir hab'n
ein'n Kater gehabt, der hat immer die Ratt'n besiegt, und ich
hab den »Sieger« getauft." Gretl drückte Uli an sich, der jetzt bei
ihr stand und erklärte, dass sie vielleicht in drei Wochen, wenn
Bunti wieder gesund würde, nach Cottbus ausreisen müssten.
Und von Oma und Evi sollte sie herzliche Grüße bestellen.
Jetzt ging Jutti an den Zaun: „Vati, wenn du kommst, kannst du
vielleicht in Kunzendorf noch nachkucken, ob das Puppenhaus
noch da is, du wolltest das doch ..." „Ja, mein Juttilein, das
wollte ich, aber ihr werdet es noch lernen, im Leben kann man
nicht immer das tun, was man, wie gern auch immer, will."
Der Wärter tippte auf die Uhr.
Gretl bat: „Geben Sie uns noch zwei Minuten", sie schluckte.
„Vati, *wir* werden gehen, damit die Kinder, du weißt schon..."
Rudl verstand: „Ja, mein liebes Juttilein, seid schön brav, hört

auf eure liebe Mutti, sie wird euch auch meine Liebe zu euch
geben. Und du Sohni, du musst für mich deine Mutti immer
ehren und lern schön, damit ich stolz auf dich sein kann, wenn
ich wiederkomme, denn was ihr einmal gelernt habt, kann euch
keiner mehr nehmen; und du, mein liebes Frauchen, behüte uns
die Kinderle, auf bald, und jetzt geht schön."
Gretl wankte; sie zwang sich mit den Kindern durch die Tür.

Er lag auf seiner Pritsche, sah die Zellendecke verschwimmen.
Tränen rannen ihm über die Schläfen. Er ließ es zu, spürte bei
aller Trauer doch ein kleines Glücksgefühl.
Wie klug hatte Gretl ihrem Abschied die befürchtete Dramatik
genommen. Er bewunderte sie. Sie war mit den Kindern gegangen, damit für die Kinder und auch für sie nicht er als der Fort-
gehende, der sie Verlassende in Erinnerung bliebe.
Nachdem die Tür ins Schloss gefallen war, Uli hatte noch einmal den Kopf hereingesteckt und gewunken, hatte er Marek angeschaut, seine glasigen Augen gesehen. – Irgendwann mal war
»sein« Wärter in die Zelle gekommen, hatte ihm verstohlen die
Hand gereicht und gesagt: „Ich bin Marek." –
„Den Anzug kannst du später wechseln", hatte er geflüstert,
nachdem sie wortlos die Zelle erreicht hatten.
Er gab Rudl Zeit, die aufgewühlten Gefühle zu ordnen.
In welche Abgründe war er seit dem Urteil immer wieder versunken. Ohnmächtig vor Wut, Schmerz und Hoffnungslosigkeit
war er nach der Verkündung in tiefe Depression gefallen. Er bekam die Urteilsbegründung in die Zelle, hatte versucht, sie zu
lesen, hatte sie in die Ecke geworfen, tagelang lagen die Blätter
auf dem Steinboden. Alles nur Lügen, Verdrehungen, nichts Be-
weisbares; geradezu als Hohn empfand er den Zusatz, der wohl
die letzten Zweifel an Gerechtigkeit ausräumen sollte:
*... Was die Höhe der Strafe angeht, berücksichtigte das Gericht
die schlechten Absichten des Angeklagten, die Tatsache, dass er
am Krieg gegen Polen 1939 und 1945 teilnahm und seine lang-
jährige Zugehörigkeit zur NSDAP. Andererseits wurde berücksichtigt, dass er Vater von vier minderjährigen Kindern ist.*
Ja, die Kinderle, die Gedanken an sein geliebtes Gretelein zo-

gen ihn zwar wieder aus dem Sumpf der Tristesse, konnten ihm aber nicht die Hoffnung wiedergeben. Aber er wollte sich nicht geschlagen geben. Doch während er noch erwog, in Revision zu gehen, was möglich erschien, bekam er schon nach einer Woche die Ausfertigung einer solchen, vom Obersten Militärgerichtshof in Warschau eingereicht. Das Urteil war binnen einer Woche von Breslau nach Warschau und zurückgeeilt, und man hatte für Breslau gleich die Revisionsklage angeheftet. Die Begründung der Warschauer Instanz war knallhart:

1. Die Strafe ist unverhältnismäßig mild.

2. Der Freispruch erfolgte ohne hinreichende Beweise (...).
Das Gericht ... verhängte aber eine unverhältnismäßig milde Strafe. Das Gericht gab zwar an, dass der Verurteilte seit 1937 zur NSDAP gehörte, an den Kämpfen gegen Polen teilnahm und eine besonders schlechte Gesinnung im Prozess zeigte, was ihn zusätzlich belastete. Das Gericht zog aber daraus nicht die richtigen Schlüsse und ordnete nicht die Todesstrafe an.
Da war sie, die Forderung nach der Todesstrafe, und jetzt, da er sie las, erfasste ihn die pure Verzweiflung. Ihn schüttelte ein Weinkrampf, und zu den Blättern der Urteilsbegründung flatterten jetzt die der Warschauer Revisionsklage. Erst nach Stunden konnte er sich wieder zusammenraffen. Er musste dem etwas entgegensetzten! Er sammelte die Blätter auf, las weiter:
... Das Gericht berücksichtigte nicht das Ausmaß des Schadens und nicht die Tatsache, dass der Verurteilte eindeutig ein Feind der Republik Polen ist, dass er durch eine Freiheitsstrafe sein Verhalten nicht ändern wird und dass er immer und überall gefährlich bleiben wird, sowohl für die polnische als auch für die deutsche Gesellschaft.
Also weg mit ihm, an den Galgen ... hier stand es. Er war ein Feind, sie mussten diesen Feind besiegen, er war eine Gefahr, selbst für die deutsche Gesellschaft ... aufs Schafott mit ihm, an die Wand, alles so, wie er es schon so oft geträumt hatte.
Ein heftiger Krampf lähmte ihn erneut; er bezwang sich, las:
... Das Gericht sprach den Verurteilten ohne Grund von den Anschuldigungen gemäß Artikel 13§1 (...) frei. Es wurde zwar begründet, dass die Versuche von Feldeisen, den Verurteilten

zur Sabotage zu überreden, nicht davon zeugen, dass der Verurteilte dies tatsächlich wollte. Diese Begründung wäre aber nur dann ausreichend, wenn sich dafür eine Grundlage in der Akte finden würde. Diesbezüglich fordere ich gemäß Artikel 13 §1 (....) die Aufhebung des Urteils und die erneute Bearbeitung durch den Militär- und Bezirksgerichtshof in Breslau.

Er spürte, wie sich sein zentnerschwer werdender Körper in die Pritsche drückte, wie ihn ein Schauer von tausend spitzen Nadelstichen bis in die Haarwurzeln überlief. Jetzt sollte er doch noch wegen Sabotage verurteilt werden. Wenn das geschähe, wäre die Todesstrafe ... Erbittert quälte er sich von der Pritsche, hämmerte gegen die Zellentür. Gottlob war Marek da: „Was ist denn los?" Rudl entschuldigte sich, er bräuchte dringend Papier, Bleistift, er müsse dieser Revision eine eigene entgegensetzten! Akribisch suchte er jeden Vorwurf zu entkräften, beteuerte nie an eine Sabotage gedacht zu haben, beteuerte weiter, dass er kein Feind der Republik Polen sei, er habe doch seine Erfindungen dieser Republik angeboten und man möge ihm nachsehen, da er die ihm zur Last gelegten Straftaten wirklich nicht begangen habe, er diese auch leugnen müsse, man ihm aber deshalb bitte nicht etwa eine schlechte Gesinnung unterstellen könne.

Stundenlang feilte er an Formulierungen, doch immer mit der entmutigenden Empfindung, ein Übersetzter würde sicher diese so nicht ins Polnische übertragen.

Dann schrieb er noch separat ein Gesuch an das Militärgericht:

Ich habe von dem Obersten Militärgericht in Warschau eine Benachrichtigung bekommen, die das Wiederaufnahmeverfahren meines Falles durch das Militär- und Bezirksgericht in Breslau betraf. Da ich arm bin und meine Ehefrau auch über keinerlei Finanzmittel verfügt, umso mehr, dass sie 4 kleine Kinder im Alter von 7 bis 12 Jahren unterhält, wende ich mich an Sie und bitte um einen Pflichtverteidiger. Gleichzeitig wage ich, das Hohe Gericht um die Zuteilung eines Staatsanwaltes zu bitten, der der deutschen Sprache mächtig wäre, denn ich als Deutscher kenne die polnische Sprache nicht.

Er musste unbedingt einen Verteidiger bekommen!

Er bekam ihn nicht. Er bekam auch keinen deutsch sprechenden

Staatsanwalt. Er stand wieder vor den Militärs, die sich als Richter verstanden, stand wieder Feldeisen gegenüber.
Beide Revisionen wurden abgelehnt, das Urteil blieb bestehen. Das Einzige, was ihn etwas beruhigte, der Freispruch bezüglich der Sabotage blieb auch bestehen. Also keine Todesstrafe!
Marek öffnete die Klappe, „du musst in die Kleiderkammer!", rief er. Rudl hatte noch immer seinen Anzug an.
„Ja, ich komm", es konnte für Marek unangenehm werden.
Auf dem Rückweg über die Stiegen, er hatte wieder den Sträflingsanzug an, besah er seinen blauen Fingernagel, und ihm kam das erste Wiedersehen in den Sinn. Genauso war er die Stufen heruntergeeilt – Marek war nicht da gewesen –, ein anderer hatte die Tür entriegelt, »mitkommen« gebrüllt, und bald stand er in einem Pulk von Häftlingen, zwanzig vielleicht oder mehr, sie mussten warten. Er wusste nicht, was da passieren sollte.
Nach einer für ihn endlosen Zeit öffnete sich vorn eine Tür, und die Männer strömten hindurch. Er war der Letzte und realisierte langsam, dass es sich um einen Besuchsraum handelte. Er ließ sich treiben, plötzlich stand er vor einem Zaun, und ebenso plötzlich hörte er ihm scheinbar vertraute, vor allem deutsche Worte. Er wollte seinen Augen nicht trauen, er sah Gretl.
In einem Schockzustand erstarrend klammerte er sich in den Maschen fest. Doch jetzt, da er sie wahrnahm, setzte sein Ohr das um, was es vor Sekunden aufgefangen hatte: „Rudl, hier bin ich!", und die Überraschung ließ ihn laut nach ihr rufen.
Und schon war der Spuk vorüber. Etwas schlug gegen den Zaun und gegen seinen Finger, der reflexartig und bald schmerzend in seinem Mund landete. Jemand brüllte, er wurde nach hinten gezerrt. Da erst wurde ihm klar, es ist Gretl, sie war mit ihm in diesem Raum, er hatte sie gesehen nach fast zwei Jahren.
„Zweimal hab ich sie noch gesehen", sagte er zu dem blauen Fingernagel, als er wieder in der Zelle war.
„Aber heute ...", er konnte nichts mehr sagen. Überwältigt von Freude, Trauer, Schmerz und Glück lief alles wie in einem Film noch einmal vor ihm ab – und es würde sich die nächsten Jahre immer wiederholen –, dieses heutige wunderbare Wiedersehen.

29. Briefe, Gesuche

Sie sah ihn in Ketten.

Sah sich mit Marek durch Gänge schleichen, über Eisenstufen klettern, sie hatte eine Wärteruniform an, verteilte Brotkrusten, Gefangene streckten ihr flehend Hände entgegen, sie schob sie weg. Wo war er? Sie fand ihn nicht. Da, in einer dunklen Zelle, auf einer Pritsche, sie begann zu rufen, wie Fidelio zu singen, ... „Ja, ich löse deine Ketten, ich will du Armer dich befei´n" ... die Hände drängten sie ab, sie fand sich in der Zelle wieder, saß auf der Pritsche, er war nicht da, die Tür war verrammelt, jetzt war sie gefangen, kämpfte gegen Riegel, die Hände in Fesseln. ... „O du, für den ich alles trug, könnt ich zur Stelle dringen, wo Bosheit dich in Fesseln schlug", ... sie schlug gegen Türen, schrie gegen Wände, sackte zusammen, Hände ergriffen, rüttelten sie. Jetzt war sie wie Leonore, ganz Ehefrau: ... „Nein, ich wanke nicht ... mich stärkt die Pflicht der treuen Gattenliebe"... „Gretl, Gretl!" Oma saß auf der Bettkante, „Du schreist ja alles zusamm´n." Sie schnellte hoch, stieß sich den Kopf an den Brettern. Ulis Kopf hing über ihr am Rand des oberen Bettes. „Mutti, du hast wieder geträumt!" Wo war sie? Wieder in einem Lager? In einer Baracke mit Stockbetten, mit dreißig Leuten in einem Raum. Fürstenwalde; sie waren in Deutschland.

„Ja, tut mir leid, bitte entschuldigt", lallte sie müde.

Die Köpfe, die sich schräg aus Decken und Bettzeug gereckt hatten, senkten sich wieder. Oma stieg wieder in ihr Bett, Ulis Kopf zog sich zurück, und in dem von der Morgendämmerung kaum erhellten Raum war bald wieder nur noch das regelmäßige Ein- uns Ausatmen der Schlafenden zu hören.

Gretl drehte sich zur Seite, sie würde nicht mehr einschlafen können. Sie quälte der Zweifel, nicht genug für Rudls Freilassung getan zu haben.

Die letzten Wochen in Breslau liefen immer wieder vor ihr ab. Wo hatte man an dem Abend Bunti hingebracht? Würde sie sie gesund zurückbekommen? Sie war fast täglich zu den Ärzten und Sanitätern gelaufen. Man vertröstete sie.

Unterm Dach im Sanitätshaus hausten sie mit nichts.

Oma war völlig am Ende, sie sorgte sich um ihre Enkelin; ein verlorenes Kind, es musste doch vor Verlassenheit umkommen. Gretl müsse doch alles tun, um es zu finden.

„Unser Herrgott prüft uns hart", war ihr Vorwurf.

Aber Gretl hatte alles versucht. In Breslau gab es sieben Krankenhäuser. Kurt hatte ihr die Adressen besorgt, einige waren zerstört. Sie war durch die Stadt gelaufen, oft mit Evi, überall wurde sie abgewiesen. Auf eines wurde mehrmals hingewiesen. Hinter dem Hauptbahnhof ragte das Gebäude auf, davor hatte sie Stunden verbracht. Sie hatte jedes Fenster in Augenschein genommen. Alle waren verschlossen. Sie rief nach Bunti, meinte sie hinter einer Scheibe ausgemacht zu haben, wurde dann aber von einer Schwester, die aus dem Eingang stürmte, vertrieben.

Dann hatte Kominsky sie endlich empfangen. Ja, und dann das Wiedersehen, sie erinnerte sich an jedes Detail ...

Sie starrte an die Holzwand der Baracke.

„Ach, Rudl! Jetzt sind wir in Deutschland, in diesem furchtbaren Lager." ... O du, für den ich alles trug ... Diese wunderbare Melodie erfüllte sie mit Hoffnung. Aber was konnte sie von hier aus noch für ihn tun?

Bunti hatte sie abholen dürfen, es war genau das Krankenhaus, vor dem sie so oft gestanden hatte. Bunti hatte sie auch gesehen, wie sie Gretl unter Tränen erzählte. Sonst wollte sie aber nichts erzählen, es wäre furchtbar und schlimm gewesen; ganz schmal war Vatis Silvesterscherz geworden. Sie hätten ihr gesagt, ihre Mutti wäre sicherlich ohne sie nach Deutschland gefahren.

Bevor sie erneut zum Transport verfrachtet wurden, hatte sie nochmals an den Präsidenten der Republik Polen geschrieben.

Breslau, Psie Pole, den 9. März 1951

An den Präsidenten der Republik Polen B. Bierut in Warschau.
Bittgesuch um die Begnadigung meines Ehemannes (.....)
Sie schilderte detailliert die Fakten, konnte aber ihre Emotionen nicht zurückhalten:

*... Das genannte Urteil bewegte mich so sehr, daß ich krank
wurde und in Verzweiflung bin. Mein Ehemann leidet auch phy-
sisch und moralisch, denn sowohl er als auch ich können nicht
begreifen, warum ihm eine so hohe Strafe angeordnet wurde,
da mein Ehemann keine strafbare Tat begangen hat. (.....)
Mein Herz bricht, wenn ich daran denke, daß die ganze Familie ihren Ernährer und liebevollen Vater für so eine lange Zeit
verloren hat. (.....) Ich bitte Sie sehr auf der Grundlage des Be-
gnadigungsrechts um Begnadigung meines Ehemannes, damit
seine Familie ins normale Leben zurückkehren kann und der
Betreuer und Ernährer der Familie wieder da ist. (.....)*

Sie kannte den Brief auswendig und rief ihn sich immer wieder
ins Gedächtnis. Jetzt liege ich hier, dachte sie traurig, wird es je
eine Antwort geben? Wird unser guter Vati tatsächlich bis 1961
in diesem unseligen Land im Gefängnis sitzen müssen?
Das Licht des neuen Tages hatte den Barackenraum erhellt, sie
setzte sich auf, zog die Knie hoch, nahm das Buch vom Stuhl,
in dem sie während des Transportes versucht hatte zu lesen, den
Bleistift, zog einen Zettel heraus und begann zu schreiben.

» Mein lieber Rudl!   15. März 1951
  Vorgestern sind wir hier in Fürstenwalde angekommen.
  Ich will Dir schnell ein paar Zeilen flitzen. Alle mussten
  zuerst zur Entlausung, ziemlich deprimierend. Dann rief
  man mich ans Tor. Felix stand hinter dem Gatter.
  Wir dürfen das Lager noch nicht verlassen.
  Es wird acht Tage dauern, bis er uns holen darf. Ein trauriges
  Wiedersehen, Eisenstangen zwischen uns, wir konnten uns
  nicht einmal die Hand geben, genau wie bei unserem ... «

Ihre Füße rutschten weg, die Kniekehlen fielen hart auf den
Strohsack. Buch und Zettel glitten zur Seite, Tränen rollten ...

» Bei der Anmeldung fragte man nach Dir. Du stehst ja mit
  auf dem Ausweisungsbescheid. Was sollte ich sagen?
  Ich konnte doch nicht sagen, Du seist im ...
  Heut müssen wir zur Reihenuntersuchung, die meinen
  wohl, wo die herkommen? Aber hier, dieses Lager ...,

da war das in Hundsfeld noch besser zu ertragen.
Wir vermissen Dich so schmerzlich.
Von Breslau aus habe ich noch ein Gnadengesuch an den
Präsidenten Bierut abgeschickt, unser Herrgott muss doch
ein Einsehen haben. Warum straft er uns so? Halte durch,
wir beten jeden Tag für Dich! In Liebe, Deine Gretl.
Hoffentlich bekommst Du den Brief.«
Sie legte das Blatt wieder ins Buch, sie wollte das Geschriebene
später noch einmal lesen. Sie war nicht zufrieden. Sie würden es
lesen, sie durfte nur Unverfängliches schreiben.
Bei der Büro-Baracke könnte ich mir ein Couvert besorgen,
dachte sie, und deutsche Briefmarken hatte sie auch nicht.
Sie schob sich auf den Rücken, starrte gegen die Bretter, in die
schäbigen Rohrgestelle. Über ihr lag Uli auf einem Strohsack,
der, genau wie der ihre, völlig plattgelegen war. Sie hörte Uli
atmen. Wenigstens würden die Kinder jetzt in eine deutsche
Schule kommen. Felix würde sie bald nach Cottbus holen, dann
konnten sie das Lager hinter sich lassen, die heruntergekomme-
nen Baracken, die katastrophalen sanitären Anlagen. War das
Deutschland? Teilweise gab es nicht einmal Türen vor den ewig
verstopften und belagerten Toiletten. Sie gingen meist zu zweit,
einer stellte sich davor, um nicht für jeden sichtbar dort hocken
zu müssen. Drei Tage hatte der Zug für die knapp zweihundert
Kilometer bis Fürstenwalde gebraucht. Uli hatte sich beschwert,
dass alles so schäbig war. Die Waggons waren mit Betten voll-
gestellt, aus dicken, rauen Bohlen und Brettern zusammenge-
hauen. „Nur weil Bunti krank war, musst'n wir aus dem andern
raus, der war viel schöner!", hatte er gemault. Aber weil Bunti
krank war, hielt Gretl ihm entgegen, hätte er doch seinen Vati
wiedergesehen. Ja, das stimmte natürlich. Die Kinder blieben in
den Wochen in Breslau weitgehend sich selbst überlassen. Gretl
hatte sich das Gesuch an Bierut übersetzten lassen und war noch
mehrfach bei Gericht gewesen, hatte aber nichts mehr erreichen
können. Eines Abends, Uli war den ganzen Tag nicht auffindbar,
und Gretl war wirklich in Sorge gewesen, kam er aufgeregt in
eines der kleinen Zimmer gestürmt: „Ich war bei Vati!", rief er,
nach Luft schnappend. „Ja, ich bin einfach losgegang'n. Den

Sani da unt'n hab ich gefragt, was Gefängnis heißt. *Wienzienie!* Und dann hab ich nur nach dem Wienzienie gefragt. Wirklich Mutti, da brauchst du nur immer gradaus zu geh'n, ganz schön weit. Aber dann war ich da und hab mitm Post'n gesproch'n und hab gesagt, ich will mein Vati besuch'n. Der hat vielleicht gekuckt. Und ich hab dem alles erzählt, dass Vati kein böser Deutscher is, dass ich n hinterm Zaun geseh'n hab, und der hat gesagt, der glaubt mir, aber der könnte mich nich rein lass'n. Und, und der wollte den Direktor frag'n. Ich hab mich auf n Rinnstein gesetzt, doch der Direktor is nich gekomm'n. Morgen geh ich wieder hin. Evi, willste nich mitkomm?"
Jutti meinte, sie würde auch gern mitgehen.
Gretl pulte gedankenverloren aus den ungehobelten Brettern Fasern heraus und zwirbelte sie zwischen den Fingern.
Die Untersuchungen lagen hinter ihnen. Das Beantragen neuer Papiere und Pässe war erledigt, sie konnte Felix' Adresse als Unterkunft angeben. Endlich durften sie das Lager verlassen.
Sie hockten auf ihren Bündeln und Rucksäcken, als Felix durch das Tor auf sie zufuhr. Uli staunte über das tolle Auto, ein altes Sanitätsauto. Felix hatte es in seiner Werkstatt zu einem kleinen Bus umgebaut, Fenster in die Seitenwände eingefügt, ockerfarbig gespritzt und anstelle der Krankenliege dunkelblau gepolsterte Sitzreihen eingebaut. An den Seiten unter den Fenstern prangte in schwarzen, rot geränderten Buchstaben ein schwungvoller Schriftzug.
Gretl umarmte ihren Bruder. Sieben Jahre lagen zwischen ihrem letzten Zusammentreffen. Der Schmerz über Liesls Tod übermannte beide; mit glitzernden Augen sahen sie einander an, und Felix küsste ihre rechte, dann die linke Wange.
„Ich glaub, du musst dir mal den Schnauzbart schneiden", scherzte sie, um der Befangenheit zu entkommen.
„Du bist Muttis Bruder?", fragte Uli, „genau wie ich von Evi?"
„Ja, genau so", sagte Felix.
„Was steht da auf deim Auto, das is doch deins?"
„Na klar", lachte Felix. „Das is n Zungenbrecher. Hier! Kannste denn schonn les'n?" Er zog einen Finger an der Schrift entlang.
„N bisschen", sagte Uli, „aber mehr polnisch."

„Also, pass auf." Er las und tupfte mit der Fingerkuppe auf fast jede Silbe: „Der Cottbusser Postkutscher putzt den Cottbusser Postkutschkasten!" Ulis Augen verfolgten den Finger.
„Sag das ma nach", forderte ihn Felix auf, „und ganz schnell!"
Er las es ihm nochmals vor, und Uli probierte, verhaspelte sich aber gleich, sagte Cotzpu*sch*er und Kostput*schkasch*ten.
Er machte wie früher seine Schnute, und dabei schien sich der alte *S*-Fehler wieder bemerkbar zu machen.
Unter Gelächter probierten jetzt alle, möglichst schnell diesen Zungenbrechen herzusagen, was letztlich nur Gretl gut gelang.
Evi versuchte, ihn ins Polnische zu übersetzen und deklamierte: „Pocztylion z Cottbus czyści wóz pocztowy."
Felix umarmte gerührt seine Mutter, die vor Aufregung bebte.
Sie fest an sich drückend suchte er ihr Zittern zu beruhigen.
Sie waren eingestiegen und fuhren Cottbus entgegen. Die Frage, was denn mit Rudl sei, Felix wusste ja kaum Einzelheiten, öffnete bei Gretl natürlich wieder alle Schleusen.
Schnell erklärte er: „Ich werd ihm ewig dankbar sein, dasser mir damals Jochen und Norbert gebracht hat. Das war ja fast ne Heldentat!". Doch der unüberlegte Zusatz, „na ja, wenner damals hier geblieb'n wär", erschütterte Gretl nur noch mehr.

» Mein lieber Rudl!   17. April 1951
    Vergeblich warten wir auf eine Nachricht von Dir.
    Meinen Brief vom 15. 3. hast Du vielleicht nicht bekommen,
    oder wir haben Dein Antwortschreiben nicht bekommen.
    Es ist so grausam, dass sie Dir und uns die Briefe verweigern.
    Auch habe ich noch keine Antwort auf das Gnadengesuch.
    Felix hilft uns sehr. Wir haben inzwischen eine Wohnung,
    zwar zur Untermiete, aber wir fallen so Felix und Annchen
    nicht mehr zur Last. Und ich habe jetzt eine Arbeitsstelle
    bei der HO, so haben wir wenigstens Geld zum Leben.
    Jetzt sollen Dir die Kinderle erst mal etwas berichten.
    Bleib gesund und in Liebe grüßt Dich, Deine Gretl. «

» Lieber Vati, wir sind jetzt hier in Cottbus in der Schule.
    Ich bin in der 6. Klasse mit Ulle und Bunti. Ich muss
    viel lernen. Hauptsächlich schreiben, aber es geht,

weil ihr uns viel beigebracht habt. Polnisch muss ich
vergessen. Mutti sagt, ich solls nich mehr sprechen.
Ich hab schon paar Freundinnen und in der Kirche
treffe ich auch welche. Bis vor zwei Wochen haben wir
bei Onkel Felix gewohnt, der hat aber nur vier Betten,
da haben wir zusammen geschlafen. Ich mit Ulle.
Das hat Spaß gemacht. Jetzt haben wir eine Wohnung
da wohnt auch eine alte Frau, Oma is bei Onkel Bruno.
Im Mai geh ich zur ersten heilgen Kommunion mit Bunti.
Viele liebe Grüße, Deine Evi. Komm bald nach Hause! «

» Lieber Vati. Ich war so froh weil ich wieder zu Hause war.
Im Krankenhaus wars ganz schlimm. Da hab ich auch an
Dich gedacht. Ich war so alein wie du, jetz bin ich wieder
gesund. Mutti sagt nur weil ich krank war konnte sie zu Dir.
Uli hat mir alles erzählt. Ich möchte Dich auch besuchen.
In der Schule geht es. Ich bin in der 6. Klasse mit Evi
bei Onkel Felix wars schön. Acht Kinder in vier Bettn
für Oma war kein Platz sie schläft beim andren Bruder.
Wir haben immer die Kissen rumgeschmißen.
Ich schlafe mit Hardy. Den mag ich. Sonst gehts mir gut.
Wie lange müssen wir noch warten? Mutti sagt immer
sie muss zum Präsidenten schreiben. Ich will Dir ganz oft
schreiben. Mutti näht uns schon Komunionkleidchen.
Wir haben auch schon Unterricht jede Woche.
Viele liebe Grüße, Deine Bunti «

» Lieber Vati ich habe mit Norbert im Bett geschlafen
ich bin mit Norbert in der 4. Klasse der kann nich so viel
Wir haben aber eine Wohnung. Da schlaf ich alein
und wir spieln vorm Haus murmeln Oma fehlt mir so.
ich sprech immer noch manchmal polnisch
dann kucken die in der Schule. Die macht Spaß.
In Breslau hab ich Klebsteifn von Briefmarkn
von der Post geholt und Bilder geklebt in ein Heft.
Das will ich Dir zeign das is schön. Ich will auch zur
Kommunion Mutti sagt nägstes Jahr darf ich und Uli.
Ich bin immer traurich wenn ich an dich denke hinterm Zaun.

Viele liebe Grüße deine Jutti «

» Lieber Vati ich war noch mal da der Posten hat gesagt
  dich besuchn geet nich. Der Zug war nich so schön
  der hat nur gestandn. Wir konntn toben aber das
  Stroh hat doll geschtunkn Oma hat geschimft.
  Jetzt bin ich in der Schule mus nur noch deutsch reden
  mit Jochn, wir strolchen überall rum.
  Bin schonn Ministrant und ich mus das latein lernen
  is aber so schwer aber Kerzn darf ich schonn tragn. Viele
  liebe grüssse, dein uli Ich muste das dreimal schreibn
  Mutti sagt immer nur falsch und macht rote striche «

Anfang Mai bekam Gretl die Antwort auf ihr Gnadengesuch,
die sie wieder in neue Hoffnungslosigkeit stürzte.

Breslau, den 24. April 1951
Auszug aus dem Protokoll der nicht öffentlichen Sitzung.

Bittgesuch vom 9. März 1951 an den Präsidenten Bierut
von Hielscher M. um die Begnadigung ihres Ehemannes (.....),
verurteilt gemäß (......) zu einer Freiheitsstrafe von 12 Jahren.
Der Militärstaatsanwalt Major Kaluszny erhebt Widerspruch.
Das Gericht entscheidet, die Bitte (...) nicht zu berücksichtigen
in Bezug auf den Charakter des Verurteilten.

Er hatte die Briefchen in den Händen, musste sich wieder und
wieder die Augen wischen, es waren die ersten, die er erhalten
hatte. Sie hatten ihm also geschrieben, genau wie er, aber diese
Schergen gaben die Post einfach nicht frei. Immer wieder hatte
er Marek gefragt, aber der hatte keinen Einfluss. Er kam jetzt
öfter mal in die Zelle und schloss die Tür hinter sich. „Du wirst
bald verlegt", sagte er, „nach Sztum, das is bei Danzig."
„Werde ich dort auch so einen guten Wärter haben?"
Sie umarmten sich. „Du musst versuchen, wie sagt ihr das noch
in Deutsch, mit den Wölfen heulen. Sie werden dich begutach-
ten und vielleicht bald begnadigen."
„Aber ich bin unschuldig!" Rudl wurde böse.
„Ja, für die aber nich, das kannst du nich ändern, tu so, als ob's

dir leidtut." „Das kann ich nicht!"
„Das wirst du müssen! Sonst wirst du die Jahre absitz'n."
Die Briefe gaben ihm eine unbestimmte Zuversicht zurück.
Sie hatte ein Gnadengesuch an den Präsidenten geschrieben ...
Am 11. Juni 1951 saß er in dem Kastenwagen, der ihn damals
zum Gericht gefahren hatte. Nur saßen sie jetzt zu sechst darin,
dazu zwei Posten. Er hatte wieder seinen Anzug an, die Hose
schlackerte bedenklich. In den Gürtel müsste er ein neues Loch
stanzen. Seine Wäsche kratzte. Sogar seine Uhr hatten sie ihm
gegeben. Er fühlte sie in der Westentasche, hatte sie aufgezogen,
und sie lief wieder. Er wusste, er kam in ein anderes Gefängnis,
trotzdem, er fühlte sich wie auf einem Ausflug. Mehr als fünf
Stunden ratterten sie durch die Landschaft, von der sie nichts zu
sehen bekamen. Er kramte in seinen Erinnerungen; wie sahen
wohl jetzt die Landstraßen, Felder, Wälder und Städte aus? Der
Wagen rumpelte, fuhr Schlangenlinien, das Pflaster war wohl
sehr schlecht. Er dachte an seinen DKW, wer würde jetzt damit
herumfahren, sein Motorrad, wie er mit Gretl über die wunderbar gepflasterte Straße Richtung Trebnitz gebraust war.
Er betrachtete, ohne den Kopf zu heben, sein Gegenüber, ein
bulliger, ungepflegter Kerl, breitbeinig und kraftstrotzend, auf
der Holzbank mehr Platz einnehmend als die beiden neben ihm.
Wenn ich mit so einem in eine Zelle käme, ne, dann lieber
allein, dachte er, langte an die Westentasche, fühlte seine Uhr.
Das Korn musste schon hoch stehen. In der Brennerei würde er
die Sommergerste in der Tenne ausbreiten. Was war aus seiner
Brennerei geworden? Gern wäre er noch einmal nach Schwarzengrund gefahren. ... Bis 1961! Resignation beschlich ihn.
Mehr als zwei Jahre hatte er keinen Baum mehr gesehen, keine
Blume, keinen Vogel. Doch, im Gefängnishof, auf dem Mauersims hatte er einmal einen Spatz erspäht. Vielleicht gab es im
neuen Hof einen Baum, dann würde sich auch mal ein Vogel
dorthin verirren. Die Bilder waren unscharf geworden.
Wie sehr war die Erinnerung an eine Landschaft, wie sie vielleicht draußen vorbeiflog, verblasst. Wie würde die Welt aussehen, die er nach zehn Jahren – nach zwölf Jahren vorfände?
Die Zelle war größer und breiter, zwei Betten an der Stirnwand,

dazwischen ein kleiner Tisch mit zwei Stühlen. Das schien ihm komfortabel, hatte er doch mehr als zwei Jahre nur auf seiner Pritsche gesessen, ohne Lehne. Der Versuch, sich an die Halteketten anzulehnen wurde immer mit Rückenschmerzen belohnt. Die ersten Wochen war er allein, dann bekam er einen polnischen Zellengenossen. Rudl begann, mit seiner Hilfe Polnisch zu lernen, schrieb Wörter an die Wand, auf den Steinboden, auf Zettel, wenn er mal welche hatte. Die Wärter sprachen kein Deutsch, waren aber verträglich. Das Essen war besser, es gab auch mal Kartoffeln oder rohes Gemüse. Ein Apfel, oft leicht angefault oder madig, war ein Festtagsschmaus.
Gleich in den ersten Tagen hatte er erfreut festgestellt, dass die Sonne auf dem Fußboden ein gelb-goldenes Rechteck bildete. Das Zellenfenster, zwar klein und hoch oben in der Mauer, lag somit in der Südwand des Gebäudes. Ein schmales Rechteck wanderte also an sonnigen Tagen von der rechten Wand, breiter werdend, über sein Bett hinab auf den Fußboden, wo es in der Mitte des Raumes die Breite des Fensters erreichte. Zum Abend glitt es über das Bett des Mithäftlings an die linke Wand, wo es, wieder schmaler werdend, langsam erlosch. Er machte Striche an Wand und Fußboden und hatte so eine perfekte Sonnenuhr.
Es war ein sonniger Sommertag, er saß im Sonnenrechteck und las erneut die Briefe seiner Kinderle. Alle sechs Monate durfte er an seine Lieben schreiben; Zettel und Bleistift lagen bereit.

Sie war erschöpft, die Kinder hatten ihr den Brief gegeben. Sie hatte ihn gelesen, wieder und wieder, der erste, den sie bisher erhalten hatte. Die einzelnen Blätter lagen auf dem Tisch.
Was war das wieder für ein Tag gewesen? Sie hatte bei Besprechungen mitstenografieren, auf der Maschine die Protokolle ins Reine schreiben müssen, dazu Briefe tippen, stenografieren, wieder tippen; lange war es her, dass sie das gelernt hatte.
Sie nahm das Couvert – an Felix adressiert –, drehte es und las: *Polska, Wienziene Sztum, woj. Gdanskie.*
Er war nicht mehr in Breslau. Fast zärtlich strich sie über das Papier. Er hatte es in seinen Händen gehabt, seine Hand hatte es beschrieben, gefaltet; seine Hände ... sehnsüchtig las sie:

Liebstes Frauchen und Kinderle!   *Sztum, den 5. 8. 51*
Genau vor sechs Wochen hatte er das geschrieben.
Leider habe ich auch bis heut hier noch keine Post bekommen.
Der letzte Brief war vom 17. 4., welchen ich noch in Wroclaw
bekam. Hier geht es mir aber bedeutend besser, ...
... auch konnte ich mir einiges kaufen, Schmalz, Zwiebeln, Mar-
melade, Zucker, ja sogar ein paar Eier. So habe ich nach so
langer Zeit und grad an Deinem Geburtstag wieder mal Eier
gegessen. Heute habe ich mir das letzte gebraten. Deinen Ge-
burtstag habe ich daher mit besonderer Stimmung in Gedanken
an Dich, liebes schwer geprüftes Frauchen verbracht.
Das Blatt sank auf ihren Schoß: Ja, mein Vierzigster!
... daß ich Arbeit habe und bereits 70 Zlt. zum Einkaufen ... die
Zeit vergeht schneller durch die Arbeit, das Leben ist gesünder.
Ich arbeite in meinem Beruf. Nur die Sorge um euch ist groß.
Hoffentlich nimmt alles Leid mal ein Ende. Schreib mal, wie es
euch geht, wie Ihr eingerichtet seid und wovon Ihr lebt ... es
besteht die Möglichkeit Paketchen zu schicken ... möchte ich
bitte meine Brille. (Lesebrille) Du kannst Taschentuch, Socken
und ein Handtuch beilegen. Sonst schicke mir nichts, da es
sonst auf Kosten der Gesundheit unsrer Kinderle geht, und ich
bin ja gut versorgt. Es wird alles gegeben, was das Paket ent-
hält. Was machen eigentlich die Eltern? So gern möchte ich da
auch mal etwas erfahren. Nun seid Gott befohlen und tausend
liebe Grüße Euer trauriger

Auf Wiedersehn!   Vati.

Den Brief hatte er selbst frankieren können, da er ja Geld für
die Briefmarken hatte, so hoffte er, dass er ankommen würde.
Die neue Umgebung, der polnische Mitgefangene, die größere
Zelle, besonders die Arbeit in der anstaltseigenen Schlosserei
gaben ihm neue Hoffnung, unbeschadet hier weiter bestehen zu
können. Doch folgte prompt der nächste Tiefschlag. Nach fast

drei Monaten wurde ihm eine Weiterarbeit ohne Angabe von Gründen verweigert. Jetzt saß er wieder in seiner Zelle, allein, sein Kumpan war verlegt worden. Er verfiel in Lethargie.
Dazu ließ ihn ein Gutachten, das man aufgrund welcher Fakten auch immer erstellt hatte, vollends resignieren.

Gutachten bezüglich der Entlassung auf Bewährung über den Gefangenen (H. R. ….). Der Genannte befindet sich im hiesigen Gefängnis seit dem 12. Juni 51. Seit er die Strafe hier verbüßt, wurden keine feindlichen Aussagen gegen die Volksrepublik Polen festgestellt. Der Gefangene ist politisch verschlossen, der Regierung der Volksrepublik Polen gegenüber gleichgültig. Wegen der hohen Strafe arbeitet er nicht, benimmt sich gut und beachtet die Gefängnisordnung. Er ist ein disziplinierter Gefangener und verhält sich den Kollegen gegenüber freundlich. Er bekam weder Strafen noch Vergünstigungen oder Preise. Er findet das Urteil ungerecht und zeigt keine Reue in Bezug auf die begangene Straftat. Seine politische Verschlossenheit und die Art der Straftat berücksichtigend verdient er sich keine Entlassung auf Bewährung.

Leiter des Gefängnisses

Und sie schrieb ihm, fast täglich, hielt die Kinder an, ihm alles zu berichten: „Er soll an unserem Leben teilhaben und ihr sollt ihn immer in euch behalten, bei allem was ihr tut euch fragen, was würde unser Vati dazu sagen?" Sie sammelte die Zettel und inzwischen war es der vierte dicke Brief, der auf die Reise ging. Vielleicht würde er wenigstens einen davon bekommen.
Aber erst im neuen Jahr kam endlich ein Brief von ihm.

Liebes Frauchen und Kinderle!　　　　　　　　*Sztum, den 27.1. 1952*
Heut ist wieder mal ein Tag, welcher etwas Freude gibt. Ich darf ein paar Zeilen an euch schreiben. Es gäbe ja so viel aber ich muß alles kurz fassen, da ich mit dieser Brille nicht klein schreiben kann. Zwei liebe Briefchen hab ich zu beantworten, ich habe mich riesig gefreut. Beim Lesen laufen die Tränen, da ich Eure Not fühle. Die liebe Mutti rackert sich Tag für Tag ab damit ihr das Notwendigste habt. Sie wird kaum Zeit haben euch etwas zu erzählen, euch aufzuklären, oder sonst wie bei-

zustehen. Es ist grauenhaft, daß Ihr ein Ereignis nach dem anderen ohne Euren Vati feiern müßt, aber wir müssen glauben, daß uns der liebe Gott dieses Kreuz auferlegt hat. Warum er uns so züchtigt, das weiß nur er. Was Gott tut, das ist wohl getan. Jesus Christus hat uns gezeigt, daß man auf alle irdischen Güter verzichten kann. Ich habe dies hier restlos gelernt. Nie habe ich große Ansprüche gestellt, aber hier ist man der Ärmste der Armen. Wenn man die Hoffnung auf den gerechten Gott verlieren würde, würde man dem Leben selbst ein Ende machen. Ich war in Gefangenschaft, das war eine Erholung im Vergleich. Sohni und auch die Töchterle sollen fleißig lernen. Gold kann einem genommen werden aber Fähigkeiten kann einem niemand nehmen. Liebe Mutti, besorge für Uli Werkzeug, Laubsäge usw., er soll Handwerkliches lernen. Wenn ich heim komme, wenn unser grauenhaftes Schicksal nicht zu lange dauert, kann ich ihm Erfahrungen und Kniffe beibringen, und wenn er in der Schule gut fortkommt, ist seine Zukunft gesichert. Ich habe um Revision meiner Strafsache geschrieben. Liebes Frauchen, schreibe nur auch noch mal, mithilfe eines Anwalts. Die Brille hab ich noch nicht bekommen. Um was ich bitte, kann geschickt werden: Zahnbürste von Holz, Taschentücher, vielleicht Fischtran, in einer Blechflasche.

Nun noch tausend liebe Grüße, Euer Vati

Sie bekamen endlich eine neue Wohnung, drei Zimmer, Küche und Bad mit einem großen Badeofen. Uli gefiel besonders die Akustik, und er begann beim Baden laut zu singen, Lieder, die er bei den Ministranten lernte. Bei offenem Fenster hatte der ganze Wohnblock etwas davon. In der Pfarrei fanden sich viele, die Gretl halfen, so konnte mit geschenkten Möbeln die Wohnung nach und nach eingerichtet werden. Auch die letzte Kiste, die noch bei Onkel Felix stand, konnte ausgepackt werden. Es war die mit dem Heiligenbild, das Oma darauf geheftet hatte, und bei ihrem ersten Besuch konnte sie triumphieren: „Seht ihr, die Polen sind doch gottesfürchtig, der heilige Florian hat uns geholfen!" Sie war froh, bei ihrem Sohn Bruno leben zu dürfen, hatte zwar Vorbehalte gegen seine evangelische Frau, die auch

und Selbstmitleid. Doch fand sie in den Kindern Halt. Aber ihre Sehnsüchte nach Liebe, Zärtlichkeit, Anerkennung, nach kleinen Aufmerksamkeiten – wann hatte sie das letzte Mal Blumen bekommen? – konnten nicht gestillt werden. Wer war für sie da? Die Kinder hatten mit sich selbst zu tun.

An einem Abend präsentierte ihr Uli ein beschriebenes Blatt.

„Ich hab Vati geschrieb´n!", verkündete er.

„Evi hat das nachgekuckt, und ich hab´s gleich weggeschickt."

„Du hast ganz allein Vati geschrieben? Da wird er sich freuen."

Sie umarmte ihn und begann die Fehlerversion zu lesen.

» liber Vati in der schule habn die gesagt du bist ein
    Kriegverbrecher weil, die hat gefragt wo du bist, da hap
    ich gesagt in poln in ein Gefännis, und dann hat die gesagt
    nur Kriegverbrecher sind im Gefännis unser sozialischtische
    Bruder sperrn nur böse Leute ein aber du bist kein böser
    deutscher hast du gesagt, hab ich der gesagt das du das
    nich bist und meine Mutti sagt hab ich der gesagt du bist
    der beste Vati und ich hap gesagt wie du hintn am Zaun
    warst aufm Stul. das schreib ich dir hier weil ich auf
    dich warte wenn du komst geen wir zu der und zeign der
    das du kein Kriegverbrecher bist.   dein uli «

Gretl schluckte, musste hoffen, dass der Brief nie ankam, er konnte Rudl nur schaden, vielleicht hat er bei der Adresse genauso viele Fehler gemacht, dachte sie.

Die Adventszeit kam, Weihnachten. Würden sie wieder alleine sein? Sie schrieb nochmals an den Staatspräsidenten. ... *wende ich mich wieder an Sie, mit der höflichen Bitte um Hilfe. ...*

Was sollte sie auch sonst tun? Sie schrieb alles neu auf, litt bei jedem Satz, durchlebte ihre und seine Tragödie, formulierte um, glaubte so vielleicht mehr Wirkung zu erzielen. Drei Abende und die folgenden Nächte beschäftigte sie diese Eingabe.

Ins Polnische übersetzt gab sie sie am 16. 12. 52 auf die Post.

Erst im Februar 1953 traf wieder ein Brief von Rudl ein, geschrieben am 24. 11. 52. Er bestätigte die Briefe vom 1. 9. und 1. 10., vermisste noch den vom 15. 10., war aber *...besonders erfreut, über Ulis Briefchen.* Der Kriegsverbrecherbrief konnte es nicht sein. Gretl hoffte noch immer, der würde nie ankommen.

...die Schrift hat sich so gebessert, daß ich glaubte, Evi hat geschrieben ... daß er so fleißig Holz hackt. Wie viel Körbe muß er denn hacken, für eine Zirkuskarte? ...

Er hoffe auf eine Amnestie, es gab Gerüchte. Er habe eine Eingabe gemacht. Auch er, dachte Gretl und las weiter *...vielleicht hilft das Gesuch. Nein nicht zu weit denken, die Freude wäre zu groß. Ob ich es schon wert bin? Vielleicht um Euretwillen.*

Neuer Hoffnung hatte er sich hingegeben, aber auf die Enttäuschung erfolgte wiederum der Absturz.

In dem nächsten Brief vom 23. 12. 52, den Gretl aber auch erst am 15. Februar 53 erhielt, schien er die erneute Ablehnung wieder verwunden zu haben: ... *Leider ist die Hoffnung nicht in Erfüllung gegangen. Es ist ganz aussichtslos und trotz allem fühle ich ein beruhigendes Hoffen in mir ...* Gretl wusste dieses Hin und Her der Gefühle nicht mehr zu kontrollieren.

Noch eine Weihnachtsfreude, ich habe wieder einen Menschen um mich, mit dem man sich unterhalten kann. Noch mehr, er teilt seine wenigen Leckerbissen mit mir, da ich ja nichts habe. Wißt Ihr, was einpaar Eier zu teilen im Gefängnis bedeutet? Ich weiß nicht, ob ich das einmal vergelten kann ...

Ihre Weihnachtsfreude war trotz der Kinder gleich null gewesen. *Wenn der liebe Herrgott die sieben dürren Jahre gibt, dann bleiben auch die sieben fetten nicht aus ... Das Leben hier ist sehr hart, so wollen wir weiter hoffen, im Vertrauen auf den Allmächtigen.*

Sie wollte wie er weiter hoffen. Wann sollten die sieben fetten Jahre kommen? Jeder Brief, von ihm oder von ihr geschrieben, spiegelte die Ausweglosigkeit ihrer Lage. Im Büro wurde sie bedrängt, in die Partei einzutreten, sie musste an politischen Schulungen teilnehmen, Linientreue heucheln, musste sich an Ernteeinsätzen und anderen Aktionen beteiligen.

Am 20. März erreichte sie die täglich erwartete Antwort auf ihr Gesuch, doch die ließ sie erneut in Abgründe versinken.

Hiermit teile ich Ihnen mit, daß Ihre Bitte um Begnadigung Ihres Ehemannes, vom 16. Dezember 1952, gerichtet an den Präsidenten der Volksrepublik Polen, laut Beschluss des hiesigen Gerichts, vom 5. 3. 1953 nicht weiter bearbeitet wird.

Ein weiteres halbes Jahr war vergangen, sie saßen gemeinsam gespannt um den Esstisch. Oma war gekommen. Phasenweise gab es Besserung für sie, so war auch mal ein Besuch möglich. Gretl hatte sechs Seiten der angekommenen Briefe vor sich.

Liebes Frauchen und Kinderle, Eltern und Geschwister!
Heut darf ich euch 3 Briefl bestätigen, die ja so viel Freudiges sagen. Selbst der große Wunsch, das Klavier, den ich für unerfüllbar hielt, ist so wunderbar in Erfüllung gegangen ...

Der Bildhauer Felix Hertelt, der Ulis Firmpate geworden war, hatte ihnen sein Klavier zur Verfügung gestellt und auch für Jutti und Uli den Unterricht ermöglicht. Zudem durften sie ihm in seiner Werkstatt beim Schnitzen zusehen, und unter seiner Anleitung modellierten sie kleine Tiere aus Ton. Jutti hatte im letzten Brief für Vati ihr Bambi abgemalt.

...Ich freue mich, daß Sohni so Interesse hat für Klavier, aber nur nicht die Schule verbummeln ... wenn Du zu dem guten Onkel gehst, sei aufmerksam, brav und dankbar, vielleicht kannst Du bei ihm zeichnen lernen ... Juttilein hat so schön geschrieben und gemalt ... ich durfte an der Auferstehungsmesse teilnehmen. Seit Ostersonnabend arbeite ich wieder ... von allen Seiten ist jetzt Geld eingegangen. So gab es Ostern Trockengebäck mit Kunsthonig ...

Die Blätter machten die Runde, jedes Kind wollte selbst lesen, was der Vati geschrieben hatte. Gretl nahm ein weiteres Blatt, folgte den verschwimmenden Zeilen und ließ an der Unterseite des Papiers die Fingerkuppen zärtlich über die von seinem Bleistift durchgedrückten Buchstaben gleiten.

...Leider ist von euch noch keine Post angekommen ... ich arbeite schon über einen Monat und bald gibt es selbst verdiente Wurst ... am 1. Mai habe ich meiner beiden Geburtstagskinder gedacht ... hoffen wir, daß es doch noch zu einer Verkürzung der Strafe kommt ... wir wollen auf Gottes Hilfe bauen. Sonst bin ich gesund, mein Magen ist wieder leidlich in Ordnung.
Noch tausend liebe Grüße und Kussel.

Auf Wiedersehen! Euer Vati.

30. Auf Bewährung

Aleks Kominsky saß über die Akten gebeugt.
Er hatte sich inzwischen hochgearbeitet. Jetzt war er Leiter des
Amtes für Innere Sicherheit in Breslau, und als solcher konnte
er sich Einsicht in jede Strafakte verschaffen. Er hatte mit dem
Vermerk *»Eilt sehr«* die mit der Nummer Sr. 151/50 angefordert. Die Nummer hatte er sich damals notiert. Jetzt, nach mehr
als vier Jahren, las er die Protokolle der ersten Verhöre. Danach
hatte Orzeszyna den Fall übernommen, hatte die Anklage verfasst, war gar zum Leutnant befördert worden. Es hätte nie zu
einer Anklage kommen dürfen. Kominsky erhob sich erregt.
Er öffnete die Fensterläden. Die letzten Oktobertage des Jahres
1953 waren warm und freundlich. Das bunte Laub der neu gepflanzten Kastanienbäume, die das Ufer der leicht dahinfließenden Oder säumten, rieselte in das grün glitzernde Wasser. Die
wunderbare Frische konnte jedoch seinen Unmut nicht mildern.
Zur Linken, hinter den Bäumen, konnte er die spitzen Helme
der wiedererstandenen Domtürme sehen. Den Wiederaufbau
des Gotteshauses hatte er bewegt beobachtet und verfolgt.
Diese rachsüchtigen Militärs. Sie hatten diesen Deutschen verurteilt, weil er dem polnische Staat geschadet hätte. Lächerlich!
Sie hatten dem Staat durch dieses Urteil geschadet. Denn die
Produktion in der Glashütte war, nachdem die Verhaftung er-

folgt war, immer wieder ins Stocken geraten und stagnierte seit Jahren. Aleks hatte sich erkundigt. Hätte man ihm damals eine Chance gegeben, ihn vielleicht vernünftig bezahlt, wäre er auf Dauer für die Fabrik nützlich gewesen. Er hatte ja auch seine Erfindungen dem Staat angeboten, aber diese ignoranten Militärs machten nicht einmal den Versuch, das Angebotene von Fachleuten prüfen zu lassen. Rache nehmen zu wollen ist niemals die richtige Option, dessen war sich Kominsky sicher.
Und dann diese Frau. Er sah sie immer noch vor sich.
Er ging zum Schreibtisch, entnahm der Akte das Bittgesuch, das sie im Dezember 52 an Bierut geschrieben hatte. Im März 53 war es lapidar abgelehnt worden, von diesem Wlodzimierz unterschrieben ... *wird laut Beschluss des hiesigen Gerichts ... nicht weiter bearbeitet.* „Ein Fähnrich!", zischte er wütend.
Es hätte ihm vorgelegt werden müssen.
Sabotage war ihm ohnehin nicht nachzuweisen gewesen. Und was hatte er spioniert, ausgeplaudert? Freilich, er hätte manches bei den Verhören so nicht sagen müssen, aber er fühlte sich unschuldig, und dann spricht man auch unschuldig, das war Kominsky klar. Und er hatte zu keinem Zeitpunkt Hilfe durch einen Verteidiger. Das war das Empörende.
Kominsky drückte die Sprechtaste und wies seine Sekretärin an, ihn mit Warschau zu verbinden. Der Staatsrat hatte eine umfassende Amnestie beschlossen. Seit Stalins Tod im März war eine Entspannung in Politik und Gesellschaft spürbar. Bolesław Bierut war nicht mehr Staatspräsident, er war zwar noch Erster Sekretär des Zentralkomitees, aber nach der Umbildung Polens in eine Volksrepublik traf jetzt der Staatsrat alle wichtigen Entscheidungen, und Kominsky hoffte, dass sich nun im Land mehr die demokratischen Kräfte, durchsetzen würden. Zudem hätte der Aufstand in der DDR am 17. Juni, leicht auch auf Polen übergreifen können. Kominsky hatte versucht, sich genaue Informationen über die Ereignisse um Berlin zu verschaffen, hatte alles mit Spannung und Hoffnung verfolgt, doch das brutale Eingreifen der Roten Armee hatte ihn dann bitter enttäuscht.
Das Telefon schrillte. Er nahm den Hörer auf: „Hallo, Wolkow, bist du's? ... Ja, Aleks hier. Ich habe die Sache nochmals geprüft,

werde dir die Akte Sr. 151/50 schnellstens zuschicken. Der Mann muss unbedingt auf die Liste, ist nach meiner Meinung unschuldig, verurteilt vom Militär, du weißt schon. ... Also, ich verlass mich auf dich. ... Wann wird die Amnestie spruchreif? ... Also noch im November? ... Gut, dann hoffe ich, dass er noch vor Weihnachten bei seiner Familie sein kann."

Er wähnte sich an seinem Schreibtisch. Die Sonne schien hoch durch das Fenster und brannte stechend auf die Papiere, auf die Skizzen und Aufzeichnungen zu seiner Kartoffelerntemaschine. Diese Nockenwelle! Das Problem konnte er so nicht lösen. Er müsste ein Modell bauen, Setzarme und Welle im Praktischen erproben. Ihm war heiß, er wälzte sich auf seinem Stuhl und auf der Pritsche, sah sich in seltsamer Distanz. Das gleißende Licht ließ Zeichnungen und Ziffern verschwimmen. Er geriet in Verzweiflung, seine Erfindungen, seine Ideen, seine Entwürfe würden verzehrt, von der Sonne versengt, ins Nichts verschwinden. Mit äußerster Konzentration suchte er sich des bereits Erdachten zu erinnern. Plötzlich klirrten Scheiben. Ein lautes Pochen am Fenster. Erschrocken warf er den Blick zum blendenden Glas und hörte gleichzeitig ein Stimmchen: „Vati, Vati! Kuck mal, wo ich bin!" „Bunti, Bunti!", rief er; er sprang auf – alle Papiere verflogen im Nichts –, eilte zum Fenster, da waren nur Gitter. Bunti stand draußen, auf einer Leiter, am ersten Stock, er musste sie retten, sie würde herunterfallen. Das Gitter war unerbittlich. „Wie kommst du denn da oben rauf?", rief er, eilte zur Tür. Er musste hinauslaufen, Bunti von der Leiter holen. Die Tür war verriegelt mit dicken Bolzen, die fest im Steinrahmen ruhten. Er lief zurück zum Fenster: „Bunti, halt dich fest, ich helfe dir, ich rette dich!" Sie schlug gegen die Scheiben, verlor den Halt und fiel. Sie fiel, er konnte nur zusehen, purzelte über die Sprossen, endlos in eine unergründliche Tiefe.
Bolek rüttelte ihn fester und fester. Es war bereits hell, und das lang gezogene Sonnenrechteck glühte schon an der Wand über Rudls Bett. „He! Komm zu dir! Wach auf, du träumst wieder!"
Bolek war von seinem Bett aufgesprungen und versuchte den Herumfuchtelnden und Schreienden zu bändigen.

Rudls traumatisch aufgewühlter Körper erschlaffte. Er schlug
die Augen auf, die sich jedoch sofort füllten: „Sie ist heruntergefallen, ich konnte sie nicht halten, sie werden alle fallen,
meine Gretl, meine Kinder, ich werde sie nicht halten können!"
„Rudl! Komm zu dir. Das sind Albträume, die haben wir alle."
„Nein, nein, es gibt keine Rettung, nicht für mich und nicht für
sie!" Er drehte sich zur Wand. Bolek betrachtete den schluch-
zenden Freund – ja er war ihm schon zum Freund geworden –,
und er wusste, jetzt war jedes tröstende Wort vergeblich.
Seit drei Monaten teilte er mit Rudl diese Zelle, und er hatte sofort Vertrauen zu ihm gefasst. Ja, sie teilten alles, bekam er ein
Päckchen, teilte er mit ihm und umgekehrt genauso. Sogar den
erforderlichen Zoll für ein Paket hatte Rudl ohne langes Fragen
für ihn bezahlt. Wie hatte man einen solchen Mann zu zwölf
Jahren verurteilen können? Nur weil er ein Deutscher war? Ihn
hatte es gefreut, mit einem Deutschen zusammenzukommen.
Seine Oma war Deutsche, und so konnte er sein Deutsch etwas
aufbessern, genau wie Rudl versuchte, Polnisch zu lernen.
Er drehte sich auf seiner Pritsche zur Seite und sah, dass Rudl
sich langsam beruhigte. Für ihn war er unschuldig, obwohl er
doch seine Geschichte nur von ihm kannte, genau wie Rudl die
seine. Er hatte eine Ladenkasse ausgeräumt, um seiner Familie
etwas zu essen kaufen zu können. Das war eine Dummheit. Vor
allem ärgerte ihn, dass er sich hatte erwischen lassen. Zwei Jahre, dachte er, die ließen sich absitzen, aber zwölf? Dazu gab es
die Hoffnung auf die Amnestie; es sollte eine geben, für leichte
Fälle und für politische. Er wünschte, Rudl wäre dabei.
Plötzlich saß Rudl auf dem Pritschenrand. „Entschuldige", flüsterte er, „aber es war ein blöder Traum." Er stand auf, ging zum
Waschgestell, ließ aus der Kanne Wasser in die Schüssel ein,
tauchte beide Hände flach hinein, drehte sie, formte sie dabei
zu einer Schöpfkelle, führte das so aufgefangene Wasser zum
Gesicht, ließ, die Handflächen leicht das Gesicht reibend, das
Wasser an Hals und Armen herunterlaufen und genoss die ver-
sickernde Kühle am offenen Halsausschnitt und an den Ärmeln
der kratzigen Sträflingsjoppe. Bolek bewunderte ihn. Was für
ein schlauer Bursche, dachte er. Am Abend hatte er ihm seine

Erfindung erklärt, das mit der Nockenwelle und den Setzarmen müsste er noch lösen. Warum waren die nicht auf sein Angebot eingegangen? Sie hätten davon profitieren können, im Gefängnis hat er doch nur Geld gekostet.
Rudl setzte sich zu ihm. „Du hast halt was auszustehen mit mir", seine Joppe war durchnässt.
„Ich hab von meinem Silvesterscherz geträumt. Zuerst von meiner Erfindung, vielleicht weil ich sie dir gestern so ausführlich erklärt habe. Aber das mit der Bunti war wirklich so. Ich saß in Schwarzengrund an meinem Schreibtisch und plötzlich ..." und er erzählte, wie Bunti auf einer Leiter bis an sein Fenster im ersten Stock geklettert war, Bodle hatte sie aufgestellt, um die Dachrinne zu reinigen. Sie klopfte fröhlich an die Scheibe und juckste: „Vati, kuck mal, wo ich bin!" Erschrocken hatte er sie beschworen, sich nicht mehr zu regen, war die Treppe hinab vor das Haus gelaufen, vorsichtig zu Bunti hinaufgestiegen, bis er sie in den Arm nehmen konnte, und hatte mit zitternden Knien die Sprossen nach unten gesucht. „Aber im Traum konnte ich sie nicht erreichen, sie ist vor meinen Augen abgestürzt."
Seine Augen füllten sich erneut, er schob sich auf den Stuhl mit dem Rücken zu Bolek und stierte auf das goldgelbe Rechteck an der Wand, das inzwischen etwas breiter geworden war.

Die Liste war ihm gerade mit der Post hereingereicht worden. Kominsky überflog sie. Ja, der Name war darauf. Er würde freikommen. Er stand auf, stapfte aufgeregt durch sein Büro, als ginge es um seine eigene Freilassung. Erleichtert nahm er die Erlasse genauer in Augenschein. Er musste jeden einzelnen Fall noch einmal abzeichnen, ehe der Staatsrat die Begnadigungen bekannt geben würde. Der Oberste Militärstaatsanwalt hatte bereits zugestimmt. Er las mehr flüchtig im Hin- und Hergehen die obenauf liegenden Akten, stempelte sie als genehmigt ab.
Dann hielt er den Akt Sr. 151/50 in der Hand, las und erstarrte.
... dass der Staatsrat mit Beschluss vom (........), die vergebene Freiheitsstrafe durch Begnadigung auf eine Freiheitsstrafe von 6 Jahren reduziert. Für den Rest der nicht verbüßten Strafe bekommt der Verurteilte 2 Jahre auf Bewährung ...

Kominsky fiel in seinen Sessel. Wer hatte seine Eingabe auf unverzügliche Freilassung abgeändert? Eine Bewährungsstrafe ergab hier gar keinen Sinn. In welcher Form sollte er sich in Polen noch bewähren? Mechanisch tastete er nach der Sprechtaste: „Bitte Warschau, Wolkow!" Wer hatte da noch die Finger im Spiel? Er sah durch das Fenster auf die dünnen Zweige der entlaubten Baumwipfel, die vom böigen Wind hin und her geworfen wurden. Wer konnte ein Interesse daran haben, den Mann noch weiter zu quälen? Das Läuten des Telefons ließ ihn zusammenzucken. „Ja, Wolkow? Aleks hier! Sag mal, wer von der Staatsanwaltschaft hat die Akten eingesehen? Doch nicht Zarakowski selbst?" „Nein, warte, ich muss nachschauen, an wen die Akten ….", es knackte und raschelte in der Muschel, dann folgte, durch ein ratterndes Geräusch gestört, die Antwort: „Hier, ich hab´s, Oberstleutnant Orzeszyna." „Was?", entfuhr es Kominsky, „wieso denn der, was macht der bei der Obersten Militärstaatsanwaltschaft?" „Na, der ist doch auf dem Weg, Zarakowski zu beerben." Kominsky geriet in Wut. „Dieser Schleimer, jetzt wird der auch noch Oberstaatsanwalt! Der ist noch nicht mal Volljurist! Wann werden sich diese Militärs endlich zurückziehen?" „Sei vorsichtig, Aleks", gab Wolkow leise zurück. „Du weißt, wie schnell es gehen kann, dass du wieder unten anfangen kannst. Orzeszyna hat die Partei hinter sich, und er hat ohnehin nachgefragt, wieso die Akte Sr. 151/50 dabei sei. Du weißt, es war sein Fall! Du kannst froh sein, wenn das für deinen Mann so über die Bühne geht!"
Er bedankte sich und legte auf. Wolkow hatte recht. Es ist wie bei den Faschisten, dachte er grimmig.

Rudl kam in die Zelle gestürmt. Er zog die Zellentür hinter sich krachend ins Schloss, was sonst nur die Wärter taten und rief: „Ich werde entlassen! Ich bin frei! Man hat mich begnadigt!"
Bolek sprang ihm entgegen und umarmte ihn.
Er gab ihm das Schreiben, das ihm der Direktor kommentarlos ausgehändigte hatte. Der mochte diesen Deutschen mit seinen lästigen Revisionsanträgen nicht, und eine Entlassung gönnte er ihm ganz und gar nicht.

Abschrift der Entscheidung der Republik Polen

„Sogar in Deutsch haben sie es dir gegeben." Er umarmte ihn erneut. „Das müssen wir feiern!" Er öffnete die Tür und schaute nach dem Wärter. „Wann kommst du denn raus?" „Weiß nich", sagte Rudl. „Heut ist der 27., da kannst du Anfang Dezember raus sein, und du bist Weihnachten bei deiner Familie! Mensch Rudl, ich freu mich für dich!" Bolek war nicht zu bremsen. „Du musst gleich schreiben." Der Wärter kam. Bolek redete auf ihn ein. Rudl verstand das Wesentliche. Er müsste Papier und Stift bringen, ein Couvert, und sie müssten noch in die Küche, es gelte die Entlassung feiern. Der Wärter gratulierte Rudl, schlug ihm auf die Schulter und schüttelte ihm mit einem Redeschwall die Hand. Seit Bolek bei ihm in der Zelle war, waren auch die Wärter zugänglicher. Bolek war ein geselliger Kerl, und jeder mochte ihn. Überall hatte er von Rudls toller Erfindung erzählt. Sie gingen in die Küche, es war spät am Nachmittag und das Abendessen würden sie sich heute selbst zubereiten. Neben den Werkstätten – es gab die Schlosserei, in der Rudl arbeitete, eine Schreinerei, dazu die Anstaltswäscherei, in der Bolek schuften musste, er hatte keinen Beruf – gab es einen kleinen Raum mit einem Spirituskocher. Hier konnten sich die Häftlinge etwas kochen oder braten, sofern sie die nötigen Lebensmittel dafür hatten. Rudl hatte dazu noch einen Topf, sechs Eier hatte er sich gerade heute erst kaufen können, da ihm etwas Lohn ausgezahlt worden war. Zu der in kleine Stücke geschnittenen Dauerwurst

steuerte Bolek Zwiebeln und Fett bei, und so brutzelten sie einen duftend dicken Eierkuchen, welchen sie, brüderlich geteilt, in Festtagslaune verspeisten. Im gleichen Topf, vorher natürlich gespült, brühte Rudl seinen restlichen Tee auf, und Bolek – er war kurz in irgendeinem Gang verschwunden – zog plötzlich ein kleines Fläschchen aus der Tasche, legte den Finger auf die Lippen und goss je die Hälfte in die bereits mit Tee gefüllten Alubecher. Das Aroma stieg ihnen in die Nase, Bolek schloss schnell die Tür, und Rudl flüsterte: „Wo hast du denn den her?"
„Von Watzlawek", hauchte er ihm grinsend ins Ohr. Er war der geheime Patron des Anstaltsschmuggels. Rudl hätte nie gewagt, mit ihm Geschäfte zu machen.
Beide erlebten so Gefühle, als seien die Festtage eines ganzen Lebens auf diesen einen Tag gefallen, und Rudl wähnte sich schon daheim, umringt von seinen Lieben.
Noch am Abend schrieb er den kurzen Brief mit der Botschaft, zum Weihnachtsfest bei seinen Lieben sein zu können. Mit ein paar Slotys konnte Bolek den Wärter bestechen, den Brief aus diesem besonderen Anlass an der Kontrolle vorbei mitzunehmen und direkt in einen Briefkasten zu befördern.
Hätte Rudl geahnt, welche Freude, welche Aktivitäten, welche Erwartungen, welches Sehnen, welche Verzweiflung, welchen Kummer; wie viel Tage des Wartens, wie viel Nächte der Leere, wie viel Tränen der Brief auslöste, er hätte ihn nie geschrieben.

Es war ein Montag, vier Tage vor Weihnachten. Gretl hatte den Tag freibekommen. Sie musste die nächsten drei Tage, auch an Heiligabend, im Cottbusser Kaufhaus der HO beim Weihnachtsgeschäft aushelfen. Die meisten Büroangestellten mussten mit an den Kassen stehen, Ware einpacken oder herbeischaffen und sortieren, wenn tatsächlich Ware da war. Aber auch wenn nichts in den Regalen war, mussten alle Mitarbeiter zur Stelle sein, damit, wenn plötzlich doch etwas herein käme, die Schlangen vor dem Eingang, an dem dann der Einlass schubweise erfolgte, und an den Kassen nicht zu lang wurden.
Die Kinder waren noch in der Schule. Gretl hatte gerade den Weihnachtsbaum aufgestellt – Bruno hatte in seinem Garten

zwei der Tannen ihrer Spitzen beraubt –, sie war vorher schon
zwei Stunden mit Schrubber, Scheuerlappen, Besen und Mopp
in der Wohnung unterwegs gewesen, hatte Betten neu bezogen.
Dabei wurde ihr bewusst, dass am 28. wieder ihr Waschtag an-
stehen würde. Immer den letzten Montag im Monat durfte sie
ihren Hausfrauentag nehmen. Das war die Errungenschaft des
Sozialismus. Bei 380 Mark Monatsverdienst, dafür arbeitete sie
von Montag bis Samstag, für eine Frau mit vier Kindern, die
allein für die Miete schon 150 Mark zahlen musste, war das
keine besondere soziale Großtat. Sie hatte alle vier Wochen die
Waschküche im Keller zur Verfügung. Im großen Kessel wurde
die Wäsche gekocht, Uli war für die Feuerung zuständig, die
schon am Abend vorher vorbereitet wurde. Die Mädels mussten
nach der Schule helfen; die Wäsche in den vorhandenen Spül-
becken mehrmals durch klares Wasser ziehen, dann beim müh-
samen Auswringen, und je nach Wetter wurden Laken, Bezüge,
Laibchen, Höschen, usw. im Keller oder im Hof aufgehängt.
Jetzt im Winter kam es vor, dass die Wäschestücke draußen bei
trockener Kälte zu dünnen, schrumpeligen Brettchen erstarrten,
dann mussten sie die ganze Wäsche im Wohnzimmer trocknen.
Gretl ließ sich für einen Moment auf den Stuhl neben dem großen Kachelofen fallen, für den Uli auch zuständig war. Auf die
Glut im Rost schauend seufzte sie: „Wie gut, dass die Kinder so
mithelfen, wie sollte ich das sonst alles schaffen."
Uli hatte den Ofen gleich am Morgen, bevor er zur Schule
musste, angeheizt. Manchmal tat er ihr fast leid, wenn sie sah,
wie er jeweils einen halben Eimer Briketts die Treppen hinauf-
hievte. Aber er beteuerte, das mache ihm nichts aus, er sei doch
schon ziemlich stark. – Der Baum passte schön in die Ecke, sie
hatte das Sofa etwas zur Tür geschoben; die Kinder würden ihn
die nächsten Tage schmücken, während sie ..., ihre Gedanken
schwirrten ihr durch den Kopf, ... den Hasen musste sie wohl
doch selbst abziehen, ausnehmen und zerteilen. Felix hatte den
gebracht. Der hatte sich mit seinem kleinen Busunternehmen
gemacht, und manchmal überfuhr er halt einen Hasen. „Der ist
für dich, Gretl", hatte er gesagt, „euer Weihnachtsbraten! Ich
werde Hardy schicken, der soll ihn dir herrichten." Aber Hardy

war noch nicht gekommen, und sie hatte nur noch heute Zeit. Ja, Felix half ihr sehr und auch Bruno.

„Ach, wenn doch unser guter Vati den Baum hier sehen könnte!" Ob es im Gefängnis einen Baum gab? In Schwarzengrund hatte er ihn immer geschmückt. Sie wischte sich im Aufstehen mit der Schürze die Augen, „ich muss weitermachen!", seufzte sie erneut, legte ein Brikett in die schwindende Glut, rüttelte mit dem Haken den Rost; verglühte Asche fiel in den Kasten. Wie schnell dieses Jahr wieder verflogen war; dieses Warten und Hoffen, jeden Tag. Ihr Rücken schmerzte. Sie ließ sich auf den Stuhl zurückfallen. Bald würden die Kinder von der Schule kommen, nur Bunti nicht, sie hatte inzwischen eine Lehre als Bauzeichnerin begonnen. Die Zarteste, dachte sie, wird als Erste Geld verdienen helfen. Wie gut, dass der Streit mit Evi beigelegt war. Es ärgerte sie immer noch. Sie hatte in der Anmeldung für die Oberschule als Beruf des Vaters »Brennereiinspektor« angegeben. Daraufhin wurden Evi und Bunti abgewiesen: Nur Arbeiterkinder würden zur Oberschule zugelassen. Welch ein Unsinn. Sie schüttelte den Kopf, erhob sich und begann, die Nadeln am Baum wegzufegen. Hätte sie »Schlosser« angegeben, was Rudl ja auch gelernt hatte, wären sie aufgenommen worden. Evi hatte ihr furchtbare Vorwürfe gemacht. Aber nach dem 17. Juni wurde es plötzlich möglich, und Evi konnte zur Oberschule gehen. Ja, seit dem Aufstand in Berlin – auch in Cottbus waren Arbeiter in den Ausstand getreten – schien sich doch etwas zu bewegen, sie merkte es, ihre Arbeitsbedingungen verbesserten sich merklich.

Uli war an den Tagen danach oft mit glühenden Wangen nach Hause gekommen: „Ich war mit Maxl wieder bei den Russen. Am Bahndamm stehen bestimmt dreißig Panzer", berichtete er, „wir halten denen immer die Hand hin und rufen: »Russki, gib Marko«. Ich darf immer in den Panzer klettern, da sind ganz viel Hebel und Räder, und ich hab auf dem Blechsitz gesess'n, der hat Löcher. Und Schokolade hab'n wir auch gekriegt, aber Geld geben die uns nie." Gretl gefiel das eigentlich nicht, aber was sollte sie machen? Uli stromerte mit seinem Freund in der Gegend herum, sie war ja tagsüber im Dienst. Und dann wollte er wissen, was die mit den Panzern denn wollten. Ja, der Aufstand wurde von den Russen mit Panzern blutig überrollt, aber das wollte sie Uli nicht erklären.

Sie war in die Küche gegangen, traf Vorbereitungen, um dem Hasen das Fell abzuziehen, hatte ihn dazu mit den Hinterläufen an zwei Nägeln an die freie Wand neben dem Buffet gehängt, diese mit einem Wachstuch geschützt, und darunter eine große Schüssel gestellt. Mit einem frisch geschärften Messer durchschnitt sie Sehnen und Fell unterhalb der Hinterpfoten und war gerade dabei, nach zwei Längsschnitten entlang der Hinterläufe das Fell von Lauf und Keule zu zerren, als die Türklingel schrillte. In Gedanken und konzentriert bei der ungewohnten Arbeit – sie hatte Bodle in Schwarzengrund oft zugeschaut, aber selbst noch nie Hand angelegt – schrak sie zusammen.

„Ich komme, einen Moment!", rief sie, wusch sich schnell die Hände, lief zur Tür und öffnete ungelenk mit dem Ellenbogen, die letzten Tropfen noch hastig in die Schürze wischend. Der Briefträger reichte ihr einen Brief: „Der is aus Polen, da is zu wenig drauf, 30 Pfennig, oder woll'n se die Annahme verweigern?" „Nein, nein!", rief Gretl. Ihr Puls begann zu rasen. Von Rudl, schoss es durch alle Sinne. Sie griff nach ihrer Handtasche, die auf dem Flurschränkchen lag, hätte dabei fast die von Uli und Jutti modellierten Tontiere heruntergefegt, tastete nach dem Portemonnaie und kramte mit zittrigen Fingern drei Groschen heraus. Die Tasche war dabei zu Boden gegangen.

Der Briefträger hob sie beflissen auf und beschwichtigte, ihr die offene Hand entgegenhaltend, in die Gretl unsicher die Münzen zählte: „Bleib'n se ruhig, junge Frau, se woll'n doch Weihnachten noch erleben." Wohl selbst über seine Worte erschrocken, ließ er die Groschen in einen Lederbeutel gleiten, drückte den Brief in ihre bebenden Hände, lüpfte die Mütze und eilte, ohne noch etwas zu sagen, die Treppe hinunter.

Gretl starrte ihm nach. Das Couvert schien plötzlich zentnerschwer zu werden. Seit fünf Monaten hatte sie keine Post mehr von Rudl bekommen. Enttäuscht war sie abends zu Bett gegangen, immer sehr spät, und nur, wenn sie glaubte, vor Müdigkeit umzufallen. Uli stieg meist zum Einschlafen in ihr Bett und rief

ihr jeden Abend zu: „Ich leg dein Nachthemd auf mein Bauch!"
Und wenn sie dann das wohlig warme Nachthemd überstreifte
und zu Uli ins kuschelige Bett kroch, schwand ein wenig ihre
Sehnsucht nach Zuwendung, Wärme und Nähe.
Sie hatte das Couvert schon aufgerissen, legte es aber fahrig auf
den Küchentisch. Drei Fliegen umschwirrten den Hasen, sie
nahm schnell ein sauberes Küchenhandtuch und bedeckte ihn
sorgfältig. Der musste jetzt warten. Sie fiel auf den Stuhl, und
immer noch in heller Aufregung versuchte sie mit wässrigen
Augen die kurzen Zeilen zu lesen, die er wohl hastig mit einem
stumpfen Bleistift auf den Zettel gekratzt hatte.
Ungestüm flog plötzlich die Wohnungstür auf, zwei Schulta-
schen landeten unsanft auf dem Flurboden, sie kannte das Geräusch und schreckte doch jedes Mal zusammen. Hardy stürmte
als Erster in die Küche. Er war ein kräftiger Bursche von fünfzehn Jahren und Felix' ganzer Stolz, packte überall mit an und
hatte gerade bei ihm eine Autoschlosserlehre begonnen. „Hallo,
Tante Gretl, Vati hat gesagt, ich soll dir den Hasen ausnehmen!"
Jutti und Uli folgten lärmend und setzten sich zu Gretl an den
Tisch. „Booh, hab ich n Hunger, was gibt's n zu essen?"
Dabei sahen sie die gleichmäßig kullernden Tränen.
„Mutti, was is n, is was mit Vati?", fragte Jutti erschreckt.
„Er kommt nach Hause", schluckte sie, „er kommt wirklich
nach Hause!" Die Kinder erstarrten. „Wie, wann?", fragte Uli.
„Ja, er kommt, zu Weihnachten!" Sie schob Uli den Zettel über
den Tisch, wischte die Tränen in die Schürze und sprang auf:
„Komm, Hardy, wir werden jetzt zusammen den Festtagsbraten
ausnehmen und vorbereiten. Zum Wiedersehen und zu seiner
Heimkehr werde ich meinen besten Hasenbraten zaubern!"
„Wir machen ein großes Herz in den Flur und schreiben drauf:
»Herzlich willkommen!«", rief Jutti und lief mit Uli ins Kin-
derzimmer, um rote Pappe zu suchen.
Der Hunger war erst mal vergessen.
Und nun begann das Jahr, das eines der quälendsten werden
sollte. Sie hatten die Wohnung mit Girlanden geschmückt, mit
Papierblumen, mit diesem großen Herz direkt gegenüber der
Eingangstür. An jedem Tag des Wartens schwebte es mit seinem

»Herzlich willkommen« über ihren Köpfen, über denen, die
zum Weihnachtsfest eingeladen waren, zu seinem Geburtstag,
ihn willkommen zu heißen, über Freunden, Bekannten, den vergeblich Mitwartenden, den Mitfühlenden, den Verwandten; mit
jedem Betreten der Wohnung. Mit jedem Gang ins Wohn- oder
Schlafzimmer, zwischen deren Türen das rote, große Willkom-
mensherz prangte, wurde quälend die Sehnsucht wachgehalten.
Ende Januar kam endlich ein Brief, der neue Hoffnung weckte,
sie sollten den Baum stehen lassen, er käme bestimmt bald.
Der Baum stand fast bis Ostern. Dann, zu einem armseligen
Gerippe abgemagert, so wie die Hoffnung auf die Heimkehr,
musste er doch, als letzten Schimmer derer, entsorgt werden.
Niemand wagte mehr zu fragen, etwas zu sagen; bis zum besag-
ten Osterfest wurden auch keine Briefe mehr geschrieben. Er
war nicht mehr im Gefängnis, aber wo war er? Es gab keine
Adresse, an die sie hätten schreiben können. Jeder versuchte
Alltäglichkeit zu simulieren, und doch war die Erwartung, er
könnte plötzlich, wenn man von der Arbeit, von der Schule, von
Freunden, der Messdienerstunde, der Gruppenstunde, von der
Sonntagsmesse nach Hause kam, vor der Tür stehen.
Wann immer Bunti Zeit hatte, ging sie zum Bahnhof, schlich
über die Bahnsteige, hoffend, er würde plötzlich aus einem der
Züge steigen. Gretl stellte bei dem Ministerium des Inneren der
DDR einen Antrag auf Familienzusammenführung.
Wenigstens bekam sie eine Eingangsbestätigung.
*Auf Grund Ihrer Anfrage haben wir Ihren Antrag überprüft und
können Ihnen mitteilen, dass wir diesen mit der Vorschlagsliste
12, lfd. Nr. 4, befürwortend an die polnischen Behörden der
Wojewodschaft Zielona Góra weitergeleitet haben.*
Jutti schrieb kleine Briefchen, vielleicht erhielten sie doch bald
eine Adresse. Die sehnlichst hoffende Erwartung hielt Gretl und
die Kinder in besonderer Weise zusammen. Es gab in diesem
Jahr kaum Zank und Streit, als würde sich durch unnötige
Zwietracht seine Heimkehr nur weiter verzögern.

Hart fiel das schwere Blechtor hinter ihm ins Schloss.
Zukrachende Türen waren für ihn seit fast fünf Jahren die tägli-

che Zementierung seines Gefangenseins. Doch heute bedeutete das krachende Tor in seinem Rücken die wiedergewonnene Freiheit. Er blickte die abschüssige, schlecht gepflasterte Straße, die vom Gefängnis nach Stuhm führte, hinunter, von kahlen Bäumen gesäumt. Dahinter reihten sich rechts und links graue Einfamilienhäuser bis zur Gefängnismauer herauf. Wie konnte man direkt an einer Gefängnismauer wohnen?, fragte er sich. Er jedenfalls wollte schnellstmöglich das Weite suchen. Er sah auf seine Uhr. 15 Uhr 30, in zwei Stunden würde es dunkel sein.
Aber wohin sollte er sich wenden, es war alles so überraschend und schnell gekommen, er fühlte sich fast hinausgeworfen.
Ihn fröstelte. Heute war der 2. Dezember 1953, der Tag seiner Freilassung, den er bestimmt nie mehr vergessen würde.
Niemand war da ihn abzuholen, ihm zu raten oder zu helfen.
Er klappte den Kragen des Jacketts hoch, die Revers vor die Brust. Er hatte nur den Anzug, nur das, was er bei seiner Verhaftung getragen hatte. Er hätte den Mantel mitnehmen sollen. Er erinnerte sich, noch überlegt zu haben, „nein, ich bin doch zum Frühstück wieder da, da brauch ich den Mantel nicht."
Aber seine Tasche hatte er, sie hatten ihm alles zurückgegeben. Zum Abschied hatte ihm Bolek Wurst und Brot in Zeitungspapier gewickelt und schnell in die Tasche gesteckt. Nein, verhungern würde er nicht. Aber wo sollte er heute unterkommen?
Er könnte bei einer Kirchengemeinde fragen. Oder sollte er den Direktor fragen, ob er noch eine Nacht bleiben dürfte? Absurd!
„Aber wieso hast du Dreckskerl mich nicht schon am Vormittag ziehen lassen oder doch erst morgen früh?", schimpfte er laut. Dabei hatte er sich noch einmal zum Tor zurückgewandt, begann dann aber, immer schneller werdend, die Straße hinunterzulaufen. Es wehte ein eisiger Wind, gottlob regnete es nicht.
Er musste nach einem Kirchturm Ausschau halten. Die Polen waren doch Katholiken, würden sie einen Hilfsbedürftigen auf der Straße sitzen lassen? Und er sah nun wirklich nicht wie ein Sträfling aus. Anzug, Hemd und Schuhe waren in ordentlichem Zustand, wenn auch Hose, Jackett und Weste für einen Kräftigeren geschneidert schienen. Und er hatte ja auch etwas Geld. Sein letzter Verdienst war ihm ausgezahlt worden, und vor zwei

Tagen hatte er noch von seiner Schwester einhundert Zloty erhalten. „Danke Schwesterherz!", hauchte er im Ausatmen, und sah seinen Atem in der kalten Luft entschwinden. So hatte er 230 Zloty in der Tasche. Doch wie weit würde das Geld reichen? Bei Watzlawek kosteten zwei Eier schon 15 Zloty, ein Löffel Kunsthonig 30, ein Klatsch Fett und eine Zwiebel 50.
Der Geldwert war sicher nicht mehr der von vor fünf Jahren, könnte er damit bis Kunzendorf kommen?, fragte er sich, schon etwas außer Atem. Das Laufen auf dem abschüssigen Pflaster strengte ihn doch an. Es war alles so anders. Seit fast fünf Jahren war er nicht mehr über ein solches Pflaster gelaufen, war er nicht mehr so lange geradeaus gelaufen; nur im Hof, im Kreis, im Drei- oder Viereck. Er verschnaufte ein wenig, lehnte sich an einen der Stämme, fühlte die starke Rinde, ließ, sie genau betrachtend, die Handflächen darübergleiten. Die Tasche hatte er abgestellt, blickte in das ausladende, blattlose Geäst.
Graue Wolken schienen hindurchzuziehen. Er umfasste den Stamm. Es könnte eine Kastanie sein, überlegte er. Ein Wunder, so ein Baum, es reihte sich einer an den anderen. Die Tasche aufnehmend lief er weiter, mitten auf der Straße, die knorrigen Stämme standen Spalier. Kein Passant, kein Fahrzeug störte ihn. Unten an der Kreuzung angelangt, schaute er nach allen Seiten, konnte aber keinen Kirchturm erspähen. Ein letztes Mal wandte er den Blick zurück, sah oben zwischen den Baumreihen das Rot des geschlossenen Gefängnistors schimmern.
Ein seltsames Gefühl überfiel ihn. Ein Verlustgefühl, vielleicht etwas verloren, verlassen zu haben. Zugehörigkeit, vielleicht Geborgenheit. Merkwürdig. Er dachte an Bolek. Wie gut hatte ihm das Zusammensein mit ihm getan. Er war wieder zu einem Menschen geworden, hatte Hoffnung verspürt, seine Lethargie und Depression überwunden.
Sie hatten gefeiert mit Grog. Bolek hatte ihm dieses Zeug in den Tee gemischt. Es war wunderbar, wie das Gesöff brennend die Kehle hinabbrann, wie sich die Wärme im Körper ausbreitete. Dazu das köstliche Omelette. Aber es war ihm nicht bekommen, sein Magen war entwöhnt, er rebellierte. In der Nacht hatte er sich mehrmals übergeben müssen. Die letzten Tage

hatte er kaum etwas essen können, seine Magenbeschwerden waren wieder da, die ihn seit Längerem quälten und auch jetzt. Sich leicht krümmend presste er die flache Hand gegen den sich wieder ausbreitenden, stechenden Schmerz im Oberbauch. Niedergeschlagen sank er am Straßenrand auf einen Mauerrest. Nur wenige Menschen huschten vorbei, keiner kümmerte sich um ihn. Die erste halbe Stunde seiner Freiheit war nun schon vorüber. Sie hatten ihn entlassen und verlassen, er wusste nicht wohin, was er mit seiner Freiheit anfangen sollte. Es kümmerte sie einen Dreck, was jetzt aus ihm wurde. Erst hatten sie ihn unschuldig eingesperrt, seine Familie aus dem Land gejagt, seine Gesundheit und sein ganzes Sein ruiniert, und jetzt?

Sein Körper begann zu zittern, Tränen schossen ihm in die Augen, er rutschte von der Mauer und sackte zusammen.

Zur gleichen Zeit hatte der Direktor aufgebracht das Büro verlassen und die Tür hinter sich zugeschlagen

„Man hat Sie doch ausdrücklich angewiesen, mein Eintreffen abzuwarten", war Kurt ihn angegangen. „Wie konnten Sie den Mann einfach auf die Straße setzten, er hat Auflagen, hat zwei Jahre Bewährung abzuleisten. Haben Sie ihm das mitgeteilt?"

„Das ist nicht meine Aufgabe!" Der Direktor fühlte sich übergangen. Dieser Deutsche verdiene keine Gnade, echauffierte er sich. Er habe in seinem Gutachten keine Empfehlung für eine Begnadigung ausgesprochen. Wenn man sich nicht daran halte, sei das nicht mehr seine Sache. Er habe ihm alle Unterlagen und Papiere gegeben. „Wenn der kein Polnisch kann", er schlug mit der Faust auf den Tisch, „soll er es gefälligst lernen!"

Kurt blieb ratlos zurück, verließ jedoch umgehend das Büro. Er musste Rudl finden. Er hatte sich, nein, der Zug hatte sich verspätet. Er war, nachdem er nach dem Weg gefragt hatte, eine Querstraße zu früh abgebogen, war diese, die Gefängnismauer schon im Blick, hochgehechtet, dann links die Mauer entlanglaufend vor dem Tor gelandet. Jetzt stand er wieder davor, sah die Straße hinunter; die musste Rudl gegangen sein. Wär ich eine später abgebogen, hätte ich ihn nicht verfehlt, dachte er. Im Laufschritt rannte er die Straße hinunter; irgendwo schlug eine Turmuhr. Vier Uhr, er konnte noch nicht weit sein.

Benommen registrierte Rudl die Glockenschläge. Hier ist doch eine Kirche in der Nähe, schoss es ihm durch den Kopf. Er versuchte sich aufzuraffen, doch ein Krampf in Wade und Fuß ließ ihn schmerzhaft straucheln. Erneut glitt er an der Mauer hinab und versuchte, mit Dreh- und Beugebewegungen die Verkrampfung zu lösen. Doch der Schmerz wollte nicht weichen, und seine ungelenken Bewegungen bewirkten nur, dass die so stark vernachlässigte Muskulatur ihm vollends den Dienst versagte. Er glaubte nicht mehr gehen zu können, ja, nie mehr aufstehen zu können, und wieder spürte er das Würgen im Hals, den lastenden Magendruck, den wandernden Schmerz, die kalten Tränen in den verquollenen Augen. Er war frei, aber alles in ihm war zerbrochen, war verkümmert und ausgezehrt.

An der Kreuzung angelangt, lief Kurt instinktiv nach links und so direkt auf Rudl zu. Er hatte ihn sofort erkannt. Sein Haar war lichter, vielleicht schon grau geworden, der verschleierte Blick schien gebrochen, das Gesicht hager, eingefallen, sodass Kurt erschrocken vor ihm innehielt. Zusammengesunken, den Kopf an das Mäuerchen gedrückt, starrten Rudls offene Augen ins Nichts, nahmen ihn nicht wahr. Kurt packte ihn bei den Schultern und versuchte ihn zum Aufstehen zu bewegen. „He, Rudl, ich bin's, Kurt! Erkennst du mich nicht? Komm, ich helf' dir!" Sich vor ihn hockend warf er Rudls Arme auf seine Schultern, umfasste ihn und suchte ihn auf die Mauer zu setzten. Er war schon immer größer und kräftiger als Rudl gewesen, doch jetzt glaubte er, ein Leichtgewicht zu heben. Plötzlich umklammerte Rudl seinen Hals und stammelte nah an Kurts Ohr: „Wer sind Sie? Helfen Sie mir, ich kann mich nich mehr bewegen, proszę, Proszę!" Unbewusst meinte Rudl polnisch sprechen zu müssen, aber ihm fiel nur das Wort „Bitte" ein.

Kurt setzte Rudl auf der Mauer ab, nahm seinen Kopf in beide Hände und redete auf ihn ein: „Rudl, ich bin's, Kurt! Erkennst du mich nicht? Ich komm dich abhol'n!" Rudl starrte ihn an, er suchte sich aus dem Klammergriff zu befreien. „Erinnerst du dich nicht, wir haben zusammen in Kunzendorf so viel erreicht, ich hab deine Familie aus Langenau abgeholt, und die beiden Jungs haben wir ..." Rudls Gegenwehr erlahmte, seine Augen

weiteten sich, und die erlösende Erkenntnis, dass sich jemand um ihn kümmerte, ihn abholte, ihm half, jemand, der deutsch sprach, ließ ihn zunächst ruhiger werden. Dann folgte das Erkennen des Freundes; Kurt, der ihm so viel bedeutet hatte. Rudl fühlte noch immer Kurts starke Hände auf seinen Wangen. Er fasste nach ihnen, klammerte sich dann an die Revers seiner Jacke und vergrub, überwältigt von nicht mehr zu kontrollierenden Gefühlen, sich und seine Zerrissenheit in dem schützend vor ihm stehenden Freund. „Kurt! Dass du da bist", schluchzte er, den Kopf an dessen Hemd gepresst. Kurt konnte sich seiner Tränen nicht erwehren. Was hatten sie aus Rudl gemacht. Fast fünf Jahre Gefängnis; unschuldig. Er hatte immer wieder versucht, ihm zu schreiben, ihn zu besuchen. Stets war er abgewiesen worden, die Briefe waren zurückgekommen. Dann hatte er Kominsky konsultiert, der hatte zugesagt zu helfen, ihm mitgeteilt, dass eine Amnestie bevorstünde, und gestern bekam er von ihm den Anruf, Rudl würde heute entlassen. Er müsse noch ein Jahr und drei Monate Bewährung ableisten. Kominsky war sehr erbost über die verhängte Bewährung, man müsse ihm eine Bleibe besorgen, Arbeit. „Sie können da sicher behilflich sein, Sie kennen ihn doch gut. Und er muss sich regelmäßig melden", hatte er noch in den Hörer gerufen. Ja, Kurt musste ihm jetzt helfen. Wie schmerzlich war es damals für ihn, als er von Sorau nach Breslau versetzt wurde. Mosche Unterberg, war abberufen worden, und man warnte ihn, sich weiter mit diesem Deutschen abzugeben; der würde beobachtet. Kurt hätte Rudl warnen müssen, das hatte er sich immer wieder vorgeworfen, aber es gab keine Gelegenheit mehr. „Ich war einfach zu feige!", flüsterte er jetzt über Rudls Kopf hinweg, wischte sich mit dem rechten Handrücken die Augen. Rudl klammerte sich weiter an ihn, aber er schien ruhiger zu werden. Nein, dieses Unglück hätte ich nicht verhindern können, versuchte sich Kurt zu beruhigen. „Komm Rudl, wir müss'n zum Zug, wir fahr'n nach Grünberg, dort hab ich ein Zimmer für dich besorgt."
Rudl löste sich, schaute zu ihm auf und fragte matt:
„Wieso nach Grünberg, was soll ich da?"
„Ich werd dir alles erklär'n." Kurt nahm ihn hoch, hakte sich

unter und zog ihn mit sich. „Kann ich dann bald nach Hause?"
„Komm, wir müss´n uns beeilen", rief er. Er konnte ihm nicht
antworten. Er war sicher, dass Rudl über die Bewährungszeit
nicht informiert worden war. „Dieser Direktor!", stieß er hervor. „Was is mit dem?", fragte Rudl, „ein fieser Kerl, der hat
mir nur ein großes Couvert gegeb´n, es is in der Tasche, in den
Pass hat der ein Loch gestanzt." Er atmete tief durch.
Der Krampf hatte sich gelöst, er humpelte noch ein wenig, löste
sich langsam von Kurt und stellte erleichtert fest, dass er mit
ihm Schritt halten konnte. „Wie soll ich über die Grenze nach
Hause kommen, hab ich gefragt." Er fasste doch wieder nach
Kurts Arm. „Vielleicht is so n Provisorischer im Umschlag."
Wie soll ich ihm das alles beibringen, fragte sich Kurt. Morgen
musste er mit ihm wegen einer Arbeitsstelle vorsprechen, bei
einem staatlichen Betrieb, als Schlosser würde man Rudl
einstellen, das war ihm über das Amt für öffentliche Sicherheit
zugesagt worden. Er würde ein Taschengeld bekommen. Mit
seiner Arbeitskraft sollte er den polnischen Staat für den Schaden entschädigen, den er diesem zugefügt hatte. So stand es in
der Bewährungsauflage. Die hatte Kominsky Kurt zugeschickt.
Zudem musste Rudl sich jeden Monat bei der Miliz melden,
musste jeweils eine Begutachtung über die Qualität der Arbeit
vorlegen, und wenn die Beurteilungen gut ausfallen würden,
bekäme er Ende März 1955 seine Ausreisepapiere.
Sie saßen im Zug, Kurt betrachtete den Freund. Er durfte ihn
jetzt nicht mehr im Stich lassen. Vielleicht konnte man noch mit
Gesuchen diese sinnlose Bewährungszeit verkürzen.
Rudl packte die Schnitten aus, „willst du auch?" Er reichte ihm
eine. „Gefängnisschnitten!", nuschelte er, total erschöpft darauf
herumkauend. „Ich hab meinen Lieben geschrieben, dass ich zu
Weihnachten bei ihnen bin." Kurt starrte ihn entsetzt an.
„Meinst du, ich schaff das?" Ich kann es ihm nicht sagen, noch
nicht, noch nicht, dachte Kurt, sein Blick verschleierte sich.
Würde Rudl diesen neuen Tiefschlag verkraften können?

31. Heimkehr

Gretl saß vor ihrer Schreibmaschine.

Den Blick auf die stenografierte Vorlage geheftet, klapperten die Buchstaben auf das um die Rolle gefangene Papier. Sie hatte inzwischen wieder die Anschlagszahl von 120 erreicht. Es machte ihr Freude, die zehn Finger über die Tasten fliegen zu lassen, um dann das fast fehlerlos beschriebene Blatt aus der Maschine zu ziehen. Sie war anerkannt als zuverlässige Bürokraft, und ihre Kolleginnen schätzten sie, besonders die ihr gegenübersitzende, die sie bewunderte. Wie Gretl ihr Leben allein mit vier Kindern meisterte, schien Erika nachahmenswert. Gretl hatte ihr manches von Rudl erzählt, allerdings nie, dass er im Gefängnis saß, immer nur erwähnt, er sei noch in Polen interniert. Sie schaute auf die Uhr, sie würde ihr Pensum in der verbleibenden Stunde noch erledigen können. Ihre Finger fanden weiter blind die knopfgroßen Tasten, die blechumrandet unter einem Scheibchen mit den entsprechenden Zeichen und Buchstaben gekennzeichnet waren. Ihr Anschlag hatte etwas rhythmisch Musikalisches, denn die kleinen Finger, wann immer sie dran waren, konnten nicht so schnell wie die anderen, benötigten etwas länger, um die jeweilige Taste herunterzudrücken, sodass sich für ihre Ohren daraus eine punktierte Viertelnote mit der folgenden Achtel ergab. So war sie oft an ihre Fingerfertigkeit am Klavier erinnert, an das Gefühl, die Tastatur mit ihren nie ermüdenden Händen fest und sicher im Griff zu haben. Sie hatte eine kleine Verschnaufpause eingelegt.

Ja, Klavierspielen sollte sie eigentlich wieder öfter, sie hatten ja jetzt eines als Dauerleihgabe von Onkel Hertelt, und ihre große Freude war, dass Jutti und Uli doch leidlich übten und hörbar Fortschritte machten. Und wenn Vati jetzt kommt ...

„Kommt er denn nun bald?", fragte Erika flüsternd, sich über den Tisch lehnend, als ob sie ihre Gedanken erraten hätte. Aus diesen herausgerissen schaute sie Erika an. Für Gertl fast zu einer Freundin geworden – sie konnte sich auch mal etwas von der Seele reden –, war sie somit die Einzige, der sie von Rudls Nachricht berichtet hatte. Einen Umschlag ohne Absender mit Marke und Stempel: POLSKA 12. 12. 54 fand sie vor 4 Tagen in ihrem Briefkasten. Darin eine Ansichtskarte von Zielona Góra, auf der Rückseite in Druckschrift ohne Unterschrift, Gretl hatte seine Schrift sofort erkannt: KOMME NOCH VOR WEIHN.!

Sie hatte die Karte niemandem gezeigt, wollte die Enttäuschung des letzten Jahres nicht noch einmal erleben. Den Hasenbraten hatten sie allein essen müssen, hatten Heiligabend, den ersten, den zweiten Feiertag gewartet, zu Silvester Freunde, Familie eingeladen, an Neujahr, seinem Geburtstag, gehofft, gebangt, an der Krippe betrachtend still gebetet, verwaist vor dem Baum verharrt, kaum gesprochen, kein einziges Lied gesungen, das Klavier war stumm geblieben, und nach jedem dieser Abende war jeder in seiner Traurigkeit zu Bett gegangen, um wachliegend den nächsten Tag herbeizusehnen, der der schwindenden Hoffnung wieder neuen Auftrieb verleihen konnte.

„Er wird wieder nicht kommen", hauchte Gretl mit erstickender Stimme. Erika sah Gretls feucht schimmernde Augen.

„Heut ist schon der Einundzwanzigste."

Plötzlich drang verhaltenes Stimmengewirr vom Hof her durch das halb geöffnete Fenster in ihr Büro. Gretl glaubte, Felix' Stimme zu hören. „Kommt, stellt euch hier vors Auto, du in die Mitte, ich ruf se jetzt!" „Das ist Felix", rief sie aufspringend Erika zu, „kommt der mich denn heut abholen?"

Sie hatte das Fenster erreicht, und im gleichen Moment hörte sie Felix rufen: „He, Gretl, komm mal zum Fenster und kuck, wen ich dir hier mitgebracht hab!" Sie starrte hinunter, erkannte ihn zunächst nicht, sah nur Evi, Jutti und Uli, die vor dem

Cottbusser-Postkutscher-Bus aufgereiht standen, daneben Felix
mit einem Mann, den er jetzt, ihn an beiden Schultern fassend,
mit ausgestreckten Armen vor sich aufstellte. „Na, was sagste
nu, Schwesterherz?", rief er ihr triumphierend entgegen.
Der gleiche Schlag, der sie bei den Wiedersehen im Gefängnis
fast die Besinnung gekostet hatte, fuhr ihr in die Glieder, der
Fußboden verlor sich. Sie hörte Erika fragen: „Iser das?"
Sie klammerte sich an das Fensterkreuz und konnte nur ein „Ja"
stammeln. Erika fasste sie bei der Hand, zog sie aus dem Büro,
die Treppe hinunter und rief: „Wir müssen ihn begrüßen!"
Gretls Gedanken türmten sich übereinander: Wie hatte sie sich
in den letzten Tagen die Begrüßung ausgemalt; in seinen Armen
versinkend, alle Tränen, alles Leid, alle Sehnsüchte vergessend,
die quälende Verantwortung für die Kinder nicht mehr allein
schultern zu müssen, nur noch ihn zu spüren, ihm nah zu sein.
Sie stürzten auf den Hof; sie war im Begriff, sich in seine Arme
zu werfen, sah aber in den offenen Fenstern des Bürogebäudes
die halbe Belegschaft der HO-Verwaltung, die sie zwar kaum
kannte, aber plötzlich glaubte sie, jeder Einzelne würde sie kennen, würde wissen, dass sie ihren Mann begrüßte, der wegen
Spionage zu 12 Jahren verurteilt, nun begnadigt war. Schuldig,
aber begnadigt. Sie hielt inne, umarmte Rudl knapp, als wäre er
gerade von einem Drei-Wochen-Urlaub zurückgekommen.
Erika drängte sich dazwischen, schüttelte Rudl die Hand und
plapperte: „Schön, dass ich Sie endlich kennenlerne, ich bin
Erika. Sie haben so eine tolle Frau, ich bewundere sie!" Sie
wandte sich zu Gretl, schob sie in den Bus: „Komm, fahrt jetzt
sofort nach Hause, ich hol dir deine Sachen, warte!" Die Kinder
waren schon wieder eingestiegen, die vielen Köpfe an den Fenstern verunsicherten sie. Felix grüßte noch einmal feixend in
die Runde, setzte sich ans Steuer und drehte sich zu den beiden
um: „Nu, wollter euch denn nich ma küss'n?" „Komm, Felix,
hör auf hier vor den Kollegen Theater zu spielen", entgegnete
Gretl gereizt. Erika kam gerannt, reichte Gretl Mantel und Tasche und rief augenzwinkernd: „Ich red' mim Chef, werd dein'
Kram noch schreib'n, damit wer trotzdem den Plan erfüll'n!"
In seiner unnachahmlichen Fahrweise kurvte Felix durch Cott-

bus der Calauerstraße entgegen. Uli hatte sich den Beifahrersitz erobert, auf dem auf der Hinfahrt Rudl gesessen hatte. Gretl und Rudl saßen jetzt hinten in einer der Sitzreihen, stumm, sich zugewandt, die Hände ineinander verschränkt, in für sie unfassbarer Erregung. Jutti und Evi hatten sich in die hinteren Reihen verzogen. Nur Felix redete. „Ham wer das nich prima hingekriegt? War das ne Überraschung, Schwesterherz? Rudl, gut dass de mir das Telegramm geschickt hast." Er drehte den Kopf nach rechts, um die Fahrgeräusche zu übertönen. „Ich hab n mit den Kindern von Fürstenwalde abgeholt!" Uli hatte sich auf den Sitz gekniet, sein Kopf tanzte durch die Erschütterungen auf den Unterarmen, die breit auf der Lehne lagen. Er betrachtete seine Eltern, die er so noch nie gesehen hatte. Zusammen.
„Na, freuste dich, das ich euch aus der Schule geholt hab? War doch ne schöne Fahrt, newa? Jetz haste wieder Eltern!" Dabei klatschte Felix auf Ulis Lederhosenhintern: „Komm, dreh dich wieder und setzt dich richtig hin, is mir zu gefährlich, wenn ich mal richtig brems'n ..." Und schon musste er hart in die Bremse steigen. Er hatte gerade zum Überholen angesetzt. Uli wäre fast in den Fußraum gerutscht. „Siehste, so schnell kann's geh'n!"
Für einen Moment hatte es Felix die Sprache verschlagen. Uli rekelte sich im Sitz zurecht und hielt sich jetzt an der Kante des Armaturenbrettes fest. „Rudl! Gleich sind wer da. Du wirst staun'n. Ne schöne Wohnung mit Bad, ham nich viele!"
Er nahm rasant eine Haarnadelkurve. „Wat sagste eigentlich zu meim Auto, is das selbe, mit dem ich euch damals von Forst abgeholt hab. Nur hab ich, wie de siehst, n Bus draus gemacht. Das mit den Jungs werd ich dir übrigens nie vergess'n, drum hab ich auch immer versucht, meim Schwesterlein zu helf'n."
Felix ließ den Bus vor dem Haus ausrollen, sprang hinaus, lief zur Rückfront, öffnete den kleinen Gepäckraum und zog Rudls schäbigen Lederkoffer heraus. Inzwischen standen alle um ihn herum: „Ich werd wohl nich mehr mit raufkomm, du musst dich ja erst mal einleb'n." Sie umarmten sich, für die Mädchen gab's einen Schmatz auf die Stirn, Uli bekam eine gut gemeinte Kopfnuss, die Tür knallte zu, und er brauste davon.
Uli stieß die Wohnungstür auf, er hatte den Koffer, beide Hände

am Griff, in den zweiten Stock gehievt, „der is doch gar nich so schwer", rief er, stellte sich in den Flur und breitete die Arme aus: „Hier Vati, kuck, der is seit voriges Jahr so geschmückt!"
Rudl strich ihm benommen übers Haar, seit Gretls knapper Umarmung hatte er noch kein Wort über die Lippen gebracht. Aufgewühlt hatte er sie die ganze Fahrt über angeschaut, sie wirkte so seltsam distanziert. War das noch seine Gretl? War die Zeit doch zu lang gewesen, die er fort war? Er musste alle Kraft zusammennehmen, um ebenso scheinbar gefasst die Fahrt hinter sich zu bringen. Gottlob war Felix' Redeschwall nicht zu stoppen gewesen, sonst hätten ihn die Tränen übermannt; und genau das drohte jeden Moment zu passieren. Wie unbeschwert war das Wiedersehen heute Mittag in Fürstenwalde. Er war froh gewesen, dass Felix ihn aus diesem Aussiedlerlager herausholte, dass er sogar die Kinder mitbrachte. Nur Bunti fehlte, die war ja schon in der Lehre. Auf der Fahrt zu Gretls Büro hatte er munter mit den Kindern geplaudert. Felix war mit dem Fahren beschäftigt gewesen. Aber dieser Empfang im Hof mit all den fremden Leuten, ... und jetzt plötzlich störten ihn die Kinder, Ulis Unbefangenheit. Alles begann sich um ihn zu drehen, die Girlanden, das große rote Herz, der Boden kippte, vielleicht waren es die Treppen? Er hatte jeweils gleich zwei Stufen auf einmal genommen. Er sank auf den Stuhl neben der noch offenen Tür. Gretl ließ sie ins Schloss fallen. „Lasst Vati erst mal zur Ruhe kommen", flüsterte sie und scheuchte die Kinder ins Kinderzimmer. Ihr war nicht viel besser zumute, aber sie war in ihrer vertrauten Umgebung. Sie half Rudl aus dem Jackett, löste seine Krawatte, eilte in die Küche, füllte Wasser in ein Glas und brachte es ihm. Ihre zitternden Hände ließen das Wasser über den Rand schwappen. „Mein Mantel, ich hab ihn bei Felix' im Auto ..." „Den wird er uns schon noch bringen. Komm leg dich erst mal hin." Er leerte das Glas in einem Zug und rappelte sich hoch. „Ich muss mich zuerst frisch machen." Gretl nahm das Glas, öffnete die Tür zum Bad und schob ihn behutsam hinein. Bebend verharrte sie vor der Tür; lauschte, er würde doch nicht zusammenbrechen? Panische Angst ergriff sie plötzlich. War er ernstlich krank? Fünf Jahre Kerker mussten ihn krankgemacht

haben. In den Briefen gab´s zwischen den Zeilen immer wieder Hinweise. Plötzliche Verzweiflung drohte ihr den Atem zu nehmen. Sie starrte gegen die Tür, stützte sich am Rahmen ab. Prustende Waschgeräusche, das gleichmäßige Plätschern des Wasserhahns beruhigten sie ein wenig.

Sie schlich ins Schlafzimmer, ließ Jacke und Rock abgleiten, drapierte zitternd beide Teile doch sorgfältig auf die Stuhllehne, die weiße Bluse dazu, und huschte ins Bett. Die klamm kalten Laken überdeckten ihre Haut mit fast eisigen Schauern, und der folgende Schüttelfrost erinnerte sie an die letzte fiebrige Erkältung. Ich müsste die Wohnzimmertür öffnen, dachte sie, dann würde wenigstens etwas Wärme hereinströmen. Rudl erschien im Türrahmen. Anzug und Hemd hatte er im Bad abgelegt.

„Komm bitte, mir ist so kalt und elend", bat sie stockend. Rudl schloss die Tür, kroch unschlüssig zu ihr. Seine starken Arme, die streichelnden Hände gaben ihr bald die innere Ruhe zurück, und wohlige Wärme beflügelte die erstorben geglaubte Lust des sich langsamen Wiederfindens.

Uli war maulend im Kinderzimmer hin und her gelaufen „Der hat garnix geseh´n, nich mal das »Herzlich Willkomm´n« hat er geles´n. Ich geh jetzt da rein, was mach´n die denn da solange!" Evi packte ihn fest am Arm: „Du bleibst jetzt hier. Die hab´n sich so lange nich geseh´n. Lass die jetzt erst mal in Ruhe."

„Mutti hat immer gesagt, wenn der Vati zurückkommt, werden wir richtig feiern." Uli machte sich los: „Dann geh ich jetzt eben rüber zu Maxl Briefmarken tauschen."

„Nein, bleib hier", mischte sich Jutti ein, „die schlafen sicher. Mutti hat doch den ganz´n Tag gearbeitet, seit sechs is die auf, und Vati; weißt du nich mehr, wie schlimm das im Lager war?" Na ja, das wusste Uli schon noch, Fürstenwalde, ohne Klotüren und die stinkenden Strohsäcke. „Gut", sagte er, „dann mach´n wir aber jetzt Händedrück´n." „Ja, komm!", sagte Evi und stellte sich vor ihm auf. Sie hielt ihm mit angewinkelten Armen und gespreizten Fingern ihre Hände entgegen. Uli hakte seine Finger fest in die ihren und versteifte die Handgelenke. „Also los", kommandierte er und drückte seine Hände unvermittelt aus dem Gelenk nach unten, sodass Evis Handgelenke nach hinten

wegklappten und sie fast in die Knie ging. „Ha, gewonnen!", rief er und tanzte im Zimmer herum. „Nein, nein", protestierte Evi, „ich war doch noch gar nicht so weit. Komm, noch mal." „Nö, nö, ich hab gewonnen", triumphierte er, „ich hab´s dir ja gesagt, irgendwann schaff ich dich."
Oft maßen sie so ihre Kräfte, und Uli ärgerte sich tierisch, wenn Evi ihn wieder und wieder in die Knie zwang.
„Na gut", er hielt seine Hände hin, „wenn ich dich noch zweimal schaffe, schaffst du mich nie mehr!"
Und so war es. Evi stemmte sich mit aller Kraft gegen ihn, aber seine Handgelenke hielten, wie eingerastet. Sie standen sich minutenlang gegenüber, bis Evis Gelenke einknickten und sie sich geschlagen gab. Auf ein drittes Ringen verzichtete sie. Uli schritt stolz das Zimmer ab, er war jetzt der Stärkste und musste sich von Evi nichts mehr vorschreiben lassen.
Also riss er die Tür auf, ging auf Zehenspitzen zur Schlafzimmertür und legte sein Auge an das Schlüsselloch. Evi zischte hinter ihm: „Lass das, das macht man nich!" Sie wollte ihn wegziehen, er riss sich los und schaute erneut. In dem Moment ging der Schlüssel im Schloss der Wohnungstür, und Bunti erschien im Flur. „Was macht ihr denn da", rief sie laut. Evi legte mit einem „Pscht" den Finger auf den Mund, und Uli, zutiefst erschrocken, sich ertappt fühlend, schnappte sich Bunti und zerrte sie ins Kinderzimmer.
„Hast du was geseh´n?" Evi war doch sehr neugierig.
„Nein, nur ein Federbett, aber das hat sich bewegt."
„Was is denn los, wo is Mutti, ich muss was essen", rief Bunti. Sie war müde, sie hatte heut den praktischen Tag und eigentlich gar keine Lust, von ihren Geschwistern belästigt zu werden.
„Vati is da", flüsterte Jutti, als ob es niemand hören dürfte.
„Was?" Bunti machte große Augen. „Wo is er denn?"
„Im Schlafzimmer." „Und Mutti?" „Auch." „Wieso?" „Wissen wir auch nich", sagte Uli, „ich hab nur n dickes Bett geseh´n."
Und sie erzählten Bunti, was sie heute alles erlebt hatten.
Bunti setzte sich auf ihr Bett, Tränen kullerten die Wangen herab: „Schade, dass ich nicht dabei war, ich hab mir das Wiedersehen mit Vati immer so schön ausgedacht."

„Ja, wir auch", sagte Uli. Evi und Jutti nickten.

Sie schien zu schlafen. Rudl wagte nicht, sich zu bewegen, warum auch, fühlte er doch in seinen Armen das Glück, das er so lange vermissen musste. Und doch peinigte ihn die Sorge. Er würde ihr alles von seinen Krankheiten erzählen müssen. Nein, nicht alles, die Gelbsucht hätte ihn beinah dahingerafft. Diese Mangelernährung im Gefängnis, fast fünf Jahre. Sein Körper hatte keine Abwehrkräfte mehr. Wenn Kurt und Frau Nowalik nicht gewesen wären, er hätte das Jahr in Grünberg nicht durchgestanden, ja womöglich nicht überlebt.

Er schloss die Augen, drückte Gretl ein wenig fester an sich, er müsste etwas essen, aber hatte sie überhaupt etwas für ihn im Haus? Frau Nowalik hatte einen Garten, sie hatte ihn mit rohem Gemüse, Obst, Suppen, selbst gebackenem dunklem Brot, Käse und Molke hochgepäppelt. Aber eigentlich ging es ihm wieder gut, die Schmerzen im Oberbauch waren fast verschwunden. Er würde erst mal alles essen, was Gretl für ihn kochte, und sie kochte gut, das hatte er nicht vergessen.

Sie rekelte sich, spürte ihn in ihrem Rücken, nahm seine Arme und drückte sich noch fester an ihn. „Ach, tut das gut", seufzte sie, „ich möchte, dass das nie mehr aufhört." Er schmiegte sich an sie, konnte ihr nicht antworten, er wusste, dass ihnen noch schwierige Entscheidungen bevorstanden. Kurt hatte ihn gewarnt. „Für die bist du ein Verbrecher." Er dürfe auf keinen Fall bei den Kommunisten in der DDR bleiben.

„Ich soll dich von Kurt grüßen." „Von Kurt!" Sie drehte sich zu ihm. „Hast du ihn getroffen? Er hat mir so geholfen."

„Ja, mir auch, er ist ein wirklicher Freund."

„Du musst mir alles erzählen", sagte sie, sich aufrichtend.

Er betrachtete sie. „Ich hätte es fast vergessen." „Was?"

„Wie schön du bist", sagte er leise.

Sie fiel in seine Arme zurück. „Danke", flüsterte sie.

„Du hast kaum geschrieben." Es klang wie ein Vorwurf.

„Ich durfte nicht. Es ging nur über die Bewährungsstelle. Die haben sicher nicht alle Briefe freigegeben, deshalb hab ich dir auch die Karte ohne Absender geschickt." Er hielt sie fester.

„Ruh dich noch etwas aus, ich koch uns was Schönes." Sie

löste sich, stand auf, warf den Morgenmantel über: „Die Kinder
müssen was essen. Bunti müsste schon da sein. Ich ruf dich,
und dann hab'n wir noch den ganzen Abend zum Erzählen."
Er lag in den jetzt wunderbar warmen, weichen Federbetten.
Wie hatte sie das alles geschafft? Ein komplettes Schlafzimmer.
Er schaute sich um, ein kleineres Bett vor dem Fenster, hier
schlief fraglos Uli. Und die anderen Räume waren sicher auch
bestens eingerichtet. Er hatte ja noch gar nichts gesehen. Nur
flüchtig die Girlanden und das große Herz über den Türen. Eine
Nähmaschine hatte sie gewiss auch, und bestimmt ratterte sie
jeden Abend die Nähte herunter, um die Kinder einzukleiden.
Wie in Kunzendorf. Das Schicksal hatte ihn arg gebeutelt, ihm
aber eine patente und obendrein schöne Frau beschert.
Vom Flur her drangen gedämpfte Stimmen herein. Die Kinderle, dachte er. Bunti musste er noch begrüßen, in den Arm nehmen, alle müsste er noch … eine Tür flog krachend ins Schloss,
tuschelnde Vorwürfe. Die Lider wurden träge. Ein Heim hatten
sie sich geschaffen, ohne ihn. Er kehrte heim, nur mit einem
kleinen Koffer, ohne etwas zu besitzen. Wieder in ein Zuhause,
das nicht seines war, wo er nicht bleiben konnte. In ein Leben,
das er nicht mehr kannte und das er wieder zerstören musste.
Schwer in den Kissen gefangen hörte er erneut Kurts Stimme:
„Sie haben den Rest der Strafe …

                    … zur Bewährung ausgesetzt."
Der Zug ratterte gerade über mehrere Weichen, und Rudl wurde
auf der Holzbank hin und her geschockelt. Kurt hatte die Papiere durchgesehen und ihm den Entlassungsschein, der natürlich
in Polnisch abgefasst war, leise deklamierend vorgelesen.
Rudl erstarrte für Minuten, sprang plötzlich auf, warf Schnitte
und Tasche auf die Bank, hangelte sich hektisch hinaus auf die
Einstiegsplattform und versuchte, über die Absperrung zu klettern. Kurt war hinter ihm her gehechtet, schnappte ihn buchstäblich beim Kragen, drehte ihn, hielt ihn an den Revers seines
Jacketts, schüttelte ihn durch und zischte: „Bist du wahnsinnig
geword'n? Du kannst doch hier nich son Aufstand mach'n!"
Rudl fühlte die kalte Waggonwand im Rücken. „Was soll das,
willst du hier einfach runterspring'n?" Rudl sackte zusammen.

Kurt schleifte ihn zurück, setzte sich neben ihn und versuchte, ihn aufrecht zu halten. „Ich helf′ dir doch, du wirst es schaffen, vielleicht lassen die dich auch eher geh′n." Rudl sah sich von Mitreisenden umringt, die alle mit Fingern auf ihn wiesen. Der Zug verschwand rauschend in der schwarzen Qualmwolke der aufgestauten Trugbilder. Er fand sich umgeben von Dunst und Rauch. Glühendes Eisen spie gleißende Funken unter seinen gezielten, platzierten Hammerschlägen. Die Werkstatt barst vor Lärm und Qualm, die Arme schmerzten. Er stand nach sechs Wochen Kranksein wieder am Amboss vor dem Schmiedeofen. Geblendet von der Glut starrte er auf die Eisen, war er doch der Einzige, der an der Färbung des grell glühenden Metalls die richtigen Temperaturen zum Härten, Biegen, Anlassen oder Schleifen erkennen konnte. Sein Tagespensum, heute musste er es schaffen, er bekäme sonst eine schlechtere Beurteilung ... die Ausreise, zu seiner Familie ... aber er war noch zu schwach, lag plötzlich wieder fiebernd und elend im Bett, lief jetzt, floh über endlose Weiten. Eine Tür knarrte in den Angeln. Frau Nowalik beugte sich über ihn. „Ich hab für Sie was Gutes gekocht, die Kinder warten schon! Das Fieber ist runtergegangen."
Das Rütteln an seiner Schulter ließ ihn erschrocken hochfahren.
„Ach, Gretl, wieso Fieber, was ist? Wieso bist du hier?"
„Nein, du bist hier, bei uns, zu Hause. Du schwitzt ja, warte ich hol dir etwas Frisches." Sie hatte den Koffer schon ausgepackt, sein Anzug hing am Schrank, Wäsche lag auf dem Bett neben ihm. „Ich hab doch deine Sachen mitgenommen, ich wusste, du würdest kommen. Auch dein Werkzeug und die Ersatzteile."
Sein Werkzeug, die Teile, seine Sachen! Sie würde es schaffen, dass er sich hier und bei ihr bald zu Hause fühlen könnte.
„Ach, meine Liebste", stöhnte er, „du bist wunderbar!"
„Komm, steh auf, mach dich schön. Im Bad hab ich dir alles zurechtgelegt. Das Essen ist gleich fertig, und die Kinderle warten auf ihren Vati."

Die Feiertage waren vorüber, sie hatte wunderbar gekocht; für ihn, alles war köstlich gewesen. Weihnachten waren sie nur mit Oma zusammen. Sie freute sich riesig, Rudl wiederzusehen,

und dass die beiden nun wieder vereint waren. Es ging ihr auch
verhältnismäßig gut. Das Zittern allerdings steigerte sich mit
ihrer Freude beängstigend. Jeden Tag danke Agnes ihrem
Herrgott, dass jetzt endlich alles gut würde.
Zu Silvester, zu ihrem 15. Geburtstag, hatte Bunti die Cousins
und Cousinen und ihre Freundinnen eingeladen, und am Abend
kamen Gretls Brüder, Annchen und Käthe und der Kaplan dazu.
In ausgelassener Stimmung verabschiedeten sie das alte Jahr
und damit, wie sie hofften, alle erlittene Pein, stießen auf das
neue Jahr 1955 an, vor allem aber auf Rudl, der zur Freude aller
seinen 50. Geburtstag im Kreise seiner Familie und endlich in
Freiheit begehen konnte. Die Stimmung war ausgelassen und
unbeschwert. Gretl setzte sich nach langer Zeit wieder einmal
ans Klavier, spielte das Frühlingsrauschen, beschwingt und
locker, dachte dabei an ihr Konzert, die Zugabe. Sie erinnerte
sich genau der Fehler, die ihr damals unterlaufen waren. Wie
lange war das her? Auch hier erntete sie begeisterten Applaus.
Sie schwelgte in dem Glück, das ihr Rudls Heimkehr und diese
wunderbare Musik zurückgaben.
An herunterbrennende Kerzen vor der Krippe unter dem Baum
dachte keiner, auch nicht an grüne Holzwolle, auf der Figuren
und Schäfchen standen. Bis plötzlich, man hätte gar an ein
Freudenfeuer denken können, Flammen an Hirten, Maria und
Josef emporzüngelten bis in die unteren Äste des Tannenbau-

mes hinein. Der allgemeine
Aufschrei verwandelte Rudl
und Bruno, die am schnell-
sten reagiert hatten, obwohl
sie in ein Gespräch vertieft
waren, in mit gefüllten Töp-
fen bewaffnete Feuerwehr-
leute. Die geglückte Lösch-
aktion wurde gebührend be-
jubelt, und Bruno und Rudl, jeder in der einen Hand einen
leeren Topf, umarmten sich ausgelassen.
Alle beäugten die jetzt nicht mehr grünen Holzwollkringel, die
versengten Tannenzweige, die verrußten Krippenfiguren, nur das

Jesuskind schien, oh Wunder, unversehrt geblieben zu sein.

Rudl starrte auf die rauchend verkohlte und zerstörte Krippen-
landschaft. Sie schien ihm ein Abbild der letzten unheilvollen
Jahre, aus welchen er scheinbar heil entkommen war.

Natürlich waren sie erst spät ins Bett gekommen, und der auf
den Neujahrstag folgende Sonntag ermöglichte ihnen ein sorg-
loses Ausschlafen. Doch Rudl konnte keinen Schlaf finden. Er
hatte zu gut gegessen und doch mit einigen Gläschen Wein auf
Geburtstag, Freiheit und Familienglück angestoßen. Hätte er
sich das versagen sollen? Er wälzte sich von einer Seite auf die
andere wie in den schlimmsten Zeiten im Gefängnis. Da allerdings hatte er zu wenig gegessen. Er kam sich vor wie der böse
Wolf, dem die Steine im Bauch hin und her rumpelten.

Behutsam stand er auf, schlich zur Küche, trank etwas Wasser,
schlich ins Wohnzimmer und setzte sich vor die Krippe. Mattes
Nachtlicht schien auf die angekokelten Figuren, ließ die schon
zerbröselnde Holzwolle auf dem ehemals weißen Tuch wie ein
Geflecht aus schwarzem Draht erscheinen. Der helle Fleck in
der Mitte, das musste das Jesuskind sein. War es unversehrt? Er
war seinen Schergen nicht unversehrt entronnen, das fühlte er.

Er wand sich, stand auf, um den Druck abzumildern. Er musste
in den nächsten Tagen einen Arzt aufsuchen. In Polen hatte sich
keiner bereitgefunden, ihn zu behandeln. Wie hätte er ihn auch
bezahlen können? Wie sollte er hier in der DDR einen Arzt
bezahlen? Ob Gretls Krankenkasse auch für ihn aufkam?

Ihn fröstelte, er hätte sich etwas überziehen müssen. Er tappte
zum Ofen, die Augen hatten sich an die Dunkelheit gewöhnt. In
die noch vorhandene Glut warf er ein Brikett und lehnte sich an
die Kacheln. Er genoss deren Restwärme.

Am Montag musste er zur Meldestelle, einen Pass beantragen,
wegen Arbeit fragen, zur Polizei. „Alle vier Wochen muss ich
mich da jetzt melden", stieß er hervor. Er legte ein weiteres
Brikett nach, schob es mit dem Feuerhaken zurecht. Funken
wirbelten auf, etliche fielen durch den Rost, andere stoben durch
den Abzug davon, bis die aufgescharrte Glut, wieder beruhigt,
kleine bläuliche Flämmchen um das frisch hineingelegte Brikett
flackern ließ.

Inzwischen hatte er den Sessel vor den Ofen geschoben, streckte das Bein aus, stieß das Ofentürchen zu, und sogleich erhellten sich die Flammen zu einem verzehrenden Gelb-Rot, züngelten rauchlos empor, um die gepresst gebündelte Energie in wohlige Wärme umzuwandeln.

Er ließ sich von seinen Grübeleien treiben ... Er musste die Tür hinter dem Vergangenen schließen, genau wie eben die Ofentür. Jedes neue Öffnen gab die Asche der Schreckensjahre wieder frei, ließ nur spärlich blaue Funken zu, behinderte die Zugluft, die die Flämmchen, genau wie seine Pläne, zu neuem, energiegeladenem Lodern benötigten.

Sobald er einen Pass hatte, musste er die sowjetische Zone, die sich Deutsche Demokratische Republik nannte und mit den »befreundeten« Kommunisten in Polen kooperierte, verlassen.

Das stand für ihn jetzt fest. Aber vorher musste er noch Arbeit finden, er konnte nicht wochenlang ohne Arbeit bleiben, das würde Verdacht erregen. Wie lange würde es dauern, bis er den Pass in Händen hätte? Ein erneutes Zurücklassen aller Habe war unausweichlich. Für Gretl und die Kinder würde es furchtbar werden ... Sollte er allein gehen?

Sie würden ihn wieder holen. Sie würden es herausbekommen, auch wenn es nicht in den Entlassungspapieren stand, ihn stetig damit konfrontieren: 12 Jahre wegen Spionage, amnestiert auf 6 Jahre. Reststrafe ein Jahr, drei Monate, zur Bewährung ...

Diese würde erst Ende März ablaufen.

Würde die Stasi ihn hier überwachen?

Er hatte sich wie ein Embryo zusammengezogen, dem Druck auf den Magen wollte er durch Gegendruck begegnen.

Genauso fand ihn Gretl im Morgengrauen.

32. Rübermachen

Gleich am 3. Januar war er aufgebrochen.

Nachdem Gretl um kurz nach sechs zum Büro geeilt war, er die Kinder um halb acht in die Schule verabschiedet hatte – er hatte auch die Schulbrote geschmiert –, wollte er die anstehenden Behördengänge tätigen. Bei der Polizei, er musste dort die Entlassungspapiere, das Einreisevisum, die Bescheinigungen der erbrachten Bewährungsauflagen vorlegen, war er gleich mit der befürchteten Arroganz abgefertigt worden. Nachdem der Beamte, ein Hundertfünfzigprozentiger, behäbig die Papiere durchgesehen hatte, fuhr der ihn an: „Warum melden Sie sich erst jetzt? Sie sind doch schon am 19. eingereist!"

„Ich bin aber erst am 24. von Fürstenwalde geholt worden",
  log Rudl spontan.

„Von wem?" Der Beamte schob die Blätter hin und her.

„Von meinem Schwager."

„Name!"

  Rudl wurde heiß. Vielleicht bekam Felix jetzt noch Ärger.

„Name!!" Er fuhr zusammen.

„Niedergesäß."

„Felix? Ja, den kennen wir, ein renitenter Kerl!
  Wir werden ihn befragen."

Schweißperlen standen Rudl auf der Stirn. Ich Idiot, dachte er, ich muss gleich zu Felix und ihm die Lüge beichten.

„Und zwischen den Jahren? Sie sind verpflichtet, sich innerhalb
  von drei Tagen zu melden", setzte dieser Scharfmachen nach.

„Ich war krank!", log Rudl weiter.

„Und hier steht", Rudl zeigte auf eine der Bescheinigungen, „ich muss mich immer Anfang des Monats melden."

  Die flache Hand krachte auf das Papier.

„Was da steht, interessiert mich nicht! Wir sind hier in der DDR,

hier gilt Zucht und Ordnung, und Sie haben sich gefälligst an *unsere* Vorgaben zu halten!"
Dabei schlug er zweimal die Faust an die uniformierte Brust.
„Und wie, krank? Waren Sie beim Arzt? Wir brauchen hier keine Drückeberger. Das werden Sie schon noch merken."
Rudl war wie gelähmt. Da hab ich mich ja in was reingeritten.
Ein junger Kerl in grüner Uniform saß vor ihm, in die Papiere vertieft; die Tellerkappe lag neben ihm auf einem Papierstapel. Der blecherne Stern über dem Plasteschirm und der silbrigen Litze mit seinem rot runden Hammer- und Sichelemblem schien Rudl anzustarren. Die Stille wurde unerträglich, genau wie das zynische Gesicht, das sich jetzt auf ihn zubewegte. Die Unterarme breit über die Papiere gefletzt, zischte er grinsend: „Also ein Verurteilter, ein Begnadigter mit Bewährungsauflagen, vielleicht ein Nazi, der jetzt in unserem Staat Unterschlupf sucht!"
„Ich bin und war kein Nazi!", empörte sich Rudl. Und das war keine Lüge. Er war nie ein Nazi gewesen, zwar in der NSDAP, zum Glück stand davon nichts in den Papieren und auch nicht, weswegen er verurteilt worden war, sonst würde dieser Zyniker noch mehr Futter bekommen.
„Also schön. Ich kann Ihnen jetzt nicht die Formulare für die Meldestelle und das Amt für Arbeit aushändigen. Das muss ich erst im Kollektiv besprechen. Was arbeitet Ihre Frau?"
„Im Büro, bei der HO." „Gut! Dann morgen Punkt acht hier. Dann sehen wir weiter. Wir werden Sie schon schläucheln!"
Beinah in Panik verließ Rudl das Polizeipräsidium; er eilte zur Amalienstraße. Zum Glück war Felix da, und er berichtete ihm, wie er sich verquatscht hatte. Felix klopfte ihm auf die Schulter und lachte: „Nimm's nich so schwer. Ich kenn' die Brüder. Große Klappe, newa. Den'n gefällt nich, dass ich für alle fahr, für die Stadt, wenn die Not hab'n, für die Partei und für die Kirche. Für die bin ich der Kapitalist. Hier, kuck hier", er führte Rudl in den hinteren Gartenteil, „da hab'n se mir geschrieb'n, ich hätt zu viel Schrott, Kapital, verstehste. Erst gestern war ich wieder auf der Transitstrecke, newa, hab da son zu Schrott gefahr'nes Auto abgeholt. Die sind froh, dass ich die weghole, die brauch'n mich, verstehste! Ich bau' mir ja och meine Busse selber. Wo

würd´ste sonst sone Busse krieg´n! Newa!" Er feixte befreit.
„Ich werd´ den´n schon was erzähl´n!"
Sie gingen in die Werkstatt zurück.
„Kommoch, setz dich noch n biss´l, ich spendier n Kaffe."
Rudl wollte eigentlich keinen Kaffee, aber er wollte Felix
nichts abschlagen, besonders jetzt nicht.
„Haste schonn gehört, die Muches sind gestern mit alle Mann
nach n West´n rübergemacht." „Muches sind rübergemacht?"
Ihm wurde heiß, er dachte an sein Vorhaben. Es waren Nach-
barn, von Gretl gute Bekannte, sie waren noch an Neujahr kurz
zum Gratulieren gekommen; keiner hatte etwas geahnt, und
jetzt waren sie im Westen.
„He, Rudl, was is los, du willst doch nich etwa och ...?"
Er saß ziemlich verstört auf dem speckigen Werkstatthocker.
Felix durfte nichts erfahren, er würde Himmel und Hölle in
Bewegung setzten, um ihn zurückzuhalten, und die Gefahr wäre
groß, dass sie vorher aufflogen, dann würde seine Familie ...,
alles zog sich in ihm zusammen. Er stand auf, ging zu dem
gerade an einer Karosserie schweißenden Arbeiter, nahm eine
Schutzbrille und tat, als betrachtete er die entstehende Schweiß-
naht. Felix brachte den Kaffeebecher. „Willste nich doch bei
mir anfang´n, ich brauch noch so n Mann wie dich."
Rudl verbarg seine Augen hinter der Schutzbrille und nippte an
dem heißen Becher. „Das kann ich doch gar nicht entscheiden",
sagte er pustend, „das weißt du doch. Die werden mir sicher nur
eine Arbeit in nem VEB zuteilen."
Er war auf dem Heimweg; eine dreiviertel Stunde zu Fuß. Felix
hatte angeboten, ihn zu fahren, aber er wollte an der klar kalten
Luft alles noch einmal überdenken. Über Nacht hatte es ein
wenig geschneit, davon war aber jetzt nichts mehr zu sehen, nur
bei Felix im Garten lag noch eine verharschte Schicht. Der bedeckte Himmel ließ der Sonne keinen Spalt, sodass sich das
vorherrschende Grau auch auf sein Gemüt legte. Wenn sie geschnappt würden, wäre alles zu Ende. Die Kinder kämen in ein
Heim, er und Gretl würden wegen Republikflucht im Gefängnis
enden. Ja, enden, für ihn wäre es das Ende, das fühlte er. Seit
der Silvesternacht hatte er nur noch Quark und Haferflocken

gegessen. Er musste in zuverlässige ärztliche Behandlung, und die war nur im Westen möglich. Und seine Familie? Er musste sich die Augen wischen. Tränten die Augen vor Kälte?

Wenn er allein ginge, wenn man ihn erwischte; *sie* könnten hier weiter leben, die Kinder hätten eine Zukunft mit ihrer Mutter, wenn auch eine in Unfreiheit.

Er ging die Friedrich-Ebert-Straße entlang, schlug den Mantelkragen hoch und zog das Kinn in den roten Schal, den ihm Gretl noch in Schwarzengrund gestrickt hatte. Sie hatte ihn über die Jahre gerettet, oft selbst getragen. Der eisige Wind verbiss sich in seinen Wangen, doch der warme Schal und sein Fischgräten-Mantel verhinderten ein Weiterkriechen der Kälte.

Die Stadt war noch von den Bombardements vom Februar 45 gezeichnet, von Wiederaufbau war nicht viel zu sehen. Er bog in die Berliner Straße ein, die weitgehend in Trümmern lag. In Gedanken lief er in Richtung Altmarkt. Kurts Warnung kam ihm wieder in den Sinn: „Für die bist du ein verurteilter Verbrecher, sie werden dich nie aus den Augen lassen."

Plötzlich stand er vor Brunos Laden. *Konsum-Genossenschaft-Molkereiwaren* stand in schäbigen Lettern über der Ladenfront. Rudl blinzelte ins Schaufenster, sah verspiegelt Bruno winken und betrat den Laden. Mit ausgestreckten Armen kam er ihm entgegen: „Na, mein lieber Schwager, wie schön, dass de mich mal besuchst." Sie umarmten sich. Rudl nickte den drei Verkäuferinnen, die etwas verlassen hinter der Theke standen, freundlich zu. Die Vitrinen schienen fast leer, einige Gläser Quark konnte Rudl entdecken, unter einer Glocke doch mehrere Harzer Roller, eine andere Glocke verbarg bröckelnden, angegrabenen Schichtkäse, mehrere Töpfchen Marina und Sahna Margarine und einige Magermilchflaschen.

„Komm' och, wir geh'n ins Büro", sagte Bruno munter.

„Die drei schaff'n 's auch ohne mich."

Ein enger Verschlag diente ihm als Büro. Er öffnete kurz die Tür zu einem weiteren Raum, nicht viel größer, „hier mach'n meine Mädls Pause", sagte er, „ich hab vier, eine is krank, und da hint'n is die Toilette. Ja, mein Lieber, das is meine ganze Herrlichkeit als Filialleiter bei der Konsum-Genossenschaft."

Er nahm einen Stapel Kartons von dem einem Stuhl, setzte sich
hinter den Schreibtisch, der mit allerlei Abrechnungen, Bestell-
zetteln, Kladden und Ordnern bedeckt war.
„Wie geht's dir? Warste beim Amt? Wann kriegste Arbeit?"
„Ach, das wird dauern, ich muss morgen nochmal hin."
Er mochte Bruno, eigentlich mehr als den großtönenden Felix.
Bruno war ein bescheidener und gefälliger Kerl, sie hatten sich
ja nach mehr als zehn Jahren wiedergesehen und lange über die
Zeit in Schwarzengrund gesprochen, als Bruno zur Genesung
auf Fronturlaub war. Damals waren sie Freunde geworden.
„Ich weiß nich, wo ich mal arbeiten werde."
„Ja", Bruno schob sich bequemer in den Holzsessel, „die werd'n
dich erst mal irgendwohin steck'n. Mit Brennereiinspektor is
hier nix. Du siehst ja, die geb'n mir vier Frau'n, mit einer oder
zwei hätt ich genug, newa, aber die werd'n für 300 Mark hier
hingestellt. Bei uns gibt's halt keene Arbeitslos'n. Na ja, und
wir verwalt'n hier den Mangel. Du hast's ja geseh'n, da is
nischt, newa, nischt! Was soll'n wer denn verkof'n, wenn nischt
da is? Aber hinter der Theke müss'n wer steh'n, und de Leute
komm'n mit der Lebensmittelmarke, und ich hab garnischt!"
Er hatte sich in Rage geredet. Rudl betrachtete sein aufgeregtes,
glattrasiertes Gesicht, die breiten Wangenknochen, genau wie
bei Felix, die wachen, ehrlichen Augen, blau wie Gretls, das
dichte blonde Haar, anders als Felix' dunkles. Seine leicht
lispelnde Sprache gaben ihm etwas Naives, aber Liebenswertes.
„Das is halt der Sozialismus, da musste mitmach'n, aber da
kannste nischt erwirtschaft'n. Mit was, wenn nischt da is, newa,
da hat doch och keener Lust. Hier kannste nischt werd'n."
Er atmete tief ein.
„Bei uns die Nachbarn, die sind och rüber."
Flüsternd beugte er sich vor: „Willste nich och rübermachen?
Du bist doch n patenter Kerl. Hier kannste nischt werd'n."
Rudl war versucht, mit ihm über sein Vorhaben zu reden, nein, er
musste erst noch alles mit Gretl und den Kindern besprechen.
Und plötzlich wühlten ihn die Sorgen auf. „He, Rudl, du siehst
gar nich gut aus, pass auf, ich geb dir von dem Harzer was mit."
Er stand auf. „Und ich hab noch vier Salzheringe, die wollt ich

eigentlich ... aber das is jetzt egal, warte!" Damit ging er zurück in den Laden. Rudl war auch aufgestanden, die Enge, die Luft in dem kleinen Verschlag, er musste hier raus. Er wollte durch die Tür nach draußen, Bruno drückte ihn zurück, „hier, pass auf mit m Beutl, dass dir das nich ausläuft, Gretl kann ja Häckerle davon mach´n." Rudl wollte etwas sagen. „Ne ne, is schonn gut, geh man jetzt, du musst an die Luft, und überleg´s dir", er fasste ihn am Arm, „weißte, ich bleib hier, ich bau mer da das Haus weiter, und Käthe is ja von hier, und Monika is ja in Cottbus geboh´n, verstehste, ich bin zufrieden hier, aber du, du hast doch hier nischt verlor´n. Also, mein Lieber, alles Gute!"
Er umarmte ihn und schob ihn durch den Laden auf die Straße.
Rudl atmete tief durch und ging langsam zurück zur Bahnhof-straße. Ja Bruno, bescheiden wie er war, war mit sich zufrieden, aber er, er würde hier versauern, da hatte Bruno recht.
Morgen musste er noch mal zu diesem Polizisten. Komisch, die sind genauso borniert und eingebildet wie die Nazis damals, dachte er. Du brauchst einem nur ne Uniform anzuzieh´n ...
Seine Schritte wurden schneller. Er freute sich auf sein Werk-zeug, die Radioteile; er hatte wieder begonnen, Radios zu repa-rieren. Felix hatte ihm schon eins gebracht ... Aber auch er müsste das Bisschen, was ihm geblieben war zurücklassen ...
Der Pass musste her, ohne den würde eine in die Freiheit füh-rende S-Bahnfahrt nach West-Berlin nie möglich werden.
Er blieb vor dem Haus stehen und betrachtete die schmutzige Fassade. Die Haustür war nicht abgeschlossen. Wieder je zwei Stufen nehmend hechtete er in die zweite Etage. Es nahm ihm schon viel weniger den Atem als noch vor zwei Wochen.
„Na also!", schnaufte er, „´s wird schon werd´n." Er betrat die Wohnung. In der Küche stand noch das Frühstücksgeschirr.
„Ich spiel´ erst mal ein wenig Hausfrau", betonte er jetzt oftmals scherzhaft, aber er versuchte, den Haushalt soweit in Ordnung zu halten, damit sich Gretl nach Dienstschluss nicht noch mit Hausarbeit herumplagen musste. Ja, er kochte sogar, und gar nicht mal so schlecht, wie Gretl feststellte, und die Kinder, die am späten Nachmittag aus dem Hort kamen, labten sich an Bratkartoffeln mit Setzeiern oder Gallert, Nudelsuppe, Erbsen-

püree und Sauerkraut oder sauren Eiern. Heute könnte er aus Brunos Heringen Häckerle mit Pellkartoffeln machen.

Jetzt wollte er erst einmal alles das weiter sortieren, was Gretl für ihn gerettet hatte. Dabei fielen ihm auch seine Briefe, die er aus dem Gefängnis geschrieben hatte, in die Hände, und im Überfliegen wurden all die schmerzlichen Erinnerungen wieder wach. „Komm, schmeiß das Ofentürl zu!", rief er laut.

An einem der gemeinsamen Abende saßen sie um den Küchentisch. Uli stocherte in der Erbsensuppe herum, von Vati, nach Muttis Anleitung gekocht mit einer dicken Speckschwarte, zerschnitten und auf fünf Teller gerecht verteilt. Die sei so gesund, behauptete Mutti immer. Er mochte die nicht, nicht die Schwarte und auch nicht diese sämig gelbe Pampe. Vati aß wieder seine Mehlspeise. Auch seine Schwestern saßen nicht gerade mit gesegnetem Appetit vor ihren Tellern. Er schob die Schwarte auf den Rand, nahm den Teller, ging zur Speisekammer, langte in den Sauerkrauttrog und pappte sich eine Portion Kraut auf die Suppe. Sie hatten für den Winter wieder Weißkohl gehobelt, in dem großen Steintopf schichtweise eingesalzen und eingestampft, was Uli immer besonderen Spaß machte. Inzwischen war das Kraut soweit vergoren, dass Uli sich oftmals heimlich mit einer Dreifingerportion bediente.

„Aber Schepselchen", sagte Gretl, „so roh schmeckt das doch nicht, dann hätte Vati gleich was dazu kochen können."

„Nö, so schmeck ich den Papp nich so!", und er schaufelte den mit Kraut durchmischten Brei in sich hinein. Er hatte Hunger.

Außerdem gehörte es schon zum Ritual, wer nicht aufgegessen, seinen Teller nicht sauber ausgekratzt hatte – bei Nudelsuppe zum Beispiel leckte Uli den Teller sogar gründlich ab –, bekam keinen Nachtisch. Das war meist schon in Schälchen erstarrter Vanillepudding, Apfelmus aus Fallobst, von Gretl eingeweckt, oder gleichfalls in Einweckgläsern konservierte Pflaumen aus Onkel Felix′ Garten. Heute allerdings, und das hatte Uli gleich das Wasser im Mund zusammenlaufen lassen, lag neben jedem Teller eine dicke, wunderbar orange Orange.

Solche Köstlichkeiten gab es zur Weihnachts- und Osterzeit, wenn die Westpakete eintrudelten, je eins von Vatis Schwestern

und eins von Tante Dorle. Warum die Pakete Dinge enthielten, die er hier in Geschäften nie zu sehen bekam? Gestern gab es zum Nachtisch ein aus braunem Pulver gerührtes Kakaogetränk. Sonntag hatte ein breiter Riegel Schokolade neben jedem Teller gelegen. Manchmal waren auch diese kleinen gelben Früchte dabei, Zitronen, sagte Mutti dazu. Das Gelbe der Schale wurde abgerieben, das nahm sie zum Kuchenbacken. Die jetzt weißen Früchte wurden halbiert, ausgepresst, und der Saft mit heißem Wasser verdünnt, etwas gesüßt ergab den außergewöhnlichsten Nachtisch. Mutti hatte die Pakete in der Speisekammer in Verwahrung. Uli war immer versucht, etwas daraus zu stibitzen.
Nun also hielt er die Apfelsine in den Händen.
„Die is von Tante Dorle", sagte Gretl.
„Die schickt immer die besten Sachen", meinte Uli und drehte und knetete die Frucht. Tante Dorle hatte ihm auch das Schuco-Auto geschickt, mit einem Uhrwerkmotor. Mit der gediegenen Form einer Limousine, aus kaum zu verbeulendem Blech, in Elfenbein, hochglanz lackiert, mit zu öffnenden Vordertüren, war es *das* Spielzeugauto, und Uli ließ es gern bei seinen Freunden auf den Wohnzimmertischen fahren. Es drehte seine Runden. Kam es an eine Tischkante, ragte die Vorderhälfte für Sekundenbruchteile über den Abgrund, sodass jeder befürchtete, es würde abstürzen. Einer der Jungs hielt schnell die Hände darunter und stieß einen begeisterten Juchzer aus, wenn es wieder, durch ein im Boden quer angebrachtes Gummirad, auf die Tischplatte zurückkatapultiert wurde. Auch Vati hatte seine Freude, und Uli erlaubte ihm sogar, das Auto aufzuziehen.
„Soll ich dir die Apfelsine schälen?", fragte Evi. Sie hoffte, als Belohnung von Uli ein Stück extra zu kriegen.
Er nickte, schaute jetzt gebannt, wie Evi das Messer mehrmals durch die Schale zog, ohne dabei die innere Haut um das Fruchtfleisch zu verletzen, wie sie acht gleichgroße Schalen abzog, die schaukelnd wie kleine Spreewaldkähne auf dem Teller landeten. „Is gut", rief Uli, „den Rest mach ich selber!"
Ihn begeisterte, wie wunderbar sich die Halbmonde voneinander lösten. Evi schielte, obwohl sie Vati gerade von ihrer heute geschriebenen Deutscharbeit berichtete, auf Ulis Teller, immer

noch in der Erwartung, das Belohnungsstück zu bekommen, aber Uli war mit sich und den aufgereihten Stücken beschäftigt, schob jeden Halbmond quer in den Mund, drückte langsam die Schneidezähne, die genau in die Rundung passten, hinein und genoss den prickelnd an den Gaumen spritzenden, sich langsam verteilenden Saft. Dabei schaute er immer wieder zu seinem Vati auf. Er war so froh, dass er nun endlich wieder einen Vati hatte, und so einen. Er hatte ihm einen Motor für den Kran besorgt, den er mit dem Stabilbaukasten gebaut hatte. Auch der war von Tante Dorle. Seine Freunde hatten nur DDR-Stabilbaukästen mit Aluteilen. Seiner dagegen war aus dem Westen, von Märklin. Die Grundplatten, Winkel, Streben und Räder waren aus farbig lackiertem Eisenblech, also viel stärker; der von ihm gebaute Kran war sein Vorzeigeprodukt. Er stellte ihn oft an das offene Fenster, leierte mit der Kurbel die Baggerschaufel an der Hauswand hinab, lief nach unten, füllte Sand hinein, lief wieder nach oben und kurbelte Schaufel und Sand zurück in den zweiten Stock. Jetzt würde das dank Vati ein Motor besorgen. Die Backen noch voll, sagte er: „Komm Vati, wir geh'n jetzt den Motor einbau'n." Dabei hatte er Rudls Hand ergriffen und zog ihn vom Stuhl. „Moment", protestierte Rudl, „geh' schon mal und überleg', wie wir ihn festschrauben."
Rudl hatte kaum gesprochen. Evi und Jutti berichteten lebhaft von der Schule, für Bunti gab's schon den ersten Ärger mit den Kollegen, sie sollte immer nur Kaffee und Getränke holen oder Botengänge machen. „Ja, Lehrjahre sind keine Herrenjahre", war Gretls Erklärung. Rudl wollte das Glück dieses Augenblicks festhalten, wollte weiter am Leben der Kinder teilhaben, für sie sorgen und da sein, aber andere Sorgen stürzten auf ihn ein, er schluckte an seiner Mehlspeise, verbarg so sein Grübeln und Zweifeln. Als er aber Ulis Hand so selbstverständlich fordernd spürte, drohte er seine Fassung zu verlieren. Er ließ Uli vorgehen, flüchtete ins Bad und setzte sich auf den Wannenrand.
Durfte er dieses Idyll zerschlagen? Wenn sie geschnappt oder gar verraten würden ...? Er musste sich beruhigen, öffnete den Hahn über der Wanne, steckte den Kopf darunter, schmeckte salziges Wasser, das Augen und Wangen umspült hatte. Sein

Kopf schmerzte, nicht etwa von der Kälte des Wassers. Haare und Gesicht mächtig frottierend dachte er: Ich werde jetzt mit Uli den Motor in den Kran einbauen! Sein Gesicht erschien im Spiegel, er ordnete mit dem Kamm sein schon dünn, aber noch nicht grau gewordenes Haar und entgegnete unwirsch dem, den er da sah: „Und wenn das das Letzte is, was ich tu!"

Die Anträge für die Meldestelle, für das Amt für Arbeit, für das Recht auf eine Arbeitsstelle, bei zwei Firmen war er in den letzten Tagen vorstellig geworden, die Legitimierung für den Pass, all das hatte ihn die vergangenen Tage beschäftigt. Dann war die erneute Vorladung gekommen. Er war wieder auf dem Weg. „Was die schon wieder von mir wollen", fauchte er böse in die morgendliche Kälte. „Hoffentlich nicht wieder dieser Scharfmacher!" Raureif lag auf den schrägen und kaputten Bürgersteigen, auf dem Kopfsteinpflaster. Er hätte nicht seine Lederschuhe anziehen sollen, musste in kurzen Schritten faktisch auf leisen Sohlen tapsen, ohne mit den Absätzen aufzutreten. Das letzte Stück konnte er normal gehen, der Schutz der Hauswand hatte dem Raureif keine Chance gelassen. „Zimmer 212", sagte der Uniformierte hinter dem Tresen, und Rudl stieg die Treppe hinauf. 212, das war nicht das Zimmer, in dem er vor zehn Tagen war. Man ließ ihn warten. Eine halbe, dreiviertel Stunde Warten auf einem leeren Flur im Polizeipräsidium macht gefügig, so werden sie denken, überlegte er und schmiedete weiter an seinem Fluchtplan. Am letzten Januar-Wochenende begann die Grüne Woche in West-Berlin, da wollte er unbedingt hin, wollte bei Dorle übernachten. „Wenn die mich kontrollieren, kann ich sagen, ich muss mich als Brennereifachmann über den Stand der Getreide- und Kartoffelernte informieren", murmelte er vor sich hin. ... Ja, Dorle! Wie hätte man damals alles vorausahnen sollen. Sie hatte ihm Ende 46, als sie nach Berlin zurückkehren konnte, geraten, mit ihm zu kommen. Wegen der Bombardierung Berlins war sie mit ihrem Töchterchen nach Kunzendorf evakuiert worden. Seine Familie würde ohnehin ausgewiesen und sie würden sich in einer der Westzonen bestimmt wiederfinden ... Gretl könnte auch mit-

kommen, fand er plötzlich. Ein Wiedersehen mit Dorle würde sicher spaßig. Er dachte an ihren trocken erfrischenden Berliner Humor. Sie wird uns sicher helfen und sich für uns erkundigen...
Die Tür wurde aufgerissen.

Ohne, dass jemand herausgekommen wäre, wurde er mit einem: „Kommen Sie!" hereinbefohlen. Ja, sie hatten ihn bewusst schmoren lassen, das war ihm sofort klar, als er der beiden hinter dem fast leeren Tisch gewahr wurde. In Zivil, keine Begrüßung, nur ein: „Setzen Sie sich!" Sie wiesen auf den einzigen Stuhl. Einer nahm den Hefter, blätterte wichtig darin herum und begann zu dozieren: „Wir sind darüber informiert, dass Sie sich bei dem VEB Cottbusser Wollfabrik als Produktionsleiter beworben und bei der Spreewaldbrennerei Schlepzig ein Vorstellungsgespäch geführt haben. Wie kommen Sie dazu, ohne die Empfehlung des Amtes für Arbeit?"

Was waren das für Leute, fragte sich Rudl. Von der Staatssicherheit, also wie früher die Gestapo. Er schob den Rücken an die Stuhllehne: „Ich habe bis jetzt noch keine Nachricht vom Amt für Arbeit bekommen, habe diese Empfehlungen von guten Bekannten, wollte möglichst schnell in Arbeit kommen, um beim Aufbau des Sozialismus mitzuhelfen."

Bei den Nazis hatte es geheißen, »... meine Arbeitskraft für den Führer und das Vaterland einzusetzten« oder so ähnlich.

„Ho, ho", tönte der Wortführer, „*wie* wir Sie am Aufbau unseres Arbeiter-und-Bauern-Staates teilhaben lassen, bestimmen wir und nicht Sie. Sie müssen sich bei uns erst mal als Werktätiger bewähren, bevor Sie zum Beispiel zum Produktionsleiter aufsteigen können." Rudl wurde heiß. Da saßen wieder irgendwelche Parteiheinis, die das Sagen hatten. Er musste weg hier!

„Wir werden Sie in dem VEB Kombinat für Lastkraftwagen und Zugmaschinen als Elektriker einsetzten. Sie geben ja an, in dem Beruf arbeiten zu können, was Sie uns mit Zeugnissen nicht belegen können." Er blätterte. „Zum 15. fangen Sie dort an, und dann wird sich zeigen, wie Sie den schwer arbeitenden Werktätigen eine Hilfe sein werden." Er blätterte weiter.

„Ja, und hier steht, bis Ende März läuft noch Ihre Bewährung."
Die überwunden geglaubten Gefühle, die ihn bei den Verhören

gepeinigt hatten, waren plötzlich wieder da. Unvermittelt sah er Gestalten in Richterroben und Uniformen. Sein Magen, der ihm ohnehin heute wieder besondere Probleme bereitete, schien sich nach oben zu wölben, drückte auf Speiseröhre und Kehlkopf, sodass er glaubte, sich übergeben zu müssen. Dabei vernahm er, wie der Sprechende in den scheinbar wechselnden Roben auf ihn einredete. „Wir müssen natürlich wissen, weswegen Sie von der uns doch befreundeten Justiz verurteilt worden sind, was zu dieser Begnadigung geführt hat und warum Sie zur Bewährung noch das eine Jahr in Polen bleiben mussten. Sie hätten ja auch hier die Bewährungszeit ableisten können, wie jetzt die letzten drei Monate. All das wollen Sie uns natürlich nicht mitteilen. Na ja, wir werden es schon noch rausbekommen, denn Naziverbrecher kriegen bei uns keine zweite Chance wie etwa drüben beim Klassenfeind." Rudl kam sich vor, wie damals bei der Gestapo in Breslau. Er musste sich am Stuhl festhalten.

„Ach, jetzt wird Ihnen hier auch noch schlecht, hä? Bringen Sie ihm ein Glas Wasser", herrschte er den Beisitzer an.

„Für heute können Sie gehen, also am 15. Januar fangen Sie da an, melden Sie sich vorher bei denen, und nicht etwa gleich den Kranken spielen, das mögen wir gar nicht, dann müssen wir Sie nämlich zum Amtsarzt schicken. Wir werden uns jetzt ohnehin öfter sehen, und wir erwarten von Ihnen, dass Sie mit uns zusammenarbeiten. Notwendige Erklärungen dazu unterschreiben Sie uns das nächste Mal."

„Ewerle! Willst du denn, dass ich wieder abgeholt werde?"
Sie saßen am Wohnzimmertisch. Rudl hatte Evis tränennasses Gesicht in beide Hände genommen. Bunti wusste sich nicht zu äußern. Gretl hielt, über den Tisch gelehnt, ihre Hände.
„Sie werden mich wieder holen, das hab ich Mami auch gesagt, und dann sehen wir uns nie mehr wieder!" Es tat ihm weh, mit seinen Liebsten so reden zu müssen. Er schaute in Gretls verschleierte Augen, die jeden Augenblick überzulaufen drohten.
Er hatte ihnen die Ereignisse der letzten Wochen geschildert, den für ihn unumstößlichen Entschluss zur Flucht mitgeteilt.
„Oder willst du, dass ich allein gehe und ihr hier bleibt?"

„Ja", rutschte es Evi heraus, und sofort rief sie hinterher: „Nein, nein!" Sie warf den Kopf auf die verschränkten Arme, „ich, ich wollte das nich sag'n", sie schluchzte herzerweichend, „nein Vati, wir, wir hab'n doch solange auf dich gewartet, aber was, was wird aus der Schule, meine Freunde, Ulle und Hardy, die, werd'n wir die alle nich mehr seh'n?" Rudl strich ihr über den Rücken: „Beruhich dich, Ewerle." Er sah Bunti, er sah Gretl, er sah Tränen, und die seinen musste er bändigen. Bunti schluckte: „Und meine Lehre, ich hab doch grad angefang'n, wo kann ich die weitermach'n?" Gretl war nicht im Stande, etwas zu sagen. Sie hatte alles versucht, Rudl umzustimmen, er hatte auch sie gefragt, ob er allein gehen solle? Sie hatte nur noch geweint, auch weil er scheinbar glaubte, sie würde ihn allein gehen lassen. Doch sie hatte eingesehen, dass es nach allem, was er berichtete keinen anderen Ausweg gab. Die ihm zugeteilte Arbeit bei dem VEB Kombinat war deprimierend. Er musste Kabelbäume aus ausrangierten, defekten Fahrzeugen ausbauen, die Drähte entwirren, separieren und nach Querschnitt, Ummantelung und Metallkern sortieren. Bei Schnee, Regen und Kälte saß er Stunden in den im Freien abgestellten Schrottfahrzeugen. Rudl setzte sich zwischen Evi und Bunti, legte die Arme um sie und zwang sich und seine Stimme zur Ruhe: „Seht mal. Ich hab euch doch von meinem Erlebnis mit dem Kaninchen erzählt, da war ich noch nicht so alt wie du, mein Buntilein." Er hielt beide fester. „Und ich hab oft im Leben daran denken müssen, und leider hab ich mich, vielleicht zu oft, genau wie das Kaninchen verhalten. Böses zeigt sich zuerst oft in einer harmlos netten Form. Könnte jeder Falsches oder schlechte Menschen sofort erkennen, gäb es viel weniger Leid auf der Welt. Ich habe hier mit Menschen sprechen müssen, die genau so schlecht sind, wie die, die mich verhört, verurteilt, die mir Schlimmes nachgesagt und gewünscht haben, und ich hab bei den Verhören immer geglaubt, du bist unschuldig, du hast nichts Schlimmes gemacht, die werden dich wieder frei lassen. Und von dem Feldeisen hab ich gewusst, dass der ein Spion ist. Mamilein hat mich sogar gewarnt, aber er war immer nett zu mir, hat mich gut bezahlt, seine Frau hat euch immer Süßigkeiten mitgebracht, und ich hab, wie ein Kaninchen, vor ihm Männchen gemacht."

Buntis Tränengesicht entspannte sich bei diesem Vergleich. Sie legte ihren Kopf an Rudls Schulter. Evi wischte mit den Ärmeln die Wangen trocken. „Was ich euch sagen will, ich muss dieses Mal beizeiten reagieren, es gibt hier keine Hoffnung für mich. Wenn ihr mir und Mami helft, werden wir es schaffen, und vielleicht werdet ihr später dankbar sein, dass wir jetzt diese Last noch auf uns nehmen."

„Und wie sollen wir helfen?" Evi versuchte, sich zu beruhigen.

„Erst mal dürfen wir niemand etwas sagen, auch nicht Felix und Bruno oder sonst jemand. Niemand darf davon erfahren, ihr wisst doch, dass das gefährlich ist: Republikflucht."

„Und Oma?", fragte Bunti. „Auch nicht!"

„Nehmen wir die nich mit?" Bunti schaute betroffen. „Nein."

„Aber die war doch immer bei uns, und wir sind doch auch jetzt fast jed´n Tag bei ihr. Nein, wir müss´n Oma mitnehmen."

„Aber Ewerle, überleg doch mal, wie soll sie das schaffen, und Bruno und Felix und die Kinder kümmern sich doch auch. Sie is im Heim doch gut aufgehoben." Evi nickte. Ja, sie verstand das alles sehr wohl. Sie war in der FDJ, da wurde vom Sozialismus gefaselt, von der allwissenden Partei, und viele machten sich Liebkind bei den Lehrern, indem sie in Gegenwartskunde alles Mögliche faselten. Sie tat immer, als ob sie das alles glaubte. Vielleicht verhielt sie sich auch wie das Kaninchen.

Und damals mit der Oberschule, weil Vati kein Arbeiter war, sollte sie die nicht besuchen dürfen. Hier bestimmte der Staat, ob man die Oberschule besuchte oder studierte. Plötzlich war sie stolz, dass Vati ihr vertraute. Woher wollte er wissen, dass sie ihn morgen nicht der Kaderleitung melden würde? Er war doch erst drei Wochen hier. Oder was wusste er von Bunti? Viele ihrer Kollegen waren sicher auch Parteibonzen.

Sie sah zu ihm auf. „Wir werden nichts sagen und dir helfen."

Rudl rang nach Fassung, drückte Evi und Bunti fest an sich, sah über sie hinweg in Gretls glasige Augen. Aufgebracht hatte er ihr gestern noch gesagt: „Wenn die Kinder nicht mitgehen wollen, dann bleibe ich. Ich mache es ohnehin eher für die Kinder als für mich, denn ich habe vom Leben vielleicht nicht mehr

allzu viel zu erwarten." Gretl hatte sich schluchzend aufs Bett
geworfen, jedes tröstende Wort war vergeblich geblieben – wie
er denn nur so etwas sagen könne –, und ihm tat das Gesagte
sofort unendlich leid, obwohl er wirklich nicht wusste, wie lange er diese Arbeit noch gesundheitlich verkraften konnte.
Evi hatte sich gelöst: „Und was mach´n wir mit Jutti und Uli?"
„Die erfahren das erst am Vorabend. Kommt, ich erklär´ euch,
wie Mami und ich ... wie wir uns das gedacht haben."
Sie setzten sich wieder in eine Runde, steckten konspirativ die
Köpfe zusammen.
Gretl berichtete von dem Besuch der Grünen Woche am letzten
Wochenende, der gar nicht stattgefunden hatte. Sie hatten sich
mit Tante Dorle getroffen. Ein Wiedersehen für Rudl und Dorle
nach fast zehn Jahren. Es gab so viel zu berichten. Sonntag
fuhren sie zum Auffanglager für Zonenflüchtlinge. Man riet
ihnen, nicht gleichzeitig mit allen vier Kindern auszureisen, das
könnte auffallen, nur mit wenig Gepäck, für ein Wochenende.
„Dann müssen wir alles hier lassen", sagte Bunti panisch.
„Nicht alles", beschwichtigte Rudl. Die beiden sollten an den
folgenden beiden Sonntagen doppelt und dreifach angezogen zu
Tante Dorle fahren. Er habe, ähnlich wie Gretl, auf diese Weise
schon einen Anzug, weitere Hosen, Hemden und Unterwäsche
zu ihr bringen können. Am Freitag danach sollte es dann losgehen, zuerst für die Eltern mit Jutti und Uli und am Samstag für
Bunti und Evi. Eigentlich schien alles ganz einfach.

Uli war gerade in Gretls Bett gekrochen, als Vati mit Jutti im
Schlepptau ins Schlafzimmer kam und sich auf den Bettrand
setzte. Er freute sich, dass Vati noch an sein Bett kam, wollte er
ihm doch erzählen, dass er heut bei Maxl die letzte Marke zum
Bach-Satz von 1950 hatte tauschen können. Rudl saß noch
nicht, da sprudelte es schon aus ihm heraus: „Vati, Vati, ich hab
jetzt endlich die Dreißiger, heute getauscht, mit m Bachkopf
drauf!" Er spielte im Klavierunterricht gerade ein Übungsstück
von Bach, „Jetzt hab ich alle vier, den ganz´n Satz, gestempelt
und postfrisch. Auf den andern is ein Chor, ein Flötenspieler
und, und ..." Rudl unterbrach ihn: „Ja, das ist wirklich toll, die

kannst du mir ja gleich noch zeigen."
„Nein, die lieg′n noch bei Maxl, morg′n tausch′n wir weiter."
Rudl versuchte, auf ihn einzugehen, fing seine gestikulierenden
Hände ein und begann: Er müsse mit beiden etwas Wichtiges
besprechen. Jutti hatte sich ruhig auf den Stuhl an der Wand
gesetzt. Sie bräuchten morgen nicht zur Schule, um sieben Uhr
müssten sie schon aus dem Haus, um den Zug um drei viertel
acht zu bekommen. Sie würden zu Tante Dorle fahren.
„Oh ja", rief Uli, „könn′n wir dann wieder in dem Geschäft die
Schuco-Autos kuck′n?" Sie waren im letzten Jahr schon einmal
bei Tante Dorle gewesen.
„Sind wir Sonntag früh wieder da?", fragte Jutti, „ich hab nach
der Messe Malen mit der Gruppe, da möcht ich hin."
„Ja, Sonntag kommt Hartmut, mit dem will ich auch tausch′n!"
Rudl atmete tief ein. Er musste es ihnen doch sagen, zunächst
glaubte er, über die Rückkehr gar nicht sprechen zu müssen.
„Ich weiß nicht, ob wir das schaffen", versuchte er auszuwei-
chen. „Dann fahr ich nich mit", rief Uli, warf sich zurück auf
das Bett und zog das Plumeau über den Kopf.
„Fahr′n denn Evi und Bunti mit?", wollte Jutti wissen.
„Die komm′n später nach", gab Rudl etwas unüberlegt zurück.
„Wieso später?", fragte Uli unter der Bettdecke.
„Was mach′n wir bei Tante Dorle, hat die Geburtstag?"
„Nein", stockte Rudl. Ihm wurde heiß, wie sollte er ihnen das
erklären? Neben der Geheimhaltung, des Verbringens diverser
Sachen an Freunde zum späteren Nachschicken, war das seine
größte Sorge gewesen. Zudem hatten sie bis in die Nächte vor
dem Kachelofen gesessen, Papiere, Briefe und Akten verbrannt.
Vergangenheit!, die nicht in falsche Hände geraten durfte, nicht
mitzunehmen war. Manche Träne war dabei geflossen.
„Hört mir jetzt mal zu." Rudl zog die Bettdecke von Ulis Kopf.
Jutti kroch zu Uli aufs Bett und kniete sich neben ihn.
„Ich war doch in Polen im Gefängnis, ihr habt mich doch da be-
sucht, wisst ihr noch?" „Ja, ja!", rief Uli und Jutti nickte, „das
Zimmer mit Zaun. Ich war so traurig, wie wir weg musst′n."
„Und ihr wisst auch, dass ich nichts Böses gemacht habe, das
kann ich euch schwören." „Das brauchs du nich, ich hab doch

der immer gesagt, du bist kein Kriegsverbrecher!" Uli kniete jetzt neben Jutti, und seine Wangen glühten. Rudl traf das Wort wie ein Schlag. Wo hatte er das her? Wer erzählte seinem Sohn, er wär ein Kriegsverbrecher? Plötzlich waren alle Zweifel weg, er würde morgen früh in den Westen gehen, und das war richtig! „Wem hast du das gesagt?" „Na, der Lehrerin!", stieß Uli aus. Er musste sich zusammenreißen; was machten die mit den Kindern? Genau wie bei den Nazis, sie spalteten die Familien, wenn die Eltern nicht ideologisch auf Linie zu bringen waren. Was wäre, wenn Uli denen glaubte, wenn Gretl es nicht geschafft hätte, dass seine Kinder zu ihm hielten. Wie konnten sie sicher sein, dass er unschuldig war? Evi wurde bald 17, sie war bei der FDJ der ständigen Propaganda ausgesetzt. Wieso hatte er nicht befürchten müssen, dass sie ihn verraten könnte?
Uli hopste auf dem Bett herum: „Ich hab dir das doch im Brief geschrieb'n ... der doch gesagt, wenn mein Vati kommt, werd'n sie schonn sehn. Der is kein Kriegsverbrecher!" Er hielt inne. „Wir könn'n doch morg'n zu der geh'n", er hopste weiter, „ach nein, du willst ja nach Berlin ... aber wenn wir wieder da sind."
„Wir werden nicht hierher zurückkommen", er hatte es fast zu sich selbst gesagt. Uli fiel auf die Knie und erstarrte.
„Du willst rübermach'n. Du willst nich zurückkomm'n?"
Sein Freund Martin Muche war seit drei Wochen verschwunden, mit seinen Eltern rübergemacht, wie alle erzählten. Die Lehrerin hatte gesagt, das wäre ein schlimmes Verbrechen, dafür müsste man ins Gefängnis, und jetzt wollte Vati auch ... aber er war doch gerade erst aus dem Gefängnis ... seine Augen füllten sich, er sah seinen Vati, auf den er so stolz war, plötzlich wieder hinter dem Zaun ... Rudl sah die Tränen über die noch geröteten Wangen kullern. Er zog ihn an sich, wollte ihn umarmen, aber Uli stemmte sich gegen ihn, machte sich los, sprang aus dem Bett und rief weinend: „Dann bist du ein Verbrecher, das is Republikflucht, und du kommst wieder ins Gefängnis, und ich hab wieder kein'n Vati mehr!" Er stieg in seine Hose, „ich geh' jetzt zu Maxl, ich schlaf' da", zog umständlich seinen Pullover über das Nachthemd. „Ich fahr' nich mit!"
Gretl stand plötzlich im Türrahmen und konnte ihn festhalten.

„Maazele, du kannst jetzt nich weglaufen."
Evi und Bunti standen im Flur, sie hatten gelauscht und gewartet. Evi wusste, dass Uli Schwierigkeiten machen würde.
Rudl schnappte ihn, klemmte ihn zwischen seine Oberschenkel,
Uli zappelte, schlug fast um sich. Rudl hielt seine Handgelenke.
„Komm, wir machen Händedrücken!" „Nein, das gewinnste ja
sowieso", winselte er. „Dann lass uns vernünftig reden, du bist
doch kein kleiner Junge mehr!"
Rudl wurde ungeduldig, dieser kleine Kerl, den er so liebte, war
im Stande, die ganze Sache zu gefährden, er musste ihn überzeugen. „Hör mir bitte jetzt mal zu!"
Er war laut geworden, und Uli erschrak plötzlich. So hatte er
ihn noch nie angefahren. Jutti kniete noch, jetzt leise wimmernd
auf dem Bett. Gretl saß bei ihr und streichelte sie, Evi und
Bunti standen verschreckt an der Tür, die sie panisch geschlossen hatten. Rudl lockerte die Beinzwinge. Uli wand sich heraus
und blieb vor ihm an die Wand gelehnt stehen. Rudl suchte die
richtigen Worte, ihm begreifbar zu machen, dass er hier für die
Polizei ein Verbrecher war. Sie würden schnell herausfinden,
dass man ihn verurteilt hatte, aber niemals in Betracht ziehen,
dass er unschuldig sein könnte. Und wenn er bliebe, er wieder
ins Gefängnis käme. Uli hatte gebannt zugehört.
„Aber wenn du Republikflucht machst, bist du für die zweimal
ein Verbrecher." Er blickte ihn trotzig an.
Rudl schnappte nach Luft. Wie konnte er diese kindliche Logik
knacken? „Ich bin überhaupt kein Verbrecher, und wenn ich
Republikflucht mache, wie du sagst, dann will ich nur mit euch
in Freiheit leben, und das ist kein Verbrechen."
„Und das sagen die auch nur, damit keiner rübermacht", mischte sich Evi ein, „und weil das hier kein freies Land is, das hab
ich im Radio gehört. Was is ein freies Land, Vati?"
„Da haste wieder RIAS gehört", rief Uli.
„Wer RIAS hört, den Frieden stört!"
„Nich so laut, Schepsel!" Gretl hielt ihm den Mund zu.
„Na ja", begann Rudl, „in einem freien Land kann jeder lernen
und arbeiten, was er will, er kann leben, wo und wie er will und
kann fahren, wohin er will. Er wird nicht vom Staat bevormun-

det, muss nicht zu den Pionieren oder zur FDJ.”
„Ich find´s bei den Pionier´n aber schön”, meinte Jutti.
„Aber wenn du lieber in der Pfarrei zur Gruppe gehst, dann fragen die gleich, warum du nich zu denen kommst”, sagte Bunti.
„Ja, gestern war ich in der Messdienerstunde, da hab´n die mich angemeckert, weil ich nich bei der Pionierversammlung war.”
„Siehste, du musst hier immer mach´n, was die sag´n, und Vati muss da arbeit´n, wo die woll´n und nich waser am besten kann, trotzdemer krank is.” Evi wurde es jetzt zu viel. Sie wusste, es war alles geplant. Uli musste mit, ob er wollte oder nicht.
Morgen wollte sie mit Bunti noch allerlei zu Tante Heidel bringen, das Klavier würde auch geholt.
„Wieso is Vati krank?” Uli sah auf, Gretl beugte sich über ihn.
„Im Gefängnis hat er doch nur schlechtes Essen gekriegt, und hier wird man ihn bestimmt nich richtig behandeln können.”
Uli stand auf. „Gut, ich fahr mit.” Er fingerte an seiner Hose.
„Aber ich muss noch bei Maxl die Briefmarken hol´n!”
„Jetzt kannst du nich mehr zu Maxl, es is schon halb elf, der schickt sie dir bestimmt nach, und später kannst du ihn ja auch mal besuchen.”
Er stand vor seinem Vati. Wenn sie jetzt nicht rübermachten, dann müsste Vati ja auch ins Gefängnis. Und wenn Vati krank war und die ihn hier nicht richtig behandeln ... Er mochte die Lehrerin sowieso nicht, und warum sollte er der glauben, wenn er doch genau wusste, dass sein Vati kein Verbrecher war.

Die Wohnungstür war zugefallen. Evi und Bunti sahen durchs Kinderzimmerfenster Vati mit seinem kleinen Koffer, Mutti nur mit ihrer Handtasche und Uli und Jutti mit je einem kleinen Rucksack auf den Rücken aus dem Haus kommen und gleich links in der Räschener Straße verschwinden. Plötzlich fühlte sich Evi allein, alleingelassen, sah Buntis Tränen, musste ihre zurückdrängen. Sie gingen in die Küche, sprachen kein Wort.
Da stand die Tasse, aus der Mutti gerade getrunken hatte, das Schälchen, aus dem Vati seine Haferflocken gegessen hatte, eine angebissene Stulle von Uli, der war so aufgeregt gewesen wie die beiden jetzt.

„Sie werden's sicher schaff'n", sagte Evi stockend.

Bunti ließ die Tränen laufen. Sie umarmten sich, jetzt hatten sie zunächst nur noch sich.

„Und wenn nich?", schluckte Bunti. „Komm, wir heul'n jetzt erst noch n biss'l, und dann fang'n wir an zu räumen."

Sie hatten gerade das Geschirr gespült, die Küche aufgeräumt, sie wollten nichts in Unordnung zurücklassen, als es schellte.

Sie erschraken, obwohl sie wussten, dass das Klavier abgeholt würde. Vorsichtig lukte Evi zunächst durch das Fenster. Unten stand tatsächlich ein kleiner Laster. Sie ließen die Männer ein. Ohne viel zu fragen, nur: „Das geht zu Felix Hertelt, newa?", schlugen die die schweren Haken unter das Instrument, hievten es mit Hilfe der mit den Haken verknüpften, breiten Schulterriemen aus der Wohnung die Stufen der zwei Etagen hinunter, bis zum Auto, bockten es auf, schoben es auf die Ladefläche, entledigten sich der Riemen und Haken, warfen sie hinterher, sprangen ins Fahrerhaus und brausten, die Türen zuschlagend, davon. Evi und Bunti hatten zunächst im Treppenhaus und dann wiederum durch das Kinderzimmerfenster zugesehen. Sie sahen sich an, umarmten sich lachend und waren stolz, dass das Abholen des Klaviers so reibungslos vonstatten gegangen war, obwohl sie lediglich die Wohnungstür auf- und wieder zugemacht hatten. Jetzt musste Evi zu Vatis Arbeitsstätte, um ihn als krank zu entschuldigen.

„Das gefällt uns aber gar nich!", tönte der Leiter der Brigade, „ne, da werd'n wer die Planerfüllung nich schaff'n." Wieso *sie* denn komme und ob sie nicht in die Schule müsse? Er musterte sie abschätzend. Sie habe heute erst zur zweiten Stunde Schule, log sie spontan. Als sie sich zum Gehen drehte, fiel ihr jedoch ein, dass es schon halb zehn war, und die zweite Schulstunde bereits vor einer halben begonnen hatte.

„Kommter denn morg'n?", rief er ihr nach, und im Rückwärtsgehen gab sie zurück: „Ich weiß nicht, wenn das Fieber zurückgeht, wird er bestimmt morgen erst mal zur Poliklinik geh'n!"

Bemüht, nicht in eine der zahlreichen Pfützen zu treten, verließ sie eiligst den mit ausgeschlachteten und auszuschlachtenden Autowracks zugestellten Hof. Das war also Vatis Arbeitsstätte,

dachte Evi. Wenn sie sich vorstellte – Nieselregen benetzte ihr
Gesicht, der böige Wind zerzauste das sich kräuselnde Haar –,
dass er bei diesem Wetter in einem der Wracks gesessen hätte.
Jetzt saß er vielleicht gerade in der S-Bahn und passierte so die
Grenze zwischen Ost- und Westberlin.
„Sie hab´n ´s sicher schon geschafft”, murmelte sie vor sich hin,
„und wir werd´n ´s morg´n auch schaff´n.” Aber sie wollte doch
gar nicht weg. Ihre Freundin Renate würde sie gern noch ein-
mal sehen, würde sich von ihr verabschieden wollen.
Sie schlenderte durch die vertrauten Straßen, nahm ein letztes
Mal den Weg zur Schule. Es war gefährlich, man durfte sie
nicht sehen, sie hätte sich erklären müssen, sollte sie auf Renate
warten? Sie würde es ihr sagen. Warum hatte sie es bisher ver-
schwiegen? Nein! Sie durfte jetzt nicht noch alles gefährden.
Entschlossen drehte sie ab und ging zurück.
Bunti hatte begonnen, den Wäschekorb zu befüllen.
Frau Elsner, im Parterre wohnend, Gretl hatte sich ihr anver-
traut, hatte ihr angeboten, Wäsche, Geschirr und Persönliches
für sie zu deponieren und ihr die Sachen unter anderen Namen
später nachzuschicken. Ebenso eine gute Freundin, Frau Krug,
welche zwei Parallelstraßen weiter wohnte.
„Du hast wohl rumgetrödelt?” Bunti hatte schon gewartet.
„Es is schon zwölf, könn´n wir nich jetzt erst ma was essen?”
Ein paar Schnitten mussten für heute reichen, einige saure Gur-
ken waren noch da, Wurst und Käse. Evi war auf dem Weg die
Schlange vor Onkel Brunos Geschäft aufgefallen, hatte sich mit
angestellt, denn das war die Übung, die jeder DDR-Bürger beherrschte: Bildete sich vor einem Laden eine Schlange, gab es
sicher etwas Besonderes, und man stellte sich dazu, ob man das
Angebotene nun brauchte oder nicht. Man konnte es ja noch an
einen guten Freund weiter veräußern. Je nach Geschäft war es
mal ein Küchengerät, ein Zehner-Pack Lilienmilchseife, ein Satz
Uhrmacherschraubenzieher, ein Kraftstromstecker, eine Frottee-
Badegarnitur, ein vernickelter Flaschensiphon, Bohrmaschinen,
Südfrüchte oder eingesalzene Heringe. Bei Bruno war es frisch
hereingekommener Schimmelkäse. Fast hätte sie sich doch verraten, indem sie den von Bruno besonders feilgebotenen Käse

mit den Worten ablehnte: „Nein, den brauchen wir nich mehr.”
In dem Trubel waren die aber unverständlich geblieben, und so
hatte sie nur eine Flasche mit Magermilch mitgenommen, die
jetzt die trockenen Bissen besser ins Rutschen brachte. Dazu
durften sie noch die letzten Leckereien aus den Weihnachtspaketen verschmausen, als da waren: Sahnebonbons, Schokolade, jedes eine halbe Tafel, Kekse und zwei Apfelsinen.
„Wir müssen morgen früh Frau Elsner noch die Lebensmittel
runterbringen”, sagte Evi kauend, „damit die nich umkommen,
wie Mutti gesagt hat.” Bunti nickte. „Mich würde int´ressier´n,
wann die merken werden, dass es uns hier nich mehr gibt?”
„Sie will sich ja auch noch von dem Sauerkraut nehm´n. Den
großen Trog können wir wirklich nich runterbring´n.”
Einige Waschkörbe voller Utensilien, unter dem Mangeltuch
verborgen, hatten sie bis zum Abend zu Frau Elsner hinuntergeschleppt, manches mit ihr dann im Keller schon in Kartons
verpackt, zum Nachschicken, später.
Sie hatten noch lange wach gelegen, Befürchtungen und Ängste
ausgetauscht, die der anderen jeweils zu zerstreuen versucht,
bis Evi feststellte: „Die sind bestimmt gut in Marienfelde angekommen. Wenn die an der Grenze geschnappt worden wären,
wär die Polizei schon lange hier und hätte uns abgeholt.”
Übermüdet saßen sie beim Frühstück, ließen sich Zeit, Bunti
ging noch mal ins Bad, überlegte, ob sie nicht doch noch den
Badeofen anheizen sollten, Holz war genügend da, Uli hatte ne
Menge vorgehackt, eine halbe Stunde würde es dauern, bis das
Wasser heiß war, als es läutete. Erschrocken lief Bunti zu Evi in
die Küche, sie war noch im Nachthemd, sah im Vorbeilaufen
durch die kleinen Milchglasscheiben der Wohnungstür eine
Gestalt und flüsterte: „Wer kann das sein, die komm´n uns
holen, die hab´n ´s nicht geschafft!”
Evi ging zur Tür. Panisch hielt Bunti sie fest. „Mach nich auf,
wir könn´n doch so tun, als ob wir nich da wär´n.”
„Quatsch, die hab´n uns schon gehört.”
Evi öffnete die Tür, soweit die kleine Kette es zuließ.
„Guten Morgen.” Durch den Spalt lukte eine freundlich wirkende junge Frau. „Ich komme von der firmeninternen Kontrolle.

Ist dein Vater da?" Evi starrte sie an. „Darf ich reinkommen?"
„Nein", sagte Evi spontan, mein Vati is zur Poliklinik, die Mutti
is arbeiten, und meine Schwester", Bunti stand im Nachthemd
direkt hinter ihr, „is krank, hat Fieber", verbesserte sie sich.
„Aber ich könnte euch vielleicht helfen. Ich würde gern wissen,
ob euer Vater sich hier gut eingelebt hat und wie ´s ihm geht."
Sie drückte gegen die Tür, das Kettchen spannte sich bedroh-
lich. Jetzt wurde auch Evi mulmig. Im Flur lagen die Sachen
teilweise noch neben dem Korb, den sie gleich zu Frau Krug
bringen wollten. Die ganze Wohnung sah nach einem Um- oder
Auszug aus. Ob die Kette standhielt?
„Ja, Vati hat sich gut eingelebt, er is nur krank. Ich muss meine
Schwester wieder ins Bett bringen, sie hat richtig Fieber, auf
Wiedersehen!" Evi drückte die Tür zu. Von draußen kam kein
weiterer Widerstand. Sie lauschten. Stille!
Der milchige Schatten blieb einen Moment starr, dann schien er
sich zu drehen, kleiner werdend, verschwand er schließlich mit
tapsenden Geräuschen. Sie schlichen ins Kinderzimmer, späh-
ten, ohne den Store zu berühren, durchs Fenster. Eine Frau ging
langsam über die Straße, sah, sich umdrehend, direkt zum Fenster hinauf. Wie ertappt duckten sich beide zur Seite, obwohl sie
die Gardine doch verbarg. Evi wagte sich langsam wieder vor.
„Sie geht", flüsterte sie, „sie geht weg. Komm, wir könn´n nich
mehr länger bleib´n, vielleicht kommt die wieder."
„Mit der Polizei?" Bunti schluckte, begann zitternd sich anzu-
ziehen. Es war kalt in der Wohnung, sodass Kälte gepaart mit
Angst ihr Schauer über den Rücken trieben.
Fast panikartig hatten sie ihre Rucksäcke gepackt, immer wieder aus dem Fenster schauend. Sie liefen zu Tante Heidel.
Das Geschäft mit den von Onkel Hertelt geschnitzten Figuren,
Reliefs und Kreuzen lag direkt neben der katholischen Kirche.
Die kleine rundliche Frau empfing sie freudig, drückte beide an
ihren fülligen, weichen Busen. Onkel Hertelt saß am Küchentisch. Die beiden waren ein gemütlich beleibtes Ehepaar mittleren Alters. Ihn prägte sein dunkelgrauer, abgetragener Anzug
nebst einem breitkrempigen Künstlerhut, den er nie abnahm,
während sie nur eine einzige Kittelschürze zu besitzen schien.

Auf dem Herd köchelte ein Gemüseeintopf.

„Na, das Klavier hab'n die ja wieder heil rübergebracht", sagte er. Es stand jetzt wieder im hinteren Teil des Ladens.

„Wer weiß, wer da mal wieder drauf spielen wird."

„Die Suppe is gleich fertig", sagte sie, im Topf rührend, „setzt euch, Oma will auch noch kommen."

„Wir geh'n erst noch in die Kirche zu Kaplan Andreas, der will uns noch den Reisesegen geben." Tante Heidel nickte traurig.

Ihr tat es weh, dass diese ihr ans Herz gewachsene Familie nun in den Westen verschwand, aber sie war überzeugt, dass es die richtige Entscheidung war.

„Schade, dass diese fromme Familie für die kleine katholische Gemeinde verloren geht." Sie setzte sich zu ihrem Mann.

„Mit dem Nachschicken der Sachen können wir wenigstens etwas helfen." „Na ja. Vielleicht wär Uli ein guter Bildhauer geword'n", sagte er, seine Pfeife schmauchend.

Oma war, als ob sie es geahnt hätte, zunächst in die Kirche gegangen. Sie beteten gemeinsam um eine glücklichere Zukunft für die Familie. Kaplan Andreas sprach einige Gebete und sein mit Weihwasser benetzter Daumen zeichnete jeweils ein Kreuz auf Buntis und Evis Stirn.

Der S-Bahnwaggon ratterte und klapperte über die Weichen; sie waren umgestiegen und fuhren jetzt aus dem Bahnhof Königs Wusterhausen heraus. Evi kannte alle Haltestellen. „Sieben sind es", flüsterte sie, „die nächste is dann schon im Westen." Sie saßen auf den harten Holzleistenbänken, sahen, wie das Ende des vorderen Waggons zu tanzen schien, wie es sich bei jeder Weiche oder Kurve seitlich verschob, wie die im Gang Stehenden, sich festhaltend, die Balance suchten, indem sie die Arme mal anwinkelten und mal streckten.

Der Abschied von Hertels, von Oma war ihnen nahe gegangen. Oma war nicht zu beruhigen gewesen, immer wieder hatte sie gestammelt: „Im Himmel erscht werd'n wer uns wiederseh'n!"

Bunti kämpfte mit den Tränen. „Ob die uns kontrollieren?"

Bei den letzten Fahrten waren sie nicht behelligt worden, die Beamten verlangten scheinbar nur von Erwachsenen die Pässe.

Aber heute wünschte sich Evi fast kontrolliert zu werden, denn sie hatten sich etwas ganz Besonderes ausgedacht.

Die kostbare Silberkelle, mit der Mutti sonntags immer die Suppe verteilte, hatten sie in extra Geschenkpapier gewickelt und eine breite rote Schleife herumdrapiert mit der Aufschrift: „Der lieben Tante Dorle zum Geburtstag!"

Die wollten sie dem Kontrolleur stolz präsentieren, und dann wären sie als harmlose, liebe Mädchen, die ihre Tante an ihrem Geburtstag überraschten, von dem Beamten in den Westen entlassen worden. „Baumschul´nweg kommt jetzt", flüsterte Bunti. Die nächste Haltestelle lag im Westen. Wo war der Kontrolleur? Ohne sie zu beachten, war er vorbeigegangen. Enttäuscht sahen sie sich an. »Köllnische Heide«, lasen sie am Straßenrand. „Die Nächste müss´n wir raus", sagte Evi schon etwas lauter, denn nun konnte ihnen nichts mehr passieren. »Sonnenallee«!

Sie sahen dem S-Bahnzug nach, warteten einen Moment, doch da war niemand, der sie abholen wollte.

„Is ja klar", sagte Evi. „wir sollten ja schon viel früher da sein."

Sie kannten den Weg zu Tante Dorle, die Sonnenallee Richtung Zentrum, immer geradeaus und dann irgendwann rechts in die Elbestraße, zum Haus mit der Nummer 28.

Doch wussten sie noch immer nicht, ob die Flucht der Eltern und Geschwister genauso reibungslos verlaufen war, wie die ihre, und mit dem sich Hinziehen des Weges wuchs die Sorge, das Gefühl, doch plötzlich ausgesetzt worden zu sein in dieser großen Stadt, zwar im Westen, aber doch verlassen und allein.

33. Schulaufsatz

Die S-Bahn rattert und klappert über Weichen.
Er spürt die harte Holzleistenbank, sieht das Ende des vorderen
Waggons, es scheint zu tanzen, verschiebt sich seitlich bei jeder
Weiche und Kurve, die Stehenden suchen Balance, die Stangen
festhaltend, die Arme mal angewinkelt, mal gestreckt. Der Zug
quietscht und knirscht. Beamte stürmen das Abteil, gehen be-
drohend in Stellung. „Die Pässe! Los!" Vatis Stirn perlt, tropft.
„Mitkommen!" Das Gebrüll schmerzt. „Republikflucht!"
Mutti weint, ruft: „Nein, nein!" Jutti heult. Er hält Vatis Ärmel,
der Grüne zieht, er zieht heftiger, schreit: „Lass los!"
Vati hängt kraftlos dazwischen. „Verbrecher! Ins Gefängnis!"
Er wird mitgerissen, verliert seinen Vati, hinter Maschendraht,
streckt den Arm durch, ratscht sich die Haut, Blut, Schmerzen,
nicht am Arm, in der Brust, ein heftiger Stoß, er fällt, sieht die
Schwester, ruft: „Jutti, lauf, die hol'n uns!" Er rafft sich auf, der
Polizist, er erfasst ihn, er stürzt wieder. Jutti ist weg, ein andrer
reißt ihn hoch. „Steh auf, du Lerge! Ins Heim!"
Reißen an der Schulter: „Du musst aufsteh'n." „Auf-ste-hen!"
Gretl, über ihn gebeugt, rüttelet ihn sanft.
„He, Maaz, du träumst wieder und sprichst laut!"
Uli schreckte hoch. „Ach, Mutti, ich hab wieder geträumt, wie-
der dasselbe wie damals." Er hatte ihnen erst Monate später von
dem Traum erzählt, in der Nacht vor der Abreise, hatte kaum
geschlafen, Vatis Erlebtes, das Erzählte spukte in seinem Kopf
herum; zum Morgen hin war er eingeschlafen, und dann lief in
Farbe dieser Traum ab, wie ein Film, dachte er später immer,
und er träumte ihn wieder und wieder.
„Komm, Schepsel, du musst zur Schule."

Wieder zur Schule; er rappelte sich hoch. „Is Vati schonn weg?"
„Ja!", rief Gretl aus der Küche.
„Und die Mädels?" „Evi is noch hinten."
Er sah Vati morgens nie, er hätte früher aufstehen müssen, was
er nicht tat, nur abends, wenn er nicht in der Gruppe war, dann
werkelten sie. Der dreiarmige Leuchter über dem Esstisch war
fertig. Uli kaute sein Frühstücksbrot und betrachtete, sich
zurücklehnend, das Prachtstück. Aus zehn Millimeter Sperrholz
hatte Vati verschieden große Ringe gesägt, sie zu einer oben
und unten abgeflachten Kugel zusammengeleimt, die störenden
Kanten mit Feile und Schmirgelpapier gerundet. An das so entstandene Mittelteil waren die ausladend geschwungenen Arme
angebracht, innen endend in einer Schneckenform, wogegen
das äußere Ende ein aufgesetzter Holzteller krönte, der die
Fassung der Glühbirne trug. Die aus Lindenholz gefertigten
dreiteilig zusammengefügten Arme waren mit Blattwerk geschmückt, das von ihm plastisch aus dem Holz gearbeitet worden war. Uli betrachtete das Blatt, das er hatte schnitzen dürfen.
Schwierig war, die Äderung des Lindenblattes mit dem flachen
Schnitzmesser erhaben herauszuarbeiten, mit dem halbrunden
die leicht tiefer scheinenden Flächen, wobei auf der Rückseite
die Wölbungen und Einschnitte gegenteilig ausgebildet erscheinen mussten. Er sah das Blatt stets, es war etwas grober, weniger gelungen, doch in der Vielzahl der Blätter für andere kaum
auffällig. Tatkräftig hatte er auch sonst mitgeholfen, den Knochenleim angerührt und erhitzt, die geleimten Teile mit gefeilt
und vor und zwischen den Lackierungen mit Schmirgelpapier
geglättet. Stolz auf sich und seinen Vati biss er in sein Marmeladenbrot, sah auf die Uhr und verließ hektisch, im Vorbeilaufen seine Schultasche ergreifend, mit einem lauten:
„Tschüß Mutti!" die Wohnung. Gretl kam aus der Küche, sah
die angebissene Schnitte, schmunzelte, aß sie zu Ende, bei ihr
durfte nichts umkommen, räumte den Tisch ab, Evi hatte schon
gefrühstückt, wischte die Hände in die Schürze, wobei sie sie
gleichzeitig glatt strich und setzte sich an ihre Nähmaschine.
Heute würde sie das Kleid für Bunti sicher fertigbekommen,
dann konnte sie den Rock für Jutti zuschneiden.

Uli lief bis zur Ecke, quer über die Kreuzung, und nur hundert Meter weiter die vier Stufen hoch in das Schulgebäude. Er war froh, vor allem bei diesem ungemütlichen Dezemberwetter nur einen Katzensprung zur Schule zu haben.

Der Lehrer war schon auf dem Gang. Uli schoss an ihm vorbei, stürmte in die Klasse und hatte seinen Platz erreicht, noch ehe der den Klassenraum betreten konnte. Er blieb einfach stehen, um mit den anderen, die aufsprangen, die übliche Begrüßung: „Guten Morgen, Herr Drepper!" zu rufen.

„Mojen Jungs!", rief Herr Drepper und warf seine Tasche auf das Stehpult. „Heut gibt's die Aufsätze zurück."

Allgemeines Gemurmel. „Ruhe!", befahl er, deklamierte die Namen, dann die Note mit der zeitlichen Verzögerung, die der jeweils Aufgerufene benötigte, um nach vorn zu eilen. Dazu bekam jeder das Aufsatzheft in die Hand gedrückt.

Uli musste sich aus der letzten Reihe startend sputen, damit die zu lange Verzögerung zwischen Name und Note nicht mit einem strengen Blick geahndet wurde.

„Sehr gut, mein Lieber, zu viel Rechtschreibfehler, deshalb nur eine zwei! Wenn das in den anderen Fächern auch so wär!"

Uli war hochzufrieden. Seit einem Jahr saß er in der hintersten Bank, er lernte gern, aber nicht in der Schule, besonders nicht in dieser. Die Eltern hatten ihn letzten November in diese gesteckt nach den verlorenen Monaten in Lagerschulen.

An Realschulen hatten sie es versucht: „Da muss der Junge zu viel nachholen, besonders Sprachen."

Er hatte bisher nur Russisch: »Ina, Nina, tam Kartina ...«

Es blieb also nur die Volksschule. Er hätte in die siebte Klasse kommen müssen, aber in der DDR wurde im Sommer versetzt und hier halt Ostern, so kam er in die sechste.

Die siebten Jahrgänge seien übervoll, zum Eingewöhnen in das neue Lernen seinen die drei, vier Monate sicher förderlich. Es waren fünf! Ihm war es egal, nur was die da in Rechnen oder Erdkunde trieben langweilte ihn. Er hatte schon Mathe und Geografie gehabt, war auch in Deutsch weiter. Er verdrückte sich in die letzte Reihe, ließ Schule Schule sein, ließ sich von seinen Schwestern bei den Hausaufgaben helfen. So manches Bild hat-

te Jutti für ihn gemalt. Die Lehrerin bescheinigte Gretl einmal,
ihr Sohn habe im Zeichnen und Malen ein ausgeprägtes Talent.
Es folgten schlechte Zeugnisse, Vati hatte nicht geschimpft, nur
gesagt, „du lernst für dich, das musst du endlich kapieren.”
Jetzt schien sogar die Versetzung in die achte Klasse in Gefahr.
Es klingelte, die Stunde ging zu Ende. Sonst wurden die besten
Aufsätze vorgetragen. Schade, er hätte seinen gerne vorgelesen.
»Mein schönstes Ferienerlebnis«, war die Vorgabe gewesen.
Er berichtete vom Zeltlager in Assmannshausen und von der
Postkarte an seinen Opa, den er mit Adolf, statt mit August an-
geschrieben hatte. Die Aufregung darum war für ihn unver-
ständlich gewesen, erst Vati erklärte ihm, wer dieser Adolf war.
Im Aufsatz verwandte er dann das von Vati Erfahrene, schrieb
etwas über Diktatoren, über totalitäre Regime, die jetzt Volks-
republiken hießen, über die Folgen von Unterdrückung und
Unfreiheit, er war ja damals als Zonenflüchtling in Wipperfürth
im Barackenlager, also ein Opfer von Gewaltherrschaft, und
durfte nun in Freiheit ein so wunderbares Ferienlager erleben.
Eigentlich verstand er selbst kaum etwas von dem, was er sich
da im Aufsatz zusammengereimt hatte, aber Herr Drepper, auch
als sein Geschichtslehrer, war davon angetan, wie sich ein Drei-
zehnjähriger schon mit der eigenen Geschichte befasste.
Die Schüler turnten befreit aus der Klasse, vorbei an Stehpult
und Lehrer, der Uli zurückhielt: „Warte mal! Du weißt ja, dass
dein Notendurchschnitt miserabel ist, für deine Versetzung sehe
ich schwarz, und dein Vater will dich aufs Aufbaugymnasium
schicken, dafür musst du was tun. Du könntest als Hausarbeit
einen Aufsatz über eure Zeit in den Lagern schreiben. Mit einer
guten Bewertung würde sich dein Schnitt verbessern.”
Die folgenden Unterrichtsstunden schrammten an ihm vorbei,
einmal wurde er aufgerufen, wusste aber nichts zu antworten.
Er war schon bei seinem Aufsatz, nicht wegen einer besseren
Note, nein, er hatte im letzten Jahr Außergewöhnliches erlebt.
Er musste eine Einleitung zu dem Aufsatz schreiben, sonst würde das mit der guten Note nicht klappen. Die sollte aber nur aus
drei, vier Sätzen bestehen. Doch die Einleitung, also warum sie
das alles erleben mussten, die Flucht aus der DDR und das

ätzende Lagerleben, ließ sich nicht in ein paar Sätzen zusammenfassen, und so begann er schon mal mit dem Hauptteil.

»Wir sind früh losgegangen, weil wir den Zug kriegen mußten. Ich war ganz schön aufgeregt, hatte nur wenig geschlafen und geträumt, es wäre alles total schief gegangen und sie hätten uns geschnappt. Wir gingen an dem Haus vorbei, wo mein Freund wohnt. Ich kuckte zum Wohnzimmerfenster. Dahinter haben wir gestern Briefmarken getauscht, hab ich gedacht, auf dem Tisch mit meinem Auto gespielt. Ich wäre so gerne noch mal rauf gegangen aber das ging nich.«

Er kaute nachdenkend an seinem Bleistift. Er schrieb damit vor, konnte so die Fehler wegradieren.
Ob Maxl seine Briefmarken aufheben würde? Mutti hatte gesagt, er dürfe noch nicht schreiben, es könne für seinen Freund Schwierigkeiten geben. Jetzt ärgerte ihn wieder, dass er seine Marken nicht hatte mitnehmen können, es wäre so einfach gewesen; keine Kontrolle in der S-Bahn.
Nur, wie hätte er die Alben transportieren sollen?
Aber am meisten ärgerte ihn, dass er vor Aufregung sein wunderbares Schuco-Auto vergessen hatte. Als Ersatz hatte ihm Vati ein neues gekauft, das war aber nur mit einer dünnen langen Federspindel zu lenken; kein Vergleich! Wer das Auto jetzt wohl besaß? Er pulte einen abgenagten Holzsplitter von der Unterlippe. Wenn ich bei jedem Satz so weiterspinne, werde ich nie fertig, dachte er, zückte den Stift und schrieb weiter.

»In Königs Wusterhausen sind wir in die S-Bahn umgestiegen, die fährt noch durch ganz Berlin. Nach fünf Haltestellen stiegn welche mit grünen Uniformen in unseren Waggon und gingen ganz nah an uns vorbei. Mein Vater wurde nervös, das hab ich genau gesehn, nur die in der Reihe hinter uns mußten die Ausweise zeigen. Ich hab den dauernd angegrinst, damit der denkt wir fahren nur zu meiner Tante. Und der hat zu mir mit dem Auge zugeblinzelt und is gegangen.
Die Bahn fuhr langsam den Bahnsteig lang, da rief eine Frau:

„Da kiek, da ham se wieder zwee Zon´nflüchtlinge jeschnappt, bestimmt wieder vone Stasi verrat´n!"
Alle haben aus dem Fenster gekuckt, zwei Grüne haben einen Mann und zwei andere eine Frau weggebracht, die zerrte ein Jungen hinterher, der war vielleicht so alt wie ich. Ich hab mein Vater angekuckt und hab geschluckt.
Dann kam die Grenze, nur ein Schild, ich wollte das lesen, da stand: Sie verlassen den Ostsektor. Ich wollt mein Vater fragen, was ein Sektor ist, aber der wischte grade mit dem Taschentuch seine Stirne. Wir sind ausgestiegen und da stand Tante Dorle.
Die is kleiner als meine Mutter aber runder. Wir haben uns alle umarmt, die Erwachsenen haben geheult. Ich krichte meine Arme nich um Tante Dorle, meine Schwester heulte dann auch.
Wo ist Petra, hab ich gefragt, das ist ihre Tochter, die ist so alt wie ich und bei unserm Besuch vorges Jahr, haben wir uns gut vertragen. Die is in der Schule, du Lauser, die kommt Nachmittag mit, und ich krichte eine kräftige Kopfnuss.
Die haben zwei rausgeholt, hat dann meine Mutter gesagt, Gott sei Dank, das wirs geschafft haben. Ich habe dann meinen Vater noch gefragt, ob die jetzt alle wirklich ins Gefängnis kommen.
Da hat er nur traurich genickt. Dann sind wir mit der Straßenbahn nach Marienfelde gefahren, da müssen alle hingehn, die so wie wir rübergemacht sind. Das nennt sich Notaufnahmelager. Da waren lange Schlangen, wie in Cottbus manchmal vor dem Konsum, wenn es Honigscheiben oder Sahnebonbons gibt. Seid ihr auch rübergemacht?, hab ich den Jungen vor mir gefragt. Die Erwachsnen konnte ich ja nicht fragen, dann hätte ich die Knöpfe vor dem Bauch befragt. Ja auch, sagte der Junge.
Ich heiße Uli, sagte ich, und du? Seine Mutter riss ihn von mir weg. Die hat immer noch Angst, dachte ich, aber das soviel rübermachen, die können doch unmöglich alle Verbrecher sein. Jetzt wusste ich, daß mein Vater kein Verbrecher war.«

Der Bleistift landete wieder zwischen den Zähnen. Er musste in der Einleitung unbedingt schreiben, dass die Lehrerin in Cottbus gesagt hatte: „Republikflucht ist ein schlimmes Verbrechen, dafür muss man ins Gefängnis." Wer wusste schon, dass die

den Kindern in der Schule solche Lügen erzählten. Vati hatte
recht gehabt. Er dachte an das Theater, das er gemacht hatte.

»Eine Stunde mußten wir warten, bis das mit der Anmeldung
erledigt war. Eine Frau brachte uns in ein kleines Zimmer, da
waren zwei Stockbetten und ein Tisch mit vier Stühlen. Meine
Schwester, die heißt übrigens Jutti, und ich kletterten auf die
Betten, wir waren müde vom Schlangestehn, aber mein Vater
sagte, wir müssten nebenan in ein andres Haus, dort gäb es für
uns ein Fresspaket, er sagte wirklich Fresspaket, weil eigentlich
wars ein Willkommensgruß, das stand da rot draufgeklebt.
Ich hab das Paket gleich runter getragen und vor dem Haus
aufgemacht. Das roch wie Weihnachten, mit Äpfeln, Nüssen,
Apfelsinen, Bananen, was waren das? Bananen! So schöne hatte
ich noch nie gesehen. Die essen wir heut Abend gemeinsam,
sagte meine Mutter. Aber ich wollte sofort etwas. Schokolade,
durfte ich auch nicht, da, was war das? Kaffee und da, zwei
Dosen, da stand drauf Bärenmarke und ein Bär mit einem
kleinen im Arm. Was is das, fragte ich meine Mutter. Das ist
Milch. Oh, die möchte ich trinken, bettelte ich, und mein Vater
sagte, so lass ihn doch. Er nahm sein Taschenmesser, machte
ein dickes Loch in den Deckel und ich sog in langen Zügen die
Milch raus, wie der kleine Bär auf der Dose. Und immer, wenn
ich davon erzähle, und allen Freunden hab ich das schon,
schmeck ich diese Milch wie Sahnebonbons und Honigscheiben
zusammen. Auch jetzt noch nach zwei Jahren vielleicht immer.«

Er nahm einen anderen Bleistift, das Ende war zerkaut, bei fast
jedem Nachdenken musste der Stift dran glauben. Und jetzt, da
er diesen Bärenmarkengeschmack wieder auf der Zunge spürte,
hatte er plötzlich Zweifel. Wenn er seinen Klassenkameraden
das vorlesen sollte, würden die denken, der spinnt. Sie würden
ihm nicht glauben, mit welchem Genuss er damals diese Milch
getrunken hatte. Vielleicht streich´ ich´s wieder raus, dachte er.
Der Aufsatz würde bestimmt viel zu lang werden, denn es gab
noch so viel, was er aufschreiben wollte, aufschreiben musste.
Gretl riss ihn aus seinen Gedanken: „Uli, kannst du bitte noch

den Mülleimer runterbring'n? Holzhacken musst du auch noch
und Briketts raufhol'n, für heut' Abend is nich mehr genug da."
„Ja, Mutti, gleich, ich muss erst noch das hier schreiben!"

»Tante Dorle war nochmal mit Petra gekommen, und mein
Vater sagte uns, wir würden ab morgen in einer Villa wohnen,
die den Amerikanern gehörte. Dann habe ich die erste Nacht
nach unsrer Flucht richtig gut geschlafen, mein Vater hatte alles
richtig gemacht. Am andern Morgen, wir bekamen kein Früh-
stück, wurden wir gleich von einem dicken Auto abgeholt und
zu der Villa gebracht. Wie mein Schucoauto, hab ich gedacht.
Niemand wusste jetzt, wo wir waren, auch nicht Tante Dorle.
Mein Vater war den ganzen Tag bei den Amis, und auch meine
Mutter, die wollten von denen alles wissen, von der DDR, von
Polen, von Schlesien, vom Gefängnis. Das hat er uns später so
gesagt. Warum, wusste er auch nicht. Wir durften nicht raus.
Ums Haus lief immer einer mit einem Gewehr und gelblichem
Helm herum. Jutti und ich wurden in ein richtiges Wohnzimmer
geführt, wir standen da, und starrten die schöne Einrichtung an.
Und dann stand da ein kleiner Schrank, mit zwei offnen Türen
und dadrin flimmerte ein Bild, das sich bewegte. Was is das,
fragte Jutti. Das is sicher ein Fernsehapparat. Ich hab schon mal
ein Bild von so einem Ding gesehen. Wir legten uns auf den
weichen Teppich und kuckten und kuckten und staunten. Wir
hörten ständig ein Tsching bum, Tätärä, Trompeten marschierten durch das Bild im Schrank, dann wieder Wagen mit Blu-
menkränzen, leider ohne Farbe, Mädchen hüpften, Männer
hielten einige dauernd hoch, weiter Tuschmusik, Masken und
Fratzen sprangen durch das Bild, es sah aus, als ob die in der
einen Seite vom Schrank verschwanden und aus der andren
wieder raus kämen. Dazu redeten zwei, erklärten was wir
sowieso sahen, faselten von ruude funke, danzmarische, jecke
lückscher, stippefüttscher, fasteleer, und noch mehr unverständ-
liches Zeug, bis Jutti kölle verstand, und triumphierend über
den Krach rief, das is ein Faschingsumzug von Köln.
Wir haben lange gekuckt, wir hatten aber auch Hunger, fühlten
uns irgendwie allein. Eine rundliche Frau mit weißem Kittel

wollte, daß wir mitkommen. Wir setzten uns an einen Tisch mit weißer Tischdecke, die Frau brachte ein dampfendes Schälchen. Ich bin Frau Wittrich, sagte sie, guten Appetit, ich werde für euch jetzt immer kochen. Wir staunten, aßen Suppe ohne zu reden, bisschen ängstlich, wo waren die Eltern. Ob sie wusste, was wir dachten? Eure Eltern sind mit den Offizieren eure Geschwister holen. Ach ja Evi und Bunti, die hatten wir vergessen. Es roch wunderbar. Sie brachte Kartoffelpuffer mit Apfelmus. Ich war begeistert. Dann gabs einen kleinen grünen Kuchen, der war durchsichtig und zitterte. Plötzlich ging die Tür auf, Evi, Bunti und die Eltern kamen, wir saßen am Tisch, ich kriegte mehr Kartoffelpuffer, mein Vater fragte, warum seit ihr so spät abgefahrn? Wir haben gewartet, und die Offiziere haben uns Vorwürfe gemacht, weil wir euch zurückgelassen haben. Den Fehler hätt ich mir nie verziehen. Ach Vati, sagte Evi, das hat doch alles prima geklappt, wir sind gar nich kontrolliert worden. Meine Mutter hatte Tränen in den Augen.
Dann kam Frau Wittrich, ich zeige ihnen jetzt die Zimmer. Ich hatte eins alleine, mit Waschbecken und ein Spiegel, ich sah nur meine Haare. Die Seife roch prima, und eine frische Bürste mit Zahnpaste. Col-ga-te hab ich mir vorgelesen und gleich probiert schmeckte gut. Das Bett war schön weich und viele Kissen, ich hab, glaube ich gleich geschlafen, aber es war noch hell. Dann hab ich aus dem Fenster gekuckt, da lief der Soldat, ich konnte immer noch nicht raus. War das die Freiheit die Vati wollte? Ich ging zum Flur, eine Tür war auf, meine Schwestern hatten auch ein Zimmer, ich eins nur für mich. Ich war stolz. Vati und Mutti sind schon wieder weg, sagte Evi. Mutti sagt, sie haben Begrüßungsgeld gekriegt, sie kauft uns Sachen. Warum dürfen wir nich mit. Ich fragte Evi, ob das jetzt Freiheit ist. Sie wusste es auch nicht. Komm ich zeig dir was. Wir haben dich besucht, du hast geschlafen. Wir gingen durchs Wohnzimmer, der Schrank war jetzt zu. Daneben war ein großes Spielzimmer, sowas hab ich noch nie gesehen, ein Tischtennis, in der Ecke ein kleiner Tisch mit Bauklötzern, da kriegte ich gleich Lust, aber daneben in einem Karton sah ich ein Stabilbaukasten. Vielleicht konnte ich damit meinen Kran nachbauen, aber ich hatte keinen Motor.

Dann gabs da noch Bücher aus dicker Pappe, und auch welche
für mich, eine Kiste mit Schienen, eine Lok und bunte Waggons
standen auf dem Brett. In einer Ecke waren Puppen und Wagen
und eine große Puppenstube. Es war alles schön aufgeräumt,
Mutti wäre bestimmt zufrieden. Hat Mutti das schon gesehen?,
fragte ich. Nein, aber Frau Wittrich sagt, sie freut sich, es sind
sonst wenig Kinder hier, wir dürfen alles nehmen, aufräumen
würde sie auch und sie freut sich, daß es uns so gut geschmeckt
hat und nachher gibt es Abendessen. Und noch ein Ehepaar
wäre angekommen. Wie lang bleiben wir denn hier. Weiß nich,
sagte Bunti. Und müssen wir morgen nicht in die Schule?
Ich konnte mir nicht vorstellen, das ich jetzt immer spielen und
bauen und schrauben und lesen durfte und auch nicht aufräumen
musste. Vielleicht war das doch die Freiheit, die Vati meinte.
Aber wir durften doch nicht raus. Warum dürfen wir nicht raus,
hab ich abends mein Vater gefragt. Weil das zu gefährlich ist.
Warum, das hat er uns dann erklärt. Er galt als besonders ge-
fährdet, hat er gesagt. Da käme es öfter vor, das wenn so ge-
fährdete Leute, oder auch die Kinder von denen alleine in der
Stadt rumliefen, vielleicht ein Auto anhalten würde, und die
würden scheinheilig fragen, kann ich sie mitnehmen, und weil
man schon müde war, oder es regnete würde man einsteigen
und die würden einfach in den Osten zurückfahren und man
wäre dann auf nimmer Wiedersehen verschwunden, und deswegen würden die Amerikaner uns beschützen und bewachen.«

Er saß am Schreibschrank, hatte schon wieder den Bleistift
zerkaut. Er müsste damit aufhören, dachte er, am Bleistift kauen
war doch kindisch. Noch nie hatte er so viel geschrieben, und er
würde weiterschreiben. Es machte ihm Spaß, so erlebte er alles
noch einmal, und eigentlich war es doch wahnsinnig aufregend
gewesen. Aber würde das ein Aufsatz für die Schule werden?
Einleitung, Hauptteil und Schluss. Bis jetzt gehörte alles zum
Hauptteil, es waren für ihn besondere Ereignisse, von denen er
berichtete, doch damit andere sie richtig einordnen könnten,
müsste er eine lange Einleitung schreiben, fast ein Buch, und
einen Schluss würde er nicht erfinden können. Es gab keinen.

Das war sein Leben, nein, das Leben seiner Familie, das seines
Vaters, und das würde erst enden … abrupt wandte er den Kopf
zur Seite, sah aus dem Fenster, auf vom Nieselregen glänzende
Dächer; er glaubte plötzlich seine Augen seien ebenso feucht.
» ...trotzdem er krank is«, hatte Evi gesagt.

»Drei prima Wochen konnte ich alles genießen, mein Zimmer,
die Spiele und Baukästen, das leckere Essen, ich mußte nichts
weiter machen. Nur mein Vater war kaum da, und abends haben
wir den kleinen Schrank aufgemacht und gekuckt. Dann kamen
wir in ein Holzhaus, mitten im Wald. Auch hier durften wir
nicht rausgehen. Noch nich mal sonntags, in die Kirche. Es war
ein Schlösschen, mit alten Möbeln. Ich hab ein Holzverschlag
zum schlafen gehabt, wie in einem alten Bauernhaus, mit Türn
zum Schieben, in der Treppenrundung, auf halber Treppe. Dann
gabs einen Holzaufzug mit einem Seil zum hochziehen, da war
immer unser Essen drin, das wurde im Keller gekocht, auch
von einer Frau, die hab ich kaum gesehn. Wir waren nur eine
Woche da, und das Ehepaar, und mein Vater wurde immer noch
von den Amis mit dem Auto geholt. Vielleicht musste der auch
so viel erzählen, wie ich hier schreibe, wie für ein Buch.
Dann packten wir wieder die paar Sachen zusammen und wurden zu einem Flugplatz gefahren. Mir hat das niemand vorher
gesagt. Da stand ein Militärflugzeug, mit zwei Propellern, so
was hatte ich noch nie gesehen, nur manchmal am Himmel und
auf Bildern. Die Amis konnte ich gar nicht verstehen. Es waren
auch noch andere Leute da, vielleicht zwanzig oder dreißig, die
sprachen deutsch, aber nur wenig, ich glaube, die hatten Angst.
Ich nicht, ich hab mich gefreut, weil ich sah, daß unsere Sachen
hinten rein kamen. Ein Käfig mit einem Hund war auch dabei.
Der durfte auch mitfliegen. Dann durften wir rein. Innen gab es
Blechsitze, wie Schalen, da passten die meisten gut rein, nur
eine Dicke, glaub ich, nich so gut. Ich saß zwischen meinem
Vater, meiner Mutter und mit Leuten an der einen Längsseite
und die drei Mädels mit den anderen Leuten gegenüber. Jeder
kriegte ein dünn gefaltetes Päckchen. Die Piloten haben dann
die Propeller angeworfen, das konnte ich durch das Bullauge

sehn. Die machten ein Höllenlärm. Viele hielten sich die Ohrn zu. Aber dann kam einer kucken, ob jeder diesen Riemen um den Bauch hatte, ich noch nich, weil ich wollte gern beim Flug nach vorne, das durfte ich nich, musste den Riemen festziehen, der Pilot hat nochmal gezogen. Jetzt konnte ich mich nich mehr rüern. Und dann sah ich durch das Bullauge, das wir rollten, aber das warn wir gar nicht, das war das Flugzeug neben uns, das rollte weg, und das sah so aus als ob wir rollten. Aber dann rollten wir doch, jetzt war kein anderes mehr neben uns. Und der Lärm wurde immer mehr, meine Schwestern hatten grade noch den Pilot angehimmelt, ein blonder Ami, vielleicht fanden sie das lustig, weil der ihnen am Bauch rumfummelte, nur Jutti war rot geworden. Jetzt stierten sie auf ihre Knie, weil das rumpelnde Rollen immer schneller wurde. Plötzlich machte das Ganze einen Ruck nach vorn und die Oberkörper kippten wie Dominosteine zur Seite. Ich habe nie wieder solche blutleeren Gesichter gesehn. Welche versuchten das Päckchen aufzumachen. Gut das der überall die Riemen festgezurrt hat, dachte ich, sonst wären alle durcheinander gepurzelt. Jetzt glaubte ich, mein Hintern würde sich in der Schale verbreitern, jemand würde von unten dagegen drücken und ich würde schwer wie Blei. Wir flogen, ich sah nur noch graue Schlieren von außen über die Fenster ziehen. Dann sah ich die Frau, die nicht in die Schale passte, sie hatte aus dem Päckchen einen kleinen Bottich gefaltet, meins war runtergefallen und nach hinten zum Gepäck gerutscht. Alle saßen wieder grade auf den Schalen, aber keiner saß still, in der Schule würde Herr Drepper rufen, könnt ihr nich mal fünf Minuten still sitzen. Na ja, das Flugzeug schaukelte ganz schön, mal war es als ob wir in ein Loch plumpsten, dann gings wieder hoch, dann drehte es eine Kurve und die Leute von der einen Seite dachten, sie würden auf die anderen fallen. Gut, daß der Pilot die Gurte nochmal festgezogen hat, dachte ich wieder. Die Propeller machten einen unheimlichen Lärm und hinten im Verschlag jaulte die ganze Zeit der Hund. Ich sah nur noch bleiche Gesichter, fast alle, auch meine Schwestern und Mutti, hatten jetzt so eine, ja es sah aus, wie eine aufgeblasene Brötchentüte, auf den Knien, nur oben offen und die

schien alleine zu stehen. Aber was wollten die eigentlich damit?
Wir sackten alle wieder mal nach unten, die Frau mit der zu
engen Sitzschale steckte Mund und Nase in die Tüte und dann
hörte ich, trotz Krach, was passierte und sah, wie sich die Tüte
füllte, bei jeder Kurve und bei jedem Plumpsen mehr.
Dann sind wir gelandet, mit einem Krachen auf der Rollbahn,
in Frankfurt. Das Flugzeug fuhr noch weiter und es rumpelte.
Ich tat so als ob ich den Riemen nicht aufkriegte, meine Eltern
waren aufgestanden und die andern schoben sie an mir vorbei.
Fast zuletzt kroch ich noch nach vorn, der Pilot sagte irgendwas
zu mir, zeigte auf die ganzen Hebel und Knöpfe, zerwuschelte
meine Haare und dann schob er mich zurück und zeigte mit dem
Finger zu der Luke zum Aussteigen. An den leeren Blechsitzen
vorbei bin ich dann langsam raus auf die Treppe gegangen, Evi
rief nach mir, da hab ich die Frau gesehen, die stand unten, mit
der vollen Tüte, die hat sie mit den Fingern oben am Rand getragen. Den Flug und die Frau werd ich nie vergessen.«

Diese Episode alleine wäre, mit einer kurzen Einleitung, schon
ein guter Aufsatz gewesen. Und als Schluss stellte er sich vor,
der durchgeweichte Rand wäre der armen Frau aus den zittrigen
Fingern geflutscht.
Er schaute zur Uhr, er musste um fünf zur Messdienerstunde.
Morgen würde er weiterschreiben.

»Mit nem kleinen Bus haben die uns nach Oberursel gefahren.
Da waren noch paar Familien dabei, mit drei Kindern, die warn
aber schon größer. Das Haus war auch von den Amerikanern,
ob mein Vater denen noch nicht genug erzählt hat? Ich musste
mit mein Schwestern im selben Zimmer schlafen, das war nicht
so gut, aber wir waren nur zwei Wochen da. Wir durften jetzt
aber raus, das war gut. Es war März und der Schnee ist grade
geschmolzen. Das Haus war im Wald und bisschen auf einem
Berg. Ein schöner Weg ging vom Haus wek in den Wald. Da
kamen wir zur Autobahn. Auf der Brücke haben wir nach Autos
gekuckt und die auch gezählt, sogar meine große Schwester hat
mitgemacht. Ich habe noch nie so viele und so schnelle Autos

gesehen. Aber die Wege waren ziemlich matschig, ich hatte für
die Flucht nur Sommerhalbschuhe angezogen und weil wir bis
jetzt nicht raus durften, hat meine Mutter das nich gemerkt, ich
auch nich, und jetzt kriegte ich jedes Mal nasse Füße von dem
Matsch. Mein Vater ist dann mit mir zu dem Spieß gegangen.
Das war ein ganz dicker Offizier, der saß, nein der lag immer
hinter dem Schreibtisch, der hatte immer die Füße mit Schuhen
drauf, und ich hab ihm meine Schuhe gezeigt, natürlich direkt,
als ich vom Wald kam. Der Dicke hat seine Füße vom Tisch genommen und befühlte meine nassen. Wie dein Name, fragte der.
Uli! Ich hab nur die Schuhe. Der ließ sich wieder in den Sessel
plumsen, haute seine Schuhe wieder auf die Platte, zog aus dem
Hemd einen Schein und gab den meinem Vater, du kaufen für
die Junge eine neue Schuh in Frankfurt. Sie können fahren mit
die Zug, Geld reicht. So hab ich als erster von der Familie
Westschuhe gekriegt, warme und weiche, und ich war stolz. Ich
hab die dann ganz stolz dem Spieß gezeigt.
Dann gabs für jeden abends eine Flasche Coca Cola. Vati
konnte die nicht vertragen und hat die mir gegeben. Also hab
ich gleich zwei getrunken, dann hat der Spieß, der wieder die
Beine auf dem Schreibtisch hatte, mir so unten um den Schreibtisch rum noch eine Flasche hingeschoben. Und da waren es
drei. Jeden Abend. Jetzt trink ich kaum noch Cola.
Sonst war das Essen gut, aber nich so wie bei Frau Wittrich.
Mein Vater hatte wohl den Amerikanern alles erzählt. Auf jeden
Fall sind wir dann nach Friedland gekommen und da waren wir
dann in einem richtigen Flüchtlingslager mit langen Holzbara-
ken. Wir hatten nur ein Zimmer, wieder mit Stockbetten, mir
macht das Spaß, wenn ich oben schlafe, aber ich hab alles von
den andren Flüchtlingen durch die Wand gehört viel Geschrei
und so. Mein Vater erklärt uns, dass er hier als Spätheimkehrer,
wie das heißt, anerkannt wird. Ich hab ihn jetzt noch mal
gefragt, und da hat er einen Lastenausgleich, das hat er so gesagt, gekriegt, und damit konnte er ja auch die Wohnung einrichten. Da haben wir auch noch neue, also schon von jemand
getragene Sachen gekriegt. Die waren gespendet. Jeder hat sich
was rausgesucht, auch meine Schwestern. Ich hab mir eine tolle

grüne Hose rausgesucht, doch meiner Mutter hat die nicht gefallen, aber meine Schwester hat ihr gesagt, lass den doch, der
kann ja zwei Schritte hinter dir gehen, dann weiß keiner, daß
das dein Sohn ist. Das fand ich nett von meiner großen Schwester. Die Hose hab ich wenn es kalt war im Zeltlager noch ange-
habt. Das alles hat zwei Wochen gedauert und dann mußten wir
wieder mit dem Zug weiter, nach Gießen. Da gab es für jeden
den Flüchtlingsausweis und für meinen Vater eine Arbeitser-
laubnis. Er musste ja für uns Geld verdienen. Das war in vier
Tagen erledigt. Also mußten wir wieder unsre Bündel packen.«

Uli kaute nicht mehr an seinem Bleistift. Wenn er nachdachte,
schaute er aus dem Fenster, ging manchmal auf den Balkon, der
zum Hinterhof hinausragte, dafür im Sommer fast den ganzen
Tag Sonne abbekam. Er fragte die Eltern, die Schwestern, wenn
er nicht weiter wusste, und ließ das Geschriebene auch schon
mal von Gretl korrigieren. Dann ärgerte er sich über die Fehler,
die er machte. Sie strich alles an, jedes Komma, jeden falschen
Buchstaben. Das half ihm zwar, weniger Fehler zu machen,
aber er sah nicht ein, warum zum Beispiel irgendwie oder auch
dauernd nicht mit t geschrieben werden durfte oder eigentlich
nicht mit d. Oder er schrieb einfach kucken, wo doch jeder nur
kucken sagte. Dann hatte er geschrieben: Der Weg ging vom
Haus wek in den Wald ... das hatte Gretl natürlich angestrichen,
und er ereiferte sich, „aber alle sagen doch wek! Wer hat denn
das festgelegt, dass man Weg und wek mit g schreibt?”
Und Gänsefüßchen waren ihm zu lästig. Die Hauptsache wäre
doch, dass die Geschichten interessant und witzig sind. Alles
musste er hinterfragen, wollte alles genau wissen, bis Gretl mitunter genervt ausrief: „Ach schreib doch, wie du willst!”
Nach solchen Diskussionen verlor er die Lust, ging ins kalte
Wohnzimmer, setzte sich ans Klavier und spielte auswendig die
Träumerei von Schumann. Gretl hatte ihn darauf gebracht, sie
hätte sich früher auch immer mit diesem Stück entspannt.
Jeden Montag fuhr er mit dem Fahrrad nach Neuss zum
Klavierunterricht. Acht Kilometer! Zu einer alten, wahrschein-
lich billigen Klavierlehrerin. Meist aber hatte er wenig geübt.

Auf den acht Kilometern sang er Opernarien oder Operetten-
melodien, die er zu Hause permanent hörte. Rudl hatte einige
Schallplatten gekauft. Wenn er singend über die Neusser Brücke
und durch die Straßen radelte, schauten sich zu seiner Freude
die Passanten immer erschrocken um.
Inzwischen hatten sie schon das zweite Weihnachtsfest in der
neuen Wohnung erlebt. Silvester und den Jahreswechsel 56/57.
Uli hatte bei den Hochämtern gedient, Freundschaften waren
entstanden, zu den Feiertagen wurde eingeladen. Gretl kochte
für die ganze »Bagage«, wie sie immer sagte, kreierte neue Kuchen, bewirtete die Gäste. In der Silvester- und Neujahrsnacht,
an den Geburtstagen, ging es besonders fröhlich zu.
Rudl »sündigte«, wie er wusste; Gretl kochte halt zu gut.
Die unweigerlichen Folgen hielt er aus, machte so die Familie
glauben, er erhole sich weiter. Es schien aufwärts zu gehen.
Die Lagerzeit lag bald zwei Jahre zurück. Eigentlich wollte niemand mehr darüber reden, aber Uli ließ sie mit seinen Fragen
immer wieder aufleben. Er war mit seinem Aufsatz ins Hinter-
treffen geraten, und er würde ihn auch nicht abgeben, es schien
ohnehin nicht mehr nötig. Der Lehrer hatte ihn von der letzten
Bank nach vorn in die erste geholt.
Nein, in der Schule würden die doch nicht kapieren, was sie in
den zehn Monaten alles mitgemacht hatten. Trotzdem wollte er
noch die letzten Lager beschreiben.

»Unsere nächste Station war Bremen, das war wohl früher eine
Kaserne, notdürftig für Flüchtlinge hergerichtet. Wir bekamen
ein Zimmer, wieder mit Stockbetten, mit großen Waschräumen,
mit langen Rohren, mit reingeschraubten Wasserhähnen mit so
langen, flachen Wannen drunter. Immer stand einer neben einem
und spritzte einen nass. Die Mädels haben sich scheniert beim
Waschen, mir war das egal, bin sowieso nich so oft da gewesen.
Und da gab es dann eine Lagerschule, wo wir hin mußten. Also
wars schon wieder aus mit der Freiheit. Das waren vielleicht 30
Kinder in einer Klasse, kleine und große zusammen. Der Lehrer
kam nich durch, es war immer ganz schön laut. Gelernt hab ich
glaube ich nix. Was schön war in Bremen, da war das Autowerk

Borgward, das war in der Nähe und vor unserm Fenster wurden die neuen Loyds Probe gefahren. Da war gegenüber ein Platz, wo die hin und her rangierten, mit stinkenden Auspuffahnen, und die Knatterei hab ich mir stundenlang angekuckt.
Am 1. Mai habe ich und meine Schwester Geburtstag gefeiert, ich wurde 12 und sie 14. Meine Mutter hat Kuchen gebacken, und wir haben im Zimmer gefeiert. Sonst mußten wir ja immer zum Essen in den großen Saal gehen. Es gab kaum Geschenke.
Mein Vater mußte sich entscheiden wohin er endgültig wollte. Nach Düsseldorf, also wurden wir nach 7 Wochen Bremen, mit unserem Hab und Gut, in einen Kleinbus verfrachtet und nach Wesel gefahren. Da wollten die uns aber nicht, die waren für uns nicht zuständig, falsche Information, wie schon öfter, und dann fuhr der Bus nach Wipperfürth, und wir zogen wieder in eine schäbige Baracke. Aber da gab es neben der Essbaracke, eine Spielbaracke und sogar eine Filmbaracke. Da haben die dann so Heimatfilme gespielt, einer hieß Heimatland mit einer schönen Schnulze am Anfang. Die habe ich dann immer wieder gesungen. Dort kam ich in eine Grundschule, zwei von meinen Schwestern zu den Ursulinen, für die andere suchte mein Vater eine Lehrstelle in Düsseldorf, die hat schon in Cottbus mit Bauzeichnerin angefangen und dafür wohnte sie dann in Düsseldorf in einem Mädchenheim.
Wir wußten ja nicht, wie lange wir dort bleiben mußten, die Schule war für mich nich so wichtig, ich bin zum Kaplan gegangen und hab gesagt, ich will hier, wie in Cottbus Messdiener sein. Da hat der gesagt, sag mal des Suscippiat auf. Ich ratterte das runter, und der hat mich genommen. Das ist das Schwerste, was man können muß. Und mit denen konnte ich ja dann auch das Zeltlager in Assmannshausen mitmachen.«

Darüber hab ich ja schon den Aufsatz geschrieben, dachte Uli.
Rudl kam nach Hause, warf die Aktentasche auf die Liege und ließ sich abgespannt auf einen Stuhl fallen. Gretl stürmte aus der Küche: „Na, wie war´s im Büro?"
„Ach, ich müsste mir eine andere Stelle suchen, aber na ja, ich muss zufrieden sein." Er stand auf und nahm Gretl in den Arm.

Uli fühlte sich immer seltsam beteiligt, wenn seine Eltern sich umarmten, sie mussten sich sehr lieb haben, wie er sie ja auch liebte, aber er glaubte, in seinem Alter dürfte er das nicht mehr so zeigen. Er hatte entdeckt, dass seine Mutter eine sehr schöne Frau war, hatte sich schon nach manchem Mädchen umgedreht, aber mit seiner Mutter konnte keine mithalten. Ihn wunderte, dass seine Schwestern eher neutral auf ihn wirkten.

„Was musst du denn da machen, im Büro", fragte er.

„Ja, weißt du, ich muss Lagerbestände katalogisieren."

„Was is das, katalogiern?"

„Na, ich muss Waren, deren Ein- und Ausgänge in Verzeichnisse eintragen und Neubestellungen in die Wege leiten."

„In welche Wege?" „Na ja, das sagt man so."

Uli schien nicht zufrieden.

Um nicht weiter über seine doch wenig aufregende Arbeit reden zu müssen, schob er sich mit dem Stuhl neben ihn.

„Und du, schreibst du wieder?"

„Ja, aber ich weiß nich weiter."

„Zeig mal." Er nahm das Blatt, fand es erstaunlich, was Uli schon alles geschrieben hatte.

„Sag mal Vati, warum waren wir so lange in den Lagern?"

„Ja, überleg´ mal. 1955 sind allein über West-Berlin hundertfünfzigtausend geflohen und über die andren Grenzen noch mal hunderttausend. Und letztes Jahr war´n es noch mehr. Die Menschen müssen doch im Bundesgebiet eingegliedert werden."

„Über zweihunderttausend!", unterbrach ihn Uli, „wenn die die alle erwischt hätten, so viel Gefängnisse gibt's doch gar nich."

„Ja, siehste, das sind eben keine Verbrecher, ebenso wenig wie wir. Die wollen alle nur in Freiheit und ohne Spitzel leben."

„Aber wenn die alle abhaun, da is doch bald keiner mehr da?"

„Na ja, das sind knapp 18 Millionen, aber die werden sich schon was einfallen lassen, damit die nicht alle rübermachen."

„Wenn die kein´n mehr rauslass´n woll´n, müsst´n die ja ein´n Zaun drum mach´n, und dann ises doch wie n Gefängnis."

„Ja, so weit könnt´s kommen", sagte Rudl und wunderte sich, dass ihn das Fantasieszenario seines Sohnes kaum erstaunte.

Uli legte seinen Arm auf Rudls Schultern: „Jetzt hab´n wir hier

ne schöne Wohnung, die is viel schöner als die in Cottbus, ich hab zwar kein eig´nes Zimmer wie in der Villa, aber ich darf ja hier an deim Schreibschrank sitz´n." Rudl drückte ihn an sich.
Jutti kam ins Zimmer: „Ach Vati, du bist ja da", sie blieb hinter ihm stehen, legte ihre Arme um ihn, ihre Wange verharrte für einen Moment an der seinen. Sich umdrehend rief sie: „Mutti, soll ich den Tisch decken? Ich hab Hunger." Uli schob sich auf die Eckbank, vor ihm wurde der Tisch gedeckt, Rudl war noch mal schnell verschwunden. Evi und Bunti kamen aus dem Mädchenzimmer, und bald saßen sie wie jeden Abend in dem großen Esszimmer um den Tisch, redeten aufgeregt durcheinander, und Uli dachte, wie gut, dass Vati für sie das alles geschafft hatte. Vielleicht taugte das als Schluss für seinen Aufsatz.
Für den Abend hatte er nichts weiter vor, also schrieb er weiter, allerdings am Esstisch, denn am Schreibschrank saß jetzt Vati.

»Das schlimmste Lager war dann die Turnhalle in Holthausen. Wir wurden dahin gefahren, auch wieder mit anderen, in einem Kleinbus, und ich sah die entsetzten Augen von meiner Mutter. Die Halle war mit hellbraunen dünnen Platten aufgeteilt, mein Vater sagte, das wären Hartfaserplatten, 6 mm dick und 4 Meter hoch, auf Holzlatten genagelt. Wir kriegten zwei Kabinen, eine für uns Kinder. Meine Schwester kam aus dem Heim wieder zu uns, die lernte Bauzeichnerin und wir waren jetzt in Düsseldorf. Die hat ausgemessen; die Kabine war 2 Meter breit, und da stand ein Bettenturm, drei Betten übernander. Ich bin natürlich gleich raufgeklettert, da war eine wüste Aussicht. Ich sah die Einteilung in die Kabinen, dazwischen waren Gänge, man konnte durchgehn. Ich weiß nicht, ob man sich das vorstellen kann aber das sah von oben aus wie ein riesen Gitter, so n Gitter auf nem Schacht, nur ganz groß. Eigentlich waren die Kabinen oben offen, aber manche haben sich so Zeltdächer da drauf gespannt, später wusste ich warum, denn die Jungs, die schliefen ja meistens oben, haben da alles Mögliche hin und her geschmissen ich dann auch. Bälle war ja noch das Harmloseste.
Ich kuckte von ober runter in unsere Kabine, meine Schwestern sahen richtig klein aus. Drei Meter lang is die, sagte meine

Schwester und zwei breit. An der linken langen Seite stand vor dem Turm das vierte Bett. Davor ein kleiner Tisch und zwei Holzstühle. Da konnten zwei auf dem Bett und zwei auf den Stühlen am Tisch sitzen. Und daneben in der schmalen Seite, gegenüber von dem Bettenturm war die Tür, da kam man rein. Unsre Eltern hatten die selbe Kabine, nur kein Bettenturm, also nur zwei Betten um die Ecke gestellt, auch ein Tisch und meine Mutter kriegte dann eine elektrische Kochplatte gebracht, nein, es waren zwei Platten, da hat sie dann immer gekocht. Dann gabs viele Klos und zum Waschen in drei Reihen kleine Waschbecken, für Kinder, wie das so in Turnhallen is. Für mich warn die noch gut, aber für Große, wenn die was am Rücken hatten. Na ja, wir sollten da ja nich lange bleiben, weil mein Vater war schon eine Wohnung in Oberbilk versprochn worden. Die sollte in zwei drei Wochen fertig sein. Es wurden aber 3 Monate, so waren wir in Wipperfürth 3, und in Holthausen auch 3 Monate. Ich bin aber von da 6 Wochen mit der Straßenbahn jeden Tag zu der Schule hier gefahren. Auch meine Schwestern und mein Vater, der hat dann schon bei Schindler Aufzüge gearbeitet, und von dem Geld konnte meine Mutter endlich einkaufen und auf den zwei Platten für uns kochen. So lange konnte sie nicht für uns kochen. Beim Essen und auch sonst war alles ganz schön eng. Aber es war lustig und aber auch gefährlich. Ich habe da gleich paar Freunde gehabt, kleine Jungs haben wir oft in Mülltonnen gesteckt und uns kaputt gelacht, wenn die verschmiert da rausgekrochen sind. Nur die Mütter durften nich rauskriegen, wer das war. Und abends haben wir über den Kabinen Ball gespielt, Schuhe rumgeschmissen, oder Kissen, Lappen oder so. Nachts gabs nie Ruhe, da waren immer zehn, zwanzig Leute zum Klo unterwegs. In der Halle, die war voll, sollen fast hundertfünfzig Leute geschlafen haben. Und es gab Streit, und Geschrei und Lärm, und paar Mal musste die Polizei kommen, in der Nacht. Einmal haben wir dann noch gehört, sollen welche mit Messern auf sich los gegangen sein. Meine Mutter hat immer Angst um meine Schwestern gehabt. Um mich nicht. Wir konnten dann am 8. Dezember in unsere neue Wohnung.«

34. Krähen

»Nur so können wir die Lebensgefahr bannen.«
Sie waren gemeinsam zur Christmette gepilgert. Rudl kniete neben Gretl, die gefalteten Hände vor dem Mund, ein Daumen stützte das Kinn. Von der Kommunionbank zurück, sie hatten gerade die Hostie empfangen, versuchte er still ein Dankgebet.
»Wir führen solche Operationen seit Jahren durch ...«
Vergeblich sann er nach, schlug den Schott auf.
»...und erfolgreich. Ihre Heilungschancen stünden also gut.«
Er blätterte, las unter *Postcommunio: Wir bitten Dich, allmäch-tiger Gott: gib, daß der heute geborene Heiland der Welt, wie Er für uns der Urheber der Gotteskindschaft ist, ebenso auch der Spender der Unsterblichkeit sei.*
„Unsterblichkeit", wisperte er bedrückt.
»Es kann jederzeit zu inneren Blutungen kommen.«
Gretl wandte den Kopf zu ihm, überrascht fasste er ihre Hand und lächelte gequält. Seit Wochen plagte ihn das Gespräch mit diesem Professor. Er wollte doch für Gretl und seine Kinder unbedingt wieder ganz gesund werden.
Am Altar sah er Uli in rotem Talar und weißem Rochette, wie er ausladend das mächtig qualmende Rauchfass schwang, das den duftenden Weihrauch wie Gebete in die Apsis des Chor-

jochs schickte. Er war ihm über den Kopf gewachsen. Trotz der nicht befriedigenden schulischen Leistungen – er würde doch noch ein akzeptables Schulabgangszeugnis zustande bringen –, war Rudl sicher, dass sein Sohn seinen eigenen Weg finden würde. Die drei Töchter knieten bei ihren Freundinnen im linken Block und waren, zumal beim letzten Tanzvergnügen im Paulushaus, sein ganzer Stolz. Kaum einen Tanz auslassend war er jeweils mit einer seiner vier Frauen über das Parkett gewalzt, und jede der Töchter war auf dem Weg, eine fundierte Berufsausbildung zu erlangen. Jutti hatte ihren Schulabschluss gut geschafft und eine Lehrstelle als technische Zeichnerin in der Firma, in der auch er arbeitete, begonnen. So fuhren sie jeden Morgen gemeinsam zur Arbeit. Er war froh, durch ein Gespräch mit dem Personalchef das für sie erreicht zu haben. Bunti würde bald die Abschlussprüfung als Bauzeichnerin ablegen und Evi, sogar bis zur mittleren Reife gekommen, wurde im Sternverlag zur Buchhändlerin ausgebildet. Und das hatten die Mädels nur geschafft, Bunti mit nur zweieinhalb Jahren Schule, weil seine Gretl sie in der Zeit in Polen, in der ein Schulbesuch nicht möglich gewesen war, zu ständigem Lernen angehalten hatte.

Jetzt war er es, der Gretl mit dankbarem Lächeln ansah und mit der Schulter etwas Tuchfühlung suchte. Er war sich sicher, dass seine Entscheidung, in den Westen zu gehen, vor allem für die Kinder die richtige war, und dass sie fortan ihr Leben in Freiheit und, wie er hoffte, in Frieden würden gestalten können.

Wann war der richtige Zeitpunkt, Gretl mitzuteilen, dass es vielleicht nur die eine Möglichkeit für ihn geben würde weiterzuleben? Vielleicht sollte er doch bis Neujahr warten, bis zu seinem Geburtstag, seinem dreiundfünfzigsten.

An den bevorstehenden Feiertagen musste er sich zügeln, durfte nicht so »sündigen« wie im letzten Jahr. Tagelang hatte er sich mit Schmerzen, Unwohlsein geplagt, erneut Ärzte konsultiert; er müsse konsequent auf eiweißreiche, aber fett- und zuckerarme Kost achten. Gretl hatte, wie immer an Heiligabend, schlesische Weißwürste mit Salzkartoffeln und selbst eingesalzenem Sauerkraut kredenzt, ein äußerst schmackhaft fettiger Schmaus.

Nur ein kleinstes Stückchen Wurst durfte er probieren, wogegen Uli mit Appetit drei Stück verdrückte.

Die Orgel brauste mächtig auf, den Schlussgesang anstimmend: „Heiligste Nacht, Finsternis weichet, es strahlet hienieden ...”

Ja, würde die Finsternis weichen oder würde er in Finsternis ...?

Sie waren auf dem Heimweg. Auf dem Kirchplatz hatten Weihnachtswünsche die Runde gemacht, es war eine kalte Nacht, die schmale Sichel des zunehmenden Mondes schimmerte durch rissige Wolken. Gretl hing an Rudls Arm. „Wie in der Heiligen Nacht”, meinte sie, „nur kein Schnee.” „Da, wo Jesus gebor'n sein soll, gibt's doch gar kein'n Schnee”, warf Uli ein und war sich nicht sicher, ob die Sichel ab- oder zunehmend war.

„Machen wir gleich noch Bescherung?”, fragte Jutti. Sie hoffte, einen neuen Tuschkasten zu bekommen. „Na klar”, sagte Rudl und legte den noch freien Arm um sie. Er würde seinen Kindern noch heute eröffnen, dass er gedachte, für die Familie ein Häuschen zu bauen. Einen Bauplatz hatte er schon mit einer Kaufoption bis Ende März in Lank Latum. Bunti könnte ihm bei der Planung wunderbar helfen, die Zeichnungen ausfertigen, und Uli würde sicher mit ihm manche Ausbauarbeit übernehmen, der würde ja im April seine Lehre beginnen und so erlernte Fähigkeiten einbringen, da ließe sich einiges sparen. Er hatte die Pläne schon im Kopf, sah im Stahlblau des Nachthimmels, das mehr und mehr von Wolkenfetzen verzehrt wurde, das dunkle Satteldach, die weißen Wände, die aus einer herrlich grünen Wiese ragten, auf der sie Gartenfeste feiern würden, sah sich am Ende seiner Träume gesund und glücklich im trauten Kreise seiner Familie.

Plötzlich schien sich aus dem Grau des Himmels eine schwarze Schwinge zu lösen, deren Schlagschatten sich drohend über ihn warf. Er zog reflexartig den Kopf in den Mantelkragen, hatte dabei den Bordstein übersehen, war schmerzhaft umgeknickt und wäre fast gefallen, hätte Gretl ihn nicht gestützt.

„Was is denn, du bist ja so still?”

„Ach, ich hab' nur n bissl geträumt.” Er zog sie mit sich, und im Gleichschritt marschierend, der Kälte ein Schnippchen schlagend, zog er das Tempo an, und Uli skandierte plötzlich unpassend in die heilige Nacht: „Links, links, um die Ecke stinkt´s!", wobei er den linken Fuß auf dem Rinnstein, den rechten jeweils in der Rinne, kleiner und größer werdend, dahin stolzierte.

Die ersten Januartage waren nasskalt und ungemütlich. Nur mit Mühe hatte er die 600 Meter vom Bahnhof zur Klinik, seinen Koffer immer wieder abstellend, hinter sich gebracht. Er hätte ein Taxi nehmen sollen, aber für die paar Meter, dachte er.
Jetzt saß er erschöpft auf der Bettkante. Hier würde er nun die nächsten Wochen zubringen. Der Aufschub der Kur in das neue Jahr war die richtige Entscheidung gewesen. Die Festtage, seinen Geburtstag, alles hatte er genossen. Hannchen mit ihrem Theo und den beiden süßen Kleinen, Gudrun und Elke, waren wieder einmal gekommen. Hannchen hatte er noch im Februar 45 erlebt, als er Liesl und die Kinder nach Glatz gebracht hatte. Fünfzehn war sie damals, und jetzt war sie mit Theo glücklich verheiratet. Ja, die Glatzer, sie waren wie alle Deutschen 1946 ausgewiesen worden. Aus ihren Wohnungen gejagt, mussten sie unter widrigen Umständen im Gebäude des Finanzamtes bis zur Ausweisung Wochen ausharren. In völlig verdreckten, überfüllten Viehwaggons wurden sie quer durch Deutschland gekarrt. Roman und Hedel lebten jetzt bei Münster, sie waren zusammengeblieben, diesem ganzen Wahnsinn trotz allem halbwegs entronnen. Martel und Florian lebten bei Melle. Rudl hatte sie immer mal besuchen wollen.
Vielleicht hätte Gretl damals in Glatz bleiben und mit ihnen den Weg nach Westen nehmen sollen. War es ein Fehler, sie nach Kunzendorf geholt zu haben? Aber sie waren doch dort die drei Jahre richtig glücklich gewesen, trotz aller Not.
Immer noch schwer atmend hievte er den Koffer auf das Bett, er musste auspacken, die Klamotten in den Schrank räumen. Es war ein gewöhnliches Krankenzimmer, das zweite Bett gerade nicht belegt, so gab es zunächst etwas Ruhe für ihn. Er legte die Wäsche in den Schrank. Er hätte 46 in Cottbus bleiben sollen, dachte er. Was war das ein Abenteuer mit den Kindern auf dem Rücken über die Neiße. Wieder saß er auf dem Bett. Wie oft waren ihm diese Gedanken schon durch den Kopf gegangen.

471

Die direkte Flucht in eine der Westzonen wäre unausweichlich gewesen, er wäre ja quasi als Kriegsgefangener desertiert.
Vielleicht hätte er es in den Westen geschafft und wäre nicht in dieses Gefängnis gekommen, das ihn so kaputtgemacht hatte.
Er kippte auf das Bett. „Jetzt muss ich das ausbaden. Wie soll ich das meiner Gretl erklären?" Er redete mit der Deckenlampe. Eine weiße Kugel, die an einem starren Kabelstrang hing.
Von der Operation wusste Gretl noch nichts. Sie freute sich, dass er endlich die Kur in Bad Godesberg bekam und wollte ihn jedes Wochenende besuchen. Er sollte hier mit Medikamenten aufgepäppelt werden, mit Infusionen und entsprechender Kost, um ihn auf die Operation vorzubereiten. Er hatte zugestimmt.
Ob sie es schaffen würden? Ob er es schaffen würde?
Er musste mit der Grübelei aufhören.
Die Tür flog auf und knallte gegen die schon strapazierte Wand.
„O verzeihen Sie, die is mir aus der Hand gerutscht. Ich bin Schwester Gisela." Sie streckte ihm die Hand entgegen.
„Ab jetzt werden Sie es mit mir zu tun kriegen!"
Rudl richtete sich auf, betrachtete das rundlich freundliche Gesicht, das auf dem weißen, hochgeschlossenen Kittel thronte, nahm im Aufstehen die Hand, fiel aber, durch das abrupte Aufrichten schwindelnd auf das Bett zurück, hatte die Hand zum Glück wieder freigegeben, sonst wäre Schwester Gisela, trotz spontanen Widerstrebens, auf ihn und das Bett geplumpst.
„Na, na, Sie gehen aber ganz schön ran, da werd'n wir ja noch viel Spass krieg'n!" „Entschuldigen Sie", brachte Rudl belustigt hervor. „Aber warum nicht?" Jetzt lachten beide.
„Sie sind aber auch nicht von hier", fragte Rudl.
„Nein, ich bin aus Glatz, aber das wird Ihnen nich viel sagen."
Sie hatte den leeren Koffer vom Bett genommen und saß jetzt neben ihm. „O doch, ich bin auch aus Schlesien, und ich hatte in Glatz Verwandte." „Is nich möchlich!"
„Und meine Familie war im Sommer 45 auf der Flucht vor dem Russen beim Hubert Florian untergebracht."
„Der Viehhändler!", rief sie aus. „Ja, den kannte doch fast jeder in Glatz, wenn der seine Tiere durch die Stadt zum Bahnhof getrieb'n hat. Da müss'n wer mal länger drüber tratschen."

Sie sprang auf und strich ihren Kittel glatt. Die Klinke schon in der Hand sagte sie, sich zurückdrehend: „Jetzt muss ich mich erst mal wieder kümmern, um fünf gibt's Abendessen, und dann werd'n wir uns noch zusammen ankucken, was wir morgen und die nächsten Tage mit Ihnen treiben."
Sie kam noch einmal zurück. „Der Professor is morgen ab vier da, dann wird der Ihnen alles noch mal genau erklären."
Rudl ließ sich erleichtert auf den Rücken zurückfallen.
„Na mit *der* Schwester werd ich mich hier ja bald wie zu Hause fühlen", erläuterte er der milchigen Kugellampe, die steif herabhängend unbeeindruckt die karge Szenerie beleuchtete.

Niedergeschlagen schlenderte er die Rheinallee entlang dem Bahnhof entgegen, vorbei an den einstmals prächtigen Villen, die jedoch zum Teil schon wieder ihren alten Glanz zeigten. Er lugte durch eine Hecke und träumte dabei von seinem bescheidenen Häusele, das in seiner Fantasie schon Gestalt hatte. „Zu so ner tollen Villa wird's nie mehr reich'n", erläuterte er einer Krähe, die aufgebracht auf der Eingangsstufe herumhüpfte.
„Wenn's überhaupt noch zu was reich'n wird." Ein vorübergehendes Ehepaar drehte sich nach dem mit sich selbst Redenden um. Im Weitergehen stemmte er sich fröstelnd gegen den Wind. Die Wipfel der Straßenbäume waren kahl geweht, das Laub weggefegt, und die Bürgersteige wirkten seltsam sauber und aufgeräumt. In einem Baum saß ein Schwarm dieser schwarzen Vögel, die sich krächzend, mit den Schwänzen wippend, lautstark über ihn zu beschweren schienen. Waren das nun Raben oder Dohlen? Krähen, dachte er, Todes- oder auch Aasvögel.
„Soweit is es noch nich!", rief er ihnen zu, klatschte in die Hände und amüsierte sich, wie sie aufstoben und auf einem der nächsten Bäume wieder landeten. Seine Atemstöße durchbrachen die kalte Luft. Die Kofferschlepperei vor fünf Tagen hatte ihm vor Augen geführt, wie wenig belastbar er inzwischen war, und das kürzlich geführte Gespräch mit dem Professor hatte ihn endgültig überzeugt, dass die Operation unumgänglich war. Die geschädigte Leber wurde nicht mehr richtig durchblutet, neue Äderchen hatten sich gebildet, die umgeleitet oder vollkommen

entfernt werden mussten, da nicht abzusehen war, wie lange sie noch standhielten. Aber das alles war äußerst kompliziert.
Die beiden schnörkellosen Zeiger der großen, runden Uhr über dem Bahnsteig würden gleich zu einem werden, also noch acht Minuten, dann würde der Zug einfahren. Er gedachte mit Gretl im Bastei Restaurant zu Mittag zu essen, das wäre bei dem kalten, aber klaren Wetter ein schöner Spaziergang zum Rhein. Zudem interessierte ihn, ob das Hochwasser die Rhein-Uferstraße schon überflutet hatte. Um 15 Uhr musste er für die anstehende Infusion wieder in seinem Bett liegen, und in der Zeit wollte er Gretl endlich mitteilen, was ihm und auch ihr in den nächsten Wochen bevorstand. Aufgeregt sah er, wie der große Zeiger den kleinen wieder verließ. Gleich würde sie aus dem Zug steigen.
Er musste es ihr heute sagen. Den Mantelkragen hochgeschlagen, Gretls roten Schal enger um den Hals zerrend, legte er sich mit dem Rücken gegen den eisigen Wind, der ungehindert über den Bahnsteig fegte. Eine Erkältung durfte er sich jetzt nicht leisten. Die Vorbehandlung für die Operation würde vier bis fünf Wochen dauern. Professor Krug würde selbst operieren.
Die Einfahrt des Zuges hüllte ihn in Dampf, Staub und Qualm, und als er den Bahnsteig wieder übersehen konnte, sah er sein Gretelein auf sich zu kommen. Sein Herz schlug höher wie vor fast fünfundzwanzig Jahren, als er sie die ersten Male gesehen hatte, in und vor der Sparkasse in Trebnitz. Und seine Gefühle für sie waren noch die gleichen, nein, sie waren durch die Schicksalsschläge, die sie durchleben mussten, noch intensiver geworden. Er wusste das auch von ihr. Seinen Kindern hatte er einen Brief geschrieben; sie sollten sich nicht wundern, wenn er sein Schatzilein mit Kosenamen überhäufte, es gäbe doch sicher auch für sie keinen größeren Schatz, und er wünschte ihnen für später ähnliches Glück mit ihren jeweiligen Ehepartnern. Den Brief müssten sie heute bekommen, und vielleicht lasen sie ihn gerade jetzt, da Gretl so erwartungsvoll auf ihn zukam.
Rudl umarmte sie stürmisch. Drückte sie fest an sich, küsste sie wie ein frisch Verliebter lange und leidenschaftlich. Einige der vorbeilaufenden Passantinnen verdrehten und schüttelten ihre Köpfe, rückwärtsgehend, vielleicht etwas neidisch.

Ineinander verhakt, sich umarmend, ausgelassen und nur noch
sich wahrnehmend, erreichten sie zunächst die Klinik, sie lag
auf der halben Strecke. „Ich bring nur schnell deinen Koffer zur
Pforte." Wie selbstverständlich hatte Rudl ihr Köfferchen getragen, und nichts erinnerte ihn an die Anstrengung, die ihm der
seine auf dem Weg hierher abverlangt hatte. Auf den restlichen
500 Metern zeigte er ihr einige der schönen Villen, bedauerte
nochmals, dass er ein nur bescheidenes Häuschen würde bauen
können, und bald standen sie an der Rhein-Uferstraße, an deren
Pflaster schon das Hochwasser heranschwappte. Rudl wagte die
Prognose, das Wasser würde bestimmt noch höher steigen. Der
Strom lag breit in dem viel zu eng gewordenen Bett. Die Sonne
schien auf das gegenüberliegende Ufer, auf den Petersberg mit
seinem prächtigen Hotelbau. Da wolle er mit ihr später mal ein
paar Nächte verbringen, schwärmte er träumerisch, wies auf die
hoch aufragende Ruine des Drachenfelsens und damit auf eine
weitere markante Erhebung des Siebengebirges und erklärte ihr,
ab hier begänne der schönste Abschnitt des Rheins.
Im Bastei Restaurant begann er ausgelassen den Kavalier zu
spielen, half ihr aus dem Mantel, schob ihr den Stuhl behutsam
unter den ..., er fand ein kosendes Wort, was aber nur für sie
und sonst niemand bestimmt war, nahm ihr gegenüber Platz,
bestellte für Gretl einen Aperitif, für sich einen Klaren in einem
großen Glas. Auf den verständnislosen Blick des Kellners er-
gänzend, „sprudelnd und ganz voll" und begann die Speisekarte
zu studieren und vorzulesen.
Das hatte er in Schwarzengrund auch immer getan und dabei
seine Witze gemacht. „Sieh mal, meine Einzigartige", sagte er,
„dir könnte hier und heute zum Beispiel Kassler mit Sauerkraut
wunderbar munden", und schon folgte der Spruch, den er bei
Sauerkraut stets parat hatte: „Du weißt doch, mein Schätzel-
chen: Wenn eine Sau ergraut ist, dann ist's ein altes Schwein,
wenn einer Sauerkraut isst, dann braucht er's nicht zu sein!"
Gretl schmunzelte, sah ihm verliebt in die Augen, langte über
den Tisch und nahm seine Hand. Der Kellner stellte störend den
Orangensaft vor Gretl, und Rudl bekam seinen »Klaren«.
„Sieh mal, hier sehe ich Bandnudeln mit pürierten Tomaten,

exquisit geschmacksverfeinert, das nehm′ ich. Und du?" Gretl war froh, dass Rudl so aufgedreht und witzig war, ganz wie in früheren Jahren, und sie musste glauben, dass das schon die Kur bewirkte, die Ruhe, die Medikamente, die Infusionen. Dass es doch eher die unterbewusste Furcht vor dem bevorstehenden Gespräch am Nachmittag über die Operation war, eine Flucht nach vorn möglicherweise, konnte sie nicht ahnen, und auch er freute sich im Moment nur an dem unbeschwerten Zusammensein mit seiner geliebten Frau.

Das Essen wurde serviert, Gretl hatte sich Rheinischen Sauerbraten bestellt. Sie bereitete Sauerbraten ja ganz anders zu, war jetzt begierig, diesen hier zu kosten. Der appetitmachende Duft stieg ihr in die Nase, und Rudl wedelte sich mit der flachen Hand den seiner pürierten Tomaten zu.

Er versuchte jetzt, ohne Kinn oder Tischdecke zu besprenkeln, die Serviette im Hemdkragen, die ersten sich windenden Nudeln mit Zunge und Lippen zu bändigen. Eine, mit roter Soße benetzt, flutschte auf den Teller zurück. Trotz Schlucken und Kauen musste er den Witz zum Besten geben, der ihm beim Nudelessen meist einfiel. Im Gefängnis das letzte Mal. Er erinnerte sich schmerzlich, als er im Napf die Nudeln gesucht hatte.

„Den kennst du schon, den hab ich ewig nicht mehr erzählt."

Ja, das letzte Mal vielleicht in Schwarzengrund, dachte Gretl.

Er wischte sich mit der Serviette einen roten Klecks vom Kinn.

„Sitzt der Vater mit seinen drei Söhnen bei Tisch über einer Bandnudelsuppe, flüstert der älteste zum zweiten: »Kiek ma, wie dem Vatter die Nudln ausm Maule häng!« Sagt der zweite: »Ich tät mich nich erdreist′n zu Vaters Schnauze Maul zu sag ′n.« Der Vater kriegt das mit, will auf die beiden los und brüllt: »Was? Ihr freches Pack, na wartet!« Die Jungs renn′n raus, der kleine hinterher, doch den erwischt der Vater noch grad so am Schlafittchen und sagt: »Na kommoch her mei Söhnla, du host jo nischt geton.« Darauf nörgelt ängstlich der Kleine: »Jo, jo, dich Aast kenn mer schonn!«"

Gretl lachte pflichtschuldig auf. Sie plauderten, aßen gemütlich, Rudl zahlte, holte die Mäntel, half ihr in ihren, sie zog aus der Tasche ihr Chiffontuch, dabei fiel ihre Fahrkarte heraus, der

Kellner hob sie auf: „Sie haben da was verloren, junge Frau!",
sagte er und hielt ihr das kleine Kärtchen hin.
„O ja, danke, die brauch ich noch für die Rückfahrt."
„Danke", wiederholte Rudl, und inspiriert fragte er den Kellner:
„Kenn'n Sie den? Sie kenn'n sicher keine schlesisch'n Witze."
Es waren kaum mehr Gäste im Lokal, die den Kellner hätten
wegrufen können. Rudl hielt seinen Arm.
„Steht ne Mutter mit ihr'm Sohnele an nem Fahrkart'nschalter:
»Für mich n Billjett nach Breslau und n halbet für den hier.«
Sagt der Beamte: »Der muß schonn voll zahl'n, der hat doch ne
lange Hose an!« Sagt dahinter die Frau, »Na wenns donoch
jeht, bräuchte ich ja nur halb bezahl'n!« Sagt die uralte Bäuerin
hinter ihr: »Na, dann könnte ich ja umesonste fahn.«"
Der Kellner griente indigniert und machte sich los. Er hatte die
Pointe wohl nicht verstanden.
Eilig und etwas verlegen verließ Gretl als erste das Lokal und
rüffelte Rudl: „Den hätt'ste nicht erzähl'n müss'n."
„Bin ich denn so schlimm?" Er hakte sich schuldbewusst unter.
„Nein, nein, ich freu mich ja, wenn du so aufgekratzt bist."
Auf dem Baum neben dem Eingang saß wieder ein Schwarm
Krähen. Ob das dieselben waren, ob die ihn verfolgten?, fragte
er sich, erneut in die Hände klatschend. Kreischend segelten sie
zum nächsten Geäst. „Die hab ich eben schon verscheucht", er-
klärte er Gretl. Sie um die Taille fassend trabte er los. „Hast du
nich mal so n Lied gespielt von ner Krähe?" Sie blieb stehen.
„Ja, aus der Winterreise, das Album is in Schwarzengrund geblieben. Ein trauriges Lied mit einer larmoyanten Begleitung,
aber die Melodie ist schön." Sie versuchte sich zu erinnern.
„Die Krähe begleitet den Wanderer bis zum ... aber wie kommst
du jetzt auf dieses schwermütige Lied?" Ihr Hals verengte sich.
Ahnte sie, dass es mit der Kur nicht getan sein würde?
Rudl erinnerte sich wieder, er hatte die Melodie auf der Geige
gespielt, sie war ganz einfach. Gretl hatte ihn begleitet, der Text
dazu stand über den Noten. Die Krähe begleitet den Wandernden – es war der Aufschrei in der Melodie – bis zum Grabe.

Wieder saß er auf einer Krankenhausbettkante. Man hatte ihn

zum Universitätsklinikum auf dem Bonner Venusberg gebracht.
Der Koffer war vom Fahrer ins Zimmer gestellt worden, das die
Schwester ihm zugewiesen hatte, mit der Maßgabe, er müsse
sich sogleich ins Bett legen.
Bisschen sehr hektisch, die Gute, dachte er, kippte den Koffer
um, öffnete ihn, entnahm den Schlafanzug, warf seine Sachen
über den am Fenster stehenden Sessel, fuhr in Hose und Jacke
und rief etwas vorlaut: „´S kann losgeh´n, ich bin im Bett!”
Natürlich blieb die Tür verschlossen, und es sollte mehr als eine
Stunde vergehen, ehe die Klinke wieder bewegt würde.
Er stierte zur Decke, auf die Kugellampe, die in gleicher Weise
wie die in der Kurklinik sein Bett und den Raum zu beleuchten
hatte. Jetzt wurde es also ernst mit der Operation, morgen früh
sollte er drankommen, man würde seinen Bauch aufsch ..., er
wollte nicht weiterdenken, seine Fantasie würde wieder mit ihm
durchgehen. Wie oft hatte die ihn schon geplagt. Alles hatte er
genau wissen wollen, mit Fragen den Professor genervt, am
Modell im Sprechzimmer das Zusammenwirken von Speiseröhre, Darm und Leber, von Blutzufuhr und Zirkulation, von Stoff-
wechsel und Entgiftung studiert. Bereits operierte Patienten
hatte er aufgesucht, obwohl es nicht gerne gesehen wurde, und
sich mit anderen, die wie er noch alles vor sich hatten, ausgetauscht. Vielen Operierten ging es sehr schlecht, meist war aber
der Verlauf des Krankheitsbildes nicht vergleichbar, auch war
oft Alkohol als Ursache mit im Spiel. Bei Herrn Tiehl war es im
Vorfeld schon zu mehreren Blutstürzen gekommen, und so galt
bei ihm die Operation als besonders riskant, war aber wohl doch
erfolgreich verlaufen. Nach vier Wochen schon war er entlassen
worden. Da er in Bad Godesberg wohnte, hatte ihn Rudl einmal
besucht, fand ihn sehr schwach und im Bett liegend vor.
Auf dem Rückweg konnte Rudl seine Skepsis nicht loswerden.
„Wie es dem wohl gehen mag?”, fragte er die Kugellampe.
Doch jetzt musste er all das hinter sich lassen, musste die vorhandenen Risiken verdrängen, musste ohne Angst die Notwen-
digkeit dieses Einschnitts akzeptieren.
Aber die Angst war da, Zweifel quälten ihn, Fragen: Würde er
aus der Narkose wieder erwachen, würden seine Kräfte dafür

ausreichen, konnten die Gewebe, die versehrten Gefäße wieder
heilen, sich regenerieren, Funktionen übernehmen?
Er drehte sich zur Seite, wollte nicht weiter denken, grübeln.
In den vielen Briefen der letzten acht Wochen an sein Gretelein
hatte er immer geschrieben, sie möge nicht grübeln, sich nicht
unnötig sorgen, es gäbe immer Hoffnung, sie bekäme ihn doch
nach der Operation zum dritten Mal zurück und aller guten
Dinge wären doch drei. Aber *er* entschuldigte sich immer, ihm
bliebe ja auch viel mehr Zeit zum Grübeln.
Vor zwei Wochen hatten ihn alle noch einmal für einen Sonntag
besucht, Gretl und die Kinder. Sie waren wieder am Rhein ent-
langspaziert, das Hochwasser war abgeflossen. Er hatte mit Bunti
detailliert über die Pläne fürs Häusele gesprochen. Uli kündigte
an, ihn nach der Operation mit seinem Freund Klaus per Fahrrad zu besuchen und in der Jugendherberge einige Tage zu bleiben. Jutti wollte auch kommen, nur Evi schien ihm etwas traurig still gewesen zu sein. Am Nachmittag waren noch Theo und
Hannchen mit beiden Kinderchen dazugekommen.
„Was war das ein schöner Tag!", seufzte er laut.
Er wälzte sich aus dem Bett, – wenn die nicht kamen, was sollte
er hier weiter rumliegen –, begann seinen Koffer auszupacken,
lugte durch das Fenster, das, für ihn enttäuschend, als Aussicht
nur einen Innenhof preisgab, nahm die Sachen vom Sessel, der
für ein Krankenzimmer besonders bequem schien, warf sie in
den Schrank, zog den Morgenmantel über und probierte den
Sitzkomfort des Sessels. Daneben stand ein kleiner Tisch. Den
Stuhl davor zog er mit dem rechten Fuß zu sich heran und
pflanzte seine Beine darauf, vor sich das Bett mit dem Galgen,
den jetzt arretierten Rädern – damit würden sie ihn hinausfah-
ren –, sonst gab es nichts in dem Zimmer, die Tür, den Schrank,
ein Waschbecken, ach ja, rechts und links je ein nichtssagendes
Bild. War das sein letztes Zimmer, sein letztes Bett? Ein Schlag
durchfuhr ihn, plötzlicher Schmerz, aufsteigender Druck auf
Magen und Kehle schnürte alles in ihm zusammen. Er sprang
auf, tappte vor das zweite Fenster neben dem Tisch, stemmte
sich gegen den Rahmen, glaubte durch Milchglas zu schauen,
so verschleiert bildete sich das Geviert des Hofes ab. Der graue

Himmel gab allem etwas Hohles und Tristes. Durchschwärmende Vögel. Waren das Krähen? Plötzlich schien alles hoffnungslos, er würde aus dieser Falle nicht mehr herauskommen, oder er müsste jetzt einfach seinen Koffer packen und nach Hause fahren, dann würde der liebe Gott bestimmen, wie lange er noch weiterlebte und nicht die Ärzte. Er schaute auf seine Hände, die auf den weißen Rahmen noch blauer schimmerten. Vierzig, fünfzig Infusionen, er besah die Spuren. Sie würden ihm heute noch einige verpassen. Was hatte das alles gebracht? Er fühlte sich hundeelend, schlich zum Waschbecken und schaufelte sich Hände voller Wasser ins fiebernde Gesicht.

Warum hatte nur damals der Stahlhelm sein Leben gerettet, wäre es für Gretl nicht viel leichter gewesen, sie hätte, wie die vielen anderen Frauen auch, irgendwann die nüchterne Nachricht erhalten: Gefallen für Führer, Volk und Vaterland!?

Wie hieß das noch? Besser ein Ende mit Schrecken als ...

Und die Nachkriegszeit war für Gretl ein Schrecken ohne Ende gewesen, genau wie für ihn. Sich abtrocknend bäumten sich die fatalen, zerstörerischen Gedanken, die keiner Hoffnung Raum ließen, weiter auf. Er sah im Spiegel den, für den das Fenstergitter in der Zelle unerreichbar, der Strick der Sträflingshose zu kurz gewesen war. Sah den, der während des Bewährungsjahres in Grünberg aus Angst, die schwere Hepatitis nicht zu überstehen, das Brückengeländer zu übersteigen nicht in der Lage war.

Er warf den Mantel ab und kroch ins Bett, verkroch sich unter die Bettdecke, zog sie über den Kopf, krümmte sich zu einem Embryo, vor Schmerz und Kummer. Gretl würde morgen kommen. Eine erneute Qual für sie, er sollte gegen acht auf ihren Anruf warten. Er musste ihr absagen, sie durfte nicht kommen.

Er warf die Bettdecke zurück. Nein, er durfte jetzt nicht schlappmachen, sie jetzt nicht allein lassen. Er musste sich der Herausforderung stellen ... Die Tür ging auf, eine andere Schwester mit einem Tablett kam herein und eröffnete ihm, er würde morgen nicht operiert, sie habe hier sein Mittagessen, für heute stünden noch Infusionen und eine Blutabnahme an, außerdem müsse noch ein aktuelles Blutbild erstellt werden.

Sie war am Hauptbahnhof ausgestiegen und mit dem Bus hinauf zum Universitätsklinikum gefahren. Zweimal schon war die Operation verschoben worden. Es musste schlimm für ihn gewesen sein, dachte Gretl, auf den Eingang zuschreitend, nur Frühstück, dann nüchtern bleiben, am Abend wieder die Absage und wieder warten. Hoffentlich ist heute alles gut gegangen!
Sie schluckte, die drängenden Tränen, sie wollte nicht ...
Das Zimmer war ohne Bett gähnend leer. Sofort packte sie die Unruhe. War etwas schief gegangen? Hatte es Komplikationen gegeben? Sie lief den Flur entlang, keine Schwester, kein Arzt. Wo war der Aufwachraum? Sie wusste es nicht. Sie ging zurück ins Zimmer, ließ sich in den Sessel fallen, und das Sinnieren setzte sich fort. Die Operation war wirklich gefährlich, auch sie hatte sich erkundigt, bei Dr. Wolf, der hatte wenig Hoffnungsvolles verlauten lassen. Herrn Thiel hatte sie auch besucht, wie elend war der dran gewesen ...
Die Tür wurde aufgestoßen. Zutiefst erschrocken fuhr sie hoch, sie musste doch eingeschlafen sein, dachte sie. Polternd wurde das Bett hereingeschoben, das Fußende voran. Unsanft rumste die Tür gegen die Gummipufferringe am Bettgestell, sodass der arme, kranke Körper hin und her schockelte.
„Vorsichtig!", rief Gretl aufgebracht, sprang ans Bett, hielt es fest und verhinderte so, dass die Puffer an den Ecken des Kopfendes nicht auch noch gegen die zerkratzte Wand schlugen.
„Ja, ja", sagte der Grünbekittelte, „was glauben Sie, was heut´ hier los is!" „Is denn bei der Operation was passiert?"
„Nein, bitte verzeihen Sie, es tut mir leid", er legte seine Hand auf Gretls Schulter, „es ist alles in Ordnung, da war ein Notfall, und es musste alles verschoben werden." Er ging um das Bett, stellte es gerade und arretierte die Räder. „Der Wachraum ist voll, und man sagte mir, dass Sie hier sein müssten. Ihr Mann ist jetzt seit einer Stunde wach, er atmet normal, wird aber sicher erst mal noch zwei, drei Stunden schlafen."
„Aber, was soll ich denn ...?"
„Sie brauchen gar nichts machen, er is stabil. Gleich kommt die Schwester, erneuert den Tropf und bringt das Essen für Ihren Mann. Das könn´n Sie ja ess´n, der kann heut´ sowieso nichts

mehr ...". Er hatte sich, während er sprach, die noch offene Tür nehmend, in den Rahmen gestellt, den Kopf langsam in dem schmaler werdenden Spalt verschwinden lassen und den Satz, schon im Flur, hinter der geschlossenen Tür vollendet.

Gretl war dem Zusammenbruch nahe. Sie stand noch am Fußende und hielt sich am Chrombügel des Bettgestells fest. Da lag ihr über alles geliebter Mann, nur den Kopf und einen Arm gab die Bettdecke frei. In der Nase ein Röhrchen, mit einem Pflaster verklebt, das fast die ganze Nase bedeckte, die Augen halb geschlossen, schlafend? Der Mund geöffnet, leicht röchelnd, die Haut kalkweiß, pergamentartig, das Haar zerwuselt. Am Galgen baumelte eine Infusionsflasche, deren dünner Schlauch in die von Nadeleinstichen blau gewordene rechte Hand mündete.

Sie taumelte rückwärts in den Sessel, von einem heftigen Weinkrampf geschüttelt. Wie würde erst seine Wunde aussehen ...

Plötzlich stand eine Schwester vor seinem Bett, sie wechselte die Infusionsflasche. Gretl zog sich am Bettgestell hoch.

„Wie geht's ihm? Ist bei der Operation alles gut verlaufen?"

„Entschuldigen Sie, ich wollt Sie nich stör'n. Ich bin Schwester Renate." Sie reichte ihr den Ellenbogen, die behandschuhten Hände waren beschäftigt. „Es ist sicher alles gut verlaufen, ich kann's Ihnen aber nicht genau sag'n." Sie sah Gretls feuchte Augen. „Mach'n Sie sich keine Sorg'n. Ich bring gleich was zu essen für Sie. Ihr Mann wird noch ne Zeit schlaf'n."

Die Kugellampe beleuchtete spärlich den Raum, trotzdem war Gretl geblendet; draußen war es inzwischen dunkel geworden.

Sie hatte nur eine Schnitte gegessen, ein paar Schlückchen Tee, sie konnte nur warten. Sie versuchte, den Kindern eine Karte zu schreiben, aber wie sollte sie dieses Leid beschreiben. „Meine lieben Kinderle!" ... Die Karte blieb leer.

Das Zimmer müsste abgesagt werden, dachte sie, sie würde die Nacht über bei ihm bleiben. Die Stille war kaum zu ertragen, auch vom Gang drang kaum ein Laut durch die geschlossene Tür. Sie trat ans Fenster, der Hof wurde durch das Licht der Zimmer sichtbar, durch die weiße Kittel schwirrten, die sich über Betten beugten, stehen blieben und wieder verschwanden. Elektrisiert wandte sie sich um, hatte er sich bewegt?

Behutsam beugte sie sich über ihn, betrachtete ihn wehmütig in dem trüben, schummrigen Licht. Er zeigte keinerlei Regung, atmete aber regelmäßig.
Wenn er nicht mehr erwachte? Wenn er friedlich einschlafen würde? Aber er war doch schon aus der Narkose erwacht.
Vielleicht schlief er sich jetzt gesund.
Sie fand sich im Sessel wieder, die Schwester hatte ihr wortlos eine Decke gegeben. Sie kringelte sich zusammen, klemmte die Decke rundherum ein und begann leise zu beten.

Tiefste Wasser schwemmten ihn hervor, langsam Auftrieb gewinnend, vorbei an großen Schatten, die mit emporglitten, der Dunkelheit entrinnend, gleißendem Licht entgegen, der spiegelglatten Oberfläche, diese durchbrechend, sie in fliehende, größer werdende Kreise verwandelnd, toter Mann spielend, ruhig in flacher Rückenlage verharrend, Beine und Arme gespreizt, die Augen fest zugepresst, dennoch geblendet von unwirtlichem Licht, die Kühle des Wassers, das Umspült- und Umhülltsein genießend, wie aus dem Ursprung kommend und doch wieder gehend, plötzlich Glieder erspürend, Arme und Beine ertastend; verwundete Seele, bohrender Schmerz, sich ausbreitend, weiter und weiter, die nervigen Bahnen hinauf ins Denken und Fühlen, sich qualvoll im Aufschrei entladend: „Gretl! Mein Gretelein!”
Ein rasselndes Stöhnen folgte: „Gretl! Wo bin ich? Bist du da?”
Sie war emporgefahren, hatte sich in der Decke verheddert, zog sich zum Bett: „Rudl, mein geliebter Rudl, hier, ich bin hier!”
Sie hatte ihn erreicht, strich ihm die Wange, ordnete das Haar: „Ruhig, ganz ruhig, ich bin ja da.” Er fasste verkrampft ihren Arm mit der lädierten Hand, in der Vene die Nadel, verklebt, sie fürchtete, der dünne Schlauch könnte abreißen.
Die suchenden Augen stierten ins Leere, sie reckte sich in sein Blickfeld. Plötzlich belebten sie sich, sie sah, wie diese Augen, die so geliebten, sie erfassten, wie das Blau zurückkam, wie das Erkennen ihm die Geborgenheit gab, dessen Fehlen sich in seinem Aufschrei entladen hatte. Er presste ihren Arm an seine Brust, seine Züge entkrampften sich, versuchten mit den Augen zu strahlen: „Meine Geliebte, wie schön, dass du da bist!”

„Ja, ich bin bei dir, und ich werde bei dir bleiben, bis ich dich gesund wieder mitnehmen kann."

„Danke", hauchte er und ließ ihren Arm frei.

„Wie geht es dir? Hast du Schmerzen? Kannst du schon essen?"

„Nein, nein, lass nur. Ich bin nur so furchtbar müde."

„Ja, schlaf, schlaf dich gesund, ich werde dich nicht stören."

Sie lief zum Waschbecken, ließ Wasser in ein Glas laufen, trat wieder ans Bett und träufelte ihm einige Tropfen auf die Lippen. Er nahm sie schmeckend mit schon geschlossenen Augen auf, warf dann aber den Kopf einmal hin und her. Das so kurz erstrahlte Gesicht erstarrte wieder, der gleichmäßig schnarrende Atem und der wieder leblos scheinende Körper verschwammen zwischen überquellenden Lidern. Wie plötzlich alleingelassen stand sie vor dem Bett, das Glas in der einen, zwei Finger der anderen Hand noch ins Wasser getaucht.

Die Nacht war ruhig verlaufen; nicht für sie. Der Sessel; sie musste einen zweiten besorgen. Es war fünf Uhr, die Regelmäßigkeit seines Atems unterbrach ein plötzliches lautes Aufstöhnen. Sofort eilte sie an sein Bett, nahm die weniger zerstochene, nadelfreie Hand, streichelte sie sanft, dabei sah sie, dass die andere nicht mehr mit dem Infusionsschlauch verbunden war.

Die Nachtschwester war also im Zimmer gewesen, so hatte sie wohl doch etwas geschlafen. Unter der Nachtbeleuchtung war Rudl jetzt nur grünlich, schemenhaft zu sehen, die Fenster noch schwarz, warteten auf die Morgendämmerung.

„Soll ich dir was bringen? Möchtest du was trinken?"

„Ach, Gretl, du bist da, das is gut." Sie strich seine Wange.

Sein Atmen wurde wieder ruhiger. „Nein, es ist schon gut, nur die Schmerzen." Sein Mund bewegte sich kaum.

„Warte!" Sie nahm das Glas vom Vorabend, spülte es, füllte es halb und benetzte Tropfen für Tropfen seine spröden Lippen.

„Ich kann ja schnell mal sehen, ob ich die Schwester finde, vielleicht gibt sie dir gleich was gegen die Schmerzen."

Sie kam mit Schwester Gertrud zurück, die bat sie jedoch draußen zu warten, sie würde die Kissen aufbetten und ihm dann auch etwas geben.

Als sie wieder hinein konnte, schien er zu schlafen. Sie machte sich etwas frisch, konnte nur warten, einmal auf das Frühstück, dann auf die Ärzte, auf die Visite, endlich auf gute Ergebnisse, es würde halt alles seine Zeit brauchen, vielleicht in zwei, drei Tagen wäre er über den Berg. Jetzt schrieb sie doch die Karte an die Kinder, belanglose Zeilen, ging hinunter an die frische Luft, warf die Karte ein. Die Sonne stieg hinter den Bäumen auf, mit ihr kam die Hoffnung zurück. Sie schickte ihre Gebete in den sich morgendlich rötenden Himmel, betrachtete das Geäst der Kastanien, an den Astenden die sich bildenden Knospen und dachte, ehe die aufplatzen und die grünen Blätter hervorbringen werden, wird unser guter Vati wieder bei uns zu Hause sein.

Eigentlich wollte sie drei oder vier Tage bleiben, dann, hatte er gesagt, sei er bestimmt wieder gut beieinander. Thiel sei schon am zehnten Tag wieder nach Godesberg entlassen worden. Aber sein Zustand verbesserte sich nicht, er schien sich sogar zu verschlechtern. Sie hatte nach einer Visite versucht, mit Professor Krug zu sprechen, wurde aber vom Assistenzarzt abgespeist: Es sei alles in Ordnung, ihre Sorgen seien völlig unbegründet.
Fast den ganzen nächsten Tag musste sie im Flur oder im Besuchsraum zubringen. Schwestern und Ärzte gaben sich die Klinken in die Hand. Niemand wollte ihr erklären, was dort im Zimmer mit ihrem Mann angestellt wurde. Ihre Verzweiflung ließ sie resignieren. Sie würde ihn nicht, wie er behauptet hatte, zum dritten Mal zurückbekommen, er war aus dem Krieg und aus dem Gefängnis zurückgekehrt, aber dieses dritte Mal ...?
Als sie am Abend wieder zu ihm durfte, war er völlig apathisch, kaum ansprechbar, und die folgende Nacht war die schlimmste, die sie mit ihm durchstehen musste. Hilflos musste sie zusehen, wie er litt, konnte nur da sein, ihm die Hand halten, die Wangen streicheln, ihm zureden oder etwas Flüssigkeit reichen.

Es war der neunte Tag, sie wartete vor der Tür, hinter der die Visite stattfand, fest entschlossen, sich nicht wieder abwimmeln zu lassen. Sie schoss auf den Professor zu, der Assistenzarzt versuchte sie wieder zurückzudrängen, aber jetzt rief sie: „Herr Professor bitte! Sie müssen ...!" Er schob den Assistenzarzt bei-

seite. „Kommen Sie", sagte er und ging mit ihr zu Rudl in das Krankenzimmer. Schon die Tage zuvor hatte er mit ihr reden wollen, aber er war auch nur ein Mensch. Dieser Mann lag ihm besonders am Herzen. Die Vorgespräche waren auch für ihn sehr intensiv gewesen. Ihm waren Zweifel gekommen, ob er diese Operationen weiter durchführen sollte, die Erfolgsquote war zu niedrig. Aber er war gefangen in seinem eigenen System. Gerade heute erst war Herr Thiel gestorben und hier, sie standen etwas abseits des Bettes, schwanden selbst seine Hoffnungen.
Er versuchte, Gretl Mut zu machen. Mit einem Luftröhrenschnitt würden sie ihm heute Erleichterung verschaffen, das würde die oberen Atemwege entlasten. Sie hätten am Tag zuvor Blut aus dem Magen entfernt, sein Zustand habe sich weiter stabilisiert.
Er fühlte sich schäbig. Ja, all dies waren Maßnahmen, die ihm Linderung verschafften, aber die Leberzirrhose würde unaufhaltsam fortschreiten. Es war nur noch eine Frage von Tagen, Stunden. Bei Herrn Thiel und den anderen war das alles erst später eingetreten. Sie waren teils schon zu Hause gewesen, so hatte er die Tragödien nicht miterleben müssen. Sie waren nicht mehr in seinem unmittelbaren Verantwortungsbereich verstorben. Ihn würden die trauernden Gesichter nie wieder loslassen, so wie ihn schon jetzt die Trauer dieser Frau verfolgte. Hätte er von einer Operation absehen müssen? Hätte er diesen lebensfrohen und hoffnungsvollen Menschen abweisen sollen?
Mitleidend, doch in seinem Selbstwertgefühl als Arzt völlig verunsichert, nahm er ihre Hand, verneigte sich leicht, um nicht in ihre Augen schauen zu müssen – würde er ihr in ein, zwei Tagen kondolieren können? – und verließ das Krankenzimmer.
Gretl fiel in den Sessel. Rudl lag ohne erkennbare Regungen hingestreckt. Jetzt würde noch ein Schlauch dazukommen. Sie hatte Tränen und Verzweiflung zu lange unterdrücken müssen, verlor unvermittelt jegliche Haftung, fühlte nur noch Leere, mit wachsender Schwere versank sie in Kummer und Verlassenheit.
Plötzlich stand Jutti neben ihr. Ihre Berührung schreckte Gretl auf, ein schwacher Seufzer ließ Jutti vor sie hin auf die Knie gleiten. Sie umarmten sich ungelenk, doch Schwäche und Ohnmacht zwangen Gretl wieder in den Sessel zurück.

„Juttilein", lallte sie, „wo kommst du denn jetzt her? Es ist alles so grausam, unser guter Vati, wir können nicht ... ich weiß nicht, du kannst ... er kann dich nich erkenn'n, geh ... vielleicht in ... die Kirche ... ich glaub ... wir könn'n nur noch bet'n ..."
In froher Erwartung, ihren Vati wiederzusehen, war sie die Treppen hinaufgelaufen, stolz auf die erste Zugfahrt, die sie alleine unternommen hatte. Den Rucksack hatte sie schon in der nahen Jugendherberge deponiert, auf dem Weg zur Klinik noch einen kleinen Strauß Blumen erstanden. Das zusammengeknüllte Papier schnell in die Manteltasche schiebend war sie in das Zimmer gestürmt, dann aber erschrocken stehengeblieben. Vati lag, wohl schlafend, im Bett, bewegte sich nicht, erkannte sie nicht, sah nicht ihre Blumen, nicht ihre Freude, nicht dass sie da war.
Sie sah die verpflasterte Nase, den Schlauch darin, die halb geschlossenen Augen, das blasse Gesicht, den Infusionsschlauch, rieb sich die Hand, als fühlte sie in ihrer Vene die Nadel.
Sie legte die Blumen zunächst auf den kleinen Tisch, und erst da bemerkte sie ihre Mutti zusammengesunken im Sessel.
Jetzt saß sie auf dem Stuhl, und Gretl stammelte: „Juttilein geh, geh für unsern Vati beten, wir könn'n nicht mehr helf'n.
Sie stand vor der Klinik, wusste zunächst nicht, wohin sie sich jetzt wenden sollte. Oft schon hatte sie ihre Mutti so gesehen. Zuletzt, als sie damals aus Bad Godesberg gekommen war und berichtet hatte, dass Vati operiert werden müsse, weinend und untröstlich, es sei so gefährlich und er sei so fröhlich gewesen, als ob er nicht wisse, was da auf ihn zukäme. Evi hatte gesagt, er wisse bestimmt, wie schwierig alles werde, sie solle sich keine Sorgen machen. Vati forsche immer genau nach, ehe er sich zu etwas entschließe. Ja, und jetzt wusste Jutti nicht, ob Mutti nicht vielleicht doch ein bisschen hysterisch reagierte, sie konnte nicht glauben, dass es wirklich so ernst um Vati stand.
Schließlich war das doch hier ein großes Krankenhaus hier im Westen, die hatten ihm doch zu der Operation geraten, im Osten hätten sie ihn nie operiert, da wäre er vor die Hunde gegangen, hatte Vati noch im letzten Brief geschrieben.
Der Bus, mit dem sie vor einer halben Stunde gekommen war, stand noch da, die Türen schlossen sich gerade, sie sprang noch

dazwischen und schon ging's nach Bonn hinunter. Sie schlenderte durch die Straßen, kam am Münster vorbei, ging hinein und versuchte, für Vati zu beten und war sich sicher – sie stand wieder auf dem Münsterplatz –, alles würde gut werden.

Als sie am Abend ins Krankenzimmer zurückkam, war Uli gerade gegangen. Er war mit Klaus die knapp 80 Kilometer nach Bonn geradelt. Klaus war unten im Foyer geblieben und hatte gemeint, Uli solle erst mal allein erkunden, wie es seinem Vater ginge. Nach zehn Minuten war er wieder da. Sein trauriges Gesicht verhieß nichts Gutes. „Er schläft", sagte Uli schluckend, „wir fahr'n erst mal in die Jugendherberge."

Gretl war etwas gefasster, sie legte ihren Arm um Jutti. Vati hatte jetzt ein Röhrchen unter dem Kehlkopf und schien wach. Sie redete ihm behutsam zu; sein Knullerlein sei da, sie habe Blumen mitgebracht und werde ein paar Tage bleiben. Seine Augen irrten umher, er drehte den Kopf zu ihr, es schien, als wollte er ihr etwas sagen. „Er kann kaum sprechen", flüsterte Gretl. Hilflos standen sie an seinem Bett, sahen sich an, sahen ihn an, strichen über seine Wangen, sein Haar, seine Hände.

„Uli ist mit Klaus gekommen", flüsterte sie weiter, „er war noch nicht ganz wach, sie kommen nachher noch mal."

Ich müsste Evi und Bunti telegrafieren, oder ich warte noch die Nacht ab. Sie überlegte; wenn sie erst morgen telegrafierte, würde es vielleicht zu spät sein. Jetzt war sie gefasst, überlegte, was zu tun sei, aber sie wusste, es war nicht mehr weit für ihn und für sie, und die Katastrophe würde sie niederreißen.

Die Kugellampe schien ihm wie die gleißende Sonne, blendete, von Flügelschlägen durchbrochen, Schwärme schwarzer Vögel, flatternd verdunkelnd, in verschwommene Köpfe übergehend.

Geräusche produzierend, bekannte, doch nicht begreifbare, sich wieder entfernend, prickelnde Wangen, kosend kühlende Hände, ins Mondlicht verlöschend.

Starrende Augen, umherschwirrendes Gefieder, schwarz, Staub, Dreck und Lehm, krachend, im Graben versinkend, zusammengerollt, Karl, erst zwanzig, zerfetzt, das MG, zerrüttet alles, zertrümmert alles, Mäntel, Blutspritzer, besessen von der Tötungs-

maschine, Karl, warum er, warum ich, ich bin gefangen, er ist
befreit, Zellen, Türen, Gitter, Eisenbolzen bohren sich in Stein,
knirschen wie Scherben, die Kalender ritzen, roter Steinboden,
Blechnäpfe klappern, Stahlhelmdröhnen, rinnendes Blut, warm,
weich, die Wange hinab, sich ausbreitender Schmerz, im Kopf,
im Bauch, im Magen, die Leber zerrinnt, Adern zerplatzen.
Auftauchen, ins zunehmende Mondlicht, die Kugellampe.
„Vati, schau, Uli is da mit Klaus, mit dem Fahrrad.”
„Vati ich bin's, Uli! Erkennst du mich? Wie geht es dir?”
Ach ja, Uli, die Augen zwingen, da, wieder zwingen, da, meine
Gretl, sie alle sind da, mein Sohn ...
»Uli!« Die Stimme versagt.
„Wir kommen dich jeden Tag besuchen.” Ja, das ist gut.
Wieder prickelnde Wangen, fühlende Hände, nein, streichelnde
Hände, verschwindende Köpfe, wieder die gleißende Sonne, die
Kugellampe, verwundete Augen, verschlossen, ins Dunkel ge-
taucht, im Dunkel verschüttet, frei von Beschwerden, von
Schmerzen erlöst. Leicht wie auf Wasser, ins Wasser getaucht,
von Finsternis berauscht, keine Angst vor Verrat, Lüge und
Hass. Vor Bonzen, Richtern und Verhören, vor Generälen und
Kanonen. Das MG in der Ecke. Unendliche Stille.
Die Kugellampe, nur milchig weiß, nicht mehr geblendet, nur
sahniger Schein. Weite, in strahlende Helle getaucht, federnd in
leichtes Schwingen gebracht, nichts mehr fühlend, nichts mehr
leidend, nichts mehr hörend, nicht mehr die Rufe, nicht mehr
die Schreie: „Warum, warum! Lass mich nicht allein!”
Nie mehr Verzweiflung: „Vatile, Nimm mich mit!”

35. Nachklang

Er stand am Grab seines Vaters.

Die goldene Oktobersonne hing schon tief und trieb ihre Strahlen durch die umstehenden Baumstämme und das sich langsam entlaubende Geäst. Die Erinnerungen an das Jahr 1958 wurden wieder lebendig. Er trat einen Schritt vor, ein wärmender Strahl traf ihn und blendete ihn zugleich, sodass der graugrüne Basalt-Grabstein sich nur noch schwarz, aus dem hellen Steingeviert aufragend, darstellte. Die Inschrift war so nicht zu entziffern, aber er wusste, unter dem Namen des Vaters war auch der seiner Mutter eingemeißelt. Sie hatte ihn vierzig Jahre überlebt, und er selbst hatte das Glück, schon fast zwanzig Jahre länger leben zu dürfen als sein Vater, ohne Krieg, ohne Gefängnis.

Er wandte sich ab. Die Augen produzierten blau und grün gefärbte Ringe. Geblendet suchte er die nahe Bank zu erreichen, setzte sich, schob sich seitwärts, bis der lange Schatten eines Baumstammes auf ihm ruhte. Er hatte versucht, sich in diese versunkenen Leben hineinzuversetzen. Das seiner Mutter hatte er miterlebt, seit er denken gelernt hatte. Daneben sein eigenes gestaltet, seinen Weg gefunden, sogar gegen ihren Widerstand. Aber das seines Vaters war ihm verborgen geblieben.

Damals an dem Begräbnistag hatte er sich die Frage gestellt: Ob er denn einen Vater gehabt habe? Gekannt hatte er ihn kaum.

Jetzt wusste er, er hatte einen Vater. Dessen Leben war auch zu seinem geworden. Das kurze Glück und der lange Leidensweg hatten ihn über die Jahre verfolgt und bewegt, waren ihm erst jetzt lebendig geworden. Ebenso die Frage, ob andere Einflüsse und Entscheidungen die Tragödie hätten abwenden können.

Verzweiflungsschreie klangen in ihm nach. Er hatte die Trauer seiner Mutter hautnah miterlebt. Als Fünfzehnjähriger.
Er summte plötzlich, autistisch, lehnte sich zurück, obwohl er befürchten musste, die morschen Leisten könnten brechen.
„Ein Engel, Leonoren, Leonoren der Gattin so gleich, der führt mich zur Freiheit ins himmlische Reich." Die in die Höhe drängende Melodie konnte einem die Tränen in die Augen treiben.
Die Arie hatte er immer singen wollen. Jede Fidelio Aufführung assoziierte ihm den unschuldig eingekerkerten Vater und die um ihn kämpfende Mutter. Das Fidelio-Potpourri, es erklang wieder. Die Mutter am Klavier, der Vater auf der Geige. Nein, ihn hatte er nie gehört, sie hatte er bewundert. Hatten sie je zusammen gespielt? Vielleicht doch »Die Krähe«? Er hatte sie gesungen und wie sie immer seine und ihre Träumerei gespielt ...
Wie verkümmert müsste er sich vorkommen, hätte er den Zugang zu dieser Musik nie gefunden, den hatten sie ihm eröffnet.
Die Sonne war jetzt nach rechts abgeglitten, das verblassende Gegenlicht ließ Bäume und Gräber nicht mehr als Schattenrist erscheinen, matte Farben zeigten sich wieder.
Am Ende der vorderen Reihe, an der sich ein Stück Wiese anschloss, war eine größere Grube für ein neues Grab ausgehoben worden, etwa für eine Beerdigung am nächsten Morgen? Oder war es eine Baugrube?
Sie war mit grünen Plastikmatten abgedeckt, mit vier eingerammten Stangen und einem weißroten Band eingefriedet.
Die Wiese schien in Bewegung. Es wieselte aufgeregt hin und her. Seine Augen täuschten ihn noch immer mit bunten Ringen. Er blinzelte, jetzt waren sie zu erkennen, Kaninchen hoppelten unter Gebüschen hervor, machten Männchen und mümmelten an Wurzeln und Stauden. Die Sonne war verschwunden, der Himmel wechselte ins Grau, und er sah wieder das Braun der Baumrinden.
Eines der Tiere, es schien ihm kleiner, robbte sich mit jedem Hopser an die Kunstrasenmatten heran, schien den Rand dieser komischen Wiese zu beschnuppern, fand wohl Gefallen an dem ungewohnt prickelnden Gefühl unter den Pfoten und wagte sich immer weiter vor. Wäre er aufgestanden, es wäre sicherlich auf

bekanntes Terrain zurückgehoppelt. So aber tappte es neugierig weiter, fast bis zur Mitte, war aber mit einem Mal von der Grünfläche verschwunden. Zunächst hatte er es nicht realisiert, denn ein zweites Kaninchen saß reglos vor dem Mattenrand.

Spontan dachte er, es konnte nur in die Grube gefallen sein, stand auf – das zweite schlug einen Haken und fegte in ein Gebüsch – und suchte nach einer Erklärung. Es waren zwei große Matten, die mittels der Eisenstangen wie mit Heringen flach über die Grube gespannt waren, sich in der Mitte jedoch locker überlappten, und da musste, so folgerte er, das Tierchen hindurchgekullert sein. Er sah sich um, niemand war zu sehen, eine Leiter lag neben der Grube, er könnte also hineinklettern.

Doch würde die Dämmerung alles bald in Dunkelheit tauchen, müsste er nicht schleunigst zum Ausgang, bevor man das Friedhofstor schließen würde? Nein, es gab dieses Drehgitter, hinaus kam er auch später noch.

Also, was war mit dem kleinen Kaninchen?

Er wollte es wissen, zog zwei der Eisenstangen aus dem Erdreich, ebenso eine kleinere in der Mitte, klappte die so gelösten Rasenmatten zurück und suchte den Boden der mehr als zwei Meter tiefen Grube ab. Da saß es tatsächlich. Den Kopf in eine Ecke gepresst, die Ohren an den Hinterkopf gelegt, das Fell, das sich durch das panische Atmen an beiden Seiten aus und ein wölbte, war kaum von dem Braun der Lehmwände zu unterscheiden. Er legte die Leiter an und stieg hinab. Der Boden war durchnässt und aufgeweicht, und sofort pappte die glitschige Masse unter den Sohlen, sodass die drei Schritte in die Ecke der Grube zu einem Balanceakt werden mussten. Vorsichtig in die Hocke gehend langte er nach dem kleinen Knäuel, betrachtete es, mit beiden Händen umschließend. Die Ohren lagen platt auf dem verschmutzten Fell, der Atem schien still zu stehen, nur ein zuckendes, inneres Pochen verriet Panik und Todesangst.

Entschlossen nahm er das Tierchen mit der linken Hand in den Karnickelgriff – es schlug mit den Hinterläufen verzweifelt ins Leere –, sich mit der rechten an der schmierigen Lehmwand abstützend erreichte er die Leiter, erklomm sie unsicher, bis sein Kopf aus der Grube ragte, und setzte das Bündel vor sich auf

die Rasenkante. Den Bruchteil einer Sekunde, die Nasen nur Zentimeter entfernt, schauten sie sich an. Es schien unversehrt. Sich blitzschnell drehend schlug es mehrere Haken und war in langen Sätzen im Dunkel des nahen Gebüschs verschwunden.
Lächelnd stieg er weiter die Leiter empor, versuchte an jeder Sprosse den zähen Lehm von den Sohlen zu streifen und war froh, oben angelangt, dieses kleine Abenteuer erfolgreich bewältigt zu haben. Die Leiter ließ er in der Grube, legte auch die Matten nicht mehr darüber. Heute würde hier ja keiner mehr entlangkommen, und ein weiteres Kaninchen sollte auch nicht mehr in Gefahr geraten. Er betrachtete seine Schuhe. Die sind versaut, dachte er, und weiter an den Grasnaben den Lehm von den Sohlen reibend, schlurfte er um die Grube herum und blieb dann kurz am Rand stehen. Hätte man die Grube nicht mit diesen Plastikmatten bedeckt, wäre das Kaninchen niemals da hineingefallen. Es kennt Rasenkanten und Abgründe, würde also an solchen instinktiv kehrtmachen. Aber einen Kunstrasen dieser Art kannte es sicher noch nicht, und so hatte es sich aus Neugier und Unkenntnis in Gefahr gebracht. Schnell rammte er die beiden Eckstangen wieder ein, flocht das Plastikband fest und freute sich, dass er das kleine Kerlchen hatte retten können.
Er nahm den Weg zum Ausgang, tappte jetzt in eine Pfütze, um die letzten Lehmspuren von den Sohlen zu lösen, um dann die Schuhe, sich noch einmal auf einer Bank niederlassend, mit Grasbüscheln und Laub endgültig zu reinigen.
War er in seinem Leben auch unwissend und nichts ahnend in solche Fallen getappt? Hatte auch er Gefahren nicht erkannt, ja nicht erkennen können?
Vor der Drehtür hielt er inne. – Er hatte das Glück, nicht in eine so schlimme Zeit hineingeboren worden zu sein. Nur noch die Nachwehen dieser Kriege hatte er miterleben müssen und diese dazu in einer kindlichen Unbedarftheit und Neugier.
Er zwängte sich durch das Drehgitter.
Die nur schwer zu bewegende Eisenachse ächzte auf.
So musste sich das Krächzen der Angeln der Zellentüren in den korrodierten Zapfen angehört haben.

Musik zum Buch:

Kapitel 6	Johannes Brahms, drei Walzer op. 39
Kapitel 8	W. A. Mozart, Arie des Cerubino
Kapitel 10	Rob. Schumann, Träumerei
	W. A. Mozart, Sonate C-Dur
	Chr. Sinding, Frühlingsrauschen
Kapitel 13	Glockengeläut
	Joh. Seb. Bach, Toccata
	Charles Vidor, 5. Orgelsinfonie
Kapitel 16/35	Ludwig. v. Beethoven, Arie des Florestan
Kapitel 28	Duett, O namenlose Freude
Kapitel 29	Arie der Leonore
Kapitel 34	F. Schubert, Winterreise, Die Krähe

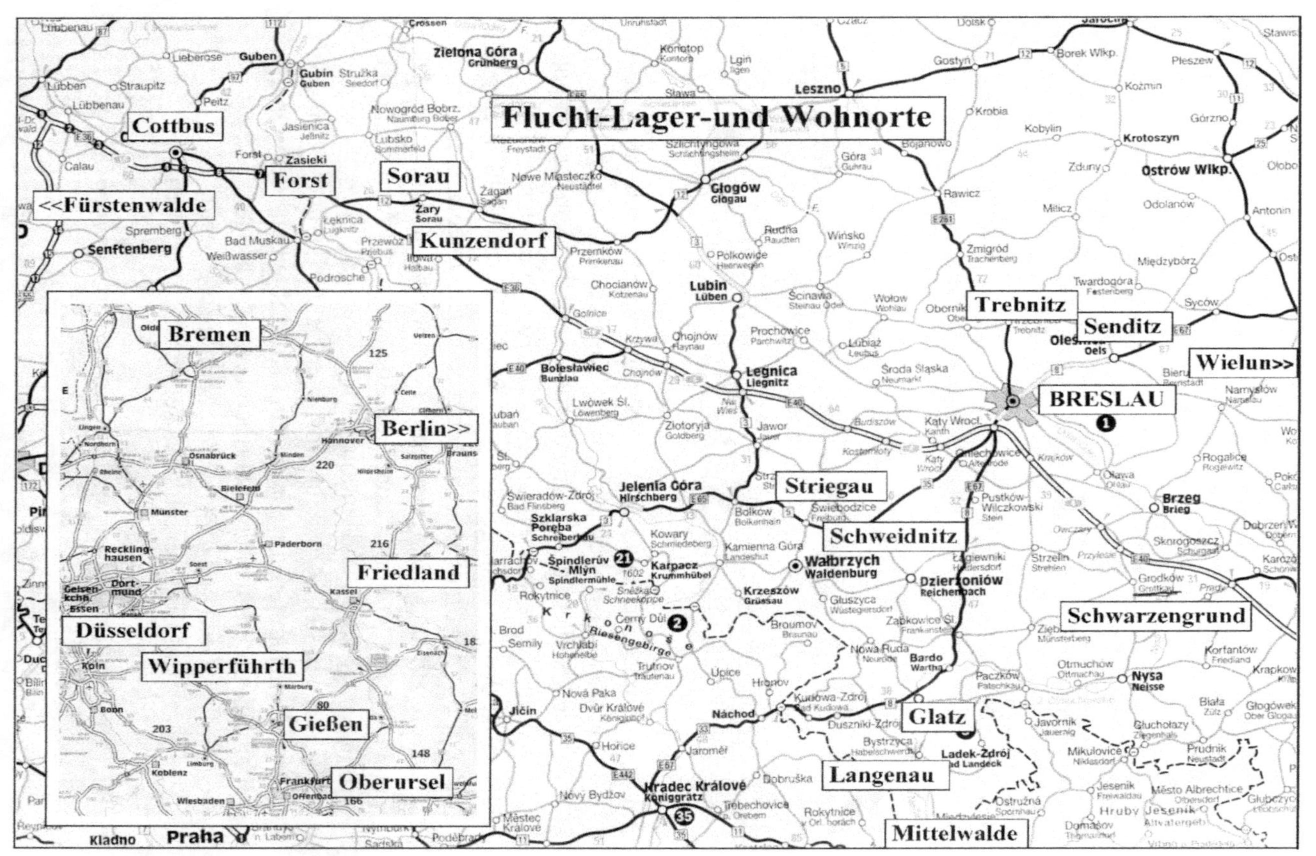

Flucht-Lager-und Wohnorte
Cottbus
Forst
Sorau
Kunzendorf
<<Fürstenwalde
Trebnitz
Sendltz
Wielun>>
BRESLAU
Striegau
Schweidnitz
Schwarzengrund
Glatz
Langenau
Mittelwalde
Glogów Glogau
Legnica Liegnitz
Lubin Lüben
Leszno
Ostrów Wlkp.
Brzeg Brieg
Nysa Neisse
Bremen
Berlin>>
Friedland
Düsseldorf
Wipperführth
Gießen
Oberursel
Praha
Kladno

Ulrich Hielscher, 1943 in Schlesien geboren, studierte Musik und Gesang am Robert Schumann Konservatorium in Düsseldorf. Nach seinem ersten Engagement in Essen kam er 1974 an die Kölner Oper. Als erster Bass Buffo zählte er mehr als 35 Jahre zu den herausragenden Solisten des Hauses. 2007 wurde er vom Rat der Stadt Köln mit dem Kammersängertitel geehrt. Gastverträge und Gastengagements führten ihn durch die gesamte Bundesrepublik, durch das benachbarte Ausland, nach Hong Kong, Tokio und Bogota.
2005 verwirklichte er sein Vorhaben, skurrile und komische Absonderlichkeiten, Erlebnisse und Anekdoten aus dem Opernalltag aufzuschreiben und als Buch herauszubringen:
Gelebte Opernwelt in Versen vorgestellt
Ein Buffo erzählt aus seinem Theaterleben

Hier stellt er jetzt seinen ersten Roman *Das Kaninchen* vor.

www.ulrich-hielscher.de